AF273362

NAVESSA ALLEN vive en el norte de Nueva Inglaterra, en una granja de doscientos años de antigüedad, con su marido, sus gatos y un surtido de animales.

Papel certificado por el Forest Stewardship Council®

Título original: *Lights Out*

Mayo de 2026
Reimpresión: mayo de 2026

© 2024, Navessa Allen
Publicado originalmente en Estados Unidos por Zando
Derechos de traducción acordados con Sandra Dijkstra Literary Agency
y Sandra Bruna Agencia Literaria, S. L.
© 2025, 2026, Penguin Random House Grupo Editorial, S. A. U.
Travessera de Gràcia, 47-49. 08021 Barcelona
© 2025, Xavier Beltrán, por la traducción
Diseño de la cubierta: Adaptación de la cubierta original
de Christopher Brian King / Penguin Random House Grupo Editorial

Penguin Random House Grupo Editorial apoya la protección de la propiedad intelectual. La propiedad
intelectual estimula la creatividad, defiende la diversidad en el ámbito de las ideas y el conocimiento,
promueve la libre expresión y favorece una cultura viva. Gracias por comprar una edición autorizada de
este libro y por respetar las leyes de propiedad intelectual al no reproducir ni distribuir ninguna parte
de esta obra por ningún medio sin permiso. Al hacerlo está respaldando a los autores y permitiendo que
PRHGE continúe publicando libros para todos los lectores. Ninguna parte de este libro puede ser utilizada
o reproducida con el propósito de entrenar tecnologías o sistemas de inteligencia artificial. PRHGE se reserva
expresamente la reproducción, la extracción y el uso de esta obra y de cualquiera de sus elementos para fines
de minería de textos y datos y el uso a medios de lectura mecánica u otros medios que resulten adecuados
(art. 67.3 del Real Decreto Ley 24/2021). Diríjase a CEDRO (Centro Español de Derechos Reprográficos,
http://www.cedro.org) si necesita reproducir algún fragmento de esta obra.
En caso de necesidad, contacte con: seguridadproductos@penguinrandomhouse.com

Printed in Spain – Impreso en España

ISBN: 979-13-87871-79-6
Depósito legal: B-2.625-2026

Compuesto en Llibresimes
Impreso en Liberdúplex
Sant Llorenç d'Hortons (Barcelona)

BB 7 1 7 9 A

A oscuras

NAVESSA ALLEN

Traducción de Xavier Beltrán

Advertencias de contenido

A oscuras es una comedia romántica oscura de acoso y contiene elementos fuertes. Se advierte a los lectores de que en este libro encontrarán lo siguiente:

Escenas y conversaciones sexuales explícitas (incluido sexo anal)
Conversaciones sobre traumas pasados
Consumo de alcohol
Mención indirecta a violaciones
Mención de maltrato
Abuso a menores (recuerdos)
Contenido médico
Descripciones de hechos sangrientos (en un hospital)
Conversaciones sobre salud mental
Mención a asesinos en serie y a sus crímenes
Descripción limitada de un tiroteo múltiple
Acoso
Invasión de la intimidad
Allanamiento de morada
Cámaras ocultas
Pirateo informático

Robos

Canibalismo no intencionado (recuerdos)

Muerte

Profanación de un cadáver

Accidente de tráfico (recuerdos)

Descripción de una muerte violenta (recuerdos)

Muerte de un progenitor

Juegos sexuales que incluyen asfixia, cuchillos, pistolas, miedo, secuestros, sexo duro, máscaras y consentimiento ambiguo consentido.

A aquellas personas lo bastante valientes
como para jugar con el cuchillo

1

Aly

A la nueva no le estaba yendo demasiado bien. La vi hecha un ovillo en una de las sillas de plástico incómodas y baratas de la sala de descanso. Tenía el uniforme arrugado y el moño medio deshecho cayéndosele por un lado de la cabeza, con los mechones rubios apuntando en todas direcciones, como si se hubiera estado tirando del pelo. A la luz de los fluorescentes se le veía la piel pálida y cetrina.

Las otras dos enfermeras que estaban allí se habían apartado de ella y le lanzaban miradas nerviosas, como si estuvieran preocupadas por si vomitaba o se desmayaba. O, peor aún, por si lo dejaba, como habían hecho tantas antes.

«Por encima de mi cadáver».

La necesitábamos. Yo no podía seguir haciendo turnos de quince horas, porque me iba a dar algo.

Respiré hondo y me dirigí hacia ella. Me agaché a su lado para que, si se ponía a vomitar, no me salpicara. No reaccionó ante mi presencia. Empezábamos bien.

—Hola. Eres Brinley, ¿verdad? —le pregunté manteniendo un tono de voz bajo y tranquilo. Era el mismo que usaba al hablar con niños enfermos.

Parpadeó y se volvió hacia mí, con los ojos azules vidriosos y desenfocados, como si en realidad no me viera. Estaba prácticamente en shock. Se me daba bien reconocer los síntomas porque los presenciaba en al menos uno de mis pacientes en cada turno.

Joder. La nueva iba a dejarlo fijo.

Me giré un poco sin quitarle los ojos de encima.

—¿Me pasáis una manta?

Oí unos pasos que se alejaban y supe que alguien estaba respondiendo a mi petición, así que volví a centrarme en la nueva enfermera. Otra de mis compañeras me había hablado de ella. Según los rumores, Brinley tenía tres años de experiencia y hacía poco que la habían trasladado del servicio de urgencias de un condado más pequeño. Era la primera vez que trabajaba en una unidad de traumatología.

Había gente que se las apañaba bien en unas urgencias normales, pero que se volvía loca al llegar a las de traumatología. El hospital estaba en un barrio marginal de una ciudad conocida por su altísimo índice de criminalidad. No pasaba un turno sin que nos encontrásemos con lo peor de lo peor: puñaladas, violaciones, heridas de bala, víctimas de abusos, supervivientes de accidentes de coche horribles…, entre muchas otras cosas.

Pero esa noche había sido especialmente dura, incluso para mí, y eso que había visto tantas mierdas que pocas cosas conseguían afectarme ya. Sin embargo, la experiencia podía ser devastadora para alguien como Brinley, que estaba en una unidad de trauma por primera vez, y maldije su suerte por haber sido aquel su primer turno sin supervisión.

De reojo vi que alguien me tendía una manta. La cogí sin mirar y se la coloqué a Brinley sobre los hombros. Ella se movió como una autómata; le temblaban los brazos cuando agarró los extremos de la manta y se envolvió con fuerza en ella.

—El pecho de ese hombre… —musitó tan bajo que apenas me llegaron sus palabras—. Había desaparecido… todo el centro.

Ah, conque le había tocado una herida de bala a quemarropa. Era increíble que aquel hombre siguiera vivo al llegar al hospital, y tristísimo, porque en casos como aquel apenas podíamos hacer nada. Se habían destrozado demasiadas partes del corazón, de los pulmones y de otros órganos como para que la víctima pudiera sobrevivir a ningún tratamiento. Me había enterado de que el hombre murió al poco de llegar. Si le había tocado a Brinley recibirlo, sin duda habría terminado empapada de sangre, y eso explicaba que su uniforme fuese diferente al que llevaba al principio del turno y que aún tuviese el pelo húmedo después de la ducha.

—No se podía hacer nada por él —le aseguré.

Se sorbió la nariz, y al fin pareció fijar la mirada en mí.

—Ya lo sé, pero... Dios. Creo que nunca me quitaré esa imagen de la cabeza.

«No te preocupes. Mañana verás algo igual de traumático que la sustituirá», pensó una parte siniestra de mí, aunque jamás habría dicho algo así en voz alta.

—¿Te ha hablado alguien del servicio de atención psicológica? —le pregunté.

Asintió.

—Está en la tercera planta, ¿no?

—Y si estás en un turno de noche y necesitas hablar con alguien, hay un número de teléfono veinticuatro horas.

Aunque el hospital nos cargase con demasiado trabajo, también se ocupaba de priorizar la salud mental del personal médico. Veíamos a diario la misma cantidad de escenas traumáticas que cualquier soldado en primera línea del frente, con lo que teníamos niveles de desgaste y estrés postraumático altísimos.

Yo hablaba de forma habitual con un psicólogo de guardia. Era una de las pocas cosas que me mantenían cuerda mientras el sistema de salud se derrumbaba a nuestro alrededor y la gente renunciaba en masa a su puesto de trabajo hasta dejarnos peligrosamente cortos de personal.

—No tengo ese número —dijo Brinley al tiempo que le caía por la mejilla una lágrima solitaria.

Bien, bien. Que llorase era buena señal. Que llorase significaba que ya lo estaba procesando y que el riesgo de quedarse en shock iba desapareciendo.

—¿En qué taquilla has dejado tus cosas? —le pregunté—. Voy a por tu móvil y te añado el número de teléfono.

Al cabo de veinte minutos, Brinley volvía a tenerse en pie y sostenía en las manos una taza de manzanilla humeante. Yo le había guardado el contacto del servicio de psicología en la agenda, ella había dejado de temblar y poco a poco empezaba a regresarle el color a las mejillas. En la sala ya solo quedaba con nosotras otra enfermera, que había sustituido a las dos tan poco cooperadoras de hacía un rato. Se trataba de Tanya, una mujer negra y esbelta de cuarenta y pico años que trabajaba en unidades de traumatología desde hacía casi el mismo tiempo que llevaba Brinley en el mundo. Era mi compañera preferida. Rendía genial bajo presión, tenía un trato excelente con los pacientes y sabía atender a la gente en situaciones de emergencia mejor que la mayoría de los médicos del hospital.

En ese momento, Tanya estaba junto a Brinley cerca de la ventana, le hablaba a la joven en voz baja y le apretaba el hombro con una mano. Oí fragmentos sueltos de la conversación mientras recogía mis cosas y las de Brinley; confiaba en que Tanya sabría qué palabras utilizar para alejarla del punto crítico.

—Lo has hecho genial —oí que le decía—. Y no te estoy haciendo la pelota para que te sientas mejor, que conste. He visto a otras enfermeras con mucha más experiencia quedarse paralizadas durante noches como esta, pero tú has aguantado el tipo y has hecho lo que debías. —Se volvió hacia mí—. ¿Sí o no, Aly?

Me colgué el bolso de Brinley en el hombro y me acerqué a las dos.

—Exacto —tercié—. Por lo que he visto, lo has hecho genial. Y es totalmente normal que te vengas un poco abajo después. Has tenido la adrenalina por las nubes y es probable que se te hayan vuelto locos los niveles de cortisol. No te avergüences si te da un minicoma por el estrés. A mí todavía me pasa en las noches horrorosas.

Brinley palideció.

—Pensaba que la de hoy había sido horrorosa.

Uy.

—Sí, sí —le aseguré, reculando—. Me refiero a que esta vez no he sido yo la que ha visto lo peor. Creo que os ha tocado a Mallory y a ti.

Brinley soltó un suspiro entrecortado.

—Ah. Vale.

Tanya se volvió hacia ella de nuevo.

—Bueno, ahora Aly te va a llevar a casa en coche. Ella también ha terminado el turno.

Brinley nos miró a ambas, confusa.

—Pero tengo aquí mi coche.

—Sí —asintió Tanya—, pero lo mejor será que ahora mismo no te pongas al volante.

Brinley pareció darse cuenta de que era lo más sensato.

—Ah, supongo que tenéis razón.

—No te preocupes —le dije—. He consultado tu horario y mañana entramos a la misma hora, así que pasaré a buscarte. ¿Has dejado el coche en el aparcamiento del personal? —Asintió—. Pues no le va a pasar nada ahí. ¿Necesitas ir a coger algo?

—Creo que no —dijo frunciendo el ceño.

Tanya le quitó la taza de té de las manos.

—Entonces será mejor que os marchéis mientras podáis.

—Gracias —le articulé con los labios.

Mi compañera asintió.

No era raro terminar haciendo más horas si tardabas demasiado en marcharte una vez terminado tu turno, porque siempre aparecía alguien que necesitaba que le echaran una mano o hacían falta más personas para ayudar a estabilizar un paciente. Brinley no estaba en condiciones de seguir currando, y yo ese día ya había trabajado de más. Era el momento de irnos.

Conduje a Brinley hacia la salida y cruzamos la puerta trasera para evitar encontrarnos con nadie. Mientras caminábamos, ella estaba en silencio, pero tenía mucha mejor cara que cuando la había visto por primera vez, así que lo interpreté como una buena señal.

—¿Vives con alguien? —le pregunté.

—Con mi novio —contestó.

—¿Está en casa ahora mismo? —No me entusiasmaba la idea de dejarla sola.

—Sí. Le he mandado un mensaje al terminar el turno antes de sentarme y… Bueno, ya me has visto.

—Hablarlo suele ayudar —le dije—. No sé si tu novio es muy aprensivo, pero contarle lo que has visto esta noche te podría ayudar a quitártelo de la cabeza, al menos en parte.

—No sé —contestó con la voz velada por la indecisión.

—No hace falta que entres en detalles. Puede ser en plan general. Aparte, en el móvil te he guardado mi número, además del de los psicólogos, así que puedes llamarme siempre que lo necesites.

Me lanzó una mirada de alivio.

—Gracias. Creo que él no lo entendería, ¿sabes?

Sí que sabía a lo que se refería. A diferencia de Brinley, yo estaba soltera…, más o menos, pero a las parejas que había tenido tampoco les había hablado del trabajo. Estaba demasiado concentrada en mi curro para una relación estable y, en mi opinión, hablar de los días malos o de lo triste que me ponía haber perdido a un paciente eran el tipo de cosas reservadas para una relación de verdad. La mayor parte de las veces me desahogaba con los psicólogos o con otras enfermeras; y por la cara que estaba poniendo Brinley, supe que iba a hacer lo mismo que yo. Los «civiles», como llamábamos a quienes no eran profesionales médicos ni personal de urgencias, a menudo no comprendían por lo que pasábamos.

En el trayecto de vuelta a casa hablamos de temas menos serios para distraernos de la noche que acabábamos de tener, como la última serie de televisión que todo el mundo estaba viendo. Para cuando dejé a Brinley en su casa, el sol empezaba a alzarse sobre la ciudad, iluminando los rascacielos a lo lejos y pintando las nubes con tonos siniestros que iban del morado profundo de los moratones recientes al rojo de la sangre arterial recién derramada.

«Dios, qué macabra estoy esta mañana», pensé apartando la vista del cielo.

Me había pasado tanto tiempo intentando ayudar a todo el mundo, y luego distrayendo a Brinley, que no me había parado a procesar el desastre de noche que había vivido yo. Había atendido a un tío al que habían apuñalado tres veces; a una mujer con la muñeca rota, la nariz ensangrentada y un marido que irradiaba culpabilidad y que no la dejaba expresarse; y a un niño de dos años con virus respiratorio sincitial que estaba tan grave que tuvieron que trasladarlo en helicóptero a un hospital infantil.

Lo peor fue el indigente con congelación. No porque fuese un caso extremo —era una hipotermia leve y no había habido que amputarle ningún dedo del pie—, sino porque nadie más de mi turno quiso entrar en su habitación debido al olor. Se quejaron tan alto en el pasillo que probablemente el hombre los oyó. Me rompió el corazón y me cabreó al mismo tiempo, así que dispersé a los demás y me encargué yo de él.

Eran los casos como aquel, no los más sangrientos, sino los más tristes, los que se me quedaban dentro. Me obsesionaba con ellos. ¿Dónde estaba la familia de ese hombre? ¿Lo estaban buscando? ¿Qué le iba a pasar a la mujer maltratada por su marido? ¿Lograría escapar de esa situación antes de que él volviera a hacerle daño?

El trayecto hasta casa se me pasó volando al pensar en todo aquello. Antes de darme cuenta, ya estaba aparcando en el camino de entrada. La calle estaba lo bastante oscura como para que las luces de las guirnaldas colgantes siguieran encendidas. Aunque estábamos ya en la segunda semana de enero, algunos de mis vecinos todavía no habían quitado la decoración navideña, así que yo tampoco me había dado prisa en retirar la mía. Ver esas guirnaldas brillando alegres en la penumbra previa al alba era precisamente el chute de energía que necesitaba. Me servía cualquier cosa que mantuviese a raya la oscuridad.

Apagué el motor del coche y salí. Aunque mi casa no era gran cosa —de estilo *craftsman* y dos habitaciones, en un barrio más o menos seguro—, era toda mía, y estaba orgullosísima de las reformas que le había hecho y de haber dejado mi impronta en ella. El revestimiento era de un turquesa pálido, las molduras de un blanco cálido y el diminuto porche delantero tenía un aspecto festivo y acogedor gracias al letrero de bienvenida navideño y al abeto que resplandecía con el espumillón y los adornos.

El interior estaba decorado con el mismo mimo. No me quedaba familia con la que mantuviera el contacto, y decorar mi hogar de arriba abajo con motivos estacionales era la forma en la que me distraía del hecho deprimente de que todos los años me pasaba las fiestas sola o trabajando.

Unos potentes maullidos rompieron el silencio mientras cerraba la puerta y me quitaba los zapatos.

Bueno, en realidad no estaba completamente sola: tenía a Fred para hacerme compañía. Seguro que estaba dormido en mi cama cuando entré, porque los maullidos empezaron a lo lejos y luego fueron haciéndose más agudos y fuertes a medida que corría hacia mí cual ambulancia cruzando la autopista con la sirena a tope.

«Madre mía, qué volumen se gasta cuando se cabrea», pensé. Si seguía así, mis vecinos iban a pensar que lo maltrataba.

—Fred, por Dios —dije cuando el gato blanco y negro, de pelo largo, llegó corriendo hasta mí—. Que no te pasa nada. Esta vez solo llego unas pocas horas tarde.

Lo cogí cuando me alcanzó y lo puse boca arriba para poder enterrar la cara en su mullida barriga. Cuando yo era adolescente, mi madre llamaba a eso «hacer terapia peluda». Al volver a casa después de un largo día de trabajo, antes de saludarnos a mi padre o a mí, mi madre se iba directa a nuestro gato y lo estrujaba hasta que el pobre animal se escabullía. A ella siempre le sentaba muy bien, así que yo hacía lo mismo con Fred desde el día en el que apareció en el patio de la casa cuando solo era un gatito, medio ahogado e intentando refugiarse de una tormenta. Quizá porque era muy pequeño cuando empecé con la terapia peluda, Fred la toleraba estupendamente y ronroneaba y me amasaba el pelo mientras tanto.

Cualquiera que no tuviera gatos habría pensado al verme que estaba loca, pero no me importaba. De todas formas, como por principio no me fiaba de la gente a quien no le gustaran los gatos, no iba a tener a nadie así alrededor que pudiera juzgarme.

Dejé a Fred en el suelo después de saciarme, y él echó a trotar detrás de mí cuando fui al dormitorio a cambiarme. Tras un turno tan largo, no me sentía agotada, sino totalmente despierta. Tal vez fuera porque había aprendido a quedarme dormida en un abrir y cerrar de ojos y, siempre que disponía de un momento de calma, buscaba algún sitio para echar una cabezada. Esa noche el hospital había estado bastante tranquilo entre las doce y la una, y me había pasado la hora entera durmiendo. Tanya me dijo que una enfermera de planta que fue a buscar los resultados de unos análisis comentó que había demasiada calma, y eso nos gafó. Las enfermeras de urgencias sabíamos que nunca había que decir algo así.

Me di una ducha, me puse el pijama más cómodo que tenía, me serví un copazo de vino blanco y me acurruqué con Fred en el sofá. Estuve a punto de poner la tele para desconectar un rato, pero como no había mirado el móvil durante el turno, opté por mirar las notificaciones pendientes de mis redes sociales.

Rindiéndome a lo inevitable, abrí mi aplicación preferida y empecé a bajar de publicación en publicación. Pasé por los típicos vídeos de animales monísimos haciendo cosas adorables, gente haciendo gilipolleces y metiéndose en líos, anécdotas sobre exparejas, y gente musculosa posando delante de los espejos del gimnasio. Pero con lo que más me encontré fue con contenido subido de tono. Específicamente con vídeos provocativos de hombres con algún tipo de máscara. Me había obsesionado con ellos a principios de otoño, que era la época del año en la que ese tipo de contenido entraba en alza gracias a los fans de la ficción picante y a seguidores de mirada morbosa como yo.

Mientras rascaba a Fred detrás de las orejas con una mano, con la otra le daba a «me gusta» en vídeos de hombres disfrazados, vestidos con uniformes militares futuristas o incluso con trajes salidos directamente de películas de terror. Sin embargo, mis favoritos eran los que se ponían la típica máscara de *Scream*. Se me caía la baba con los que salían sin camiseta. Y si a eso le sumabas un cuchillo y un poco de sangre de mentira, se ganaban una nueva seguidora al instante.

Mi creador de contenido favorito era uno con el nombre de usuario «el.hombre.sin.cara». Sus vídeos tenían todo lo que más me gustaba: una máscara personalizada que no se parecía a ninguna otra y que era tan sensual como aterradora, músculos, buena iluminación, un selección musical excepcional y un instinto espectacular para atraer a la gente y hacer que le pidiéramos más. Yo tenía una sección de mis favoritos dedicada a sus vídeos, y cada dos por tres la abría y los reproducía si necesitaba distraerme después de un turno complicado.

Como esa noche.

Apuré el vino que me quedaba —mierda, con el móvil perdía por completo la noción del tiempo— y me levanté para servirme otra copa. Fred saltó del sofá y se hizo un ovillo en la casita que tenía junto al televisor; había llegado a su límite de mimos. Fui a ver sus recipientes de agua y comida de la cocina —seguían bastante llenos— y me eché en la copa lo que quedaba de vino en la botella. Cuando me lo bebiera, me habría pimplado ya medio litro.

Sí, en un rato estaría achispada y, con suerte, agotada. Solo disponía de diez horas hasta que empezase el nuevo turno y necesitaba desesperadamente recuperar toda la falta de sueño que había acumulado durante el habitual ajetreo navideño en el hospital.

Me senté y me eché una manta por encima antes de buscar los vídeos del Hombre sin Cara, como ya lo llamaba para mis adentros. Me costaba elegir mi favorito, pero, si alguien me hubiera puesto una pistola en la sien para obligarme a escoger, me habría decantado por uno en el que estaba recostado en un sofá, sin camiseta, con la cabeza apoyada en el respaldo, y toda la escena iluminada por una luz roja. Solo se le veía de costillas para arriba, con la piel cubierta de tatuajes, y flexionando los músculos al mover el brazo con un gesto rítmico que insinuaba que se estaba masturbando, pero sin llegar a ser tan explícito como para que le banearan la cuenta.

Nunca sabía en qué fijarme cuando ponía ese vídeo en concreto. ¿En cómo tensaba los bíceps con cada movimiento? ¿En la manera en que le subía y bajaba el pecho como si estuviera a punto de correrse? O ¿en lo que imaginaba que estaba sucediendo fuera de la pantalla mientras se la meneaba?

El vídeo empezaba con él mirando al techo. Hacia el final, movía la cabeza para mirar directo a cámara y, aunque yo sabía perfectamente que una máscara no podía tener expresión alguna, me daba la impresión de que la suya sí. Sentía que esos ojos vacíos se me clavaban en el alma y que esa boca burlona pronunciaba mi nombre cuando se corría. El vídeo se cortaba justo después de que él apartara la cabeza de nuevo, y me avergonzaba reconocer la de veces que lo había pausado justo antes de que terminase para poder seguir observando esos ojos un poco más.

¿Cómo sería estar en la habitación con él mientras grababa? ¿Cómo sería ser la persona en la que pensaba para correrse? O, mejor aún, ¿cómo sería volver un día a casa y encontrármelo en mi propio sofá, esperándome a oscuras, cubierto de sangre, con la luz de la ventana reflejándose en el filo de su cuchillo?

Esa idea me hizo estremecer de miedo y de placer a partes iguales. Lo deseaba de un modo que quizá no fuera sano, pero después de todo lo que había presenciado trabajando en el hospital y de la mierda de adolescencia que había tenido, era normal que mis gustos empezasen a inclinarse profundamente hacia el lado oscuro.

«A lo mejor Tyler se pondría esa máscara si se lo pido», pensé.

Tyler, sí. El tío con el que llevaba un año enrollándome.

Casi me había olvidado de él. No porque fuese olvidable —era guapo y follaba bien—, sino porque, en épocas de mucho trabajo, tendía a olvidarme de todo lo demás, cosa que llevaba un tiempo sucediéndome debido a la falta de personal que sufríamos en el hospital.

¿Cuándo fue la última vez que nos habíamos liado? Por lo menos antes de Navidad. Lo que quería decir que ya tocaba llamarlo. El del día siguiente era mi último turno de la semana, y luego disfrutaría de dos maravillosos días libres. ¿Qué mejor manera de pasarlos que tumbada debajo de un tío que sabía dónde estaba el clítoris?

Me acabé el vino, embriagada por la posibilidad de estar con un hombre enmascarado en vivo y en directo. Sin pensármelo mucho, hice una captura de pantalla de mi vídeo preferido y se la mandé a Tyler junto a un mensaje de texto.

> A partir del viernes tengo dos días libres.
> Quieres venir esa noche y traerte
> una máscara como esta?
> Te prometo que se pondrá interesante

Al haberle escrito a una hora a la que él estaba durmiendo, como una persona normal, la respuesta no me llegó hasta al día siguiente, cuando yo llevaba ya varias horas trabajando.

Se me cayó el alma a los pies al leer el mensaje.

> Hostia, tía. Pero sigues viva?
> Pensaba que habías pasado de mí. Hace dos
> meses que no tengo noticias tuyas.
> Paso de lo de la máscara, no es mi rollo.
> Además, he empezado a salir con alguien

¿Dos meses? ¿De verdad hacía tantísimo? Me fui hacia atrás en nuestra conversación y me di cuenta de que tenía razón. Mierda. A lo mejor ya iba siendo hora de agendar otra sesión de terapia y preguntar si me podían dar algún consejo para mantener una vida personal con una profesión como la mía.

Porque era evidente que no se me estaba dando bien.

2

Josh

—¿Todo bien, tío? —le pregunté a mi compañero de piso. Habíamos pausado la partida hacía unos cinco minutos para que pudiera mandar un mensaje, y estaba empezando a aburrirme.

Tyler se dejó caer a mi lado en el sofá.

—Sí, es que acabo de dejarlo con esa tal Aly con la que estaba liado.

Fruncí el ceño.

—Pensaba que lo habíais dejado hace meses.

Negó con la cabeza y se pasó una mano por el pelo rubio oscuro. Al hacerlo flexionó el bíceps y se volvió para mirárselo.

Tenía un «para ya» en la punta de la lengua, pero me la mordí. Aunque no había nadie a quien impresionar cerca, Tyler era vanidoso desde siempre y posaba hasta sin darse cuenta. Ya era casi como un tic nervioso, así que debía de estar más fastidiado por lo de la tal Aly de lo que aseguraba.

—Creía que había pasado de mí —dijo—, pero supongo que estaba muy ocupada con el curro otra vez.

Me volví hacia la tele y procuré comportarme con naturalidad.

—Es enfermera en urgencias, ¿no?

Ya sabía la respuesta a esa pregunta, además de otros datos como su dirección, dónde había estudiado Enfermería, qué notas había sacado y cuál era su horario de trabajo actual. Cosas normales que uno tenía que saber sobre los exrollos de los compañeros de piso.

—Sí —contestó Tyler—. No me dice nada durante dos meses y luego mira lo que me manda.

Se sacó el móvil del bolsillo, lo desbloqueó y me lo lanzó. Lo cogí en el aire y bajé la vista. En cuanto vi la pantalla, me quedé paralizado.

«Hostia puta».

Había ocurrido. Había llegado el día que llevaba temiendo desde que me había abierto una cuenta secreta dos años antes. Mi vida online estaba a punto de colisionar con mi vida real, y me iban a descubrir.

«Disimula como un puto campeón», me dije. Tyler me estaba observando, y no podía permitir que viese lo nervioso que estaba. Pero: joder. A Aly le ponían las máscaras y, de todas las capturas de pantalla que podría haberle mandado a mi compañero de piso, había elegido esa.

Carraspeé.

—No me habías dicho que le gustaran estas cosas. —Y era extraño, porque Tyler tenía la costumbre de contarme cada sórdido detalle de su vida sexual por mucho que yo le suplicase que se los guardara.

Tyler resopló.

—No lo sabía. Me alegro de estar con Sarah ahora, porque a mí no me van esas cosas. Yo solo quiero pim, pam, pum y fuera. No me molan los jueguecitos.

Lo cual era una lástima para la gente con la que se acostaba.

—Ya somos dos —mentí. Ladeé el móvil como si estuviera inspeccionando la foto y luego, hay que ver lo torpe que soy, moví el pulgar—. Mierda. He borrado el mensaje sin querer.

Tyler se encogió de hombros.

—No pasa nada. No necesito tener a un tío medio en bolas en mi móvil.

«Un tío medio en bolas», pensé al devolverle el teléfono. Así que no había prestado atención a la imagen, porque de lo contrario habría reconocido los tatuajes. Mis tatuajes. Una chica con la que se había acostado le había enviado una captura de pantalla de un vídeo mío: me habría echado a reír de no ser por el miedo a que me descubriera y por la adrenalina que me recorría las venas a borbotones.

—¿Preparado? —me preguntó levantando el mando.

—Dale.

Reanudó la partida y volvimos a empezar a disparar a todo lo que se movía. Intenté concentrarme en la pantalla dividida que tenía delante, pero no podía dejar de pensar en aquel mensaje. Aly quería que se la follase un tío enmascarado.

Yo solo había visto a Aly una vez, pero me impactó. Fue una mañana temprano, en verano, después de que se hubiera pasado la noche en la cama de Tyler haciendo de todo menos dormir. Yo también me la había pasado en vela, maldiciendo la extraña acústica de nuestro piso, hasta que encontré mis auriculares con cancelación de ruido y ahogué sus sonidos con música a todo volumen.

Siempre había dormido como el culo, así que, cuando varias horas más tarde me rendí y me levanté a preparar café, no esperaba que hubiera nadie despierto. La puerta de Tyler chirrió justo cuando pitó la máquina para avisarme de que había terminado. Me medio volví esperando ver a mi compañero de piso, pero a quien me encontré fue a una chica. Era una mujer alta y llevaba puesta una camiseta de Tyler que a duras penas le tapaba la entrepierna. Se me fueron los ojos inmediatamente a sus largas piernas. Tyler la había conocido en el gimnasio, y tenía aspecto de ser una persona que hacía pesas: muslos torneados, pantorrillas tonificadas y, por lo que veía de sus brazos, también los tenía bien definidos.

Levanté la vista al darme cuenta de que la estaba mirando fijamente y enseguida me arrepentí. Aly estaba buenísima. No me extrañaba en absoluto, ya que Tyler siempre salía con gente atractiva. Pero Aly, más que guapa, resultaba impresionante: tenía la barbilla puntiaguda, unos labios carnosos a los que parecía que había dado buen uso esa noche, una nariz por la que mi madre habría dicho que sin duda era italiana y enormes ojos oscuros. Llevaba revuelto el pelo castaño, que le caía hasta la altura de los codos en una maraña de ondas.

La sonrisa que me dedicó cuando nos miramos a los ojos casi me dejó ciego.

—Dime que has preparado suficiente para dos personas, por piedad.

Gruñí afirmativamente y le di la espalda.

Intentó charlar un poco conmigo y, aunque no fui desagradable ni nada parecido, me mostré distante, sin volverme hacia ella, y le respondí con monosílabos. No tardó en quedarse callada. Para compensárselo un poco, le serví el café primero a ella y le dejé la taza en la encimera, donde pudiera cogerla. Acto seguido me vertí un poco en la mía y salí pitando de la cocina.

Sin que yo tuviera que pedírselo, Tyler no le había dicho a Aly quién era yo, pero aun así no podía arriesgarme a que ella me viese bien la cara y empezase a preguntarse a quién le recordaba. Me parecía demasiado al cabrón de mi padre, y acababan de estrenar en Netflix un documental sobre él. Habría sido mi gozo en un pozo que Aly lo hubiera visto.

Aquel verano fue duro por culpa del documental, y apenas salí de casa. Siempre que mi querido padre aparecía en las noticias, alguien me paraba por la calle o en el supermercado y me decía:

—No sé si te lo ha dicho alguien, pero te pareces mucho a un tío sobre el que leí el otro día... —O sobre el que habían escuchado un pódcast. O sobre el que habían visto un capítulo de una serie de *true crime* que hablaba de sus numerosos crímenes.

El documental dio lugar a una nueva oleada de interés, y durante meses me tiré un montón de tiempo intentando evitar que la gente nos encontrase a mí, a mi madre y a mi padrastro. Todo el mundo quería entrevistar en exclusiva a la familia de George Marshall Secliff, y a veces recurrían a vías ilegales para localizarnos. Por eso aprendí a ser hacker cuando aún iba al instituto. Quería hacernos desaparecer a los tres de internet, e investigué todo lo que pude a fin de lograrlo.

A la larga, los conocimientos que adquirí me sirvieron de mucho. Empecé a trabajar de programador para una firma exclusiva de ciberseguridad que impedía que otros hackers se infiltraran en las quinientas empresas multimillonarias de la lista Fortune y robasen todo el dinero de sus clientes. Me permitía currar en casa, con horario flexible, y me dejaba tiempo suficiente para dedicarme a otras aficiones.

Como subir vídeos con los que tentar a seguidores del rollo de las máscaras.

Otra razón por la que me quedé en casa durante todo el verano era que apenas tenía vida amorosa. Aunque mi pelo era más oscuro que el de mi padre y lo llevaba más corto que él, éramos casi idénticos. No suponía un problema tan grave cuando era joven y tenía rasgos de crío. Ser un chaval enclenque me había salvado. Pero ahora que ya me había hecho un hombre y me acercaba a la edad en la que detuvieron a mi padre, era un clon de su foto policial.

Una de las primeras preguntas que les hacía a las mujeres con las que hacía *match* en las aplicaciones de citas era si les interesaba el *true crime*. Si decían que sí, las bloqueaba y pasaba página. Solamente me arriesgaba con aquellas que aseguraban detestar «todas esas movidas tan chungas». En las raras ocasiones en las que me liaba con alguna, lo nuestro duraba unas cuantas semanas como mucho. Las dejaba cuando me daba la impresión de que empezaban a sentir algo por mí o cuando las veía entornar los ojos como si estuvieran intentando averiguar de qué les sonaba mi cara.

Hasta los espejos habían llegado a suponer un problema, porque no podía mirarme en uno sin imaginar mi propia cara contorsionada por la rabia mientras me pegaban una paliza. Había visto otros documentales sobre hombres violentos, y siempre me desconcertaba que los miembros de su familia juraran que no tenían ni idea de lo que su padre o marido o tío había estado haciendo en su tiempo libre.

Mi padre era un puto monstruo, y no hubo manera de disfrazarlo. La única razón por la que tardaron en pillarlo fue porque elegía como víctimas a mujeres marginales, era guapo y podía aparentar ser inofensivo durante un rato. El suficiente como para convencer a las mujeres prostituidas a las que frecuentaba para que se subieran a su coche.

Se parecía mucho a Ted Bundy, su ídolo.

El único espejo que quedaba en nuestro piso era el del aseo, y siempre que entraba allí agachaba la cabeza para evitarlo. Así que sí, mi cara era un problema, y por eso la idea de ponerme una máscara me resultaba tan atractiva. Me había pasado años obsesionándome con la idea hasta que encontré la excusa perfecta para lanzarme cuando leí una noticia sobre el aumento de los vídeos provocativos en los que aparecían personas enmascaradas. Se trataba de un artículo de opinión sobre la psicología que explicaba esa tendencia, pero ignoré todas esas chorradas y me centré en las imágenes que acompañaban al texto.

«Eso podría hacerlo yo», pensé, y la certeza me atravesó como un relámpago. Tenía ante mí una forma de unirme a las redes sociales, mostrar el cuerpo que tanto trabajo me costaba mantener y satisfacer ese deseo inherente a todo ser humano de interactuar con los demás. Además había heredado algunas características de mierda de mi padre, y una de ellas era la necesidad de que me admiraran. La había reprimido durante gran parte de mi vida, pero mi psicóloga llevaba tiempo intentando convencerme de que era muy normal ir detrás de la fama y del reconocimiento. Nuestro cerebro primitivo los ansiaba porque hacía milenios, cuando aún nos golpeábamos unos a otros la cabeza con huesos de mamut, ser popular implicaba poder quedarse a salvo y protegido en el interior de la cueva.

Después de llegar a la conclusión de que no pasaba nada si satisfacía mis deseos por una vez, hice un pedido por internet para comprar un equipo de grabación de buena calidad. Me pasé horas diseñando e imprimiendo una máscara personalizada en 3D y vi un montón de vídeos de YouTube sobre realización cinematográfica antes de crearme siquiera una cuenta en redes sociales.

Y no se lo conté a nadie en absoluto. Ni a Tyler, que llevaba siendo mi mejor amigo desde que tenía memoria.

—Tío, hoy lo estás haciendo de puta pena —exclamó cuando nos morimos los dos en el juego. Otra vez.

—Mierda, perdona. Estaba pensando en el curro —mentí.

Tyler arrojó el mando sobre la mesa de centro con más fuerza de la necesaria.

—Pues nada. Me piro. Quiero ir al gimnasio antes de que se llene.

Se levantó del sofá y se fue a su habitación.

A veces Tyler era un capullo, y la mayoría del tiempo era sin duda un picha brava, pero también había sido la única persona que no me había abandonado en cuanto detuvieron a mi padre. Bajo toda esa fachada de gilipollas, era buen amigo, y leal hasta decir basta. Fue idea suya que nos mudáramos a otra ciudad para empezar de cero cuando la gente de la universidad se enteró de quién era yo. «Que les follen. Larguémonos», fue exactamente lo que dijo. Al principio pensé que no iba en serio, pero al poco tiempo hizo todo el papeleo para cambiar de facultad y empezó a mandarme anuncios de pisos en alquiler fuera del campus.

En lugar de cambiarme de facultad como hizo él, yo dejé la carrera. Me dio la impresión de que mi momento en la universidad ya había pasado, y ninguno de mis profesores podía enseñarme nada más sobre el oficio de hacker. El resto de mi formación fue por internet, y estudié sin parar hasta que me sentí preparado para entrar en el mercado laboral. Solo me presenté a un puesto, el actual, y lo hice hackeando un gigantesco conglomerado de comunicación para enseñarle a la empresa en la que terminé trabajando cómo había traspasado sus defensas.

Cobraba un auténtico dineral por mantenerlos un paso por delante de posibles amenazas, lo suficiente como para que me pudiese comprar la cámara de aficionados más cara del mercado sin pestañear, además de tener pagado el alquiler correspondiente a los siguientes dos años.

Oí cómo se cerraba de golpe un cajón en el dormitorio de Tyler y lo interpreté como una señal para levantarme. Tenía el móvil encima de mi escritorio y me moría de ganas de cogerlo. Necesitaba abrir el vídeo al que se había referido Aly, y ver si la encontraba entre los comentarios. Le ponían las máscaras. O, por lo menos, le gustaban lo suficiente como para querer que alguien se pusiera una con ella.

Hasta la fecha había ignorado todos los privados en los que la gente me pedía quedar en persona para satisfacer sus fantasías. Eran desconocidos. Podía tratarse de cualquiera, y no me apetecía presentarme en casa de un octogenario si lo que yo esperaba ver era una veinteañera cañón.

Aly no era una desconocida. La conocía. Sí, vale, sabía más de ella de lo que debía porque, gracias a la aportación genética de mi padre, los límites eran una asignatura que tenía un poco pendiente.

Aly había estado en mi piso, en el único refugio que me quedaba. La necesidad de proteger mi identidad y de lograr que Tyler y yo siguiéramos a salvo era lo bastante grande como para justificar el que investigara a lo FBI a cualquier persona a la que él invitase al piso. Por suerte, Tyler comprendía mi obsesión y me avisaba con tiempo suficiente cuando pensaba tener compañía. Por lo general, pasaba del tema cuando me daba cuenta de que esa persona no suponía una amenaza para ninguno de los dos, pero mi interés por Aly había persistido durante más de lo que seguramente habría debido.

Cogí el móvil de la mesa y me senté en la cama mientras abría mi cuenta. El vídeo al que Aly había hecho una captura de pantalla era uno de los más populares, con 3,4 millones de visualizaciones. El inconveniente era que tendría que revisar miles de comentarios si albergaba la esperanza de dar con ella, y no dejaba de ser una lotería. La mayoría de la gente era bastante anónima por internet. Con mi suerte, seguro que Aly también. Pensé en escribir un código para dar con ella, pero esa parte de la investigación requería intervención manual, así que me apoyé en el cabezal de la cama y empecé a pasar comentarios, observando nombres y avatares por si veía rastro de ella.

Transcurrió una hora antes de que me incorporase de repente. Tenía el pulgar encima de un usuario llamado «aly.aly.oxen. free». Hostia puta, ¿era ella? Pulsé en su perfil y, cómo no, era privado. Me acerqué el móvil a la cara y entorné los ojos. El avatar era una foto de primer plano de una mujer de pelo oscuro. Hice una captura de pantalla y abrí el programa de IA que tenía en el móvil para ampliarla y arreglar la resolución hasta que me encontré delante de una fotografía nítida de Aly. Era ella.

Solo para estar seguro al cien por cien, entré en mi ordenador y hackeé su cuenta usando todos los truquillos habidos y por haber para ocultar mis huellas y que no se percatara de nada. La dirección IP con la que se había creado aquel perfil era de la ciudad, y, cuando investigué un poco más, descubrí que provenía de la manzana en la que vivía Aly.

La había encontrado. Aly no solo tenía un fetiche por las máscaras, sino que le había gustado lo suficiente uno de mis vídeos como para dejar el siguiente comentario:

Oiga usted, que estoy en el trabajo.
Cómo se atreve?

¿Me habría escrito otros?

Entré en mi cuenta con el ordenador y creé varias líneas de código para buscarla en mi sección de comentarios. Saltaron tantos resultados que empezó a darme vueltas la cabeza. Le había dado a «me gusta» en casi todas mis publicaciones, y las había guardado y comentado.

Toda la sangre del cuerpo se me fue directa a la polla, poniendo a prueba el pantalón de chándal. Uf, eso no podía estar bien. No debía estar ahí sentado, fantaseando con la ex de mi compañero de piso... Bueno, en realidad, su exalgo, pero no exnovia. Nunca habían ido lo bastante en serio como para definir su relación, y Tyler había salido con otras mientras se veía con Aly. Por lo tanto, no estaba rompiendo ningún código entre colegas, ¿verdad? Solo varias leyes de privacidad y un montón de normas sociales, pero a esas nunca les había dado demasiada importancia. Tyler era mi único amigo. No quería arriesgarme a perderlo por una tía, aunque esa tía hubiera aparecido en mis sueños desde que la vi por primera vez.

«Ojos que no ven, corazón que no siente», pensé. Además, todavía no había hecho nada. ¿Qué daño podía haber en un poquito de espionaje cibernético? A fin de cuentas, ella había hecho un poco lo mismo conmigo.

Clavé los ojos en el primer comentario que me devolvió la búsqueda.

Es este vídeo el motivo de que me haya
despertado de repente a las 2 de la
madrugada? Ha sido una invocación?

Sonreí y meneé la cabeza. También era graciosa, por supuesto. Como si no tuviera bastante con que estuviera buenísima y probablemente fuera de mi alcance.

Seguí leyendo. Sus comentarios iban de graciosos a lascivos.

Le doy las gracias al algoritmo por haberme
traído hasta aquí
Ya voy por la sexta temporada de este vídeo
Bueno, es muy temprano para que mi instinto
animal esté así de despierto
Es que GATEARÍA hasta él
Si habéis oído una explosión, han sido mis
ovarios

Si esto fuera una peli de miedo, yo sería la que
se muere. Todo el mundo echaría a correr, pero
yo me lanzaría de cabeza hacia el peligro

Me aparté del escritorio. Menudo desastre… Porque ese último comentario me había dado de lleno, y ahora no podía quitarme de la cabeza una escena en la que la perseguía hasta atraparla para luego follármela.

¿Así era como empezaba la cosa? ¿Con una fantasía casi inocente en la que deseaba cepillarme a una mujer en algún sitio donde nadie la oyese gritar? ¿Empeoraría y mis deseos terminarían pasando de eso a querer follármela y ahogarla un poco al mismo tiempo? Y después ¿a querer seguir apretando hasta ver cómo se le escapaba la vida de los ojos mientras yo seguía dándole sin parar?

Se me bajó la erección en el momento, y me lo tomé como una buena señal. Al parecer, no me ponía cachondo la idea de hacerle daño de verdad a Aly, así que quizá no estaba tan trastornado como siempre había temido.

Me acerqué de nuevo a la mesa y leí el resto de los comentarios que me había escrito. Tardé un buen rato porque había casi cien resultados.

Pasó menos de un minuto antes de que volviera a ponérseme dura por su culpa. Muchísimos de sus comentarios giraban en torno a la posibilidad de que al volver a casa me encontrara allí esperándola, y enseguida se me llenó la mente con ideas de cómo satisfacer su fantasía.

¿Qué ocurriría si de verdad me colaba en su casa?

En el mundo real, o me dispararía en el culo por idiota o saldría corriendo y llamaría a la policía, y entonces toda mi vida saltaría por los aires cuando me detuvieran y los titulares comenzasen a anunciar que era idéntico a mi padre.

Pero en esos instantes no estaba viviendo en la realidad. Mis pensamientos eran pura fantasía, y no pude evitar imaginarme metiéndome en su casa y a Aly respondiendo tal como decía que haría: gateando hacia mí y suplicándome que me la follase mientras le ponía un cuchillo en el cuello.

> Este tío no deja de salirme en esta app, pero yo
> lo que querría es que no saliera de dentro de
> mí, qué tragedia

Era probable que fuese mi cita preferida de todos los tiempos.

Gemí y me toqué la entrepierna por encima del pantalón. La de cosas que le haría a esa mujer si me dejase. Cumpliría cada pensamiento oscuro y sucio que hubiese tenido. Y no tendría que preocuparme de que su deseo se convirtiese en terror cuando la tuviera debajo, ya que, con la cara tapada, no había ningún riesgo. Por una vez podría liberarme del miedo a que me descubrieran o me reconociesen.

Esa posibilidad me puso casi tan cachondo como me ponía la propia Aly.

Me recosté en el respaldo de la silla y me metí la mano en el bóxer para sujetarme la base de la polla. ¿Cómo sería colarme en su piso? Sabía que podía hacerlo. Además de ser buen hacker, se me daba muy bien merodear por la noche. Siempre había sido un poco búho, pero más en los últimos tiempos, porque había menos peligro de que alguien me reconociese en la oscuridad que de día. Hacía la compra en un supermercado abierto las veinticuatro horas y entrenaba a las dos de la madrugada, cuando no había nadie más en el gimnasio de nuestro edificio.

Me acaricié imaginándome que forzaba la cerradura de Aly. Había aprendido a hacerlo de adolescente para poder entrar en el despacho de mi psicólogo y leer lo que había escrito sobre mí. Grave error, porque no estaba preparado para lo que me encontré, pero por lo menos aprendí una nueva habilidad… Podría desenterrarla y darle un buen uso para meterme en casa de Aly en plena noche mientras ella estuviese trabajando en el hospital.

Me froté la punta de la polla con el pulgar al llegar arriba del todo, empapándomela de líquido preseminal, y luego bajé la mano para apretarme la base de nuevo. Cerré los ojos y visualicé a Aly en el umbral de su casa con aspecto desaliñado y cansado después de una larga noche, y abriendo mucho los ojos del pánico al darse cuenta de que no estaba sola.

«¿Quién anda ahí? ¿Qué quieres?», la oía exclamar con voz temblorosa.

En mi cabeza, yo le respondía señalándola con el cuchillo como si dijera «a ti».

Ella levantaba las manos en respuesta. «Coge lo que quieras y vete. No me hagas daño, por favor».

Yo negaba con la cabeza y movía el cuchillo hacia el suelo en una orden explícita. Aly se ponía de rodillas, obediente. Me dirigía hacia ella mientras veía cómo le subía y le bajaba el pecho al respirar. Ella pasaba la mirada del cuchillo a mi torso sin camiseta, cubierto de sangre, y el negro de sus pupilas dilatadas le iba ganando terreno al iris marrón a medida que el miedo empezaba a convertirse en deseo.

Me detenía delante de ella, mirando hacia su rostro levantado y deleitándome en la vulnerabilidad de su postura. Con sumo cuidado, le ponía la punta del cuchillo en la barbilla y le ladeaba la cara al tiempo que me bajaba la cremallera y me sacaba la polla. Aly alzaba los ojos hasta los oscuros agujeros de mi máscara durante un segundo y luego abría la boca, se inclinaba hacia delante y rodeaba con aquellos labios tan carnosos la punta y…

Joder, estaba a punto de correrme.

Cogí unos cuantos pañuelos de la caja que tenía cerca y me los metí en los pantalones justo a tiempo de eyacular y empaparlos. Imaginarme a Aly delante de mí, asustada y cachonda a la vez… Necesitaba ver eso. Mucho. Más de lo que había necesitado nada en muchísimo tiempo.

Lo único que debía averiguar era cómo llevarlo a cabo sin terminar detenido por la policía.

El barrio de Aly seguía iluminado y decorado como si aún fuera Navidad e, inesperadamente, aquel fue el principal obstáculo que tuve que afrontar al planear mi pequeña jugada. Había pasado una semana desde que vi el mensaje que le mandó a Tyler. Llevaba siete días intentando quitarme de la cabeza aquella locura mientras practicaba forzar cerraduras, investigaba si Aly tenía o no un sistema de seguridad en casa —no tenía, y eso era inaceptable— y conducía por su barrio de noche para familiarizarme con la zona.

Era obvio que la parte racional de mi cerebro no había logrado que el resto de mí entrase en razón, ya que me encontraba al abrigo de las sombras, junto a la puerta trasera de Aly, intentando recuperar el aliento después de haber provocado un miniapagón en la calle y correr detrás de su casa para desatornillar sus focos traseros antes de que volviese la luz.

Apoyé la cabeza en el revestimiento de vinilo de la fachada y cerré los ojos. Me iban a pillar. Me iban a pillar y saldría en los telediarios de todo el mundo porque mi padre era quien era, y ningún jurado creería que aquel era mi primer allanamiento de morada. Pensarían que había urdido algo mucho más malvado y me meterían el resto de mi vida en la cárcel por esa gilipollez.

Y todo porque quería ponerme una máscara y follarme a una chica muy mona.

Debería haberme ido a casa. Debería haberme alejado de la pared, haber subido al coche, haber arrancado el motor y haber olvidado el fetiche de Aly con las máscaras. Era lo que habría hecho un tío normal, con la cabeza en su sitio. Pero al parecer yo no era ni lo uno ni lo otro, porque, en cuanto la posibilidad de marcharme me cruzó la mente, un «¡NO!» estrepitoso la descartó.

Quizá había llegado el momento de aceptar que no era normal y que jamás lo sería. Deseaba cosas que la mayoría de la gente no, ansiaba oscuridad y depravación, en lugar de luz y amor. Había luchado contra mi naturaleza desde que tenía uso de razón, y estaba cansado.

Estaba hasta los cojones.

Sería muchísimo más fácil ceder a la tentación por una vez. Sería un alivio, en realidad. Me había esmerado en tratar de corregir y suprimir todo aquello que me habían enseñado que no era normal, pero, después de una década de terapia y de medicación, esas ideas y deseos que la mayor parte de la sociedad consideraba problemáticos seguían dentro de mí. Por fin tenía la oportunidad de experimentarlos.

Me había preparado tanto como me fue posible. Estaba cubierto de la cabeza a los pies, así que no habría rastro de células epiteliales que pudiera encontrar un equipo forense. Solo uno de los vecinos de al lado de Aly tenía alarma de seguridad, y había entrado en el sistema para saber si alguna de las cámaras daba al patio trasero de ella. Y no. Por si acaso se me había escapado algo, me había puesto un pasamontañas para ocultarme la cara. Llevaba una talla más grande de botas y había colocado un plástico en la suela para que no dejasen huellas. Tan solo me quedaba entrar, hacer lo que había ido a hacer y largarme.

Respiré hondo y me volví hacia la entrada. La luna estaba solo medio llena, pero, entre eso y las luces de Navidad de la calle, podía ver bien el pomo de la puerta. Me quité la mochila y saqué el kit para forzar cerraduras. Las herramientas de acero brillaron a la luz de la luna cuando las extraje y me puse a ello.

A veces mi personalidad se acercaba mucho al comportamiento obsesivo, y había practicado tantísimo que solamente tardé un minuto en abrir la cerradura. Giré el pomo y recé por que no fuese tan fácil. Solté un suspiro de alivio cuando la puerta no se movió gracias a un cerrojo. Aun así, aquello no impediría que un ladrón de verdad o yo entrásemos. Estaba claro que Aly necesitaba un sistema de seguridad en condiciones.

Tomé nota mental para hacer un pedido anónimo a su nombre mientras guardaba las herramientas y cogía los imanes carísimos que había comprado por internet. Abrir el cerrojo iba a costarme mucho más que la cerradura. Podría haberle pegado una patada a la puerta o haber usado cualquier otro método destructivo para entrar, pero no quería provocar daños en la casa de Aly ni facilitarle el camino a cualquiera que quisiese seguir mis pasos, así que debía hacerlo de la forma lenta y complicada.

El sudor me empezó a perlar la frente a medida que pasaba el tiempo. Cada vez que sonaba un ruido demasiado cerca, me quedaba paralizado, con el corazón martilleándome en el pecho, preguntándome si estarían a punto de pillarme *in fraganti*. Casi pegué un salto al oír una sirena, pero en lugar de acercarse avanzó en paralelo con la calle de Aly y luego se alejó.

Perdí un minuto entero intentando acordarme de cómo se respiraba.

Estaba haciendo una puta locura. Una gilipollez absolutamente demencial. Sin embargo, era incapaz de parar, así que cogí los imanes y volví a ponerme con el cerrojo.

Después de lo que me pareció una breve eternidad, los imanes surtieron efecto y conseguí abrir. Apoyé la frente en la puerta y respiré entrecortadamente; había tanta adrenalina recorriéndome las venas que me temblaba todo el cuerpo por la necesidad de expulsarla. Seguía teniendo un poco de miedo de que aquello terminase en desastre, pero el subidón de hacer algo tan peligroso e ilegal era mucho más excitante que nada que hubiera experimentado antes, incluido el paracaidismo.

¿Era aquello lo que sentía mi padre? ¿Era aquella la misma emoción que lo empujaba a él a actuar, además de sus deseos más sádicos?

Negué con la cabeza y me incorporé. Ya me plantearía esas preguntas de mierda más tarde. En esos instantes debía entrar en la casa.

Giré el pomo y, con mucho cuidado, abrí la puerta. El único dato que no había encontrado en internet era si Aly tenía o no mascotas. No había oído ningún ladrido al trastear con la cerradura, pero eso no significaba que no hubiese un perro al que le hubieran enseñado a estar callado, esperando para atacarme. Sí, podría haber calmado mi preocupación preguntándoselo a mi compañero de piso (Tyler había estado varias veces allí, así que sabría la respuesta), pero no quería que pensase que me interesaba ninguna de sus ex, y menos aún Aly.

La parte trasera de la casa estaba a oscuras, a excepción del débil resplandor que procedía del salón, donde el árbol de Navidad de Aly se alzaba orgulloso y totalmente iluminado junto a una ventana. Era suficiente luz como para que pudiese ver a mi alrededor y constatar que no había ningún perro a punto de abalanzarse sobre mí.

Cerré la puerta rápido y eché el cerrojo.

Un alarido demoniaco rompió el silencio.

¡Joder! Al final Aly sí que tenía una especie de can infernal poseído por el demonio que estaba a punto de desgarrarme los pantalones y derramar sangre por todo el maldito suelo para que los agentes de policía la encontrasen.

Cogí el pomo de la puerta y, cuando estaba a punto de largarme, una forma pequeña y peluda entró corriendo en la habitación y se detuvo en seco.

Un gato. Aly tenía un gato.

Nos observamos el uno al otro en la oscuridad. Era poca cosa, incluso con todo aquel pelaje largo, negro y blanco. Si no me quedaba más remedio, podría con él.

—No me toques los cojones —le advertí.

El gato respondió poniéndose de lado, arqueándose sobre la punta de las patas y erizándose como una mofeta.

Aun sin quererlo, sonreí. Era un gato pequeño, pero tenía pinta de guerrero, y aquello había que reconocérselo.

Yo nunca había tenido mascotas. Todo el mundo sabía que los asesinos en serie empezaban por animales pequeños, y yo no quería esa tentación por si me parecía mucho más a mi padre de lo que creía. Me preocupaba que, si adoptaba uno, o no sentiría nada por él —ni instinto protector ni ganas de estrujarlo por amor, como parecía ocurrirles a muchos dueños— o se confirmaría el peor de mis miedos al mirar al bicho y verlo como una «presa».

Me mantuve quieto sobre el felpudo mientras iban pasando

los segundos, a la espera de que me sobreviniese algún arrebato violento. Pero lo único que sentí fue una leve inquietud. Los gatos tenían garras, ¿verdad? ¿Y si se abalanzaba sobre mí y me hacía sangre? Con una gota bastaba para identificar a alguien.

Sin previo aviso, el gato se desinfló y echó a caminar hacia delante.

Ay, joder, joder. ¿Qué estaba haciendo?

Di un paso atrás y me pegué a la puerta, sintiéndome extrañamente embobado por cómo le brillaban los ojos en la oscuridad. Sería facilísimo matar a esa criaturilla peluda, pero no sentía ningún deseo de hacerle daño. Eso debía de ser buena señal, ¿no? O tal vez aquella era una situación tan nueva para mí que estaba reprimiendo cualquier respuesta horrible que hubiese tenido de normal...

—Nada de arañazos —le advertí al gato.

Seguía siendo posible que la sed de sangre estuviera ahí, latente pero indetectable, y que, si el animal me atacaba, esos instintos asesinos emergieran hasta adueñarse de mi conciencia y obligarme a hacer algo horrible. Me habían enseñado a no fiarme de mí mismo, y aquel parecía el momento perfecto para saber de una vez por todas cuánto nos parecíamos de verdad mi padre y yo.

El gato no se detuvo hasta llegar a mis pies, imperturbable. Yo seguía paralizado, con la sensación de que todavía podía ocurrir una desgracia, pero, en lugar de morderme, me olisqueó el pantalón, me dio un cabezazo en la pantorrilla y ronroneó tan fuerte que fue como si se hubiera encendido un motor.

Solté un suspiro de alivio y me agaché para observarlo mejor. Era un bicho... bastante mono. Sobre los ojos tenía unas manchas blancas que hacían las veces de cejas; en ese momento se le habían juntado porque tenía los ojos entornados. Me rozó la pierna de nuevo como si esperase que lo acariciara. ¿Había pensado yo alguna vez que algo fuera «mono»? A lo mejor la pregunta adecuada era: ¿me había permitido a mí mismo pensarlo?

—Si no se me da bien, lo siento —dije mientras le rascaba entre las orejas.

Luego le pasé la mano por el lomo, como había visto hacer a gente por la tele. Era la primera vez que acariciaba a un animal, y me temblaban los dedos. Pero por suerte se debía al exceso de adrenalina y no al creciente deseo de estrangular al bebé peludo de Aly.

Crisis superada. Por lo menos, de momento.

Ya había aprendido dos cosas cruciales de mí mismo esa semana: no quería hacerles daño ni a Aly ni a su gato. Quizá al final resultaba que no era un psicópata. Los psicópatas no se preocupaban más que de sí mismos. Sin embargo, la sociopatía no estaba descartada, porque a la mayoría de los sociópatas sí que les podían importar unas pocas personas que se convertían en excepciones para ellos y por las que desarrollaban un amor y una devoción intensos, a la vez que no sentían absolutamente nada por nadie más. A mí me importaban mi madre, mi padrastro y Tyler. Eran mi gente, y casi nunca pensaba en otras personas. Pero ¿se debía a un trastorno de la personalidad o a que eran los únicos que se habían ganado mi confianza?

Meneé la cabeza y me levanté, ignorando el maullido de protesta del gato cuando dejé de acariciarlo. No había ido hasta allí para encariñarme con un animal. Tenía limitado el tiempo y, cuanto más rato me quedase, mayor era el riesgo de que me descubriesen. Ya analizaría mi salud mental más tarde.

Tenía un vídeo que grabar y una cámara que colocar.

Había llegado el momento de averiguar hasta qué punto Aly decía en serio lo de que quería entrar en su casa y encontrarse con un hombre enmascarado esperándola a oscuras.

3

Aly

A todo el mundo se le había ido la olla en la maldita ciudad, o esa era la sensación que yo tenía esa noche. Durante un turno normal y corriente nos llegaban bastantes accidentes, pero ese día estaba siendo distinto. En las últimas siete horas había perdido la cuenta del número de pacientes a los que había atendido que se habían hecho daño a sí mismos o se lo habían hecho a otra persona con alguna gilipollez que hasta un niño sabía que no debía intentar.

¿Había alguna nueva moda peligrosa por las redes de la que aún no me había enterado? ¿Habrían vuelto a poner aquel programa antiguo de televisión en el que salía gente estampando carritos de supermercado por todas partes? Tenía que haber algo que explicara semejante nivel de estupidez. No podía ser todo coincidencia.

Estábamos en medio de una pequeña tregua, de esas que a veces ocurrían a altas horas de la madrugada, y me senté en una silla de la sala de descanso intentando ponerme lo más cómoda posible mientras apuraba otra taza de café. Iba por la mitad del turno, y, si la segunda parte era igual que la primera, iba a necesitar toda la cafeína posible para aguantar el tipo.

Tanya entró en la sala y se dirigió a la ventana, tan concentrada en mirar al cielo nocturno que pensé que ni siquiera me había visto.

—Y ni siquiera hay luna llena, joder —dijo entre dientes.

Me erguí en la silla.

—Ah, ¿no son solo mis pacientes, entonces?

Se volvió hacia mí y negó con la cabeza. Las largas trenzas le resbalaron por encima del hombro.

—No. Esta noche a la ciudad le ha dado algo.

Compartimos una mirada de preocupación y luego apartamos la vista. A veces sucedían cosas como aquella: emergían patrones de conducta extraños que me hacían pensar que los seres humanos estábamos más conectados de lo que creíamos. Por ejemplo, una semana veíamos un auge de víctimas de accidentes de coche sin que hubiese atascos ni mal tiempo para explicar el repunte. Otra, nos llegaban más víctimas de violencia machista de lo habitual y, a la siguiente, más heridas de bala.

Tanya y yo lo habíamos comentado un par de veces, y las dos nos preguntábamos si se debía a que los seres humanos compartíamos una especie de conciencia colectiva, o si tendría algo que ver con corrientes magnéticas o con que el subconsciente de la gente captaba las mismas señales sutiles del mundo que nos rodeaba.

Se lo había llegado a mencionar a un agente de policía que hacía guardia con regularidad en el hospital. En lugar de mirarme como si fuera una tía rara, estuvo de acuerdo conmigo y me dijo que sus compañeros y él habían notado algo parecido. A veces ocurría que un montón de gente, sin apenas conexión entre sí, cometía prácticamente el mismo delito. Y luego, un nuevo grupo hacía otra cosa.

Después de la conversación se lo conté a Tanya, y a las dos nos dio tan mal rollo que habíamos empezado a esquivar ese tema, como si sacarlo a colación fuese a provocar una nueva oleada de casos extraños.

—¿Qué tal estaba Brinley? —le pregunté.

Tanya había trabajado con ella la noche anterior y le había estado echando un ojo, tal y como había hecho yo la noche previa. Mi compañera se apartó de la ventana y se encaminó a la cafetera.

—Bien, gracias a Dios. Creo que tienes razón y va a ser capaz de aguantar. Aquella primera noche la pilló desprevenida, nada más.

—No hay nada mejor que un bautismo de fuego para poner a prueba el temple de alguien —dije.

Tanya terminó de servirse un café y se volvió hacia mí. Apoyó la cadera en la encimera y dio el primer sorbo.

—No habría sido tan duro si tuviésemos más gente entre la que dividir a los pacientes.

Me erguí al oírla decir aquello.

—Hablando de eso, ¿vas a ir el mes que viene a la feria de empleo?

El hospital a menudo instalaba puestos en ferias de institutos y en eventos de contratación que se organizaban por la ciudad con la intención de atraer a más personas al campo de la enfermería. Pocos acababan trabajando con nosotras, pero nos tomábamos cualquier nueva incorporación como una victoria.

Tanya asintió.

—¿Quieres venir conmigo? Cuenta como un turno, y así te daría un poco la luz del sol para variar. —Me miró de reojo por encima de la taza con una ceja arqueada—. Últimamente tienes muy mala cara.

Puse los ojos en blanco.

—Espero que tengas más don de gentes en la feria.

Tanya resopló.

—¿Te apuntas o no? No me obligues a llevarme a alguien como Donna.

Las dos hicimos una mueca. Donna era una de las enfermeras que la semana anterior había estado en la sala con Brinley. No tenía mano con los pacientes ni instinto natural para cuidar. Llevarla a una feria de contratación sin duda espantaría a la gente en lugar de animarla.

—Sí, me apunto —dije.

Tanya suspiró de alivio y bebió otro trago de café.

Nos quedamos calladas, pero era un silencio cómodo que a las dos nos gustaba. Algunas noches nos sentábamos y hablábamos entre un paciente y otro para contarnos cotilleos. Otras noches eran como aquella: las dos nos sumíamos en nuestros pensamientos intentando recuperar el aliento en medio de un turno complicado.

El busca que llevaba Tanya en la cadera empezó a pitarle, y ella maldijo entre dientes al cogerlo.

—Ya están los análisis —anunció, y apuró el resto del café antes de salir de la sala.

Cuando se marchó, eché un vistazo a mi propio busca. También estaba esperando los resultados de dos pacientes, y me sorprendía que el mío todavía no hubiese sonado. Quizá podría ir a sobornar a Vern, mi compañera del laboratorio, para que me colara.

Me fijé en la fecha del margen superior del busca, y me erguí en el asiento. Era jueves. Por lo tanto, había nuevo vídeo del Hombre sin Cara. Publicaba todos los martes, jueves y sábados como un reloj. ¿Cómo coño me había olvidado?

Me levanté de la silla y fui a mi taquilla. Tener la sala de descanso entera para mí era un pequeño milagro, y no pensaba dejar escapar la oportunidad de ver el vídeo en paz.

—Venga —mascullé al poner la combinación del candado con dedos impacientes. La puerta podía abrirse en cualquier momento, y entonces perdería la oportunidad y me tocaría esperar hasta la siguiente pausa o hasta el final de mi turno para verlo.

Abrí la taquilla y saqué el móvil del bolso. Lo desbloqueé con rapidez, pulsé el icono de mi red social favorita y me fui directa a la barra de búsqueda. Al cabo de un segundo, su página ocupaba mi pantalla, y me inundó el cuerpo una oleada de calor al ver las miniaturas de sus vídeos, en las que aparecía en distintas poses y en varios estados de desnudez.

Joder, ese hombre era un monumento.

Se me aceleró la respiración y se me endurecieron los pezones debajo de la bata. Me sentía como el perro de Pavlov, solo que en lugar de babear ante la posibilidad de comer, me humedecía en otro sitio ante la posibilidad de experimentar placer. No podía ser normal que reaccionase ante ese hombre de manera tan automática, como si estuviera preparada para hacer cualquier cosa, solo por echar un vistazo a su perfil. Iba a tener que dejar de masturbarme con sus vídeos, porque ponerme cachonda con tan poco empezaba a ser un problema. Sobre todo en momentos como aquel, cuando no tenía tiempo de satisfacer mi deseo repentino y me iba a tocar pasarme el resto de la noche frustrada y pensando en él.

Probablemente debería haber guardado el móvil para ver el vídeo más tarde, a poder ser en la soledad de mi dormitorio —donde tenía acceso al vibrador—, pero mi dedo se movió solo y abrió el último vídeo. Debía de ser espectacular, porque lo había publicado hacía apenas unas horas y ya tenía cerca de cien mil visualizaciones.

Me arrimé el móvil. Comenzó a sonar una música evocadora, pero no se veía nada más que oscuridad hasta que la cámara se inclinó hacia arriba y enfocó la máscara del Hombre sin Cara, que estaba posada encima de algo. La cámara subió más y... ¡Hostia! Estaba sobre una cama, ¡y yo tenía un edredón igual que ese!

Paré el vídeo y solté un gemido torturado. Ay, no. No, no, no. Tendría que haberlo dejado para más tarde. Al ver esa máscara encima de lo que podría haber sido mi cama, sentí unos espasmos en la entrepierna que solo mi vibrador más grande o un polvo largo y duro podrían aplacar.

«Déjalo antes de que sea demasiado tarde», pensé. Ver el resto del vídeo solo podía terminar siendo una tortura, pero, a pesar de saber lo incómodamente excitada que me iba a pasar el resto de la noche, no pude evitar darle de nuevo a reproducir.

La música comenzó a sonar de nuevo y entró en el campo de visión una mano masculina de uñas recortadas, con unos tatuajes en el dorso que se extendían por todos los dedos. La cámara se inclinó un poco más. Me faltó un poco el aliento al ver un antebrazo fibroso, cubierto de tatuajes y de venas. Madre de Dios, ¿por qué tenían tanto poder sobre mí los antebrazos? ¿Era porque me podía imaginar los músculos tensándose mientras esa mano tan grande sujetaba las mías por encima de la cabeza? ¿O, mejor aún, abultándose con fuerza apenas contenida mientras los largos dedos me rodeaban el cuello?

El hombre acercó la mano a la máscara y la agarró, colocando los dedos sobre los agujeros de los ojos para arrastrarla poco a poco y apartarla de la cámara mientras una voz masculina dolorosamente grave cantaba acerca de hacer cosas tremendas en el dormitorio. La banda sonora del Hombre sin Cara siempre era perfecta, capaz de transformar un simple vídeo como aquel en una caricia en el clítoris. Y esa vez era peor si cabe, porque no podía dejar de imaginármelo grabándolo en mi habitación.

De repente, la cámara se alzó y me quedé sin aire. Allí estaba él, delante de un espejo, mostrando su glorioso cuerpo sin camiseta, con el móvil en una mano, grabándose, mientras con la otra se desabrochaba lentamente el cinturón. Volví a pausar el vídeo para contemplar todos los detalles. Era perfecto —quizá no para todo el mundo, pero sí para mí—, con esos músculos marcados después de lo que debían de haber sido horas de gimnasio, tonificado y esbelto en algunos puntos y ancho y denso donde tocaba.

Quería recorrerle el valle entre los pectorales con la lengua, venerar sus abdominales y pasar una indecente cantidad de tiempo memorizando la «V» profunda que se le marcaba en las caderas.

Pero, sobre todo, quería poner las manos donde tenía él las suyas, desabrocharle el cinturón, sacar lo que parecía ser una polla de tamaño considerable (a juzgar por el bulto que se le marcaba en los pantalones) y pasarme el resto de la noche haciéndole cosas que ruborizarían al mismísimo Satanás.

En el pasillo sonó un ruido que me recordó que no tenía todo el tiempo del mundo. Volví a darle a reproducir y vi los últimos segundos, deleitándome en la manera lenta y calculada con la que se soltaba el cinturón y se rodeaba el puño con él mientras respiraba hondo y le subía y bajaba el pecho. ¿Por qué coño me parecía tan sexy?

«Pues porque te estás imaginando que respiraría así mientras te rodea las muñecas con el cinturón para atarte, perra en celo».

Joder, ese tío me ponía una barbaridad y ni siquiera lo conocía; no tenía ni idea de cuál sería su aspecto bajo la máscara. Tampoco de cómo sería su voz, porque en los vídeos nunca hablaba.

Sin duda aquello acrecentaba su atractivo. ¿Un polvazo con un tío bueno enmascarado que no hablaba? Dadme veinte. Últimamente estaba un poco cansada de oír la voz de los hombres en general.

Vi algo que me llamó la atención y volví a pausar la reproducción antes de que terminase. El fondo de los vídeos siempre salía oscuro y desenfocado, pero habría jurado que lo que estaba viendo era el extremo de mi cómoda, rematada por lo que podría ser mi acumulación de botes de maquillaje y de horquillas descartadas a toda prisa.

Si había llegado al punto de ver unas formas borrosas y sustituirlas por mis muebles y mis pertenencias, es que estaba perdiendo la cabeza sin remedio.

De cualquiera manera, aquel acababa de convertirse en mi vídeo preferido. Porque, ya fuese una coincidencia o ya fuera mi mente la que me estaba jugando una mala pasada, era facilísimo imaginarse que lo había grabado en mi cuarto. Dios, la de cosas que iba a hacerme a mí misma mientras lo veía una y otra vez en los días y semanas siguientes. Me pregunté si ese tío se hacía alguna idea del efecto que tenía en la gente. ¿Se horrorizaría al enterarse de lo muchísimo que me ponía? ¿O le gustaría saberlo?

Me pitó el busca, sacándome tan de golpe de mis ensoñaciones que estuve a punto de dejar caer el móvil al suelo. Antes de dejarlo en la taquilla, guardé el vídeo en mis favoritos y escribí superrápido:

Tengo ese mismo edredón. Podría haberse
grabado en mi habitación. Vamooos!

Era consciente de que la gente con la que había interactuado
ya tantas veces en la sección de comentarios del Hombre sin Cara
lo vería y estarían muriéndose de celos cuando volviese a conec-
tarme.

Nueve larguísimas horas más tarde aparqué delante de casa y
apagué el motor del coche. Apoyé la frente en el volante. Había
sido una noche de mierda, total y absoluta. El colmo fue perder a
una paciente que se estaba recuperando de un infarto cuando
creíamos que ya se encontraba estable. Era muy joven, de cincuenta y pocos años, y su marido y sus hijos, que la acompañaban alrededor de la cama, presenciaron horrorizados el segundo
ataque al corazón, y tuvimos que echarlos de la habitación para
intentar salvarle la vida, sin éxito.

En noches como aquella me daban ganas de dejar el trabajo.
Me había hecho enfermera para salvar a la gente, y me tomaba
cada muerte como un fracaso personal; como si no hubieran so-
brevivido porque yo había pasado por alto una señal o no se me
hubiera ocurrido hacerles alguna prueba.

Lógicamente sabía que no era cierto. Tampoco era la única
persona que los atendía. Trabajaba con un montón de enfermeras, especialistas y médicos, y estaba segura de que esos sentimientos se debían al duelo que aún sentía por mi madre, pero saberlo no mejoraba la situación ni atenuaba la culpabilidad que me
asaltaba cada vez que perdíamos a un paciente.

Tomé nota mental de sacar el tema en la siguiente sesión de
terapia y bajé del coche. Cuando entré en casa, Fred se me acercó
maullando. Lo cogí y lo achuché más tiempo del habitual, intentando anclarme a él y convencer a mi cerebro de que hiciera hue-
co para pensamientos más alegres.

Lo dejé en el suelo cuando empezó a retorcerse y me dirigí a la cocina. El vino me estaba llamando. No había bebido desde el día en que le mandé aquel mensaje de texto a Tyler (del que después me había arrepentido), pero, si había un momento en el que necesitaba alcohol, era ese.

Vi que el reloj del horno parpadeaba y marcaba las 00.00, y me detuve en seco. Debía de haberse ido la luz en algún punto de la noche. Sin embargo, la casa estaba calentita y la compañía eléctrica no me había mandado ningún mensaje para avisarme como solían hacer cuando había algún corte o avería, así que supuse que habría sido alguna incidencia que no duró lo suficiente como para dar pie a una notificación.

Me encogí de hombros y me encaminé a la nevera, con Fred pasándome entre las piernas como si estuviera empeñado en hacerme tropezar. Se quedó pegado a mis pantorrillas, extracariñoso por alguna razón desconocida, mientras yo cogía una botella de vino y me servía una buena copa. Me imaginé que se debía a que de nuevo me había pasado más tiempo de la cuenta fuera de casa; mi turno de doce horas había terminado siendo de dieciséis. Me tocaba librar al día siguiente, así que pensaba compensárselo.

Pero en ese momento necesitaba beber vino y estar a solas con el móvil y el vibrador.

Cabría pensar que el haberme pasado la noche viendo sangre y traumatismos me habría quitado de la cabeza el deseo que sentía, pero estaba tan acostumbrada a todo eso que en cuanto volví a tener tiempo para mí, las imágenes de la máscara sobre lo que podría haber sido mi edredón regresaron a mi mente en primer plano. La lujuria era una respuesta natural a los sucesos traumáticos, ya que el cuerpo quería algo que le recordara que estaba vivo después tanta cercanía con la muerte. Hacía tiempo que había dejado de cuestionarla.

—Ya lo sé, bebé —dije al agacharme para rascar a Fred detrás de las orejas—. Tú dame diez minutos. —A esas alturas, no iba a aguantar mucho más.

Lo eché de mi habitación, encendí la luz y me quedé paralizada.

En mi cama había algo.

Algo que yo no había dejado allí.

El vino osciló en la copa cuando me empezaron a temblar los dedos, pero no podía posarla porque era incapaz de moverme. Estaba paralizada por completo, inmovilizada por una oleada de pánico. ¿Había entrado alguien en mi casa? ¿Seguía allí esa persona? Joder, ¿por eso se me había pegado tanto Fred? ¿Había intentado avisarme?

«No pienso ser una víctima», me dije. Me obligué a moverme, a dar un paso adelante para dejar la copa y el móvil en la cómoda, y acto seguido me agaché para abrir con sumo cuidado el cajón inferior y sacar la pistola que guardaba allí.

Vivir sola en una gran ciudad y haber visto, noche tras noche, lo peor de lo que podía pasarle a una mujer me había vuelto paranoica. Tenía una pistola en el coche y, además de la que acababa de coger, otra bien oculta. Dormía con un bate de béisbol junto a la cama y con un bote de gas pimienta y navajas en la mesita de noche, a mi alcance. Dos días a la semana iba a clases de defensa personal, impartidas por un exmarine que no me lo ponía nada fácil por el hecho de ser la única mujer de la clase. Si en esos instantes había alguien más en mi casa, lo iba a sacar por la puerta con los pies por delante.

Agucé el oído y me erguí para acercarme lentamente al objeto. Aunque no oía nada, eso no quería decir que no hubiera alguien escondido en el armario o debajo de la cama, preparado para cogerme del tobillo cuando me aproximase. Con esas ideas en mente, me detuve a cierta distancia, me incliné hacia delante y me quedé paralizada por segunda vez en menos de un minuto. Sobre el edredón había una máscara.

Y no una máscara cualquiera.

Era la suya.

La había contemplado tantísimo en los últimos meses que la habría reconocido en cualquier sitio.

Ni me había vuelto loca ni habían sido imaginaciones mías cuando había pensado que había visto mis cosas en el vídeo. Sí que era mi cómoda la que aparecía en el rincón del espejo. Porque de verdad había grabado en mi habitación el vídeo que me había tenido toda la noche con un calentón tremendo.

Hostia puta. ¿Qué estaba pasando? ¿Qué coño hacía? ¿Llamar a la policía? ¿Comprobar si seguía en mi casa?

Se me nubló la vista unos segundos. ¿Y si..., y si toda esa sangre de los vídeos no era de mentira? ¿Y si para él los vídeos no eran solo una diversión sin importancia? ¿Y si era una especie de asesino en serie que no se escondía y que utilizaba su plataforma para atraer a sus víctimas?

¿Iba a ser yo la siguiente? ¿Estaba ante el inicio de una versión retorcida del juego del gato y el ratón?

Sacudí la cabeza. De haber sido el caso, ¿no me habría fijado en los distintos cuartos en los que se había grabado para provocar a sus víctimas? Pero no. Sin contar el que había grabado en mi habitación, todos sus vídeos tenían los tres mismos fondos —un sofá, una pared con luz roja y una cama gigantesca con sábanas blancas—, por lo que el que acababa de subir era una clara excepción.

¿Por qué yo? ¿Y por qué en ese momento?

¿Y por qué, en lugar de ponerme a gritar y salir echando leches de casa, me había puesto tan cachonda?

4

Josh

La había cagado. La había cagado de forma espectacular.

La cámara que había instalado discretamente en el dormitorio de Aly me mostró que estaba a pocos pasos de la cama. Después de un turno maratoniano en el hospital, llevaba el uniforme azul arrugado, y se le habían escapado de la trenza varios mechones de pelo que le enmarcaban la cara formando ondas sueltas. Con expresión de total incredulidad y los ojos oscuros abiertos como platos, miraba fijamente la máscara que le había dejado en la cama.

Levantó la pistola que blandía, sujetándola con las dos manos, e inspeccionó la habitación.

—¿Hay alguien aquí? —gritó alto y claro.

En mi puta vida me había sentido así de atraído por nadie. Parecía preparada para dispararle a lo primero que se moviese. Menos mal que no me había quedado allí, o de lo contrario probablemente me encontraría sangrando en el suelo a esas alturas.

Hice un repaso mental de toda la noche y busqué cualquier rastro que pudiese haber dejado tras de mí. Había ido con tanto cuidado que no creía que hubiese nada que fuera a encontrar la policía cuando Aly volviese en sí de su estupor y los llamase.

Aunque en el vídeo me había quitado la camiseta, me había dejado puesto el pasamontañas en todo momento, así que tampoco se me habría caído ningún pelo que me delatase. Incluso me había tomado el tiempo de cerrar con llave la puerta trasera y borrar mis huellas en la nieve medio derretida.

No había instalado la cámara en su habitación para verla cambiarse de ropa o dormir, como un puto pervertido, aunque..., pensándolo bien...

No. No. Por ahí no. Esa vía no llevaba a nada bueno. Haber invadido su intimidad ya era bastante malo; no había ninguna necesidad de sumar depredador sexual a mi lista de delitos.

Había instalado la cámara en su habitación porque quería evaluar su reacción y averiguar si iba en serio o no con lo que decía en todos sus comentarios. ¿De verdad le gustaban las mismas movidas oscuras que a mí o solo lo decía porque sí?

A juzgar por la cara de horror que había puesto, era lo segundo. Por lo tanto, tocaba poner en marcha mi estrategia de huida. Tenía pedidos que cancelar, planes que destruir y rastros que tapar. Había tomado todas las precauciones que se me habían ocurrido para ocultar mis huellas digitales, y sabía que solo tres hackers de Estados Unidos eran capaces de seguir mi rastro y, quizá, si tenían suerte y esquivaban todas las trampas que había dejado a mi paso, de encontrarme. Dos trabajaban para la Agencia de Seguridad Nacional y el tercero estaba en la cárcel, así que por el momento me sentía a salvo. Además dudaba de que la policía local fuese a llegar tan lejos como para llamar a los federales para investigar un allanamiento de morada en el que no se había robado ni roto nada.

Incluso mi cuenta en redes sociales era segura, o todo lo segura que podía llegar a ser. Si alguien la hackeaba, lo conduciría a un padre treintañero de Utah con un fetiche secreto por las máscaras. Era un tipo real llamado Carl que de verdad tenía un fetiche por las máscaras y se había abierto un perfil parecido al mío del que su mujer no sabía nada de nada. Nuestros tatuajes no eran idénticos y él grababa contenido distinto, pero la cantidad de trabajo que le llevaría a la policía desentrañar todo aquello me daría tiempo suficiente para borrar el resto de mis huellas y desaparecer de internet.

Lo siento, Carl, pero había que hacer sacrificios.

Sin duda debería sentirme peor por ese tío, pero la empatía, igual que los límites, era algo que no se me daba muy bien. Quizá ahí era donde me había equivocado con Aly. Me emocioné tanto con la idea de vivir nuestra fantasía compartida que no me paré a ver las cosas desde su perspectiva. ¿Cómo se sentiría una mujer que vivía sola al darse cuenta de que un desconocido había entrado en su casa?

Abrí una pestaña secundaria y dividí la pantalla. Mientras veía a Aly agachándose para mirar debajo de la cama, con el arma preparada, hice una rápida búsqueda en internet.

Los resultados no tenían buena pinta. Pues sí, ahí era donde la había cagado. Según Google, era probable que Aly estuviera aterrorizada y enfadada por aquella invasión, aquella violación de su intimidad que había convertido su casa, su refugio, en un lugar donde se sentía insegura.

¿Cómo podía compensarla por una metedura de pata tan descomunal? ¿Le mandaba rosas? En las pelis y las series, los tíos siempre regalaban rosas, pero no me parecía suficiente. ¿Y si le enviaba muchísimas...?

Abrí otra pestaña y me detuve para ver cómo examinaba Aly el resto de su habitación con la seguridad de una mujer que sabía perfectamente lo que hacía. Era muy atractiva. A pesar del miedo evidente que sentía, se movía con confianza y eficacia, como si la hubieran formado para ello. Y quizá era el caso. Quizá se lo habían enseñado en las clases de defensa personal a las que iba.

Tomé nota mental de hackear las cámaras de las clases para comprobarlo mientras compraba todo el suministro de una floristería de la ciudad con el dinero de otra persona. No me sentía demasiado mal por ello, sobre todo porque la víctima era un delincuente rico que hacía poco había intentado robar millones de dólares a un cliente de mi empresa. Desbaraté su infantil intento y me metí en su propio sistema de incógnito, y así fue como me enteré de mucha información interesante, además de su número de tarjeta de crédito.

En la pantalla, Aly terminó de inspeccionar la habitación y el cuarto de baño y luego salió por la puerta. Subí el volumen de los altavoces al máximo, con la esperanza de oír si llamaba a la policía estando fuera del campo de la cámara. Pasaron varios minutos de casi silencio, interrumpido solo por los ruidos leves de movimiento que me indicaban que estaba registrando el resto de la casa.

Me maldije por haber instalado solo una cámara y no dos. ¿Qué estaba haciendo Aly? ¿Cómo se sentía? ¿Había alguna manera de arreglar aquello o había perdido mi oportunidad con ella para siempre?

—¿Estás bien, Fred? —la oí preguntar, y enseguida me enderecé, preguntándome con quién cojones estaría hablando.

Me brotó una oleada repentina de rabia mientras esperaba la respuesta del tal Fred. ¿Ya había otro tío en la casa? ¿Había quedado con él después del trabajo? No había oído que abriera ni cerrara ninguna puerta, pero...

—No te ha hecho daño cuando estaba aquí, ¿verdad? —preguntó.

Sonó por mis altavoces un suave maullido.

—Estabas intentando avisarme cuando he vuelto a casa, ¿no? Otro maullido.

Ah. Fred era el gato. Mis celos se evaporaron, y aflojé las manos con las que me había aferrado a los reposabrazos de la silla con una fuerza mortal. Vaya... Esa furia instintiva era algo nuevo. Y, seguramente, negativo. Iba a tener que andarme con ojo. Estaba claro que no quería hacerles daño ni a Aly ni a su gato, pero la idea de que otro tío estuviese allí con ella me había puesto de inmediato en modo «cóselo a cuchilladas».

Los altavoces se quedaron en silencio, y agucé el oído a la espera de alguna señal para saber si Aly estaba..., no sé, ¿bien? ¿Cabreada? ¿Asustada? Cualquier cosa, en realidad. No me gustaba no poder verla después de todas las noches en las que la había observado esa semana por las cámaras del hospital. Su expresión era un libro abierto, y me había pasado horas en vela aprendiendo a identificar todas sus emociones.

Al final regresó a la habitación con Fred en un brazo y una silla de comedor en el otro, con cara de firme determinación. Dejó al gato en la cama, cerró la puerta de la habitación y colocó la silla debajo del picaporte a modo de barricada.

No pensaba cancelar esa compra anónima que había hecho si lo único que se le ocurría a Aly para protegerse era usar una silla. Necesitaba el sistema de seguridad que le había comprado. ¿Por qué no se había hecho nunca con una alarma? Su barrio tenía un índice de delincuencia bastante bajo comparado con otras partes de la ciudad, y era evidente que sabía defenderse, pero ¿no acaba-ba de demostrar yo lo fácil que resultaba que alguien totalmente decidido se metiera en su casa?

Sabía que no era por el dinero. La póliza del seguro de vida de la madre de Aly le había servido para pagarse la carrera y buena parte de la hipoteca de la casa, y se ganaba muy bien la vida gra-cias a su sueldo y a las horas de más que invertía en el hospital. ¿Se habría relajado sin más?

A lo mejor hasta le había hecho un favor al forzarle la cerra-dura y mostrarle los errores que estaba cometiendo con la seguri-dad de su hogar.

Torcí el gesto. Buf, esos pensamientos no. Era evidente que intentaba racionalizar lo que había hecho para reducir mi culpa-bilidad, cosa que no procedía en absoluto, porque, si Google me había enseñado algo esa noche, era que la había cagado estrepito-samente.

Esa revelación quedó confirmada cuando Aly se acercó a la cómoda y cambió la pistola por la copa que había dejado allí, tra-gando el vino como si fuera una cerveza y estuviese en una fiesta universitaria. La copa le temblaba en la mano cuando la posó, y me encogí. Porque… joder. Verla asustada me ponía cachondo. Había intentado no pensar en lo excitado que estaba, pero lo que no podía ignorar era que la polla se me empezaba a apretar contra los pantalones cortos de deporte al ver a Aly estremecerse.

Vale, así que no quería hacerle daño, pero sí asustarla. Era inquietante, de acuerdo, pero estaba bastante alejado del peor de los casos. Y, la verdad, ¿acaso no confirmaba algo que ya sabía de mí? Qué cojones, si me pasaba la vida a oscuras, con el pecho cubierto de sangre de mentira y jugando con un cuchillo de carnicero, mirando hacia la cámara como si acabara de asesinar a toda una familia...

Me encantaba leer los comentarios de quienes me decían que mi contenido los atraía y los aterraba por igual. Esas palabras removían algo en mi interior, me hacían sentir poderoso, salvaje y letal, como si el mundo me perteneciese. El hecho de que tantísima gente compartiese los mismos fetiches que yo también normalizaba mis deseos. No me sentía mal por que me gustasen las máscaras o por acercarme a la peligrosa línea que había cruzado mi padre.

Me daba la impresión de que todo estaba ahí para mí. Y por eso quería que Aly fuese toda para mí. No porque fuera una mujer guapa con un fetiche por las máscaras que le hacía proposiciones reiteradas a mi *alter ego*, sino porque técnicamente ella había sido la primera en interesarse de forma obsesiva por mí, a juzgar por la búsqueda que había descubierto al hackearle el ordenador portátil. «¿Cómo encontrar a alguien de las redes sociales? ¿Quién es el hombre sin cara de TikTok? Los perfiles de otras redes sociales del hombre sin cara. ¿Hay algún programa de IA para localizar a alguien por sus tatuajes?».

Había empezado ella. Y, sí, era consciente de que ese argumento no se sostendría en un juicio, pero me aferré a él con todas mis fuerzas: a la creencia de que Aly también estaba un poco mal de la cabeza, como yo. O, por lo menos, lo suficiente como para dudar antes de denunciarme. Y, si me sonreía de verdad la fortuna, lo suficiente como para seguirme la corriente con todas las cosas que había planeado para ella.

Volví a concentrarme en el vídeo y la vi coger el móvil y sentarse en el extremo de la cama. La cámara que había instalado era un dispositivo maravilloso. Tenía el mismo aspecto que su cargador, con un puerto USB que funcionaba y todo. Aunque el espacio blanco que había sobre él parecía inofensivo, en realidad era una pantalla con una cámara de gran angular detrás que resultaba casi imperceptible sin un detector de dispositivos especial. Antes de marcharme, le había dado el cambiazo y había comprobado con el móvil si la cámara estaba encendida y lista antes de provocar otro apagón para ocultar mi huida y escabullirme entre las sombras.

Pulsé unos botones y amplié la imagen del móvil de Aly. Había abierto mi perfil, probablemente para bloquearme o cantarme las cuarenta por privado.

—Lo sabía —dijo mientras deslizaba el dedo por la pantalla—. Cama. Sofá. Pared.

Empecé a fruncir el ceño antes de darme cuenta de que se refería a los fondos de mis vídeos. Los grababa todos en mi habitación mientras Tyler estaba dormido como un tronco o fuera de casa, y esas eran las tres ubicaciones que usaba siempre. Hasta que grabé en el cuarto de Aly. ¿Se habría fijado en la diferencia?

Se pasó una mano por la cara y se volvió para mirar a Fred, que estaba sentado a su lado ronroneando tan alto que lo oía por los altavoces.

—Bueno, es probable que no sea un asesino en serie que usa la aplicación para atraer a sus víctimas.

Me eché hacia atrás en la silla. ¿Era lo que había pensado? Hostia, no. Era lo último que quería. ¿Cómo lo podía arreglar? Estaba medio tentado a mandarle un mensaje para explicarme, pero ¿qué iba a decirle? «Hola, Aly, soy yo, el tío que ha entrado en tu casa. Te estaba viendo por la cámara que he instalado en tu habitación y quería que supieras que tienes toda la razón: no soy un asesino en serie, para nada».

Por Dios.

Sabía que debería haberle llevado la contraria a mi psicóloga cuando me dijo que iba siendo hora de que dejara los antipsicóticos. Obviamente los necesitaba si una de las primeras cosas que hacía al prescindir de ellos era empezar a acosar a una persona.

Estaba ya a punto de apagar la cámara cuando Aly se volvió hacia la cama y se puso por fin a mirar la máscara. Tenía el dedo encima del botón, pero justo entonces su expresión se transformó en algo que yo no había visto antes. Entrecerró los ojos y se mordió el labio inferior de tal manera que me incliné hacia delante en la silla. Un bonito rubor le manchaba las mejillas de rosa. ¿Iba a echarse a llorar?

Miró de reojo a su gato.

—Solo hay una manera de descubrirlo.

Antes de que pudiera ampliar la imagen para ver lo que hacía, tecleó algo en el móvil. Le volaron los dedos por la pantalla y luego pulsó una última vez. Se oyó un silbido, como si acabara de mandar un correo o un mensaje de texto.

Mi móvil sonó sobre la mesa.

Me quedé paralizado.

… Joder. ¿Me había mandado un privado?

Con cuidado, como si fuese a darme una coz, cogí el móvil. Una notificación iluminaba la pantalla. «El usuario aly.aly.oxen. free quiere mandarte un mensaje». Noté el corazón palpitando contra las costillas mientras desbloqueaba la pantalla y lo abría.

A lo mejor te parece una locura, pero… Puede ser que esta noche hayas entrado en mi casa para grabar un vídeo en mi habitación y me hayas dejado una máscara?

Joder. ¿Cómo le respondía? Si decía que sí, la afirmación podía usarse en mi contra en un juicio. Si decía que no, le estaría haciendo luz de gas. ¿Había alguna manera de conservar el tipo? ¿Quizá contestando a su pregunta con otra que no confirmara ni negara sus sospechas?

Muy bien. Me parecía una opción lo bastante segura.

En la pantalla le sonó el móvil, y presencié en primer plano cómo leía mi mensaje y reaccionaba. Se volvió a morder el labio inferior y cogió mucho aire mientras se acercaba el móvil. Le cayeron sobre la cara unos mechones de pelo que le oscurecieron el perfil desde mi perspectiva.

—Joder, joder, joder, me ha contestado —dijo con una voz que apenas era más alta que un susurro—. Y nunca contesta a nadie. Nunca.

«Gírate un poco para que pueda verte mejor», estuve a punto de pedirle, pero entonces delataría la presencia de la cámara y, ahora que había conseguido que me hablase, no estaba preparado para interrumpir la conversación.

Volvió a escribir y, al cabo de un segundo, me sonó el móvil.

Pues depende

De qué, Aly?

La vi coger aliento de nuevo, y sonreí. Así que le gustaba que usara su nombre de pila. ¿Se sentía especial porque el tío que le atraía en redes, y que como todo el mundo sabía jamás respondía a mensajes públicos o privados, había decidido al final comunicarse con alguien... y ese alguien era ella? Si era así, usaría su nombre tan a menudo como pudiera.

De cuáles sean tus intenciones

Me recosté en la silla. Mis intenciones... ¿Cómo contestar a eso? Había muchísimas opciones, muchísimas fantasías que ya me había imaginado con ella. Por ejemplo, una en la que la despertaba en plena noche poniéndole un cuchillo al cuello, pero, en lugar de hacerle probar el filo, le deslizaba el mango entre las piernas y lo usaba para llevarla al límite una y otra vez, provocándola pero sin darle del todo lo que deseaba, por mucho que suplicara y me implorase. U otra en la que la secuestraba en el aparcamiento del hospital, me la llevaba a un bosque y le decía que echara a correr lo más rápido posible porque lo que tenía pensado hacerle cuando la atrapara haría que el mismo diablo se echase a llorar.

Pero era probable que no estuviese preparada para nada de eso todavía, y quizá siguiera en su mente la posibilidad de llamar a la policía, así que me conformé con provocarla un poco.

> Mis intenciones?
>
> Ah, Aly...
>
> Por qué te iba a decir cuáles son si en tus mensajes me has dejado claro que para ti pasar miedo es gran parte de la diversión?

Alcé la vista a tiempo de ver cómo soltaba Aly el móvil sobre el edredón y se sujetaba la cabeza con las manos.

—Necesito mucha más terapia de la que estoy haciendo.

Sonreí. Ya éramos dos.

Fred maulló y le acarició el brazo con la cabeza.

—La terapia peluda no me va a ayudar esta vez, bebé —dijo cogiéndolo—. Y lo siento mucho, pero ahora mismo necesito hacer cosas de adultos, así que no puedes estar aquí.

La observé mientras se dirigía al baño y dejaba a Fred en el suelo de azulejos. Después de pedirle disculpas, lo encerró. Esperé, conteniendo el aliento, a que regresase a la cama y recuperase el móvil.

> Cómo me puedo fiar de que no me vas a hacer daño?

> No puedes, Aly. Soy un desconocido de internet

Soltó un resoplido brusco y agitó el móvil.

—¡Eso ya lo sé! Lo que necesito es que me asegures que no voy a terminar saliendo en las noticias.

Debería haberme sentido mal por ella, pero, al igual que su miedo, su evidente irritación no hacía sino calentarme más. Había pasado mucho tiempo desde la última vez que había frustrado tanto a una mujer. Por lo general, prefería que fuese una frustración sexual, llevarlas al límite hasta que estallaran, pero con Aly me ponía incluso esa leve hostilidad. Que una mujer tan guapa como ella sacara las uñas me animaba a seguir. Quizá era el reto. Me gustaban las mujeres guerreras. Las que no aguantaban tonterías, decían lo que pensaban y sabían cuidar de sí mismas.

No tenía nada en contra de las mujeres más sumisas, pero no eran para mí. De hecho, me aterraban, porque habían sido la presa preferida de mi padre. Nunca había salido ni mucho menos me había acostado con una mujer así, por la posibilidad de haber heredado esa propensión. Yo me ceñía a mujeres fuertes, incluso más bien agresivas. Eran las que tenían más oportunidades de pelear contra mí si algún día me daba por... En fin, prefería no pensar en eso con Aly en la pantalla de mi ordenador.

Al verla tan nerviosa, me entraron ganas de darle una recompensa, a pesar de que mi instinto me gritaba que fuese con cuidado. Abrí la segunda mitad del vídeo que había grabado en su habitación, la mitad que me habría prohibido el acceso a las redes sociales si la publicaba, y, sin pensarlo demasiado, la subí a nuestra conversación privada y le di a enviar, actuando solo por instinto.

Aly se tapó la boca con una mano al abrirlo.

—La madre que me parió —gimió con voz amortiguada.

Me recosté en la silla y esperé, preguntándome qué iba a hacer con el vídeo. Era otra prueba. Lo más seguro era que llamase a la policía, pero, si no lo hacía, daría un primer paso hacia la posibilidad de ser mía.

—¿Está...? —murmuró.

¿Metiéndose la mano en los pantalones? Sí, era justo lo que estaba haciendo, e iba a irme de cabeza al infierno por haberme grabado sobándome la polla hasta empalmarme del todo en su dormitorio.

Aly echó la cabeza hacia delante y le brotó de los labios un gemido grave. Cuando se incorporó, tenía los ojos entrecerrados, las mejillas sonrosadas y, de repente, reconocí lo que vi en su expresión: deseo.

Aly estaba tan mal de la cabeza como yo. Aleluya.

Alargó la mano que tenía libre y colocó mi máscara sobre las almohadas. Una vez allí, se levantó y fue a comprobar que la silla bloqueaba bien la puerta. Después se acercó a la cómoda, abrió el cajón superior y sacó un vibrador.

Hostia.

Tenía que apagar la cámara.

Hacía solo diez minutos me había dicho que ver a Aly cambiarse o dormir era una línea roja. Espiarla mientras se masturbaba era muchísimo peor. Estaba mal en tantos sentidos que… Joder, se había quitado las bragas. Vi un breve destello de un triángulo de vello bien depilado antes de que se girase y…

Menudo… pedazo… de… culo.

Quería azotarlo. Fuerte, para dejarle una marca. Y luego quería morderlo. Darle la vuelta en mi regazo y ver cómo rebotaba mientras me la follaba por detrás. Benditos fueran los ejercicios de glúteos que estuviera haciendo esa mujer en el gimnasio, porque estaban dando resultado.

No. Aquello no estaba bien. No iba a ver cómo se daba placer Aly a sí misma con un vídeo que yo le había mandado. Y tampoco estaba metiéndome una mano dentro del pantalón para aferrarme la base de la polla.

«Para. Mano mala. No vamos a hacer esto».

En la pantalla, Aly se tumbó en la cama con las piernas separadas delante de la máscara, sosteniendo el móvil en alto con una mano. Activó el vibrador con la otra y, sin ningún tipo de preliminar, se lo llevó a la entrepierna y se lo metió hasta el fondo. Arqueó la espalda y un gemido que era mitad tortura y mitad placer resonó por los altavoces.

Pulsé el botón para interrumpir la retransmisión y se me quedó la pantalla en negro. Por si acaso, me eché hacia atrás con la silla y me alejé del escritorio hasta detenerme delante de las ventanas de mi cuarto. Me temblaban las manos y me las sujeté detrás de la cabeza al tiempo que observaba el amanecer. Hostia puta, había estado a punto. La imagen de Aly con la espalda arqueada se me había quedaba grabada en la retina, y aquel gemido agónico había sido música para mis oídos. Si me hubiese quedado observándola un segundo más, en la vida habría sacado la fuerza de voluntad para parar.

Me tranquilizaba un poco saber que seguía teniendo algo de ética. Aunque Aly se estuviera masturbando con un vídeo que le había enviado yo, no me había dado permiso para ver cómo lo hacía. Y, vale, tampoco me había dado permiso para entrar en su casa, grabar un vídeo erótico en su habitación, mandarle otro más explícito ni vigilarla desde que había vuelto a casa, pero en algún punto había que poner un límite, y no convertirme en un depredador sexual me parecía un buen lugar, por mucho que las partes más oscuras de mi cerebro argumentaran que «ojos que no ven, corazón que no siente».

Ya estaba empezando a desarrollar una obsesión insana con Aly. Era del todo imposible que aquello fuese a terminar bien para alguno de los dos si yo no me controlaba; sin embargo, ahora que la había visto, al parecer no me podía frenar, y todos los planes que había trazado con esmero para ir despacio con ella iban a saltar por los aires.

La necesitaba. Y, estuviera o no preparada, iba a someterla a la prueba definitiva.

Solo esperaba que la cosa no acabase con alguno de los dos traumatizado o muerto.

5

Aly

El Hombre sin Cara había estado allí. Allí, en mi habitación, en mi cama, grabándose con una mano metida dentro de los pantalones. Tendría que haberme aterrorizado el hecho de que un desconocido de internet hubiera entrado en mi casa. Y así era. De verdad. Pero también estaba más excitada que en toda mi vida, y a esas alturas solo iba a necesitar unas cuantas acometidas brutales más con el vibrador antes de correrme a gritos.

Subí el nivel de la vibración y me lo hundí dentro mientras sostenía el móvil para ver cómo se daba placer sobre el mismo edredón que yo el tío al que llevaba deseando meses. Joder, qué pedazo de músculos. ¿Y el cuchillo que llevaba en la mano libre? Y ese antebrazo que se abultaba y estiraba al masturbarse. Era el hombre más atractivo que había visto nunca y a saber por qué, de entre los miles de mensajes que debía de recibir al día, se había fijado en los comentarios que le había mandado yo.

Me sentía especial. Contemplada. Elegida.

Hasta aquella noche creía de corazón que mi obsesión iba a ser tan solo una fase, que era todo de boquilla y mi fetiche recién descubierto se debía únicamente a la cantidad abrumadora de hombres enmascarados que aparecían en mis redes sociales. Estaba medio convencida de que tarde o temprano llegaría una nueva tendencia, y que en cualquier momento me gustaría algo como el *bondage*.

Qué tonta.

Me estaba quedando claro que no era así. No se trataba de un capricho pasajero. Era mi fantasía preferida, y el hecho de que quizá pudiera experimentarla de verdad me hizo sentir más viva de lo que me había sentido en meses.

Pero no era tan estúpida. Los años que llevaba de enfermera me habían enseñado que lo más probable era que aquello terminase en tragedia. Había registrado toda la casa, de arriba abajo, y sabía que él no estaba allí. También había puesto sillas contra las puertas delantera y trasera, y contra la de mi habitación. No podía adoptar más medidas de seguridad por el momento y, tan pronto como me quitara el calentón que me había poseído, volvería a estar aterrada y cabreada.

El vídeo empezó de nuevo, y me acerqué el móvil para ver en primer plano al Hombre sin Cara pasándose una mano enorme por los abdominales y luego metiéndosela con una lentitud tortuosa por dentro de los pantalones sin desabrochárselos. Primero se acarició hacia arriba, apretándose la polla de la base a la punta. Gemí y me imaginé que yo se la cogía con la mano, y que era tan gruesa que apenas podía rodearla con los dedos, dura como el acero, suave como la seda y lo bastante caliente como para prenderle fuego a mi sangre.

No le mentía en los comentarios. Sí que quería gatear hasta él. Quería hacerle la mamada más espectacular de su vida, que se le retorcieran los dedos de los pies, le temblaran las piernas y se le estremeciese la polla; que se aferrara bien a las sábanas mientras yo le absorbía el alma y le vaciaba los huevos. La mera idea me llevó al límite, así que dejé que la fantasía se reprodujera en mi cabeza y me transporté al vídeo, acompañándolo en la cama y sustituyendo su mano por mi boca, ahogándome con su envergadura hasta que se me llenaron los ojos de lágrimas y sentí que me palpitaba el coño. Quería que me agarrara el pelo con las manos hasta hacerme daño mientras me follaba la boca.

Levanté la cabeza para contemplar la máscara, su máscara, la que él me había dejado a modo de recuerdo morboso. Era muy fácil imaginármelo con ella puesta, con la mirada fija en mí mientras yo me hundía el vibrador hasta el fondo y lo dejaba allí.

Estaba cansada de jugar, necesitaba correrme tanto como respirar. La pequeña protuberancia de la base del consolador me acariciaba el clítoris de tal forma que arqueé la espalda separándola del colchón. Se me cayó el móvil de la mano inerte y cerré los ojos mientras todo mi ser se reducía a ese pequeño nudo nervioso que tenía entre los muslos.

Ay, Dios, estaba a punto de…

—¡Joder! —medio grité medio gemí con los ojos cerrados, deslumbrada por la explosión de luz de un orgasmo tan lleno de violencia como de placer.

Al acabar me quedé tumbada jadeando, un poco mareada y aún excitada. Mierda. Menudo desastre. Había entrado en mi casa un tío y, en lugar de llamar a la policía, me había puesto a masturbarme sobre las pruebas que el tipo hubiera podido dejar en la cama. Ya no podía llamarlos. ¿Cómo coño iba a explicárselo?

«Y ¿por qué no nos ha avisado de inmediato?», me preguntarían.

«Perdone, agente, es que estaba demasiado liada jugando con mi vibrador».

Buf. Y, además, yo había pedido que pasara. No estaba culpabilizándome en plan víctima: la realidad era que literalmente le había pedido que ocurriese. En una ocasión hasta le envié un mensaje en el que le ofrecía dinero si se colaba en mi casa y me esperaba con la luz apagada. ¿Qué pinta iba a tener eso ante un jurado? Era probable que la defensa argumentara que su cliente no había hecho nada más que tomarse mi comentario al pie de la letra. Quizá debía pedirles opinión a los abogados del hospital. Técnicamente, como trabajaba allí, era clienta suya. Por lo tanto, no podrían contarles a mis compañeros las cosas raras que me gustaban fuera del curro, ¿no? Por la supuesta confidencialidad y tal, ¿verdad?

Me levanté y me limpié. Estaba empapada. Más mojada de lo que había estado en mucho tiempo. El sexo normal y corriente estaba muy bien, era catártico incluso, pero ya no me resultaba tan emocionante como antes, sino simplemente una forma de aliviar el estrés y de satisfacer la necesidad de intimidad física con alguien. Una manera de recordar que las personas también podían darse placer, en lugar de solo hacerse daño.

Estaba claro que el trabajo empezaba a hacer mella en mi vida. Desde el principio había sabido que era una posibilidad. En la universidad intentaron prepararme. Cuando comencé a trabajar, mi instructora y otras compañeras me advirtieron de que ser enfermera en una unidad de traumatología podía llegar a afectar muchísimo a una persona. Me detallaron el altísimo porcentaje de divorcios, los diagnósticos de estrés postraumático y los problemas de adicciones, pero no les hice ni caso. Había sido demasiado ingenua y testaruda. Nadie estuvo allí cuando mi madre lo necesitó, y yo no podía permitir que lo que le había ocurrido a ella le pasara a más gente si de mí dependía.

Pero ya estaba empezando a volverme insensible. Había visto tantas cosas horribles que mi fe en la humanidad se hallaba bajo mínimos y había perdido contacto con todo el mundo menos con mis amigos enfermeros y paramédicos, porque nadie más comprendía lo que debía afrontar en el día a día. Hasta el sexo había perdido la emoción. O, por lo menos, el sexo descafeinado. Lo que acababa de hacer demostraba que necesitaba algo más fuerte para correrme, algo más oscuro, con una potente dosis de peligro.

Me sacó de mis pensamientos un débil maullido. Ay, había encerrado a Fred en el cuarto de baño. Después de la noche que había vivido el pobre, me sentí como una mala madre. Seguramente permaneció todo el rato escondido debajo de la cama y solo había salido al volver yo a casa. Era muy desconfiado y le caía mal casi todo el mundo, en especial los hombres (¿quién podía culparlo?), así que huía de todos los tíos a los que invitaba o les bufaba. Que un desconocido invadiera su espacio cuando yo ni siquiera estaba en casa debió de darle un susto tremendo.

Me cambié y me puse el pijama antes de liberar a Fred, que salió disparado y fue directo hacia la puerta. El pobre querría hacer pis.

Con los nervios de vuelta en el cuerpo, cogí la pistola de la cómoda y con cuidado quité la silla de debajo del pomo, en parte con miedo de encontrarme a alguien esperando al otro lado. Descorrí el pestillo y entreabrí la puerta, apuntando con el arma. No había nadie en el corto pasillo que separaba las habitaciones, menos mal, y había dejado tantas luces encendidas que pude comprobar que no había moros en la costa cuando asomé la cabeza por la esquina y miré hacia el comedor.

Aun así, mi paranoia había alcanzado máximos históricos y, mientras Fred corría hacia su arenero, registré la casa por segunda vez. Cuando ya había terminado, el sonido de una notificación me hizo regresar a mi habitación. Me había olvidado por completo de responder al vídeo que me había mandado el Hombre sin Cara.

Me sonrojé de pronto. Si él supiera el motivo de mi silencio... Era probable que se convenciera todavía más de que me parecía estupendo lo que había hecho y que estaba deseando que repitiera la hazaña, pero a poder ser conmigo en casa.

Cogí el móvil de la cómoda y me quedé paralizada. ¿Me estaba apeteciendo que lo repitiera? Negué con la cabeza. No. De ninguna manera. Sería una locura, ¿verdad? Pero no podía negar el calor que me nacía por el cuerpo o cómo se me estaba desbocando el corazón al pensarlo.

Me volvió a sonar el móvil, y lo miré. Vi que tenía dos notificaciones nuevas. El Hombre sin Cara me había escrito otra vez.

Desbloqueé la pantalla con dedos temblorosos. ¿Qué me habría dicho? ¿Me habría mandado otro vídeo? Y ¿por qué estaba tan desesperada por descubrirlo, si lo que debía hacer era bloquearlo y denunciarlo de una puta vez?

No era otro vídeo. Eran dos mensajes breves que me detuvieron el corazón.

Estaba atónita. No me había llamado «Aly», sino Alyssa. Mi nombre entero. Que yo no había usado en mi perfil, en los comentarios ni en ningún otro sitio de la aplicación de los cojones. Ni siquiera me sorprendía. Ese hombre había entrado en mi casa, así que obviamente se había enterado de cómo me llamaba, y a saber cuántas otras cosas sobre mí había averiguado antes de colarse dentro. Aun así, por alguna razón, que me lo escribiese me pareció más intrusivo todavía, y tampoco es que fuera en plan mal del todo.

¿Qué demonios iba a responderle? ¿«Gracias»? ¿«Vete a tomar por culo, cerdo»? ¿«Ven otra vez si te atreves y te pego un tiro»? ¿«Vuelve aquí ahora mismo, pedazo de monstruo, no puedes dejarme con este calentón»?

Me dio la impresión de que se me rompía el cerebro por la mitad. Por un lado, era la situación más excitante que había vivido nunca. Por el otro, también era la más enfermiza.

Al final sí que estaba en una peli de miedo en la que iba a morir, ¿no?

No sé cómo, a pesar de lo cachonda y asustada que estaba, conseguí quedarme dormida. Me encerré en mi habitación con Fred después de mover su arenero al cuarto de baño y colocar sus cuencos de agua y comida junto a la cómoda. Me quedé dormida abrazada a un bate de béisbol, con la pistola a mi alcance.

Estaba convencida de que tendría pesadillas o, peor aún, sueños eróticos, pero dormí como un lirón unas diez horas. Tan solo me desperté cuando Fred se hubo aburrido del encarcelamiento y comenzó a dar vueltas corriendo alrededor de la cama.

Más tarde, sentada a la mesa del comedor y aferrando una taza de café enorme, el cerebro me iba a toda pastilla. Una parte de mí no se podía creer lo que había sucedido. La noche anterior, el Hombre sin Cara había entrado en mi casa. El mero hecho de pensarlo era surrealista, como si me hubiese alejado de la realidad y viviera en un fallo oscuro de mátrix, creado por mí misma.

Podría haberse ocultado en mi casa y asesinarme nada más verme cruzar la puerta, pero no lo había hecho. Seguía vivita y coleando, si acaso un poco inquieta, y eso debía de significar algo, ¿no? ¿Quizá que no quería matarme?

«No seas tonta», me reprendí.

A ver. Que yo supiera, todo aquello para él no eran más que los preliminares. Como si fuese un gato jugueteando con la presa, deleitándose con la persecución, observando sin piedad cómo me retorcía, y esperando el momento oportuno para atacar. Puede que fuese un asesino y emplease la misma táctica con todas sus víctimas: las atraía a su perfil, coqueteaba con ellas, entraba en su casa e incluso a lo mejor se las follaba unas cuantas veces sin hacerles daño. De repente visualicé con claridad lo fácil que le resultaría a alguien caer en esa trampa y bajar la guardia para terminar siendo el objetivo de un asesino en serie que mataba de una forma espectacular y sangrienta.

Me negaba a ser su siguiente víctima. Vamos, por encima de mi cada... Bueno, tal vez esa no era la expresión correcta. No pensaba ser su siguiente víctima y punto. Añadí a mi lista de recados para ese día una visita a la tienda de armas. No solo vendían pistolas. Además de objetos de defensa personal, ofrecían sistemas de seguridad. Compraría cámaras. Y una alarma. El muy cabrón no podría colarse de nuevo en mi casa así como así.

Me removí en mi asiento intentando ignorar el hecho de que, pese a mi recién estrenada determinación, seguía estando muy excitada desde la noche anterior, con las bragas mojadas y los pezones provocándome escalofríos de placer cada vez que me rozaban la parte interior de la camiseta.

Joder con el puto fetiche, que me hacía desear a un tío que probablemente quería desollarme la piel para hacerse unos guantes con ella.

Hice una mueca al imaginármelo y bebí otro sorbo de café. Aquella situación no era frustrante, sino lo siguiente. ¿Querría hacerme daño, sí o no? Y ¿por qué me había elegido a mí entre todas las personas que dejaban comentarios en sus publicaciones? ¿Acaso vivía cerca? ¿Lo conocía en la vida real? ¿Me había chocado con él en mi cafetería preferida o hacía pesas a su lado en el gimnasio?

Aunque ese fuera el caso, ¿cómo me había encontrado por internet? Debía de saber cómo me llamaba y qué aspecto tenía para poder localizarme entre sus comentarios, porque yo no le había contado a nadie, absolutamente a nadie, que me ponían los hombres enmascarados, y tampoco seguía a nadie a quien conociera en persona.

¿Qué ocurrió después de que me encontrase? ¿Cómo había pasado de saber quién era yo a averiguar dónde vivía?

Y lo más importante de todo: ¿cómo había conseguido entrar en mi casa? No había ninguna ventana rota ni abierta, no tenía chimenea por la que hubiese podido bajar y en la puerta trasera había un cerrojo que yo cerraba desde dentro. Que yo supiera, habría tenido que romperlo para entrar. La noche anterior le había echado un vistazo y no había visto ninguna señal de que lo hubieran forzado. Por lo tanto, solo quedaba la puerta delantera.

En algún punto de la noche se había ido la luz. ¿Habría provocado él el apagón y había aprovechado el abrigo de la oscuridad para entrar a hurtadillas? No. Debía de ser una coincidencia. Tendría que ser un hacker de primera para lograr algo así.

Y también para descubrir todo lo demás que sabía de mí, ahora que lo pensaba.

El móvil estaba en la mesa, a mi lado. Lo miré con recelo. ¿Me estaría observando a través del teléfono incluso en ese momento? Lo metí debajo del servilletero para dejar de verlo, por si acaso. Estaba en un lío de los gordos. En el instituto y en la universidad, fui a unas cuantas clases de programación. Las suficientes para darme cuenta de que la informática no era lo mío. No tenía ni idea de cuáles serían los conocimientos necesarios para hackearme el móvil ni si era posible siquiera.

Un momento. ¿No era el compañero de piso de Tyler un genio de los ordenadores? ¿Podría responder él a mis preguntas? Aunque lo mío con Tyler hubiese acabado, no había sido nada serio ni habíamos terminado de malas. Hacía unos días habíamos coincidido en el gimnasio y había estado bastante amable: me saludó con la mano desde el otro lado de la sala de pesas y hasta levantó el pulgar en mi dirección cuando batí mi propio récord con el peso muerto. ¿Sería raro preguntarle si podía hablar con su compañero de piso por mí? ¿Cómo iba a explicarle lo que necesitaba?

«Hola, Tyler. Soy Aly. Tranqui, no quiero nada contigo. Solo necesito que tu compañero de piso localice al tío que salía en la captura del vídeo erótico que te mandé».

Puse los ojos en blanco. Sí. Seguro que eso funcionaba.

Quizá podría salirme con la mía si era menos precisa y me ofrecía a pagar al tipo. Solo había coincidido con Josh un día, así que él no tenía motivos para hacerlo por amistad o por tener un detalle.

Me retrotraje al día en que lo conocí. Tyler solo me había dicho de Josh que era un tío solitario que trabajaba en ciberseguridad. Una parte de mí había imaginado que era un tío bajito y enclenque con gafas. Sí, me había tragado el estereotipo hollywoodiense de los genios de la informática.

Josh me demostró lo equivocada que estaba. Porque era altísimo, medía más de un metro noventa, y, aunque la mañana en que coincidimos en su cocina llevaba pantalones de deporte holgados y camiseta, era innegable que estaba muy cachas. Solo llegué a verlo de perfil —mandíbula fuerte, nariz aguileña, el tipo de pestañas largas y espesas por las que casi todas las mujeres mataríamos—, pero me bastó para saber que Josh poseía el físico de un verdadero rompecorazones. Por la piel aceitunada y un color de pelo tan oscuro como el mío, tenía toda la pinta de llevar en las venas sangre mediterránea. Mi madre le habría echado el ojo y habría dicho algo inapropiado como que era el tipo de hombre que podría darle unos nietos italianos bien robustos.

Al verlo ese día me puse rígida, consciente al instante de que llevaba una camiseta de su compañero de piso y de que, como después de compartir una botella de vino durante la cena no habíamos sido precisamente sigilosos, era probable que me hubiera oído follando con Tyler unas horas antes.

Nada de aquello importaba, ya que no necesitaba a Josh por su físico, sino por su cerebro. ¿Que le pagara sería suficiente incentivo para que me ayudase? Y ¿cuántas cosas iba a tener que contarle sobre lo que necesitaba de él? ¿Podría pedirle sin más que encontrase a alguien por mí sin entrar en muchos detalles?

Necesitaba abrir Google para responder a todas esas preguntas.

Alargué los dedos hacia el móvil, pero dudé. No me fiaba de mí misma, y fijo que volvía a abrir los mensajes para obsesionarme con el vídeo que me había mandado el Hombre sin Cara. Al final dejé la taza de café en la mesa y fui a buscar el ordenador.

6

Josh

Aly estaba buscando en Google qué información necesitaba saber un hacker si ella quería encargarle que localizara a alguien.

Aquello podía ser un problema.

Por la cámara de su portátil la veía leyendo el artículo, con los ojos oscuros irradiando concentración y un breve surco entre las cejas al empezar a fruncir el ceño. Llevaba el pelo recogido de cualquier manera en un moño, no se había maquillado y tenía la ropa arrugada, como si acabara de salir de la cama. Algo dentro de mí se suavizó al verla. Me había obsesionado tanto con poner en práctica una fantasía con ella que no me había parado a pensar en cómo debía de ser en la realidad.

Cerré los ojos y me imaginé sentado frente a ella a la mesa del comedor, observándola mientras bebía un café a sorbos después de despertarse, con el pelo revuelto y los labios magullados por lo que yo les había hecho la noche anterior. Casi solté un gemido al pensarlo. Hacía muchísimo tiempo que no compartía una cama con alguien para algo que no fuese un polvo rápido. ¿Cuándo había sido la última vez que me había despertado con una mujer durmiendo sobre mi pecho, usándome como estufa? El hecho de que ni siquiera me acordase seguro que no era buena señal.

Tyler solía llamarme «ermitaño», pero hasta ese momento no lo había sopesado. ¿Qué más daba si lo era? Mi aversión a salir de nuestro edificio estaba justificada teniendo en cuenta mi pasado y los daños colaterales de que alguien me descubriera. Pero visualizarme en una escena cotidiana con Aly me hizo cuestionar aquellas decisiones. ¿Cuánto me estaba perdiendo al cerrarme al resto del mundo? ¿Seguía siendo necesario que me protegiera de la gente, y viceversa? Tenía veintiséis años y, hasta la fecha, los había vivido todos sin hacerle daño a nadie.

¿Querría decir que quizá nunca le haría daño a nadie?

Mi padre cometió su primera agresión siendo adolescente. A los pódcast que analizaron su caso les encantaba hablar de una infancia llena de abusos y de un par de golpes en la cabeza que lo desviaron hacia un camino oscuro. Él me había infligido ese mismo dolor a mí antes de que mi madre consiguiera alejarnos de él para siempre, pero por lo menos había tenido suficiente suerte como para evitar lo de los golpes en la cabeza.

La tríada de MacDonald era una predicción caduca, pero a veces inquietantemente precisa, sobre las tendencias violentas de una persona. El primer factor del triángulo era prender fuego. A mí quemar cosas nunca me había parecido interesante. El segundo era hacerse pis en la cama. Yo tuve una vejiga de hierro ya desde pequeño, y jamás me había meado en la cama. El tercero era el que siempre me había preocupado, porque nunca había querido ponerme a prueba —crueldad animal—, pero, como no le había hecho daño a Fred la otra noche ni me había tentado la posibilidad, comenzaba a sentirme un poco más confiado que nunca de que no llegaría el día en el que petaría y me convertiría en mi padre.

«Tío, si ahora mismo estás literalmente acosando a Aly», me recordé.

Sí, bueno. A ver, quizá no fuese un peligro para la gente en general, pero sí que tenía algunos rasgos que una gran mayoría —incluida mi psicóloga, si algún día le confesaba lo que le estaba haciendo a Aly— consideraría problemáticos. Al menos no estaba vigilando a Aly porque quisiera encadenarla en mi sótano hipotético ni nada por el estilo. Solo necesitaba saber si le gustaba o no lo que le había hecho, y luego pararía.

Puse los ojos en blanco. Por desgracia, me conocía demasiado bien como para tragarme esas gilipolleces.

No iba a parar ni de coña.

Aly se enderezó en la silla y empezó a escribir.

¿Me pueden observar por la cámara del portátil?

Ay, ay, ay.

Aly abrió los ojos como platos mientras leía los resultados y luego se enderezó para ponerse justo delante de la pantalla y mirarme directamente.

—Hola, guapa —dije. Ojalá hubiera podido oírme para así ver cómo se le iba toda la sangre de la cara del miedo.

Sí. Problemático que te cagas. Más tarde regresaría a ese momento para analizarlo.

—Mierda —masculló Aly apartándose de la mesa.

Se volvió y se alejó caminando mientras yo le miraba el culo fijamente.

La de cosas que quería hacerle a ese culo. Siempre me había considerado un tío que prefería las tetas, pero Aly me estaba demostrando que no era así.

La oí hurgando en un cajón cerca de allí antes de volver con unas tijeras y cinta americana en las manos. Estaba a punto de tapar la cámara.

Joder.

Me invadió una oleada de decepción y frustración, y no pude evitar sacar el teléfono y mandarle un mensaje con solo tres palabras.

No lo hagas

En la pantalla oí cómo le sonaba el móvil, y Aly, que estaba a punto de cortar un trozo de cinta, se detuvo para mirarlo. Un miedo encantador y delicioso le cruzó el semblante antes de que la rabia lo sustituyera.

—Escúchame, hijo de puta —dijo posando el móvil y luego apoyando las manos en la mesa para inclinarse hacia delante. Dios, qué guapa estaba cuando se enfadaba, con los ojos oscuros casi negros entornados en mi dirección—. Te voy a encontrar y entonces ya veremos si te hace gracia a ti la idea de volver un día a casa y encontrarte a alguien esperándote a oscuras.

Sentí que me recorría una punzada de emoción rumbo a la polla. Por lo visto, sí, esa idea me encantaba. Quizá hasta decidiría no bloquear al hacker del tres al cuarto al que contratase Aly si así conseguía que ella me sorprendiera, esperándome con una pistola o con un cuchillo. Sería su víctima encantado. O quizá la pondría a prueba para ver hasta dónde era capaz de llegar ella.

Que conste que yo no tenía tendencias suicidas. No me apetecía que me disparase ni nada, pero sentía curiosidad por cuánta oscuridad se ocultaba debajo de su bonita fachada. Y si en el proceso Aly quería darme unos cuantos golpes, a lo mejor se lo permitía.

No. En realidad, no. Me gustaba más la idea de defenderme para ponerla contra las cuerdas y ver cuánto había aprendido en las clases de defensa personal. Parecía una mujer de las que no se andaban con tonterías y, con esos músculos y lo bien que sabía usar su cuerpo gracias al entrenamiento, seguro que era capaz de hacer daño de verdad, incluso a alguien como yo, que pesaba unos treinta kilos más que ella.

Sonreí. Por desgracia para Aly, yo llevaba desde los once años estudiando artes marciales. Mi madre nos apuntó a los dos a nuestra primera clase después de que abandonáramos a mi padre; quería que pudiésemos defendernos si algún día él intentaba hacernos daño otra vez. Todavía practicaba una vez a la semana con Tyler, que asistía a las clases conmigo desde el instituto.

Dejaría que Aly me diese unos cuantos puñetazos, que sintiese que tenía posibilidades de vencerme, y luego la inmovilizaría contra el suelo y encontraría la forma de convencerla de que follar era mejor idea que pelear.

Me recosté en la silla y vi cómo arrancaba un trozo de cinta americana. No se me pasó por alto que su cerebro se había puesto directamente en modo venganza. Podría haberme amenazado con denunciarme, haberme exigido que no volviese a entrar en su casa o haberme avisado de que iba a llamar a la policía. Sin embargo, no se había decantado por ninguna de esas opciones. ¿Quería decir eso que una parte de ella disfrutaba tanto como yo de aquello? A fin de cuentas, una persona «normal» acudiría a las autoridades. Dejaría en mano de profesionales el encontrarme, en lugar de ponerse a buscarme por su cuenta.

Pero Aly no solo no había hecho nada de eso, sino que, además, ni siquiera me había dicho que dejase de espiarla.

Me acaricié la erección por encima de los pantalones. A Aly le estaba gustando. Quizá estuviera intentando convencerse de que no era así o de que no debería, pero el hecho era que le estaba gustando. No me cabía ninguna duda. Y yo iba a encontrar la manera de conseguir que aceptase esa parte de sí misma.

Se inclinó hacia delante otra vez y me guiñó el ojo por la cámara. Ese gesto hizo que me apretara la polla tan fuerte que casi me dolió.

—Hasta pronto… —me amenazó antes de alzar la cinta.

«Será más pronto de lo que piensas, cariño», pensé cuando la pantalla se volvió negra. La noche anterior había urdido otro plan para colarme en su casa, pero se me acababa de ocurrir una idea mejor en la que ella tendría tanto control de la situación como yo.

Me metí la mano por debajo de la cintura de los pantalones y me empecé a masturbar recostado en el respaldo de la silla. Puede que Aly me hubiese impedido verla durante un tiempo, pero yo seguía teniendo una ventana abierta que reproducía la pantalla de su ordenador. La siguiente búsqueda que hizo en Google fue para saber cómo apagar del todo la cámara. Vi cómo seguía todos los pasos y solo solté aire cuando terminó. Había desactivado la grabación de vídeo, pero no había apagado el micrófono. Oía el ruido que hacía y me pregunté qué estaría haciendo cuando me llegó a los oídos el sonido quedo de un teléfono llamando.

¿Con quién quería hablar ahora?

Le respondió una voz demasiado familiar.

—¿Aly?

Me solté la polla. ¿Había llamado a Tyler? Pero ¿qué cojones?

¿Por qué de repente me entraron ganas de coger el coche, presentarme en la oficina de Tyler y darle un puñetazo en toda la cara?

«Contrólate», pensé. «Es tu mejor amigo».

—Hola, Tyler —dijo Aly—. Perdona que te llame de repente. No es para pedirte que reconsideres lo nuestro ni nada de eso… Quiero pedirte un favor un poco raro. Pero si crees que me estoy pasando de la raya, me dices que me vaya a tomar por saco y ya está.

—Vale… —contestó Tyler. Reconocí ese tono de voz. No la creía. Estaba convencido de que iba a pedirle que volvieran.

Aly respiró hondo.

—Creo recordar que comentaste que a tu compañero de piso se le daban bien los ordenadores, ¿no?

Hostia. Joder. No.

No iba a… Era imposible que fuese a…

Aliviado, Tyler soltó una carcajada.

—Pues sí. ¿Por?

—¿Podría ayudarme a encontrar a una persona en internet? Necesito arreglar una cosa.

¡Joder!

Al final sí que iba a convertirme en un peligro para alguien. Para Tyler. Porque pensaba matarlo por haberle hablado tanto de mí.

Cuando Tyler respondió, ya no había nada de humor en su voz.

—¿Qué cosa? ¿Estás bien?

—Pues… —murmuró Aly, y deseé poder verle la cara—. Creo que sí. En realidad, lo sabría seguro si tu compañero de piso pudiera localizar a esa persona.

Me puse de pie y me entrelacé las manos detrás de la cabeza. Qué desastre. Qué puto desastre.

—En serio, Aly —insistió Tyler—. Si alguien te ha amenazado o algo, deberías ir a hablar con la policía, no con mi compañero de piso.

—No me ha amenazado nadie. —Hizo una pausa larga—. O eso creo.

Maldita sea. Conocía a Tyler como si lo hubiera parido, así que estaba seguro de que iba a ofrecerse a ayudarla él mismo.

—Dime lo que necesitas y Josh y yo nos encargaremos de solucionarlo —dijo, para sorpresa de nadie—. Entre los dos haremos que ese quien sea que te esté dando problemas se arrepienta de haber nacido.

—Puedo ocuparme de esto yo sola —dijo Aly con un creciente matiz de irritación en el tono—. Solo necesito dar con esa persona, nada más. ¿Josh me podrá ayudar o no? Le pagaré.

Una vez más, la polla me montó una tienda de campaña en los pantalones al oírla pronunciar mi nombre.

—Guárdate el dinero —repuso Tyler—. Seguro que te echa un cable gratis.

Estuve a punto de volcar mi escritorio. De puta madre. No iba a poder librarme de ayudar a Aly sin parecer un capullo integral y conseguir que Tyler se preguntara por qué me había negado. Si decía que no, sería sospechoso de cojones.

Aly suspiró.

—Gracias. Pues ya me dirás cuándo os viene bien que me pase por allí.

¿Por allí, dónde? ¿Por nuestro piso?

Miré a la izquierda, en dirección al sofá que aparecía, en todo su esplendor e inconfundible, en mis vídeos; luego observé mi cama y el maldito cabecero hecho a medida que tuve que encargar especialmente porque no me dio la gana de comprarlo en

IKEA como hacía todo el puto mundo. No, yo tenía que ser especial. Único.

Aly era inteligente. Seguro que ya había deducido que yo vivía cerca de ella. En cuanto pusiera un pie en mi habitación, estaría jodidísimo.

—Hablo con él cuando salga del curro y te digo algo —accedió Tyler.

—Vale. Muchas gracias.

Colgaron. Empecé a dar vueltas como un animal enjaulado. Que no cundiera el pánico. Algo se me ocurriría. En primer lugar, Aly no podía entrar en mi habitación, eso estaba claro. Tampoco podía permitir que me viera bien las manos. Mis tatuajes eran tan característicos como mi mobiliario, y me bajaban hasta los nudillos. Por suerte, tenía un par de mitones. Me los pondría antes de que llegase ella y, si me preguntaba por qué los llevaba, le diría que tenía frío.

Dejé de ir de un lado para otro y cogí el móvil para planear todo lo que necesitaba hacer para evitar que me descubriera.

Bajaría el termostato para que colase lo del frío. Colocaría mi ordenador en el comedor y trabajaría allí y no en mi escritorio. Y, definitivamente, para fingir que tenía la intención de buscarme a mí mismo, iba a tener que cambiar al padre de Utah al que le había colgado el sambenito por otro pringado que viviese cerca.

Volé con los dedos por encima del móvil para crear una lista en la aplicación de notas. Al fin y al cabo era un tío organizado.

Cuando lo tuve todo escrito delante de mí, me sentí un poquito mejor. Iba a lograr esquivar el desastre, y la mejor parte era que podría pasar tiempo con Aly, conocerla y saber qué pensaba en realidad de la situación a la que la había arrastrado.

Me metí el teléfono en el bolsillo al terminar, aún nervioso. Necesitaba salir de casa y despejarme la cabeza.

Con un vistazo al ordenador confirmé que el monitor de sonido ligado al portátil de Aly seguía activo, así que no lo había apagado. Me pasé el enlace a la tablet, la cogí junto con las llaves y la cartera, me puse una sudadera y una chaqueta, y salí por la puerta.

Después de arrancar el motor, conecté la tablet al manos libres del coche por Bluetooth y esperé a que la calefacción se encendiera mientras oía a Aly moverse por su casa. Por si acaso entraba en su habitación, coloqué el móvil en el soporte del salpicadero y conecté la cámara oculta.

Unidad móvil de vigilancia: activada.

Me sentí orgulloso un segundo antes de darme cuenta de hasta qué punto lo que estaba haciendo me convertía en un tipo asqueroso. Pero, aun sabiendo que debía sentirme culpable y mal, yo estaba tan ancho. Lo único que notaba era una leve pizca de arrepentimiento, pero ni por esas me entraron ganas de parar. A esas alturas, solo la policía, o Aly diciéndome que me fuese a tomar por el culo, bastarían para poner fin a mi comportamiento.

O eso esperaba.

Veinte minutos más tarde pasaba por delante de la casa de Aly por segunda vez, riéndome por el aluvión de mensajes que me había mandado. Ya le había llegado mi primer regalo, y no le había hecho ninguna gracia.

Flores?
Te cuelas en mi puta casa y luego vas
y me envías flores???
Qué cojones voy a hacer con toda una
floristería???
Los repartidores me están diciendo que va en
contra de la política de la empresa llevárselas
porque alguien las ha pagado.
Si esta es tu forma de pedirme perdón, no ha
funcionado.
Ahora estoy más cabreada contigo de lo que
estaba anoche

El último comentario me llamó especialmente la atención. ¿Estaba más molesta por las flores que por el allanamiento de morada? Sí, Aly estaba ida de la cabeza como yo, y era probable que ni siquiera se diera cuenta de lo que daban a entender sus mensajes porque seguía intentando convencerse de que no le gustaba aquella situación.

Me moría por contestarle algo, pero me contuve porque cualquier respuesta podría haberse acercado demasiado a una confesión de culpabilidad.

—No tengo sitio donde ponerlas —dijo Aly lo bastante alto como para que me llegase su voz tanto desde el micrófono de su portátil como del que estaba conectado a la cámara de su habitación.

No capté la respuesta del mensajero.

—No, ya sé que no es su problema, pero… Venga, hombre… —añadió.

Mi diversión se evaporó. ¿Acaso estaba ese tío siendo maleducado con ella?

«Sigue conduciendo, imbécil», me dije. No podía aparcar para enseñarle modales sin mandarlo todo a la mierda. Lo que sí podía hacer era averiguar qué empresa era y encontrar la manera de enseñarles a tener buena educación.

—A ver qué le parece esto —propuso Aly—: ¿y si llevan las flores al departamento de Enfermería del hospital Prescott Memorial? —La respuesta del tío tampoco me llegó—. ¿Cincuenta pavos por llevarlas a un sitio que está a diez minutos? —protestó ella—. ¿Está de coña?

Hice una mueca. Estaba claro que me había salido el tiro por la culata.

Mientras aparcaba a una calle de su casa, por los altavoces sonó un fuerte suspiro.

—Voy a buscar la cartera —la oí decir.

Cogí el móvil del soporte justo a tiempo para verla entrar cabreadísima en su habitación. Fred estaba hecho un ovillo sobre el edredón, impasible al jaleo.

Aly cogió la cartera de su bolso y se detuvo el tiempo suficiente para rascarle a Fred entre las orejas.

—Espero que mordieses al Hombre sin Cara.

Fred emitió un breve ronroneo como respuesta. Decidí tomármelo como que me estaba defendiendo. ¿No se suponía que las mascotas tenían un sexto sentido y sabían quién era mala gente? Pues el gato ni siquiera me había bufado. De hecho, no se despegó de mí en ningún momento, y al final tuve que echarlo de la habitación de Aly para poder grabar el vídeo en paz. Lo interpreté como una señal de que yo no estaba tan desequilibrado como creía y de que un poco de acoso —vale, bueno: un mucho— no era suficiente para condenarme.

Aly pagó al repartidor y cerró la puerta delantera tan fuerte que el portazo llegó a mis altavoces. Al cabo de un minuto, me escribió de nuevo.

> Estupendo.
> Además de ser innecesario y de tocarme
> los cojones, tu regalo me ha costado
> cincuenta pavos

Me senté en la silla. Quería disculparme, pero sabía que no debía. Un momento… Aly tenía una app para pagos online. Abrí una de mis cuentas anónimas con la tablet y la encontré. Le mandé cincuenta dólares con la misma tarjeta de crédito robada que había usado para comprar las flores.

> En serio?
> Crees que así soluciones el lío que has
> montado?

Tamborileé con los dedos sobre el salpicadero, frustrado por mi incapacidad para comunicarme con ella. Había estado a punto de coger el móvil de prepago, pero lo había dejado en casa porque me parecía demasiado pronto para escribirle con él.

Salió un sonoro din don por los altavoces. ¿Era su timbre? Abrí la aplicación de rastreo y… En efecto: mis otros regalos acababan de llegar.

Oí cómo se abría la puerta y luego:

—¿Sí?

—He venido a entregar un paquete para Alyssa Cappellucci —dijo un hombre, pronunciando mal su apellido.

Aly no se molestó en corregirlo.

—Soy yo.

—¿Puede firmar aquí?

—Pero yo no he pedido nada.

—Entonces ¿se niega a aceptar el envío?

—Eh… ¿No? —dijo.

—Pues firme aquí, por favor.

—¿Quién me lo manda?

—Ni idea. No nos dan esa información. ¿Quiere el paquete o no?

—Vale, sí.

Se hizo un breve silencio, y supuse que estaría firmando el albarán.

—Tome. Que tenga un buen día —le deseó el hombre.

La puerta se cerró de nuevo y oí más ruidos.

Me pitó el móvil al cabo de un segundo.

Me has enviado algo?

Varias cosas, pero estaba a punto de descubrirlo.

Más te vale que no sea una bomba, o volveré en forma de *poltergeist* y encontraré la manera de matarte siendo una fantasma

Sonreí. Aly era tan mordaz como daban a entender los comentarios que había dejado en mis vídeos, y yo la vi aparecer en la pantalla de mi móvil al entrar en el dormitorio. Fue directa hacia Fred, lo cogió en brazos y lo metió en el cuarto de baño.

—Lo siento, bebé —dijo—, pero te vas a tener que quedar aquí. Mamá va a hacer una tontería, y si la cosa se tuerce no quiero que te hagas daño.

Cerró la puerta pese al maullido de protesta.

Intenté invocar algún tipo de remordimiento mientras me inclinaba hacia delante, atento a los ruidos que hacía al abrir los paquetes, pero estaba demasiado emocionado. Además, yo ya sabía que no era una bomba. Obviamente.

—¿Pero qué mierda...? —exclamó—. ¿Qué es todo esto? Joder, tiene que ser una puta broma.

Me sonó el móvil, y abrí sus mensajes de inmediato.

> Me has mandado un sistema de seguridad?
> Después de haberte colado en mi casa?
> Estás de coña???

«Sigue», quise decirle. Además de cuñas antirrobo con alarma incorporada que podría colocar debajo de las puertas, le había hecho llegar barras de titanio que anclaban los pomos mucho mejor que cualquier silla, cerrojos extra que no se podían manipular con imanes y un sistema de seguridad completo con cámaras para las puertas de delante y de detrás.

En último lugar, porque una pequeña parte de mí creía en la justicia y quería igualar las cosas, la había mandado un detector de cámaras de alta tecnología. Observarla había sido divertido y satisfacía un fetiche que no sabía ni que tenía, pero sería más divertido aún si Aly decidía que quería que lo hiciera.

La oí revolver en el paquete un poco más y luego, de pronto:

—Será hijo de puta.

> Por qué me has mandado todo esto?
> Para que te cueste más la próxima vez que
> intentes entrar? Eres la clase de puto
> desequilibrado al que le ponen los retos?
> Me has evitado la molestia de tener que ir a
> comprarlo todo hoy, como había planeado,
> pero si esperas que te dé las gracias lo llevas
> claro, chaval

Transcurrió un minuto entero de silencio.

—¡Que me contestes, joder! —retumbó su voz por todo mi coche.

Sé que me estás leyendo, capullo.

Veo la notificación

Antes de que pudiera evitarlo, le mandé el emoticono de un beso. Algún día aprendería a no ser tan chulo , pero no iba a ser ese día.

El gruñido que surgió de mis altavoces por respuesta fue adorable.

—Ya está —dijo—. He cambiado de opinión. Voy a llamar a la policía y a denunciar al desgraciado este.

No lo hagas

El mismo mensaje que ya le había mandado antes.

Mi respuesta no podía relacionarse con nada de lo que me había escrito. Si llegábamos a juicio, sería su palabra contra la mía que aquel mensaje tuviera algo que ver con algo que ella hubiera dicho, pero esperaba de corazón que no llegásemos a ese punto. Me lo estaba pasando demasiado bien con ella.

—Me cago en todo. ¿Me estás escuchando? ¿Cómo cojones desconecto el micrófono de un portátil?

A ver, obviamente no te lo voy a decir

—Espero que te lo estés pasando bien, hijo de la gran puta —gruñó.

Muchísimo

Añadí un emoticono sonriente por si acaso.

—Te voy a encontrar y me voy a asegurar de que te arrepientas de esto.

Qué morbo

Al oír por los altavoces una risa ahogada, me vino a los labios una sonrisa maliciosa. Ya la tenía en el bote. Aly también estaba disfrutando en cierto modo con lo que estaba pasando. Tan solo me tocaba seguir moviendo los hilos hasta encontrar el que la desarmara lo suficiente como para dejar de luchar contra su naturaleza y acompañarme a la oscuridad.

—No malinterpretes el sonido que se me acaba de escapar —me dijo—. Ha sido una risa de histeria sin más, provocada por el estrés y por una rabia asesina.

Me pone

Ahogó otra carcajada.

—Joder. Ya está. Voy a apagar el ordenador.

Le mandé un emoticono llorando.

—No tiene gracia —me soltó.

Entonces por qué te ríes?

—No me estoy riendo de verdad.

Abrí la galería, comprobé que el fondo del vídeo que necesitaba aparecía lo bastante borroso como para que su habitación no resultara identificable y luego le mandé una toma falsa de la noche anterior, con el único objetivo de que siguiera hablando.

Se quedó callada al verme sin camiseta, intentando grabarme delante de su espejo hasta que de pronto saltaba Fred sobre la cama y empezaba a maullar a pleno pulmón, frotándose contra mi mano cuando no fui lo bastante rápido a acariciarlo.

Me estaba arriesgando mucho. El cuarto estaba desenfocado, pero lo del gato blanquinegro sería más difícil de defender. Sin embargo, me estaba dejando guiar por mi instinto. Aly todavía no me había denunciado y, si no me fallaba la intuición, había muchas probabilidades de que no lo hiciese nunca.

—No puede ser —murmuró Aly—. Es imposible, vamos. ¿Qué hiciste? ¿Te rebozaste en hierba gatera? Fred odia a los hombres.

¿Por qué, de pronto, esa información hacía que me sintiese especial?

Tiene un gusto exigente, nada más

Le mandé otra toma falsa en la que Fred se me acercaba por detrás, se abalanzada hacia mis dedos, les daba un zarpazo sin sacar las uñas y luego saltaba fuera de la cámara, desde donde me maulló como si quisiera que jugase con él al pillapilla.

Aly se rio, pero el sonido quedó amortiguado de repente, como si se hubiera tapado la boca con la mano para contenerse.

—Eso no significa nada —insistió—. Los gatos son sociópatas por naturaleza. Fred simplemente reconoció a una criatura similar.

Si yo soy el gato, tú qué eres?

El ratón?

—Una puta loba —dijo Aly, y su ordenador se apagó cuando lo desenchufó.

Mierda. Bueno, por lo menos todavía disponía de la cámara de su habitación durante unos cuantos minutos. Bloqueé la tablet y activé el Bluetooth del móvil para oírla mejor por los altavoces.

—¿Y esto qué coño es?

El móvil empezó a sonarme sin parar.

UN DETECTOR DE CÁMARAS??

NO

TÍO

Se dirigió a su dormitorio blandiendo el dispositivo.

«Pues ya está, he perdido la última manera que tenía de monitorizarla en su casa», pensé.

Aly tardó menos de un minuto en encontrar la cámara. Al localizarla, se quedó justo delante observándola durante tanto rato que empecé a ponerme nervioso.

Incapaz de soportarlo más, cogí el móvil.

> Di algo

Miró la pantalla del teléfono y luego la cámara de nuevo.

—La otra noche después de mandarme el vídeo..., ¿me estuviste...? —Apretó los labios como si fuese incapaz de terminar la frase.

Quería que me tuviera miedo, pero no así. Desesperado, le dije:

> No, Aly.
> La apagué

—No te creo —murmuró tan bajo que apenas lo oí.

Joder, estaba a punto de perderla, ¿verdad?

> No tienes ninguna razón para creerme.
> Pero te estoy diciendo que la apagué

—¿Me has visto mientras me cambiaba y dormía y...?

> No.
> Puede que mi brújula moral no apunte
> exactamente al norte,
> pero no estoy tan mal

—¿Por qué debería creerte?

Suspiré. Quería convencerla, pero sabía que no era el paso correcto. Para ella no era más que un desconocido de internet.

No deberías, Aly

Soltó un gruñido de frustración y sacudió la cabeza.

—Joder.

Vi cómo arrancaba la cámara del enchufe. Aun sabiendo lo que se avecinaba, no estaba preparado para lo aguda que fue la sensación de pérdida que me invadió.

Consciente de que quizá me arrepentiría cuando todo se fuera a la mierda y decidiese denunciarme, le dije:

No quiero hacerte daño

No acabas de insinuar que sería una idiota
si te creyera?

Supongo que sí.

Cuando cerró la aplicación, me llegó la notificación de que se había desconectado.

No pasaba nada. Me esperaba que Aly estuviera cabreada durante un tiempo por lo de la cámara. Tenía todo el derecho del mundo.

Pero, si todo iba según el plan, le demostraría que no tenía ninguna intención de hacerle daño y que podía confiar en mí.

7

Aly

«Necesito dejar de mirar el móvil», pensé al abrir la puerta de la sala de descanso.

Cada vez que tenía cinco segundos para mí, iba corriendo a la taquilla a cogerlo. El día anterior había instalado el sistema de seguridad, con los sensores en todas las ventanas y las cámaras junto al timbre. Incluía también cámaras de interior, pero ni de coña pensaba colocarlas. El Hombre sin Cara podía utilizarlas para seguir espiándome.

El muy cabronazo.

No me podía creer que hubiese instalado una puta cámara en mi dormitorio. Ya estaba mal lo de entrar en la casa y, aunque no debía, el día anterior había estado ya medio convencida de perdonarlo. A ver, al fin y al cabo yo le había pedido que lo hiciera. Sin embargo, que me observara sin mi consentimiento era pasarse de la raya. Después de todo lo que había hecho aquel tipo, sería una idiota si me creía la chorrada esa de «Aly, apagué la cámara antes», a pesar de la extrañísima sensación que tenía de que podía fiarme de él.

¿Qué clase de acosador tenía esa fortaleza moral? ¿Por qué eso sí era una línea roja? Quizá yo era una mala persona, pero si nos hubiéramos intercambiado los papeles y hubiese tenido la posibilidad de verlo masturbarse, no habría dejado de mirar. Me habría metido una mano en las bragas y me habría sumado a la diversión.

Cuando saqué el móvil de la taquilla, me esperaban dos notificaciones del sistema de seguridad. Un era un vídeo de un mapache regordete que pasaba por delante de la puerta trasera, y me lo guardé en la galería para verlo más tarde. Aunque sabía que esos bichos eran portadores del virus de la rabia, siempre que veía uno me entraban ganas de cogerlo y achucharlo.

En el segundo vídeo aparecía el raro de mi vecino Steve, que salía a correr tarde por la noche, incluso en invierno. Participaba en ultramaratones y competía en algunos de los entornos más extremos del planeta. Según él, cuanto más duras fueran las condiciones, mejor. Yo sabía demasiadas cosas de Steve porque este no se callaba ni debajo del agua, y en la última fiesta del barrio me acorraló y estuvo veinte minutos dándome la chapa sobre su régimen de entrenamiento y su opinión de que en los ultramaratones era más importante ser fuerte mental que físicamente. Desde entonces, lo evitaba. Su intensidad me ponía nerviosa.

Nada más. Solo esos dos vídeos. A lo largo de las seis horas siguientes, vi otra decena de imágenes, y todas eran de coches que pasaban por delante de mi casa. Necesitaba encontrar alguna forma de bajar la sensibilidad de la cámara; de lo contrario el sistema iba a avasallarme con notificaciones durante el día mientras mis vecinos llevaban a cabo su rutina.

Cada vez que entraba en la sala de descanso y miraba el móvil esperaba ver al Hombre sin Cara con su máscara, intentando entrar de nuevo en mi casa mientras yo estaba en el trabajo, pero no había ni rastro de él. Lo más inquietante de todo era que no sabía si estaba aliviada o decepcionada. Por un lado, un desconocido había entrado en mi casa y me había grabado; por el otro, estaba viviendo una oscura fantasía que en los últimos tres meses me había obsesionado, tanto dormida como despierta.

La mayor razón por la que deseaba creerlo cuando me aseguraba que no quería hacerme daño era la posibilidad que se me presentaba de explorar mi fetiche con las máscaras. ¿Cuántas veces había soñado con poner a prueba ese cuerpo musculoso? Quería que me rodease el cuello con los dedos mientras me follaba, y ver cómo se le marcaban las venas de los antebrazos al inmovilizarme. Deseaba aferrarme al cabecero de la cama y que él, detrás de mí, me pusiera un cuchillo en el cuello y me ordenara que no me moviese.

Joder, tenía que dejar de ponerme tan cachonda en el trabajo.

Volví a clavar la vista en el móvil.

«No lo hagas», me dije, con el dedo justo encima del icono de la aplicación de la red social. Era sábado por la noche, por lo que el Hombre sin Cara habría subido un nuevo vídeo. Era puntual como un reloj suizo, y dudaba de que acosarme hubiera interferido en su calendario de publicaciones. Hasta el momento había logrado contenerme, pero mi fuerza de voluntad se estaba agrietando.

—Eres una mujer muy pero que muy débil —dije al abrir la aplicación y buscar su perfil. Pues sí, había subido otro vídeo—. No tienes por qué verlo —añadí. Sin embargo, mi pulgar se movió solo y, al cabo de un segundo, de los altavoces salía una melodía grave y embriagadora. El Hombre sin Cara había regresado a una de sus ubicaciones habituales, y solté un fuerte suspiro de alivio al ver que no había grabado más contenido en mi habitación. Estaba tumbado en su sofá, con una camiseta *henley* negra arremangada hasta los codos, dejando a la vista sus tatuajes y los antebrazos fibrosos y surcados de venas que me tenían obsesionada. Como de costumbre, sostenía un cuchillo y jugueteaba con él, clavando la vista en el techo mientras una voz masculina atormentada cantaba acerca de tener el corazón roto.

Luego se pasaba a un plano de él sentado en la cama, con la espalda apoyada en un cabecero robusto que tenía pinta de poder resistir un buen meneo. Insinuaba sesiones de sexo atlético y enérgico, y no faltaban unos orificios que parecían destinados a atar a alguien a la estructura. Se había quitado la camiseta y se apoyaba sobre las almohadas, con la cabeza vuelta a un lado como si estuviera observando la habitación.

Se pasaba entonces a otro plano de un lugar que no había visto nunca. El Hombre sin Cara estaba delante de una ventana enorme. Seguía sin camiseta, con los brazos levantados por encima de la cabeza para apoyarse en la parte superior del marco. Pausé el vídeo y me tomé un minuto para digerir aquella imagen. Su cuerpo era una maldita obra maestra. Lo de que la belleza daba privilegios era evidente, ya que al verlo me entraban ganas de perdonarle cualquier pecado que pudiera cometer.

Hasta que bajé la vista y me fijé en que había añadido por primera vez un texto en la descripción del vídeo. Decía: «Cuando está enfadada contigo».

Hostia puta. Más valía que aquel desgraciado no estuviera hablando de mí.

Le di a reproducir, y el vídeo duró unos cuantos segundos más antes de volver al principio. Entorné los ojos al escuchar la letra de la canción, llena de arrepentimiento y de remordimientos. ¿Era su forma de decirme que lo sentía? Pues iba a tener que esforzarse muchísimo más.

Leí los comentarios. A la gente se le estaba yendo la olla.

Dame un nombre y una dirección, y yo me
encargo
No. Me niego a creer que alguien pueda
enfadarse con él
Amigas, estad preparadas al alba
Si es que a este tío le perdonaría cualquier
cosa, en serio

—Ja —exclamé sin un ápice de humor—. Eso lo dices ahora, pero espera a que me mate y luego vaya a por ti…

Levanté la cabeza y me alivió ver que seguía sola en la sala. De verdad que iba a tener que dejar de hablar tanto conmigo misma en voz alta.

Bajé la mirada al móvil y leí unos cuantos mensajes más que defendían su honor inexistente antes de no poder controlarme y escribir:

No querrás decir cuando ella está enfadada
contigo, y con razón?

Apenas le había dado a enviar el comentario cuando me sonó el móvil. Él ya había visto mi mensaje y le había dado a «me gusta». Ay, joder. Nunca le daba a «me gusta». ¿Se daría cuenta la gente?

En la pantalla apareció otra notificación. «El usuario el.hombre.sin.cara ha empezado a seguirte».

Estuve a punto de soltar el móvil. No, no podía ser.

Sonó otro pitido. Alguien, que no era él, había contestado a mi comentario.

VAYA, AMIGA, LE HA GUSTADO TU
COMENTARIO???

Otra persona escribió:

MADRE MÍA, SOLO LA SIGUE A ELLA

Me aparté del móvil a medida que comenzaron a entrar más respuestas. Hostia. ¿Qué había hecho? Y ¿qué había hecho él al señalarme de esa manera?

Las notificaciones sonaban tan rápido que se parecía mucho al inicio de un tema de *dance* electrónico.

Perdónaselo, monstruo
Cómo es en carne y hueso?
Estás saliendo con él???
Conque a esto es a lo que sabe un ataque
de celos

Cómo te sientes siendo la mujer más odiada
de internet ahora mismo?
Si tú no lo quieres, ya me lo quedo yo

Salí de la aplicación y la silencié en los ajustes. No. Ya me ocuparía más tarde de aquel desastre. Todavía tenía por delante la segunda mitad del turno, y la noche ya estaba siendo bastante terrible; habían llegado al hospital la víctima de una violación y el atacante, a quien habían pillado con las manos en la masa. La familia de la mujer se había enterado de que el tipo estaba allí, y nos estaba costando una barbaridad impedir que lo mataran.

Aunque yo no los podía culpar.

Era una suerte que no fuese la enfermera de la mujer porque, a pesar de mi formación y de los acuerdos éticos que había firmado, me tentaría muy mucho la posibilidad de soplarle al marido de la víctima el número de habitación del violador. Quizá lo único que me detendría sería la idea de ir a la cárcel, pero en las últimas veinticuatro horas había aprendido tantas cosas de mí misma que me pregunté si de verdad me frenaría.

¿Me parecía más al Hombre sin Cara de lo que creía? Plantearme si actuar o no como cómplice de asesinato, por un lado, y elegir el camino de los justicieros, en lugar de denunciar a mi acosador a la policía, por otro, parecían dos señales de que estaba internándome en un camino bastante oscuro. Tal vez había llegado el momento de cogerme unas semanas de vacaciones y despejarme la cabeza. Cuánto tiempo llevaba sin pillarme ni un día libre… ¿Dos años? No, no podía ser.

Fruncí el ceño al intentar recordarlo. Madre mía, sí que habían pasado dos años. La última vez que me salté un turno fue por el episodio de intoxicación en una tienda de comida preparada que, para sorpresa de nadie, cerró al poco.

Dos putos años de enfermera de traumatología sin vacaciones. Buf. Sí, iba a tener que ponerle remedio. Normal que últimamente tuviese la cabeza tan hecha mierda.

Bueno, también era en parte gracias al Hombre sin Cara. ¿Me

estaría observando por las cámaras de seguridad del hospital? Era probable que no, pero, por si acaso, le hice la peineta a la que se encontraba en el rincón de la sala de descanso.

Me sonó el móvil con un mensaje de texto.

Al cogerlo vi un número desconocido y una sola palabra:

Maleducada

Casi me quedé sin aire. Había hackeado las cámaras del hospital. ¿Cuánto tenía que saber de informática para hacer algo así? ¿Cuánto tenía que obsesionarse alguien para llegar tan lejos?

Y ¿por qué, por el amor de Dios, el que lo hubiera hecho hacía que me sintiera especial y no que me diese un ataque de pánico?

No debería haberle contestado. De verdad que no, pero no lo pude evitar.

Me estás observando ahora mismo?

Pueeede

Y acompañó el texto con el emoticono del guiño.

Apreté los dientes e intenté ignorar el hecho de que, para ser un acosador, las veces que habíamos hablado daba la impresión de ser un tío majo, en lugar de un baboso.

Estás infringiendo un montón de leyes

Y no sabes ni la mitad de lo que pretendo hacer

Escúchame bien

...

Uff, ni siquiera sé cómo llamarte!

Y si me llamas cara bonita?

Sé que te gusta mi...

Y terminó con tres emoticonos de fantasmas que representaban su máscara.

Mierda, no quería ponerme a sonreír. Porque me vería hacerlo. Y ya me tocaba las narices que el día anterior me hubiese hecho reír. Maldije a mi padre por haber heredado de él su humor negro. En los peores momentos posibles, siempre se apoderaban de mí las ganas de reír.

NO voy a llamarte cara bonita.

Me quedo con capullo, gracias.

No tienes nada mejor que hacer que espiarme

en el trabajo?

Pues la verdad es que no.

Esta semana el insomnio me está dando por

saco

Parpadeé y me sentí mal por él durante un segundo antes de darme cuenta. Se merecía el insomnio por su comportamiento.

He visto el comentario que has dejado

en mi vídeo.

Y, por lo que parece, lo ha leído también

todo el mundo.

Te has hecho famosa

Y le sumó un emoticono riéndose, supuse que para provocarme.

Volví a entrar en la aplicación y me entraron escalofríos. Por el momento había recibido un centenar de respuestas, y la gente iba a degüello.

Eres tú la que ha dejado el comentario, Aly

No, no. No me vas a echar a mí la culpa. He
cometido un error al dejarlo, pero habría
pasado desapercibido si no hubieses
intervenido tú. Sabías perfectamente lo que
ocurriría cuando le dieras a me gusta y me
siguieras

No me arrepiento de haber anunciado
públicamente que eres mía

¿Suya?

Santo Dios. No, vagina, no te estremezcas por esa palabra. Joder. Vosotros tampoco, ovarios.

Consciente de que seguía observándome, me quedé superquieta y reprimí las ganas de retorcerme. Por curioso que pudiera parecer, su declaración me tranquilizaba: por fin disponía de una prueba que me ligaba a él, así que, si al final terminaba matándome, habría cien mil testigos cibernéticos que podrían señalarlo y decir: «Ha sido su novio». Puede que no fuese mi novio, pero eso la gente no lo sabía. A todos los efectos, acababa de insinuar que lo era.

¿Era su manera de demostrarme que no suponía una amenaza?

Negué con la cabeza. No, no pensaba ablandarme por eso. Me había espiado. Me estaba espiando en ese mismo momento. Podría haberme mentido sobre cuánto vio de mí la otra noche. Joder, quizá hasta me había grabado y todo. A lo mejor en alguna página web de porno vengativo había ya un vídeo de mí masturbándome con un vibrador.

No conocía a ese tío, y sería una imbécil si me fiaba de él.

Aun así no te perdono

¿Quería decir que me lo pediría más tarde?

Levanté la cabeza y miré hacia la cámara con los pensamientos revueltos como una fuerte marejada. Necesitaba poner fin a aquello y decirle que me dejase en paz de una santa vez. ¿Por qué era incapaz de soltárselo? ¿Acaso alguna parte perversa de mí estaba disfrutando de aquella situación?

Mi tormento debió de hacerse muy patente en mi cara porque me escribió:

Dime que pare, Aly, y lo haré

Dejé los pulgares quietos a unos milímetros de la pantalla. Debía pedírselo. Era lo sensato. Lo correcto. De acuerdo, la idea de que un tío entrase en mi casa y para follar conmigo era una fantasía que me atraía, pero solo era eso: una fantasía. La vida real me había demostrado que la única conclusión lógica de esta locura podía ser la agresión o el asesinato, y la víctima sería yo.

Conseguí escribir la letra «P» antes de que me sonara el busca. Al mirarlo, todo lo relacionado con el Hombre sin Cara pasó a un segundo plano.

Estaban llegando ambulancias con numerosas víctimas de arma. Había habido un tiroteo en una discoteca.

Lancé el móvil al interior de la taquilla, la cerré de golpe y eché a correr por el pasillo.

Brinley salía por la puerta del baño cuando pasé por delante, y estuvimos a punto de chocarnos. Reduje el ritmo lo suficiente para sujetarla, y luego salimos las dos disparadas hacia la zona de las ambulancias.

—¡Paso por la izquierda! —gritó Tanya adelantándonos.

—Joder, qué rápida es —resopló Brinley mientras apretábamos el ritmo tras ella.

—Es la reina del cardio —le dije—. Corre tres maratones al año.

—¿Va a ser horroroso? —me preguntó Brinley.

La miré de reojo.

—¿Quieres que te sea sincera?

Asintió.

—Peor imposible —repuse.

Al cabo de veinte horas salí del hospital a trompicones. Casi todo el personal de Enfermería tuvo que ayudar con el tiroteo, y muchas compañeras se presentaron antes incluso de que las llamáramos. Cuando había una tragedia, sabíamos que tocaba arrimar el hombro.

Solo habíamos atendido a una parte de las víctimas. El resto había ingresado en otras Urgencias y unidades de traumatología de la ciudad. Habían muerto seis personas, quince habían recibido un disparo y otras veinte habían terminado heridas durante la estampida hacia las salidas de la discoteca.

Según uno de los agentes de policía que tomaba declaración a los testigos, al atacante lo había matado una camarera heroica que había salido de detrás de la barra al poco de que él abriese fuego. Lo golpeó con un bate de béisbol y no dejó de pegarle hasta dejarle la cabeza hecha puré.

La joven había salvado un montón de vidas, pero ya habíamos visto a tres personas que quizá morirían a consecuencia de las heridas. Por desgracia, no era el peor tiroteo que había presenciado. El año anterior, un hombre había ido a la empresa donde trabajaba su exmujer y había matado a ocho personas y herido a muchas otras antes de que un francotirador de la policía lo abatiese.

Conseguí dormir una o dos horas en medio del ajetreo de ir de una habitación a otra, pero no eran suficientes para compensar las casi cuarenta que llevaba en pie. Por eso dejaba a Fred con tantísima comida y agua. Mi veterinario me repetía a menudo que no lo alimentase tanto, que empezaba a estar gordito, pero yo prefería que Fred engordase a que se muriera de hambre cuando me quedaba atrapada en el trabajo en situaciones como aquella.

Entré en el ascensor y subí hasta la tercera planta del aparcamiento. Me calé el plumas cuando se abrieron las puertas y me azotó una ráfaga ártica. Al mirar a mi derecha me detuve en seco. Estaba nevando otra vez. La nieve caía en forma de enormes copos que el viento ladeaba. Estupendo. Con suerte, las calles no estarían demasiado mal.

Me tentaba la posibilidad de darme la vuelta y dormir en una de las habitaciones con literas reservadas para los turnos largos, pero si lo hacía era probable que solo durmiera una o dos horas antes de que alguien que necesitara mi ayuda me despertase. Me costaba muchísimo decir que no en momentos así, y me conocía lo bastante bien como para saber que debía ir a casa para no autosabotearme, aunque eso significara coger un taxi o un VTC.

Solo necesitaba ir a mi coche a por unas cosas, y luego entraría en el hospital y pediría un Uber. Era absurdo pensar que podría conducir en el estado en el que me encontraba. Lo último que hacía falta era que me quedase dormida al volante y causara otra emergencia.

Aparté la vista de la nieve y me dirigí a la zona del aparcamiento donde había dejado el coche.

Cuando llegué, estaba arrancado.

Me detuve a diez metros de distancia, observándolo confundida. El coche no tenía un encendido automático que pudiera explicarlo. ¿Estaba tan cansada que alucinaba?

Miré a mi alrededor en busca de alguien a quien poder preguntarle si veía lo mismo que yo, pero no había nadie. Eran las tres de la madrugada y esa planta estaba reservada a los trabajadores. Todos estaban en el hospital, intentando salvar vidas.

Parpadeé varias veces a toda prisa. No. No me lo estaba imaginando. El puto coche estaba arrancado. No podía haberlo dejado encendido, tenía las llaves en el bolso, así que ¿qué coño estaba pasando?

Noté que el cerebro empezaba a funcionarme poco a poco. ¿Era aquello de algún modo obra de él?

Saqué el bote de gas pimienta del bolso y caminé en paralelo a mi coche, mirando alrededor por si había alguien dispuesto a tenderme una emboscada. El garaje estaba muy iluminado, y no veía a nadie, pero no pensaba arriesgarme. Dejé el dedo en el botón del espray hasta que divisé el asiento del conductor. Había alguien sentado al volante. Una persona enorme, con una sudadera que le ocultaba la cara.

No. Ni de coña, vamos.

Sin previo aviso se volvió y pegué tal salto que me estampé contra el coche que tenía detrás. El Hombre sin Cara miraba por la ventanilla de mi coche.

De repente estaba la mar de despierta. Y sin gana ninguna de aguantar tonterías. Qué valor tenía aquel malnacido para planear una jugada semejante después de la noche y el día y la noche por los que acababa de pasar en el hospital.

Levantó una mano y me saludó; a continuación alzó un dedo como si me pidiera que esperase, y luego bajó la vista. Me sonó el móvil en el bolso. Mientras hurgaba entre mis cosas para cogerlo, no dejé de mirarlo a él.

Tardé bastante en leer el mensaje porque no dejaba de bajar los ojos al móvil y de levantarlos a toda prisa para observar en torno a mí. No me fiaba de que no tuviese un cómplice cerca, esperando a que me distrajera para pillarme por sorpresa.

> Se me ha ocurrido que podía llevarte a casa.
> Hace un tiempo de mierda, y debes de estar
> agotada. Ahora mismo es peligroso que te
> pongas al volante

Lo fulminé con la mirada y agité un dedo para indicarle que bajara la ventanilla.

Se giró para mandarme otro mensaje.

> No me eches gas pimienta

—No estás en posición de darme órdenes —exclamé. Bajó la ventanilla apenas un dedo para oírme mejor—. Ahora mismo en el hospital hay veinte policías, y de la mayoría sé hasta su nombre de pila. Una llamada, y estás jodidísimo. —Se volvió y comenzó a escribir—. ¿En serio? ¿No vas a hablar? —pregunté.

Negó con la cabeza y siguió escribiendo.

Debía de conocerlo lo bastante como para reconocer su voz si estaba dispuesto a llegar a ese extremo. ¿Quién era? ¿Uno de los agentes con los que acababa de amenazarlo? Se me ocurrieron varios tan altos como él. Que fuera poli explicaría lo fácil que le había resultado encontrarme, porque podría haber usado datos o equipos oficiales.

Solo quería llevarte a casa.
He visto el turno tan chungo que has tenido y lo
agotada que estabas al recoger las cosas, y se
me ha ocurrido venir

Me apreté el puente de la nariz y me debatí entre si debía o no ponerme a gritar pidiendo socorro.

—¿Y por qué se te ha ocurrido algo así?

No me has dicho que pare, Aly

—Porque me interrumpió una puta tragedia —dije taladrándolo con la mirada.

Pues dilo ahora

Y levantó la cabeza para mirarme por los agujeros negrísimos de la máscara.

Abrí la boca, pero no me salió nada.

«Dilo, Aly», pensé. «Dilo, coño. Dile que pare como la mujer mentalmente sana y racional que eras antes de que sus vídeos invadieran tus redes sociales».

Intenté obligarme a decirlo y me dio la impresión de que me ahogaba. Joder. No podía. ¿Qué coño decía eso de mí? ¿Qué significaba? ¿De verdad me gustaba la situación?

«Es el cansancio», procuré convencerme, pero la mentira era evidente. La triste realidad era que en los últimos días me había sentido más viva que en los últimos años. Vale, sí, me había pasado la mitad de ese tiempo aterrada, pero a esas alturas prefería el miedo a la insensibilidad. Hasta que él entró en mi casa, había vivido en un mundo de grises, haciendo las cosas como un robot. Trabajo, gimnasio, casa, y vuelta a empezar. Todos los breves destellos de sentimiento que habían atravesado esa neblina giraban en torno a ese tío y sus vídeos.

Me puse a observar bien su máscara. Aunque me miraba desde un semblante de plástico, juraría que acababa de curvar los labios para esbozar una sonrisilla.

Señalé la ventanilla entreabierta con el bote de gas pimienta.

—Que me haya vuelto tan idiota como para no poder decirlo ahora no significa que vaya a subirme al coche con un tío que ha entrado en mi casa y me ha estado observando sin mi consentimiento.

Esperaba que las cámaras del aparcamiento lo estuvieran grabando y él no hubiese encontrado la manera de pausarlas ni ponerlas en bucle. Si aparecía alguien y saltaba sobre mí, sería la única prueba visual de lo que me había pasado por gilipollas.

Él empezó a escribir de nuevo. Yo estaba hasta las narices de ese método de comunicación.

«¡Que hables!», quise gritarle.

Me sonó el móvil. Repetí el baile de subir y bajar la vista que llevaba ejecutando los últimos cinco minutos.

Mira en el asiento del copiloto.
Vas a tener todo el poder

—Como esté esperando alguien para abalanzarse sobre mí, os voy a matar a los dos —le aseguré—. Hoy no os tengo demasiado cariño a los hombres.

Asintió como si no esperase menos e hizo señas para que me acercara.

Apreté los dientes y, con mucho cuidado, rodeé el capó hacia el otro lado del coche. Debió de advertir mi reticencia a acercarme demasiado, porque se inclinó a un lado y abrió la puerta del copiloto. En el asiento estaban mi pistola y un cuchillo de aspecto feroz. Echó la espalda atrás, los señaló y luego me señaló a mí.

Otra ráfaga de viento gélido aulló a través del aparcamiento y un estremecimiento me zarandeó todo el cuerpo. Aunque llevase plumas, el uniforme era fino, y había salido del hospital tan ensimismada que no se me había ocurrido ponerme guantes.

Me acerqué a la puerta abierta y al calor que emanaba del coche, con la sensación de que todavía podía ocurrir alguna desgracia. Él no se movió para lanzarse a por mí, tan solo se recostó en el asiento y levantó las manos enguantadas para indicarme que no estaba armado. Me incliné y cogí la pistola; después di un paso atrás y enseguida comprobé si estaba cargada. Pues sí.

Su peso en la mano me daba cierta seguridad. Él no llevaba armas encima y, desde esa distancia, habría podido dispararle sin problemas antes de que llegase hasta mí. Era cierto que yo tenía todo el poder, y me sentaba bien sujetar la sartén por el mango para variar.

Ese era el momento en el que habría debido ordenarle que bajara del coche y llamar a la policía, pero empecé a perder el valor cuando se esfumó la adrenalina, y tenía tantísimo frío que me castañeteaban los dientes. No quería coger un Uber y necesitar luego que alguien me llevase al hospital para el siguiente turno. Tampoco me apetecía llamar a la policía. No había ningún motivo lógico que explicase mi reticencia a implicarlos —trabajaba a diario con ellos y sabía que me apoyarían—, pero algo me frenaba.

Quizá fuera que en el trabajo había conocido a un montón de gente mala. Asesinos, violadores, miembros de bandas, camellos, ladrones, pedófilos, de todo. Los años me habían pulido el instinto, y casi había desarrollado un sexto sentido para identificar el peligro. Sin embargo, en ese momento guardaba silencio. Solo era mi mente la que me decía que se lo contara a la policía. Y era una tontería, pero también estaba el hecho de que a Fred le había caído bien, y a Fred no le caía bien nadie. Bufaba o corría y se escondía. Se comportaba así con cualquiera que se pasara por mi casa. Que se hubiera puesto a jugar con el Hombre sin Cara seguía dejándome perpleja.

El instinto me decía que me subiera al coche y viese hacia dónde iba aquello. Si me sentaba en el asiento del copiloto, no estaría impotente del todo. Tendría una pistola y un cuchillo, y podría apuntarlo con ellos mientras conducía. En cuanto girase donde no tocaba o intentase hacerme caño, ¡pum! Ser enfermera significaba que sabía perfectamente dónde apuntar para hacer el mayor daño posible.

Y, por mucho que me pesara, sentía curiosidad. En cierto modo quería ver cómo se desarrollaba aquello. A pesar de las posibles consecuencias catastróficas, a pesar del hecho de que ninguna persona racional lo habría hecho.

De acuerdo: no estaba siendo racional. Ya iba siendo hora de aceptarlo. En algún punto de los últimos dos años me había adentrado en la oscuridad, y me encontraba buceando hacia las profundidades. Era una mujer necesitada de sexo y con privación del sueño que estaba más interesada en un polvo morboso que en la seguridad y la calma.

Fue extrañamente liberador reconocerlo. Al haber dejado de luchar conmigo misma, podía pensar en los últimos días y ver con claridad lo que había intentado ignorar: que aquello me apetecía. Había estado más sola que la una durante toda mi vida adulta. Los hombres con los que quedaba por las aplicaciones o por las redes no se inmutaban cuando los ignoraba o me olvidaba de responderles durante semanas. Pasaban página y empezaban a salir con otra persona, como había hecho Tyler.

Toda mi vida estaba dedicada a cuidar de los demás. Quería que alguien cuidara de mí para variar. Quería que alguien me necesitara de verdad. Quería que un hombre estuviera tan obsesionado conmigo como para hackear cámaras a fin de observarme cuando le era imposible conciliar el sueño. Quería que monitorizara mis movimientos; que me comprase un sistema de seguridad para que nadie más pudiese entrar en mi casa; que amenazara con cargarse a quien me hiciese daño.

No quería a un hombre moralmente gris. Quería a alguien con el alma tan negra como la noche. Quería a alguien que prendiera fuego al mundo por mí sin perder ni un minuto de sueño por ello.

El Hombre sin Cara bajó las manos y me hizo un gesto para que entrara en el coche.

Cogí una vigorizante bocanada de aire helado, me subí y cerré la puerta tras de mí para sellar mi destino.

8

Josh

Aly subió al coche y se sentó en el asiento del copiloto, a mi lado. Con la pistola apuntándome al estómago y los ojos clavados en la máscara, se pasó lentamente el cinturón por el pecho y se lo abrochó.

Extendió el brazo y cerró a ciegas la puerta del coche, tan poco dispuesta a apartar la vista de mí como yo de ella, aunque por razones diferentes. Solté el aire que había estado aguantando; no había querido ni respirar ni moverme por si acaso la espantaba.

A medio metro de mí había una mujer a la que le ponían las máscaras. Una mujer que hacía poco se había masturbado viendo un vídeo mío. No podía quitarme de la cabeza esa imagen fugaz en la que había visto cómo se metía el vibrador.

¿Así era como le gustaba? ¿Le gustaba el sexo duro, salvaje? ¿Le gustaba un poco de dolor para que se incrementara su placer?

Joder, la deseaba. Allí mismo. En ese preciso instante. Era tan tentadora la idea de volverme e inmovilizarla en el asiento para así poder…

Me clavó el cañón de la pistola en el costado.

—Arranca. Y reza para que no nos pare la policía por el camino. Entre tus pintas de figurante de peli de miedo y mis armas, es probable que salgamos en las noticias.

Cierto. Era probable.

Cogí el móvil del salpicadero. Me moría por hablar con ella, pero pronto iba a tener que hacerlo siendo Josh, y no podía arriesgarme a que me reconociera la voz. El sofisticado modulador que había pedido me llegaría al día siguiente, y por fin iba a poder dejar la tontería de mandarle mensajes.

Voy a seguir la misma ruta que haces para venir, le escribí. He puesto la dirección en el navegador para que veas que no te miento.

Le enseñé el mensaje en lugar de mandárselo.

Aly ladeó la cabeza y miró la máscara como si estuviese sopesando arrancármela.

—O podrías dejarme ver quién eres y conducir mi coche como una persona normal. Tengo claro que nos conocemos, y debe de ser difícil ver con eso puesto.

Se me aceleró el corazón. Aly había sido la primera de la clase en la carrera de Enfermería. Quizá habría debido inquietarme el hecho de que fuera lo bastante lista como para averiguar mi identidad, pero me excitaba. Era como si estuviéramos jugando a un juego en el que yo debía ir tres pasos por delante de ella para evitar que me pillase. El desafío resultaba emocionante. Y, a pesar de su preocupación, veía bien con la máscara. El material negro que me tapaba los ojos estaba hecho con una nanofibra de alta tecnología que parecía opaca por un lado, pero yo veía igual que si llevase unas gafas puestas.

Veo de maravilla. Y ¿de verdad quieres cargarte la fantasía? Le enseñé el móvil y recé por que aquello le estuviera gustando tanto como a mí.

Aly soltó aire entrecortadamente y apartó la vista. La pistola se alejó un centímetro, e interpreté su silencio como una confirmación.

Al echar un rápido vistazo al arma, me percaté de que no tenía el dedo cerca del gatillo. De todas formas, no ocurriría nada si lo apretaba. Le había sustituido las balas por unas de fogueo. Estaba cachondo, no suicida. Y, sí, tenía la intención de cambiárselas de nuevo. La idea de que estuviera desarmada en esa ciudad me provocaba ganas tanto de cabrearme como de vomitar (menudo espectáculo), así que las balas auténticas ocuparían otra vez su lugar en cuanto llegásemos a su casa. Aunque iba a tener que encontrar la forma de hacerlo a hurtadillas para que no volviese a enfadarse conmigo...

Me miró de nuevo con ojos recelosos, pero detecté un destello de rubor en sus mejillas que antes no estaba. Así que supuse que Aly también prefería que llevase la máscara y siguiera siendo anónimo para ella.

Me abroché el cinturón, puse la marcha atrás y, usando la cámara del coche, salí de la plaza de aparcamiento.

—Me has activado la calefacción del asiento —me dijo.

Asentí. Por alguna razón, con Aly empezaba a resultarme fácil ser empático. Verla por las cámaras del hospital me había demostrado que era una mujer que habría hecho cualquier cosa para ayudar a los demás, incluso en detrimento suyo. Supuse que estaría machacada después de haber pasado tantas horas de pie y, aunque los zapatos ortopédicos que llevaba parecían cómodos, seguro que aun así le dolían las piernas y la espalda.

Era probable que también tuviese hambre; en el último día y medio no la había visto comer gran cosa. Por suerte, estaba preparado para eso. Puse el coche en modo automático, pero sin quitar el pie del freno.

Con las manos en alto, lentamente, empecé a girarme hacia el asiento trasero. La pistola me dio en los abdominales cuando estaba a mitad de camino, y Aly bajó la vista como si lo hubiera notado. Alargué el brazo para coger una bolsa térmica con comida que había dejado en el asiento de atrás.

—Oye, espera —protestó Aly, apartándose mientras me volvía con la bolsa en la mano—. ¿Ahí hay una bomba o algo?

Casi suelto una maldición. ¿Por qué no me había dado cuenta de que Aly podría sacar esa conclusión después del turno que acababa de vivir? Era un error absurdo, y no pensaba volver a cometer ninguno similar. A partir de ese momento pondría aún más cuidado. Aly se merecía a alguien que estuviera al cien por cien.

Negué con la cabeza y me coloqué la bolsa en el regazo. Poco a poco, para que no se pusiera nerviosa, abrí la cremallera y le enseñé lo que contenía.

Aly frunció el ceño y se inclinó hacia delante para verlo mejor. Después me miró a los ojos con una ceja arqueada.

—¿Me has traído algo de picar? —Asentí y le dejé la bolsa en el compartimento central. No hizo amago de cogerla, y de repente puso mala cara—. No pienso comer nada de eso. Podrías haberlo drogado.

Bien visto. Extraje la bolsita de plástico que había llenado de rodajas de manzana. Los guantes que llevaba puestos eran tan finos que pude sacar una sin problemas. Me aparté la máscara de la cara lo suficiente para poder pasar la rodaja sin mostrarle más que el canto de la mandíbula y me metí la manzana en la boca.

Mientras masticaba, hice un gesto en plan: «¿Ves?», pero Aly estaba demasiado ocupada observando el punto donde acababa de ocultar mi mandíbula como para prestar mucha atención a mis manos.

Se me secó la boca. ¿Acaso ella también notaba la innegable atracción que había entre nosotros? Estaba intentando ser un caballero, me había prometido que esa noche y ese trayecto hasta su casa debían confirmarle que podía confiar en mí —a fin de cuentas, convencer a alguien de echar un polvo con un desconocido armado con un puñal eran palabras mayores—, pero, si no dejaba de mirarme así, no sabía si podría aguantarme mucho más.

Se lamió los labios mientras me miraba de arriba abajo. Me quedé paralizado en el asiento y le dije a mi polla que no reaccionara, pero cuando se trataba de Aly esta tenía vida propia, así que se puso dura y se estampó contra la tela de mis vaqueros, exigiendo que la liberase.

Aly estuvo un buen rato contemplándome. No le mostraba demasiado —llevaba vaqueros y sudadera—, pero había dejado la cremallera desabrochada, y sus ojos se clavaron al instante en la camiseta *henley* que se me ceñía al torso.

—¿Es la camiseta que llevabas en el último vídeo? —preguntó con voz ronca.

Asentí.

Negó con la cabeza como si quisiera despejarse. ¿O quizá para expulsar las obscenidades que estaba pensando?

—¿Te parecía gracioso publicar un vídeo tan sensiblero como ese después de lo que me has hecho?

Asentí con rotundidad esa vez, feliz de que no pudiera ver mi sonrisa de idiota.

Soltó un resoplido y apartó la vista, pero no antes de que yo viese cómo se le curvaban hacia arriba las comisuras de los labios.

Un coche tocó la bocina detrás de nosotros, y los dos dimos un respingo.

Vale. Se suponía que la idea era llevar a Aly a casa, no valorar si a ella le gustaría o no echar un polvo salvaje en el asiento trasero.

Le hice señas al conductor impaciente y aparté el pie del freno. El otro coche se situó en el lugar que acabábamos de dejar vacío, y reduje la velocidad de nuevo, lo suficiente como para apartar el móvil de la vista de Aly mientras desactivaba el bucle que había aplicado a todas las cámaras de esa planta del aparcamiento. También puse en marcha el trayecto en el navegador para que viese que no le estaba tomando el pelo en cuanto a la dirección. Una vez hechas las dos cosas, me dirigí a la rampa de salida mientras una voz femenina y relajante con acento británico indicaba qué hacer a continuación.

Del asiento del copiloto me llegaron ruidos de masticación. De reojo vi que Aly devoraba las rodajas de manzana con una mano, mientras con la otra seguía apuntándome con la pistola. Me recorrió una oleada de calidez al mirarla. ¿Por qué me sentaba tan bien cuidar de ella, incluso a ese nivel tan menor?

¿Era porque jamás había tenido a nadie a quien llamar mío? ¿O era una especie de instinto innato que teníamos todos los hombres y que, hasta el momento, había quedado reprimido en mí por el cóctel de medicamentos que me habían recetado desde la pubertad?

Fuera como fuese, no pensaba cuestionarlo. Cuidar de ella me sentaba bien. Por lo que había visto, estaba claro que alguien debía hacerlo, y no tenía ninguna intención de permitir que ningún otro tío asumiera esa labor. Mi compañero de piso era un capullo integral. ¿No se había dado cuenta de lo que tenía estando con ella o qué? ¿Qué clase de estúpido permitía que una persona tan perfecta se le escapara de las manos? ¿Cómo era posible que todos los ex de Aly hubieran estado igual de ciegos? Ya tendría que estar más que casada, y sentirse mimada y querida como la reina que era.

Los hombres éramos imbéciles. Era la única explicación.

Aly se estaba ya terminando las rodajas de manzana en el momento en que salíamos del aparcamiento. Se acercó la bolsa con la comida y empezó a cotillear lo que había dentro. Le había preparado todo un surtido de opciones: un yogur bebible, palitos de zanahoria, una naranja y un cóctel de frutos secos que había mezclado yo mismo. Incluso había metido una botella de agua para ayudar a bajarlo todo.

—Tú primero —me dijo pasándome los frutos secos.

Me detuve al final de la rampa de salida y le cogí la bolsita de las manos. Nos rozamos los dedos.

«Maldigo estos guantes de mierda y la necesidad de ponérmelos».

Era la primera vez que nos tocábamos, y odié que no fuera piel contra piel. Ansiaba sentir a Aly, aunque no fuera más que una caricia fugaz.

Cogí el móvil y escribí: Lo único que quieres es volver a verme la mandíbula.

—Es bonita —repuso sin el menor rubor—. Y deja de darme largas. Tengo hambre.

Posé el móvil para impedir decirle alguna burrada sobre el

hambre que tenía yo también. Hambre de ella. Acto seguido cogí un montón de frutos secos y aparté un poco la cara antes de metérmelos en la boca; como tenía que levantar la máscara algo más que antes, no quería que Aly viese más de lo que estaba dispuesto a mostrarle.

—Aguafiestas —dijo cuando me metí los frutos secos y volví a bajarme la máscara.

Levanté el pulgar mientras masticaba y quitaba el pie del freno. La nieve empezaba a caer con fuerza. A lo largo de las últimas horas había comprobado la previsión meteorológica varias veces, y las predicciones de acumulación no dejaban de subir. En nuestra zona era difícil predecir la intensidad de las nevadas porque era habitual que las células convectivas se detuvieran encima de nosotros y dejasen caer más nieve de la que se esperaba. A ese ritmo, no me habría sorprendido nada que al amanecer la nieve hubiera alcanzado medio metro.

Aunque habían salido las quitanieves, no daban abasto, y las carreteras eran un caos. Mi conductora de Uber había tardado una barbaridad en llevarme al hospital, y eso que íbamos en un monovolumen con tracción a las cuatro ruedas. El coche de Aly era un sedán pequeño y, aunque no tenía tracción a las cuatro ruedas, por lo menos contaba con control de tracción. Mientras enfilaba la carretera cubierta de aguanieve esperaba no tener que recurrir a él.

—Vas a tener que currártelo más. Un vídeo sensiblero no bastará para que te perdone por haberme espiado —dijo Aly entre bocado y bocado.

Asentí para informarle de que lo comprendía. ¿Lamentaba lo que había hecho? No, qué va, pero no iba a negarle el derecho a estar enfadada. Si había una posibilidad de que me perdonase, encontraría un millón de maneras de disculparme por haberla disgustado hasta que se rindiera.

—Gracias por llevarme a casa —añadió con tono más suave—. No me apetecía llamar a un Uber ni dormir en el hospital.

Sonreí y alargué un brazo para darle una palmada en la rodilla, en plan: «De nada», pero noté la pistola clavada en las costillas y me quedé a medio camino.

—No se toca. Sigo cabreada.

Levanté la mano bien abierta hasta que Aly alejó la pistola de mí. Mi pene escogió ese momento para recordarme lo cachondo que me ponía esa mujer, y trató de nuevo de abrirse paso por la cremallera de la bragueta. La Aly furiosa era muy atractiva. Me moría de ganas de que me perdonase para poder encontrar otras maneras de tocarle las narices. ¿Era masoquista? Tal vez. Pero por alguna razón nuestras riñas eran más unos preliminares que una discusión de verdad, y disfrutaba con ellas. No podía sino imaginarme lo maravilloso que sería el sexo de reconciliación.

De madrugada la ciudad estaba tranquila. Por culpa del insomnio, la había atravesado al volante muchas veces, y nunca dejaba de asombrarme lo inquietante que resultaba a esa hora. Era como encontrarse en el rodaje de una película postapocalíptica en la que solo quedaban unos pocos seres humanos después de que una epidemia horrible o un virus zombi arrasara el planeta.

Esa noche daba menos repelús y era más agradable gracias a la nevada. Las aceras estaban cubiertas de nieve y todo brillaba como si a la ciudad le hubieran limpiado todos los pecados. Sabía que no duraría, que tan solo un par de horas después de que terminara de nevar se retomaría la vida y las aceras se volverían negras por el barro y la suciedad que salpicarían los coches al pasar.

Aly se inclinó hacia delante y subió la calefacción. Al frenar en un semáforo en rojo, me removí en el asiento para quitarme la sudadera. Me hervía la sangre teniéndola tan cerca. Estaba a punto de empezar a transpirar, y no había nada menos erótico que la piel pegajosa de sudor.

Me arremangué la camiseta hasta los codos y giré a la izquierda cuando se puso verde, rumbo a las afueras de la ciudad por una calle secundaria donde era menos probable que nos viera alguien.

Así estaba mucho mejor. Crisis de sudor evitada.

Tardé unos instantes en darme cuenta de lo quieta que se había quedado Aly. La miré cuando pasamos junto a una farola y la pillé contemplándome el antebrazo, con la pistola olvidada sobre el muslo.

Vaya, vaya, vaya. Llevaba tanto tiempo pensando en formas de ablandarla que había pasado por alto el aliado más evidente del que disponía: su cuerpo y el modo en el que la traicionaba después de haber visto tantas veces mis vídeos. Había descargado su información de usuario de la aplicación, y resultaba que había invertido una cantidad impactante de tiempo mirándome: doscientas horas. Visto desde ese ángulo, yo parecía un santo. Por el momento, solo llevaba cuarenta horas observándola.

Por muy enfadada que estuviera conmigo, es probable que su cerebro reptiliano estuviera plenamente activo al encontrarse tan cerca de alguien con quien se había dado placer. Yo sabía que había ocurrido por lo menos una vez, pero rezaba por que no fuese la única, y que se hubiera corrido tantas veces viéndome como para que mi cercanía bastara para mojarle las bragas.

¿Qué era lo que había dicho sobre mis antebrazos en un comentario? ¿Que quería recorrer todas las venas con la lengua?

Quise poner a prueba mi hipótesis y sujeté el volante más fuerte para que se me marcaran. Aly profirió un ruidito de impotencia y dirigió la vista a la bolsita de frutos secos. Intenté reprimir mi arrogancia, pero fracasé de forma estrepitosa. Aly me deseaba. Mucho. Quizá más de lo que yo la deseaba a ella, que ya era decir.

Deseaba volverme y mirarla, memorizar cómo se le ponían rojas las mejillas y se le aceleraba la respiración, pero nos estábamos alejando del centro de la ciudad, las condiciones de la carretera habían empeorado, y yo llevaba una carga preciosa conmigo. Debía concentrarme en depositarla en casa sana y salva antes de sucumbir a mis necesidades más oscuras.

«Gira a la izquierda en el siguiente semáforo», me informó el móvil. Obediente, reduje la velocidad hasta detenerme al cabo de unos minutos y puse el intermitente. Frenó a nuestro lado una camioneta alta de ruedas enormes, y oí la voz de un hombre, amortiguada por las ventanillas.

—Gilipollas —murmuró Aly antes de hacerle una peineta y girarse hacia mí para esconder la cara.

¿Le habían dicho alguna grosería?

El conductor de la camioneta tocó la bocina, y oí con toda claridad un silbido.

«La madre que me parió».

Puse punto muerto, recuperé el cuchillo olvidado en el suelo, a los pies de Aly, y me apeé para mirar al conductor por encima del techo de nuestro coche.

Era un hombre blanco de mediana edad que, al ver mi máscara, se echó atrás en el asiento. Su compañero del asiento del copiloto empezó a darle empujones en el hombro.

—Tío, ¿qué coño pasa?

Levanté el cuchillo con una mano y saludé con la otra.

«Bu, hijos de puta».

El conductor apretó el acelerador y se saltó el semáforo en rojo para perderse en la noche.

Sonreí y regresé al coche. Le di la vuelta al cuchillo y lo cogí por la punta para dárselo a Aly con el mango por delante.

Se me quedó mirando un buen rato antes de soltar la pistola para cogerlo.

—Estás desquiciado, ¿lo sabías?

Me encogí de hombros. Desquiciado. Protector. Era lo mismo.

—Creía que era de mentira —añadió, y arrimó la yema del índice a la punta del cuchillo—. Coño, qué afilado.

Preocupado, miré rápidamente para comprobar si se había hecho un corte, pero no vi sangre, así que no presionaría con mucha fuerza. Siempre mantenía ese cuchillo lo bastante afilado como para rebanar un hueso.

El semáforo cambió de color y nos bañó de luz verde. A regañadientes, aparté la vista de ella y reanudé la marcha. Aly cerró la bolsita de los frutos secos, la metió en la bolsa y cerró la cremallera como si ya no quisiera comer más. Se volvió para dejarla en el asiento trasero, y me llegó el olorcillo floral de su champú. Incapaz de evitarlo, respiré hondo. Ardía en deseos de enterrar la cara en ese pelo mientras me la follaba, con el ruido de sus jadeos llenándome los oídos y sus piernas encima de mis hombros; así, doblada por la mitad mientras yo le hundía la polla hasta hacerla estallar.

Me removí en el asiento intentando calmar la presión de los pantalones. ¿Se habría fijado Aly en mi erección cuando bajé del coche? Joder, como me puse delante de la puerta abierta para acojonar a aquellos tíos, el bulto debió de quedarle a la altura de los ojos. Vaya, vaya. Supongo que tendría que haberme parado a valorar mi «situación» antes de que la rabia me impulsara a actuar, pero la furia me había embargado demasiado rápido como para que cualquier pensamiento racional tuviera la más remota posibilidad.

Miré a Aly. La calle que estábamos enfilando tenía menos farolas, pero había bastante luz como para ver que me estaba observando la entrepierna. Sí que se había fijado, sí, y por cómo fruncía el ceño estaba impresionada o preocupada. Con suerte, un poco de ambas cosas.

Me llegó una disculpa a la punta de la lengua, pero vi algo en su expresión que me detuvo. Levantó los ojos despacio hasta la máscara y se mordió el labio inferior. Si no quería meterse en mayores problemas, más le valía dejar de hacer eso.

—Quiero verla —dijo.

«Hostia, no puede ser», me dije.

Seguro que me lo había imaginado. Deseaba tantísimo a Aly que me había alejado de la realidad y, de pronto, vivía en un mundo inventado en el que la mujer a la que ansiaba me pedía que me sacara la polla mientras conducía.

—Por favor —añadió.

Volví la cabeza para observarla con incredulidad, y el coche derrapó un poco en una zona de hielo. Me concentré en la carretera y enderecé la trayectoria. Había crecido en el frío norte, y conducir con un tiempo de mierda era casi un acto reflejo, pero odiaba que mi distracción hubiera estado a punto de tener consecuencias.

—Si quieres, ya lo hago yo —se ofreció, y noté que se me clavaba en el costado algo frío.

Bajé la vista. Aly seguía empuñando el cuchillo y estaba usando la punta para subirme la camiseta.

Mierda. ¿Por qué me ponía tanto eso?

—Todo este tiempo has intentado tranquilizarme diciéndome que contigo estoy a salvo —dijo mientras subía más el cuchillo—. Pero ¿te has parado a pensar en algún momento si tú estabas a salvo conmigo?

Casi solté un gemido. ¿Aly en plan malvada? Iría a la bancarrota por comprar entradas de primera fila y asistir a ese espectáculo.

Y, sí, había pensado en lo que me preguntaba, y por eso le había quitado las balas auténticas a la pistola. Sin embargo, fui incapaz de sustituir el cuchillo por uno de mentira, y ese detalle quizá fuera a ser mi perdición. En ese caso, probablemente moriría con una sonrisa boba en los labios mientras ella me cortaba en pedacitos.

Pero no creía que fuese a pasar. En las notas de su terapeuta no había nada que indicara que Aly padeciese tendencias homicidas. No dudaba de que estaba cabreada, pero ¿tan cabreada como para hacerme daño? No. Asustarme un poco, puede, y lo había conseguido, porque si se le ocurría apretar con la parte afilada del cuchillo, se me separaría la piel como el mar Rojo ante Moisés.

Con mucho cuidado, esquivando el cuchillo, me levanté la camiseta para que pudiera admirarme mejor. Estar sentado no era la forma ideal de lucir mi cuerpo, pero me conformaría con cualquier atención que estuviera dispuesta a darme, así que me recosté un poco en el asiento y dejé que me devorase con la mirada.

Se echó a reír.

No era la respuesta que esperaba.

—Perdona —dijo—. Es que estaba pensando... ¿Y si alguno de esos escaparates tiene cámaras de seguridad?

Eché un vistazo por el parabrisas hacia la calle estrecha por la que circulábamos, llena de tiendas de barrio en ambos lados.

—¿Te imaginas que miran las grabaciones por la mañana y ven a un tío enmascarado que conduce con la camiseta por encima de los pezones junto a una mujer que le pone un cuchillo contra el estómago?

Solté una carcajada muda, sorprendido.

Aly se rio de nuevo, pero al cabo de un segundo su diversión se esfumó, y soltó un fuerte suspiro.

—Sé que te lo he dicho mil veces, y de formas sumamente vergonzosas e inapropiadas, pero tienes un cuerpo muy bonito.

Eso me gustaba más.

Receloso del cuchillo con el que me apuntaba, le cogí la mano libre para situármela en el vientre. Por fin un poco de piel contra piel. Dios santo, qué maravilla.

Tenía los dedos calientes, y empecé a preguntarme si se había quedado sin valor, porque se pasó un buen rato con la mano paralizada. De golpe la movió y empezó a recorrerme los abdominales.

—El vídeo que me mandaste era muy provocativo —dijo—. Todos tus vídeos lo son. ¿Eres así en la vida real?

Asentí. Sí. Provocar a las mujeres era un acto reflejo. Ya había dejado que lo vislumbrase en los mensajes, pero mi necesidad de sacar a las mujeres de sus casillas se extendía al dormitorio. En ese sentido, Aly era mi víctima perfecta. Yo ya sabía que era peleona. Me resultaba demasiado fácil imaginármela roja como un tomate y jadeando, suplicándome que la hiciera correrse.

Bajó los dedos hasta la cinturilla de mis pantalones y recorrió el borde. Apreté los músculos. A saco. No para alardear, sino para no romper a reír como un chalado. Tenía muchas cosquillas, algo que era muy pero que muy inconveniente en situaciones como aquella. Gracias a Dios, Aly se detuvo justo encima del botón superior de la bragueta, y me relajé un poco cuando quedó atrás la amenaza de cargarme la magia del momento.

Me desabrochó el botón con maestría.

—¿Puedo verla?

Joder. Estaba sucediendo de verdad. No había alucinado.

Asentí y moví las caderas para darle mejor acceso.

El coche entero se llenó del grave gemido que profirió cuando bajó la mano y me tocó la polla por encima de los pantalones.

—Sabía que la tenías grande —susurró.

Sujeté el volante con tanta fuerza que se me pusieron blancos los nudillos. «Me cago en la puta nevada de los cojones». Tenía que estar concentrado en la carretera por mucho que quisiera mirar hacia abajo y ver lo que me estaba haciendo Aly.

Sentí el frío metal del cuchillo deslizándose por mi costado, y me quedé totalmente paralizado. Joder. ¿Cómo me había podido olvidar del cuchillo?

—Estás tan empalmado que necesito las dos manos para bajarte la cremallera. ¿Te vas a portar bien si suelto el cuchillo?

Mmm… ¿Me iba a portar bien? No lo sabía. Nos estábamos alejando del centro y acercando a las afueras donde vivía Aly. Sería muy fácil encontrar un aparcamiento vacío y tumbarla sobre los asientos traseros.

Le dio la vuelta al cuchillo y me pasó el filo por el costado tan cerca de la piel que seguro que me cortó un poco de vello.

—Si no me prometes que vas a ser un buen chico, paro —canturreó.

Fetiche con los elogios: desbloqueado.

Asentí varias veces en rápida sucesión, y ella se rio antes de dejar el cuchillo con la punta hacia abajo en uno de los sujetavasos que nos separaban. Después regresaron a mí sus dedos ágiles de enfermera. Con una mano me separó los pantalones del pene endurecido y con la otra me bajó cuidadosamente la cremallera. Luego apartó bien la tela del vaquero y se quedó quieta. De reojo vi que observaba el bulto de mi bóxer con gesto hambriento.

«No te corras en los calzoncillos, no te corras en los calzoncillos», empecé a repetir en mi cabeza.

Mantuve los ojos fijos en la calzada y reduje la velocidad. Vi movimientos de reojo, que fueron la única advertencia de la que dispuse antes de que Aly me bajara el bóxer y me sacara el miembro. Se instaló entre nosotros un silencio sepulcral. Los dos debíamos de estar conteniendo la respiración. Aly soltó un jadeo abrupto y me rodeó la erección con los dedos. Estuve a punto de correrme al notar su caricia.

—No malinterpretes esto —dijo al tiempo que volvía a coger el cuchillo.

Me inundó de golpe el terror. Una mujer sujetaba mi polla con una mano y un cuchillo con la otra. Aquello podía torcerse superrápido. El miedo, en lugar de desinflar la erección, me la puso más dura; el peligro aumentó mi excitación hasta un nivel casi incómodo.

Aly se dio cuenta, me apretó el pene y me pasó el pulgar por el glande para recogerme una gota de presemen de la piel.

—Veo que compartimos el gusto por los cuchillos.

No hacía falta que lo jurara.

—Sigo cabreada —añadió—. No lo estoy haciendo por ti.

Vale, pero un poco sí que me lo pareció. A fin de cuentas, era mi polla la que estaba acariciando.

—Es algo que llevo meses soñando, y no voy a rechazar la posibilidad de tocarte solo porque estemos peleados.

Aaay. Nuestra primera pelea oficial.

Estaba más que decidido a apuntarlo en el calendario para que, al cabo de un año, pudiéramos celebrar el día en el que Aly reconoció que había algo entre nosotros. ¿Me estaba adelantando? Seguramente, pero no podía evitarlo. Aly iba a ser mía. Punto. Solo debía encontrar una manera de convencerla de que había pasado de forma natural y que no estaba cayendo en mi trampa vil para lavarle el cerebro y que me amase. Me proponía consentirla hasta decir basta y llevar a cabo todas las fantasías que hubiera tenido en su vida.

Aly me deslizó por el costado la parte sin filo del cuchillo como leve amenaza, al tiempo que me recorría el miembro con la mano. Me acariciaba con suavidad porque tanto su mano como mi polla estaban tan secos que no había suficiente lubricante entre los dos para que pudiera hacerme una paja en condiciones. Se detuvo al llegar a la base, me la apretó y luego me metió la mano en los calzoncillos y me tocó los huevos.

Solté un suspiro entrecortado y aferré el volante tan fuerte que el cuero crujió.

—No te puedes imaginar la de veces que he fantaseado con hacer esto —dijo mientras empezaba a inclinarse hacia delante. Se detuvo a medio camino de mi polla, y estuve a punto de gemir—. No tienes ninguna ETS, ¿verdad?

Negué con la cabeza. Me había hecho pruebas hacía unas semanas y desde entonces no había estado con nadie.

—No me mentirías con algo así, ¿a que no? —me preguntó. Comenzó a girar el cuchillo sobre mi costado para dirigir la parte afilada hacia la piel.

Negué de nuevo, horrorizado por la posibilidad de que alguien engañase a otra persona de esa forma.

—Bien, porque ya no puedo aguantarme más —dijo.

A continuación me rodeó el glande con los labios y lo acarició con la lengua.

Mi campo visual se redujo. Joder, si seguía así me iba a correr con la intensidad de una boca de incendios.

Era incluso mejor de lo que me había imaginado, y eso que en los últimos días había fantaseado más de lo que podía ser sano. ¿Era porque había dejado la medicación, y esta había estado atenuando mis emociones y sensaciones durante mucho tiempo? ¿O era porque se trataba de Aly y sentir algo más por la persona con la que estaba incrementaba el placer?

Quizá fuera una mezcla de las dos cosas, sumada al hecho de que llevaba puesta la máscara y era la primera vez que cumplía una fantasía que llevaba años teniendo.

Todo pensamiento se esfumó de la mente cuando volvió a

apretarme la base de la polla y bajó la cabeza para introducir más centímetros de mí en el húmedo calor de su boca. La necesidad de levantar las caderas era acuciante, pero como Aly me había dicho que lo estaba haciendo por ella, me mantuve quieto con un esfuerzo monumental y dejé que jugase conmigo.

Se deslizó más y más hacia abajo, abriendo mucho la boca para metérsela casi entera hasta la garganta. Gemí cuando me trazó círculos con la lengua otra vez y al sacársela me la dejó llena de saliva. ¿Iba a cargarme mi imagen de acosador enmascarado siniestro si me corría demasiado rápido? ¿No se suponía que los tíos duros aguantaban una barbaridad?

Me rodeó el pene, ya lubricado, con la mano y empezó a acariciarme, rotando al bajar, justo como a mí me gustaba. Recé a los dioses de la longevidad y luego empecé a recitar mentalmente equipos de béisbol.

Aly se concentró de nuevo en la punta de mi polla y me pasó la lengua por la raja con un gemido.

—Dios, qué bien sabes.

No. No iba a aguantar. Iba a explotar como un chaval con eyaculación precoz y mi reputación de tío duro se iría a la mierda del todo.

Intenté fomentar sentimientos que contrarrestaran semejante desastre, pero Aly succionó con las mejillas al bajar por mi polla, y me hizo ver las estrellas.

Me equivoqué y giré por una calle oscura, y reduje la velocidad hasta avanzar a paso de tortuga.

—Haz un cambio de sentido en el siguiente semáforo —indicó la mujer inglesa.

Aly se detuvo en seco.

Ay, no.

Separó los labios de mí —«No, no, no»— y se incorporó, pegándome casi a la piel la parte afilada del cuchillo.

—¿Te has desviado de la ruta? —me preguntó.

Respondí con un gimoteo.

Con un puto gimoteo.

En mi defensa, tenía frío en la polla, la sentía sola y latía de deseo, y la boca que hasta hacía unos momentos me había proporcionado placer se encontraba a unos palmos de mí. ¿Quién podía culparme?

—A los chicos malos no se les dan premios —dijo Aly.

No. Joder. No necesitaba añadir un fetiche de rebeldía al recién despertado fetiche por los elogios. Se suponía que esos dos se cancelarían, no que uno amplificaría el otro.

O quizá lo que me gustaba era Aly y cualquier cosa que dijera provocaba esa clase de respuesta en mí. Tal vez estar juntos significaba que todos sus deseos iban a ser míos también.

«Por favor, Dios. Que no le ponga el *fisting*», pensé. Que me usaran como una marioneta no era algo que me apeteciera experimentar.

Puse el intermitente e hice un cambio de sentido en el semáforo. Aly me observó desde las sombras, acariciándome el costado con el cuchillo hasta que regresamos a la calle que el navegador quería que tomáramos. Pasó otro momento agónico que hizo que me preocupara por si Aly iba a dejarme así, pero entonces apartó el cuchillo y se inclinó hacia delante de nuevo. Empezó por mi vientre, sembrándome los abdominales de besos ardientes y embriagadores. Luego separó los labios y empezó a mordisquear con cierta fuerza.

¿Existía el fetiche por los mordiscos? Debía de existir, porque a mí se me había puesto durísima.

La nieve caía con más fuerza y, aunque apenas nos movíamos, la luz de los faros creaba el efecto de que estábamos yendo superrápido, con los copos cayendo a nuestro alrededor como estrellas fugaces a medida que avanzábamos. Me sentía como si estuviéramos en nuestro pequeño mundo, y entonces Aly me rodeó nuevamente el pene con los labios.

—Si no estuviéramos en el coche —susurró mientras me acariciaba con la mano y notaba el calor de su aliento en la piel—, me la metería hasta atragantarme con ella. Pero el ángulo no me lo permite, así que tendré que conformarme con esto.

Se concentró en la punta, me lamió el frenillo y luego la raja antes de volver a trazar un delicioso círculo con la lengua, sin dejar de masturbarme con la mano.

Aly se había cansado de juegos. El modo en el que me la chupaba y sorbía y me acariciaba denotaba una clarísima determinación por lograr que me corriese.

Pasé de recitar equipos de béisbol a equipos de *hockey*. Aunque, como no era un gran seguidor de este último, tuve que estrujarme el cerebro para recordar algunos de los nombres de… «Hostia puta, ¿qué es lo que acaba de hacer Aly?».

Levanté el pie del pedal del acelerador y miré hacia abajo. La coronilla de Aly me impedía ver lo que fuese que me estaba haciendo con la boca y la mano.

No. *Hockey*. Tenía que pensar en el *hockey*. Equipos. Estaba intentando…

Noté una creciente presión en la base de la columna. Se me empezaron a tensar los huevos.

Aly me la chupaba sin parar y volvió a hacer de nuevo lo que fuera que había hecho antes.

Iba a correrme.

A saco.

Le di un golpecito en el hombro para intentar llamar su atención, pero me apartó de un manotazo como si en esos momentos no quisiera distraerse.

Hostia. Hostia puta. Menuda boca.

Le di otro golpecito, esa vez con más insistencia.

Sonó un «pop» cuando se sacó mi polla de la boca.

—Si no paras de interrumpirme, nunca sabré a qué sabes cuando te corres.

El deseo me atravesó como una corriente eléctrica cuando bajó la cabeza y se la tragó de nuevo. Sabía que me había dicho que lo hacía por ella, pero no pude evitar moverme un poco para adentrarme en su deliciosa y húmeda boca. Aly gimió como si le encantara, así que embestí más fuerte.

De repente sentí una punzada de dolor en la mano.

¿Qué cojones?

Bajé la vista y abrí los ojos como platos. Aly me había clavado el cuchillo sin querer.

Aparté la mano del arma para comprobar la gravedad de la herida, pero ella hizo de nuevo aquel movimiento con la lengua y, entre el estallido de placer resultante y el relámpago de dolor, llegué al clímax, arqueé la espalda y perdí todo el control al correrme en su boca perfecta y acogedora. Se atragantó un poco al intentar tragárselo todo, y eso no hizo sino conseguir que me corriese más y explotase del todo.

Cuando terminé, Aly me sujetó la polla y me limpió hasta la última gota con la lengua. Levanté la mano herida. Empezaba a rodarme sangre por el brazo y no quería mancharle el pelo ni el asiento del coche.

Me dio un último beso en la punta del miembro y luego me lo guardó en los calzoncillos. Se incorporó con una sonrisilla de satisfacción, que enseguida se convirtió en alarma al verme la mano.

—¿Pero qué coño has hecho? —exclamó mientras me la cogía para analizar el estado de la herida—. Ay, madre, creo que necesitas puntos.

¿Había alguna forma educada de decirle que, en realidad, yo no había hecho nada, sino que había sido ella la que me había atacado?

9

Aly

Le había cortado. Por el amor de Dios, había hecho sangrar a un tío mientras le hacía una mamada. Ya era imposible volver atrás. Mis días terminaban allí. En cualquier momento, la humillación me provocaría una combustión espontánea.

Teniendo en cuenta las circunstancias, el Hombre sin Cara lo estaba encajando bastante bien. Si hubiera sido al revés, yo dudaba de que me lo estuviera tomando tan a la ligera. O quizá su empeño por mantenerse en silencio le ayudaba a ocultar la rabia que sentía en realidad. A lo mejor estaba tomándoselo bien ahora mismo, pero después de esto no volvería a verlo.

¿Por qué al contemplar esa posibilidad sentía que el suelo desaparecía bajo mis pies?

—Una última vez —le advertí con la voz un poco amortiguada por la mascarilla quirúrgica.

No noté ningún temblor en la mano extendida ante mí mientras el Hombre sin Cara se preparaba para el último punto. Intenté hacerle dar media vuelta y regresar al hospital para que un médico le cosiera la herida con anestesia local, pero él había negado con la cabeza, y la rigidez que vi en sus hombros me confirmó que habría sido terco como una mula si le hubiera seguido insistiendo. Y tampoco estaba yo mucho por labor. Mis compañeros ya estaban en medio de una auténtica tragedia; no necesitaban que yo ocupase una cama con… lo que fuera él para mí.

Por eso estábamos allí, sentados junto a mi diminuta mesa del comedor, convertida en unas Urgencias improvisadas, con mi kit de emergencia desparramado por encima. Menos mal que tenía todo el material necesario para limpiar y coser la herida. Sin embargo, no estaba del todo cómoda con la situación. Yo era solo enfermera. Coser se consideraba una operación quirúrgica menor, y en nuestro estado, como en tantos otros, no se permitía que las enfermeras llevaran a cabo ese procedimiento. Había que ser enfermera practicante avanzada para hacerlo. Si alguien se enteraba de que había infringido la ley, podía meterme en un lío de los gordos, quizá incluso perder el trabajo y tener que pagar una multa.

Se lo conté todo al Hombre sin Cara cuando aparcamos delante de mi casa. Si se daba el caso improbable de que se le infectaba la herida y tenía que ir a un médico, no podía contarle a nadie que yo le había cosido. Hizo el gesto de cerrarse los labios como si fueran una cremallera y estuviera decidido a llevarse el secreto a la tumba. Curiosamente, mi instinto me decía que podía creerlo.

«Un punto más, Aly. Puedes hacerlo», me dije. Había pasado mucho tiempo desde la última vez que había cosido una herida, y no tenía práctica. El agotamiento tampoco ayudaba. Ni el hecho de que no pudiera dejar de recorrer con la vista los tatuajes que le cubrían la mano y le subían por los gruesos antebrazos surcados de venas.

Me relamí los labios y contuve un gemido. Todavía notaba su sabor en la boca.

Ese hombre me había estado observando mientras trabajaba, había decidido hacer de caballero andante conmigo y había forzado mi coche para llevarme a casa. Y ¿qué había hecho yo? Pues ni más ni menos que esperar cinco minutos antes de abalanzarme sobre su polla.

—¿Estás preparado? —le pregunté levantando la vista.

Él asintió. Por lo visto, aquella situación le afectaba menos que a mí, y se limitaba a acariciar a Fred con la otra mano.

Le lancé una mirada al traidor de mi gato. Fred había saltado encima del regazo del Hombre sin Cara en cuanto se sentó a la mesa, y en esos momentos estaba hecho un ovillo allí, ronroneando como si mi acosador fuera su nueva persona preferida del mundo entero.

Últimamente mi vida se había vuelto de lo más extraña.

Bajé la vista y me concentré de nuevo en la mano herida. El Hombre sin Cara necesitaba cinco puntos. Cinco. Más que cortarlo, lo había rebanado, perdida en mi pequeña burbuja de lujuria mientras veneraba la que era sin ninguna duda la polla más bonita que había visto nunca. Claro que lo era: si todo su cuerpo era una obra maestra, ¿cómo no iba a serlo también su pene? Largo, grueso, duro, con piel sedosa sin ninguna vena ni mancha. Nada más vérselo, se me empezó a hacer la boca agua.

Sí, su cuerpo me ponía a mil. Pero la cosa debía quedar ahí. Lo nuestro no podía ser más que la culminación de una fantasía. Lo de ponerme cachonda por la forma tan maniaca que tuvo de asustar a los tíos de la camioneta no debería haber pasado. Y, desde luego, tampoco tendría que estar pensando en los mensajes insinuantes que me había mandado al móvil y sonriendo para mis adentros al hundirle la aguja en la piel por última vez.

¿Por qué los listillos resultaban tan atractivos? ¿Era porque parecían no tomarse nunca la vida ni a sí mismos demasiado en serio? O quizá era porque yo presenciaba tanto dolor y muerte que necesitaba a alguien que pudiera hacerme reír con un comentario ingenioso después de un turno como el que acababa de finalizar.

Aunque me fastidiara admitirlo, el Hombre sin Cara era socarrón, pero no ofensivo. Ejercía la ironía sobre sí mismo y con frases ocurrentes, no con bromas a costa de los demás. Me apetecía más de eso en mi vida y me costaba creer que me hubiera hecho reír con un «Qué morbo» cuando estaba cabreadísima con él.

Cogió aire cuando cerré el último punto, el único ruido que había hecho en todo aquel rato, a pesar del dolor que le debía de estar provocando.

—Lo siento —dije—. Solo me queda atarlo.

Respiré hondo varias veces mientras acababa de coserle la herida, intentando que el pánico no me asfixiara. Por supuesto, le había cortado justo en un tatuaje. La cicatriz sería supervisible. Y le quedaría marca, desde luego. Los puntos eran un poco desastrosos por culpa de mi falta de experiencia.

—Seguro que le puedes pedir a un cirujano plástico que te lo arregle —añadí al incorporarme. Me protestó la espalda por haber estado encorvada tanto rato después del tiempo que llevaba despierta y en pie. Necesitaba una aspirina y unas quince horas de sueño.

El Hombre sin Cara negó con la cabeza y dejó de acariciar a Fred para empezar a escribir un mensaje con una sola mano. Tardó un poco en conseguirlo, y yo aproveché ese tiempo para limpiarle la herida y el desastre que habíamos montado. Al rajarle debí de cortarle una vena, ya que había sangrado bastante. Por lo menos había conseguido hacerme con su ADN.

Metí un trozo de gasa en una bolsita de plástico y la cogí de la mesa mientras él estaba distraído. Tenía la intención de guardarla en el congelador con una nota que dijera que, si me pasaba algo, la sangre pertenecía a mi asesino. Esperaba que no fuera necesario llegar a ese punto, pero más valía prevenir que curar.

Giró el móvil hacia mí y leí: **Nada de cirujano plástico. Llevaré tu marca como el trofeo que es.**

Para dar énfasis a su argumento, cerró el puño, se lo puso encima del corazón e inclinó la cabeza como si fuera un personaje de una película de Tolkien.

—Eres absurdo —dije, y aparté la cara para que no viera la gracia que me había hecho.

Me quité la mascarilla, recogí el estropicio y fui a tirarlo a la basura.

—¿Quieres comer algo? —le pregunté al tiempo que abría el

congelador. La puerta me ocultó y pude meter la bolsita de plástico al fondo de todo—. Tengo pizza congelada o… —Abrí la nevera. Estaba llena de telarañas. Vale, no había telarañas de verdad, pero podría haberlas habido. Estaba vacía salvo por una botella de vino, un brik de crema para el café y un recipiente de comida a domicilio de mi tienda de platos preparados favorita. Cerré la puerta y me volví hacia él—. O pizza congelada.

Negó con la cabeza; dejó en el suelo a Fred, que protestó con maullidos, y se puso de pie. Ya sabía por sus vídeos que era alto, pero verlo en directo, ocupando tantísimo espacio en mi comedor, era harina de otro costal. Debía de medir más de un metro noventa; tenía los hombros anchos y los muslos fornidos de un jugador de fútbol americano. La camiseta negra se le ceñía al cuerpo de tal forma que me entraron celos de la suerte que tenía el algodón.

Quise decir algo, soltar una broma o encontrar la manera de llenar un silencio que me resultaba embarazoso, pero no di con ninguna palabra. Él estaba ahí. En mi casa. Tan cerca que podía tocarlo.

Como estaba con los nervios a flor de piel, era hiperconsciente de todos los movimientos del Hombre sin Cara, que recogió el móvil de la mesa. Yo no sabía si les ocurría a todas las mujeres, pero a mí hacer una mamada me excitaba mucho. Era un acto muy íntimo, muy vulnerable para ambas partes, y disfrutaba del simple hecho de darle placer a la otra persona. Notar que un tío se excitaba y que la polla se le ponía dura entre mis labios y empezaba a palpitar… Me encantaba, y eso quería decir que en esos instantes estaba más salida que el pico de una plancha.

A esas alturas, con una mera caricia de los dedos en el clítoris me habría bastado para correrme, pero seguro que el Hombre sin Cara no estaba pensando en sexo después de que lo hubiese atacado con un cuchillo.

Noté un roce en la pantorrilla y, al bajar la vista, vi que Fred me restregaba la cabeza contra la pierna.

—Vaya, ¿ahora te acuerdas de mí? ¿De la persona que te rescató y no ha hecho nada más que mimarte desde el día en que apareciste como una rata medio ahogada? Ya veo.

Fred se sentó sobre las patas traseras y me maulló sin remordimiento alguno.

Al oír unos pasos, levanté la cabeza. El Hombre sin Cara se me había acercado y me enseñaba el móvil.

Deberías darte una ducha y dormir un poco, decía el mensaje. Gracias por coserme la herida. Era lo menos que podías hacer después de haber intentado mutilarme, pero te lo agradezco.

Me tapé los ojos con una mano y gemí. No volvería a verlo nunca más.

—Sé que ya te lo he dicho cien veces, pero lo siento mucho.

Lo oí escribir. Al poco me rodeó la muñeca con sus largos dedos y me apartó la mano de los ojos para que pudiera leer la pantalla del teléfono.

Aly, ha sido tan espectacular que dejaré que me apuñales encantado cada vez que te entren ganas.

Me ardían las mejillas. No me sonrojaba con facilidad, pero al parecer ese tío era mi criptonita.

—Mmm, vale, pues... ¿de nada?

Vi que se le movían los anchos hombros como si se estuviera riendo. De mí, fijo, pero cómo culparlo. La realidad de tener un rollete morboso estaba siendo bastante diferente de la fantasía que llevaba tanto tiempo imaginándome. En primer lugar, el cuchillo lo había manejado yo; en segundo lugar, había comenzado con unos tentempiés.

Cuando visualizaba la fantasía, siempre había un macho alfa inquietante que me mangoneaba, que era agresivo y casi despiadado, y que se aprovechaba de mi cuerpo. Seguía apeteciéndome experimentarlo en algún momento, y, en particular, con el Hombre sin Cara, pero dudaba de que fuera a conseguirlo después de lo que le hice, por bien que estuviera reaccionando él a lo ocurrido.

El Hombre sin Cara apretó la mano con la que me estaba cogiendo la muñeca, y esa fue la única advertencia que tuve antes de que tirase de mí hacia su cuerpo. Me estampé contra su pecho y se me endurecieron los pezones bajo el sujetador. Me notaba las tetas más sensibles y me dolían como si ansiaran que él las tocara. Tenía la ropa interior chorreando. Cada pocos segundos se me tensaban los músculos internos como para recordarme que no tenían ninguna polla que apretar y eso no les gustaba lo más mínimo. Había visto demasiados vídeos subidos de tono del Hombre sin Cara, y ahora esa mala costumbre me estaba pasando factura.

«No te refrotes contra él como una gata en celo», me dije. «Ya has hecho más que suficiente esta noche para espantarlo».

Me soltó la muñeca y me cogió la barbilla con la mano para inclinarme la cabeza y hacerme mirar a los agujeros negros de las cuencas oculares de la máscara. Pasé la vista de uno al otro y deseé poder verle los ojos de verdad. ¿Cómo eran? ¿De qué color? ¿Me observaban con el mismo deseo que empañaba los míos?

Me acarició los labios con el pulgar y, aunque no pudiera verlo, habría jurado que me miraba la boca. ¿Él también estaba pensando en lo que había ocurrido hacía un rato, en cómo le había comido la polla antes de que todo se torciera?

Incapaz de contenerme, introduje una mano entre los dos y se la pasé por los pantalones. Joder, estaba empalmado. Acaricié su erección, ansiosa por volver a disfrutar de él.

—Deja que te lo compense —dije antes de rodearle el pulgar con los labios y pasarle la lengua por la yema.

Él echó hacia delante las caderas muy sutilmente y soltó un gruñido. Me sentí atravesada por un relámpago de victoria, que se esfumó al instante cuando el Hombre sin Cara me sacó el dedo de la boca, dio un paso atrás y negó con la cabeza una sola vez. Me señaló a mí y luego el dormitorio. Juntó las manos, las puso en diagonal y apoyó la cabeza en ellas simulando dormir.

Estuve a punto de patear el suelo como una niña enrabietada. «Pero es que ¡yo no quiero irme a dormir! ¡Quiero quedarme hasta tarde y que me empotres!».

Debió de notar la rebelión que expresaba mi rostro porque se cruzó de brazos y separó las piernas en una postura que no dejaba margen a la discusión. Vale, eso me resultaba muy atractivo. Pero a lo mejor también tenía razón. El hecho de que estuviese a punto de sucumbir a una pataleta, con lágrimas y todo, seguramente significaba que estaba demasiado cansada y que ya empezaba a delirar un poco.

—Vale —accedí, y él se relajó un poco—. ¿Cómo vas a volver a casa?

Descruzó los brazos y escribió una respuesta. He aparcado en esta misma calle.

—Cómo no —resoplé exasperada—. Sé que estás sonriendo orgulloso ahora mismo, so tonto, así que para ya.

Al bajar los ojos, vi que sacudía los hombros en una carcajada muda. Conseguía que estar loco fuese más adorable que preocupante, y por eso era un tío tan peligroso. Porque si hubiera estado trastornado en plan malvado o agresivo, mi instinto me habría advertido y me habría puesto a correr en dirección contraria. Sin embargo, su sentido del humor y sus provocaciones me acercaban más a él y me hacían bajar la guardia.

Esperaba de corazón que no estuviera planeando asesinarme, porque en ese caso me iba a sentir ridícula.

Comenzó a escribir de nuevo con una mano, y arrugué la nariz mientras esperaba, lamentando de nuevo lo ocurrido. En mi vida había habido muchos momentos en los que me había apetecido apuñalar a un tío. Menuda suerte la mía que la única vez que lo hacía de verdad fuera por accidente.

Me enseñó la pantalla del móvil. Me voy a ir. Aunque no quiero.

—Pues quédate —le solté. Madre mía, qué patética. Si el apuñalamiento no lo espantaba, fijo que mis ansias sí.

Negó con la cabeza, me señaló y volvió a imitar el gesto de dormir. Acto seguido redujo la distancia que nos separaba y agachó la cabeza para juntar su frente enmascarada con la mía. El plástico era frío e inerte, casi discordante después de todo el tiempo que me había pasado antropomorfizándolo. Me llegó un olor leve que quizá fuera el jabón que usaba, a pino y a limpio, antes de que se apartase.

Aunque me había dicho que se iba a marchar, se quedó allí, mirándome un largo instante, y luego emitió un sonido ronco como de frustración y se alejó. Interpreté sus pocas ganas de irse como una buena señal. Debía de gustarle de verdad si le costaba despedirse de mí incluso después de que lo hubiese cortado.

Consiguió que me sintiera mejor sobre la casi obsesión que experimentaba por él. La gente siempre decía que era mejor que no conocieras a tus ídolos, pero, después de meses siguiendo su cuenta, su realidad me intrigaba incluso más que su perfil de internet. En mis fantasías era un tío unidimensional, un arquetipo que yo misma había creado solo para mi placer. El tipo que se dirigía a mi puerta, perseguido por mi gato —que tampoco sabía guardar la compostura—, era mejor si cabe gracias al enigma que suponía.

¿Quién era? ¿Por qué no me hablaba? ¿Cuánto tiempo planeaba jugar conmigo así antes de aburrirse y pasar página como habían hecho todos los hombres de mi vida?

Se detuvo con la mano en el pomo de la puerta y se volvió hacia mí. Nos miramos durante unos segundos eternos. Había tantísimas cosas que quería decirle que no sabía por dónde empezar. ¿Sentía él la misma atracción entre los dos, esa fijación que rozaba lo insano? Me había estado observando en el trabajo, así que suponía que sí, pero quería saber, sin un ápice de duda, que a él también lo asfixiaba el mismo deseo que me embargaba a mí.

Asintió una última vez, se agachó para rascar a Fred detrás de las orejas y se fue. Me quedé contemplando la puerta hasta que sentí el golpecito de una cabeza en la pantorrilla y me sacó de mis ensoñaciones un aullido exigente.

Cogí a Fred en brazos y enterré la cara en su pelaje.

—Debería haberte llamado Judas, chaquetero.

Mi gato ronroneó y empezó a masajearme el pelo con las patitas.

Doce horas más tarde me despertó un ruido. Me pareció una puerta al cerrarse, pero pensé que habría sido un sueño.

Cambié de lado y estaba a punto de quedarme dormida de nuevo cuando me cayeron encima las últimas cuarenta y ocho horas. El tiroteo; el Hombre sin Cara en mi coche; yo en el asiento del copiloto (decisión que habría hecho que los amantes de las pelis de miedo se pusieran a gritarle al televisor). Y, sin embargo, seguía viva. O era una tía con mucha suerte o mi instinto de que no corría peligro no se equivocaba.

Estaba convencida de que era lo segundo. A fin de cuentas, conocía el peligro. Íntimamente. Lo presenciaba a diario. Solo en la última semana había tenido que bloquear el bofetón que quería darme un paciente, esquivar a otro que intentó meterme mano y morderme la lengua mientras otros tantos me insultaban. Tenía el instinto tan perfeccionado que no podía recordar la última vez que alguien me había pillado desprevenida. Siempre lo veía venir, siempre sabía con qué pacientes debía andarme con cuidado. La gente ya solo conseguía tocarme cuando estaba distraída o si les daba la espalda.

La mayoría de mis compañeras tenían el mismo sexto sentido. La única excepción era Brinley, porque era muy nueva, pero ya estaba aprendiendo y, si lo aguzaba, al cabo de un mes o dos se habría endurecido tanto como el resto.

O sea que estaba segura al noventa y ocho por ciento de que el Hombre sin Cara no pretendía hacerme daño. El dos por ciento restante habría debido inquietarme, y lo hacía, pero por desgracia también añadía cierta emoción a nuestra relación. Era el breve estremecimiento que me incrementaba el deseo, parecido al motivo por el que era tan divertido echar un polvo en público y arriesgarte a que te pillaran.

La noche anterior el Hombre sin Cara me había preguntado si yo quería que se quitase la máscara y romper la fantasía, y tuve que apretar los dientes y apartar la cabeza para no gritar un: «¡NO!». Porque ¿qué pasaría si se la quitaba y la emoción desaparecía? Yo necesitaba que la llevara puesta para sentirme viva. Necesitaba el cuchillo en su mano para recordar lo valiosa que era mi vida y lo afortunada que era por vivirla.

Lo único que subiría la apuesta sería poder descubrir de extranjis quién era y callármelo. La idea de darle la vuelta a la tortilla y entrar en su casa para instalar mis propias cámaras y así poder vengarme de él era casi tan estimulante como follarme a un desconocido anónimo.

Y, sí, me daba cuenta de lo tremendo que era pensar algo así.

Suspiré y me puse boca arriba, preguntándome cómo había llegado a ese punto. ¿Era porque trabajaba demasiado, o se trataba de algo genético y la oscuridad llevaba años en mi interior, esperando la oportunidad de salir a jugar?

«No», me dije. La mayoría de mi familia seguía las normas. Solo había una excepción, y decidí no tenerla en cuenta.

Debía de ser resultado del estrés, lo que significaba que necesitaba de verdad cogerme un par de semanas de vacaciones. Por muchísimos motivos. Acababa de despertarme después de dormir varias horas profundamente y seguía agotada; de no ser porque debía volver al curro en cuestión de horas, no me habría costado nada pasarme el resto de la noche cabeceando.

«Las pediré en cuanto se calme la situación en el hospital», me dije. «Y eso será… ¿nunca?», me respondió una voz espontánea.

Negué con la cabeza. ¿Por qué siempre dejaba a un lado mi salud mental y priorizaba el bienestar de todo el mundo antes que el mío? Ya sabía lo que me diría mi terapeuta: todavía estaba internalizando la muerte de mi madre y me culpaba por ello. Después de todos los años que llevaba trabajando para intentar recuperarme de su pérdida, la culpa seguía carcomiéndome. No pude hacer nada por ella, pero, con cada vida que salvaba en el curro, sentía que por lo menos ayudaba al ser querido de alguien.

Me incorporé en la cama y me sujeté la cabeza con las manos.

—El hospital no se derrumbará si decides cogerte unas semanas —me dije—. Entre Tanya y Seth y las demás enfermeras, se las arreglarán.

Si seguía repitiéndome esas palabras, quizá llegaría a creérmelas. No era que no tuviera fe en mis compañeras. Tanya y Seth, el sénior del turno diurno, eran de las personas más competentes del hospital. Les confiaría mi vida sin reservas. Era la idea de no estar allí cuando me necesitaban la que me frenaba, la posibilidad de que mi ausencia provocase la muerte de alguien. ¿Y si pasaban por alto un síntoma o indicio crítico porque yo no estaba allí?

—Vale, basta —me dije. Aquello sonaba muy arrogante ¿Acaso me creía una superenfermera sin cuya presencia fueran a morir todos los pacientes del hospital? No era cierto, aquello no tenía nada que ver con lo que me bullía en la cabeza. Lo que sentía se parecía más al síndrome del miedo a perderme algo; no era autobombo.

Antes de que pudiera convencerme de lo contrario, cogí el móvil de la mesita de noche y le mandé un correo a mi supervisora para pedirle vacaciones.

Respiré hondo después e intenté asimilar la realidad de dos semanas de libertad. Me parecía muchísimo tiempo. Demasiado, sinceramente. ¿Cómo iba a llenar todas esas horas? Iría al gimnasio, claro. También sonaba genial lo de ponerme al día con todas las series que había guardado para ver. A lo mejor podría aprender por fin a hacer punto.

Un suave maullido interrumpió mis cavilaciones. Fred había entrado en la habitación. Saltó a los pies de la cama, se encaminó hacia mí y arqueó la espalda cuando extendí el brazo para acariciarlo. Todavía no me podía creer que el Hombre sin Cara le hubiese caído tan bien. Que la noche anterior se hubiera sentado en su regazo era la leche. Pero, claro, Fred siempre había sido muy empático y se me arrimaba cuando había tenido un turno duro en el hospital o estaba triste. Quizá había presentido el dolor del Hombre sin Cara y había querido consolarlo.

Sí, me gustaba más esa opción en lugar del hecho que Fred había preferido a un desconocido enmascarado antes que a su madre.

—¿Quieres desayunar? —le pregunté.

Fred respondió ronroneando, saltó de la cama y puso rumbo a la cocina. Me envolví en la bata, me calcé las zapatillas y lo seguí.

El sol del atardecer bañaba mi casa de una luz dorada que hacía brillar las decoraciones navideñas que ya tendría que haber quitado. Bueno, porque la presión social así lo dictaba. En realidad no había ninguna norma que especificase cuándo terminaba la época de los adornos navideños, y mis vecinos de enfrente seguían teniendo el abeto junto a la ventana principal. Yo estaba esperando discretamente a que ellos lo quitasen antes de guardar mis decoraciones. Siempre que volvía a casa y veía el alegre resplandor que emanaba de su casa, sonreía, sabiendo que la felicidad festiva sobreviviría un día más.

Cuando me disponía a hacer café y a preparar el desayuno de Fred, se me ocurrió una cosa. ¿Y si mis vecinos estaban haciendo lo mismo que yo? ¿Y si estábamos en un punto muerto inintencionado, esperando a que el otro diera el primer paso? ¿Terminaría enero y empezaría febrero y haríamos el ridículo ante el resto del barrio? Paula y George eran del sur, y si algo me había enseñado la música *country* era que algunos sureños se enorgullecían de dejar las decoraciones todo el año.

Hice una mueca. Navidad en verano. Mejor no. Tenía que quitar ya los adornos.

Lo haría en mi primer día libre.

Le serví a Fred el plato de comida húmeda y lo coloqué en el suelo para que la devorase. Mientras se hacía el café, saqué mi taza favorita, del tamaño de un cuenco de sopa y con la frase «He visto más pollas que un director de cine porno». Era un regalo de cumple de Tanya del año anterior, y todas las enfermeras que abarrotaban la sala de descanso se partieron de risa cuando la abrí. Porque todas veíamos muchísimos genitales.

Me estremecí.

«Demasiados genitales».

La cocina empezó a llenarse de olor a café mientras me encaminaba a la nevera. Abrí la puerta y fui a coger la leche, pero me quedé paralizada. Vi dos recipientes de comida para llevar. ¿No había visto solo uno la noche anterior?

Cogí la leche y cerré la puerta. Luego la volví a abrir. Sí, el segundo recipiente seguía allí.

Me pellizqué haciéndome daño. Vale, no era un sueño lúcido. En algún momento, mientras dormía, alguien había entrado en mi casa y había dejado sus sobras en mi frigorífico.

Vaya, vaya, me preguntaba quién habría sido capaz de hacer algo así…

Un poco preocupada por si dentro del recipiente me esperaba la parte mutilada de un cuerpo, lo cogí y levanté un poco la tapa. Menos mal, no había ninguna mano cercenada, sino una torre de tortitas cubiertas de fresas y nata casera. Era el desayuno que pedía todos los domingos en la pastelería de mi calle.

Levanté el recipiente y lo miré por debajo. Allí, justo en el centro, estaba impreso el logo de la pastelería.

Con cuidado, metí las tortitas en la nevera y cerré la puerta de nuevo, preguntándome cómo me sentía por esa nueva intrusión. Por un lado, el Hombre sin Cara se había dado cuenta de que no tenía comida en la nevera y me lo había solucionado. Por el otro, lo había hecho mientras yo dormía.

Era una idea aterradora. Yo siempre dormía como un tronco, pero joder… En los últimos años podría haber entrado cualquiera con peores intenciones, y no me habría enterado de que estaba en peligro hasta que hubiese sido demasiado tarde.

De repente le estaba mucho más agradecida que nunca al nuevo sistema de seguridad.

Hablando de lo cual…

Me fui a mi habitación a buscar el móvil y abrí la aplicación del sistema de seguridad mientras regresaba a la cocina. Había varias notificaciones, pero todas me informaban de coches o vecinos que habían pasado por delante de la casa. Fruncí el ceño al caer en la cuenta de que en las imágenes había un vacío de varias horas: se detenían a mediodía y se retomaban hacía veinte minutos, más o menos cuando me despertó el ruido de una puerta cerrándose.

Maldito fuera, me había hackeado las cámaras.

Corrí hacia la entrada de casa con la intención de comprobar si estaban encendidas agitando una mano delante de la que estaba instalada fuera, pero al abrir la puerta me quedé paralizada por segunda vez en menos de cinco minutos, cegada por el manto blanco de nieve que cubría el barrio. La nevada había dejado una capa de casi medio metro, y mi reacción inmediata fue quejarme, porque eso significaba que iba a tener que abrirme paso con la pala antes de salir para el trabajo, labor que se me comería el tiempo que por lo general usaba para ir al gimnasio.

El caso era que alguien me había despejado ya el camino. Los escalones estaban sin nieve, y el coche y el camino de acceso, impolutos.

Mis vecinos de al lado, un matrimonio negro de sesenta y pico, habían salido vestidos para la nieve y ya casi habían terminado de quitarla. Clarence, el marido, me vio y me saludó con una mano. Wendy, su mujer, también se fijó en mí y me saludó. Luego apoyó la pala en la puerta el garaje y empezó a andar en mi dirección.

Salí al porche delantero y cerré la puerta tras de mí. El viento me arañaba la piel, y me calé la bata mientras bajaba las escaleras para encontrarme con Wendy. Clarence y ella habían venido a presentarse el día en que me mudé y me habían dado la bienvenida al barrio con una bandeja de lasaña casera. Tenían varios nietos de mi edad y ese día, al ver a una joven propietaria agotada y superada por todo el trabajo que requería la casa, decidieron adoptarme, ayudarme con las reformas y asegurarse de que comiera algo casero por lo menos una vez a la semana. Y echaban un ojo a Fred cuando yo hacía turnos maratonianos en el hospital, como el que había terminado esa misma mañana.

Wendy se metió un rizo rebelde por dentro de la capucha del abrigo al llegar junto a mí, con cierto brillo en los ojos oscuros. Era alta, como yo, y seguía en muy buena forma gracias a los paseos que hacía con Clarence y a los partidos de golf que jugaban cada dos semanas en los meses más calurosos. Su casa era la más bonita del barrio, de dos plantas y un precioso estilo *craftsman*. Llevaban cuarenta años viviendo allí. Hacía poco habían empezado a darle vueltas a irse a una más pequeña, pero ninguno de los dos se veía capaz de vender la casa en la que habían criado a sus cuatro hijas, y egoístamente yo esperaba que nunca se marcharan.

—Qué suerte tienes —dijo Wendy—. Ese chico tan guapo que tienes te ha limpiado el camino de entrada.

Se me desbocó el pulso.

—¿Qué aspec...? —Me interrumpí. ¿No sonaría raro que le preguntara a Wendy qué aspecto tenía?—. ¿Ha dicho algo?

Sonrió.

—Poca cosa. Solo que os habíais peleado un poco y quería compensártelo de alguna manera. —Observó mi inmaculado camino de entrada antes de volverse hacia mí con expresión de amable reprimenda—. No nos habías contado que salías con alguien.

—Es que es muy reciente —dije a modo de disculpa. No, no eran parientes míos, pero Wendy había perfeccionado su rol de abuela al dedillo, y yo ya había perdido la cuenta de las veces que me había desahogado con ella y con Clarence siempre que me invitaban a cenar a su casa.

—No quiero meterme donde no me llaman —repuso—, pero yo te diría que no lo dejes escapar. ¿Un hombre guapo a rabiar y dispuesto a currárselo para tenerte contenta? —Señaló hacia su esposo—. Hombres como estos ya no quedan. Si no eres tú, habrá otra que le eche el guante. Yo robé a Clarence de delante de las narices a una mujer que no lo apreciaba como debía.

Me la quedé mirando boquiabierta. ¿La educada y remilgada Wendy le había quitado el novio a otra?

—¿Perdona? ¿Cuándo tenías pensado contarme esa historia?

Se le ensanchó la sonrisa y le salieron arrugas en las comisuras de los ojos.

—No es tan emocionante como suena.

—Creo que eso ya lo juzgaré yo —dije.

Se rio y meneó la cabeza.

Hablamos unos minutos más antes de que el frío me devolviese al interior de mi casa, no sin antes prometerle a Wendy que pronto cenaríamos juntos. Les tocaba a ellos invitarme, y me contó que Clarence había comprado los ingredientes para preparar *chana saag*, mi plato preferido de los que me habían hecho.

Saqué el móvil del bolsillo de la bata en cuanto entré en casa.

> Te suena de algo la palabra límites?

Pues la verdad es que no.
Puedes usarla en una frase?

Mierda, podía ser así de gracioso. No era justo. Deberían dolerme las mejillas por el frío, no por estar sonriendo de oreja a oreja.

> Has hecho alguna otra maldad que deba
> saber, además de despejar la entrada y
> llenarme la nevera?
> Me has observado mientras dormía?
> Has instalado más cámaras ocultas?

Me mandó un emoticono pensativo.

No se me ocurre nada.
Pero estás muy mona cuando roncas

Abrí mucho los ojos.

> Yo NO ronco

Sí, como una ardilla resfriada.
Chis, chis, aaah...

> Sigue riéndote de mí y a lo mejor
> te vuelvo a clavar un cuchillo.
> Y no digas que qué morbo!

Qué mor... o sea...

Tienes suerte de que no haya
encontrado una forma astuta de
sonsacarles a mis vecinos tu físico para
que me fuese más fácil localizarte

Y arriesgarte a que te miren raro después
de que yo les dijera que era tu chico?
Sabía que no lo harías.
Y que tampoco te relajarías.
No mientas. Te lo estás pasando tan bien
como yo, Aly

Negué con la cabeza. El Hombre sin Cara era incorregible. Y, sí, me lo estaba pasando bien, pero todavía no estaba preparada para confesárselo. Su ego ya parecía bastante grande sin necesidad de que yo lo inflara.

Por cierto, gracias.
Por el desayuno y por limpiar la entrada.
No tenías por qué, de verdad.
Pero te lo agradezco de todos modos

Esperaba recibir un comentario sarcástico, pero me contestó:

Me gusta cuidar de ti

Mierda. «No, hormonas. No nos vamos a poner como locas porque un desconocido que nos acosa haga algo bonito por nosotras», me dije. Como no sabía cómo contestar a su mensaje, cargado de implicaciones, le pregunté:

Qué tal van los puntos?

Había procurado apartar de la mente lo de haberlo apuñalado y cosido, pero no me era posible reprimir por más tiempo a la enfermera que llevaba dentro. Había hecho todo lo que había podido para evitar que se le infectara, pero mi casa no era un entorno estéril, y el riesgo de que algo se torciera era real.

Rojos y me pican.
Las líneas negras que me suben por el brazo
desde la herida son normales?

Hostia.
«¡No! Tienes que ir de inmediato a Urgencias. No voy a…», me dio tiempo a escribir antes de que me llegase su siguiente mensaje. Y me detuve para leerlo.

Es coña. Todo bien. Te has acojonado, eh?

Apoyé las manos en la encimera de la cocina y me incliné hacia delante. Solté un suspiro mientras intentaba mantener a raya los latidos del corazón.

Estaba más que decidida a encontrarlo y a averiguar alguna manera de equilibrar la situación. A lo mejor entraba en su casa y le movía todos los muebles apenas unos centímetros. No tanto como para que fuese superobvio, pero lo suficiente como para que su cerebro se obsesionara con eso, consciente de que había algo diferente, y para que se volviese loco intentando descubrirlo. O quizá grababa un vídeo erótico en su habitación, a ver qué gracia le hacía.

Uh. Eso mejor no. Seguro que le hacía muchísima gracia, y mi intención era castigarlo, no recompensarlo.

Me volvió a sonar el móvil.

Aly?
Sigues ahí?
O te has ido a algún sitio a planear mi muerte?

¿Cómo era posible que ya me conociera tan bien?

Ah, claro. Me había estado espiando.

> Es que me voy a correr

Le di a enviar antes de fijarme en el doble sentido del mensaje.

Vaya. Eran mis planes contigo
para esta noche

Estuve a punto de atragantarme.

¿Cómo coño se suponía que iba a pasar el resto del día si la imagen de él provocándome un orgasmo ocupaba tantísimo espacio en mi cerebro?

Me llegó otro mensaje, pero de Tyler.

Hola, Aly.
Sé que esta noche seguro que trabajas,
pero tienes tiempo para pasarte por casa
y hablar con Josh?
Dice que está libre

La sonrisa que se me dibujó en la cara me pareció de loca de remate. Iba a dar el primer paso para encontrar al Hombre sin Cara.

> Si salgo ya, sí.
> Le va bien dentro de media hora?

Tyler tardó unos minutos en responder.

Dice que sí. Yo no estaré en casa. Te importa?
Josh es muy majo

> No pasa nada, tranquilo

Vale.

Buena suerte.

Aquí tienes su móvil para que le escribas

cuando llegues

Me envió su número, me lo guardé en el teléfono y le di las gracias.

A continuación volví a la conversación que mantenía con el Hombre sin Cara.

Te apetece contarme en qué

consisten esos planes?

Me respondió con un emoticono con cremallera en los labios, seguido por uno de un cuchillo y luego una carita de demonio sonriente.

Genial, genial.

O le tocaba a él jugar con el cuchillo o tenía pensado sellarme los labios para que yo, al bajar al infierno, no pudiera contarle al diablo quién me había apuñalado hasta matarme.

10

Josh

—¿Seguro que no te importa estar a solas con Aly? —me preguntó Tyler desde la cocina—. Si me necesitas, me quedo.

¿Tan mal me veía mi compañero de piso como para sopesar la posibilidad de cancelar una cita y hacer de canguro?

Yo estaba instalando el ordenador en la mesa de centro de la sala de estar y me detuve un momento para volverme hacia él.

—No pasa nada siempre y cuando me asegures que no le van los documentales de crímenes reales.

Tyler resopló y se cruzó de brazos, apoyándose en la encimera.

—Qué va —dijo—. Ve demasiadas mierdas en el trabajo y no entiende la obsesión de la gente con esas cosas. Además, ¿en serio piensas que traería a casa a una amante del *true crime*?

Fruncí el ceño. ¿Filtraba sus citas por mí?

—No sabía que fueras tan selectivo.

Tyler se encogió de hombros.

—¿Por qué crees que el año pasado no te presenté a Eric? Le encantaba el pódcast ese de *Mi asesinato preferido*, y acababan de contar la historia de tu padre.

Por eso Tyler era mi mejor amigo, a pesar de ser un capullo a ratos. Hacía lo correcto en los momentos importantes sin que yo se lo pidiese siquiera.

—Entonces ¿he estado evitando a todos tus ligues sin que hiciera falta? —le pregunté.

Me dedicó una sonrisa sin el menor rubor.

—Pues sí.

—¿Y no habías pensado en avisarme hasta ahora?

—No quería que hubiese competición entre nosotros si alguien te echaba el ojo. Lo último que necesitamos es otra…

—No digas «otra situación como la de Cara McKinley» —le advertí señalándolo con el dedo.

La novia de Tyler de la universidad era para darle de comer aparte. Hizo lo imposible por separarnos, pero no por lo que él creía. Tenía la palabra «maltratadora» escrita en la cara. Me di cuenta enseguida e intenté avisar a Tyler, pero no me hizo caso.

El comportamiento de Cara era idéntico al de mi padre. Intentó alejar a Tyler de mí y de todo el mundo. Perdí la cuenta de las veces que la vi mentir con descaro para manipular a mi amigo, siempre haciéndose la víctima. Tergiversaba constantemente las cosas y le hacía luz de gas a Tyler cuando él intentaba corregirla. Hablé con él varias veces mientras salían, señalándole cómo se comportaba ella, pero él se negaba a verlo, demasiado cegado por la forma en la que Cara lo bombardeaba diciéndole lo mucho que lo quería.

De ahí que al final me diera por tomar cartas en el asunto. Un día en el que Tyler había salido, me encontré a Cara hurgando entre sus cosas y la acorralé. Sin pestañear, mirándola a los ojos y con una sonrisa de oreja a oreja, le conté quién era mi padre y le advertí de que, si no dejaba en paz a mi amigo, me aseguraría de que los crímenes que él había cometido parecieran un juego de niños.

Salió corriendo de la residencia. Le contó a todo el mundo lo que le había dicho y me denunció a la seguridad del campus. Así se destapó mi secreto, que al final llevó a que Tyler y yo dejáramos la universidad.

No me arrepentía, aunque Tyler seguía convencido de que había ahuyentado a Cara porque ella me había tirado los tejos o algo.

Hice un gesto con la cabeza hacia mi compañero de piso.

—Me parece que eres tú el que no quiere dejarme a solas con Aly. Se alejó de la encimera.

—¿Estás de coña? Si pensara que pudiese haber algo entre vosotros dos, llenaría el pasillo de pétalos de rosas, encendería velas por todas partes y pondría música de Marvin Gaye. Necesitas echar un polvo, tío. Te pasas demasiado tiempo solo en tu habitación. No sé cómo no tienes ya el síndrome del túnel carpiano o inicio de artritis en la muñeca.

Me quedé boquiabierto. ¿No le importaba que quedase con Aly? La emoción me recorrió las venas. Un problema menos que sortear y un obstáculo menos que superar en el camino hacia hacerla mía.

La segunda mitad del comentario de Tyler caló en mí con retraso porque estaba distraído, y puse los ojos en blanco.

—No me paso las veinticuatro horas del día pajeándome en mi cuarto.

Un momento, ¿por qué se lo negaba? Era mejor que creyese que me había convertido en un onanista de manual a que descubriese cómo había pasado el tiempo últimamente.

—Es que he tenido muchísimo trabajo —mentí.

Me miró fijamente.

—Si tú lo dices.

—¿No habías quedado con alguien? —le pregunté. Quería que se fuese ya. Era probable que Aly estuviese a punto de llegar.

Tyler miró el reloj.

—Mierda. Sarah me va a matar como llegue tarde otra vez.

El nudo que tenía en el pecho se aflojó cuando Tyler entró a la carrera en su dormitorio. Si albergaba alguna esperanza de que Aly no descubriera quién era yo, Tyler no podía estar en casa.

Tamborileé con los dedos en la mesa de centro mientras oía cómo se preparaba.

«Vamos, vamos. Tienes genial el pelo. Deja de toqueteártelo delante del espejo».

Que supiera lo que estaba haciendo mi compañero de piso sin necesidad de verlo seguramente significaba que llevábamos demasiado tiempo viviendo juntos.

Regresó al cabo de unos minutos con un elegante chaquetón marinero negro, que llevaba con el cuello levantado, y se detuvo en el centro de la sala de estar. Me observó con el ceño fruncido.

—¿Seguro que estarás bien?

—Que te pires, joder —exclamé con un poco más de aspereza de la que pretendía. Se me estaba agotando el tiempo.

Me miró inexpresivo.

—Vale. Pero llámame si se tuerce la cosa.

Le hice señas para que se largara. Tyler se fue del piso cabreado. Más tarde me iba a tocar encontrar la manera de pedirle disculpas.

En cuanto cerró la puerta tras de sí, salté del sofá, apagué la calefacción y abrí deprisa todas las ventanas del piso. Le había ocultado la mano herida a Tyler, pero con Aly no funcionaría, ya que iba a necesitar las dos para escribir en el teclado. Fijo que ya figuraba en su lista de sospechosos —era un candidato obvio porque nos conocíamos y se me daba bien la informática—, así que tendría que ser muy astuto si quería aplacar sus sospechas. Por eso me había pasado la última media hora elaborando con regocijo un plan.

¿Quién habría pensado que el acecho y el engaño fueran algo tan divertido?

«¿Tu padre, por ejemplo?», me respondió solícito mi cerebro.

Me quedé paralizado e hice una mueca. Tenía que encontrar la manera de ponerle un bozal al subconsciente. No dejaba de asomar la cabeza en los momentos menos oportunos para señalar errores en mi lógica o hacer comparaciones entre el monstruo que me había dado la mitad del ADN y yo.

¿Qué pasaba si compartía algunos rasgos con ese hombre? Siempre que no fueran los malos, ¿importaba? A fin de cuentas, también había heredado la tendencia de mi madre a darles demasiadas vueltas a las cosas, que últimamente me había dado más quebraderos de cabeza que nada de lo que hubiese heredado de mi padre.

Meneé la cabeza y me acerqué al termostato. Vi que la temperatura había bajado hasta los quince grados. En cuanto llegó a los diez, cerré las ventanas de nuevo. Listo. Debería funcionar. Hacía frío suficiente como para ponerse varias capas, pero no tanto como para que Aly empezara a tiritar.

Teníamos el termostato en la entrada, donde quizá lo vería y se daría cuenta de que estaba apagado. Cogí una foto enmarcada de la visita que había hecho ese mismo verano a mi madre y mi padrastro, donde salíamos los tres —y que mi madre me había enviado por correo—, y la coloqué encima del termostato para ocultarlo. No era la mejor solución del mundo, pero tendría que valer por el momento.

El piso era un rectángulo enorme, y la puerta que daba a mi habitación estaba a la derecha de la entrada. Desde allí, el espacio se volvía diáfano, con la cocina a la izquierda y la sala de estar a la derecha, provista de unas ventanas enormes que databan de cuando el edificio era una fábrica industrial. El cuarto de Tyler estaba en el lado opuesto al mío, y aunque podría pensarse que no oiría nada de lo que ocurría en su habitación porque estábamos muy separados, por desgracia, el espacio abierto que había en medio hacía las veces de cámara de resonancia sexual, y los ladrillos y los conductos a la vista que surcaban el techo transportaban todos los gemidos y gruñidos hasta mi dormitorio.

Hacía tres noches había levantado la vista de la pantalla del ordenador y exclamado: «Vamos. Vaaaamos. Ahora», justo antes de que Tyler soltase un gemido estruendoso y el piso se quedara en silencio.

Me estremecí al recordarlo. Ojalá pudiera desaprender los ruidos de advertencia que emitía mi compañero de piso antes de correrse.

Definitivamente llevábamos demasiado tiempo viviendo juntos.

Me centré en examinar en el suelo en busca de cualquier cosa que hubiera podido pasar por alto durante la limpieza que había hecho antes. A Tyler le gustaba dejar los calcetines por ahí, pero cada vez lo hacía menos. Hacía poco se me había quejado de que se le estaban agotando y de que la secadora debía de habérselos zampado. Pues no. Era yo, que los tiraba a la basura para intentar enmendar su mala costumbre.

¿Era mala leche por mi parte? Quizá. Pero, según la pizarra que colgaba junto a mi escritorio, llevaba cinco días sin ver ningún calcetín abandonado en el suelo del comedor —¡un nuevo récord!—, así que no tenía la intención de parar.

Fui a mi habitación y cogí una sudadera y unos mitones. Ya había planeado ponérmelos para ocultar los tatuajes de las manos, pero con los puntos eran el doble de necesarios.

En mi cama había dos teléfonos. Me aseguré de poner en silencio el móvil de prepago con el que le escribía a Aly y lo dejé allí; cogí el de verdad y salí de mi cuarto. Por si acaso Aly se ponía en plan cotilla al llegar, cerré la puerta con llave.

Estaba lo más preparado que podía estar, así que ¿a qué venían aquellos nervios? Me embargaba la emoción, sí, y me moría de ganas de seguir jugando con Aly, pero también estaba nervioso. ¿Era porque una chica que me gustaba me visitaba por primera vez y quería que todo saliera a la perfección?

No.

¿O sí?

Lo sopesé. Sí, era eso. Porque, por lo visto, con Aly volvía a ser un adolescente, y el hecho de que me empalmara cada vez que pensaba en ella no hacía sino confirmarlo.

Hacía un rato me había puesto una camiseta que me quedaba muy holgada para que tapara el evidente bulto de mi erección contra los pantalones. Llevaba casi todo el día cachondo porque cada vez que me quedaba quieto más de medio segundo, se me iba la cabeza a la noche anterior y al recuerdo de Aly subiendo y bajando en mi regazo al hacerme la mamada.

Joder, qué bien la chupaba, y eso que me había dicho que era un mal ángulo. ¿De qué sería capaz si me tendía ante ella y le dejaba hacerme de todo?

Seguramente me echaría a perder y ya no volvería a sentir lo mismo con ninguna otra mujer. Aunque no me quejaría.

Me sonó el móvil, que tenía en la mano.

«Respira hondo. Ha llegado el momento».

En efecto, el mensaje era de Aly. Acababa de aparcar y estaba al caer.

Me puse los mitones y la sudadera, y me fui a esperarla junto a la puerta. Impaciente, me tamborileaba en el muslo con los dedos y no podía dejar de menear el pie. Había salido a correr para quemar un poco de energía nerviosa, pero, a pesar de que no paré hasta sentirme agotado, no había sido suficiente. Estaba inquieto, superconsciente y la tenía dura como una puta piedra.

Aly estaría tan cerca de mí como para tocarla, pero no podía ponerle siquiera un dedo encima. Iba a ser una tortura. Lo único que me ayudaría a soportarlo era saber que me lo compensaría más tarde. Pese a lo que le había dicho por mensaje, seguía teniendo la intención de hacer que se corriese. Después de castigarla un poquito por haberme apuñalado, claro está. Esperaba haberme ganado su confianza la noche anterior y que no saliese corriendo a por una pistola cuando me encontrase en su habitación, cubierto de sangre y con un cuchillo en las manos.

Oí que llamaban a la puerta. Respiré hondo, me armé de valor y la abrí.

Aly estaba en el pasillo, vestida con un uniforme limpio y la misma chaqueta de la noche anterior. Llevaba el pelo recogido en una larga trenza y se había puesto una cantidad levísima de maquillaje.

Cuando abrí la puerta, Aly estaba mirando al frente, así que se le quedó clavada la vista en mi pecho. No me moví un milímetro mientras a ella se le abrían un poco los ojos y fue subiéndolos muy despacio, reparando en mis hombros anchos y en mi mandíbula, antes de encontrarse con mi mirada. Se le dilataron las pupilas ligeramente, y le asomó un poco de color en las mejillas.

¿Se había puesto cachonda? ¿Me encontraba atractivo?

Me sentí tan exultante como un pelín traicionado. Qué sensación más extraña. Estaba celoso de mí mismo. ¿Por qué? Tampoco era que mi versión enmascarada tuviera ningún derecho sobre ella. Era una mujer fogosa con ojos en la cara. Podía sentirse atraída por quien quisiera. Tendría que tomármelo como algo positivo. Cuando al final descubriese quién era yo, sería un punto a mi favor que me encontrase atractivo.

Sonreí, deleitándome en el sonrojo que le teñía la cara. Pues sí, se sentía atraída por mí.

—Aly, ¿verdad? —le pregunté tendiéndole la mano derecha, que era precisamente la herida. Necesitaba que me tachara de la lista de sospechosos, y esa era una manera estupenda de empezar el encuentro.

Bajó la vista a mi mano y frunció el ceño al ver los mitones.

—Sí. Gracias otra vez por echarme un cable.

Entornó los ojos al darme la mano, y me preparé para mis adentros antes de que me la estrechara. Si sabía algo de ella, y sabía un huevo porque la había espiado durante muchísimas horas, estaba a punto de morder el anzuelo.

Justo como creía que iba a hacer, me dio un apretón mucho más fuerte de lo necesario.

Joder con la mano de los cojones. No solo me ardía, sino que me subió el dolor por el brazo. En el fondo de la garganta me nació un quejido, pero de ninguna manera iba a dejarlo salir, porque o bien Aly se daba cuenta de que me había hecho daño o bien reconocería el ruidito en cuestión.

Sonreí pese al dolor.

—Qué seguridad. ¿Intentas intimidarme para que no le cuente nada a nadie?

Aly abrió los ojos como platos al darse cuenta de que, si yo no era su acosador enmascarado, le estaba cortando la circulación a un hombre inocente. Me soltó y dio un paso atrás.

—Lo siento, no, es que…

Enarqué una ceja esperando a que terminase la frase.

Abrió la boca. La cerró. ¿Estaba nerviosa? Uy, qué maravilla. Mi oscuro y taimado corazón daba saltos de alegría al verla buscar una excusa que justificara su comportamiento. Iba a atormentarla de lo lindo, y sería la mar de divertido.

—Es que... Lo siento —repitió sin más, y apartó la vista.

Me compadecí un poco ella y me hice a un lado sujetándole la puerta.

—Pasa, pasa.

—Gracias —dijo, y entró rodeándome.

—Perdona si hace frío. La calefacción se estropeó hace poco y no se enciende. He llamado al conserje del edificio y dice que está en ello.

Bajó la vista a mi mano.

—Ah, por eso llevas guantes.

—Pues sí. Si te entra frío, tengo otros por ahí.

Sonrió con cara de estar todavía un poco avergonzada por haber imitado a una boa constrictora.

—Vale, te avisaré. Gracias.

Cerré la puerta y me dirigí hacia la cocina.

—¿Un café?

—Vale —dijo.

—Solo con crema, ¿verdad?

Se quedó callada, quizá preguntándose cómo sabía yo lo que ella le echaba al café. Era porque la había vigilado, claro, pero además lo sabía de antes, y era probable que esa pequeña verdad la descolocara igualmente.

Me volví y le sonreí de oreja a oreja para que se me marcaran los hoyuelos. Clavó los ojos en ellos y perdió la concentración durante un segundo. Di gracias por llevar una camiseta holgada y una sudadera, ya que ocultaron cómo me reaccionó la polla. Sabía cómo era físicamente y el efecto que tenía en la gente. Hasta entonces, siempre había odiado lo atractivo que era porque me hacía pensar en lo fácil que debió de resultarle a mi padre atraer a sus víctimas.

Por primera vez en mucho tiempo, le estaba agradecido a mi

físico: ponía nerviosa a la chica de mis sueños, desprevenida porque la primera vez que nos vimos no pudo verme bien y no sabía cómo encajar que el compañero de Tyler estuviera tan bueno como para poder aparecer sin problema en la siguiente película de Superman.

—Me acuerdo de lo que te gustaba el día que te quedaste a dormir aquí —dije, y le guiñé un ojo para ver si conseguía que se pusiera roja de nuevo.

Pues sí, el rubor que le había desaparecido de las mejillas reapareció en todo su esplendor.

—¿Lo que me gustaba? —me preguntó. Había captado que mis palabras iban con segundas. Abrió mucho los ojos mirando hacia la habitación de Tyler, y vi que le salía humo por la cabeza al preguntarse cuánto habría oído yo aquella noche.

—Sí, en el café —repuse con tono inocente y mirada inexpresiva.

Aly cogió aire y apartó la vista.

—¡Ah! —exclamó—. Crema, sí, gracias. Voy a sentarme en el sofá.

El compañero de piso de su exligue estaba tonteando con ella, y Aly no sabía qué hacer al respecto. Por dentro, yo me estaba descojonando. Quizá lograba descolocarla tanto como para que olvidara por qué había ido hasta allí.

Pero sabía que no iba a ser el caso.

Cuando terminó de hacerse el café y me dirigí hacia el sofá con las dos tazas, Aly había recobrado la compostura y volvía a ser la mujer competente que no se andaba con tonterías a la que observaba casi todas las noches. Seguramente la sorpresa la había pillado con la guardia baja.

—Gracias otra vez —dijo cuando le tendí el café—. Sé que pedirte que me localices a alguien puede parecer raro, y te agradezco la ayuda. ¿Seguro que no quieres que te pague?

—Seguro. El reto de hacerlo será pago suficiente.

Era mi turno de ponerme nervioso al observar sus grandes ojos marrones. De cerca, en el iris se le distinguían puntitos más claros, del color del ámbar y el topacio. Tenía las cejas espesas, uno o dos tonos más oscuras que el cabello, y se le arqueaban en el centro como a las mujeres hermosas de los cuadros del Renacimiento.

«Por lo que más quieras, no le mires los labios», me dije.

Aproveché la excusa de beber un sorbo de café para apartar la vista y no caer en la tentación. Contemplar la boca de Aly era peligroso porque me haría recordar lo que me había hecho unas horas antes, y no necesitaba empalmarme más.

Dejé la taza sobre un posavasos y encendí el ordenador. La pantalla cobró vida con el emblema de la empresa para la que trabajaba. Había limpiado el portátil antes para eliminar cualquier rastro de Aly por si tenía que levantarme a hacer pis y a ella le daba por cotillear y empezar a hacer clic por ahí.

—¿Por qué necesitas que encuentre a esa persona? —le pregunté—. Tyler no me lo ha contado.

—Es culpa mía. No quería entrar en detalles con él —replicó.

Al mirarla, vi que estaba observando fijamente la pantalla. Esperé un poco, pero no añadió nada más. «¿En serio, Aly? ¿Ni siquiera le vas a contar lo que estás buscando al tío que te va a ayudar?». Muy bien. Si se negaba a decirlo a las claras, tendría que sonsacárselo de otra forma.

—Muy bien. ¿Tienes por lo menos algún punto de partida? ¿Un nombre o una dirección?

Respiró hondo y sacó el móvil.

—Por favor, no me juzgues por lo que te voy a enseñar.

Vi cómo desbloqueaba la pantalla. Me fijé en la contraseña —no lo pude evitar— y esperé a que abriese la aplicación de la red social, encontrase mi perfil y me lo mostrara.

Pasé los ojos de la pantalla a ella.

—¿Quieres que te localice a ese tío? —Aly asintió—. No eres una seguidora loca que intenta averiguar dónde vive, ¿no? Porque el acoso es delito, Aly. —Hablaba con voz seria, y tuve que echar mano de toda mi fuerza de voluntad para que no se trasluciera ningún regocijo en mi expresión.

Se puso roja otra vez, pero me pareció que más por la ira que por el deseo.

—Ya sé que es un delito. No soy yo la que tiene problemas con los límites —masculló.

«No te rías, no te rías, no te rías».

—Ah, ¿sí?

—Es una historia larga que suena a locura, y no quiero contársela a alguien a quien apenas conozco.

«Au».

Me miró a los ojos y tuvo el detalle de mostrarse contrita.

—No te ofendas.

—No pasa nada —le aseguré—. Es que me preocupa un poco que, sin comerlo ni beberlo, termine acusado de ser cómplice de algún asesinato.

—El asesinato que debería preocuparte más es el mío —resopló.

¿En serio? ¿Seguía pensando que le haría daño? Joder, resultaba que no había conseguido tranquilizarla. A lo mejor iba a tener que cambiar los planes de esa noche y volver a darle el poder. La vez anterior pareció gustarle.

—¿Estás de coña? —le pregunté, porque era lo que haría una persona preocupada que no estuviese involucrada en el asunto—. ¿Crees que este tío va a matarte?

Soltó un suspiro.

—No. O sea, espero que no. —Se sujetó la cabeza con las manos—. Joder, estoy haciendo que suene peor de lo que es. —Se incorporó y me miró suplicante, y decidí que en ese momento le iba a dar todo lo que me pidiese. Ayuda. Una lealtad inquebrantable. La contraseña de mi cuenta de inversión y todo el dinero que contenía—. Si de verdad pensara que estoy en peligro, habría acudido a la policía —añadió—. Este tío ha estado jugando un poco conmigo, de forma básicamente inofensiva, y me gustaría devolvérsela.

Seguí interpretando el papel de testigo inquieto.

—No sé qué decirte. Me parece que es algo de lo que deberían encargarse las autoridades.

Negó con la cabeza.

—No. Quiero hacerlo a mi manera. ¿Puedes ayudarme? —Posó su mano sobre la mía, justo sobre la derecha, y me la apretó de nuevo—. Aunque entiendo perfectamente que esto te dé mal rollo.

«Ay, ay, ay».

—Te ayudaré —respondí con expresión estoica—. Pero, por favor, ve a la policía si la situación se desmadra o si te sientes insegura.

Me sonrió, me dio otro apretón —esa vez más fuerte; sin duda, en busca de algún indicio de dolor— y me soltó.

—Lo haré. Gracias.

Pareció casi decepcionarse al verme impasible, asintiendo con la cabeza y concentrándome en el portátil. ¿Quería que fuese yo?

¿Pensaba que se lo pondría así de fácil?

Abrí ostentosamente mi perfil de la red social con un navegador y lo dejé en el lado izquierdo de la pantalla. Acto seguido inicié un programa de código, lo situé a la derecha, copié y pegué mi nombre de usuario en una línea de código y pulsé la tecla de intro. A medida que el programa trabajaba, en la parte derecha de la pantalla comenzaron a sucederse números y letras.

Impresionaba mucho; era una escena que parecía sacada de una película de espías, pero en realidad no estaba haciendo una mierda. Ni pensaba rastrearme a mí mismo ni había sustituido a mi cabeza de turco por alguien que viviese más cerca. Si Aly iba en serio con lo de vengarse y pretendía entrar en casa de alguien, no se me ocurriría enviarla a la casa de un desconocido.

Tendría que buscar alguna manera de perder el tiempo. Le diría que su hacker era de los buenos —que, a ver, lo era, para que nos íbamos a engañar— y que se había esforzado mucho en ocultar sus huellas. Y que me arriesgaba a que me pillara y a que me hackeara él a su vez.

—¿Ya está? —me preguntó Aly—. ¿Lo pones ahí y el programa lo hace todo?

—Ojalá fuera tan sencillo, pero no —contesté—. Esto es solo para averiguar desde qué dirección IP creó su perfil.

Después entré en detalle y le conté lo dificilísimo que sería localizar a alguien de verdad. Se le cayó el alma a los pies al oírme. Bien. Con suerte, se estaba replanteando su idea descabellada.

—Así que no habrá una respuesta antes de que me tenga que ir —se miró el reloj— dentro de veinte minutos, ¿no?

—No. Lo siento —respondí—. ¿Qué tal es lo de ser enfermera de traumatología? —No pude evitarlo. Era la primera vez que hablaba con Aly y, a pesar de lo mucho que la había observado, seguía sediento de información. A través de una cámara solo se obtiene cierto conocimiento. Había memorizado sus expresiones y había aprendido a interpretar su estado de ánimo, pero no sabía qué era lo que le tocaba la fibra sensible, no sabía cómo se sentía ella de verdad ante todas aquellas cosas por las que la había visto pasar.

—Ah —murmuró, un tanto descolocada por el cambio de tema repentino —. Es… No sé cómo describírtelo, la verdad. «Bueno» no sería la palabra correcta. «Gratificante» quizá sea mejor.

No me resistí más y la miré a la boca. Hacía menos de un día, aquellos labios se habían abierto alrededor de mi polla. Hacía menos de un día, me había corrido en esa boquita.

Alcé la vista y me concentré de nuevo en sus palabras antes de cometer alguna estupidez.

—A veces es un trabajo supercomplejo —añadió—. Lo malo es muy horrible, pero lo bueno es muy positivo. No hay nada comparable con la emoción de salvarle la vida a alguien.

—Ya me lo supongo. ¿Por qué quisiste trabajar de eso?

Me miró a los ojos y luego se puso a observar el baileteo de letras y números por la pantalla del portátil.

—Por mi madre, pero no quiero hablar de ese tema. Lo siento.

—Tranquila —dije. Mierda, había metido el dedo en la llaga. Necesitaba volver a un terreno más seguro—. ¿Más café? —Por la noche Aly se ventilaba una cafetera como mínimo, y me pareció que a su taza le iría bien que la llenase hasta arriba.

Me la tendió.

—Sí, por favor.

Me fui a la cocina para servirnos más café a los. Desde allí me volví y vi que Aly estaba escribiendo en el móvil, pulsaba una última tecla y miraba, como si esperase algo, hacia mi teléfono, que estaba junto al ordenador. ¿Acababa de mandarme un mensaje? ¿A mi yo enmascarado?

En ese caso iba a recibir una respuesta vaga y ligeramente burlona dentro de tres, dos, uno…

Le sonó el móvil. Aly puso cara de decepción durante medio segundo antes de leer el mensaje y sonreír, meneando la cabeza, como si le hubiera hecho gracia aun a su pesar. Qué bien conocía yo esa expresión. La noche anterior se la había visto casi en todo momento.

Escribió otro mensaje mientras yo regresaba al sofá con las tazas, sonriendo aún más cuando le llegó otra respuesta.

El programa de autorrespuesta que había instalado en mi móvil de prepago era bastante sofisticado, capaz de mantener sin mi intervención toda una conversación de tonteo ingenioso. Aunque esperaba que Aly no quisiese alargarla demasiado… Era un programa muy bueno, pero no perfecto, y me dio la impresión de que Aly por fin había dejado de sospechar de mí. De Josh. A fin de cuentas, yo no podía ser su admirador enmascarado si él le estaba contestando, ¿a que no?

—Gracias —dijo mientras dejaba el móvil para aceptar la taza. Estaba más relajada que hacía unos instantes, como si ya no estuviese tan a la defensiva al no sospechar de mí.

«Muajajaja».

Mi plan malvado estaba funcionando. Paso uno: conseguir que Aly bajase la guardia. Paso dos: follármela en ese mismo sofá.

Uy, no, no. Me había saltado algún que otro paso.

Pero qué grande era la tentación, coño. Cuando estaba relajada, Aly estaba casi tan cañón como cuando se cabreaba, y tuve que hacer un gran esfuerzo para no quedarme embobado mirándola y fingir que observaba cómo obraba su magia mi falso programa de hackeo.

Por desgracia, ella por lo visto no tenía los mismos reparos que yo, y no dejé de notar su mirada como si fuera una caricia física mientras ella me observaba. Me había preocupado que el deseo que sentía por ella estuviera relacionado únicamente con el fetiche que ambos compartíamos y que, sin una máscara entre nosotros, la emoción disminuiría. Pero iba a ser que no. En ese momento la deseaba casi tanto como la noche anterior; y, por cómo me miraba, empecé a pensar que era mutuo.

«Tú sigue así —pensé—, y vas a ver cómo al final sucumbo a las ganas irrefrenables de bajarte los pantalones y...».

—¿Qué tal es lo de ser programador informático? —me preguntó.

Carraspeé y moví las caderas para intentar ladear la erección y que no se me clavara directamente en la bragueta. ¿Aly quería hablar de cosas sin importancia o de verdad le interesaba mi profesión?

Bebí un sorbo de café y me recosté en el asiento. Me atreví a lanzarle una mirada. Parecía interesada de verdad.

—Es tal como tú has descrito ser enfermera. Difícil pero gratificante, aunque de otra manera.

—¿Por qué quisiste trabajar de eso?

Aparté la vista de ella a regañadientes. Me había vuelto a ensimismar con sus labios y estuve a punto de no oír la pregunta. En cuanto la digerí, me dio un vuelco el estómago. Ya estaba jugando demasiado con ella y no me apetecía comenzar a sumar más mentiras, así que opté por una media verdad.

—Mi padre no era buena persona. Intentó encontrarnos cuando mi madre y yo lo abandonamos. Aprender a ocultarnos de él por internet fue la razón por la que empecé a interesarme por la programación.

—Ah, vaya —exclamó—. Lo siento mucho.

—No lo sientas. Es agua pasada. Ahora ya nos hemos librado

de él. —Igual que el resto del mundo, gracias a su condena y ejecución—. Hablemos de algo menos intenso —propuse—. Si estuvieras encerrada en una habitación llena de arañas, ¿preferirías tener la luz apagada o encendida?

Aly se inclinó hacia mí hasta que no me quedó más remedio que volver a mirarla.

—¿Eso es menos intenso? —preguntó con el ceño fruncido, preocupada.

Tan de cerca, sus ojos eran preciosos.

—¿Menos intenso que lo de mi padre? Sí.

Ella se recostó en el sofá.

—Encendida, supongo. Así podría ver venir a las arañas. ¿Y tú?

—Igual —asentí.

—¿Preferirías estar atrapado tú solo en el espacio exterior o en las profundidades del mar? —me preguntó.

—Son dos opciones horribles. En el espacio exterior.

—Yo igual. Pero ¿por qué?

—Porque contaría con la posibilidad de que me rescatase algún extraterrestre —dije sonriendo.

Aly me devolvió la sonrisa, volvió a bajar la mirada hasta mis hoyuelos y perdió ligeramente la concentración de nuevo.

El corazón me empezó a latir tan rápido que me martilleaba en la caja torácica. ¿Hacía cuánto que no me sentaba a hablar con una mujer? No recordaba estar nunca tan tranquilo junto a una chica, por lo menos no de adulto. Había una parte de mí siempre nerviosa, a la espera de que descubrieran quién era yo, y que esa información lo mandara todo a la mierda. Quizá tendría que haberme sentido así con Aly, pero Tyler no mentía y, si aseguraba que ella huía de los asesinatos famosos como de una plaga, lo decía en serio.

—¿Preferirías cambiar de sexo cada vez que estornudas o no poder diferenciar a un bebé de una magdalena? —le pregunté.

Soltó una carcajada echando la cabeza hacia atrás, a punto de derramar el café.

—La segunda parte es muy turbia. Me quedo con el cambio de sexo. Podría ser divertido.

—Yo igual —asentí.

Una expresión pícara le transformó el semblante, y me miró el regazo. Yo la imité, pero mi sudadera seguía ocultando lo que ocurría debajo.

Aly alzó la vista y me miró con ojos ardientes.

—¿Preferirías eyacular un espermatozoide del tamaño de un renacuajo cada vez que te corres o cien de tamaño normal capaces de hablar?

El café me entró por mal sitio al coger aire a la vez que tragaba, y me atraganté. Aly me daba palmadas en la espalda mientras yo tosía, inclinado hacia delante, para que los pulmones intentaran expulsar la invasión líquida.

—Perdona —se disculpó—. Debería haber esperado a que bebieras. He pillado a mucha gente desprevenida con esa pregunta.

—Es que es una pregunta imposible —resollé.

Dejó de darme palmadas y me empezó a frotar la espalda, y opté por quedarme quieto hasta que Aly decidiese parar.

—Ya lo sé. Porque, por un lado, qué dolor. Por el otro, no podrías deshacerte nunca de ellos. —Alzó la voz hasta adoptar un tono mucho más agudo, imitando a un niño pequeño—. Nooo. No tires de la cadena, Josh. Estamos vivooos.

Hacía casi ocho horas que Aly se había marchado de mi piso, y yo ya me moría de ganas de volver a verla en persona. La declaré la ganadora de nuestro improvisado juego de «Preferirías...» después de que casi volviera a morirme asfixiado con una pregunta sobre llorar piedrecitas o sudar líquido de pepinillos.

La pantalla del ordenador me mostraba que estaba ocupada en el trabajo, todavía con las consecuencias del tiroteo. Durante al día había sucumbido otra víctima, y los medios y los políticos locales se esforzaban por concentrar la atención pública en lo ocurrido o desviarla, en función de sus filiaciones.

Mi madre me había llamado totalmente aterrada. Ya no veía las noticias —nadie podría culparla teniendo en cuenta su pasado—, pero alguien le había hablado de la tragedia y no sabía nada de mí, así que su mente se fue directa a la peor de las posibilidades.

El sollozo ahogado que soltó cuando cogí el teléfono se me clavó en el corazón, y en ese momento decidí que tenía que llamarlos más a menudo a ella y a Rob, mi padrastro.

En cuanto se hubo calmado, nos pusimos al día. Cuando me preguntó si salía con alguien, con tono esperanzado, cedí y le hablé un poco de Aly. No demasiado —era probable que mi madre, para evitar males mayores, me hubiera entregado a las autoridades si se hubiese enterado de mi verdadero comportamiento—, solo que salía con alguien desde hacía poco, con una enfermera que precisamente estaba atendiendo a las víctimas del tiroteo.

—Seguro que es buena persona —me dijo—. Y debe de gustarte mucho. Ni recuerdo la última vez que me hablaste de alguien.

Sí que lo recordaba, pero a ninguno de los dos nos gustaba pensar en cómo había terminado esa relación. Mi novia del instituto estuvo cinco días desaparecida en el verano de la graduación. A mí me detuvieron el segundo día y estuve en el calabozo hasta que ella apareció en casa de sus padres. Se había ido de viaje por carretera con su mejor amiga de manera improvisada y no se había molestado en contárselo a nadie.

La policía se disculpó, pero de todos modos mi madre escribió llena de furia a la sección de cartas al director del periódico, hicimos las maletas y nos mudamos. Otra vez.

Cabía esperar que mi relación con Aly terminase de manera más agradable. O, mejor aún, que no terminase nunca.

Volví a dirigir la atención a la pantalla del ordenador. Aly estaba en la enfermería, riéndose con sus compañeras. Qué bien ver que eran capaces de reír incluso sometidas a tanto estrés. Supongo que era el mecanismo de supervivencia al que se aferraban con más fuerza.

La noche en que empezaron a llegar las víctimas cometí el error de entrar en las cámaras de la zona de ambulancias. Fue la prueba definitiva de que mi padre y yo éramos distintos en un aspecto crítico: la sangre de verdad y la muerte me acojonaban. Después de echar un solo vistazo a la víctima con heridas más graves empecé a tener arcadas. Y ¿qué hizo Aly? Se subió a la camilla de un salto y sustituyó al paramédico agotado que había estado haciendo la reanimación cardiopulmonar para que no se detuviera el corazón de la víctima.

Aly era una puta estrella, y esperaba que sus pacientes se lo dijeran por lo menos una vez cada hora.

Pestañeé al verla despedirse de alguien y darse la vuelta para enfilar el pasillo. El parpadeo debió de durar un minuto entero, porque, cuando volví a abrir los ojos, Aly ya no estaba en pantalla. Joder, qué cansado estaba. Quise echarme una cabezada más larga cuando Aly se marchó de mi casa, pero me desperté a las pocas horas, y la necesidad de verla me arrastró otra vez hasta mi escritorio.

Me prepararía otra cafetera. Así seguiría despierto. Por lo menos hasta que Aly saliera del trabajo. Luego la emoción y la adrenalina cogerían las riendas y estaría despierto sin problemas.

Me recosté en la silla y repasé todo lo que había planeado para Aly más tarde. Se me cerraron los ojos, y así pude visualizarla mejor tumbada debajo de mí, con los brazos por encima de la cabeza y las tetas rebotando.

Dios, qué imagen tan bonita.

Una alarma estruendosa me devolvió al presente. Mierda, ¿había vuelto a suceder algo en el hospital?

Me incorporé, horrorizado al comprobar que en mi habitación la luz era un poco más intensa que cuando había cerrado los ojos. Estaba saliendo el sol.

Debía de haberme quedado dormido.

La alarma procedía de mi móvil. La cámara de la puerta delantera de Aly estaba registrando un montón de actividad. Cogí el teléfono y vi que ella estaba saliendo del coche. Delante de su casa.

Había vuelto ya, y yo no la estaba esperando allí.

Joder, mierda.

Me aparté del ordenador, levanté la mochila llena de materiales, cogí las llaves del coche y salí disparado por la puerta.

11

Aly

Josh era el Hombre sin Cara. No sabía por qué estaba tan segura, pero lo estaba. Tan pronto como me abrió la puerta de su piso, la certeza me golpeó como un puñetazo en el estómago. Ya casi había estado en lo más alto de mi lista de sospechosos —lo conocía, se le daban bien los ordenadores y tenía un cuerpo parecido—, pero verlo en vivo y en directo me lo había confirmado.

No entendía cómo había sido capaz de seguir impertérrito cuando le estrujé la mano, pero no mostró ni un ápice de dolor. Me sentía fatal. Debió de dolerle una barbaridad. Esperaba que los puntos estuvieran bien. Le había mandado un mensaje con instrucciones para limpiar y vendar la herida, así que, si le sangraba, seguro que había sabido arreglarlo por su cuenta.

Además de aquellos guantes tan sospechosos, había algo en su actitud que me recordaba al Hombre sin Cara. Cuando se había mostrado preocupado y sincero al decirme que acosar era ilegal, era todo fachada, porque le detecté un brillo en los ojos que me dio a entender que se lo estaba pasando pipa poniéndome incómoda.

Había otros elementos que señalaban su inocencia, pero decidí ignorarlos. El hecho de que oliera diferente. No desprendía el aroma limpio a jabón de la otra vez, sino el fuerte y oscuro a cedro y magnolia de una colonia. Sus movimientos también eran más relajados. El Hombre sin Cara acechaba; Josh merodeaba. Lo más condenatorio de todo fue cuando le mandé un mensaje a mi acosador enmascarado con la esperanza de que se iluminara el móvil de Josh, encima de la mesa, y recibí respuesta.

Estoy un poco preocupada por los
planes que has hecho para mí

Planes a corto o a largo plazo?
Los dos deberían preocuparte,
pero de distinta manera

Sonreí y meneé la cabeza.

A corto plazo

Me contestó con el GIF de un malo de dibujos animados riéndose como un loco mientras un relámpago iluminaba el fondo de la imagen. En cuanto levanté la cabeza, Josh llegó a tiempo de tenderme la taza de café. Había estado en la cocina sin móvil, así que debía de ser inocente, ¿verdad?

Mentira. No me tragué nada. Había observado al Hombre sin Cara durante horas sin fin y, nada más ver a Josh, supe la verdad gracias a mi instinto. Lo descubrí en los detalles más sutiles que de otra forma se me habrían escapado.

Y si Josh era tan inteligente como corroboraba Tyler, podría haber previsto que le mandaría un mensaje y haberle pedido a un amigo hacker que respondiera por él, o podría haber averiguado cómo contestarme automáticamente de manera creíble.

Sentí la tentación de hacerle una foto a hurtadillas para enseñársela a Wendy, pero dudé por dos razones. En primer lugar, por la pequeña probabilidad de que estuviera equivocada. ¿Qué iba a decirle a Wendy si, al mostrarle una foto de mi «chico», me miraba con los ojos entornados soltándome que no era el tío al que había conocido? En segundo lugar, era demasiado fácil, casi como si hiciera trampas. Mi estúpido orgullo me empujaba a descubrir su identidad por mí misma. Quería ganar al Hombre sin Cara en su propio juego, y por eso me había detenido en la armería después de salir del piso de Josh y había comprado un dispositivo de rastreo. En cuanto tuviera ocasión, se lo metería al Hombre sin Cara en un bolsillo para ver adónde iba.

Esperaba que fuese al piso de Josh y Tyler, porque quería que Josh fuera el Hombre sin Cara, y punto. Me sentiría menos culpable por cómo había reaccionado mi cuerpo a él. Nada más abrir la puerta y verle la cara, me inundó el deseo. Porque Josh estaba tremendo. Era uno de esos tíos buenos que no se ven caminando entre el común de los mortales. Su cara era más apropiada para la pantalla de un cine o la página de una revista.

Y cuando me sonrió y le asomaron los hoyuelos… Noté que me ponía a ovular. Nadie podría convencerme de lo contrario. Allí estaba yo mirándolo fijamente mientras mis ovarios se ponían la pintura de guerra y empezaban a arrojarle óvulos metafóricos.

No tenía ni idea de cómo había aguantado toda aquella visita sin derribarlo sobre el sofá y arrancarle la sudadera para echar un vistazo a sus tatuajes. Y luego seguir quitándole la ropa hasta tenerlo desnudo debajo de mí.

Joder, necesitaba echar un polvo. Había pasado tanto tiempo desde el último que ya ni los dedos ni el vibrador me saciaban del todo. Esa mañana, después de que se fuese el Hombre sin Cara, me había masturbado en la ducha, pero no había conseguido satisfacerme. Deseaba tener una polla dentro de mí, las manos de otra persona por el cuerpo. Tenía sed de caricias, hambre de piel. Era lo que ocurría cuando alguien pasaba demasiado tiempo sin contacto físico. Sí, a diario tocaba a gente, pero casi nunca me tocaban a mí, y, desde luego, no de la manera que tanto necesitaba.

¿El verbo «necesitar» era lo bastante fuerte como para describir lo que sentía? No me lo parecía. «Ansiar» era mejor, pero tampoco daba en el clavo del todo. Lo que yo quería se acercaba más a la posesión. Quería que alguien se adueñara de mí, de mi cuerpo y de mi alma. El Hombre sin Cara era capaz. Josh también. Por cómo se había apoyado en la encimera de la cocina y me había guiñado un ojo con expresión ardiente, era un hombre que sabía lo que quería, y lo que quería lo excomulgaría de la mayoría de las religiones. En sus ojos había un brillo oscuro pero juguetón que prometía hacer del descenso al infierno la experiencia más divertida que pudiera imaginarme.

La conclusión era clara: hasta que se demostrara lo contrario, el Hombre sin Cara y Josh eran la misma persona. No podía hallar ninguna otra explicación a la atracción tan instantánea y potente que había sentido. Y no solo en mi cuerpo, sino también en mi mente. Habíamos fluido sin problemas. Habíamos conectado como hacía mucho que no conectaba con nadie. No quería que terminase el juego de «Preferirías...» y, cuando le hice atragantarse y pude acariciarle la espalda, fue como estar en el paraíso.

Tocar músculos duros era mi perdición, pero no solo porque fueran bonitos, sino por el gran esfuerzo e intensidad que requería tenerlos tan marcados. Indicaba que esa persona tenía determinación y sabía concentrarse, estaba dispuesta a esforzarse incluso los días en los que no le apetecía. Esa dedicación tenía el potencial de transferirse bien a una relación, porque las relaciones podían requerir más esfuerzo y entrega que cualquier otra cosa.

Si Josh era el Hombre sin Cara, se abría la posibilidad de disfrutar de alguien que me diera duro, que fuera ingenioso, con el que pudiera tener una conversación fluida y en el que quizá incluso encontrara un nuevo compañero de gimnasio, todo junto. Ay, sí, por favor.

Hablando de que me dieran duro... El trabajo había vuelto a ser especialmente complicado, y, si había habido alguna noche en la que había necesitado volver a casa y encontrarme a un tío enmascarado desnudo esperándome en mi habitación, era esa. Lo pensé durante todo el trayecto, que duró más de lo habitual por culpa del hielo que cubría las calles y la necesidad de conducir a paso de tortuga para no resbalar.

¿Qué haría realmente si al abrir la puerta de mi cuarto me encontraba al Hombre sin Cara, sin camiseta y cubierto de sangre de mentira, como si acabara de salir de uno de sus vídeos? Seguramente diría: «Allá que vamos» y me abalanzaría sobre él. Esos tíos enmascarados que hacían vídeos picantes no tenían ni idea de lo salvaje que volvían a la gente. Vale, los comentarios que les dejábamos quizá les dieran una pista, pero fijo que pensaban que era todo de boquilla. Qué equivocados estaban. Cuando esa noche hubiera terminado con el Hombre sin Cara, sería él quien quedaría un poco perjudicado.

La emoción me chisporroteaba en las venas cuando aparqué en el camino de entrada. Miré hacia la calle, pero no vi ningún coche desconocido cerca. Pensé que habría sido listo y aparcado otra vez a unas manzanas de allí.

Fred me saludó con sus maullidos de siempre cuando abrí la puerta. Dejé mis cosas en el umbral, lo cogí en brazos y eché a andar por la casa.

—¿Dónde está? —le pregunté.

Fred me ronroneó con los ojos entornados de felicidad, como si hiciera tiempo que nadie le prestaba atención. Mmm. La cosa no pintaba bien. Si el Hombre sin Cara se encontraba en la casa, ¿no estaría Fred avasallándolo, e ignorándome a mí como el día anterior?

Estrujé a mi gato y luego lo dejé en el suelo para dirigirme a mi habitación, donde era más que probable que encontrase a…

Nadie. En mi habitación no había nadie.

Con el ceño fruncido, me acerqué al armario y lo abrí, en parte preocupada por que el Hombre sin Cara fuera a precipitarse sobre mí de un salto como el muñeco de resorte de una caja sorpresa. Pero no. Tampoco estaba allí. Miré debajo de la cama y luego en el cuarto de baño, y llegué incluso a correr la cortina de la ducha. Pero nada de nada.

La batida que hice por el resto de la casa me confirmó que estaba vacía.

Reprimí una oleada de decepción. Tampoco era que hubiéramos puesto día y fecha para nuestro próximo encuentro...

¿Era su manera de castigarme por haberlo apuñalado? ¿Hacerme creer con mensajes agoreros que estaría ahí y luego no aparecer?

Me pasé una mano por el pelo y me clavé las uñas en la cabeza. ¡Puaj! ¿Por qué las relaciones eran tan confusas? Aunque no teníamos ninguna relación...

No. De ninguna manera. No debía encariñarme con él. Porque ni siquiera había confirmado la verdadera identidad del Hombre sin Cara ni había descubierto lo que se proponía en realidad. Hasta donde yo sabía, mis sueños de pasar más tiempo juntos tumbados en el sofá entre maratones de sexo eran eso, meros sueños. Quizá tuviera pensado aparecer cada pocas semanas, cuando yo menos lo esperara, sumando así un poco de miedo y de sorpresa a nuestros encuentros.

Sonaba divertido, pero también a tortura... No lo del miedo, sino lo de esperar. Apenas lo había saboreado y ya deseaba más. En cuanto tuviera ocasión, lo devoraría entero, saborearía cada lametazo y succión, y le proporcionaría tanto placer que su semen se me quedaría tatuado en el fondo de la garganta.

Negué con la cabeza. Esos pensamientos no me ayudaban. Tampoco la lástima que empezaba a sentir por mí misma. Pasaría lo que tuviera que pasar, y preocuparme por ello no cambiaría nada. Lo que ocurría era que el Hombre sin Cara se había esforzado tanto en convencerme de que podía fiarme de él que pensé que también sentiría la misma ansia voraz que yo.

Suspiré, me aseguré de que las puertas estuvieran cerradas con llave y fui a darme una ducha. Una parte de mí esperaba encontrarlo al salir, pero no. Además de decepcionada, empezaba a sentirme combativa. Solo había una forma de hacer que se arrepintiera de no haber ido a mi casa: vengándome de él.

Eché a Fred al pasillo y abrí el cajón superior de la cómoda.

Entre mis dos vibradores preferidos estaba la cámara que había instalado el Hombre sin Cara en el dormitorio.

Había llegado la hora de enchufarla de nuevo.

El Hombre sin Cara perfectamente podría estar durmiendo, pero esperaba que no y que hubiera activado alguna notificación en la cámara que lo avisara si se encendía, porque estaba dispuesta a devolverle todas las veces que me había pinchado o hecho reír cuando habría tenido que estar cabreada. Y no es que me quejara de lo uno ni de lo otro. En secreto me encantaba.

Vale, joder, vale. Me encantaba y punto, nada de en secreto. Quería más, y me parecía que un toma y daca sería una forma fantástica de conseguirlo.

Enchufé la cámara y la coloqué con la mejor perspectiva de mi cama y luego me quité la toalla para dejar el culo al aire. La luz de mi habitación era tenue, ya que la única iluminación procedía de la puerta entornada del baño, pero bastaba para ver y, sin duda, para que él me viera en la pantalla de un ordenador o de un móvil. Me desenrollé la toalla del pelo y dejé que los mechones húmedos me cayeran sobre los hombros, me enfriaran la piel y me endurecieran los pezones.

Me sonó el teléfono.

Qué estás haciendo?

Me recorrió entera la euforia. Estaba despierto y se había dado cuenta de que la cámara estaba encendida.

Sigue mirando y ya lo verás

Le respondí, y añadí un emoticono guiño y otro de un demonio sonriente.

Enseguida aparecieron en la pantalla los puntos suspensivos de que estaba escribiendo, pero puse el móvil en silencio y lo dejé a un lado. Me había cansado de hablar.

Jamás había hecho nada parecido y me entraron todos los

nervios del mundo. Cogí mi vibrador más grande del cajón y me subí a la cama. Me tomé un buen rato para ir arrastrándome hasta las almohadas. Me recosté sobre ellas, abrí las piernas de par en par hacia la cámara y saqué el lubricante de la mesita de noche. El consolador se las traía y, aunque ya estuviera cachonda, sabía que necesitaría un poquito de ayuda para metérmelo entero.

Vertí una buena cantidad sobre la punta y con la mano embadurné toda la silicona. Era el molde de la polla de un famoso actor porno, aunque seguía pensando que la del Hombre sin Cara era más bonita. Estuve a punto de comentárselo, pero no sabía si la cámara tenía micrófono incorporado; además mi intención era atormentarlo, no hincharle el ego.

A medida que se me aceleraba la respiración, el pecho me subía y bajaba más deprisa. Saber que me estaba observando me excitaba más de lo que me había imaginado. De repente me tocaba añadir el voyerismo a mi lista de fetiches, ya que era algo que iba a querer repetir. O ver a alguien hacer.

Madre mía. El Hombre sin Cara y yo, ocultos en el fondo de una sala oscura y abarrotada mientras alguien en el escenario se daba placer… Seguro que no tardaba ni cinco minutos en subirme la falda hasta la cintura y colocarme en su regazo, de cara al escenario, para que los dos pudiéramos observar el espectáculo mientras él me follaba por detrás.

Me pasé la mano libre por las tetas, me las acaricié y apreté, y me pellizqué los pezones con los dedos de tal forma que saltaron chispas dentro de mí. Con la otra mano aferraba la base del vibrador, colocado en la entrada de la vagina, y lo encendí. La principal fuente de vibración estaba localizada en la base del dispositivo, de donde sobresalía una segunda protuberancia menor que me estimularía el clítoris al metérmelo entero, pero la vibración era tan potente que la mera cabeza del consolador me daba mucho placer.

Apenas acababa de empezar y aquella vez ya iba a ser la mejor de todas en las que me había masturbado recientemente. Sí. Confirmado. A mí no me iba el sexo edulcorado, y a partir de ese momento no me iba a conformar con soserías. Quizá el mundo de grises en el que había estado viviendo tenía menos que ver con mi mentalidad cada vez más oscura y más con la falta de picante en mi vida.

Me introduje la punta del vibrador y noté cómo me abría y me amoldaba para adaptarme a su grosor. ¿Cuánto más iba a tener que abrirme para acoger al Hombre sin Cara? ¿Qué sentiría al estar ensartada en su polla, tan llena que a duras penas podría respirar? ¿Qué sentiría luego, al notar cómo salía de mí, dejándome ansiosa y desesperada, antes de volver a metérmela hasta el fondo con una embestida brutal?

Me temblaron las piernas al imaginármelo. Me pellizqué y me acaricié los pezones antes de introducirme el vibrador otro centímetro, deleitándome con el deseo delicioso y embriagador que me atravesaba todo el cuerpo. Me sentía lánguida y arrobada, pues la oxitocina me desinhibía y me daba ganas de ser más valiente. Más atrevida. Si iba a dar un espectáculo, lo haría como Dios mandaba. A la mierda la vergüenza y la preocupación constantes de que no lo estaba haciendo bien.

Provocarme a mí misma era divertido y provocarlo a él, mejor todavía, pero en esos momentos estaba cachonda y frustrada, y quería un ritmo fuerte, brusco y rápido. Perdí el hilo de todo pensamiento cuando me abandoné al placer.

Cogí una almohada de detrás y me incorporé, hincando las rodillas para poder ponérmela entre ambas, colocar bien el consolador y soltarlo. Bajé el cuerpo del todo y me empalé con la gigantesca polla de silicona.

Vi un montón de estrellitas cuando la punzada de dolor me confirmó que debería haber invertido algo más de tiempo en los preliminares.

«Que les den a los preliminares», pensé. El dolor era bienvenido. Sobre todo porque ya estaba desapareciendo, y lo que dejaba tras de sí era la sensación de estar llena de un modo que llevaba deseando desde que rodeé por primera vez con los labios el grueso pene del Hombre sin Cara.

Me incliné hacia delante, apoyé una mano en la cama y sujeté el vibrador con la otra para poder cabalgarlo. La primera acometida fue de puro placer, tan maravillosa que me detuve y roté las caderas para dejar que el vibrador me rozara el clítoris. Repetí el movimiento, y se me desbocó la respiración. A ese ritmo, no iba a durar demasiado.

La luz del cuarto de baño se apagó, sumiendo el dormitorio en una oscuridad tan absoluta que me imaginé que todo el barrio debía de haberse quedado sin luz.

Me quedé paralizada.

Retumbó por toda la casa un golpe estrepitoso.

Apagué el vibrador.

¿Qué coño había sido?

¿Era el Hombre sin Cara? ¿Estaba allí? ¿O había sido otra persona la que había pegado una patada a la puerta de mi casa?

Me estremecí en la negrura. Las gotas de agua que todavía me resbalaban por el cuerpo me enfriaron la piel, y el deseo se disipó al adueñarse de mí el miedo. Si de verdad había un intruso en mi casa, me encontraba en la posición más vulnerable posible: desnuda y empapada de lubricante.

Necesitaba un arma inmediatamente.

Estaba sacándome el vibrador cuando oí a Fred soltar su maullido de bienvenida. Mi gato no reaccionaba así con nadie, solo conmigo y con el Hombre sin Cara.

Oí otro maullido y luego rompió el silencio una voz grave y gutural, demasiado profunda como para ser natural, así que debía de estar modulada por algún aparato.

—No, Fred. Ahora mismo papá y mamá necesitan pasar tiempo a solas.

Casi me eché a reír. Sentí un alivio muy intenso. «Papá y mamá». Tenía que ser él. Nadie más era tan atrevido.

La puerta de mi habitación se abrió y se cerró a toda prisa. Yo casi no veía nada, solo una silueta enorme que me acechaba en la oscuridad, cada vez más grande conforme se acercaba. La luz del cuarto de baño se encendió de nuevo, y de pronto me encontré cara a cara con mi acosador.

Desprevenida, me eché hacia atrás por instinto, pero el Hombre sin Cara me cogió por el cuello y tiró de mí hacia él. Los ojos negros de la máscara se me clavaron en el alma. Me sujetaba con fuerza. Era imposible escapar.

—No pares por mí —dijo, y mis músculos interiores apretaron la forma del consolador. De todos los moduladores de voz había escogido el que sonaba como si estuviera a punto de gruñirme todo tipo de guarradas al oído, cómo no.

Apretó la mano con la que me cogía por el cuello y tiró un poco de mí hacia arriba. Tuve que alzarme un poco. Vacilé durante medio segundo, sintiendo un agradable estallido de miedo ante la posibilidad de quedarme sin oxígeno. Él inspiró bruscamente y tiró más fuerte. Me alzó y casi todo el vibrador se deslizó fuera.

—¿Vamos a hacerlo? —me preguntó.

No tuvo que explicarse más. Se refería a cumplir por fin la fantasía que compartíamos.

—Sí —contesté sintiendo los latidos frenéticos de mi pulso bajo sus dedos.

Me inmovilizó y volvió a encender el juguetito que yo tenía entre las piernas.

—Nada de palabras de seguridad —rugió—. Si quieres que pare, me lo dices y ya está. No importa cuándo. No importa lo que le esté haciendo a ese coño tan avaricioso y hambriento que tienes. —Me dio un golpecito en el clítoris y solté un grito—. ¿Lo has entendido?

Asentí, paralizada en su agarre.

Me clavó los dedos en la piel.

—Necesito que lo digas, cariño.

—Nada de palabras de seguridad —convine. Me salió un hilo de voz por la mezcla de preocupación y deseo que me invadía. Era muchísimo más grande que yo, y muchísimo más fuerte, a pesar del tiempo que yo pasaba en el gimnasio. Ese tío era capaz de hacerme daño de verdad. De acuerdo, cabía la posibilidad de que me resistiera, pero solo le haría falta un puñetazo bien dado para derribarme.

Nunca me había encontrado en una situación tan vulnerable.

Y nunca me había sentido tan viva, joder.

Con la mano con la que me agarraba el cuello me empujó hacia la cama, y el vibrador se hundió de nuevo dentro de mí hasta la base. Acto seguido volvió a inmovilizarme.

—Mueve esas caderas tan bonitas.

Gimoteando, lo hice. Hostia puta, qué gusto.

—Otra vez —me dijo, y obedecí mirándolo embelesada.

Su carácter juguetón se había esfumado; sus traviesas provocaciones también. El tío que se cernía sobre mí era todo lo que prometía en sus vídeos: exigente, déspota y absolutamente despiadado.

Con la otra mano me metió los dedos entre el clítoris y la protuberancia del vibrador y me apretó el dulce manojo de nervios. Arqueé la espalda ante la oleada de placer que me atravesó.

—¿Estabas intentando castigarme? —me preguntó.

No pude contestar. No podía hacer nada más que quedarme allí sentada, jadeando. La vibración se apoderó de mi cuerpo, desde el clítoris hasta la médula. Pero, como el flujo sanguíneo hasta mi centro de placer estaba casi interrumpido, me resultaba imposible correrme. De hecho, me acercaba cada vez más al clímax y el sudor estaba empezando a empaparme la frente. Notaba la piel electrizada, como si estuviese demasiado cerca de un cable cargado de corriente.

Me apretó el clítoris más fuerte.

—Contéstame, cariño.

—Sí —gruñí—. Me enfadé porque no estabas aquí.

Aflojó un poco los dedos y comenzaron a temblarme las piernas cuando la sangre regresó a mi clítoris. Se me había empezado a hinchar por la presión de su mano, y el placer que volvió a mi cuerpo se multiplicó por la reciente ausencia. Estaba a punto de correrme.

—Tendrías que haber deducido que estaba de camino y haberme esperado —añadió.

Apenas me llegaron sus palabras. Estaba demasiado ocupada

meneando las caderas y apretando desesperadamente el vibrador. A punto. Estaba muy a punto. Solo necesitaba que él dejara de presionarme un poco tanto el cuello como el clítoris, y entonces me…

Me apretó de nuevo, pillándome por sorpresa.

—Soy yo el que debería castigarte a ti —dijo—. Me clavaste un puto cuchillo, Aly.

La vista se me había desenfocado al empezar a perder el control, pero sus palabras me la aguzaron. Sonreí al observar sus ojos negros, y la voz me brotó en forma de jadeo por la presión que me cerraba la tráquea.

—Sí, pero te gustó.

Dejó escapar un gruñido que el modulador de voz volvió animal. Era como si un hombre lobo acabase de entrar en mi habitación.

Me soltó el clítoris, y, al regresar a ese punto el flujo de sangre, empezó a darme vueltas la cabeza. Arqueé la espalda al acercarme más al clímax, pero entonces me apartó la mano del vibrador y me lo sacó del todo. Apenas tuve tiempo de quejarme por la pérdida antes de que me empujase hacia atrás. Me desplomé sobre la cama, y él se colocó encima de mí a horcajadas mientras se quitaba la camiseta. Me levantó por los brazos, me puso la prenda debajo de la cabeza y del cuello, y a continuación se bajó la cremallera para sacarse la polla.

Alargué los brazos, ansiosa, pero él me apartó las manos y cogió el lubricante que yo había dejado tirado en el edredón. Me cayó un chorro sobre el pecho, y esa fue la única advertencia que me dio antes de sujetarme las manos y ponérmelas en las tetas.

—Júntatelas —me ordenó—. Tu primer regalo es ese collar que tanto me has suplicado que te diera.

Me apreté las tetas y le sonreí.

—Veo que has leído mis comentarios.

Soltó un ruido que podría haber sido una carcajada —por culpa del modulador de voz, era difícil saberlo— y embistió entre mis pechos.

Erguí la cabeza y conseguí lamerle la punta antes de que me cogiera del pelo y me echara atrás, inmovilizándome contra la cama.

—¿Qué fue lo que dijiste ayer? —me preguntó—. «No lo estoy haciendo por ti», ¿no?

—Un poco sí que me parece que sea por mí —contraataqué.

Otra carcajada ahogada quedó interrumpida enseguida por un gruñido cuando volvió a embestirme, iniciando un ritmo constante. La cama crujió debajo de los dos. La respiración entrecortada de ambos retumbaba en la habitación y el olor a sexo me inundaba la nariz.

Si pretendía castigarme, no lo estaba consiguiendo. Me estaba encantando notar cómo metía entre mis pechos su miembro caliente, suave y lubricado al usarme para hacerse una paja. Y, la verdad, que me pintara un collar de perlas en el cuello era lo mínimo que podía dejarle hacer después de haberlo cortado. A lo mejor podía encontrar otras maneras de provocarlo para comprobar cuántos de mis comentarios había leído.

—Tus tetas son perfectas —dijo al tiempo que me soltaba el pelo y apoyaba las manos en la cama sin dejar de sacudir las caderas adelante y atrás, cada vez más rápido.

«Todo tu cuerpo es perfecto», quise decirle, pero estaba demasiado hechizada por el espectáculo de tenerlo encima de mí, contrayendo los abdominales y tensando los bíceps. Me apreté más los pechos imaginando que me estaba embistiendo el coño. Con esa polla gigantesca, probablemente me golpearía el cuello del útero con cada acometida. Qué suerte.

Aparté la vista de sus pectorales marcados y vi que me estaba observando, contemplándome mientras me follaba las tetas. Se le aceleró la respiración y se le hinchó más el miembro con una nueva efusión de sangre. Noté cómo se le despegaban los huevos de mi piel al empezar a tensarse. Lo que me estaba haciendo, y lo que estaba sintiendo yo, era tan excitante que tuve que apretar las piernas para saciar mi deseo insatisfecho.

—Quiero sentir cómo te corres —dije, incapaz de seguir callada más tiempo—. Quiero sentir cómo me marcas el cuello donde antes me has cogido con la mano.

—Para marcarte como mía —gruñó.

No era una pregunta, pero la contesté de todos modos.

—Sí. Tuya.

—Joder, Aly.

Con una última embestida, se corrió. Su ardiente semilla se derramó sobre mi piel, su polla latía entre mis tetas y le tembló el cuerpo entero al coger una bocanada tras otra de aire, cambiando de ritmo al abandonarse al placer.

Se estremeció y se quedó inmóvil al terminar, inclinado sobre mí. Aunque yo no había hecho más que sujetarme los pechos para él, me embargó un pequeña explosión de emoción al ver que se había corrido con tanta intensidad que necesitaba un minuto para recomponerse.

—¿Me toca? —le pregunté, incapaz de ocultar las ganas que me teñían la voz.

Su respuesta fue una carcajada malvada. Al principio pensé que se debía al modulador, pero enseguida me di cuenta de que no.

—Que te follen —le espeté.

—Conmigo solo follan las chicas que se portan bien, Aly. Como llevas los últimos cinco minutos maldiciéndome sin parar, creo que está claro que tú no te estás portando bien.

Me salió más veneno por la boca cuando me apoyó el antebrazo entre los hombros para inmovilizarme mientras empezaba lentamente a embestirme de nuevo. Con mi puto vibrador.

Me dio la impresión de que llevábamos una hora así, aunque quizá no fueran más de diez minutos. Una y otra vez me hundía el consolador y me lo dejaba quieto sobre el clítoris hasta que yo veía estrellitas, pero de pronto me lo sacaba para negarme el orgasmo que necesitaba con desesperación. Sentía que me iba a morir de la frustración.

—Por favor —le supliqué.

—En cualquier momento me puedes pedir que pare —me recordó.

No, no podía. Porque entonces ganaría él. Ya había tenido casi todo el poder de nuestra dinámica desde el principio, y me veía incapaz de darle más rindiéndome. Mi terquedad no me lo permitía, y eso seguramente terminase siendo mi perdición.

Me volvió a sacar el vibrador cuando estaba ya a punto, y me brotó un sollozo sin poder evitarlo. El cabronazo tuvo la poca decencia de descojonarse. Que le dieran. Y que me dieran a mí también. A mi yo del pasado, que había leído acerca de la práctica del *edging* y le había parecido divertida.

No era divertido. Era una tortura.

Me revolví debajo de él cuando me extrajo el vibrador y se me quedó el coño apretando la nada. ¿Cómo era posible que le pareciese excitante? Yo estaba roja, sudorosa, con el pelo pegado en la frente y lágrimas cayéndome por la comisura de los ojos, pero sabía que a él le estaba gustando porque se había vuelto a empalmar, con los pantalones aún sin abrochar, mostrando esa polla tan perfecta. Polla que no pensaba darme. Ni siquiera me permitía tocarla. Siempre que intentaba alargar un brazo hacia ella, me daba una palmada en la mano y retomaba la tortura. Ese tío debía de ser un sádico de tres pares de narices si se lo estaba pasando tan bien.

Meneé la cabeza de lado a lado.

—Lo necesito, lo necesito —repetí.

—Chisss —me dijo, y me apartó el pelo de la cara—. Ya lo sé, cariño. Lo estás haciendo muy bien.

Otro sollozo me sacudió el cuerpo. Después de aquello, la excitación ya nunca sería lo mismo para mí. Él me estaba cambiando la forma de ver la vida.

—Prepárate —dijo, y fue el único aviso antes de que volviera a meterme el vibrador hasta el fondo.

Arqueé la espalda, y él volvió a sujetarme el cuello, justo debajo de la mandíbula, para alejar mi cabeza de él mientras algo cálido y húmedo me rodeaba un pezón.

¿Se había quitado la máscara?

Me lamió el pezón con la lengua en el momento en el que el vibrador me rozó el clítoris. Como no parase ya, esa vez sí que no habría nada que me impidiera correrme. Yo notaba que el orgasmo se alzaba como una ola lejos de la costa, ganando impulso a medida que avanzaba por los bajíos, dispuesta a romper en mi interior con la misma fuerza destructiva de un ciclón.

El Hombre sin Cara hizo girar el vibrador para imitar el movimiento de embestida, frotándome el clítoris sin parar con la protuberancia del consolador. Empecé a perder visión en los extremos por culpa de la fuerza con la que me estaba apretando el cuello.

Joder, me estaba dejando sin aire.

Puso la boca sobre mi pezón y me lo sorbió con fuerza mientras aflojaba los dedos del cuello. Cogí una sola bocanada de aire antes de que volviese a apretarme. ¿Cómo era posible que el placer siguiera aumentando? No podía más. Era demasiado. Todo mi cuerpo era un nervio palpitante y, si me llevaba más al límite, el cerebro me iba a pasar factura. No me cabía ninguna duda.

Alejó la boca de mi pecho, y dejé escapar un grito de desesperación.

—Suéltate, Aly —rugió—. Yo te cogeré cuando te caigas.

Acercó enseguida la boca a mi otro pezón y lo sorbió, me estimuló el clítoris con el vibrador y aflojó la mano del cuello lo suficiente como para que los pulmones volvieran a llenárseme de aire. Y fue entonces cuando sacudiéndome, entre sollozos, junté las piernas y le apreté la muñeca mientras me llegaba el orgasmo más espectacular que jamás había experimentado mi destrozado cuerpo.

Fue como si hubiera tenido un cortocircuito en el cerebro. Como si me hubiera muerto. Como si hubiera hablado con el diablo y el diablo me hubiese dicho que estaba orgulloso de lo que acabábamos de hacer.

Y seguro que me desmayé unos segundos, porque cuando volví en mí el Hombre sin Cara me estaba limpiando el cuello con una toalla caliente y diciéndome que al final sí que me había portado bien.

12

Josh

Puede que hubiera llevado a Aly demasiado al límite. Seguro que estaba cansada y emocionalmente agotada después de otro turno horrible en el trabajo, y ¿qué había hecho yo? La había presionado hasta estar a punto de romperse.

No pude evitarlo. En cuanto me sonó el móvil de camino a su casa y vi a Aly dándose placer sin mí, me saltó algo dentro. Y al llegar a su habitación y encontrarla encima del vibrador, con un velo de terror en los ojos que enseguida se convirtió en deseo, me desaparecieron todos los nervios.

Se apoderó de mí una calma que aniquiló cualquier preocupación por la posibilidad de acabar siendo como mi padre. Lo que sentía por Aly no tenía nada que ver con la violencia ni con el dolor, y los recuerdos del hombre que me había engendrado no tenían lugar en ese dormitorio ni derecho a manchar lo que estábamos a punto de experimentar. Los expulsé de mi cabeza de una vez por todas al acercarme a su cama y confiar en mí mismo como para rodear con la mano el delicado cuello de Aly sin preocuparme por ir demasiado lejos o apretar de más.

Aly era perfecta, completamente perfecta. No solo cuando

hizo que me corriera, sino también después, cuando se revolvió bajo mi mano, me llamó de todo y maldijo mi existencia.

Esperaba que no estuviera demasiado cabreada, porque lo que habíamos hecho era satisfactorio a un nivel profundo y primitivo. Habíamos hecho realidad nuestra fantasía compartida de un rollo con máscara de por medio... Pero sin cuchillo, ya que, por las prisas de llegar cuanto antes, me lo había dejado en casa, como un aficionado. Aunque quizá fuera mi subconsciente, que procuró olvidárselo por si Aly volvía a blandirlo. Dos apuñalamientos en días consecutivos habría sido un pelín excesivo.

Un suave maullido interrumpió mis cavilaciones. Al bajar la vista, vi a Fred sentado a mis pies, mirándome mientras esperaba paciente, como el caballero que era, a que le diera otro trozo de beicon. Aunque me hubiese acojonado cuando nos conocimos, ya no me preocupaba que pudiera sentir la repentina necesidad de despellejarlo; le estaba cogiendo cariño.

Sobre todo me encantaba cómo le daba por ignorar a su madre siempre que yo andaba por allí. Principalmente porque Aly se ponía hecha una furia, pero también porque era muy agradable que alguien me eligiera para variar. No recordaba la última vez que alguien me hubiera escogido para algo.

Solícito, partí un trozo de beicon y se lo di a Fred. El gato se alzó sobre las patas traseras, lo cogió y salió disparado para comérselo debajo de una silla del comedor, cual león que arrastra su presa hasta una cueva.

Reprimí una arcada y encendí la campana para que absorbiese el olor a carne chamuscada antes de darle la vuelta al beicon en la sartén y luego remover los huevos de Aly para que no quedasen grumosos.

Cuando se me pasaron las náuseas, me embargó una oleada de satisfacción. Estaba saciado, casi letárgico, y lo único que me apetecía era hacerme un ovillo con Aly bajo las sábanas y dormir una semana entera. Lo malo era que nunca había llevado tanto tiempo la máscara, y tampoco la había usado para hacer algo tan extenuante como una cubana y luego atormentar a esa mujer con la que estaba obsesionado. Había subestimado lo mucho que sudaría y picaría el tejido interior de la máscara. Como no me la quitase pronto, me iba a salir urticaria.

Captó mi atención un movimiento, y eché un vistazo a mi móvil que, apoyado en el alféizar de la ventana, me mostraba la cámara instalada en el dormitorio. Era incapaz de dejar de observarla. Aly acababa de salir del cuarto de baño después de darse la segunda ducha de la mañana, con ese cuerpo tan voluptuoso suyo enfundado en una toalla.

Después del orgasmo se había quedado tan hecha polvo que tuve que ayudarla con la primera ducha, sujetándola mientras le abría el grifo. La acaricié y la alabé mientras esperábamos a que se calentara el agua. Odié tener que abandonarla allí y no poder ducharme con ella por culpa de la máscara. Esperaba compensar la ausencia preparándole el desayuno.

Aly se ciñó bien la toalla alrededor del cuerpo. Las ganas que me entraron de correr a arrancársela fueron enormes, pero sabía de primera mano que el cuerpo necesitaba descansar después de un *edging* como el que le había hecho, así que me contuve y me dispuse a seguir cocinando, pero entonces vi la cara de mala que ponía.

«¿Qué estás tramando, cariño?», me pregunté al ver que se dirigía hacia el bolso y sacaba una cajita marrón.

Se acercó a la puerta de puntillas, la cerró con suavidad y corrió el pestillo. ¿Se había olvidado de la cámara? ¿O pensaba que no la estaría observando, solo por tenerla al otro lado de la puerta? Si era lo segundo, estaba claro que había subestimado mi obsesión.

Removí los huevos sin prestarles mucha atención mientras vigilaba a Aly, que abría la cajita y sacaba de ella algo plateado; estaba demasiado lejos de la cámara como para ver de qué se trataba. Presionó lo que seguramente sería un botón de encendido y luego se acercó a la mochila que yo había dejado en la butaca del dormitorio y lo metió en el bolsillo delantero.

La sonrisa de satisfacción que tenía en la cara cuando se acercó a descorrer el pestillo era sumamente diabólica. Qué cabrona. Estaba dispuesto a apostar mucho dinero a que Aly acababa de ponerme un dispositivo de rastreo en la mochila.

Ay, qué bien me lo iba a pasar. Ya sabía que Aly era una digna rival en el juego que nos traíamos entre manos, y me enorgullecía que hubiera estado a la altura del desafío tan rápido. Pero ¿qué iba a hacer yo con su dispositivo? Podía introducirlo en una bolsita de plástico y lanzarlo al río. Podía atarlo a una rata de alcantarilla y dejar que Aly creyese que su acosador vivía bajo tierra como el «pueblo topo» que se rumoreaba que habitaba bajo la ciudad. O podía…

Joder, se había quitado la toalla. Aly estaba desnuda. A menos de veinte metros de mí. Desnuda.

Hinché el pecho cogiendo aire. Toda la sangre del cuerpo se me fue directa a la polla y me empalmé al instante. También me mareé un poco. Hostia, necesitaba una pantalla más grande que la de mi móvil para apreciar a Aly en todo su esplendor. Vale, sí, la había visto así hacía menos de media hora y desde mucho más cerca, pero la habitación estaba casi a oscuras, y adivinarla en la penumbra no tenía nada que ver con esa visión de su cuerpo bañado por la luz dorada del amanecer. Parecía una diosa recién salida del panteón de los antepasados, curvilínea y fuerte; y encajaría igual de bien en un estadio olímpico que en una playa del mar Jónico tomando el sol.

El beicon crepitó y me sobresaltó. Al bajar la vista comprobé que se había hecho un poco de más. Lo puse encima de un plato con papel absorbente. Los huevos de Aly también estaban listos, y ya me había cansado de que estuviéramos separados, así que los serví en otro plato junto a los gajos de naranja y la tostada que ya tenía hecha, cogí un tenedor y me dirigí al dormitorio.

Cuando abrí la puerta, se estaba poniendo un pijama a rayas azules y blancas. Ver que los pechos que hacía unos instantes había marcado con mi pene desaparecían debajo de la tela fue como presenciar un incendio que dejaba en ruinas mi bar preferido.

Aly tenía que estar desnuda. Siempre. Buscaría la manera de llevármela a una cabaña aislada en el bosque y luego esconderle toda la ropa. Me aseguraría de que tuviera una manta con la que taparse y llenaría la chimenea de leña hasta que hiciera un calor sofocante en el interior y no pasara frío. Así a lo mejor no se enfadaba demasiado conmigo y decidía participar en todos los juegos divertidos a los que podríamos entregarnos durante un largo fin de semana de desnudez.

Sí. El plan sonaba excelente.

—¿Es para mí? —me preguntó Aly.

—Qué va. Lo he traído aquí para comérmelo delante de ti y burlarme del hambre que tienes.

Entornó los ojos.

—Después de lo que acabas de hacerme, me inclino por tomármelo al pie de la letra.

La alcancé con tres grandes zancadas y la estreché contra mí, con el plato a cierta distancia para no tirar nada. Supe que no estaba enfadada de verdad por cómo me acogió. Me rodeó la cintura con los brazos y apoyó la mejilla en mi pecho.

—Has estado perfecta —le dije pasándole un brazo por los hombros y apretándola contra mí.

—Estaba hecha un desastre sudoroso —dijo estremeciéndose—. Medio me esperaba que ya no estuvieras aquí al salir de la ducha.

Intenté darle un beso en la coronilla, y estuve a punto de soltar una maldición cuando el modulador de voz que había pegado en la máscara me chocó contra los dientes. O encontraba una solución mejor, o aquello no iba a durar.

—Estabas preciosa —le aseguré—. Y, al final, ¿ha merecido la pena?

Se apartó de mi abrazo y enarcó una ceja.

—Si te digo la verdad, todavía no lo sé. No sé si suplicarte que no me lo vuelvas a hacer nunca más o que me lo hagas ahora mismo. —Dirigió la vista a mi entrepierna.

Y, cómo no, se me puso dura otra vez.

—Avísame cuando lo hayas decidido —respondí ignorando el deseo que me abrasaba y que me exigía que la tumbara en la cama, enterrase la polla en su coño prieto y ardiente, y la follase hasta que se olvidara de todos los tíos con los que hubiera estado. Quería que en la lengua tuviese mi nombre y solo mi nombre, quería beberme todos los gritos futuros de placer que salieran de ella.

Joder, estaba pilladísimo. Y, por cómo Aly miraba con ojos desenfocados mi evidente erección, no era el único que estaba a punto de actuar al respecto.

Puse la comida entre los dos.

—¿Desayuno?

Aly tardó unos segundos en procesar esa palabra y en dirigir la vista al plato.

—Ah. Sí. Gracias.

Me lo quitó de las manos y se sentó con las piernas cruzadas en la cama revuelta. La misma en la que hacía poco yo la había inmovilizado. La misma que debería dejar de mirar si tenía alguna esperanza de marcharme de esa casa y permitirle dormir las horas que tanta falta le hacían.

Di media vuelta y fui a buscar el beicon y la manzanilla.

Cuando volví a la cocina, en el plato solo había dos lonchas. ¿No había preparado tres? No podía ser. ¿Dónde había ido a parar la que faltaba? Empecé a mirar alrededor preguntándome si se me habría caído del plato o si me habría olvidado de sacarla de la sartén. Estaba convencido de haber hecho tres.

Un ruido de masticación atrajo mi atención hacia el comedor, donde Fred, acurrucado debajo de la mesa con ojos culpables, estaba devorando lo más rápido posible la loncha de beicon que faltaba.

—Serás ladrón —exclamé mientras me agachaba para quitársela. Aunque no sabía gran cosa de animales, esa cantidad tan grande de grasa en un cuerpo tan pequeño no podía sino provocar unas acrobacias intestinales indeseadas, y no me pareció que a su madre le fuera a hacer ninguna gracia encontrarse al despertar la casa llena de diarrea de gato, y todo por culpa mía, su padre.

Tiré el trozo extraviado a la basura y cogí el resto del desayuno de Aly.

—¿Qué ha hecho Fred? —me preguntó cuando regresé al dormitorio.

—Nuestro angelito no ha hecho nada de nada, y me parece fatal que insinúes que es culpable de algo —respondí mientras dejaba el plato de beicon a su lado y le daba la manzanilla.

Aly negó con la cabeza, pero supe que estaba conteniendo una sonrisa por cómo apretaba los labios.

Solté un suspiro de alivio, contento de haber vuelto a un terreno más seguro y antagonista. No era que no me quisiera follar a Aly —de pie, sentados, de lado, a cuatro patas, contra la pared—, era que había otra cosa que me refrenaba, además de su necesidad de descanso y recuperación. No me parecía bien del todo acostarme con ella antes de que conociera toda la verdad sobre mí. No solo quién era, sino de dónde venía.

Después de la novia que tuve en el instituto, no le había hablado de mi padre a ninguna pareja. Todas mis relaciones terminaban justo cuando me daba la impresión de que nos acercábamos demasiado a esa información. Por eso las había empezado todas con la idea de que durarían poco. Sin embargo, con Aly no era así. Ya no se trataba solo de un rollete con fetiches. En la última semana había empezado a sentir cosas por ella, y, aunque hubiese pasado tiempo desde mi última relación de verdad, sabía que iniciar una con mentiras de base era una forma segura de dirigirse al fracaso absoluto.

Pero eso no quería decir que estuviera preparado para dejar de jugar con ella. Nuestro juego acababa de comenzar y, por mucho que quisiera quedarme allí y contemplarla mientras dormía, tenía ganas de planear lo siguiente y ver cómo reaccionaba.

—Oye —dije agarrándola por la barbilla para que me mirase a los ojos.

Su expresión se suavizó y se transformó en algo que, según mi mente traicionera, era deseo.

—Dime.

—Me voy a ir para que puedas comer y dormir tranquila.

Se le cayó el alma a los pies, y supongo que no tendría que haberme sentido tan victorioso al presenciar su clara decepción, pero no pude evitarlo. Aly no quería que me marchase. Genial. Quizá no fuese una declaración de amor eterno, pero me pareció el primer paso en esa dirección.

Me incliné y apoyé mi frente enmascarada en la suya.

—Lo de antes iba en serio. Has estado perfecta. Ha sido la cosa más sexy que he visto en mi puta vida, y la próxima vez que tenga la oportunidad encontraré la manera de conseguir que te corras más fuerte todavía.

—¿No será algo peligroso? —dijo abriendo mucho los ojos.

—Solo hay una forma de descubrirlo. —Me reí—. ¿Te interesa?

Soltó un suspiro entrecortado y me sonrió.

—A la mierda. Sí, me interesa.

—Bien. Nos vemos luego, cariño.

Me di la vuelta para irme, pero, para sorpresa mía, Aly me cogió la mano.

—Espera un segundo. Quiero comprobar que se te está curando bien.

—Lo de la infección era coña —dije.

—Ya lo sé —dijo fulminándome con la mirada—. Pero no me lo perdonaría si no me asegurase y pasara algo.

Me estremecí cuando me retiró la venda y tocó la zona que rodeaba la herida, comprobando el estado de la piel. Luego inspeccionó los puntos de cerca.

—No pinta mal. ¿Has seguido las instrucciones que te di?

—Sí, señora.

Me soltó la mano meneando la cabeza al mismo tiempo.

—Pues supongo que ya te puedes ir.

Recogí la mochila de la butaca, pero no pude contenerme y, antes de encaminarme a la puerta, le pasé un mechón de pelo detrás de la oreja. Me resultaba imposible estar tan cerca de ella y no tocarla.

—Cuida de nuestro hijo en mi ausencia —dije obligándome a alejarme—. Y no le des más beicon. Ya ha comido suficiente.

Su carcajada me siguió cuando salí por la puerta.

—¡Menudo creído eres!

En el umbral, me di la vuelta para tener la excusa de observarla una última vez, sentada en la cama con aquel pijama recatado, balanceando en el regazo la comida que yo le había preparado, la melena oscura suelta por los hombros y la luz del sol colándose por las rendijas de la persiana.

—¿Creído? —repetí—. No. Es que me he dado cuenta de cómo me miras y he decidido no resistirme al hecho de que soy tuyo. Es inevitable.

Me lanzó una almohada a la cabeza.

Me reí y salí de su habitación. Me paré a despedirme de Fred, apagué la cámara de la puerta delantera y me fui.

Nada más salir me quité la máscara y cogí la primera bocanada de aire limpio en casi una hora. Dios, qué maravilla. Iba a frotarme la cara hasta dejármela al rojo vivo al volver a casa, porque de lo contrario seguro que terminaba saliéndome alguna erupción.

Me calé la capucha de la chaqueta para que Aly no me viese si decidía echar un vistazo por la ventana, le di la espalda a su casa y recorrí el camino de entrada. Paré para saludar a la vecina de al lado, Wendy, que estaba cogiendo el correo.

Al cabo de diez minutos me encontraba en mi coche, rumbo al centro. Había colocado en el salpicadero el móvil, en cuya pantalla se veía a Aly sentada en el centro de la cama, junto al desayuno a medio comer y el portátil abierto, observando fijamente la pantalla para rastrearme. Sonreí y le di una palmada al dispositivo que me había metido en la mochila. Suerte que había estado vigilándola, porque si no habría caído en su trampa.

Por eso había que estar siempre atento con las mujeres. Nunca tramaban nada bueno, invadían tu intimidad, violaban los límites que hubieras marcado con ellas y se pasaban por el forro cosas como las normas sociales o las leyes. ¿Qué sería lo siguiente? ¿Entrar a la fuerza en mi casa?

Me reí de mi chiste malo y giré a la derecha para avanzar hacia el este varias manzanas antes de torcer a la izquierda. Seguí en dirección norte dos manzanas más, mirando el mapa para saber cuándo hacer un cambio de sentido y regresar a la calle en la que había girado. La enfilé de nuevo y puse rumbo al este a lo largo de dos manzanas más para trazar en el mapa una letra «L», luego torcer a la izquierda cuando tocaba, ir hacia el norte de nuevo a lo largo de dos manzanas y por último girar más veces a la izquierda hasta formar la letra «O».

—¿Qué coño está haciendo? —preguntó Aly arrimándose a la pantalla del ordenador.

Me estaban ya doliendo los músculos de la cara de tanto sonreír. Conocía la marca del dispositivo que Aly me había endosado y sabía que iba dibujando el recorrido, por lo que, en cualquier momento, Aly se iba a dar cuenta de lo que me traía entre manos.

Fred saltó a su lado en la cama cuando giré a la izquierda en otra calle, pero ella lo interceptó antes de que el gato pillara el trozo de beicon que Aly no se había comido.

—¿Se huele que lo estoy siguiendo o algo? —preguntó—. ¿Intenta despistarme?

Giré de nuevo a la izquierda y, dos manzanas más adelante, hice un cambio de sentido para enfilar la misma calle que acababa de recorrer.

—No… —musitó Aly.

Me temblaban los hombros al intentar contener las carcajadas.

Aly agarró el portátil y lo zarandeó, sobresaltando a Fred.

—Pobre de ti como gires a la izquierda.

Giré a la izquierda, pisé el acelerador y abrí la ventanilla para lanzar su dispositivo de rastreo a la calle; así podría observar a gusto las tres letras que había escrito en las calles para ella.

—¿«LOL»? —gritó—. ¿Te estás cachondeando de mí, hijo de puta?

Bendije a los urbanistas que habían dispuesto esas calles en cuadrícula para permitirme hacer lo que acababa de hacer. Que yo recordara, no me había sentido más orgulloso de mí mismo en toda mi vida. Si moría al día siguiente, me iría al otro barrio feliz por haberle tomado el pelo de una forma tan perfecta.

Aly irguió la cabeza y miró fijamente a cámara.

—Me cago en todo. ¿Me estaba espiando mientras me preparaba el desayuno? —Saltó de la cama y se dirigió hacia la cámara—. ¿Pero por qué? Si solo nos separaba una pared... Un momento. ¿Me estás observando ahora mismo? Seguro que sí. —Se agachó para mirar al objetivo, gesto que, para felicidad mía, me regaló una vista excelente de su cuerpo bajo el pijama.

«Hola, tetas. Os echaba de menos».

—Fijo que ahora mismo estás muy orgulloso de ti mismo, Josh —añadió Aly.

Alcé la vista para mirarla a los ojos. Mierda.

—Crees que no sé quién eres, pero sí que lo sé —dijo furiosa—. No me he tragado ninguna de tus chorradas. De hecho, lo único que has hecho es confirmar mis sospechas. He intentado ir por las buenas y ganarte en tu propio juego, pero a la mierda. Tú no juegas limpio, así que yo tampoco. ¿Sabes qué? Ayer, mientras te acariciaba la espalda, te cogí de la ropa unos cuantos pelos, y, si crees que no voy a hacer una prueba de ADN para contrastarla con las vendas ensangrentadas que he guardado en el congelador, estás muy equivocado. —Me guiñó un ojo—. Hasta luego, cara bonita.

La pantalla se volvió negra cuando desenchufó la cámara.

Vaya, era una caja de sorpresas.

Desafortunadamente para Aly, la sudadera la había sacado del cesto de la ropa sucia de Tyler por si era tan retorcida como yo y tramaba algo parecido a lo que acababa de contarme.

Iba a cabrearse mucho cuando el ADN no coincidiera.

Me pasé el resto del trayecto a casa riéndome como un maniaco, imaginando la gama de emociones que mostraría su rostro cuando se diera cuenta de que o bien se había equivocado o, peor aún, que yo había sido más listo que ella otra vez.

13

Aly

—¿Cómo que los resultados van a tardar una semana? —protesté.

Estaba en la tercera planta del hospital, en el laboratorio clínico-forense, pidiendo un favor.

Veronica, la técnica de laboratorio, era una mujer latina de ingenio rápido que llevaba el pelo teñido de rosa neón. Sostenía en la mano las dos bolsitas que le había llevado.

—Me has dado tres pelos que quizá contengan, o quizá no, raíces viables, y unas cuantas gasas con sangre. No me estás pidiendo una prueba de paternidad totalmente automatizada que pueda facilitarte en cosa de una hora, Aly. Tengo que seguir todo un procedimiento de esterilización, cuantificación, amplificación y electroforesis capilar si quieres que los resultados sean rigurosos, y te voy a colar entre otras pruebas. —Dejó las bolsitas en el mostrador y me miró con rostro inexpresivo—. A lo mejor no te has dado cuenta, pero tengo muchísimo trabajo.

Hice una mueca. Sabía de sobra que nuestro laboratorio de análisis estaba saturadísimo. Vern y sus compañeros tenían que procesar un montón de pruebas, incluidos análisis forenses de víctimas de agresión sexual. De repente me sentí fatal por colarme, pero la verdad era que no me había dado cuenta de cuánto trabajo le iba a suponer a Veronica lo mío. Había creído que sería cuestión de meter mis muestras en una máquina y, piiip, estarían los resultados.

Fui a coger las bolsitas. Ni de coña iba a permitir que mi deseo de llevarle ventaja a Josh pasara por delante de la necesidad de identificar a un violador.

—He cambiado de opinión. Olvida lo que te he pedido.

Vern, con su maquillaje impecable de chica *pin-up*, me apartó la mano y me miró arqueando una ceja perfectamente delineada.

—Demasiado tarde. Ahora tengo curiosidad. ¿Me vas a contar de qué se trata?

—Digamos que es sobre un chico que me gusta —le contesté.

—¿Crees que te está mintiendo o algo? —preguntó enarcando las dos cejas—. Tengo entendido que Greg, el de conserjería, conoce a gente de la mafia. A lo mejor puede pedirles que lo hagan desaparecer.

Me obligué a reír intentando aparentar naturalidad. Greg era un tío desgarbado de origen irlandés e italiano con el pelo negro y la piel pecosa. Tenía cara de niño, pero también era un ligón incorregible, y en la cena navideña del hospital había seducido a Vern. Y fijo que tenía contacto con alguna mafia.

Vern y yo nos llevábamos tan bien que me daba la sensación de que podríamos ser superamigas si tuviéramos tiempo libre para cosas como la amistad. En el último mes solo la había visto un puñado de veces, pero sabía que estaba colada por Greg porque encontraba la manera de mencionarlo por lo menos una vez en cada conversación que manteníamos. Y eso significaba que yo debía dar con la forma de cargarme ese encaprichamiento. Y rápido. Vern era buena persona y no necesitaba relacionarse con escoria.

—¿Greg? —dije—. Mallory me contó que les puso los cuernos a sus últimas tres novias.

Vern hizo una mueca.

—¿En serio?

—Sí. Y encima iba presumiendo de ello.

—Buf. Pues no he dicho nada —musitó mientras se acercaba la bolsita con las vendas que había quedado encima del mostrador.

—Vern, no. No te puedo pedir que me hagas el favor. —Intenté meter la mano por debajo de la suya para recuperar mis muestras, pero ella las cogió y se las puso a la espalda.

Me miró muy seria.

—Te he dicho que ya es demasiado tarde. Ahora ya estoy interesada. Y borra esa cara de culpabilidad. Haré las pruebas cuando tenga un descanso; así no te dará la impresión de que te estás colando.

Arrugué la nariz.

—Pero entonces te voy a dejar sin descanso.

—Aly —dijo cogiéndome el brazo con la mano libre—, no pasa nada por ser egoísta de vez en cuando. Lo sabes, ¿verdad?

—¿Sí? —respondí procurando no retorcerme ante la fijeza de su mirada.

Me zarandeó el brazo.

—Dilo con más convicción.

—Sí —repetí. Seguía sonando más a pregunta que a afirmación.

Vern me soltó y resopló.

—Ay, las enfermeras de traumatología, con ese corazón que no os cabe en el pecho. —Se volvió para pulsar el botón de una máquina, y empecé a valorar la posibilidad de robarle las bolsas y echar a correr, pero en ese momento se dio la vuelta y me pilló con la mano extendida. Su mirada impertérrita me lo dijo todo—. Ya vale. Lárgate.

Me dirigí a la puerta con la cabeza gacha.

—Gracias.

—De nada. Ya te avisaré cuando tenga los resultados —replicó haciéndome señas para que me marchase.

Salí del laboratorio sintiéndome algo desanimada y bastante culpable. Sí, quería los resultados, pero no me gustaba la idea de robarle tiempo a Vern. Sabía lo sagrados que eran los descansos cuando uno está de curro hasta arriba, y el laboratorio de análisis estaba tan corto de personal como el grupo de enfermeras.

Me sonó el móvil en el bolsillo cuando bajaba las escaleras. Sabía sin mirarlo que sería Josh, y una parte de mí se resistía a leer el mensaje en público por si me mandaba algo especialmente fuerte. El cabrón sabía cómo pincharme para hacerme soltar tacos y palabrotas, y no quería ofender a nadie que pudiera oírme.

Saqué el teléfono tan pronto como entré en la sala de descanso. Pues sí, era Josh.

> Del 1 al 10, cuánto te molestó lo del
> rastreador?
> El 1 quiere decir que necesitas uno o dos días
> para que se te pase el cabreo, y el diez, que hay
> que redactar un acuerdo de custodia
> compartida para Fred

Siempre me arrancaba una sonrisa… No tenía ni idea de cómo lo lograba: primero me tocaba las narices y luego me decía algo que me provocaba carcajadas. Nunca había conocido a nadie como él, y su personalidad era adictiva justo por eso. No había que tirar de mucha imaginación para visualizar una vida en la que, al volver a casa después de un turno horrible, él consiguiera de alguna forma convertir mis lágrimas en risas.

> Pues un 3.
> Que quiere decir que necesito unos cuantos
> días para replegarme y urdir mi siguiente plan
> de ataque

Mentira. Lo que de verdad necesitaba era tiempo para reflexionar sobre lo que estaba empezando a sentir por ese tío. ¿Un rollete oscuro? Genial. Estaba permitido. Todos follábamos de vez en cuando con desconocidos. Sin embargo, querer más con el hombre que a) había entrado en mi casa, b) había entrado en mi coche y c) estaba vigilándome a todas horas tenía que ser el colmo de la estupidez.

Pero el caso era que yo no me sentía como una idiota. Me sentía… bien. Él había tenido muchísimas oportunidades de hacerme daño, y no lo había hecho. Hasta el momento, tan solo me había mejorado la vida. La comida, lo de limpiarme la nieve, el trayecto en coche hasta casa cuando estaba demasiado cansada para conducir, los sistemas de seguridad, el mejor orgasmo de mi vida… Vale, sí, me sacaba de quicio la mayor parte del tiempo y era un cocinero pésimo —el beicon estaba crudo en el centro, y dejé de comer los huevos después de sacarme el tercer trocito de cáscara de la boca—, pero ningún tío era perfecto.

Me daba miedo estar encariñándome demasiado, y demasiado rápido. Se había colado en mi casa hacía solo unos días, pero, desde entonces, me había pasado prácticamente cualquier momento libre que había tenido obsesionándome con él o estando con él. Si debía regirme por la decepción que había sentido al volver a casa el día anterior y no encontrarlo allí, ese hombre tenía potencial para herir mis sentimientos. Le eché la culpa al tiempo que había pasado mirando de forma compulsiva sus vídeos; era como si llevara formando parte de mi vida mucho más tiempo, como si hubiéramos tenido una extraña relación sexual unilateral desde antes de Halloween.

Por fin comprendía a las protagonistas de las novelas románticas de deportes. Normal que dijeran «Te quiero» tan pronto; sus sentimientos hacia los jugadores famosos habían empezado meses, a veces años antes de conocer en persona a sus ídolos.

Resoplé al recordar los inicios de lo nuestro y no pude por menos que imaginarme a alguien preguntándome al cabo de los años cómo nos habíamos conocido Josh y yo. Por alguna razón, «Forzó mi coche a las tres de la madrugada y me esperó allí con una pistola y un cuchillo» no parecía una respuesta muy romántica, por mucho que añadiese lo del asiento calefactado y la comida para picar.

Me sonó el móvil y vi que había otro mensaje.

Perdona si me he pasado.
Tanto con el LOL como antes

Estupendo. Lo único que había conseguido era que se preocupara por si se había pasado de la raya y me había ofendido o me había presionado para hacer una práctica sexual para la que no estaba preparada. Eso me pasaba por andarme con evasivas.

Respiré hondo y empecé a escribir tratando de sonar madura.

No hace falta que te disculpes, y no te has
excedido. Solo intento protegerme

Nunca te haría daño, Aly

Suspiré. ¿Por qué tenía que ser tan encantador? A mi estúpido corazón, frágil y hambriento de amor, se le daba fatal la supervivencia, y ese tío estaba derribando las pocas defensas que yo había erigido alrededor de él.

Quizá no intencionadamente.
Pero yo te he estado observando mucho más
tiempo que tú a mí

Joder. ¿Cómo se lo podía decir sin revelarle demasiado de mis sentimientos?

Y me preocupa que para ti esto solo sea
satisfacer una fantasía

No lo es.
Mira luego mi vídeo. Y tómate algo de tiempo si
lo necesitas.
Pero que quede clara una cosa, Aly

Solo te voy a dejar unos cuantos
días de margen.
Cuando pasen, voy a ir a por ti, cariño,
estés o no preparada.
Y hasta entonces te estaré vigilando

Vaya, aquello apenas sonaba ominoso. Y no era lo más sexy que había leído en mi vida ni nada. Si tenía las bragas mojadas no era por lo cachonda que me había puesto, sino porque de pronto había desarrollado incontinencia, y ese era el argumento que pensaba defender a capa y espada.

No sabiendo qué responder al mensaje de despedida de Josh, guardé el móvil en la taquilla y me alejé unos pasos, como si acabara de meter allí una bomba. Fue entonces cuando Tanya entró en la sala, por supuesto.

—¿Todo bien, Aly? —Se quedó con el brazo extendido, sujetando la puerta, y pasando la vista de mi taquilla a mí—. No has vuelto a dejar comida india ahí dentro, ¿verdad?

—No, no —negué—. ¡Y solo me pasó una vez!

Entró del todo y dejó que la puerta se cerrara tras ella.

—Sí, pero esa vez bastó para que hubiera que despejar toda la planta. Cuatro días, Aly. Cuatro días de curri podrido en pleno verano, y la semana en que el aire acondicionado se puso a hacer de las suyas. Seth tuvo que entrar con equipo de protección personal para sacar la comida. —Se estremeció—. Todavía tiene pesadillas, el pobre.

Meneé la cabeza, agradecida por el tono de guasa que empleaba Tanya y la distracción que me proporcionaba aquella anécdota.

—Ya le pagaré la próxima sesión de terapia.

Tanya se dirigió a la cafetera.

—Nuestra terapia es gratuita.

—Vale, pues ya le compraré una botella de vino —resolví, uniéndome a ella.

Técnicamente, faltaba media hora para que empezara nuestro turno, pero Tanya y yo siempre llegábamos pronto para tantear el terreno. Hablábamos unos minutos y nos poníamos al día con nuestra vida —casi siempre con la suya, porque era la que tenía marido e hijos— antes de ir a la enfermería a que nos contaran los cotilleos del día y enterarnos de qué pacientes íbamos a heredar.

En mi mente no dejaban de repetirse las palabras de despedida de Josh, y solo cuando alguien me dio un golpecito en las costillas y me preguntó si estaba prestando atención, me di cuenta de que había desconectado. Sí, estaba enchochada. Con suerte, en los próximos días encontraría una forma de protegerme el corazón.

Varias horas más tarde mis esperanzas se chamuscaron por completo al ver su último vídeo. Era más oscuro que de costumbre, no solo por la iluminación, sino también por el tono, con una música de fondo inquietante y sin letra. Aparecía sin camiseta, y el vídeo comenzaba con él cogiendo el móvil como si estuviera rodeando con la mano el cuello de alguien —el mío—. En el siguiente plano se lo veía cerniéndose sobre la pantalla, aferrando con una mano algo por encima de la cabeza. Llevaba unos vaqueros negros desabrochados en los que metía una mano como si estuviera a punto de sacarse la polla… y volver a follarme las tetas. Después la cámara hacía una panorámica en la que aparecía tumbado de costado, apoyando la cabeza en una mano; la otra desaparecía de la pantalla dejando ver las deliciosas flexiones del antebrazo, que se movía como si estuviera follándome de nuevo con el vibrador.

Era el vídeo más abiertamente sexual que había publicado hasta la fecha, y al darme cuenta de que recreaba lo que habíamos hecho por la mañana, me sentí desesperada por que llegara la segunda parte. Qué retorcido era el tío. «Claro, tómate tu tiempo, Aly, pero te voy a torturar con mi ausencia hasta que recobres la cordura». Me entraron ganas de ser rebelde, de aguantar hasta que a él se le terminara la paciencia y fuese a por mí.

Joder, qué plan tan estupendo. Sí, había decidido hacer eso. Y… Un momento. En el vídeo había otro pie de foto.

Casi solté el móvil al verlo, y me quedé sin aire de lo instantánea que fue la carcajada que solté. Decía: «Papá y mamá a solas». ¿Cómo? ¿Cómo era posible que estuviera tan cañón y fuese tan gracioso al mismo tiempo? Era inconcebible. Seguro que se suponía que un aspecto tenía que anular el otro, y que me tocaba o bien estar cachonda o bien divertida, pero no las dos cosas al mismo tiempo.

Me puse a mirar la sección de los comentarios. No decepcionaban.

MADRE MÍA, está casado???
Esto demuestra que los buenos ya están pillados
Ya sabía yo que si lo llamaba papi era por algo.
@aly.aly.oxen.free TÍA, HAS GANADO
Vale, pero cómo le vas a contar a tu mujer que este vídeo me ha dejado embarazada?
Aceptáis solicitudes para una tercera persona?
Si mi futuro marido no se le parece, no lo quiero
No sabía que quería tener hijos hasta que me he imaginado a este tío acunando a un bebé

Metí el móvil en la taquilla a toda prisa. No. Ni hablar. No necesitaba que la imagen que evocaba el último comentario me inundase la cabeza.

Ay, Dios. Demasiado tarde. Visualicé a un Josh de metro noventa y algo, musculoso, tatuado y sin camiseta, acunando a un bebé en brazos. Noté que los ovarios empezaban de nuevo a dar saltos de alegría, abrían las compuertas y chillaban «VAMOS, VAMOS, VAMOS» mientras soltaban todos los óvulos por mi cuerpo. Si en el futuro inmediato me acostaba con ese tío, íbamos a tener que duplicar los anticonceptivos.

Me sonó el busca, y me alegró disponer de una excusa para salir de allí antes de que me diera por desarrollar un nuevo fetiche por la maternidad.

Los siguientes días parecieron pasar tanto volando como superlentos, y tuve la sensación de encontrarme en un túnel del tiempo. Retomar mi rutina habitual fue muy raro, aunque tampoco era que la hubiera roto durante tanto tiempo. Una parte de mí esperaba que Josh no respetase mi petición de espacio, pero en la línea del tiempo de las cámaras de seguridad no aparecía ninguna interrupción que indicase que él las hubiera hackeado y hubiera vuelto a entrar. Sin contar con el vídeo nostálgico que publicó durante mi turno del jueves por la noche, rematado por una balada triste de los años ochenta, no había intentado ponerse en contacto conmigo.

Los comentarios de ese vídeo no tenían desperdicio. Muchos se preguntaban si papá y mamá habían vuelto a discutir. Desde que Josh me había «señalado», yo había recibido casi diez mil peticiones de seguidores, lo que dejaba claro el alcance del que disfrutaba Josh en internet. Normal que tuviera un ego tan descomunal. Todo ese poder se le había subido a la cabeza.

—Hola —dije al reunirme con Tanya, Brinley y otras enfermeras en nuestra zona de la planta. Por lo general pasaba el tiempo libre en la sala de descanso bebiendo café, pero en esos momentos no me fiaba de estar cerca del móvil.

Un coro de saludos me dio la bienvenida. Estábamos teniendo un momento tranquilo de madrugada, pero enseguida nos entraría mucho trabajo cuando cerrasen los bares y los hinchas del fútbol americano salieran a la calle. El equipo de nuestra ciudad había llegado a la ronda final de las eliminatorias, y cuando terminaban los partidos recibíamos a una marea de borrachos que se habían hecho daño al intentar volcar algún coche o subirse a una farola.

El puesto de enfermería estaba frente a una unidad de emergencias con seis camillas que hacían las veces de cubículos. Era donde poníamos a los pacientes con heridas y dolencias menores como torceduras, fracturas, laceraciones y anginas. Había tres ocupadas, pero solo estaban atendidos dos de los tres pacientes. En la tercera camilla había un hombre blanco de pelo castaño claro, con un físico del montón. Tenía una de esas caras ambiguas que hacían difícil adivinarle la edad, aunque no debía de superar los cuarenta. Y habría pasado desapercibido sin problemas en una multitud. Aun así me resultaba vagamente familiar, pero no sabía de qué. Tenía los hombros anchos como si entrenase, así que a lo mejor iba a mi gimnasio.

—¿A ese de ahí qué le pasa? —pregunté. Parecía como si se hubiera peleado con alguien; se le estaba hinchando rápidamente un ojo y tenía el labio partido. Se sujetaba una gasa sobre la frente, sin duda para presionar un corte. Lo suyo sería que alguien estuviera echándole una mano.

Tanya se inclinó hacia mí y bajó la voz.

—Es el violador de la otra noche.

Fue como si me hubiera vertido una jarra de agua fría en la cabeza. Aparté la vista del tío porque no quería se cruzaran nuestras miradas si se volvía hacia nosotras.

—¿Por qué no lo han metido en la cárcel? —pregunté—. ¿No lo pillaron en el acto?

La que respondió fue Deb, que, a sus cincuenta y pico años, era la enfermera de mayor experiencia de aquel turno.

—Ni siquiera lo detuvieron. Antes de que pudiéramos tomarle una muestra, apareció un abogado de esos caros, y no tardó ni una hora en marcharse, de rositas. —La media melena gris de Deb se balanceó al sacudir la cabeza, disgustada.

Tuve que aferrarme al mostrador de la enfermería para serenarme.

—¿Cómo coño...? —No pude pronunciar más palabras. Me parecía estar ahogándome con la rabia que amenazaba con estallar en mi interior.

Brinley emitió un ruido de gato cabreado. Me gustó saber que no era la única a punto de explotar.

—Su familia tiene mucha pasta. El abogado amenazó con denunciar al hospital y a la policía por intentar obligarlo a hacerse una prueba de ADN.

—Pero si lo pillaron en plena violación… —terció Erica, otra enfermera júnior—. ¿Por qué necesitan una prueba de ADN para detenerlo?

—¿Porque a lo mejor no había ningún vídeo incriminatorio? —propuso alguien.

—Sí, pero los agentes de policía lo trajeron hasta aquí —contestó otra—. Y lo identificaron tanto la víctima como un testigo por separado.

Sin levantar la voz nos sumimos en un debate acalorado acerca de lo que había ocurrido aquella noche. Todas expusimos la información que habíamos oído de la policía y la administración del hospital, y la que averiguábamos a base de buscar en Google de madrugada y de ver series policiacas del tirón. Pero ninguna era graduada en Derecho, así que todo aquello no eran más que puras especulaciones. Al final tan solo teníamos más preguntas y no las respuestas que queríamos oír.

—Vale, pero ¿por qué está aquí? —pregunté cuando nos hubimos calmado.

Erica hico clic con el ratón del ordenador y se inclinó para leer la pantalla.

—Un hermano de la víctima lo localizó en un bar después de ver un vídeo de Snapchat.

—No. Quiero decir que por qué sigue ahí. Cuanto antes lo tratemos, antes lo podremos mandar a la calle para que el hermano le dé su merecido.

—Nadie quiere ayudarlo —me informó Tanya.

Recorrí la enfermería con la mirada. Éramos todas mujeres. Por lo general teníamos varios compañeros varones en cada turno, porque a veces los pacientes mostraban preferencias sobre quién querían que los atendiera.

—En el turno de hoy solo está Amit —dijo Brinley al reparar en mi confusión—. Zach está malo y Kevin no entra hasta dentro de una hora.

Amit era un hombre achaparrado y fornido de ascendencia indoamericana y treinta y pocos años, capaz de levantar el doble de su peso. Era genial para tratar con nuestros «pacientes problemáticos» porque bastaba que echaran un vistazo a sus músculos flexionados para que se arrepintieran de haberse portado mal.

Tanya se inclinó sobre el escritorio para coger una carpeta.

—Estamos esperando a que termine en la habitación tres y luego lo mandaremos para allá.

Negué con la cabeza. Eso iba a tardar bastante. El paciente de la habitación tres no estaba nada estable.

—Ya lo hago yo —me ofrecí.

Brinley cogió aire.

Tanya me sujetó del brazo.

—Aly, no.

Me zafé y me volví para mirar a mis compañeras.

—No me pasará nada. Me estaréis observando vosotras, y ayer en mi clase de artes marciales aprendí a pegar un puñetazo en la tráquea. —Sonreí e hice alarde de una falsa valentía—. A lo mejor tengo la oportunidad de probarlo.

Tanya no estaba convencida.

—Voy contigo.

La detuve levantando una mano cuando dio un paso hacia mí. Tanya nunca había atendido a agresores sexuales. Jamás. Había una razón que explicaba su reticencia; solo la había insinuado, pero a mí me había bastado para leer entre líneas. Ni de coña iba a permitir que ese tío reviviera el trauma de Tanya diciendo o haciendo algo horrible delante de ella.

—Yo me encargo —le aseguré.

Tanya me miró con el ceño fruncido, y sus ojos oscuros reflejaron preocupación.

—Si se comporta de forma inapropiada, lo dejas, y que se ocupe Amit.

Asentí. No era una sugerencia de amiga, sino la orden de una superior.

Me miró un buen rato antes de soltar un suspiro.

—Vale. Pero te estaremos observando.

—Genial —dije. Di media vuelta, agradecida por contar con refuerzos dispuestos a intervenir.

El teléfono empezó a sonar en cuanto me alejé, y oí a Erica cogiéndolo.

—¡Espera! ¡Hay un hombre que quiere hablar contigo!

—Dile que está todo bien —dije volviendo la cabeza, pero sin detenerme.

Josh debía de haber hackeado el sistema del hospital otra vez y visto lo que me disponía a hacer. Casi sonreí y todo. Me dijo que me vigilaría, pero era agradable tener la confirmación. Era como si un ángel de la guarda me protegiese y velase por mi bienestar, y me sentí más a salvo por eso que por el montón de compañeras que tenía detrás.

Estaba convencida de que no me iba a pasar nada incluso sin nadie que me observase con tanta atención. El hombre del que me iba a ocupar no era en absoluto el peor al que hubiera atendido. Mucha gente no caía en que a los presos de las cárceles se los ingresaba en un hospital cuando enfermaban o resultaban heridos, como a cualquier hijo de vecino. El año anterior había atendido a un hombre con herida de puñalada al que habían condenado por el asesinato brutal de dos mujeres. Estaba atado a la cama, y en la habitación me acompañaron en todo momento dos funcionarios de la prisión, pero la verdad era que de todas formas me había sentido insegura.

Nunca olvidaría la cara que puso cuando me vio. Tenía una mirada inhumana, algo que nunca había presenciado. En cierta manera, estaba tan muerto como sumamente vivo a la vez. Parecía hambriento, pero no de comida. Era la clase de inanición extrema que te vaciaba hasta que dentro de ti no quedaba nada más que esa ansia.

El cuanto salí de la habitación, me volví hacia el agente de policía que protegía la puerta y le dije que no creía que ese hombre hubiera matado solo a dos mujeres. El agente me miró a los ojos y respondió:

—Nosotros tampoco.

Tuve pesadillas durante varias semanas.

Pensaba que nada podría ser peor que aquel hombre. Pero, en cuanto me acerqué al acusado de violación y él se volvió para mirarme, me pregunté si me habría equivocado.

De cerca, tenía los mismos ojos que el sospechoso de ser un asesino en serie, aunque los suyos eran marrones, y los del asesino, azules. Estaban muertos y vivos, y eran totalmente inhumanos. Supe con toda seguridad que estaba contemplando los ojos de un depredador, de alguien que no me veía como un ser con voluntad propia, sino como un juguete puesto en el mundo solo para su gozo y disfrute. Me entraron ganas de salir de mi propia piel, pero compuse una expresión profesional y la blandí como si fuera un escudo. Cuanto antes lo atendiera y se le diera el alta, mejor.

Me ahorré los lugares comunes y fui al grano. Describiendo un gran arco, esquivé la cama que ocupaba, y me acerqué al oxímetro, vuelta siempre un poco hacia él para verlo venir si intentaba hacer algo.

—Hola, hoy te voy a atender yo —dije con voz inexpresiva. No se merecía otra cosa...

—Y ¿cómo te llamas? —preguntó con una voz grave y agradable que resultaba de lo más inquietante por la persona de la que procedía.

—Enfermera Hanover —contesté. Era el nombre genérico que usábamos con los pacientes cuando no nos sentíamos lo bastante cómodas diciéndoles el nuestro de verdad. Incluso aparecería en el papeleo del alta cuando se la dieran, así que no podría buscarme. Habíamos sufrido varios incidentes después de que algunos pacientes localizaran fuera del curro a las enfermeras que los habían atendido, y uno de ellos había terminado muy mal. De ahí que el hospital hiciera lo imposible por protegernos.

—¿No tienes nombre de pila? —me preguntó con un deje provocativo en la voz.

—No —repuse—. Solo Hanover. Como Madonna o Cher.

Se rio, y su risa me dio ganas de vomitar. Porque era contagiosa. Si la hubiera oído en un bar, me habría girado para ver quién se reía, y pensé en lo encantadora que podía llegar a ser a veces la gente con trastornos de personalidad.

Cogí el medidor del pulso cardiaco de la máquina y le pedí que extendiera un dedo. Tuve cuidado de no tocarlo al ponérselo y dejé el chisme funcionando. Mientras tanto, me fui a abrir su historial en el ordenador más cercano. Aparecía el nombre de Amit, lo que indicaba que a ese malnacido lo había atendido él antes de que lo llamasen para ocuparse del paciente de la habitación número tres.

El violador se llamaba Bradley Bluhm. Si estaba emparentado con los Bluhm que daban nombre a uno de los rascacielos más altos de la ciudad, no era de una familia con dinero sin más: su fortuna estaba valorada en miles de millones de dólares. No me extrañaba que hubiera encontrado el modo de sobornar, coaccionar o pagar para evitar la detención. Las leyes no afectaban a los multimillonarios, solo a aquellos sin dinero o medios suficientes para subvertirlas.

Por el historial médico de Brad supe que probablemente necesitaría puntos en la frente y una radiografía de las costillas, pero todavía debía preguntarle qué había ocurrido y pedirle que me describiera sus heridas. No me apetecía nada de nada, así que hice más y más clics en el ordenador mientras el monitor cardiaco mostraba un ritmo lento y estable. El muy capullo tenía la mirada fija en mí. No me había quitado los ojos de encima desde que me había acercado a él. Vi de reojo que se había vuelto hacia mí y noté su mirada recorriéndome como si fuera corpórea.

«Tus compañeras te están observando», me dije. «Josh te está vigilando. Si lo sacó de quicio que dos desconocidos te silbaran, imagina lo que hará si este tío te pone una mano encima».

Aquella idea casi me provocó una sonrisa. No era que necesitara que ningún hombre alto y fuerte me protegiera ni que luchara mis batallas —la tarde anterior, en clase de judo, había lanzado por los aires a un tío que pesaba cuarenta kilos más que yo—, pero era agradable saber que Josh estaba más que dispuesto. Una parte de mí casi esperaba que Brad intentara hacerme algo para descubrir hasta dónde llegaría Josh y hasta dónde lo acompañaría yo; porque, si decidía ir a por Brad, ni en sueños me iba a quedar de brazos cruzados.

Me aparté del ordenador y acerqué el esfigmomanómetro a la cama.

—¿Te importaría extender el brazo? Necesito tomarte la tensión.

Brad se inclinó hacia delante intentando mirarme a los ojos, pero los aparté. Tenía por costumbre mostrar en mi cara todo lo que sentía y cualquiera podía verlo, y no me apetecía que aquel desgraciado supiera cuánto lo temía y lo odiaba. El miedo no se debía a lo que pudiera hacerme a mí; sino más bien a saber que entre los mortales vivía y caminaba gente como él, personas tan rotas por dentro que ninguna terapia ni medicación las volvería «seguras» para el resto. Gente como Bundy y Kemper y ese tío tan guapo del último documental de Netflix del que mis compañeras no dejaban de hablar. ¿Qué apodo tan absurdo le habían puesto? ¿El Ken Asesino?

—Te veo incómoda —dijo Brad con voz baja y lisonjera cuando le rodeé el bíceps con el velcro. Me fijé en los arañazos recientes del brazo y me pregunté si los polis ya habían podido fotografiarlos—. ¿Es por el lío desagradable de la otra noche?

Me quedé callada y apreté la cinta un poco más de lo necesario antes de apartarme y encender la máquina. «Lío». Qué valor tenía el hijo de la gran puta.

—Ya sé lo que debe de parecer —añadió con tono casi avergonzado—. Pero si hubiera hecho lo que aseguran que hice, ¿no estaría en la cárcel ahora mismo?

No respondí. Me negaba a permitir que me provocase. Me limité a apretar la mandíbula y a volverme a medias para observar las máquinas. Su pulso era estable, 61 latidos por minuto, y su tensión de un saludable 115/70. El hecho de que esas cifras mostraran a un hombre tan tranquilo me daba ganas de chillar. No estaba ni nervioso ni alterado al hablar de haber violado a alguien, lo que me confirmó que era incapaz de sentir emociones como la empatía y que la mujer de la otra noche no era su primera víctima. A una parte de mí le preocupaba que las dos cosas fueran ciertas.

Me armé de valor al quitarle la cinta e intenté que no se me acelerara la respiración mientras el corazón me latía casi al doble de ritmo que el suyo y mi tensión estaba por las nubes.

—Voy a tener que echarte un vistazo a la cabeza antes de que te hagamos una radiografía de las costillas —le dije.

—Ah, claro. Podría bromear y decir que el otro tío ha terminado peor que yo, pero sería mentira —repuso con una carcajada de autocrítica.

Se me erizó el vello de la nuca. A pesar de la repulsión que sentía, veía cómo alguien podría dejarse engatusar por él. Pero mi cerebro reptiliano no se lo tragaba. Me gritaba que me alejase de Brad cuanto antes.

Me tomé mi tiempo para devolver las máquinas al rincón, intentando hacer acopio de la poca determinación que notaba que tenía para atenderlo.

—¿En mi historial sale lo que ha pasado? —me preguntó, y no esperó el tiempo suficiente para que pudiera responderle—. Ese tío me estuvo espiando por las redes sociales para poder atacarme por la espalda en un bar. Suerte que había muchísimos testigos y la policía estaba lo bastante cerca como para detenerlo al instante.

Guardé silencio de nuevo, pero por dentro estaba hecha una furia. ¿Cómo podía estar tan jodido nuestro sistema judicial como para que un hermano afligido estuviera en la cárcel y un violador se hubiera ido de rositas?

No iba a poder soportarlo mucho más, pero quizá, si me quedaba callada el tiempo suficiente, Brad lo pillaría y cerraría el pico. Ni de coña pensaba ponerme a discutir con un posible psicópata ni a participar en la narrativa falsa que estaba construyendo.

Por desgracia, aquel monstruo era muy hablador.

Brad se inclinó hacia mí e intentó mirarme a los ojos.

—Intenté decirle que era un malentendido y que su hermana había estado más que dispuesta, pero no me escuchó.

Me zumbaban los oídos y comenzaba a perder la paciencia. Por la cantidad de ketamina que encontraron en la víctima de Brad, no había podido consentir nada de nada, si es que había llegado a estar consciente.

«Haz tu trabajo y vete», me dije mientras me ponía unos guantes nuevos de nitrilo.

—Pero soy de una familia que ha sufrido ataques como ese desde siempre —añadió Brad—. Te sorprendería saber de lo que es capaz la gente para ganar algo de dinero.

«No. No muerdas el anzuelo». Estaba claro que buscaba una respuesta.

Mantuve los ojos clavados en unas estanterías al dirigirme a los pies de la cama de Brad, con cuidado de no perderlo de vista de reojo. Me palpitaba el pulso en los oídos, y tenía tanta adrenalina recorriéndome las venas que comencé a temblar. Iba a conseguirlo. Solo tenía que limpiarle la herida y llamar a un camillero para que lo llevara a la planta de abajo a hacerse una radiografía. Después la herida se la cosería un médico.

Al mirar hacia la enfermería, vi que Erica y Tanya estaban detrás del mostrador observándome con rostro serio. ¿Oían desde allí lo que decía Brad? ¿O el mero hecho de verlo hablar las había puesto sobre aviso? Fuera como fuese, estaba agradecida por su vigilancia. Me animaron, y recordé que no estaba sola con aquel cerdo.

—Tendría que haberme esperado algo así de ella —dijo Brad cuando abrí el cajón superior—. No era precisamente una mujer de calidad, ya sabes a qué me refiero. Cualquiera pensaría que tendría que estar agradecida de recibir atención de alguien con mi estatus, pero, en cambio, va y me acusa de haberla agredido.

Me temblaban los dedos al coger las cosas que necesitaba del cajón. Gasas, útiles de limpieza, puntos mariposa para cerrarle la herida hasta que el médico pudiera atenderlo. Me concentré en cada objeto para no darme media vuelta y pegarle un puñetazo en la cara. Nunca había tenido tantas ganas de hacerle daño a alguien, y la violencia que gritaba en mi interior por asomar a la superficie era aterradora.

Cuando detecté un movimiento de reojo, me hice a un lado y me volví para mirar a Brad, que había intentado agarrarme.

Una gran sonrisa le ocupaba la cara. Se le iba esfumando el encanto a medida que algo frío y serpentino iba ocupando su lugar. Mierda. Al final había conseguido de mí la reacción que él deseaba.

—Qué susceptible —exclamó—. Debes de tener miedo. —Por cómo empezaba a marcársele la erección en los pantalones, estaba encantado con aquella posibilidad.

Por desgracia para él, el temor había dejado paso a la rabia. Estaba tan enfadada que sentí una gran calma al ladear la cabeza y mirar directamente a su regazo.

—¿Miedo? —dije—. ¿De un gilipollas mimado con micropene? —Lo miré a los ojos, consciente de que vería mi furia y mi actitud de anticipación—. Adelante. Vuelve a intentar agarrarme. —Me acerqué por primera vez a él en toda la noche y me llegó el olor a alcohol rancio de su aliento. Dios, esperaba que lo hiciese. Si me tocaba él primero, yo podría argüir que me estaba defendiendo—. Me encantaría ver cómo se enfrenta un cobarde como tú a una mujer totalmente consciente.

Me miró sin pestañear, y tuve tiempo de ver el brillo de triunfo de sus ojos antes de que arrugara la cara con expresión de falso miedo y comenzase a gimotear.

—¡Socorro! ¡Socorro! ¡Esta enfermera acaba de amenazarme!

Enseguida di un paso atrás y me maldije por haber dejado que me manipulara.

Llegaron corriendo varias personas al oír los exabruptos de Brad, incluido Ben, uno de nuestros guardias de seguridad.

—¿Todo bien, Aly? —me preguntó, y casi lo insulté por haberme llamado por mi nombre.

—Todo bien.

—¿Por qué se lo preguntas a ella? —se quejó Brad. Se había esfumado la imagen del monstruo que había asomado un momento, sustituida por la del niñato consentido que le había acusado de ser—. Es a mí a quien ha amenazado.

—No vamos a volver a las andadas, señor Bluhm —contestó Ben al acercarse a su cama.

¿A las andadas? ¿Había hecho Brad ya algo parecido la otra noche? ¿Así era como había salido del hospital? Joder. ¿Acababa yo de darles a sus abogados otra excusa para denunciar al hospital?

—¡Quiero a mi abogado! —gritó en ese instante—. Y quiero que me trate ella. —Señaló a Erica, que se había aproximado con Tanya para ayudar.

Erica, bajita y delgada, con la misma complexión y el mismo pelo oscuro de la mujer a la que Brad había agredido. Ni de coña, vamos. ¿Había sido ese su plan desde el principio? ¿Quería reemplazarme con su víctima ideal para poder atormentarla o, peor aún, para averiguar quién era y así poder agredirla más tarde?

—No —me opuse. Hice que Erica se volviera y me alejé con ella mientras los demás se ocupaban del ruidoso violador.

Tanya dio con nosotras en el pasillo al cabo de diez minutos.

—¿Qué te ha dicho?

Me recosté en la pared y apoyé la cabeza mientras intentaba no perder el control.

—Una barbaridad sobre que su víctima debería darle las gracias por haberse dignado a fijarse en una mujer de tan poca calidad.

—Pero… Eso es… ¿Cómo? —balbuceó Erica.

—Es un puto chalado —le dije—. Y no es un insulto. Lo digo desde el punto de vista clínico. Aunque no sea terapeuta, os digo que es imposible que ese tío no tenga un trastorno antisocial de la personalidad. —Miré a Tanya—. Es clavado al tío del año pasado.

Abrió los ojos como platos.

—¿El asesino?

Asentí.

Mi compañera apartó los ojos cuando se nos acercó una mujer rolliza de treinta y pocos años. Vaya. Alguien había llamado a Recursos Humanos.

—Hola, Aly —me saludó Hannah al llegar—. ¿Te importa venir a mi despacho y contarme lo que ha pasado?

Suspiré y me alejé de la pared. Técnicamente no había roto ninguna regla importante, aunque era probable que fueran a darme un toque por haberle soltado al tío ese lo del micropene y por la provocación.

—Claro, te sigo.

Al cabo de una hora, a Brad le habían dado el alta y yo volvía a estar en la planta de urgencias, preparada para atender al siguiente paciente. Hannah me había hecho una advertencia no oficial y me había dicho con mucha amabilidad que tuviera cuidado con lo que decía, a la vez que también me insinuaba que, de haber estado en mi lugar, le habría clavado a Brad el objeto afilado que hubiera estado más cerca.

Hannah era buena tía.

Me daba la sensación de que había superado lo peor de la noche y de que iba a salir casi indemne de aquel turno, hasta que me llamaron a la zona de las ambulancias para echar un cable con la víctima de un accidente de coche. Esos casos siempre me resultaban muy duros por mi pasado, pero esa noche confirmó que eran mi perdición.

La víctima era una mujer de cuarenta y pocos años, de pelo oscuro y piel aceitunada. Como mi madre. Y, como mi madre, la había atravesado algo en el impacto, pero, a diferencia del tubo que se le había clavado a mi madre en el pecho, a esa mujer le sobresalía del hombro derecho un trozo fino e inidentificable de metal. Sobreviviría, mientras que mi madre murió. Por mucho que me repitiera que no era ella, no podía dejar de ver a mi madre mirándome desde el asiento del copiloto, brotándole sangre por la boca al intentar hablar.

—No puedo —dije apartándome de la camilla mientras una compañera se apresuraba a sustituirme—. No puedo.

Volvía a tener dieciséis años y a estar en aquel coche, impotente, viendo morir a mi madre, con las manos empapadas en su sangre mientras trataba de contener la hemorragia y mis gritos de socorro ahogados por el estruendo del claxon roto del coche.

14

Josh

A Aly le pasaba algo. A Aly le pasaba algo, sin duda.

Me levanté para pasear por mi cuarto, delante del escritorio, incapaz de seguir sentado más tiempo. La vi coger las cosas de la taquilla. Cualquiera que no la conociera bien pensaría que no le pasaba nada, pero yo sí la conocía. O por lo menos conocía sus expresiones, y en esos momentos no mostraba ninguna emoción. Era como si alguien le hubiera absorbido la vida entera del cuerpo, dejando únicamente el caparazón, y este siguiera haciendo las cosas por inercia.

¿Había sido por algo que le dijo el violador? Las malditas cámaras de Urgencias no tenían micrófonos y no pude oír la conversación, pero sabía por la cara de Aly que debió de ser muy desagradable, sobre todo al final, cuando el tío estuvo a punto de agarrarla.

No sabía qué habría hecho yo si ese hombre hubiera conseguido tocarla. Ya costaba asimilar que Aly estuviera en presencia de un hijo de puta de ese calibre. Cuando se dirigió a atenderlo, descargué su historial y lo que vi me llevó a ir a toda prisa a por el móvil. Aly me había pedido espacio, pero seguro que avisarla de un peligro inminente no contaba como incumplir sus deseos, ¿no?

Todavía me dolía la mandíbula de lo fuerte que había apretado los dientes cuando Aly le pidió a la enfermera al teléfono que me dijese que todo estaba bien.

Pero yo supe, en cuanto Aly vio al violador, que no estaba bien. Estaba asustada. Y no asustada como a mí me gustaba, ese temor breve que enseguida daba paso al deseo, sino aterrorizada de verdad, hasta el punto de ponerse pálida. Comprendí por qué en cuanto amplié la imagen para ver a Bradley Bluhm. Tenía los mismos ojos que mi padre. Aly, acostumbrada a trabajar en un entorno tan peligroso, probablemente fuese más hábil que la mayoría a la hora de reconocer a los monstruos, y se dio cuenta enseguida de que estaba delante de uno.

Durante unos instantes me sentí un poco mejor por que ella nunca me hubiera mirado así, pero de pronto me asaltó la realidad de que se encontraba a pocos palmos de distancia de alguien como ese tío, y, antes de que pudiera evitarlo, había cogido la llave del coche y me disponía a salir por la puerta. A medio camino del coche me recompuse. No era buena idea conducir hasta el hospital e irrumpir en Urgencias con una máscara inspirada en una película de terror. Me detendrían o quizá me meterían un tiro. Y, por mucho que quisiera estar a su lado, la opción de presentarme siendo Josh me detuvo en seco. Todavía no estaba preparado para poner fin a nuestro juego.

Joder. Eso no era del todo cierto. No, lo que me impedía ir era lo que podría pasar cuando le contase a Aly quién era yo. Había una posibilidad real de que se alejara de mí, y solo acababa de conocerla. No estaba listo para renunciar a ella tan pronto.

Regresé a mi habitación y planté el culo delante del ordenador mientras me recordaba a mí mismo que Aly era la hostia. El día anterior la había visto derribar a un tío que era casi el doble de grande que ella. Se le daba genial pelear: era rápida, valiente y casi temeraria. Y, por la sonrisa que tenía al hacerlo, le encantaba. Estaba seguro de que podría defenderse de alguien como Brad, sobre todo porque los tíos como él eran unos cobardes de mierda. En el fondo temían a las mujeres tanto como las odiaban. Corrían incontables historias sobre tíos como Bundy, el Acosador Nocturno e incluso mi padre largándose en cuanto la víctima contraatacaba y empezaba a coger la sartén por el mango.

Aly tenía a su alrededor varios objetos que podrían servirle de arma y también a muchísima gente que acudiría a toda prisa a ayudarla. No le iba a suceder nada.

Me lo repetí hasta que vi que Brad abría la boca y Aly apretaba los dientes como si se estuviera mordiendo la lengua para no responderle. ¿Qué le había dicho? Me incliné hacia delante, con los ojos clavados en la cara de Brad, intentando leerle los labios y queriendo borrarle aquella sonrisa de baboso de los labios. El muy desgraciado tenía la vista tan clavada en Aly como yo en él; lo repasé de los pies a la cabeza con una avidez que despertó a mi cavernícola interior.

—Dale un puñetazo en toda la cara... —le dije a Aly aunque no me oyera—. Estámpale la cabeza contra el panel de cristal... Ah, no, tienes razón. Sería muchísimo mejor estrangularlo con el cordón de la máquina que vas a acercar a la cama...

Por desgracia no hizo ninguna de esas cosas. Y tampoco volvió a mirarle a Brad a la cara después de aquel primer vistazo. Ese tío debió de ponerla nerviosa de verdad.

Aly pasó por los pies de la cama, y pude observarle bien la expresión. No. No estaba nerviosa: estaba cabreada. ¿Qué le estaba diciendo aquel pedazo de mierda?

—¡Cuidado! —grité al ver que él alargaba un brazo. Como el hijo de la gran puta le hiciera daño, sería la última cosa que haría en este mundo.

Aly lo esquivó sin problemas, pero, en lugar de alejarse, se le acercó con una cara que yo nunca le había visto. Parecía casi serena, pero le ardían los ojos como si estuviera intentando prenderle fuego a Brad con la mirada. Tenía aspecto de estar un poco desequilibrada, así que, cómo no, mi polla escogió ese momento para sumarse a la conversación. Ni siquiera hice amago de impedir la reacción de mi cuerpo ante la Aly escalofriante porque, joder, verla ponerse en plan cabrona con Brad me excitó muchísimo. Como le pegara, a lo mejor me corría y todo.

Por desgracia, no tuvo oportunidad. Dándome la razón sobre lo de la cobardía, Brad hizo una mueca y comenzó a gritar, seguro que pidiendo socorro. Era un manipulador de mierda.

Abrí una ventana nueva en el navegador y empecé a leer todo lo que encontré sobre él. Al cabo de cinco horas, había llegado a una conclusión: Bradley Bluhm debía morir. Cuanto antes, mejor.

Ya resolvería el tema logístico cuando tuviera más tiempo libre. En aquel momento, Aly me necesitaba.

A pesar de lo que había ocurrido entre Brad y ella, no me pareció que fuese él quien la pusiera en el estado de ánimo en el que se encontraba en aquel instante. Aunque se había cabreado bastante, por lo que luego vi, se recuperó sorprendentemente rápido. Hasta la reprimenda que le dieron en el despacho de la mujer de Recursos Humanos debió de ser cosa de poco.

Me había apartado de la cámara cuando vi que se echaban a reír, y luego la búsqueda me absorbió. ¿Le había ocurrido algo a Aly mientras yo estaba distraído? La había espiado a ratos a lo largo del resto del turno, y parecía estar bien, si acaso un poco callada. Que se encerrara en sí misma ¿era una respuesta tardía a la interacción tan chunga que había tenido con Brad, o mi instinto estaba en lo cierto y yo me había perdido alguna cosa?

No saberlo me estaba haciendo perder los nervios.

Cogí el móvil del escritorio y le mandé un mensaje a Aly, incapaz de contenerme.

> Por favor, no conduzcas a casa en ese estado.
> Sé que me dijiste que necesitabas espacio,
> pero déjame que vaya a por ti.
> O por lo menos coge un Uber

En la cámara, la vi sacando el móvil y mirarlo con rostro impertérrito. No me hizo ni pizca de gracia.

Me contestó sin hacer ninguno de sus comentarios habituales sobre mi falta de límites. Quizá por fin había aceptado que la observara constantemente, pero no creía que, ni aun así, se cortara de soltarme alguna fresca, en circunstancias normales, claro.

Una compañera suya, una mujer negra y delgada con quien la había visto charlar tan a menudo que debían de ser buenas amigas, le pasó un brazo por los hombros y habló con ella. Ojalá hubiera podido oír lo que le decía. La miraba con comprensión y empatía. ¿Había perdido Aly a un paciente mientras yo me enteraba de los crímenes de Brad? Sabía que perder a pacientes la afectaba muchísimo.

Mantuvieron una conversación breve que terminó en un largo abrazo. Aly dio media vuelta y se dirigió a la puerta. Utilicé las cámaras para seguirla hasta que salió del hospital y, para cuando el Uber se acercaba por la calle a recogerla, yo había tomado una decisión. Estaba harto del espacio. Le había dado a Aly los días que me había pedido y había sabido contenerme cada vez que había tenido el impulso de coger el móvil y mandarle un mensaje.

Había imaginado que nuestro reencuentro sería de naturaleza sexual, pero era evidente que en esos momentos no debía estar sola. A pesar de que yo seguía empalmado, el sexo era lo último que se me pasaba por la cabeza. Aly necesitaba consuelo y compañía, alguien que la escuchara y la abrazara mientras lloraba.

Cambié la máscara por un pasamontañas. Tenía la sensación de que sería una mañana larga, y no me apetecía pasarme todo ese rato encerrado en un caparazón de plástico.

Tyler se levantaría enseguida, así que le dije por mensaje que necesitaba salir de casa, cogí las llaves y la mochila, y me marché.

Por primera vez desde que había empezado a vigilarla, Aly salió del hospital a la hora que le tocaba, así que todavía no había amanecido y yo tenía casi todas las calles para mí solo. Aun así, ella vivía más cerca del hospital que yo de su casa, por lo que la cámara de su puerta principal me informó de que me había ganado por varios minutos.

Aparqué en la esquina, fuera de la vista, y di un rodeo a pie. Estaba cayendo una buena helada. Las noticias habían avisado de que nos visitaba un vórtice polar, pero era el primero del año, y había olvidado el frío que podía llegar a hacer. Iba caminando rodeado del vaho que formaba mi aliento y, aunque todavía no lo necesitaba, me puse el pasamontañas para abrigarme un poco. Puto clima.

No me molesté en desconectar las cámaras de Aly porque llevaba la cara cubierta y tampoco me molesté en llamar a la puerta. Me limité a usar la copia de la llave que había hecho para entrar en su casa. Fred vino enseguida corriendo hasta mí, con la cola en alto y la boca bien abierta para cantarme una bienvenida felina.

Me quité la chaqueta y lo cogí del suelo antes de adentrarme en la casa.

—Vamos a tener que trabajar en las habilidades sociales, colega. Imagínate que papá y mamá se comportaran como tú y se pusieran a correr y a gritar cada vez que volvieran a casa.

El sonido de mi voz me detuvo de pronto. Era mi voz sin modular. Mierda. Con las prisas por salir del piso, me había olvidado de que el modulador estaba pegado en el interior de la máscara. Menudo principiante. Ya no podía ir a por él —acababa de llegar y solo me iría si Aly me lo pedía—, así que iba a tener que encontrar otra forma de hablar con ella; estaba cansado de enseñarle mensajitos en el móvil, y seguro que ella también.

Cuando me acerqué a su habitación, oí correr el agua de la ducha. Disponía de unos cuantos minutos.

—¿Qué te parece así? —le pregunté a Fred, que ronroneaba, con una voz muy grave, lo más grave que podía ponerla sin estar incómodo—. Soy Batman.

Fred entornó los ojos, me clavó las uñas en la chaqueta y la masajeó un poco, así que supuse que lo aprobaba.

Le hice unas carantoñas con la cara cubierta por el pasamontañas, lo dejé en el suelo y me fui directamente a la cocina. Había gente que perdía el apetito cuando estaba afligida, por lo que no quise prepararle a Aly otro desayuno elaborado, que quizá terminase tirando a la basura. Sobre todo no me apasionaba la idea de freír más beicon. Me recordaba a cuando mi padre tuvo la ingeniosa idea de deshacerse de su última víctima durante una barbacoa vecinal del Cuatro de Julio. Desde ese día me hice vegano y, casi veinte años más tarde, el olor a carne friéndose seguía provocándome náuseas.

¿Qué podría querer Aly en lugar de comida? ¿Vino? ¿Quizá una taza de té reconfortante? Prepararía las dos cosas. Así tendría para elegir.

Oí que se cerraba el grifo de la ducha poco después de que el té hubiera terminado de infusionarse, y cogí la taza y la copa de vino para ir al dormitorio. Cuando entré, Aly llevaba puesto un grueso albornoz blanco y se estaba cepillando el pelo, dándome la espalda.

—No sabía qué querías, así que te he traído… ¡AY!

Se había vuelto y me había lanzado el cepillo a la cabeza; y, al esquivarlo, me había quemado la mano con el té hirviendo.

—¡Joder! —gritamos los dos a la vez. Y luego volvimos a hablar al mismo tiempo:

—¡No puedes entrar así como así y pegarme semejante susto!

—Pensaba que me habías oído.

Dejé el vino y el té encima de la cómoda y me fui a la cocina a echarme agua en la piel quemada.

Aly me fue pisando los talones.

—¿Qué te pasa en la voz? ¿Qué eres, una versión enmascarada y siniestra de Batman?

—¿Maskman? —repuse—. Me gusta.

—Espero que también te gusten las campanitas, porque pienso ponerte un collar con un cascabel para que no vuelvas a asustarme así.

A pesar del dolor, sonreí.

—Qué morbo.

—Joder —masculló Aly.

Apreté los labios para contener la risa.

—Deja que le eche un vistazo, anda —me dijo cuando llegamos al fregadero.

Abrí el agua fría y primero me miré la piel magullada y luego miré a Aly, que frunció el ceño al cogerme la mano. Le echó una ojeada profesional y rápida a mi última herida, pasó el agua de fría a tibia y me movió la mano bajo el chorro.

—No es para tanto —valoró—. Y por lo menos no ha sido en la mano donde te apuñalé.

Me entraron ganas de alargar la mano y suavizarle el ceño, pero verla un poco molesta era mejor que no verle ningún tipo de expresión.

—Sí, mucho mejor que pierda las dos manos en lugar de solo una.

Negó con la cabeza y musitó algo ininteligible que sonó un tanto amenazador, y di gracias por que no viera mi sonrisa de oreja a oreja. A las mujeres no les solía gustar que a alguien le hiciera gracia verlas de mal humor, y apostaría cualquier cosa a que Aly no era ninguna excepción. Pero no podía evitarlo. Era monísima, sobre todo porque, después de haberla visto con Brad, sabía que conmigo estaba en plan perro ladrador, poco mordedor.

—Por cierto, te quedan muy bien las lentillas azules —dijo mirándome a los ojos—. Pero veo un círculo marrón alrededor.

Mierda. Sabía que tendría que habérmelas hecho a medida.

No me sostuvo la mirada mucho rato, el suficiente para que sirviera de reprimenda por seguir con la duplicidad. Luego bajó la vista. Nos quedamos en silencio mientras Aly miraba el agua que me caía en la mano y yo aprovechaba para contemplarla a ella. El pelo mojado le había humedecido algunas partes del albornoz, y tenía los ojos rojos, como si hubiera llorado en la ducha. Las leves ojeras eran clara señal de agotamiento, y al ver que la vida volvía a empezar a huirle del rostro, quise estrecharla fuerte y no soltarla jamás.

—Has venido —dijo tan bajo que casi no la oí.

Me solté la mano y la rodeé con los brazos.

—Me necesitabas.

Aly se puso de puntillas, me colocó los brazos alrededor del cuello y enterró la cara en mi pecho. Respiró tan hondo que noté sus costados en mis bíceps. Empezó a temblar al soltar el aire, y me rendí a la necesidad de abrazarla, así que la levanté cogiéndola por los muslos. Ella me rodeó la cintura con sus largas piernas y se abrazó a mí con fuerza, al tiempo que ocultaba la cara en mi cuello.

—¿Qué ha pasado? —le pregunté—. No ha sido solo por Brad.

—Ha sido por mi madre —susurró junto a mi piel.

Fruncí el ceño.

—Pensaba que tu madre había muerto.

Se quedó rígida.

«Me cago en la puta». Probablemente no debería haberle confesado que lo sabía.

Se apartó lo suficiente para mirarme a los ojos, sin molestarse en ocultar las lágrimas que poco a poco empezaban a derramar.

—Eres tan majo que a veces olvido lo inquietante que resultas.

Tenía una respuesta sarcástica en la punta de la lengua, pero me la guardé.

—¿A qué te refieres con lo de que ha sido por tu madre?

Suspiró e hizo ademán de separarse, pero yo me resistí; no estaba dispuesto a permitirle que pusiera distancia entre nosotros. Supuse que en realidad no quería zafarse, ya que se rindió al darse cuenta de mi intención y se recostó en mí de nuevo.

—La maté.

Era mi turno de quedarme tieso como un palo. ¿De qué cojones estaba hablando?

—Creía que había muerto en un accidente de coche.

—Sí. Yo iba al volante. Mi madre intentaba enseñarme a conducir un coche con marchas, y era la primera vez que salíamos a una carretera de verdad. Habíamos practicado en aparcamientos vacíos, y ella pensó que yo estaba preparada para dar el siguiente paso. Casi se me caló el coche en un semáforo en rojo y me asusté cuando avanzó a trompicones, así que pisé el pedal, pero no el del freno sino el del acelerador, y nos precipitamos a la intersección.

Hostia.

—Un coche nos golpeó por detrás, empezamos a dar vueltas y un camión nos embistió de frente —prosiguió—. El camionero consiguió pisar el freno en el último segundo, pero el impacto fue lo bastante fuerte como para que se hincharan los *airbags*. En el choque me rompí los dos tobillos y me di un golpe tan fuerte en la cabeza que todo se emborronó unos minutos. Cuando volví en mí, sentía tantísimo dolor que tardé unos instantes en ver el tubo que le sobresalía a mi madre del pecho. Se había soltado del camión durante el choque y la atravesó.

—Joder, lo siento muchísimo —dije estrechándola con fuerza. Las palabras no servían de nada. ¿Por qué no había una forma mejor de verbalizar la empatía en momentos como aquel? Alguna manera de decir que lo sentías, que se te rompía el corazón por alguien y que harías cualquier cosa para evitarle el dolor a esa persona.

Aly empezó a sacudir el cuerpo al perder la batalla contra las lágrimas, y lo que dijo a continuación brotó entre sollozos.

—No pude salvarla.

Todas las piezas encajaron. Aly no había podido salvar a su madre, así que se pasaba todas las horas de su vida intentando salvar a todo el mundo, en detrimento de su propia salud mental y física. Aquella revelación aumentó más todavía mi instinto protector. Una persona tan altruista y empática debía estar protegida a cualquier precio, hasta de sí misma si era necesario.

—Esta noche llegó una víctima de accidente de coche —me dijo—. La mujer se parecía a mi madre, y me he… me he roto. No he podido atenderla.

Con Aly en brazos, salí de la cocina y fui a sentarme al sofá de la sala de estar.

—Nadie podría culparte por eso.

Se sorbió la nariz.

—Yo me culpo.

Le aparté el pelo del hombro y le acaricié la espalda con la mano.

—Pues no deberías. Someterte a ese trauma una y otra vez no es la respuesta.

—Han pasado casi diez años. No debería seguir traumatizada.

Presioné sobre su sien mis labios cubiertos por el pasamontañas.

—No hay ningún límite temporal para recuperarse de un duelo o de un trauma.

Aly se apartó lo suficiente para mirarme. Con los ojos enrojecidos y las mejillas empapadas, la veía aún más hermosa por confiar en mí y no ocultarme su vulnerabilidad.

—Suenas igual que mi terapeuta.

Me reí sin ganas.

—Supongo que, como hace tanto que voy a terapia, sé lo que te diría un terapeuta ahora mismo.

—¿Qué me diría? —me preguntó analizándome los ojos.

—Que tú no mataste a tu madre. Lo que ocurrió fue un accidente.

—Sí, es verdad —repuso sorbiendo de nuevo la nariz—, pero sigue siendo culpa mía que esté muerta.

—O del camionero por no haberos esquivado. O del primer conductor por haberos golpeado. O incluso de tu madre por haberte animado a salir a la carretera antes de que estuvieras preparada.

—Oye —exclamó con un destello de reproche en los ojos e intentando escurrirse de mi regazo.

La estreché con más fuerza y volví a colocármela sobre el pecho.

—Lo digo en serio, Aly. Todos los implicados en el accidente participaron igual que tú. No es justo que te cargues con la responsabilidad. ¿Le dirías a una chica de dieciséis años en esa situación que su madre había muerto por su culpa?

Se estremeció.

—Dios. Nunca.

—Entonces ¿por qué te lo dices a ti? —No supo qué responderme, así que insistí en mi argumentación—. No conocí a tu madre, pero me apuesto lo que quieras a que no querría que te castigaras por su muerte. Querría que vivieras una vida sin culpabilidad. Querría que estuvieras sana y fueras feliz. Al descuidarte y aceptar tantos turnos seguidos en el hospital, estás yendo en la dirección opuesta.

—Pero es que es muy duro —replicó clavándome los dedos en la camiseta—. En el hospital falta muchísimo personal.

La levanté por los muslos y me la acerqué más aún. Quería eliminar el poco espacio que nos separaba. Quería reptar hasta su interior y arreglar los pensamientos que le daban vueltas en la cabeza.

—Ya lo sé —le dije—. Pero no vas a poder ayudar a nadie si te matas trabajando. Cuando estamos cansados, somos más descuidados. Y cometemos errores que nos condenan. —Maldije los pensamientos sobre mi padre, que asomaban en todas las conversaciones—. O sea, que nos meten en líos. Nunca te perdonarías si atendieras a una persona después de haber llegado al límite y te equivocaras de tal forma que le hicieras más mal que bien.

Su aliento me calentó el cuello al soltar un fuerte suspiro.

—Tienes razón. Sé que tienes razón, pero en este punto es casi una obsesión. —Sonó mejor que antes, más como sí misma, y me apeteció pincharla un poquito.

—Bueno, vamos a tener dos semanas libres para solucionarlo —dije.

Aly se echó hacia atrás, y deberían haberme dado una medalla por no apartar los ojos de su cara para ponerme a contemplar el punto en el que se le había abierto el albornoz, dejando a la vista una línea de piel aceitunada hasta el ombligo. Y más abajo incluso, pues de reojo me di cuenta de que el albornoz también se le había separado debajo del nudo del cinturón y Aly no llevaba nada de ropa interior.

Joder.

—¿Cómo sabes que me han dado vacaciones? —me preguntó—. Y ¿a qué te refieres con que «vamos a tener dos semanas libres»?

Ignoré su primera pregunta. Ya conocía la respuesta.

—Yo también me he cogido un par de semanas. Se me ha ocurrido que podríamos pasar tiempo de calidad juntos como familia. Tú, yo y el maleducado de nuestro hijo, que acaba de arrastrar el culo por la alfombra detrás de ti.

Aly se volvió, y se le abrió todavía más el albornoz.

—¡Fred, qué asco! ¿Vuelves a tener lombrices?

El gato alzó la cabeza desde su casita de felpa, donde había estado durmiendo como un tronco junto a la tele, y se la quedó mirando como diciéndole: «¿Yo? ¿Qué coño he hecho ahora?».

Aly se volvió hacia mí y sus facciones se transformaron en una expresión de paciencia resignada.

—No lo puedes evitar, ¿eh?

—Es que es demasiado fácil tomarte el pelo.

Un amago de sonrisa le levantó las comisuras de la boca, y algo se desató en mi interior al verlo. Aly tenía todo el derecho del mundo a estar afectada, y yo estaba seguro de que no iba a ser nuestra última conversación acerca de su extenuante ritmo laboral, pero me gustaba saber que podía arrancarle una sonrisa incluso en los peores momentos. Debía de significar algo, ¿no? Lo nuestro era algo más que simplemente quedar para echar un polvo. Lo nuestro tenía posibilidades de ser una relación estable, y no me había hecho castillos en el aire al urdir mi plan para lograr que se enamorara de mí.

Alcé las piernas y la incliné para que se recostara contra mí y así se ocultase aquella piel tan bonita antes de que cediera al impulso de tocársela.

Ella me apoyó la mejilla en el hombro.

—Eras tú el que llamó por teléfono a Urgencias antes, ¿verdad?

—Sí.

—¿Qué me querías decir?

—Te habría puesto sobre aviso con Brad. Me había descargado los historiales médicos y me daba muy mala espina.

—Y con razón —dijo.

Le acaricié la espalda.

—Uy, no tienes ni idea.

Aly ladeó la cabeza lo suficiente como para mirarme a los ojos.

—¿A qué te refieres?

—Su familia lleva encubriéndolo o sobornando a sus víctimas desde que era adolescente —le conté.

—Así que yo tenía razón. Es un monstruo.

No era una pregunta, pero le respondí de todos modos.

—Pues sí.

Sombría, Aly fijó la vista en un punto de la pared.

—Quería matarlo.

Me quedé totalmente inmóvil.

—¿Qué te dijo?

—Un montón de chorradas sobre que la víctima había querido lo que pasó y que solo estaba mintiendo para sacarle dinero. Pero no fue solo eso. Todo en él ponía los pelos de punta. Después de que tratara de agarrarme, lo provoqué con la esperanza de que lo intentase otra vez o pretendiera golpearme, y así tener una excusa para pegarle. —Bajó la voz—. Me alegro de que no lo hiciera, porque no sé si me habría podido contener. Estaba fuera de mis casillas. Sé que no suena nada bien, pero no sé cómo describirlo si no. Estaba desquiciada, como si en ese momento hubiera podido hacer cualquier cosa.

La estreché más, con cuidado de no apretar demasiado; había tantísima adrenalina recorriéndome las venas que me dio la impresión de estar en Urgencias con ella, más que dispuesto a ir a la cárcel por matar a un hombre.

—Sé que parezco un disco rayado, pero lo siento —dije—. Y, si te sirve de consuelo, a mí me pasó algo parecido, y eso que ni siquiera oí lo que te dijo el muy desgraciado. Verle la cara me bastó para ponerme de los nervios. Tuve que echar mano de toda mi fuerza de voluntad para no ir hasta el hospital. De haber sabido que te estaba provocando... —Giré la cabeza para que no viese la batalla que se libraba en mi cabeza.

No, no quería ser como mi padre, y no, no creía que corriese el peligro de convertirme en alguien como él, pero a veces me preocupaba el riesgo de que ciertos impulsos me sobrepasaran y me hicieran caer por un agujero oscuro y terminar siendo una persona casi monstruosa. Como Dexter o Joe. Una persona capaz de cometer auténticas barbaridades, pero que hubiera encontrado una manera de justificar sus actos.

Aly se apartó de mi pecho lo suficiente como para cogerme de la barbilla y hacerme mirarla.

—Ojalá hubieras aparecido. —Me repasó con la mirada y se fijó en mi camiseta negra ceñida y en la erección que me apretaba los pantalones, incluso al hablar de violencia. Me preocupaba que mi excitación le repugnase, pero se limitó a esbozar una sonrisa traviesa—. Verte darle una paliza habría sido lo más sexy que hubiera presenciado nunca.

—Todavía estamos a tiempo de hacerlo realidad —le dije, en parte de coña.

Aly se incorporó en mi regazo, y estuve a punto de gemir al ver cómo se le abría el albornoz. Ante mi atenta mirada, tiró del extremo del cinturón, que a duras penas ataba la prenda. Bajó la vista, siguió tirando del cinturón con una lentitud torturadora, y se mordió el labio inferior de tal modo que se me estampó la polla contra la bragueta.

—Aly —dije con un asomo de advertencia en la voz. No había ido hasta allí para eso. Ella había tenido una noche horrible. Debíamos seguir hablando de eso y ahondar en su obsesión por anteponer a todo el mundo a sí misma.

Clavó sus ojos en los míos y, sin apartarlos, se desanudó el cinturón y dejó que se abriese el albornoz. Se me hizo la boca agua al ver sus pechos perfectos y redondos, del tamaño justo para que me llenaran las manos, y sus pezones rosados, un poco más oscuros que su piel, ya duros por el deseo. Me cogió las manos y se las puso en las tetas, y tuve que hacer un esfuerzo sobrehumano para no acariciarle los pezones con los pulgares.

—Deberíamos hablar más de lo que ha ocurrido esta noche —dije.

Aly soltó un suspiro.

—No me apetece hablar más. Llevo horas pensando en eso, y solo quiero desconectar el cerebro un rato. —Se inclinó hacia delante y frotó los pechos contra mis manos—. Quiero portarme mal —añadió—. Quiero que me ayudes a olvidar a Brad y todas las cosas espantosas que he visto. Quiero que utilices mi cuerpo como si fuera tu juguete.

Incapaz de contenerme más, le pasé los pulgares por los pezones.

Se estremeció y meció las caderas para frotarme con el sexo desnudo.

—Quiero hacer cosas oscuras.

Miré sus pechos y vi que me observaba con una intensidad que me tensó los huevos.

—¿Cómo de oscuras?

—Más oscuras que la otra noche. Sé que te contuviste. —Metió la mano entre los dos y me acarició el pene por encima de los pantalones—. No te contengas.

Yo gemí.

—Joder, Aly. ¿Sabes lo que me estás pidiendo?

Hostia, ¿lo sabía yo acaso? Había ido a su casa para consolarla, pero lo que acababa de decir había hecho saltar por los aires ese plan. Mi cabeza estaba poblada de tantas ideas terribles que no sabía dónde poner el límite, no sabía lo lejos que debía arrastrarla conmigo hasta la oscuridad.

—Sé que te deseo —me dijo—. Y sé que confío en ti lo suficiente como para estar a tu merced.

Jadeé cuando me apretó a través de los pantalones y recordé el placer que sentí cuando me rodeó el pene con los labios y cómo le botaban las tetas cuando embestí entre ellas. Hasta el momento, la mayor parte de lo que habíamos hecho giraba en torno a mí y a mis deseos. Y ahí estaba ella, lo bastante valiente como para confiarme su placer, lo bastante valiente como para decirme lo que quería. Lo menos que podía hacer yo era corresponderle.

Sentí una calma que se instaló en mi cuerpo como una segunda piel. Había desaparecido el deseo de provocarla. Había desaparecido el tío al que ella consideraba majo y divertido y seguro, que se ocultaba del mundo por miedo a que lo reconocieran. Lo que quedaba era esa parte de mí que se desnudaba y se cubría de sangre para horrorizar y excitar a millones de personas desconocidas por internet. Esa vertiente de mí era ego puro y duro. Quería que Aly se pusiera de rodillas delante de mí, humilde y obediente. Quería que avanzara a gatas hacia mí, desnuda, antes de besarme las botas y lamer la hoja de mi cuchillo.

Ella suspiró cuando se operó el cambio en mí, vio cómo abandonaba mis ojos toda humanidad, y el deseo que sentía por ella cogía las riendas. Se le dilataron las pupilas con una mezcla de ansia, lujuria y una pizca de miedo. Estupendo. Tenía razones para estar asustada. Me apetecía destrozar algo.

Le rodeé los muslos con las manos y me puse en pie.

—Nada de palabras de seguridad.

Se aferró a mí y me contestó sin apenas aliento.

—Vale.

Me dirigí a su habitación y la lancé sobre la cama. Aly soltó un grito ahogado de sorpresa al rebotar sobre el colchón. Me alejé para ir a por mi mochila y para asegurarme de que Fred seguía en su casita y no había entrado a hurtadillas en el cuarto mientras estábamos distraídos. Ningún hijo debería ver lo que yo estaba a punto de hacerle a su madre.

Saqué el cuchillo al volver al dormitorio. Arrojé la mochila a un lado y extraje la hoja de la funda cerrando la puerta de una patada. Estábamos sumidos casi en la oscuridad, pero Aly debió de advertir el peligro porque retrocedió al verme avanzar hacia ella, el deseo derrotado por el miedo.

Levanté el cuchillo.

Ella se colocó en el extremo más alejado de la cama.

—¿Qué vas a…?

Bajé el cuchillo y lo clavé en la esquina del colchón.

Aly se tapó la boca con las manos para amortiguar el grito de horror.

La señalé con un dedo y le indiqué que se acercara.

—Ven aquí, Aly —dije, rodeando con la otra mano el mango para que quedara clara cuál era mi intención—. Quiero ver cómo te lo metes.

15

Aly

El corazón me golpeaba las costillas como si me fuera a salir del pecho. Durante un segundo pensé que Josh iba a matarme. Joder. Tenía que recordar que ese tío se tomaba al pie de la letra todo lo que le decía. Por internet yo le había suplicado que entrase en mi casa, y lo había hecho. Le estaba pidiendo oscuridad, y me la iba a dar. Debería haber imaginado que la obtendría pagando un precio.

Bajé los ojos hasta el mango del cuchillo, clavado en mi cama. Una cama preciosa que me había costado un montón de dinero.

—Mañana te entregan la nueva —dijo Josh con voz deliciosamente grave, porque seguía intentando disfrazarla. Alcé la vista hasta su rostro. Él ladeó la cabeza y señaló mi colchón—. Esta es demasiado pequeña para mí, así que te he comprado la misma estructura, cabecero, somier y colchón en un tamaño mayor.

Me quedé sin aliento. Josh no paraba de referirse a mi gato como su hijo. Me había comprado una cama para los dos como si tuviera la intención de pasar mucho tiempo conmigo. Cuando lo necesitaba, acudía a mí, me abrazaba mientras lloraba, me ayudaba a gestionar mis problemas y me escuchaba sin juzgarme cuando le confesaba que me apetecía matar a alguien.

No me acordaba de la última vez que alguien había estado ahí para mí como él. No me había ocurrido con ninguno de los tíos con los que me había acostado o había salido últimamente. Todos desaparecían cuando me absorbía el trabajo. ¿Qué había hecho Josh, en cambio? Me había observado en el curro, poco dispuesto a perderme de vista aunque yo le hubiera pedido espacio.

Me había asegurado ya en dos ocasiones que para él lo nuestro no era un rollo morboso sin más, pero debía de saber que las palabras se las lleva el viento, ya que también se estaba esforzando una barbaridad en demostrármelo. Había llegado el momento de empezar a creerlo, en lugar de seguir esperando a que sucediera algo malo. Sí, quizá terminase rompiéndome el corazón, pero, si no le daba una oportunidad, yo misma me lo rompería, y probablemente me llevaría el suyo por delante en el proceso.

Me senté en la cama y saqué los brazos del albornoz para que cayera sobre el edredón, detrás de mí. Josh me observó con una intensidad febril, como si no supiera qué parte mirar primero e intentara contemplarme entera de golpe. Jamás me cansaría de verlo devorarme con la mirada así, como si yo fuera alguien a quien venerar y desear al mismo tiempo. Hacía que con él me sintiera segura, aunque a veces todavía conseguía asustarme.

Aun así, el leve temor de no saber lo que haría a continuación me hacía desearlo aún. Me llevaba a querer ser valiente ante él, aunque eso no significaba que no me preocupara un poco su petición. El mango del cuchillo era largo y ancho, con el extremo redondeado y una ligera ondulación más apropiada para un cuchillo de cocina que de caza. Aunque estaba casi segura de que no iba a pasarme nada, me inquietaba el riesgo a una infección o a rebanarme la carne sin querer.

Josh alargó un brazo hacia atrás y cogió la mochila. Sin apartar la vista de mí, sacó lo que parecía un paquete de toallitas desinfectantes.

—Si crees que dejaría que le pasara algo a ese coño tan perfecto que tienes —dijo mirando el inicio de mis muslos—, es que no me entiendes todavía. —Abrió el paquete y extrajo una toallita para limpiar el mango del cuchillo—. Acércate, Aly. Se me está acabando la paciencia, y todavía no estás preparada para descubrir las consecuencias.

Se me tensaron los músculos internos ante aquella posibilidad. Joder, ¿por qué me ponía tan cachonda la idea de que perdiera los papeles?

Bajé de la cama y la rodeé. Me detuve tan cerca de él que tuve que inclinar la cabeza para mirarlo a los ojos. Esperaba que viese en los míos lo mismo que cuando yo lo observaba a él: deseo y cariño sincero. Sí, me moría por su cuerpo enorme y maravilloso, pero su personalidad me excitaba de igual manera.

—Quiero besarte —dije. Las palabras me brotaron de la boca en el mismo instante en el que surgió el pensamiento en mi cabeza.

—Pues date la vuelta —murmuró con voz ronca.

Fruncí el ceño, con una protesta en la punta de la lengua —porque ¿cómo nos íbamos a besar si me giraba?—, pero vi algo en sus ojos que me confirmó que no era el momento de tocarle los cojones y averiguar lo que sucedía, así que me di la vuelta y me quedé preguntándome qué era lo que iba a hacer cuando le oí moverse detrás de mí.

Se acercó, rozándome la espalda con el pecho, y luego me tapó los ojos con lo que parecía un antifaz de satén. Cuando me lo ató, la negrura fue total. Vale, no había problema. No me importaba que me vendara los ojos si así conseguía que me besa...

Solté un grito ahogado cuando me tiró con fuerza de las manos y me las sujetó detrás de la espalda. No me habría importado que me avisara antes, pero, en fin, no le había pedido que fuera considerado precisamente. Noté el roce del acero en la muñeca derecha y, sí, en efecto: me estaba esposando. Todo bien. No había necesidad de entrar en pánico pensando que en la vida había estado tan vulnerable.

«Por favor, Dios o Buda o quien cojones me esté escuchando. Que no me haya equivocado con este tío», recé.

—Se te ha acelerado la respiración, Aly —comentó con un deje de diversión en el tono al tirar de las esposas para arrimarme a su cuerpo. Su erección se me clavó en la espalda, y tuve que contenerme para no refrotarme contra él como si estuviera en celo—. ¿Tienes miedo?

—Sí, pero me gusta —confesé, y pronunciar esas palabras me pareció liberador de una forma que no había imaginado.

Había esperado sentirme culpable, sucia incluso, pero, cuando Josh soltó un gemido atormentado y me rodeó el cuello con una de sus grandes manos, solo me sentí cachonda. Por la cabeza me cruzaron imágenes de lo que podría hacerme estando esposada. Podría atarme a la cama y hacerme *edging* hasta que me desmayara. Podría girarme y follarme a cuatro patas, usando las esposas para tirar de mí hacia atrás con cada brutal embestida.

«Sí, por favor».

Me apretó un poco más fuerte el cuello antes de soltarme y recorrer mi piel hacia abajo con la mano. Contuve el aliento. Un aguijonazo de emoción me atravesó cuando noté la punta de sus dedos sobre la clavícula. Sin poder ver nada, los demás sentidos cobraron vida. La piel se volvió hipersensible a sus caricias. Su aliento, que me removía el pelo, sonaba a suspiros susurrados. Estábamos tan cerca el uno del otro que me dio la impresión de que podía sentir en la espalda el ritmo de su corazón, que latía a la misma velocidad que el mío. Era la única muestra de que él estaba tan afectado como yo por lo que estaba sucediendo.

Mientras Josh bajaba una mano, comenzó a subir la otra, y se encontraron en el medio. Me las puso sobre los pechos como había hecho en el sofá. La diferencia era que en ese momento no había indecisión. Josh me acariciaba los pezones con los pulgares a contratiempo, para estimularme cada uno antes de que pudiese procesar siquiera el placer que irradiaba del otro. La sensación viajó al centro de mi ser, se me aflojaron las rodillas y se me desbocó el pulso. Quería que él también sintiera placer, así que moví un poco las manos e intenté alcanzar su erección.

Josh chasqueó con la lengua y echó las caderas hacia atrás para impedírmelo.

—Ahora se trata de ti —dijo mientras me pellizcaba ligeramente un pezón y luego el otro—. Vas a quedarte sentada. Y yo voy a jugar contigo.

Me retorcí entre sus brazos. Si seguía así, tendría que sentarme antes de lo que él creía. En el suelo, a sus pies. Mis piernas no iban a aguantar mucho más esa dulce tortura.

Me soltó un pecho y fue deslizando la mano por mi cuerpo. Era muchísimo más alto que yo, así que tuvo que inclinarse hacia delante para llegar entre mis piernas, y me acercó los labios al oído. Contuve la respiración, a la espera de que me hiciera una caricia deliciosa, pero no llegó. Se limitó a recorrerme el muslo con un dedo, provocándome, y a pasarlo por el lado, a poquísima distancia del punto donde lo necesitaba.

—Yo también quiero besarte —murmuró, apenas rozándome con los labios el lóbulo de la oreja.

Me estremecí y giré la cabeza hacia él. No era un buen ángulo para comernos los morros, pero estaba tan desesperada que no me importaba arriesgarme a sufrir una contractura permanente si era lo que hacía falta.

Josh soltó una carcajada ronca.

—En la boca no.

Sentí vértigo cuando me giró. Oí un golpe seco, como si acabara de ponerse de rodillas delante de mí. Dios, de no ser por las malditas esposas, me habría arrancado el antifaz para verlo. Me quedé jadeando, aguardando su siguiente movimiento, y tuve la sensación de que él era muy consciente de lo que me estaba haciendo y se deleitaba haciéndome esperar. No me sorprendía, en realidad, que incluso en un momento como aquel estuviera troleándome.

No sé cómo conseguí mantener la boca cerrada en lugar de llamarle de todo o exigirle que me tocase. La emoción no hizo sino aumentar con cada segundo que pasaba. ¿Qué estaba haciendo? ¿Adónde miraba? ¿Cuánto tiempo más pretendía alargar ese instante?

Di un respingo cuando me tocó el tobillo y estuve a punto de caerme porque las esposas de las narices me hicieron perder el equilibrio. Josh me cogió por las caderas y me enderezó mientras su ronca risotada retumbaba por toda la habitación.

—Vaya, qué nerviosa estás esta mañana —murmuró, y detecté en su voz que el muy capullo estaba sonriendo.

—A ver qué harías tú si te atara de esta manera —repuse.

—Si eres tú la que me ata —me hundió los dedos en la piel y me acercó a él—, yo encantado.

Mi breve irritación se evaporó. Josh con los ojos vendados y esposado. Un sí inmediato. Las posibilidades eran infinitas, pero la primera idea que se me encendió en la mente y se grabó a fuego fue vengarme por el *edging* que me había hecho. No tenía ni idea de cómo devolvérsela, nunca le había hecho *edging* a nadie, pero siempre había sido una alumna muy aplicada, y hasta que llegase el momento pensaba invertir el mayor tiempo posible estudiando todas las maneras de acercar a un tío al clímax sin llegar a permitirle que se corriera.

—Interpreto por tu sonrisa malvada que te gusta la idea —dijo.

Abrí la boca para contestar, pero escogió ese momento para levantarme del suelo el pie derecho, y, de pronto, toda yo tuve que concentrarme en no caerme de lado. Con la mano que seguía sobre mi cadera me agarró más fuerte y me ayudó a mantenerme erguida mientras él se pasaba mi pierna por encima del hombro. Tuve que apoyarle el talón en la espalda para no perder el equilibrio, gesto que todavía me acercó más a él.

Me estaba acostumbrando a esa posición cuando su cálido aliento cayó sobre mi sexo, y el estremecimiento resultante hizo que me temblase el tobillo. De no haber sido porque enseguida me sujetó con la otra mano, quizá me habría caído. En ese momento me di cuenta: si notaba su aliento era porque probablemente se hubiera quitado el pasamontañas.

—Estás mojadísima, cariño —dijo, y sus palabras me acariciaron la piel—. Deberías ver cómo reluces. —Noté el roce leve de un beso en la parte superior del muslo y estuve a nada de gemir—. Pensaba que iba a tener que estimularte para que te metieras el mango del cuchillo, pero lo has hecho tú solita.

—No, es por ti —le aseguré—. Me he pasado tanto tiempo con tus vídeos que, en cuanto te veo, mi cuerpo... reacciona.

Me apoyó la frente en el bajo vientre y gimió.

—Joder, Aly. No me digas esas cosas.

—¿Por qué no? —le pregunté.

—Porque ahora cada vez que te vea voy a saber que estás mojada por mí —murmuró con voz ronca.

—A lo mejor es porque tengo los ojos vendados, pero yo no veo qué problema hay.

Soltó una carcajada y negó con la cabeza. Al notar su pelo sobre mi piel supe que se había quitado la máscara.

—Tenemos las próximas dos semanas para estar juntos. Ahora que lo sé, lo único que quiero es encerrarte desnuda en esta casa.

—Hecho. Siguiente pregunta.

Noté las sacudidas de su cuerpo bajo mi pierna al reírse, y me tambaleé de nuevo. Se percató y me sujetó mejor antes de apartar la frente de mí y darme un beso en el muslo que tenía levantado.

—¿Cómo lo consigues? —me preguntó—. ¿Cómo consigues hacerme reír mientras estoy aguantándome las ganas de tumbarte en el suelo y follarte?

Uy, qué bien. Así que era mutuo.

—Debe de ser un talento que compartimos. Que, por cierto, no hace falta que te aguantes.

—Sí hace falta —insistió—. Ya llegaremos a eso, pero antes tengo otras cosas planeadas para ti, y la paciencia es una de mis virtudes.

—Y ese es un talento que no compartimos.

—Ya lo veo —dijo, echándome de nuevo el calor de su aliento sobre la entrepierna.

Noté cómo respiraba hondo, y esa fue la única advertencia que me dio antes de soltar otro gemido ronco e inclinarse hacia delante para rodearme el clítoris con los labios. Trazó círculos con la lengua y luego me lo succionó. Temblé y Josh me sujetó más fuerte las caderas y deslizó la lengua para lamerme la entrada de la vagina.

Por el ruido que hizo, estaba más mojada de lo que me pensaba, derritiéndome por el hombre que tenía entre las piernas.

—Sabes genial —murmuró antes de meterme la lengua lo más hondo que pudo.

Sentí cómo intentaba cerrarme a su alrededor de forma involuntaria, buscando resistencia, desesperada por tener algo más grande y duro llenándome. Josh inclinó la lengua y la sacó acariciando las paredes de la vagina de tal modo que tuve que flexionar los dedos de los pies. Luego trazó otro círculo sobre mi clítoris. Después apretó los labios y volvió a succionar, y yo me clavé las uñas en las palmas con tanta fuerza como para dejarme marcas. Era increíble, pero necesitaba más. Una estimulación superficial no iba a ser suficiente. Una de dos: o Josh dejaba la boca quietecita donde la tenía, o me permitía sentarme en el cuchillo.

Parpadeé, sorprendida. Ah, pues sí. Eso se me acababa de pasar por la cabeza.

Como si pudiera sentir mi necesidad, Josh succionó con más fuerza, y perdí la capacidad de pensar. Eché la cabeza hacia atrás, y no me importó que las esposas se me clavaran en las muñecas cuando forcejeé con ellas. Quería tocar a Josh, enterrar los dedos en su pelo para inmovilizarlo mientras cabalgaba sobre su cara. Quizá, si usaba algún movimiento de defensa personal, podría derribarlo y tirarlo al suelo. Desafortunadamente, con las manos inmovilizadas solo podía llevar a cabo ciertas llaves, y con ninguna terminaría sentada encima de su boca.

Sonó un «pop» cuando soltó los labios, y empezó a lamerme otra vez el clítoris y la zona circundante. Bajó una mano de mis caderas y me la pasó por el muslo antes de llegar, serpenteando, a la entrepierna. Con la punta de los dedos jugueteó con la entrada de la vagina y se empapó de humedad mientras me recorría con la lengua el sensible botoncito de nervios. Estaba tan desesperada por sentir algo, cualquier cosa, dentro de mí que estuve a punto de sollozar cuando me metió dos dedos.

Dios, sí. Si seguía así, no tendría que hacer mucho más para que me corriese.

Arqueó los dedos en mi interior haciendo el gesto de «ven aquí» que había usado antes y me dio en un punto que me arrancó un jadeo.

—Como vuelvas a hacer eso, me va a fallar la pierna —le advertí.

Apartó la boca de mí lo necesario para susurrar:

—Pues entonces deberías sentarte.

Ay, señor. Iba a pasar. Iba a meterme el mango de un cuchillo estando vendada y esposada. Habría debido horrorizarme la idea, pero me emocionaba pensar en lo que se avecinaba.

Sin sacarme los dedos, Josh me soltó la cadera y me bajó la pierna de su hombro. Me sentí más estable con los dos pies en el suelo. Hasta que dobló los dedos de nuevo y me temblaron las rodillas. Se aprovechó de mi precario equilibrio y me empujó la pelvis con el hombro. Desprevenida, me incliné hacia delante. Él me sacó los dedos, me rodeó los muslos por detrás con un brazo y se levantó cargando conmigo como si fuera un saco de patatas.

No tendría que haberme resultado sexy. De verdad que no. Sin embargo, el hecho de que me levantase como si no pesara nada me volvió loca. Era una mujer alta, corpulenta y musculosa. Una parte de mí siempre había sentido celos de esas mujeres bajitas que aparecían en los vídeos en brazos de sus parejas, y por dentro estaba encantada de que por fin me hubiera tocado a mí.

Josh dio varios pasos e hincó una rodilla en el suelo para dejarme de pie.

—La esquina de la cama está justo detrás de ti —me dijo—. Te iré indicando. El mango del cuchillo tiene una guarda gruesa, y la hoja está lo bastante clavada como para que no se mueva, pero por si acaso voy a poner una mano debajo de ti tanto para hacer de barrera como para inmovilizar el cuchillo.

—Pero tienes las manos heridas —murmuré.

—Me gusta el dolor.

Buf. Aquella declaración era tan excitante como perturbadora.

—Vale —conseguí responder con apenas un susurro, sin aliento.

—Lo de antes iba en serio —me aseguró mientras me acariciaba otra vez la vulva con los dedos. Jadeé cuando me apretó el clítoris y recordé el *edging*—. Este coño ahora me pertenece a mí, Aly, y yo protejo lo mío.

Y decían que el hombre perfecto no existía.

—Soy tuya —asentí.

Emitió un gruñido masculino de aprobación y me soltó el clítoris para poder ponerme las manos en las caderas y empujarme con cuidado hacia atrás. Di un paso con cautela, luego otro, y me detuve cuando choqué con la cama.

—Siéntate. Poco a poco —me indicó.

Obedecí, agradecida por todos los ejercicios de piernas que me daban la fuerza necesaria para controlar el movimiento. Era como una sentadilla en la que…

«Hostia. ¡Qué frío está!».

Tenía el extremo redondeado del mango del cuchillo en contacto con los labios vaginales, a pocos milímetros de la abertura de la vagina, y me moví hacia delante para situarme correctamente encima. De perdidos al río. Respiré hondo y descendí. Era diferente a los vibradores a los que estaba acostumbrada. Para empezar, estaba más frío. Tanto que mis músculos internos se tensaron a su alrededor para protestar, y me vi obligada a detenerme un segundo hasta que se calentaran y relajaran para seguir bajando, aunque tuve que repetir el proceso. También era más rígido, implacable en mi interior al hundirme en dirección al colchón. Como me había prometido, Josh me esperaba con su mano cálida; el mango sobresalía entre sus dedos, y el clítoris reposó sobre la palma de Josh cuando me senté.

Solté aire entrecortadamente y me adapté a la sensación de tener el mango de un cuchillo de verdad hundido en lo más profundo.

Josh soltó otro suspiro igual de cargado, y supe que debía de sentir algo fuerte porque se olvidó de modular la voz.

—Eres una puta diosa, Aly.

Reconocí su voz al instante. Es que sabía que era él, joder.

Allí sentada, me sentí la diosa con la que me comparaba. No solo porque Josh estuviese tan desarmado al verme sentada en el mango de su cuchillo como para haber soltado el control de sí, sino porque yo nunca había hecho nada tan valiente ni temerario. Me sentía poderosa e intocable, como si después de aquello nada pudiera afectarme jamás. La siguiente vez que un paciente intentara tocarme los cojones, me recordaría qué clase de mujer era yo. Una mujer que no salía huyendo de su acosador enmascarado, sino que, en cambio, se metía el mango de su cuchillo.

Eché las caderas hacia delante, frotándome el clítoris con la mano de Josh y probando la sensación del mango al moverme. A una parte de mí le preocupaba que fuese incómodo, pero no lo era. Se parecía bastante al primer consolador que me compré, sencillo y metálico. La única excepción era que el mango no vibraba.

—¿Todo bien, cariño? —me preguntó Josh, de nuevo con voz grave, mientras buscaba con el pulgar para situarlo encima de mi clítoris y aplicaba presión justo donde la necesitaba.

Se me escapó entre los labios un suave gemido.

—Mejor que bien.

Lo oí moverse hacia delante y noté que me rodeaba la cintura con un brazo y luego tiraba hacia abajo de la cadena que unía las esposas para clavarme las muñecas en el colchón, detrás de mí, y obligarme a arquear la espalda.

—Entonces ¿se puede saber a qué estás esperando? —me murmuró al oído con voz ronca—. Muévete.

Hostia. A Josh se le daba bien el papel de dominante. Apoyé los pies en el suelo y volví a empujar contra su mano. El metal me calentaba por dentro al presionar deliciosamente en el lugar que hacía nada me había acariciado él con los dedos.

Oí un golpe seco como si Josh se hubiera arrodillado entre mis piernas, y al poco noté su boca sorbiéndome la piel del cuello y luego dándome mordisquitos hacia abajo. Con una mano seguía manteniendo las esposas hincadas a la cama y con el pulgar de la otra comenzó a trazar círculos lentos sobre mi clítoris mientras yo me movía sobre el cuchillo. Cerró los labios sobre un pecho, lamiendo el pezón, y solté un grito. Me tensé contra el mango del cuchillo, y noté que ya empezaba a crecer un orgasmo en mi interior.

Estaba tan mojada que le había empapado la mano, y noté su largo dedo corazón deslizándose por mis pliegues húmedos en dirección al ano. ¿Iba a hacer lo que pensaba que iba a hacer? ¿Me apetecía que lo hiciera? A ver, no era que no me gustara, pero hacía tiempo que no lo hacía y no sabía cómo me sentiría al respecto en ese momento.

—Vamos, cariño —dijo, extendiendo mi propia humedad alrededor del tenso anillo de músculos para preparar la zona—. Cuanto antes empecemos a prepararte, antes podré caber aquí.

Esperó un segundo a que yo le dijera que no. Como no fue así, me introdujo la punta del dedo. Me quedé paralizada, intentando relajarme, pero todo mi cuerpo se había agarrotado en un acto reflejo. Me sentía invadida, pero no necesariamente en plan mal, solo de una sensación nueva, acompañada de una ligera molestia al dilatarme poco a poco.

Qué intenso. Esa era la única palabra capaz de describirlo. La sensación era tan abrumadora que me quedé inmóvil unos segundos, tan solo sintiendo lo que Josh me hacía. Con el pulgar seguía acariciándome el clítoris y, cuando me lamió el pezón con la lengua, la doble estimulación bastó para que me derritiera de nuevo. Entonces me metió un poco más el dedo corazón.

Con cuidado, meneé las caderas sutilmente. Madre mía. Vale, no era horrible. De hecho, me ponía mucho esa sensación intensa y algo desconcertante, pero en todo caso el tabú de lo que estábamos haciendo me daba más ganas de seguir, y me lancé contra su mano y contra el cuchillo un poco más fuerte.

—Buena chica —dijo. Pues sí, confirmado: los elogios eran otro fetiche mío, porque oírle decir esas palabras me había acercado peligrosamente al clímax—. Mira lo bien que lo estás haciendo.

Se me escapó un gemido tembloroso al comenzar a cabalgarlo de nuevo. Estaba experimentando tantas cosas a la vez —penetración anal, estimulación del clítoris y del pezón, por no hablar del mango del cuchillo, que me llenaba por dentro— que enseguida me abandoné a una sensación arrolladora de plenitud y placer. Me iba a correr. En breve y muy fuerte.

Josh dobló el dedo hacia delante dentro de mí, y noté que presionaba mi pared interna contra el mango del cuchillo.

—Joder, quiero estar dentro de ti —masculló antes de morderme el pezón con los dientes, sin llegar a hacerme daño.

—Sí —jadeé. Yo quería lo mismo; tanto, que me daban ganas de echarme a llorar.

Lo que estaba sintiendo era increíble, y nunca antes había vivido algo tan liberador o revelador, pero la idea de tener a Josh enterrado en mí me hacía enloquecer de deseo. Estaba hambrienta de él, quería acariciar y besar y lamer cada centímetro de su cuerpo perfecto, quería que él se apoderara de cada centímetro del mío a su vez. Ansiaba la cercanía de rodear a alguien con todo el cuerpo y sentir que su pecho se movía junto al mío y me estrechaba entre los brazos al embestirme.

—Yo también quiero lo mismo —dije, subiendo y bajando más rápido, más fuerte, con la presión creciendo en mi interior.

—Pronto, cariño —me prometió—. Pero antes quiero que te corras encima de mi cuchillo. ¿Puedes ser una buena chica y concedérmelo?

—Sí —respondí, apretando los muslos y tensando el culo alrededor de su dedo mientras seguía moviéndome sin descanso.

Josh acercó la boca otra vez para devorarme un pezón y luego el otro, con el dedo flexionado y el pulgar justo donde lo necesitaba. Era demasiado. Era mejor que nada que hubiera experimentado antes.

Si ese hombre me rompía el corazón, estaba jodidísima, porque tenía la impresión de que estaba alterando para siempre mis deseos sexuales.

—Nunca te haría daño, Aly —exclamó.

Dios, debía de haber pronunciado en voz alta ese último pensamiento. Ya era demasiado tarde para retirarlo y demasiado tarde para bajar el ritmo, porque me estaba corriendo, meneando las caderas a un ritmo frenético y soltando un gemido tras otro, viendo estrellas tras los ojos cerrados mientras el placer me inundaba con tanta potencia que me comenzaron a zumbar los oídos.

Para mi horror, me empezaron a caer lágrimas por las mejillas, pero no pude detenerlas. Aquel había sido un acto de liberación tan placentero, después de un turno tan complicado... Bueno, después de unos años complicados, mejor dicho. No me sorprendió que todo lo que había reprimido se derramara entonces, como si se hubiera roto una presa.

—Joder, Aly. ¿Estás bien? —dijo Josh cuando me incliné hacia delante—. Espera, cariño.

Me sacó el dedo con cuidado y me sujetó los muslos para levantarme del cuchillo. Me acurruqué sobre él como si fuera una niña pequeña que se había perdido.

—Te tengo —dijo mientras se ponía en pie conmigo en brazos.

Tardó un minuto en coger las llaves de las esposas de la mochila porque no quiso soltarme, así que, cargando conmigo, se agachó y hurgó en el interior de la bolsa hasta encontrarlas. En cuanto me las quitó, le rodeé el cuello con los brazos y me aferré a él sollozando. Por el amor de Dios, ¿qué me pasaba?

—Deberías haberme pedido que parase —dijo mientras se recostaba en la cama conmigo encima.

—Ah, no, n-no —balbuceé—. Has estado perfecto. Ha sido perfecto. Es que me acaba de golpear todo lo otro que ha pasado hoy.

Soltó un fuerte suspiro y me estrechó.

—¿Solo hoy? ¿O llevabas más tiempo reprimiendo otras cosas?

¿Cómo era posible que ya me conociese tan bien? No podía deberse a la vigilancia. Observar a una persona a través de una cámara de vídeo sin micrófono o leer sus historiales de internet solo proporcionaba cierta información. No, ese hombre me comprendía íntimamente, como si fuera más experto en leer entre líneas que la mayoría y pudiera llegar al alma misma de alguien.

—No pasa nada por desahogarse —dijo mientras me acariciaba la espalda.

—No puedo. No es el momento.

—Claro que es el momento —repuso—. Una liberación desencadena otra. Suéltate. Ya te he dicho que te tengo, cariño.

«Ay, joder». Josh iba a ser mi perdición, ¿verdad? Al oír sus palabras fue como si por fin tuviese permiso para dejar de esconderme, de guardármelo todo y de estar anestesiada. Aquella noche había sido horrible. La anterior, casi igual de mala. Todo aquel puto mes había sido un desastre constante, a excepción del tío que me abrazaba, que era la única luz de mis días.

Y ¿qué había intentado hacer yo? Alejarlo de mí. ¿Por qué no me creía con derecho a tener cosas buenas? ¿Era porque me habían arrebatado tantas siendo muy joven, cuando mi padre murió de un infarto pocos meses después que mi madre en el accidente? ¿Fue entonces cuando dejé de permitir que la gente se me acercase y empecé a alejarla de mí, como si quisiera demostrar que todo el mundo tarde o temprano me abandonaría?

Debía parar. Josh tenía razón al decir que a mi madre no le habría gustado verme así. Conociéndola, estaba en algún lugar del más allá maldiciéndome por lo mucho que trabajaba y lo mucho que mi vida social padecía las consecuencias. Casi podía oírla y todo: «¡Que yo esté muerta no significa que no espere que me des nietos!».

Aquella idea detuvo el mar de lágrimas. Todas las personas a las que conocía que habían perdido a un ser querido hablaban de sus parientes fallecidos como si hubieran sido santos. Mi madre había sido un demonio: fiera, sincera hasta decir basta y la mujer más valiente que había conocido. Un día la vi enfrentarse a un intento de atraco metiéndose una mano en el bolso y gritando: «¡Baja esa navaja que tengo aquí una pistola, hijo de puta!». El tío salió por pies, y mi madre se rio cuando la miré horrorizada. No llevaba ninguna pistola en el bolso.

—Gracias —le dije a Josh—. Creo que necesitaba oír que no pasa nada por estar mal.

—No hay de qué —dijo acariciándome la espalda—. Durante unos segundos he creído que lo había jodido todo.

Me incorporé y me quité el antifaz. Se había puesto de nuevo el pasamontañas, y odié ver el frío azul de las lentillas, en lugar de los cálidos ojos marrones que sabía que se ocultaban detrás.

—No podrías aunque lo intentaras —le aseguré.

Apartó la vista y frunció el ceño como si no me creyera.

Giré su cara para que me mirase.

—Lo que acabamos de hacer me ha cambiado.

Él soltó una carcajada.

—A ti y a mí. Nunca he visto nada tan bonito como tú sobre ese cuchillo. Mira.

Agachó la cabeza y seguí su mirada hacia la mancha húmeda de su entrepierna.

Fruncí el ceño.

—¿Te has...?

—¿Que si me he corrido en los pantalones cuando me has apretado el dedo con el culo y has tenido semejante orgasmo que me has salpicado? Joder, ya ves. Así me tienes, cariño. No hace falta ni que me toques para que estalle.

Lo miré a los ojos.

—Si ahora es así, ¿qué va a pasar cuando por fin me la metas?

Gimió y recostó la cabeza en la cama.

—Es probable que los polos vuelvan a alinearse, y seremos los culpables de una extinción masiva.

No supe que más decir. Ahora que se me secaban las lágrimas en las mejillas, me daba cuenta de dos cosas: seguía desnuda y tenía al hombre de mis sueños tumbado debajo de mí. Era impresionante después de haberme privado de verlo durante tanto tiempo. Me embebí de la forma en que se le ceñía la camiseta a los músculos y luego del espléndido caleidoscopio de colores que le cubría los brazos. Su cuerpo era una obra de arte.

Josh acababa de hacer tambalearse todo mi mundo y yo acababa de ponerme a llorar sobre su pecho, pero seguía sedienta de él. Lo deseaba de nuevo. Ya. Esa vez con todo su cuerpo, a la mierda la espera.

—No me mires así —dijo.

—Si ni siquiera me ves.

Irguió la cabeza.

—Ya, pero he notado cómo me desnudas con la mirada.

Le pasé un dedo por el centro de la camiseta.

—¿Me vas a culpar? Tú ya me has visto desnuda dos veces y yo a ti todavía nunca.

Se le arrugaron los ojos en las comisuras.

—Si me salgo con la mía, en las próximas dos semanas me verás tantas veces que al final te vas a hartar de mí.

Negué con la cabeza y volví a repasarlo con la mirada.

—Lo dudo muchísimo.

Me señaló con un dedo.

—Eh. Nada de eso. Tenemos que limpiarnos, y luego te toca comer algo y dormir. Has tenido una noche horrible y estás agotada. Ahora mismo tus ojos desprenden tanto sueño como seducción.

Me dio un vuelco el corazón.

—¿Te vas a quedar?

Empezó a incorporarse, aún cargándome en brazos.

—¿Quieres que me quede?

—Pues… —Las palabras se me atascaron un momento en la garganta. Esa noche le había mostrado tanta vulnerabilidad que añadir un poco más era complicado. Me sentía desnuda y superexpuesta, pero me pregunté si a lo mejor él necesitaba oírlo, porque hasta entonces se había limitado a entrar sin que lo invitara—. Sí. Quiero que te quedes.

Soltó lo que pareció un suspiro de alivio, y supe que había tomado la decisión correcta.

—Si es así, me quedo —repuso. Se levantó y me llevó al cuarto de baño, donde nos limpió a los dos. Después me puse un pijama cómodo e intenté no descojonarme al verlo con el pantalón de chándal que le había prestado. A mí me iba demasiado grande, era muy holgado, pero a él le quedaba como un pantalón pirata. Josh podría haber sido sin problemas defensa de fútbol americano.

Junto a la puerta del dormitorio sonó un maullido que era casi un aullido, seguido por el ruido de Fred arañando la madera. Me sorprendía que hubiese aguantado tanto. Por lo general, Fred gimoteaba ante mi cuarto a los cinco minutos de cerrar la puerta.

Josh se volvió hacia él y gritó imitando a Batman:

—¿No vas a respetar nuestro tiempo a solas?

«¡Miau!».

—¡No pienso discutir contigo, jovencito! —exclamó Josh.

«¡Miau!».

—Perdona que te diga, pero más te vale que no le hables así a tu madre cuando no esté yo presente.

Meneé la cabeza cuando Josh se dirigió a la puerta y la abrió. Fred estaba al otro lado, ondulando la cola, y profirió un último y estruendoso maullido.

—Ya está —le dijo Josh mientras lo cogía y salía al pasillo—. Ay. Dios, ten cuidado, Fred. Me estás arañando la camiseta otra vez. Sí, ya sé que te alegras de verme. —Su voz fue bajando a medida que se alejaba—. Yo también te he echado de menos, pero gritarle a la gente no sirve para demostrarles que te importan, y no te atrevas a mencionar lo de mi acoso a tu madre. Ahora mismo estamos hablando de tus excentricidades, no de las de papá.

Me dio la impresión de que se me hinchaba el corazón al oírlo. Josh iba a tener que dejar de ser tan adorable, o terminaría siendo un problema.

—Cariño —me llamó—, ¿quieres que te prepare huevos con beicon otra vez?

Hostia, no.

Salí corriendo de la habitación al tiempo que pensaba cómo decirle educadamente que, por favor, no volviese a cocinarme en la vida.

16

Josh

Me despertó de repente el estruendo de una alarma. Me incorporé en la cama y, durante unos segundos, no vi nada y me embargó el miedo. ¿Se me habían ido las lentillas hacia detrás del ojo al dormir y me habían cercenado el nervio óptico? ¿Era eso posible?

—¿Qué es ese ruido? —gruñó Aly cerca de mí.

—No lo sé. Me he quedado ciego —dije con la voz teñida de pánico. Joder, era la segunda vez que me olvidaba de disfrazarla.

—¿Cómo? —exclamó, y el colchón se sacudió con su movimiento.

—Ayúdame —gimoteé imitando a Batman. Y, sí, fue tan patético como suena.

—Madre de Dios —dijo Aly con una leve carcajada—. No te has quedado ciego. Se te ha movido el puñetero pasabocas.

Me incorporé, tan aliviado que hasta temblaba. Vi a Aly frunciendo el ceño a mi lado cuando me coloqué el pasamontañas. La habitación estaba tan oscura que debíamos de habernos pasado el día entero durmiendo y volvía a ser de noche. No recordaba la última vez que había disfrutado de tanto sueño ininterrumpido, pero, después de comernos el desayuno que ella insistió en preparar, nos hicimos un ovillo en su cama diminuta y me quedé frito en cuanto apoyé la cabeza en la almohada.

—Se llama «pasamontañas» —la corregí.

—Y ¿qué es lo que he dicho? —me preguntó.

—«Pasabocas», que es un aperitivo colombiano.

—Pues eso. —Extendió los brazos hacia mí, y tuve que reprimir las ganas de rodearla y arrimármela al pecho—. Debes de haberte olvidado de apagar la alarma.

Me quedé quieto cuando por fin comprendí qué sonido era aquel. Mi móvil tenía muchas alarmas, pero esa, muy alta y especialmente molesta, estaba vinculada al sistema de seguridad de Aly; en concreto, a la cámara de la puerta trasera. Había cambiado la configuración para que tan solo sonase si alguien estaba a menos de treinta centímetros del sensor y pasaba varios segundos ahí, con lo cual descartaba a cualquier animal que cruzase por delante.

De pronto estaba despierto del todo. En mi interior se peleaban la ansiedad y la adrenalina por tomar el control. Cogí el móvil de la mesita de noche antes de que Aly pudiera alcanzarlo. Silencié la alarma y desbloqueé la pantalla. Lo que vi me heló por completo la sangre. La cámara estaba negra. Y no negra porque fuera noche, sino como si alguien la hubiera tapado con algo.

Maldije en voz alta.

—¿Qué pasa? —me preguntó Aly.

—Hay alguien en la entrada trasera.

—No, eso fue anoche —dijo Aly con una sonrisita.

—Va en serio —insistí—. Creo que hay alguien intentando entrar en la casa.

—¿Qué? —susurró con tono agudo.

Salté de la cama, vestido solo con los calzoncillos. ¿Dónde cojones estaba Fred? Mis ojos se clavaron en su cuerpecillo blanquinegro, tumbado en la butaca. Lo cogí y se lo di a su madre.

—Protege al bebé —le dije.

—¿A qué te refieres? —preguntó estrechando a Fred en sus brazos—. ¿Qué vas a hacer?

—Voy a ver quién es.

—Ni hablar —protestó—. Tenemos que llamar a la policía.

Me quedé paralizado en pleno proceso de ponerme el diminuto pantalón de chándal que me había prestado.

—Nada de policía. Ahora mismo no te lo puedo explicar, pero… nada de policía. ¿Dónde está la pistola cargada más cercana?

—En el último cajón de la cómoda —me contestó—. Y ten más claro que el agua que luego vamos a volver a lo que acabas de decir.

—Ya me lo suponía.

Con un último tirón, conseguí subirme el pantalón antes de acercarme a la cómoda. La pistola de Aly estaba donde me había dicho, y la cogí para comprobar que estuviera cargada. Cuando me volví hacia la cama, vi que se había levantado y que se estaba poniendo el pantalón del pijama.

—Tú te quedas aquí —le dije.

—Va a ser que no —me espetó acercándose.

Con el arma apuntando al suelo, le sujeté el hombro con la otra mano para detenerla en seco. Agaché la cabeza para mirarla a los ojos. La idea de que se marchara de la habitación era más aterradora que la de que alguien entrara en su casa, y, sí, no se escapaba lo paradójico de aquel pensamiento.

—Eres la puta ama —le dije—. Y no dudo de que pudieras encargarte tú sola si no tuvieras más remedio. Pero te ruego, por mi salud mental, que te quedes aquí, por favor. —La zarandeé para intentar que comprendiera mejor mi intención y agucé el oído para calcular de cuánto tiempo disponíamos antes de que quienquiera que estuviese frente a la puerta le pegase una patada—. Por favor, Aly.

—No me hace ni pizca de gracia —protestó con el ceño fruncido al verme preocupado de verdad.

—Ya lo sé, cariño, pero si vienes conmigo estaré demasiado distraído, y necesito poder concentrarme al máximo en la persona que pueda haber ahí fuera.

Aly se mordió el labio inferior y juntó las cejas. Joder. Si me iba a morir, que no fuera sin haber sentido nunca sus labios sobre los míos. La noche anterior se lo había negado porque quería retrasar el momento de besarnos hasta que me lo suplicara, pero en ese momento era yo quien se moría de la desesperación.

Me levanté el pasamontañas para descubrirme la boca y estampé mis labios en los suyos. Me recibió hambrienta y voraz, y me apretó los hombros con las manos. La cabeza empezó a darme vueltas y se me bajó toda la sangre a la polla cuando abrió los labios para acogerme dentro de su boca y nos rozamos con la lengua.

Quizá ya estaba muerto, porque besar a Aly era el paraíso. Su cuerpo se adaptaba tan perfectamente al mío que era como si estuviéramos hecho el uno para el otro. Nuestras bocas se movían en equipo como si nos hubiésemos besado cien veces y supiéramos cómo le gustaba al otro. Fue el mejor beso de toda mi puta vida, y renovó mi determinación de asegurarme de que me diera mil más como ese. No, un millón.

Me aparté. Los dos jadeábamos. Mi verdadero norte y el eje de mi mundo se habían realineado y señalaban a la mujer que tenía entre mis brazos.

Le di un último beso en los labios.

—Cierra la puerta cuando salga y saca la otra pistola de la mesita de noche por si me pasa algo.

Parpadeó con los ojos abiertos como platos.

—Puede que solo sea un mapache.

Me obligué a alejarme de ella.

—Que yo sepa, los mapaches no saben tapar una cámara. —Aly cogió aire cuando me fui hacia la puerta. Me detuve para volver a mirarla; tal vez fuese la última vez que la veía, así que memoricé su imagen allí de pie, con el pijama arrugado, el pelo suelto sobre los hombros y los labios hinchados por mi beso—. Coge la pistola, Aly.

—Ni siquiera te voy a preguntar cómo sabes dónde tengo las armas. —Se detuvo antes de llegar a la mesita y me señaló con un dedo—. Pobre de ti como resultes herido.

—Intentaré evitarlo —repuse—. Pero déjame clara una cosa: soy el único enmascarado al que le has pedido que entrara en tu casa, ¿no? No me gustaría pegarle una paliza a un tío inocente por un malentendido.

Aly me miró con gesto pensativo.

—Enmascarado sí. Pero se lo pedí a un crossfitero y a uno o dos bomberos.

Me puse rígido.

—Más te vale que estés de coña o vamos a tener nuestra segunda pelea.

Me lanzó una almohada.

—Es broma, idiota. Lárgate, psicópata, antes de que cambie de opinión y decida ir contigo.

Me volví y cerré la puerta después de oírla susurrar: «Ten cuidado, por favor».

«Por ti, siempre», pensé.

El árbol de Navidad que Aly todavía no había guardado iluminó mi camino por el comedor. Se me ocurrió apagarlo, pero al final lo descarté; la persona que estuviese fuera quizá se daría cuenta del cambio de luz y sabría que alguien se había despertado y lo aguardaba. Tendría más oportunidades de evitar daños físicos si lo pillaba desprevenido.

Me acerqué a la pared del fondo, lejos de la vista de la puerta trasera, y poco a poco me dirigí hacia la cocina, donde se encontraba la entrada. El ruido que hacía el pomo al agitarse fue la prueba definitiva de que no se trataba de ningún animal. Alguien estaba en el exterior de la casa de Aly en plena noche intentando forzar la cerradura.

La rabia que me embargó fue tan intensa que empecé a temblar. Iba a matar a esa persona. No. Un momento. Si lo hacía, quizá acabara en la cárcel, y entonces solo podría ver a Aly durante las horas de visita.

«No si no te pillan», terció una vocecilla servicial.

Sacudí la cabeza. No era el momento de mantener un debate interno con mis pensamientos intrusivos. Podía tratarse de un simple allanamiento de morada. En esa zona de la ciudad el índice de delincuencia estaba por la media, no era ni tan alto ni tan bajo como en otros barrios. El coche de Aly no se encontraba en el camino de acceso porque había vuelto a casa en Uber. La persona que se hallaba al otro lado de la puerta probablemente creyese que no había nadie dentro. Solo era mi ansiedad generalizada y catastrofista la que me llevaba a asumir de inmediato que se trataba de algo más nefasto.

Me concentré en la puerta y me arrimé a la pared a medida que me acercaba. En cuanto el posible ladrón consiguiera forzar la cerradura, se daría cuenta de que había un cerrojo, y yo no quería que rompiera la puerta de Aly y despertara a todo el barrio con el ruido. Lenta y sigilosamente, alargué el brazo y, con sumo cuidado, descorrí el cerrojo.

Ya solo me quedaba decidir qué hacer cuando el intruso intentase entrar, si quedarme apuntándole a la cara con la pistola u ocultarme en algún sitio y abalanzarme desde…

La puerta se abrió.

Reaccioné por instinto, con la cabeza vacía de pensamientos, y mi cuerpo se movió por sí solo gracias a los años que llevaba practicando artes marciales. Me salió el puño disparado cuando apareció un tío con un pasamontañas como el mío. Sumé todo mi peso al puñetazo y me visualicé estampándole los nudillos en la cabeza, como tantos años atrás me había enseñado mi primer profesor de karate.

El golpe que le propiné en plena cara lo dejó sin aliento, y se desplomó en el umbral de la puerta como una marioneta a la que le hubieran cortado los hilos.

Para asegurarme de que estaba inconsciente, lo levanté por la camisa y lo zarandeé. La cabeza le rebotaba de tal forma que era difícil que estuviera fingiendo. Lo dejé en el suelo, cerré la puerta tras él, y pasé el cerrojo por si iba acompañado de algún cómplice que lo esperase cerca de allí. Entre el pasamontañas y la mochila enorme que llevaba, a mí me parecía que aquello iba más allá de un simple allanamiento de morada.

El ruido de alguien cogiendo aire me detuvo en seco.

«No se le habrá ocurrido».

Apreté los dientes y me volví. Aly se encontraba a menos de dos metros, apuntando al intruso con la pistola. Por supuesto, no me había hecho ni caso y había salido del dormitorio.

La observé con los ojos entornados, pero ella estaba tan concentrada en el hombre inconsciente que no se fijó en mi mirada censora.

—Que no te quepa ninguna duda de que sí vamos a tener una segunda pelea.

Se la veía pálida en la oscuridad, con la expresión demudada por lo que parecía miedo de verdad. En lugar de soltarme alguna fresca, señaló al tío con la pistola.

—Quítale el pasamontañas.

—Aly —dije. El recelo me reptaba por la columna.

—Hazlo —masculló.

Me agaché y le quité el pasamontañas al intruso.

«Me cago en todo».

Era Bradley Bluhm.

Tenía la cara hinchada todavía por la paliza anterior. Con mi puñetazo le había fastidiado la nariz, y le manaba sangre por la boca y la barbilla, pero era innegable que se trataba del violador —y más que probable asesino si los policías acertaban en sus sospechas— al que Aly se había enfrentado la noche anterior.

Las implicaciones de su presencia eran espeluznantes. Aly le había tocado los cojones, lo había llamado «cobarde», y él la había localizado ¿para hacer qué? ¿Para vengarse? ¿Para convertirla en su nueva víctima? De no haber sido por la alarma que yo había instalado en mi móvil, quizá nos habríamos despertado con el ruido que habría hecho al patear la puerta trasera. Podría habernos pillado por sorpresa y haberle hecho algo a Aly antes de que yo me diera cuenta de lo que estaba ocurriendo.

El chasquido que sonó cuando ella preparó la pistola me sacó de mis ensoñaciones. Me volví hacia ella con los brazos extendidos, poniéndome delante del cuerpo inconsciente de Brad.

—No le puedes disparar.

Enseguida bajó el arma al suelo, pero me señaló con el cañón.

—Apártate.

—No. Aly, escúchame —dije con mi voz normal. Hablar como Batman me estaba irritando la garganta, y ya me había olvidado un par de veces, así que era absurdo seguir con la pantomima—. Si le disparas vas a despertar a todo el barrio, y entonces alguien va a llamar a la policía.

—Vale. —Puso el seguro en el arma y la dejó encima de la mesa más cercana—. Le daremos una paliza hasta matarlo. En silencio. Conozco a gente que podrá hacer desaparecer el cadáver. —La cara que puso al echar a caminar me confirmó que lo decía en serio.

Levanté las manos para detenerla.

—Piensa un poco. Lleva una mochila.

Aly frenó a los pies de Brad y apretó los puños con expresión sombría.

—¿Y qué?

—Pues que a lo mejor tiene un móvil ahí —contesté—. Y, si lo tiene y luego desaparece, el rastro llevará directo hasta tu casa. Déjame un par de guantes de látex para comprobarlo.

Me miró como si fuese a llevarme la contraria, pero, al cabo de un tenso momento, se fue a un cajón de la cocina y me dio lo que le había pedido.

Me puse los guantes y hurgué en la mochila de Brad. La rabia regresó a mí duplicada por diez al caer en la cuenta de que estaba viendo las herramientas de un asesino: bridas, cuerda, una botella de cloroformo, bolsas de basura, un cuchillo de sierra, lejía, trapos…, todo lo que hacía falta para matar a una persona y luego limpiar la escena del crimen. No me cupo ninguna duda de que Brad ya se había cargado a alguien. Nadie se envalentonaba tanto si no se había ido de rositas varias veces.

Que me lo dijeran a mí. Cuando tenía seis años, encontré a una víctima de mi padre en el congelador del sótano. Me dijo que era un maniquí y que pretendía hacerle una broma a mi madre con él, y que si se lo contaba me pegaría, así que cerré el pico y solo cuando lo detuvieron me percaté de qué era lo que había visto en realidad.

Pasé a los bolsillos más pequeños, pero ahí tampoco había ningún teléfono, así que dejé la bolsa en el suelo y di la vuelta a Brad para mirar en sus vaqueros y en su chaqueta. *Rien de rien.* No era tan chapucero como me había pensado, y eso resultaba tan tranquilizador como inquietante. Por un lado, a lo mejor me salía con la mía y podía llevar a cabo mi plan de acabar con él; por el otro, seguía existiendo el riesgo de que su móvil estuviese cerca, probablemente en un coche aparcado.

—¿No ves ningún móvil? —me preguntó Aly.

Me senté sobre los talones.

—No.

Aly se acercó y le pegó tal patada en los huevos a Brad que se levantaron del suelo las piernas. El tío gimoteó y se hizo un ovillo como si se estuviera despertando. Aunque yo hubiera planeado la muerte de ese tío, me entraron ganas de vomitar al pensar en lo mucho que debía de haberle dolido. Antes de que pudiera impedírselo, Aly le pisoteó las costillas. Por la habitación retumbó un chasquido, y al poco se oyó un gemido grave y atormentado cuando el dolor devolvió a Brad a la realidad.

—Ni se te ocurra —dijo Aly, y se agachó para darle en la sien un puñetazo tan fuerte que le dejó la cabeza girada. Brad se quedó inmóvil de nuevo, y Aly se incorporó sacudiendo el brazo—. Hostia, qué daño.

Le cogí la mano y le inspeccioné los nudillos a la poca luz que había.

—¿Estás bien?

—No. —Se le llenaron los ojos de lágrimas—. ¿He visto una cuerda y un cuchillo en su mochila?

Le di un abrazo. Los dos temblábamos por la adrenalina acumulada y por algo más que un leve temor.

—Sí.

—Ha venido aquí a violarme y matarme —dijo.

—Es muy probable.

La estreché con fuerza, horrorizado por ella y por todas las mujeres, porque constantemente debían preocuparse por si aparecía un hombre como Brad.

Dios, me había comportado como un energúmeno. Aunque Brad y yo no tuviéramos la misma intención, los dos habíamos entrado a la fuerza en casa de Aly, y me pareció odiosa la idea de haberle podido provocar una angustia similar. Hacía menos de dos semanas había pensado que jamás me arrepentiría de lo que estaba haciendo… Me entraron ganas de viajar al pasado y darme una paliza a mí mismo. Ese tipo de abusos eran imperdonables, y no me podía creer que Aly me hubiera dado una oportunidad en lugar de dispararme en la cara como me merecía. Si debía pasarme el resto del tiempo que estuviéramos juntos compensándoselo, lo haría encantado.

—Hay que matar a este tío —exclamó Aly con la voz amortiguada por lo fuerte que yo la estaba abrazando.

—Pues sí —asentí—. Pero no puedo ser yo quien lo mate, y tampoco quiero que seas tú.

—¿Qué hacemos, entonces? —me preguntó.

—Primero hay que atarlo de pies y manos, y averiguar si ha dejado o no algún móvil o algún coche cerca de aquí —dije—. Si no es así, lo llevaremos a la casa de su última víctima. La familia de la chica vive fuera de la ciudad, en una granja enorme, y entre el padre exmilitar y el marido exmarine seguro que se ocupan de él.

—¿Y si llaman a la policía?

—Hasta el momento, Brad no nos ha visto, así que no nos va a poder identificar si sobrevive. Y tampoco es que pueda contarles a las autoridades lo último que recuerda, porque no creo que vaya a ayudarle mucho decir que «estaba entrando en la casa de una mujer con una mochila llena de armas». Después ya se nos ocurrirá otra forma de ir a por él si es necesario.

Aly se apartó lo suficiente como para mirarme a los ojos.

—Ya habías pensado en todo eso.

No me molesté en mentir.

—Sí. —Había llegado el momento de que Aly se diera cuenta de lo trastornado que estaba.

Sin embargo, en lugar de horrorizarse, se limitó a asentir.

—Bien. Yo habría tomado una decisión imprudente y probablemente habría terminado en la cárcel.

—Oye —le dije, y le levanté la barbilla mientras reunía la valentía que me hacía falta.

—Dime.

—Siento haberte hecho esto.

Aly frunció el ceño.

—Tú no me hiciste esto.

—Sí que te lo hice. ¿Has olvidado que Brad no es la única persona de esta cocina que ha irrumpido en tu casa?

Respiró entrecortadamente y se soltó la barbilla.

—No lo he olvidado. La primera vez estaba tan preparada para dispararte a ti como ahora a Brad, créeme.—Apartó la vista y se mordió el labio inferior—. Pero después nunca tuve la sensación de que quisieras hacerme daño. No lo puedo explicar, y sé que suena ridículo e ilógico y peligroso, y es que lo es, pero dentro de mí algo me decía que podía confiar en ti.

Me incliné para apoyar la frente en la suya.

—Fue el picoteo que te preparé, ¿verdad?

Aly soltó una carcajada.

—¿Qué quieres que te diga? Me pueden los cócteles caseros de frutos secos.

Le di otro abrazo. Quería pasarme el resto de mi vida estrechándola, protegiéndola de lo terrible que era el mundo con el cuerpo si era lo que hacía falta para mantenerla a salvo. Por desgracia, el hombre que estaba inconsciente a nuestros pies no se quedaría así para siempre, y, cuanto antes lo sacáramos de su casa, mejor.

Dejé de abrazar a Aly y me agaché junto a la mochila de Brad.

—Creo que atarlo con su propia cuerda es una especie de justicia poética, ¿verdad? ¿Quieres que lo hagamos?

—Sí, quiero.

Seguro que no era el momento de que me diera un vuelco el estómago por aquellas dos palabras, pero oírselas decir a Aly me calentó el corazón de tal modo que me entraron ganas de que las pronunciara de nuevo, a poder ser ante un altar o algo parecido, o en una playa tropical, los dos solos; lo que prefiriera ella.

Aly cogió un par de guantes y se puso en cuclillas a mi lado mientras yo abría la mochila.

—Qué hijo de puta —exclamó al ver de cerca lo que contenía. Le temblaron los dedos al apartar el cuchillo y sacar la cuerda—. Ya lo ha hecho antes, ¿verdad?

—Según los expedientes policiales que he leído, sí —le dije.

—Y ¿cómo ha podido salir indemne de todo eso?

—Gracias al dinero y porque no es imbécil. La mayoría de las pruebas que lo vinculan a los crímenes más recientes son circunstanciales. Solo lo han condenado una vez, cuando todavía era adolescente, pero no aparece en su expediente; lo han eliminado. La otra noche debía de estar muy satisfecho consigo mismo.

Juntos, lo atamos. Mientras yo le sujetaba los brazos y las piernas, fui explicándole a Aly cómo pasarle la cuerda. Habríamos ido más rápido si lo hubiese hecho yo, pero era el tipo de destreza que todo el mundo debería aprender. Después de habernos escapado por los pelos, me moría por enseñarle a Aly cuanto había aprendido sobre defensa personal y supervivencia.

—¿Deberías contarme por qué sabes todo esto? —me preguntó en pleno proceso.

—Seguramente no —le respondí—. No, así no. Esa parte de la cuerda va por debajo, no por encima.

Aly corrigió el error.

—¿Tiene que ver con que no hayas querido que llamara a la policía?

—Te va a sorprender, pero no —repliqué, y ella meneó la cabeza.

En cuanto hubimos atado a Brad, le pedí a Aly que comprobara todos los nudos y que tirase con todas sus fuerzas para asegurarse de que el muy desgraciado no podía liberarse. Le volvimos a poner el pasamontañas e, inspirados por mi breve ataque de pánico al despertarme, se lo colocamos de modo que le quedaran los ojos tapados. Luego lo amordazamos, y fui a buscar el portátil de mi mochila.

Al cabo de una hora teníamos todas las respuestas que pude encontrar en tan poco tiempo. El móvil de Brad seguía en su casa, en un barrio pudiente del norte de la ciudad. Había desactivado la localización del GPS del coche, así que quizá hubiese aparcado cerca de la casa de Aly, pero, si nosotros no habíamos podido encontrarlo, a la pasma también le costaría mucho. Y, aunque dieran con el vehículo, sería difícil demostrar cómo había llegado hasta allí o adónde había ido Brad después, así que confiaba en que Aly estaba fuera de todo peligro.

—Deberías quedarte aquí —le dije mientras cerraba el ordenador y la miraba a los ojos, sentados a la mesa del comedor.

Negó con la cabeza, con expresión más terca por momentos.

—Ni en sueños. Es un trabajo para dos personas, y no voy a dejar que cargues tú solo con el peso. O lo hacemos juntos o no lo hacemos.

Suspiré con fuerza, consciente de que me había derrotado. La cogí en brazos para ponérmela en el regazo y estrecharla por la cintura, y hablé en un tono más bajo.

—Estamos hablando de un secuestro y de complicidad en un posible asesinato.

Aly se volvió hacia el ruido que hacía Brad en la cocina, fuera de la vista, al forcejear con las ataduras.

—Soy consciente, pero ese hijo de la gran puta ha venido a hacerme cosas terribles e imperdonables, y resulta que yo no perdono así como así. No te exagero si te digo que podría matarlo yo sola y dormir tan pancha por las noches.

Cuando Aly se volvió para mirarme, la ausencia de su luz habitual me paralizó. No, no exageraba. En esos momentos estaba viendo los ojos de una mujer peligrosa. Y pensar que me había preocupado estar demasiado chalado para ella… ¿Qué me había dicho la primera vez que la observé por su ordenador? Que a Fred yo le había caído en gracia porque los gatos eran sociópatas y me había reconocido como a uno de los suyos. Debería haberme percatado del mensaje subyacente: a Fred le caían bien dos personas, Aly y yo, así que éramos como dos gotas de agua.

Vi que parpadeaba y que la vida regresaba a su expresión. Entonces curvó los labios y me señaló con la cabeza.

—Noto que te estás empalmando.

La miré a los ojos despreocupado, sin resistirme a mi parte más perversa por primera vez en mi vida, porque al menos ya no estaba solo en mi locura.

—Y me apuesto lo que quiera a que, si te meto una mano en las bragas, tú estás mojada.

Ella puso los ojos en blanco y se zafó de mi abrazo para ponerse en pie.

—No debería haberte dicho cómo me afectas.

—Sí, claro, ahora va a ser eso.

Me fulminó con la mirada.

Le di un golpecito en la nariz y, estaba a punto de sentarla de nuevo en mi regazo, cuando Brad intentó gritar pese a la mordaza.

Al cabo de veinte minutos nos habíamos puesto ropa de verdad —menos mal que había lavado y puesto a secar mis vaqueros antes de quedarnos dormidos— y había dormido a Brad con su propio cloroformo, le había pegado cinta por encima de la mordaza y lo había metido en la bolsa de *snowboard* de Aly.

Mientras ella preparaba café para el camino, yo me fui a por mi coche. Aparqué marcha atrás en el camino de acceso de Aly con las luces apagadas para evitar atraer ninguna atención. Eran las dos de la madrugada de un sábado, y eso quería decir que el riesgo de que alguien siguiera despierto era mayor que entre semana. Las luces del porche de Aly estaban apagadas y, por suerte, las de Navidad tenían un temporizador, así que se habían desconectado hacía ya horas.

En esa parte de la manzana no había farolas, pero no pensaba asumir ningún riesgo. Había preparado otro miniapagón en el vecindario, y lo activé justo antes de abrir la puerta de mi coche. Cuando el barrio se sumió en la oscuridad, abrí el maletero y eché a correr hacia el porche de Aly. Ella abrió la puerta cuando llegué y los dos juntos levantamos la bolsa de Brad y la llevamos hasta el coche. La lanzamos al maletero con pocos miramientos y lo cerramos sin hacer ruido. A continuación Aly volvió a por el café mientras yo me sentaba al volante del coche.

Las luces del vecindario se encendieron de nuevo en cuanto dejamos el camino de acceso, y Aly y yo intercambiamos una mirada de alivio.

—Toma tu café —me dijo pasándome una taza con tapa—. Solo y con un poco de azúcar, ¿verdad?

Enarqué una ceja al cogerlo.

—Sí.

Me dedicó una sonrisa satisfecha y se acomodó en el asiento.

—Yo también estoy muy atenta.

Aquella mujer aceptaba encantada el sexo morboso, sabía cómo me gustaba el café y estaba más que dispuesta a ayudar en el plan de matar a un violador. ¿Qué había hecho yo para merecerla?

Me volví a concentrar en la carretera al salir del tranquilo barrio de Aly rumbo a la autopista, donde había algo más de ajetreo. Luego, a medida que nos alejábamos de la ciudad, empezamos a ver menos vehículos. Al cabo de una hora éramos el único coche que avanzaba por oscuras carreteras secundarias que serpenteaban entre campos de maíz cubiertos de nieve.

Aly y yo apenas hablamos durante el trayecto, los dos sumidos en nuestros respectivos pensamientos acerca de lo que estábamos haciendo y lo mucho que podría haberse torcido la noche si Brad hubiera logrado entrar en la casa. Lo poco que nos dijimos tenía que ver con todo lo que había leído yo mientras la noche anterior ella había seguido trabajando.

La policía y el hospital habían hecho una labor excelente para intentar proteger el nombre de la última víctima de Brad, pero conseguí encontrar a Macy Harold, una maestra de veintisiete años que había ido a Chicago la noche de la agresión para celebrar la despedida de soltera de una amiga de la universidad. Según la información que había encontrado, se toparon con Brad y los amigos de este yendo de bar en bar, y en algún punto de la noche él se fijó en Macy y las invitó a ella y a sus amigas a varias rondas de bebidas, por más que las chicas intentaron negarse educadamente. Una de las últimas cosas que Macy recordaba era haber aceptado al fin un chupito porque no quería parecer borde; al cabo de menos de una hora, alguien oyó a Brad agrediéndola en el cuarto de baño y abrió la puerta del cubículo de una patada.

Macy y su marido vivían en una casita anexa a la de sus padres, en una granja de cien acres. El hermano que ya había ido a por Brad vivía en una construcción similar cerca de allí. Yo esperaba que, si el padre o el marido de Macy no le daban a Brad su merecido, interviniera el hermano.

Se lo conté todo a Aly con mi voz normal, preguntándome si la habría reconocido. El tiempo de ocultarme estaba llegando a su fin, y tenía la sensación de que, si lográbamos cumplir aquella misión, una de las primeras conversaciones que tendríamos al volver a su casa giraría en torno a mi identidad y por qué había tratado de ocultarla.

Aquella conversación me aterraba. Aly ya me había perdonado muchas cosas y me había aguantado otras tantas. ¿Cómo iba a pedirle que siguiera confiando en mí después de enterarse de quién era mi padre? Comenzaría a preguntarse por qué el hijo de un famoso asesino en serie se embadurnaba de sangre de mentira y se grababa vídeos eróticos blandiendo un cuchillo. Es probable que dedujera que yo lo idealizaba, pero nada más lejos de la realidad.

Apagué los faros del coche y enfilé un camino de tierra que avanzaba entre dos maizales. Conduje hasta llegar a una reducida arboleda que se alzaba junto a un pequeño arroyo. Las imágenes de satélite que había descargado de internet mostraban un estrecho sendero que avanzaba entre los árboles en dirección a la casa principal de la granja. Había hackeado el wifi de los padres de Macy y no encontré rastro alguno de cámaras de seguridad; sin embargo, Aly se quedaría en el coche mientras yo arrastraba a Brad hasta el porche trasero, preparado para abrirme paso a tiros si el plan se iba a la mierda y volver corriendo.

—¿Estás preparada? —le pregunté mientras aparcaba el coche.

Me miró con cara preocupada.

—¿Sí?

—¿Te serviría de consuelo que te dijera que tengo tanto miedo que me entran ganas de potar?

Aly soltó un suspiro entrecortado.

—Uf, qué bien. Yo me he pasado todo el trayecto conteniendo las arcadas.

—Vamos a tener que aguantar —le dije—. No me gustaría dejar una montaña asquerosa de restos con ADN para que lo encuentre cualquiera.

Aly ahogó una carcajada.

—Vamos, pues.

Abrí el maletero y bajamos del coche.

Aly descorrió la cremallera de la bolsa de *snowboard*, pero se detuvo antes de dejar al descubierto la cara de Brad. Tenía los ojos abiertos como platos. ¿Había llegado al fin al límite? ¿Acababa de darse cuenta de la ida de olla que era ese plan y estaba pensándoselo mejor?

Habíamos llegado demasiado lejos como para recular, así que me acerqué y, cuando estaba a punto de abrir la cremallera del todo, Aly me sujetó el brazo.

—No lo hagas —me pidió.

Me volví hacia ella con el ceño fruncido.

—Si quieres esperar en el coche, ya me encargo yo.

Negó con la cabeza y me soltó el brazo.

—Vamos a tener que recurrir a mi plan B.

—¿Qué plan B? —le pregunté empezando a estar confuso. No me había hablado de ningún plan B.

Meneó la cabeza y apoyó los dedos, enguantados, en el cuello de Brad, como si estuviera tomándole el pulso.

Un momento. ¿Por qué coño estaba tomándole el pulso?

Se volvió hacia mí con el semblante demudado por la empatía.

—Le has tapado la boca y la nariz con la cinta. Está muerto.

Clavé los ojos en Brad y, hostia, era cierto. Tenía los ojos desorbitados y no pestañeaba, y la piel, sin riego sanguíneo, tenía ya un lustre pálido que no parecía natural bajo la luz de la luna.

Me entró una violenta arcada.

Me arranqué el pasamontañas y corrí hacia los arbustos más cercanos. Apoyé las manos y las rodillas en el suelo mientras mi estómago intentaba devolver todo lo que había comido. Suerte que no había querido dejar montañas de ADN.

Aly se agachó a mi lado, me acarició la espalda y profirió ruidos reconfortantes mientras yo vomitaba.

—Supongo que es mal momento para regodearme por haber descubierto tu identidad, ¿verdad?

Si estás leyendo esto, que sepas que me reí y poté a la vez.

Y no. No te lo recomiendo.

Acababa de matar a un hombre, y la chiflada de mi compinche se ponía a bromear.

—No me jodas —mascullé.

—Ahora mismo no, tranquilo —repuso Aly al instante—. ¿Te importa que lo dejemos para cuando nos hayamos librado del cuerpo y hayas podido cepillarte los dientes?

17

Aly

Si dos semanas antes alguien me hubiera dicho que iba a terminar conduciendo un coche con un cadáver en el maletero, habría…, no sé… ¿Reído? ¿Dicho que era una locura? Y, sin embargo, ahí estaba yo, volviendo a la ciudad con el susodicho cadáver y con el causante de la muerte, que iba muy perjudicado del estómago.

Miré a Josh, desplomado en el asiento con la frente apoyada en la ventanilla.

—¿Estás bien?

Josh volvió el cuello lentamente, como si no pudiera creerse que le estuviera preguntando eso, porque era evidente que no lo estaba.

—Genial. Para nada estoy en medio de una crisis existencial. ¿Y tú?

—Decepcionada.

Josh se incorporó un poco en el asiento con el ceño fruncido.

—¿Y eso?

Me encogí de hombros y me concentré otra vez en la carretera. Afuera estaba muy oscuro, y con la noche que estábamos teniendo no me habría extrañado nada que se nos cruzara un ciervo.

—La muerte de Brad ha sido decepcionante.

—Decepcionante —repitió Josh.

—Sí. A ver, ¿un saco de mierda como él? Tendría que haber muerto de forma más violenta y, a poder ser, que al final terminase envuelto en llamas.

Mi comentario le arrancó una carcajada de sorpresa.

—Brad el Espeto.

—Barbacoa a lo Bluhm —dije con una sonrisa.

—Vamos a ir directos al infierno —gimió Josh.

—Estupendo. Así a lo mejor ahí abajo tenemos otra oportunidad de acabar con él. —Miré hacia el maletero—. Una parte de mí está sopesando parar para poder apuñalarlo unas cuantas veces y sentirme mejor.

—Ja, ja. —Rio él sin ganas.

Le lancé una mirada inexpresiva.

Él abrió los ojos como platos.

—Por el amor de Dios, Aly.

Le guiñé un ojo para que supiera que estaba de coña —más o menos— y volví a concentrarme en la carretera.

Josh se removió a mi lado y se sentó totalmente erguido.

—No me puedo creer que acabe de matar a alguien.

Lo corregí levantando un dedo.

—Técnicamente creo que lo que has hecho se considera homicidio involuntario.

—Ah, bueno. Ahora me siento muchísimo mejor.

—Deberías —insistí.

—¿Por qué?

Le guiñé un ojo de nuevo.

—Porque pasarías menos tiempo en la cárcel.

—¿Cómo puede ser que estés tan tranquila? —me preguntó.

—Porque para mí la muerte no es ninguna novedad. La veo todas las semanas. La mayoría de las veces se trata de buenas personas que fallecen antes de tiempo debido a una enfermedad o a una herida. Buena parte de las muertes que presencio son trágicas e ilógicas, y dejan a demasiados familiares sumidos en la pena.

Me gusta ver que alguien como Brad obtiene lo que se merece para variar. Dudo de que sus padres lo lloren siquiera.

Josh se quedó callado. De reojo vi que estaba observando el paisaje nevado mientras asimilaba mis palabras.

Joder, qué guapo era. Su perfil, iluminado por la luz del salpicadero, era digno de contemplarse. Me pregunté por qué habría querido taparse la cara con una máscara.

En sus vídeos había leído comentarios de gente desagradable que decía que los hombres como él solían ser unos cardos y por eso se ponían máscaras, pero en el caso de Josh no era cierto, y he visto suficientes vídeos de otros creadores que muestran la cara como para saber que esas personas se equivocan. ¿Qué motivaba entonces a los *tiktokers* enmascarados para ocultarse? ¿El anonimato? ¿La oportunidad de crearse un *alter ego* y convertirse en alguien totalmente distinto?

Aquella posibilidad no encajaba del todo con Josh. Era un dominante suave, encantador en la calle y malévolo en la cama. Pero malévolo en plan bien. Autoritario y exigente, e implacable; ay, madre, me estaba poniendo cachonda a un par de metros de un cadáver reciente.

Clavé la vista en la carretera. Ya era oficial. Estaba tan anestesiada que ni el cadáver de un violador me afectaba como debía.

Lancé un último vistazo al asiento del copiloto. O quizá era que Josh estaba tan bueno que en su presencia las leyes de la moralidad se esfumaban.

—Lo peor de todo es que ni siquiera lo lamento —dijo.

—¿A qué te refieres?

—Estoy histérico por haber matado a alguien, pero en el fondo no me siento culpable lo más mínimo. Me jode más no estar jodido, si eso tiene algún sentido.

—Sí que lo tiene —dije cuando nos acercamos a un cruce. El navegador me indicó amablemente que girase a la derecha, así que puse el intermitente y seguí las instrucciones al tiempo que buscaba una respuesta más detallada—. Creo que la mayoría de la gente en tu lugar se sentiría igual que tú. La muerte es aterradora en sí misma. La primera vez que vi fallecer a alguien, salí al pasillo y vomité en el suelo. He visto a varias enfermeras desmayarse. Tu respuesta es bastante normal. Y lo de no lamentarlo, ¿por qué deberías?

Se volvió hacia mí.

—Porque le he quitado la vida a un ser humano.

Negué con la cabeza.

—Eso es presión social. Te han enseñado que matar está mal y que solo los monstruos matan, pero no es así. La gente mata por todo tipo de razones. A veces por un arrebato, y luego se pasan el resto de su vida arrepintiéndose de lo que han hecho. Otras veces es por desesperación, como una mujer que mata a su maltratador porque sabe que, si no lo hace, es ella la que terminará muerta. Y luego están los accidentes, como lo que ha ocurrido esta noche. Si te digo la verdad, me alivia que hayamos sido nosotros. Una parte de mí estaba acojonada pensando que esa familia pudiera llamar a la policía en lugar de darle a Brad su merecido. —Alargué el brazo y le apreté la rodilla a Josh—. No te olvides de que ha sido un accidente y que cometer un error no significa que seas mala persona. Sobre todo si el resultado es eliminar de la faz de la tierra a un violador y posible asesino. Entre el dinero de su familia y el recrudecimiento de sus actos, si no lo hubiésemos detenido, habría puesto a otra persona en el punto de mira. ¿Quién sabe cuántas vidas hemos salvado al quitársela a él?

Josh se removió y flexionó la pierna donde yo tenía posada la mano.

—Sigues hablando en primera persona del plural, pero he sido yo el que lo ha hecho.

—Sí, pero yo soy cómplice —repuse—. No le habré puesto la cinta en la boca, pero sí he participado en un plan para que terminase muerto de una forma o de otra.

Josh deslizó la mano debajo de la mía y entrelazó los dedos.

—Gracias por decirme todo esto. Me ayuda.

—De nada. Y espero que sepas que no te estoy haciendo la pelota sin más. Creo de corazón que hemos mejorado el mundo al borrar a Brad del mapa. Sé que la venganza de los justicieros es un problema de cojones, pero a veces creo que es necesaria, sobre todo cuando el sistema que debería ocuparse de hombres como Brad fracasa por culpa de vacíos legales.

—Y no te olvides de los sobornos —añadió Josh—. Brad dio muchísimas señales que pasaron inadvertidas, como espiar a la gente por la ventana, crueldad animal y agresiones sexuales. Siendo aún adolescente. Leí una cita de un juez que lo dejó libre sin siquiera la condicional cuando, en el último año de instituto, se emborrachó y estrelló el coche contra la casa de una compañera de clase que lo había rechazado. «Es un joven brillante con un gran futuro por delante. Sería terrible arruinarle la vida por algo así». Ese juez jugaba al golf con el padre de Brad.

Me solté de la mano de Josh antes de que me rompiera un dedo por apretar demasiado.

—Justo por eso nunca voy a lamentar lo ocurrido.

Josh soltó un gruñido de rabia.

—Y no te he contado ni una décima parte de las barbaridades que ha hecho sin pagar las consecuencias.

Miré fijamente la carretera que se extendía ante mí.

—Sigue flipándome que haya podido salirse con la suya durante tanto tiempo. ¿Un juez? Vale, sí. No es que lo entienda, solo que en todas las profesiones hay gilipollas corruptos. Pero ¿años y años en los que Brad ha hecho de las suyas sin que nadie lo impidiera? Nadie podrá explicármelo de una forma que me entre en la cabeza, aunque me proporcione una lista detallada de todos los errores que se hayan cometido por el camino.

—A lo mejor todo eso nos ha llevado a esta noche —propuso Josh—. A lo mejor estaba decidido que yo lo matase.

Fruncí el ceño.

—¿En plan destino?

—Sí. A lo mejor siempre ha sido mi destino matar a alguien, y habría pasado de una manera u otra.

¿Cómo? ¿Por qué cojones iba a pensar Josh en algo así? ¿Él, destinado a matar? Ni de coña, vamos. Era demasiado bueno, demasiado amable, y, sí, había entrado en mi casa y me había acosado, pero yo le había pedido que lo hiciera y en ningún momento le pedí que dejara de vigilarme. Siempre tuve la sensación de que, si se lo hubiera dicho, me habría hecho caso y no me habría vuelto a molestar en la vida. Sus actos quizá se parecieran a los de Brad si se examinaban con un gran angular, pero al ampliar la imagen no podían ser dos hombres más diferentes, y me negaba a dejar que Josh se comparase con un ser humano tan repugnante.

—No —protesté—. Me niego a que fuera tu destino. Es muy retorcido, sobre todo si te paras a pensar en el dolor que han sufrido las víctimas de Brad. No quiero pensar que el destino de esas pobres mujeres era convertirse en sus presas.

Josh se pasó una mano por la cara y soltó un sonoro suspiro.

—Entonces es que soy un egocéntrico por decir lo que he dicho.

—No, hombre, egocéntrico no. Estás en conflicto y confundido después de un suceso traumático.

Le lancé un vistazo y vi la preocupación que irradiaba su expresión, con el ceño fruncido y los labios muy apretados formando una fina línea.

Necesitaba que le calase mi argumento, y ¿qué mejor manera de lograrlo que usar su propia lógica contra él?

—Me preguntaste si yo culparía a otra adolescente de haber matado a su madre, así que deja que utilice la misma estrategia contigo. Si hubiera sido yo la que hubiese matado sin querer a Brad, ¿te estarías preguntando si desde el principio mi destino era matar?

—Nunca —exclamó—. Pero no es lo mismo.

—Sí que lo es —insistí.

—Que no. Es algo que me preocupa desde que era pequeño.

Se me heló la sangre. ¿Quién pensaba en esas cosas cuando era niño?

—¿A qué te refieres?

—Buf —musitó—. No vamos a mantener esa conversación

ahora. No veo peor momento para abordarla que justo después de haber matado a alguien.

—No es justo. Yo te lo he contado todo de mí.

Soltó un gruñido de exasperación.

—Aly. Mi pasado es de pesadilla.

Lo miré, empezando a preocuparme.

—¿Ya habías matado a alguien?

Negó con la cabeza.

—No.

—¿Le has hecho daño a alguien?

—Fuera de una clase de artes marciales no, y dentro solo por accidente y nunca en serio.

—¿Eres un delincuente?

—Soy hacker, así que técnicamente sí. He infringido un montón de leyes, pero lo peor que he llegado a hacer es entrar a la fuerza en tu casa y acosarte.

Enarqué una ceja y miré en dirección al maletero.

—¿En serio? ¿Eso es lo peor?

Me respondió con una sonrisa.

—Ya me has entendido. ¿No acabas de decirme que le hemos hecho un favor al mundo matando a Brad?

Sonreí. Sí, en efecto, y era agradable ver que Josh recuperaba una parte de su insolencia.

—Pues es lo único que necesito saber. Me fío de mi instinto, que me dice que no eres mala persona. Lo que sea que debas contarme puede esperar hasta que estés preparado. No hay prisa.

Josh se inclinó hacia mí y me dio un beso en la mejilla.

—Eres la mejor novia que se puede tener.

Las cejas me dieron tal brinco que fue como si intentaran escalar por mi frente.

—¿Qué has dicho?

—¿Es demasiado pronto? A ver, sé que todavía no hemos mantenido la conversación oficial, pero compartimos un hijo, y me da la sensación de que librarse de un cadáver es algo que haces con tu novio o novia, no con un rollete cualquiera.

Controlé la expresión de mi cara.

—¿Me estás diciendo que la pareja que comete un homicidio unida se mantiene unida?

Josh resopló.

—Qué redicha. Yo prefiero decir que la pareja que mata unida se mantiene unida.

Ahogué una carcajada. Pues sí. Directitos al infierno. Los dos.

—Por cierto, ¿adónde vamos? —preguntó Josh—. Me parece que estabas a punto de contármelo la última vez que te pedí que pararas el coche para vomitar.

Mi buen humor se desvaneció. Llevaba la última media hora reuniendo la valentía suficiente para mantener esa conversación y todavía no había encontrado una buena manera de explicarle mi plan B.

—¿Cuánto investigaste a mi familia?

—Me quedé en tus padres —respondió—. Hurgar más me pareció demasiado intrusivo.

Me lo quedé mirando.

—¿En serio? ¿Ahí pusiste la línea roja?

Josh se encogió de hombros.

—¿Qué pasa? Tenía que ponerla en algún sitio. ¿Habrías preferido que siguiese hurgando?

—Pues la verdad es que sí, porque así me habrías ahorrado tener que contarte cosas un poco incómodas de mi familia.

Volví a concentrarme en la carretera. Nos acercábamos a las afueras de la ciudad, y ya no podía seguir mirándolo siempre que me apeteciera, que aproximadamente era cada 1,2 segundos. Era demasiado guapo y una distracción enorme.

Me puso una mano en el muslo. Seguro que la redención ya estaba fuera de mi alcance, pues hasta esa caricia inofensiva que pretendía ser reconfortante me hacía retorcerme en el asiento. Si subía un poquito la mano…

—Aly, nada que me vayas a contar de tu familia me alejará de ti.

—Vale, venga. Mi tío Nico es un mafioso.

Josh se volvió hacia la puerta.

—Para ahora mismo. Lo nuestro ha terminado. —Tiró de la manecilla de la puerta como si intentara abrirla—. Déjame salir.

Le di un manotazo.

—Estate quieto. Va en serio.

Se volvió hacia mí.

—Pensaba que no tenías más familia. No hay ninguna mención a más parientes en ninguna publicación de tus redes sociales ni en ningún otro documento digital.

¿Era extraño que ya ni me inmutara al oír una confesión como aquella?

—Eso es porque he ignorado su existencia —le informé—. Nico es el hermano pequeño de mi madre. Se rodeó de malas compañías cuando era adolescente, y la familia más o menos renegó de él. Mis abuelos huyeron de Sicilia por culpa de la mafia, y que un hijo suyo se uniera a ella les resultó abominable después de lo que habían vivido. La última vez que vi a mi tío Nico fue en el funeral de mi madre. Pensaba que sería la última vez que sabría de él, pero se puso en contacto hace unos meses y me coaccionó para que le consiguiera trabajo de conserje en el hospital a Greg, uno de mis primos pequeños.

—Pero ¿por algún motivo especial?

—Exacto. Digamos que hay un ayudante de forense cuyo nombre termina en vocal, y estoy bastante convencida de que la verdadera razón por la que han contratado a Greg tiene que ver con el modo en el que se gestionan ciertos cadáveres. A Greg solo lo he visto un puñado de veces en el hospital, y hemos llegado a un entendimiento tácito de fingir que no nos conocemos, que no es que sea complicado, ya que en realidad solo nos habíamos visto una vez antes, en el funeral de mi madre. Y, no, ahora no quiero hacer migas con él. Está siguiendo los pasos de su padre como todos mis demás primos, y mi trabajo es demasiado importante para mí como para perderlo por culpa de las mierdas de la mafia en la que esté metido.

—¿Por qué vamos a recurrir a ellos ahora, entonces? —me preguntó Josh.

Suspiré.

—Antes de morir, mi padre me dijo que, si algún día me metía en apuros de verdad, debía recurrir a mi tío. Aunque Nico sea un capullo desalmado, la familia es importante para él, y por lo visto nunca dejó de intentar reconciliarse con mi madre y con mis abuelos antes de que murieran.

—Dicho así, casi me da hasta pena —repuso Josh.

—Pues no debería. No es buena persona. Quizá no sea tan malo como Brad, pero se le acerca. Lamentablemente, creo que ahora mismo es un mal necesario. Por lo que me contó mi padre, Nico no tiene un estatus muy elevado en la organización, pero, dado lo que hace por ellos, es nuestra mejor opción para sacarnos de la situación en la que estamos metidos sin que nos pillen.

—¿A qué se dedica? —se interesó Josh.

Hice una mueca.

—A limpiar.

—¿A blanquear dinero?

Negué con la cabeza.

—Más bien a limpiar escenas de un crimen.

—Ah.

—Sí.

—Y ¿estás segura de que así es como quieres gestionar lo que llevamos en el maletero?

Lo miré a los ojos.

—Supongo que depende. ¿Qué te parece la opción de despellejarle las huellas dactilares, arrancarle todos los dientes de la boca, hacerlo pedazos, prender fuego a esos pedazos y luego lanzar los restos a un río o a un lago?

Josh se puso pálido.

—Me parece que voy a vomitar otra vez.

Asentí.

—Yo igual. La muerte no me afecta. El desmembramiento…, no lo sé. Y, como somos unos aficionados, el riesgo de que nos pillen en algún punto del proceso es demasiado alto como para asumirlo. Prefiero que se encarguen los profesionales.

—En ese caso, voto por contar con la mafia.

—Vamos a tener que pagar un precio —le advertí.

Josh me puso la mano en el hombro, y la necesidad de acariciarle la mano con la mejilla fue demasiado intensa como para resistirse.

Él me acarició el cuello con el pulgar.

—¿Sabes cuál será? ¿Hablamos de dinero o de favores?

—Supongo que favores. Que sea pariente suya no significa que esté libre de sufrir chantaje o extorsión. Es probable que tenga que convencer al hospital para que contrate a otro mafioso o algo así. —Le lancé una mirada de disculpa—. Pero ya me imagino lo que le pedirán que haga a una persona con tus conocimientos de hacker.

Me estrujó el hombro.

—Si así nos ahorramos ir a la cárcel y salir en los medios de comunicación, haré lo que me pidan.

Fruncí el ceño mientras giraba a la izquierda. ¿Le preocupaban los medios de comunicación? Ni siquiera se me había pasado por la cabeza la posibilidad de salir en las noticias. Me inquietaba demasiado que nos detuvieran con un muerto en el maletero como para pensar más allá, pero quizá debería haberlo hecho. A fin de cuentas, Brad venía de una familia con muchísimo dinero. Los medios siempre consideraban dignos de aparecer en los titulares a los jóvenes blancos ricos. Me convencí aún más de que acudir a Nico era la opción correcta a pesar de las consecuencias que pudieran derivarse de recibir su ayuda.

—No me has llegado a contestar —dijo Josh sacándome de mis oscuros pensamientos.

—¿A qué?

—A si eres o no mi novia.

El pulso me empezó a ir a mil y me dio un vuelco el estómago.

—¿Me estás pidiendo que sea tu novia? —dije echándole un vistazo rápido.

Él me dedicó una sonrisa lobuna y, la verdad, hasta me olvidé del cadáver del maletero. El mero hecho de ver esos hoyuelos me alteraba la química cerebral de tal forma que imaginaba que ya nunca podría pensar en otra cosa que no fuera ese hombre.

La reacción de mi cuerpo al suyo ya era bastante tremenda. Añadirle una cara era lo que me faltaba para estar jodida y bien jodida. El poco instinto de supervivencia que me quedaba salió volando por la ventanilla. Aquello era lo que quería, él era lo que quería, así que a tomar por el culo las consecuencias. Y, sí, estaba yendo más rápido de lo que probablemente habría debido, pero con él no necesitaba meses para decidirme. Las últimas semanas habían sido suficientes para saber qué le respondería.

Josh me hacía sentir viva. Me arrastraba del mundo de grises en el que había vivido y me enseñaba a ver de nuevo en color. En un mar de hombres que apenas se esforzaban lo más mínimo, él sobresalía por ir muchísimo más allá. Era la definición de «si se quiere, se puede». Porque Josh había hecho por mí lo que nadie: no solo había satisfecho mis necesidades tanto físicas como emocionales, sino que había sobrepasado lo imaginable. Me mantenía alerta, sin saber nunca qué haría a continuación. Y lo conseguía haciéndome sonrojar y reír, a menudo al mismo tiempo.

Por supuesto que quería ser su novia. Joder, si de mí dependiera, a partir de ese momento pasaría con él todos los minutos libres que no me tocara trabajar. Esperaba que comprendiera en lo que se estaba metiendo porque, si bien su obsesión había comenzado hacía relativamente poco, la mía llevaba meses gestándose. Una vez que le había puesto las manos encima, no tenía ninguna intención de soltarlo.

Se echó hacia delante e invadió mi espacio de tal forma que me dejó sin aliento y me puso nerviosa.

—¿Aly? ¿Quieres ser mi novia? Es un papel que implica picoteos, orgasmos y quizá un poquito de acoso.

Sonreí.

—Sí.

Se me acercó y me dio un beso en la mejilla. No me acordaba de la última vez que había sido tan feliz. Incluso con un cadáver a menos de dos metros de mí. Incluso a punto de ir a pedirle ayuda a la última persona a la que quería ver. Josh me distraía de todas las mierdas y lograba que me sintiera bien. Quizá nuestra relación había tenido un inicio un tanto cuestionable, y quizá todavía nos quedase muchísimo que aprender del otro más allá del acoso mutuo al que nos habíamos sometido, pero decir que sí a ser la novia de Josh había sido la decisión más fácil que había tomado en mucho tiempo. Me daba igual lo que pasara o los secretos que él guardase porque dudaba de que pudiera ocurrir algo que me hiciese arrepentirme.

18

Josh

—Creía que tu tío era un mafioso de tres al cuarto —le dije. A Aly. A mi novia.

—Eso fue lo que me contó mi padre —contestó ella mirando por la ventanilla hacia el casoplón de estilo italiano al que nos acercábamos—. Supongo que el trabajo sucio da mucho dinero, ¿no?

Yo sí que iba a hacerle un trabajo sucio en cuanto estuviéramos a solas. De tanto sonreír ya empezaba a dolerme la cara, pero en lo único en lo que podía pensar era en acabar de una vez con lo que teníamos entre manos para poder volver a casa de Aly y consumar nuestra relación.

A lo mejor podíamos maniobrar con el coche en plan camión de la basura, dejar el cadáver de Brad delante de la puerta de la casa, desearle buena suerte a su tío y largarnos de allí a toda leche como los malhechores salidos que éramos. Y, sí, me sentía cómodo hablando por los dos. A Aly se le daba como el culo ocultar sus emociones, y desde que me había quitado la máscara no paraba de lanzarme miradas lujuriosas.

A regañadientes, aparté la vista de ella y observé la alta reja de la entrada. Estaba cerrada, pero había un pequeño panel para contactar con la caseta del guardia que se alzaba al otro lado. ¿Estaría alguien despierto a esas horas?

Obtuve una respuesta al cabo de un minuto, cuando Aly bajó la ventanilla. Apenas había alargado el brazo para pulsar el botoncito rojo de llamada cuando el altavoz cobró vida con un chisporroteo.

—¿Quién eres y qué cojones quieres? —preguntó una ronca voz masculina.

Sabía que era superpronto, ni había amanecido, pero no me gustó nada que le hablase así a mi novia.

Y otra vez venga a sonreír de oreja a oreja.

«Mi novia».

Aly asomó la cabeza al frío aire de la noche.

—Soy Alyssa Cappellucci, la sobrina de Nico.

La verja se abrió sin hacer el menor ruido.

Aly metió primera en el coche y nos miramos a los ojos, sorprendidos. Demasiado fácil. ¿No había necesidad de verificar su identidad? ¿Nos esperaban, o habían dado orden de dejarla entrar si algún día aparecía por allí? Teniendo en cuenta lo que Aly me había dicho —que para Nico la familia era muy importante—, lo último parecía lo más plausible.

Se me encendió de pronto la bombilla. Hostia… Los mafiosos probablemente estuvieran más interesados en el *true crime* que el común de los mortales. Había estado tan ocupado planeando actividades divertidas y sin ropa en pareja que no había pensado en lo que podría ocurrir. ¿Y si alguien me reconocía y mencionaba a mi padre? Debía ser yo quien se lo contase a Aly; no me podía arriesgar a que se enterase por otra persona si no disponía de tiempo para sentarme con ella y explicárselo todo. Era posible que en ese caso le diera un mal, y yo no la culparía.

Metí la mano en el bolsillo delantero de la mochila y saqué mi disfraz más infalible: unas gafas y un bigote postizo. En mi defensa diré que era un bigote falso de primera calidad y que parecía muy pero que muy auténtico, incluso de cerca, pero, sí, con él parecía sacado de una película de polis de los años ochenta.

—¿Se puede saber qué coño estás haciendo? —me espetó Aly cuando bajé la visera del coche y usé el espejo para colocarme bien el bigote.

—Te lo explico luego. Te lo prometo —le aseguré mientras me pegaba los dos extremos.

—¿Eres famoso o algo?

—O algo —dije volviéndome hacia ella.

Me miró y negó con la cabeza.

—Estás...

—Buenísimo, ¿verdad? —dije meneando las cejas.

Aly clavó la vista de nuevo en el camino de acceso al pasar por delante de la caseta y la silueta sombría que nos observaba desde dentro.

—No deberías ponértelo. Es ridículo.

Incapaz de controlarme, me acerqué a ella y le susurré:

—Y, aun así, te encantaría ponerte encima. —Para no correr riesgos, se lo murmuré al oído.

Se apartó de mí y fijó la vista en nuestro destino. A la luz del salpicadero vi que se había sonrojado.

—Creo que ya hemos dejado claro que estoy abierta a probarlo todo.

Me enderecé en el asiento e intenté recordarle a mi polla que estábamos a punto de conocer a un célebre mafioso, y hacerlo con una erección no parecía lo más ideal. Por desgracia no podía quitarme de la cabeza la imagen de Aly sentada encima de mi cara. Necesitaba una distracción.

«¿Qué te parece el cadáver que lleváis en el maletero?».

Uy, claro. Acababa de matar a un hombre. Y, aunque Aly se había esforzado mucho en tergiversar mi lógica y usarla en mi contra, una parte de mí seguía preguntándose cuán «accidental» había sido la muerte de Brad.

No recordaba haberle puesto cinta en la boca. Sí, sabía que había usado la cinta, pero en ese momento me había distraído algo que había dicho Aly, y estaba en parte emocionado y en parte aterrado por lo que íbamos a hacer. ¿Había cometido una torpeza? ¿O una parte subconsciente de mí actuó por impulso y le puso la cinta a propósito? El hecho de no estar seguro y de que probablemente no llegara a estarlo nunca me iba a perseguir para los restos.

Me puse las gafas cuando nos aproximamos al camino de acceso, ancho y circular. El área estaba revestida de ladrillo rojo. Debía de ser una pesadilla mantenerlo. Las primaveras no eran normales en nuestra zona y el ciclo de congelación y descongelación causaba estragos en las calles de la ciudad y creaba socavones. Ya me imaginaba el efecto que podría tener en un revestimiento de ladrillo tan apretado.

Conforme Aly reducía la velocidad del coche, se abrió una de las grandes puertas del garaje de cinco plazas, donde apareció un hombre con un albornoz azul de franela. ¿Era el tío Nico? Nos hizo señas para que nos acercáramos y retrocedió para que Aly pudiera aparcar. Se quedó junto a mi lado del coche mientras ella maniobraba, y yo intenté no mirarlo al pasar por delante de él. No parecía un mafioso despiadado. El hombre no llegaba al metro setenta, era delgado y no imponía lo más mínimo. Tenía el pelo salpicado de canas, la piel de un tono aceitunado un poco más oscuro que el de Aly y la nariz demasiado grande para su cara.

Aly apagó el motor del coche y se volvió hacia mí.

—¿Preparado?

Me encogí de hombros.

—No del todo, pero ¿qué alternativa tenemos?

Ella negó con la cabeza.

—Ninguna. Vamos.

Bajamos a la vez del coche.

Nico seguía de mi lado del coche y quedó patente que yo le sacaba una cabeza.

Levantó la vista y arqueó las cejas.

—Bonito bigote de actor porno, Joe.

Estupendo. El sarcasmo era un rasgo característico de la familia de Aly.

Me hervía en la punta de la lengua una réplica devastadora, pero me contuve. Intercambiar insultos no era la mejor manera de congraciarme con este hombre, y, por culpa del cadáver del maletero, Nico ostentaba muchísimo poder sobre mí. Más me valía no cabrearlo a la primera de cambio.

Le tendí la mano.

—Casi. Me llamo Josh.

Resopló, pero me estrechó la mano con una fuerza que me sorprendió.

—Qué pena. Josh no suena tan bien. Soy Nico.

Asentí y nos soltamos.

—¿Eres italiano? —me preguntó mirándome fijamente.

—Una cuarta parte. Mi madre es italiana y argelina.

Volvió a mirarme de arriba abajo.

—Me ha parecido que eras un poco…

—No digas nada racista —lo interrumpió Aly rodeando el coche.

Nico se volvió hacia ella con los brazos abiertos y una sonrisa radiante que parecía sincera.

—Yo jamás.

Aly me lanzó una mirada, claramente incómoda por la familiaridad de Nico y por la conversación que acababa de cortar, pero se le acercó y se inclinó hacia él para abrazarlo de todos modos.

—Gracias por dejarnos entrar. No me gusta nada, pero tenemos que pedirte…

—¡EH! —gritó Nico—. Aquí no. —Se apartó de ella y fue a cerrar la puerta del garaje. A continuación nos hizo señas hacia una puerta lateral.

La cruzamos y llegamos a un vestíbulo funcional pero opulento, con su suelo de mármol y lo que parecía un completo *spa* para perros en un rincón.

Nico nos señaló los pies.

—Quitaos los zapatos —nos indicó—. Moira me decapitará como ensuciéis el suelo.

Bajé la vista. No solo tenía barro en los zapatos, sino también en los pantalones de haber vomitado junto a los arbustos. En la casa hacía calor, así que me quité el abrigo después de los zapatos y lo colgué al lado del de Aly en un perchero que había junto a la puerta.

Nico nos acompañó desde el vestíbulo hasta una cocina decorada con mucho ornamento.

—¿Café? ¿Vino?

—Un café va bien —respondió Aly.

Entorné los ojos tratando de observar la estancia. Las luces del techo eran lo bastante potentes como para que resplandecieran el mármol y los cristales. Era como si alguien hubiera trasladado el palacio de Versalles hasta allí. Todo tenía tonos cremas y beis, y no comprendí por qué en los azulejos había un mosaico lleno de gente desnuda. Pretendía ser un diseño italiano antiguo, pero algunas losetas estaban mal colocadas, así que, por ejemplo, el brazo de una persona se veía mucho más abajo que el otro, o el pene de un tipo quedaba separado del cuerpo por una loseta vacía. Era como si flotase en el aire.

Como una polla fantasmal en medio de una fiesta.

«Ay, Dios. No te rías», pensé, y levanté la vista. Por desgracia clavé los ojos en la lámpara de araña de cristal, y el reflejo de las luces fluorescentes casi me cegó. Era totalmente cierto lo de que el dinero no compra el buen gusto.

Aly me dio un codazo.

—¿Quieres un café o algo más fuerte?

—Ah —exclamé bajando la vista a su tío—. Un café, por favor. —La idea de beber vino con el estómago revuelto estaba descartada, pero pensé que me iría bien un poco de cafeína, ya que apenas había tocado la taza que me había preparado Aly.

Nico se dirigió hacia una cafetera moderna blanca de acero con muchísimos botones.

—Bueno, ¿qué os trae hasta aquí tan temprano?

—Hemos matado a alguien —contestó Aly.

La miré con los ojos desorbitados.

Ella me miró con cara de: «¿Qué pasa?».

—¿De verdad se lo sueltas así como así?

Se encogió de hombros.

—Debí de saltarme la clase del cole en la que nos enseñaron la manera educada de contarle a alguien que teníamos un cadáver en el maletero.

Nico giró bruscamente sobre los talones.

—¿Habéis traído un maldito cadáver a mi casa?

Aly se volvió hacia él.

—¿Sí? Mi padre me dijo que acudiera a ti si me metía en algún lío.

—¡Joder! —masculló Nico—. Es posible que me esté vigilando el FBI. No podéis traerme cadáveres como si yo fuera la morgue.

—Eh —intervine poniéndome delante de Aly. Aunque fuese su tío, oírlo dirigirse a ella con ese tono bastaba para que volviera a plantearme si me importaba o no dar una buena primera impresión—. Aly no lo sabía.

Nico levantó las manos con exasperación.

—¡Eso díselo a los del FBI! —Acto seguido, se volvió y salió de la cocina gritando—. ¡Greg! ¡Stefan! ¡Alec! ¡Junior! ¡Venid aquí cagando leches! ¡Tenemos un problema!

Aly se me arrimó y le rodeé los hombros con el brazo. Estaba disgustada.

—Lo siento —murmuró.

La estreché para animarla.

—¿Qué íbamos a hacer? ¿Llamarle y avisarles a él y a los del FBI, que a lo mejor le tienen pinchado el teléfono?

Oímos pasos en el piso de arriba y los gritos de Nico al despertar a todos dando la voz de alarma. Alguien bajó corriendo unas escaleras, y al volvernos hacia el ruido vimos a un joven entrar en la cocina poniéndose una camiseta gris de manga corta. Mediría poco más de metro setenta, como Aly, tenía el pelo oscuro y era de complexión delgada. A pesar de la cara de niño y de las pecas, la dureza que advertí en sus ojos me hizo pensar que era mayor de lo que aparentaba.

—¡Las llaves! —gritó gesticulando hacia Aly.

—Hola, Greg. Yo también me alegro de verte —gruñó ella mientras hurgaba en el bolso para sacarlas.

Así que era el famoso Greg. Me puse a observar al primo más joven de Aly. Quizá sí que tuviera la edad que aparentaba, y la dureza procedía de todo lo que había hecho ya por su padre. Por Dios, a mí me iban a contar si los padres podían conseguir que sus hijos crecieran antes de tiempo…

—Venga —la apremió—. Nos tenemos que ir.

Aly le tendió las llaves.

—¿Cómo que «nos tenemos que ir»?

Greg negó con la cabeza.

—Quédatelas. Conducías tú al llegar. Conducirás tú al irte. —Se volvió hacia mí—. ¿Dónde está tu abrigo?

—En el vestíbulo —respondí de forma automática.

Greg asintió y señaló a su prima.

—Vámonos de aquí.

Aly se soltó de mi brazo y titubeó al dar un paso adelante.

—¿Y Josh qué?

Greg me echó una mirada rápida.

—Me haré pasar por él para que nadie que nos vea sospeche nada. Él se va a quedar aquí y se lo contará todo a mi padre.

—Ni hablar —protestó Aly—. No me voy a separar de Josh.

—No le va a pasar nada —le aseguró Greg—. ¿Crees que mi padre quiere cabrearte haciéndole algo a tu juguete sexual? —Me miró de nuevo de arriba abajo—. Además, a mí me da que sabe defenderse. Va, Aly, muévete. No tenemos mucho tiempo.

Aly se volvió hacia mí con expresión preocupada.

Di un paso adelante y la besé en la frente. Después miré a Greg.

—Entiendo que hay que darse prisa, pero necesito saber cuál es vuestro plan.

Greg cambió el peso de un pie al otro y habló atropelladamente.

—Vamos a ir a un lugar seguro para que alguien se encargue del cuerpo.

—¿Y si os siguen los del FBI? —le pregunté.

—Los despistaremos.

Le sostuve la mirada un buen rato. Dios, no era más que un chico que apenas acababa de terminar el instituto.

—No permitas que le pase nada a tu prima.

—Tranqui —dijo encaminándose a la puerta como si así pretendiera que Aly se pusiera en marcha.

La miré a los ojos.

—Estaré bien. ¿Y tú?

—Eso espero —dijo frunciendo el ceño—. Esto no me gusta nada.

—A mí tampoco, pero ellos son los expertos, y tenemos que confiar en que saben mejor que nosotros lo que hay que hacer.

Greg chasqueó los dedos.

—No hay tiempo para despedidas cursis, Aly. Vamos.

—Ya voy. Cálmate, hombre —dijo Aly con tono algo irritado, volviéndose ya hacia su primo.

Miré a Greg a los ojos por encima de la cabeza de Aly con el estómago revuelto por la rabia. Mi padre solía hablarle de muy malos modos a mi madre, y era algo que me molestaba una barbaridad.

—No vuelvas a hablarle así.

No sé qué vio en mi cara, pero bastó para que el hijo de un curtido mafioso diera un paso atrás.

—Perdona —me dijo.

Señalé con la cabeza hacia mi novia.

—Díselo a ella.

—Perdona, Aly. ¿Podemos irnos ya, por favor, antes de que mi padre…?

Nico regresó a la habitación por una puerta lateral.

—¿Qué cojones hacéis todavía aquí? *Andate, idioti!*

Greg, obviamente con más miedo a la ira de su padre que a la mía, agarró a Aly por la muñeca y tiró de ella hacia el vestíbulo. Aly se zafó a medio camino y amenazó con hacerle daño si volvía a tocarla.

Me lanzó una última mirada antes de marcharse.

—Ten cuidado.

Era una advertencia. «Ten cuidado o verás». Me obligué a esbozar una sonrisa tranquilizadora y asentí.

—Tú también.

Greg le espetó algo desde el otro lado de la puerta y Aly salió cerrándola tras de sí y acallando el sonido de su discusión. Un ruido sordo me indicó que la puerta del garaje se abría de nuevo.

Y fue entonces cuando me quedé a solas con el tío mafioso de Aly.

Me volví hacia él, receloso, pero ya estaba yéndose de la habitación gritándoles a sus demás hijos que movieran el culo. Al poco, entraron en la estancia otros tres hombres de una gama de edad que iba de los veintipocos a los veintimuchos. Todos se parecían a Greg, pero eran algo más fornidos.

Nico se acercó a la cafetera y comenzó a pulsar botones.

—¿Qué ha pasado? —me preguntó sin darse la vuelta del todo. De pronto era yo el centro de atención.

Odiaba ser el centro de atención. Esa posición me daba ganas de encerrarme en mí mismo y de ocultarme, pero Aly confiaba en mí, así que debía mantener la compostura por ella.

—Primero, ¿adónde van exactamente Greg y Aly? —quise saber.

—Al centro, a un taller de autolavado de nuestra propiedad —repuso Nico al tiempo que la elegante cafetera cobraba vida—. Nuestro chico de allí os limpiará el coche mientras los demás se ocupan de lo que hay en el maletero.

—Y ¿crees que a Greg y a Aly no les pasará nada?

—Greg sabe lo que tiene que hacer —dijo sin volverse—. Es uno de nuestros mejores conductores, y pedirá a otros que salgan a las calles con él para interferir si alguien les sigue el rastro.

Solté un fuerte suspiro, más nervioso por Aly que antes, porque por fin me di cuenta de que mi novia estaba a punto de coger un coche y conducir por la ciudad con un cadáver. Joder, debería haber protestado más o haber urdido otro plan que no implicara que ella se arriesgara tantísimo, pero todo había sucedido muy deprisa.

—¿Sigues con nosotros, Joe? —me preguntó Nico.

Levanté la vista del suelo y vi que me estaba mirando fijamente, cruzado de brazos.

—Me llamo Josh —repuse—. Dime que no le va a pasar nada.

Supuse que mi insistencia le tocaría los cojones, pero se limitó a sonreír.

—Te gusta de verdad mi sobrina, ¿eh?

Asentí y observé a los cuatro hombres, que me observaban de la misma forma especulativa. ¿Por qué de repente me sentía en una trampa?

—¿Eres tú el culpable del cadáver del maletero? —preguntó Nico.

Asentí de nuevo, y los hombres que me rodeaban se pusieron tensos. En ese momento se me ocurrió que la idea de que Aly saliera con un asesino quizá no fuera demasiado bien recibida por sus parientes varones.

—Pues vas a tener que contarme lo que ha pasado —dijo Nico, y me dio la sensación de que, si no le gustaba mi historia, ni siquiera me mantendría con vida la promesa que le había hecho Greg a Aly de que no me pasaría nada.

—Un violador y posible asesino llamado Brad Bluhm ingresó hace dos noches en el hospital —contesté—. Aly y él tuvieron un encontronazo verbal, y ella lo insultó. Hace unas horas ha intentado entrar a la fuerza en su casa.

La cocina se llenó de gruñidos de hombres cabreados, y empecé a sentirme un poco más a salvo al ver que todos sentíamos odio hacia Brad.

Los ojos oscuros de Nico ardían de cólera.

—¿Por qué ha intentado entrar?

—Llevaba un montón de objetos para matar a una persona y limpiar la escena del crimen —dije, sin molestarme a describírselas porque seguro que ya sabían a qué me refería—. Lo sorprendimos y lo atamos. Nuestro plan era dejarlo en el porche trasero de la familia de su última víctima, pero murió por el camino. Aly ha dicho que debíamos venir aquí, y eso hemos hecho. El móvil de Brad sigue en su casa, y había apagado el rastreador del GPS de su coche, así que no sé dónde está el vehículo, pero supongo que cerca de la casa de Aly.

—¿Cómo lo sabes? —me preguntó Nico.

Mierda. Yo mismo me lo había buscado.

—Soy hacker.

Uno de los primos de Aly dio un paso adelante y llamó mi atención.

—¿De qué marca y modelo es el coche de Bluhm?

Se lo conté.

Nico chasqueó los dedos en dirección al hijo que había hablado, y yo intenté no apretar los dientes. Debía de ser un gesto familiar.

—Llama a Jimmy —le ordenó—. Que sus chicos vayan para allá, y que no se marchen hasta que hayan encontrado el coche y se lo hayan llevado.

Su hijo asintió y se marchó rumbo a la puerta.

Nico se volvió hacia otro de los presentes.

—Hay que limpiar la casa de Aly. Que Greg y ella se reúnan contigo allí cuando hayan terminado con el coche de Josh para que coja a su gato y sus cosas antes de que empecéis.

Ese hijo se dirigió hacia la puerta de inmediato, y en la cocina nos quedamos Nico, el hijo mayor de Nico —¿Junior?— y yo.

El patriarca de la familia me miró a los ojos.

—¿Qué más?

—En el hospital, Brad tan solo se enteró del nombre de pila de Aly, así que debe de haber investigado para encontrarla. Me preocupa que en su móvil o en su ordenador de casa haya algo que pueda conducir a la policía hacia Aly cuando denuncien su desaparición.

Nico se volvió hacia Junior.

—Vete a casa de Vinny y dile que necesitas a un equipo entero en casa de los Bluhm.

—Es un tío con mucha pasta —les advertí—. Es probable que tengan cámaras de seguridad y alarmas y…

Nico levantó una mano y me mandó callar.

—Con el debido respeto, no es nuestra primera faena.

—¿Vais a robar el ordenador o a hackearlo?

Nico miró a su hijo mayor.

Junior me clavó los ojos, que eran todavía más duros que los de Greg.

—Habrá que entrar y llevárselo porque no tenemos tiempo para prepararnos. Vamos a robarlo.

Negué con la cabeza.

—Es demasiado sospechoso. Llevadme con vosotros y yo lo hackeo.

Enarcó una ceja.

—¿Seguro?

Suspiré.

—Sí. Es a lo que me dedico, y puedo entrar y borrar el disco duro de Brad en menos de diez minutos sin dejar ninguna huella digital.

Junior se volvió hacia su padre con gesto interrogante.

Nico alzó las manos y se volvió de nuevo hacia la cafetera.

—Voy a preparar café otra vez, pero para llevar.

Al cabo de cuarenta minutos, tras haber superado la extraña prueba a la que fuera que me había sometido Nico en la cocina, seguía vivo, sentado en el asiento trasero de una furgoneta y bebiendo a sorbos para no quemarme un café *macchiato* de un termo. Los laterales del coche lucían los logos de la empresa eléctrica de la ciudad. No sabía si la habían robado, si era una copia muy buena o, en el peor de los casos, si realmente pertenecía a esa empresa eléctrica porque estaba controlada por la mafia.

Tomé nota mental de dejar de jugar con sus redes eléctricas cuando me apeteciera entrar a hurtadillas en la casa de mi novia. Ya iba a deberle un favor a la mafia, por lo que no había ninguna necesidad de pintarme un objetivo más grande aún en la espalda.

—¿Te gusta el café? —me preguntó Junior.

Estaba sentado frente a mí con otros dos tipos más corpulentos a los que no me habían presentado, y seguro que mejor así. Iba además flanqueado por otros dos tíos de similares características y, al principio, me preocupó que fuesen a limpiarme a mí, pero enseguida empezaron a hablar de la logística de lo que íbamos a hacer.

—Está buenísimo —contesté.

Junior asintió con la cabeza.

—Pues no te olvides de decírselo a mi viejo si quieres caerle en gracia. Presume que te cagas de ser un barista fantástico. —Frunció el ceño y se volvió hacia el hombre sentado a su derecha—. ¿O se dice «baristo»? ¿Esa palabra tiene género?

—Ni idea —gruñó el aludido.

Me sonó el móvil, que llevaba en el bolsillo de atrás. En cuanto vi el mensaje de Aly, solté un suspiro de alivio.

—Han llegado al garaje sin problemas.

—Pues sí que han tardado —murmuró Junior.

Dónde estás?

Haciendo cosas de agente secreto

A qué te refieres?
Ya no estás en casa de mi tío?

Qué lista era. Había leído entre líneas.

Pues no. Hemos salido por ahí

A qué te refieres?
Le estás haciendo ya un favor o algo?

A QUÉ TE REFIERES?

Le mandé tres emoticonos riéndose.

Josh, va en serio.
No hagas nada por él.
Así es como te cogen por los huevos

Era probable que tuviera razón, pero a esas alturas no pensaba recular. La alternativa era que la policía sospechara cuando desaparecieran las cosas de Brad y el propio Brad.
Respiré hondo y le contesté:

Tendré cuidado, te lo prometo.
Pero hay que hacerlo.
Confía en mí, por favor

Creo que ya sabes cuánto confío en ti

Y no, encerrado en una furgoneta con otros siete tíos, no necesitaba que me recordara lo dispuesta que había estado a que le apretara el cuello con una mano.

De quienes no me fío es de los demás.
Como te pase algo, no va a quedar
títere con cabeza.
Díselo al puto primo mío con el
que estés ahora

Levanté la vista y me encontré con que Junior me estaba observando.
—¿Qué? —exclamó.
—Aly quiere que te transmita una advertencia.

Enarcó una ceja y ladeó la cabeza, expectante.

—Dice que te asegures de que vuelvo a casa sano y salvo —dije.

Resopló riéndose.

—Fijo que no te lo ha dicho con esas palabras tan suaves. ¿Sabes? Para no formar parte del negocio familiar, se parece bastante a nosotros.

El tío que estaba a su lado le dio un codazo en las costillas.

—A lo mejor es algo genético.

Junior se giró hacia él muy despacio.

—¿Qué insinúas? ¿Que todos los italianos terminamos siendo de la mafia?

—Uy, no —reculó el tipo.

—Porque eso es racista, Phil.

Agaché la cabeza y me concentré de nuevo en el móvil. No. No pensaba participar en aquella discusión.

> Ya se lo he dicho.
> Te gustará saber que se ha quedado tieso

> Impresionante.
> No todo el mundo tiene ese vocabulario

Sonreí. Ahora que Aly había dejado de fingir que le molestaba que la pinchase, ella también había comenzado a darme caña, y me gustaba. Mucho.

> Te he metido una llave en el bolso.
> Es de mi piso.
> Si quieres irte allí junto al Elegido entre los felinos, me reuniré con vosotros cuando haya terminado

> Y qué pasa con Tyler?
> No será raro?

Parpadeé. Cierto. Me había olvidado de mi compañero de piso. Y del hecho de que Aly y él habían estado juntos. Era probable que mi cerebro hubiera enterrado esa información para protegerme, pero ya no me parecía necesario. Nunca habían salido en serio, y sabía que ninguno de los dos sentía nada por el otro, así que no hacía falta que me sintiera amenazado o inseguro.

Le mandé un mensaje de texto a Tyler.

> Recuerdas que acepté echarle
> un cable a Aly?

Apenas eran las cinco de la mañana, pero Tyler era muy madrugador, y hasta en fin de semana le costaba levantarse tarde. Me llegó su respuesta casi al instante.

> Dime que os habéis liado, anda

Sonreí. Con mi mejor amigo me había tocado la lotería.

Apareció una burbujita que me indicó que estaba escribiendo. Recibí otro mensaje al cabo de un segundo.

> Porque últimamente has estado más raro que
> de costumbre, y ya empezaba a pensar que
> iba a tener que llamar a Maria y a Rob para
> volver a hablar contigo

Y así fue como se cargó la magia del momento.

> No hace falta que metas a mis padres en esto.
> Le he pedido a Aly que sea mi novia

> Felicidades! Te ha dicho que sí, no?

> Sí. Te importa si pasa por el piso?

Claro que no.

Vas a venir tú con ella?

No.

Tengo que encargarme de una cosa, y volveré
dentro de una o dos horas.

Tienen que fumigarle la casa, así que llegará
con su gato

Estupendo.

Ese bicho me odia

Sonreí de nuevo. Nunca me cansaría de sentirme especial por ser uno de los dos únicos seres humanos a los que Fred toleraba.

Cómo te atreves a mancillar el buen
nombre de mi hijo

De tu hijo?

Sí. Sir Frederick Cappellucci-Hammond,
el primero de su estirpe

Tyler me mandó el emoticono que ponía los ojos en blanco.

Gracias a Dios que hay una mujer en tu vida
para que me ahorre a mí un poco de tus
gilipolleces

A diferencia de Aly, Tyler no parecía aprobar mi particular sentido del humor.

Gracias.

Llegarán dentro de poco.

Le he dado a Aly una llave para que
pueda entrar

Joooder. Una llave ya? Sí que vais a saco.
Ya sabe lo de tu padre?

Dejé de sonreír al inundarme una nueva oleada de culpabilidad.

Todavía no.
Sabe que tuve una infancia dura,
pero no he entrado en detalles.
Tengo la intención de contárselo
cuando llegue a casa

Avísame si quieres que esté contigo
para echarte una mano

Creo que no será necesario,
pero gracias

Abrí la conversación de Aly.

Tyler dice que no hay problema

Seguro?
Sé que sonará horrible, pero no había pensado
hasta ahora en lo que él pueda sentir sobre lo
nuestro

Ja! A mí me ha pasado igual. Es culpa tuya

Mía?!
Por qué es culpa mía?

Uy, creo que ya lo sabes.

Pero no te preocupes.

Él es feliz si yo soy feliz

Yo también soy feliz si tú eres feliz

La furgoneta sufrió una sacudida, como si el conductor hubiese apretado el acelerador. Me salió disparado el móvil de la mano, y tuve que aferrarme al banco para no seguirlo hasta el suelo.

Junior se estampó contra el tío que tenía al lado y lanzó una mirada asesina en dirección al asiento del conductor.

—¿Qué cojones haces, Vinny?

—¡La puta pasma está en casa de los Bluhm! —gritó a su vez.

Junior maldijo en alto.

—Reduce la velocidad. Ir a toda prisa parecerá sospechoso.

—Hay varias órdenes judiciales contra mí —exclamó Vinny con la voz teñida de pánico.

Junior se levantó del asiento y sacó una pistola del interior de su falsa chaqueta de electricista. Se arrodilló detrás de Vinny y le presionó el costado con el cañón del arma. El ruido que hizo al quitar el seguro retumbó por la cabina.

—Que reduzcas la puta velocidad —le indicó Junior.

Vinny soltó el acelerador, y me envolvió un coro de suspiros de alivio. Madre de Dios, qué tensión.

Junior se volvió y me taladró con la mirada.

—¿Cómo cojones están ya aquí?

Se clavaron en mí todos los pares de ojos de la parte trasera de la furgoneta, como si yo tuviera la respuesta, pero lo único que pude hacer fue encogerme de hombros.

—No tengo ni idea.

Junior apartó la pistola del costado de Vinny y volvió para sentarse enfrente de mí. Se inclinó hacia delante, con los codos sobre las rodillas, y me miró fijamente.

—Empieza por el principio y vuelve a contarme todo lo que ha pasado. Debéis de haberla cagado en algún punto.

Alargué el brazo hacia mi móvil, que seguía en el suelo.

—Deja que le diga a Aly que tenga cuidado.

Junior le dio una patada al teléfono para alejármelo y me apuntó con la pistola.

—A Aly no le va a pasar nada. Preocúpate por ti mismo. Y empieza a hablar, guapete.

«Mierda».

19

Aly

No debía de llevar despierta ni seis horas y ya estaba agotada, cosa que no era de extrañar después de sufrir un allanamiento de morada en mitad de la noche; ayudar a secuestrar y matar a un violador; llevar su cadáver a la otra punta del estado; aguantar los gritos de un mafioso; regresar en coche a la ciudad, aterrorizada por si me seguían, y luego esperar dos horas muerta de frío en una tienda de autolavado mientras Lucius, un hombre negro de mediana edad, limpiaba repetidamente el coche de mi novio.

Y, no, a Lucius no le hacía ninguna gracia que le preguntaran si ya había hecho las paces con Voldemort.

Yo seguía sin estar convencida de que el tipo no fuera una especie de mago. El hecho de que se hubiera pasado hora y media intentando prenderme fuego con la mirada era sospechoso de cojones. A no ser que ya hubiera oído esa bromita antes, en cuyo caso… era normal.

Del asiento trasero del coche de Josh llegó un maullido subido de tono.

—Ya lo sé, bebé —le dije a Fred—. Aguanta unos cuantos minutos más. Ya casi hemos llegado a casa de papá.

Estupendo, Josh había conseguido que yo también lo dijera.

Miré por el retrovisor por enésima vez. Le había pedido a Greg que no me siguiera cuando nos separamos en mi casa, pero no me fiaba de que el muy capullo no me hubiese mentido. Josh ya le debía un favor a mi tío; lo último que me apetecía era llevar a Nico directo hasta el piso de Josh. Aunque, como Josh continuase ignorándome mucho más, a lo mejor me cabreaba lo suficiente como para cambiar de opinión.

El semáforo se puso en rojo, y reduje la velocidad hasta detenerme detrás de una hilera de coches. Aproveché la oportunidad para echar un ojo al móvil. Otra vez. Seguía sin saber nada de Josh ni de ninguno de mis parientes varones, a pesar de los mensajes cada vez más amenazantes que les había mandado a los últimos. Si le hacían daño a mi novio, me iba a pasar el resto de mi vida haciendo que lo lamentaran. Sería una campaña de terror sin fin. Les metería animales atropellados en el coche, les pondría chinchetas en los zapatos y pediría pizzas al azar a su casa con notas diciendo que se las mandaba el FBI.

Jamás volverían a estar tranquilos.

Rezaba por que sí me estuviera ignorando y que no hubiese pasado nada horrible desde que Josh dejara de escribirme. Lo último que le había dicho era: «Yo también soy feliz si tú eres feliz». Si hubiera sido cualquier otro hombre, se me habría ido la olla pensando que a lo mejor lo había alejado por ser demasiado romántica demasiado pronto, pero se trataba de Josh. Él contestaba a un «demasiado pronto» mío con un «ahora que tenemos un hijo».

Y eso significaba que probablemente se hubiera torcido algo. Joder.

Por desgracia no había gran cosa que pudiera hacer yo. Tenía a Fred conmigo y, dados sus maullidos cada vez más lastimeros, necesitaba llegar cuanto antes a un arenero. Después de instalarlo en el piso de Josh, no podía dejarlo allí y regresar a la casa de mi tío. Greg me había pedido que actuara con discreción durante un tiempo, por lo que iba a tener que mantenerme alejada de la parte de mi familia que atraía al FBI.

Acudir a ellos había sido un error, claramente. Josh y yo tendríamos que haber asumido los riesgos y troceado a Brad nosotros mismos; ya hubiéramos afrontado luego las consecuencias en terapia. O por lo menos tendría que haberlo hecho yo. Después de la reacción de Josh al ver el cadáver de Brad, pasar a desmembrarlo a continuación seguro que habría sido demasiado para él.

El semáforo se puso en verde.

—Concéntrate —me dije mientras levantaba el pie del freno.

Greg me había pasado una lista de instrucciones que debía seguir, incluidas darme una ducha con agua bien caliente y frotarme debajo de las uñas de las manos y de los pies. En mi casa me había cambiado, y le entregué la ropa y los zapatos que había llevado hasta ese momento a un tío llamado Guido, a excepción del sujetador y las bragas, porque ni de coña pensaba regalarle mi ropa interior a un mafioso decrépito y asqueroso.

Los móviles con los que nos habíamos escrito Josh y yo eran de prepago. Él me había preparado uno para mí «por si acaso», y, sí, lo miré de reojo al oír ese comentario. Habíamos dejado los nuestros habituales en mi casa, así que, si alguien los investigaba, vería que se habían pasado toda la noche allí. Los había cogido, además del portátil de Josh y dos bolsas llenas de mis cosas y de las de Fred.

Retumbó por el coche otro maullido, más potente que el anterior.

—Cruza las patas o algo —le dije a Fred—. Ya casi hemos llegado.

Al cabo de un segundo me di cuenta de que no era él, sino una sirena.

Aferré con tanta fuerza la piel que recubría el volante que crujió. En el retrovisor vi un coche patrulla detrás de mí, con las luces encendidas. Me martilleó el corazón contra las costillas al reducir la velocidad poco a poco y apartarme al arcén de la carretera, como todos los demás.

«Que no venga a por mí, por favor», recé.

Cuando los policías empezaron a frenar al llegar a mi coche, me entraron los siete males antes de darme cuenta de que había un cruce justo delante y seguramente estaban mirando si venían coches antes de proseguir. Giré la cabeza a un lado cuando me sobrepasaron, y vi que volvían a embalarse pasada ya la intersección.

—Hostia puta —gimoteé apoyando la frente en el volante. No. No estaba hecha para una vida de delincuencia. La sangre y las vísceras las podía soportar. ¿Tener que preocuparme constantemente por si me detenían? Iba a ser que no.

Alguien tocó el claxon detrás de mí y pegué un bote. No era el momento de tener un ataque de nervios.

Le hice señas al conductor y arranqué el coche, con cuidado de no sobrepasar el límite de velocidad. Sí, lo habían limpiado y, no, no había ninguna razón para que la policía me persiguiera tan pronto, pero repetírmelo no disipó mi paranoia por arte de magia. Tenía la sensación de que transcurrirían semanas, si no meses, antes de que pudiera volver a relajarme del todo. ¿Qué pasaría con el cadáver de Brad? ¿Podíamos fiarnos de Lucius? Me había visto la cara. Podría identificarme si los polis lo interrogaban.

Y yo voy y le toco los cojones con la broma de Voldemort, la madre que me parió. A lo mejor podía mandarle flores o un nuevo juego de llaves inglesas a modo de disculpa para ver si así volvía a caerle en gracia.

Al cabo de cinco minutos estacioné en el aparcamiento de Josh y Tyler, justo al lado del todoterreno del último. Fred no dejaba de maullar, así que me pasé la correa de su transportín por el hombro y cogí su arenero lo primero de todo. Tenía el código de entrada, pero llamé al interfono para avisar a Tyler de que había llegado. Habría sido superincómodo encontrármelo de sopetón sin que me esperase, a pesar de que Josh me había asegurado que estaba conforme con la situación.

—Hola, Aly —crujió su voz por el interfono antes de abrirme la puerta. Me recibió unos minutos más tarde en la entrada del piso—. Buenas, qué tal.

Tenía mojado el pelo, de un rubio oscuro, como si acabara de salir de la ducha, y le quedaba bien repeinado hacia atrás. Era más bajo que Josh, quizá midiera uno ochenta y poco, y estaba igual de cachas, aunque parecía más fornido al no tener ningún tatuaje que le enmascarara los músculos. Resultaba innegable que era muy guapo, pero no le llegaba a la suela del zapato a su compañero de piso ni en físico ni en personalidad, y no sentí nada por él al cruzar la puerta.

—Perdona —exclamé pasando de largo hacia la habitación de Josh—. Emergencia gatuna.

No vi nada al entrar en el dormitorio, demasiado concentrada en poner el arenero en el suelo y en sacar a Fred del transportín. Mi gato fue directo a la arena en cuanto recuperó la libertad, y habría jurado que oí un suspiro felino antes de que comenzara a mear. Pobrecillo.

Levanté la cabeza y... Hostia. Ahí estaba el escenario de todos mis vídeos preferidos. En la pared del fondo, el sofá. A mi derecha, la cama enorme, con los agujeros para atar a alguien. Más allá, los enormes ventanales donde se ponía Josh con la mirada perdida fingiendo estar triste.

Enseguida me puse cachondísima. Mi cerebro reptiliano esperaba que, al darme media vuelta, apareciera el Hombre sin Cara detrás de mí, jadeando con el pecho cubierto de sangre. Dios, esperaba que Josh volviera pronto. En mi vida había estado tan dispuesta a una sesión de sexo atlético y morboso.

Fue entonces cuando Tyler llamó a la puerta, que seguía abierta, cómo no.

—¿Quieres un café o algo?

Hice una mueca, agradecida por estar dándole la espalda, no fuera a ver mi expresión y la malinterpretara.

—Un café suena genial, gracias —respondí con una voz dos octavas más aguda de lo habitual.

«Qué incóóómodooo».

Esperé hasta que lo oí alejarse antes de darme la vuelta. Fred se portaba muy bien, pero no sabía cómo se tomaría Tyler que estuviera libre por el piso, así que cerré la puerta del cuarto de Josh para aislarlo.

—¡Voy a ir a por el resto de mis cosas! —grité mientras me dirigía hacia la entrada del piso.

—¿Tienes el código? —me preguntó Tyler.

—Sí.

—Genial. Pues no hace falta que cierres con llave.

Salí pitando del piso. Me alegró que, una vez fuera, el gélido aire invernal me envolviera la piel ardiente. Curiosamente no me había detenido a pensar en el efecto que tendría en mí quedarme en la casa de Josh. Hasta el momento era una combinación extraña de emociones. Una habitación del piso era el lugar donde había fantaseado hacer cosas muy oscuras y libidinosas con el tío con el que estaba obsesionada, mientras que en la habitación de al lado había tenido sexo real y aburrido con un hombre por quien no sentía nada.

Josh me aseguró que Tyler aceptaba la situación, pero me pregunté si sería verdad. ¿Era yo lo bastante adulta como para estar allí? ¿O la incomodidad que sentía terminaría siendo insoportable? Quería estar tranquila. En circunstancias normales, lo habría conseguido, pero, después de la noche y la mañana que acababa de vivir, estaba a punto de llegar al límite de mi capacidad mental, y hablar de cosas sin importancia con un tío con el que normalmente me desnudaba se me antojaba un poco excesivo. Iba a tener que evitarlo hasta que pudiera recuperar el aliento.

Abrí el maletero del coche y, estaba a punto de coger mis pertenencias, cuando me sonó el móvil en el bolsillo de la chaqueta. Lo saqué al instante.

—¿Josh? ¿Estás bien?

—Eh… No soy Josh —contestó una voz femenina.

Me aparté el teléfono del oído. Era Veronica, mi amiga del laboratorio.

—Mierda. Perdona, Vern —dije al tiempo que cogía las bolsas y cerraba el maletero—. Pensaba que eras otra persona.

—No pasa nada. Solo quería decirte que he terminado tus pruebas antes de tiempo.

—Vern —protesté mientras marcaba el código de la puerta—. Te dije que no te preocuparas.

—Ya lo sé. Y no deberías sentirte culpable. No te colaste ni nada. Me he quedado una hora extra estas dos últimas noches para acabarlo.

—¡Vern! —grité, y mi voz retumbó por las escaleras—. Ahora me siento más culpable.

—Lo superarás —me soltó—. ¿Quieres conocer los resultados?

—Déjame adivinar: ¿no coinciden?

—¡Tachán! —exclamó—. La señora se lleva el premio.

Puse los ojos en blanco y entré en el piso mientras tomaba nota mental para preguntarle a Josh cómo lo había hecho.

—Siento haberte hecho perder el tiempo para nada. Me siento como el culo.

Fred me esperaba al otro lado de la puerta de la habitación de Josh, y estuve a punto de tropezar con él al entrar.

—Por Dios, Fred. Ten cuidado. —Oí que Vern seguía hablando, pero me había alejado el móvil del oído para pasar las bolsas dentro de la habitación al tiempo que intentaba impedir que mi gato echara a correr en busca de la libertad—. Un segundo, Vern.

Al final conseguí meterlo todo y acorralar a Fred donde debía estar, y volví a ponerme el móvil al oído.

—Perdona, hija. ¿Qué decías?

—Te decía que he investigado un poco más.

Hubo algo en su tono que me llevó a sentarme en los pies de la cama de Josh. Me dio toda la impresión de que iba a soltarme una noticia que no era buena idea escuchar de pie.

—Vale...

—Como te comenté el otro día, me entró la curiosidad, así que decidí contrastar la prueba para ver si descubría algo más.

—¿Y bien?

—Mmm, no sé si hay una buena manera de contártelo —repuso.

Aferré el móvil, empezando a preocuparme. ¿Había algún problema con la sangre de Josh?

—De golpe, como si me arrancaras una tirita —le pedí.

Mi compañera respiró hondo.

—Metí la secuencia de las gasas con sangre en la base de datos de ADN que utilizamos y… En fin, que ese ADN comparte la mitad del ADN del famoso Ken Asesino.

Meneé la cabeza.

—Un momento. ¿Qué me estás diciendo?

—Que el hombre que sangró en esas gasas es el hijo de un asesino en serie, Aly.

Se me escurrió el teléfono de los dedos. Oí a Vern gritando mi nombre, pero me llenaba los oídos un zumbido ronco que bloqueaba su voz. Se me emborronó la visión periférica y empezó a darme vueltas la cabeza. Iba a desmayarme. Jamás me había desmayado, pero conocía todos los síntomas, y, después de todas las sorpresas que había sufrido ese día, aquella era la gota que colmaba el vaso.

Mi formación como enfermera cogió las riendas de la situación y me tumbé de espaldas en la cama, mientras la habitación se desenfocaba a mi alrededor. El hombre que me había acosado, que había entrado en mi casa y que había matado a otro hombre era el hijo de un asesino en serie.

Madre de Dios, si se grababa cubierto de sangre… ¿Quería ser como su padre o algo?

¿Ya lo era?

Me incorporé. Tenía que salir de allí. No me interesaban los casos de asesinatos famosos, pero comprendía hasta cierto punto los trastornos de la personalidad y sabía que a algunas personas se les daba genial fingir emociones reales. Lo bastante como para que, por ejemplo, Bundy hubiera trabajado junto a una de las mejores escritoras del género de nuestra época sin que ella supiera nunca que él era un monstruo. Si Bundy pudo engañar a alguien como ella, ¿qué posibilidades tenía yo ante alguien como Josh?

Todo parecía indicar que lo que habíamos vivido no sería más que la partida de un juego para Josh —yo ya sabía de primera mano cuánto le gustaba jugar—, y, con toda la charla de ser novios y decir que era el padre de mi gato, pretendía camelarme y lograr que confiara en él para que el horror fuera aún mayor cuando asomara su verdadero ser.

Se me fue la cabeza al intentar levantarme y me desplomé sobre la cama. Fred saltó a mi lado y comenzó a ronronear, como si me estuviera preguntando si me encontraba bien.

—¡Aly! —chillaba alguien.

Mierda. Había soltado el móvil.

Lo cogí del suelo.

—Estoy aquí —le dije a Vern—. Perdona. Es que me he quedado a cuadros.

—¿Estás bien? —me preguntó—. ¿Estás a salvo?

Miré a mi alrededor y vi los agujeros del cabezal de la cama con nuevos ojos. ¿Estaba a salvo? Josh no había vuelto aún, así que tenía tiempo para huir. No podría regresar a mi casa porque él ya me había demostrado lo fácil que le resultaba entrar. Greg me dijo que me mantuviera alejada de la familia, pero en esos instantes no se me ocurrió ningún lugar más seguro que las instalaciones de un mafioso. Era probable que Nico contara con más armas y seguridad de las que Josh podría sortear.

—¿Aly? —insistió Vern, histérica ya.

—Sí, perdona. Estoy a salvo. Te lo prometo. —O por lo menos lo estaría pronto—. Oye, me tengo que ir. Gracias por contármelo.

—¿Seguro que estás bien?

—Seguro. ¿Podrías guardar en secreto lo que has descubierto? —Estaba hecha un lío, pero una cosa tenía clara: que Vern hiciese correr el rumor de que en la ciudad vivía alguien emparentado con un infame asesino en serie haría cundir el pánico en el hospital y llamaría más la atención hacia mí de lo que necesitaba en ese momento.

—Claro. No te preocupes, porque técnicamente he hecho un uso ilícito del equipo del hospital, y me gusta demasiado mi trabajo como para perderlo.

Gracias a Dios, coño.

Nos despedimos y colgamos. Me quedé a los pies de la cama unos minutos mientras intentaba mantener bajo control el pulso cardiaco. Se trataba del pasado oscuro que Josh no me quería contar, y de pronto comprendía el porqué.

¿No había dicho que el peor momento de contármelo era justo después de que hubiese matado a alguien?

Me reí, y mi carcajada sonó un tanto histérica. Sí, habría sido un momento de mierda, pero que me lo contara él habría sido mejor que enterarme de esa manera.

O a lo mejor era positivo que no estuviera presente para manipular mi reacción.

Me estremecí. No me parecía justo. Ahora que se iba pasando el shock inicial de oír la noticia, comencé a cuestionar mi reacción refleja. No, no conocía tan bien a Josh, pero... me daba la impresión de que sí. No sabía datos como cuál era su color preferido o con quién había ido al baile de graduación, pero sí sabía cómo era como persona. Era divertido, amable y más atento que cualquier tío con el que hubiera salido, y me costaba creer que fuera tan buen actor como para fingir todo eso.

Yo no escribía libros sobre asesinatos, pero, pensándolo bien, era probable que hubiera estado más rodeada de gente peligrosa que aquella escritora. Ella solo hablaba con ellos durante unos interrogatorios sumamente controlados, sin embargo yo me los encontraba a diario en el trabajo. De hecho, seguro que mi instinto estaba más desarrollado que el suyo, porque ella tenía cerca a guardias de seguridad de la cárcel por si algo se torcía, mientras que yo estaba sola.

Mi familia conocía a Josh. Mis vecinos también. Y Tyler me conocía a mí. Había muchísima gente a la que podía interrogar la policía si de repente yo desaparecía. ¿Una persona que planease matarme no haría todo lo posible para que hubiese una cantidad mínima de testigos?

Alguien llamó a la puerta del dormitorio.

—¿Aly? —dijo Tyler—. El café ya está.

Fue entonces cuando caí en la cuenta. Tyler no era solo el compañero de piso de Josh, sino también su mejor amigo. Un día me dijo que Josh y él habían sido amigos íntimos desde que eran pequeños. Por lo tanto, sin duda sabría lo del padre de Josh.

Me levanté de la cama con piernas temblorosas. Se había esfumado la reticencia a interactuar con mi ex. Si alguien podía responder a mis preguntas y darme más información sobre si Josh era o no quien yo esperaba que fuese, ese era Tyler.

—Ostras, ¿estás bien? —me preguntó cuando salí del dormitorio.

—No. Me acaban de dar una noticia espantosa.

—Ven, siéntate —dijo mientras sacaba un taburete de debajo de la isla de la cocina.

Me senté y vi cómo me servía un café al tiempo que sopesaba cómo sacar el tema. No se me ocurrió ninguna forma sutil, así que cogí el toro por los cuernos.

—¿Sabes quién es el padre de Josh?

Tyler se puso rígido, de espaldas a mí.

—¿Por qué lo preguntas?

—¿Sabes quién es o no?

Asintió con la cabeza bruscamente.

—Vale, es que acabo de enterarme y tengo algunas preguntas.

Tyler me miró receloso por encima del hombro.

—No creo que sea yo el que deba contestarlas. Seguro que Josh lo haría mejor.

Negué con la cabeza.

—Quiero oírtelo decir a ti.

Frunció el ceño y se volvió para mirarme.

—¿Por qué?

Joder, ¿cómo se lo podía explicar?

—Porque algunas de las preguntas que tengo son duras, y no quiero herir sus sentimientos.

—Sí, porque Josh es un tío superdelicado —replicó volviéndose hacia la cafetera.

Contuve mi creciente irritación.

—No importa si es delicado o si no. Siempre hay que preocuparse por los sentimientos de los demás. —Hablando de sentimientos, no me extrañaba que jamás hubiera sentido nada por Tyler. Sin que me cegara ya el deseo hacia su cuerpo, lo estaba encontrando más capullo de lo que recordaba.

Se volvió y me puso la taza de café delante.

—Pues nada. Pregunta lo que quieras.

—No se le parece, ¿verdad?

Tyler se echó atrás como si lo hubiera abofeteado.

—No, por Dios. ¿Por qué dices eso?

Valoré la posibilidad de hablarle de la cuenta de redes sociales de Josh, pero me abstuve. Conociendo a Josh, ni siquiera Tyler estaría al corriente. Y no iba a poder decirle nada sobre Brad, claro, pero necesitaba que me aclarara algo que Josh había comentado sobre su muerte.

—Josh me dijo en un momento dado que le preocupaba que su destino fuera matar.

La expresión de Tyler se ensombreció.

—Puto psicólogo de los cojones.

—¿Cómo? —pregunté confusa.

—Después de que detuvieran al padre de Josh, su madre lo llevó a un psicólogo muy conocido para que lo ayudara a superar el trauma —me contó—. El médico acababa de participar en un estudio que intentaba demostrar que la psicopatía era genética. Estaba convencido de llevar la razón, pero los datos eran un tanto cuestionables. Y llegó Josh. Le había caído la gallina de los huevos de oro en el regazo. Al cabo de un mes convenció a Josh y a Maria de que Josh necesitaba tomar antipsicóticos el resto de su vida, o de lo contrario se convertiría en su padre.

Me enderecé en el taburete, horrorizada.

—¿Qué clase de médico hace algo así?

Tyler meneó la cabeza.

—Uno que ya no ejerce. Josh no fue el único niño al que manipuló con la intención de validar su estudio, y sus víctimas terminaron denunciándolo. Le quitaron la licencia, pero el daño ya estaba hecho. Josh hace poco que ha dejado de tomar el grueso de la medicación, y, si sigue haciendo comentarios como el que has mencionado, todavía debe de estar cuestionándose esa decisión.

—Así que ¿nunca debió habérselos tomado?

—No. Tiene sus peculiaridades, sí, pero ¿quién no? Lo importante es que no presenta ninguno de los indicios preocupantes que apuntarían a un trastorno antisocial de la personalidad. —Apoyó los codos en la encimera y me miró a los ojos—. Conocí a su padre, y Josh no se le parece en nada. El hecho de que yo siga vivo debería ser la prueba suficiente que necesitas. —Me sonrió—. No sé si te has dado cuenta, pero a veces soy un poco insoportable.

Bebí un sorbo de café. Sí, empezaba a percatarme.

—¿Por qué no me lo ha contado antes?

Tyler se incorporó y cogió la taza de la encimera.

—Supongo que porque imaginaba que saldrías corriendo.

—Eh —protesté—. ¿Tú me ves corriendo?

Resopló riéndose.

—Por lo pálida que estabas al salir de su cuarto, creo que es evidente que te habrías marchado si yo no hubiera estado en casa para impedirlo.

Vale, cierto. Pero aun así…

—Mira, tenía buenas razones para preocuparme. Tu compañero de piso entró en mi casa y me instaló una cámara. Y también ha hackeado el hospital donde trabajo para vigilarme.

En lugar de horrorizarse como habría debido, Tyler se echó a reír.

—Por fin aparece alguien para quitarme de los hombros una parte de la carga de su amor. —Extendió un brazo y me cogió la muñeca con rostro agradecido—. Dios te bendiga.

Me zafé de su mano.

—Hablo en serio, Tyler.

—Y yo también. Esas son las peculiaridades de las que te hablaba. Josh se pasó la infancia bajo la mano de hierro de un asesino en serie. En cuanto su madre y él pudieron librarse de su control,

Josh invirtió cada segundo de su tiempo libre en asegurarse de que no volverían atrás. Incluso de adulto necesita saberlo todo sobre las personas que le importan: dónde están y con quién. Un día me olvidé de decirle que iba a pasar la noche fuera y se presentó a las tres de la madrugada en la casa de mi ligue para echarme la bronca.

Sonreí. Me parecía muy propio de Josh.

—No tienes ni idea de la pesadilla de la que huyó Josh —añadió—. Pesadilla que sigue viviendo. Las agencias de noticias y los medios no dejan de intentar localizarlos a Maria y a él para entrevistarlos. Se ha convertido en un ermitaño paranoico, y la cosa ha empeorado desde que en verano estrenaron el documental. Apenas salía de casa antes de que empezarais a quedar.

—¿Por qué? —pregunté, confundida.

—Tú pasas de la moda del *true crime*, ¿verdad? —Tyler se sacó el móvil del bolsillo—. Josh es clavado físicamente a su padre.

Abrió algo en el teléfono y me lo pasó. Hostia puta, tenía razón. El pelo era distinto y Josh era un poco más moreno de piel, pero quitando eso eran dos gotas de agua.

No, un momento.

Me incliné hacia delante y observé los ojos del asesino en serie. En eso también eran diferentes. Los de su padre estaban vivos y muertos a la vez, como los del otro asesino al que había conocido y como los de Brad, sin ningún ápice de la calidez y el humor que a menudo veía en los de Josh. Bajé por la pantalla y enseguida leí el artículo. El padre de Josh empataba con Bundy y Dahmer en lo horrible de sus crímenes, y pude imaginarme cómo debió de ser vivir teniéndolo como padre.

Le devolví el móvil a Tyler.

Se lo guardó en el bolsillo y me miró por encima de la taza de café.

—Josh necesita saber las cosas, Aly. Sentirse a salvo es importante para él y conseguir que la gente que le importa esté a salvo, más todavía. Si vas a estar con él, tendrás que aceptar que los límites normales se la sudan. Mi coche lleva un localizador GPS que él me instaló en cuanto me lo compré. Tengo activada la localización del móvil para que pueda consultar en todo momento dónde estoy. Si te hubiera ido el *true crime*, nunca te habría traído aquí, porque ese tipo de personas no entran en este piso.

—Eso… curiosamente no me molesta —reconocí.

—Ya, a mí tampoco —asintió Tyler—. Es agradable que alguien esté siempre pendiente de ti. Como si fuera tu propio ángel de la guarda.

—Pero a mí me parece que tú también estás pendiente de él —dije. Frunció el ceño, y señalé el apartamento—. Porque no traes a nadie aquí que pueda reconocerlo, porque te has tomado el tiempo de explicármelo todo y porque no te importa que salgamos juntos.

Ahogó una carcajada.

—De haber sabido que erais una posibilidad, enseguida habría puesto fin a lo nuestro y te habría empujado hacia Josh. No te ofendas.

—No te preocupes —dije quitándole importancia.

Tyler se recostó en la encimera.

—Ya sé que es mucho que asimilar, pero Josh es la persona más leal y fiable que conozco. ¿Tiene sus peculiaridades? Sí. ¿Te molestará su forma de convertirlo todo en una coña? Antes de lo que crees. Pero Josh es la clase de persona a la que podrías acudir con un cadáver, y te ayudaría a esconderlo.

Me atraganté con el café. Si Tyler hubiera sabido lo cierta que era esa afirmación…

Se volvió y me tendió unas cuantas servilletas.

—Gracias —conseguí decir entre toses—. Se me ha ido por mal sitio.

—De nada. Y, mira, si crees que no vas a poder aguantar la historia de Josh, deberías decírselo ya. Él se abre a tan pocas personas que, si lo alargas en el tiempo, tan solo le harás más daño.

—Lo entiendo. Yo tampoco me abro fácilmente.

Tyler enarcó una ceja y clavó la mirada en mí.

—Ya. Ya lo sé.

—Perdona —dije avergonzada.

Le restó importancia con un gesto.

—No pasa nada. Es obvio que no habría funcionado si hubiéramos intentado algo serio.

Asentí. Sí, Tyler era un capullo, pero comencé a pensar que era un capullo agradable. O sea, que me veía siendo amiga suya si Josh y yo continuábamos.

—¿Qué más debería saber? —le pregunté.

—Es vegano —me informó.

Fruncí el ceño.

—Pero el otro día me preparó huevos con beicon.

Y, de pronto, supe por qué los había cocinado tan mal. Era probable que Josh no tuviera ni idea de cómo prepararlos.

Tyler silbó.

—Debe de estar pilladísimo. En este piso nunca ha permitido cocinar carne.

—¿Por qué no?

—A ver cómo te lo cuento —dijo Tyler dándose golpecitos en la barbilla—. Su padre hizo hamburguesas de una de sus víctimas y las dio de comer a todo nuestro barrio en una fiesta.

—¡¿Qué?!

Me entró una arcada.

—Sí. Eso es algo que afecta mucho a un niño de seis años.

—Vale, vale —dije levantando una mano—. No me des más detalles, anda. Un momento. —Lo miré con los ojos entornados—. ¿Cómo es que tú puedes comer carne todavía?

—Ese día me comí un perrito caliente en lugar de una hamburguesa.

—Vale, pero oliste cómo se cocinaba la carne de la pobre. —Jamás pensé que saldría de mi boca un frase semejante.

Tyler se encogió de hombros.

—Ya. Pero oler y saborear son dos cosas distintas.

—Buf. Ya basta —exclamé. Hasta para mí, la conversación era demasiado, sobre todo después de haber comentado sin pensar la posibilidad de quemar las partes del cuerpo de Brad. Pobre Josh. Seguro que le tocó la fibra sensible.

Me sentí una imbécil por haber perdido los nervios momentáneamente después de la llamada de Vern. Gracias a Dios que siempre había sido una persona lógica y que pude recobrar la normalidad, a pesar de todas las cosas chungas que me habían pasado en las veinticuatro horas anteriores. Habría sido imperdonable que me hubiera marchado del piso sin darle a Josh una oportunidad y haber permitido que un malentendido se cargara nuestra relación.

Josh y yo nos parecíamos en muchas cosas. Cuanto más sabía de su pasado, más empezaba a verlo. Las piezas encajaban y explicaban por qué Josh era como era y por qué se había abierto ese perfil en redes sociales. Solo me quedaba esperar que me escuchara lo que quería decirle sobre todo aquello cuando por fin volviese a casa. Odiaba la idea de que siguiera cuestionándose y, si había algo que pudiera hacer yo para tranquilizarlo de una vez por todas, lo haría.

Como si lo hubiera invocado, se abrió la puerta del piso y apareció Josh. Estaba guapo a pesar de que se lo veía pálido y agotado y de que llevaba ropa de un desconocido que le quedaba demasiado pequeña a ojos vista. La barba de varios días le daba un matiz de tipo duro que no tenía cuando se afeitaba del todo. Me gustó. Mucho.

Todas mis preocupaciones previas se esfumaron al verlo ileso, y me levanté del taburete para ir hacia él. Me cogió con esos brazos tan grandes suyos y me alzó del suelo para estrecharme bien fuerte.

—Estás bien —dijimos al unísono.

—Me alegro de que hayas vuelto, tío —terció Tyler—. Ah, y Aly sabe lo de tu padre. —Josh se quedó rígido en mis brazos—. Os haré el favor de marcharme y dejar que lo habléis a solas.

Me aparté lo suficiente como para fulminar a Tyler con la mirada cuando pasó junto a nosotros con una sonrisa en la puñetera boca.

—Vuélveme hacia él.

—¿Por qué? —me preguntó Josh.

—Para que pueda darle una patada —contesté, y no le di por casi medio metro.

Las risas de Tyler resonaron por el rellano antes de que cerrara la puerta tras de sí.

Josh me dejó en el suelo y me miró con expresión recelosa.

—¿Te lo ha contado él?

—No —negué—. Mi amiga del laboratorio a la que le di tus muestras ha investigado más de lo que debería y ha descubierto que el ADN te relacionaba con tu padre.

—Joder. Sabía que tendría que haber entrado en el hospital para robarlas.

—No te preocupes, ha prometido no decirle nada a nadie.

—¿Te fías de ella?

—Sí. Es buena amiga, y su trabajo depende de ello.

Mis palabras no bastaron para cortar de raíz su evidente preocupación.

—¿Vas a...? —Se pasó una mano por la cara—. No era así como quería que fuesen las cosas, hostia.

—No pasa nada —dije apretándole los bíceps—. No estoy agobiada.

Me miró a los ojos.

—Ya no —añadí—. Tyler me lo ha aclarado todo.

—En ese caso, sí que debería estar muy preocupado.

—Es un buen amigo.

—Ya lo sé —dijo con un suspiro—. Un capullo, pero un buen amigo.

—Entiendo por qué lo haces —le dije.

—¿El qué?

—Ponerte una máscara. Cubrirte de sangre de mentira.

—¿En serio? —preguntó arqueando las cejas—. Porque a mí me encantaría tener una explicación.

Le cogí de la mano y lo conduje a la cocina. Parecía tan cansado como yo, y pensé que le iría bien una taza de café, así que lo senté en mi taburete y se la serví.

—Estás haciendo lo mismo que yo —le dije—. Intentas reescribir la historia.

—¿Cómo?

—Yo intento salvar a todos los pacientes como si así pudiera compensar no haber podido salvar a mi madre. —Me volví y le tendí el café—. Y tú te disfrazas de un asesino en serie espeluznante, pero haces lo contrario que tu padre.

Me miró perplejo.

—Piénsalo —insistí cogiendo mi propia taza de la encimera—. Entraste en mi casa y me acosaste, igual que hizo tu padre con sus víctimas, pero en ningún momento quisiste hacerme daño, solo darme placer. Haces lo mismo con millones de personas por internet tres veces a la semana. Las distraes del mundo de mierda en el que vivimos y consigues que se sientan bien y no mal.

Josh se recostó con semblante pensativo.

—Nunca lo había visto así.

—Eres lo contrario a él, Josh —le aseguré.

Negó con la cabeza y me miró a los ojos con un velo de tristeza.

—Me gusta el miedo, igual que a él.

Se me paralizó el corazón durante un segundo.

—¿Mi reacción al ver que Brad entraba en mi casa te puso cachondo? —Ay, Dios. Si decía que sí, no iba a saber cómo gestionarlo.

—Hostia, no —exclamó—. Ese tipo de miedo no.

—¿Qué tipo de miedo, entonces? —le pregunté.

Apartó la vista y miró tras de mí, como si estuviera buscando las palabras adecuadas.

—Es difícil de explicar, pero esos momentos en los que te pillo desprevenida y veo que abres los ojos como platos por el miedo antes de que te inunde el deseo son los que me ponen cachondo.

Sonreí.

—Si te fijas en lo que acabas de decir, a mí me parece que no te gusta el miedo, sino que te gusta cuando dejo de tener miedo y empiezo a ponerme caliente.

Sus ojos regresaron a los míos, y vi los engranajes que daban vueltas en su cerebro.

—Solo me importa la gente de mi círculo más íntimo. Los demás me dan igual.

Me encogí de hombros.

—¿Y qué? La mayor parte de la gente es escoria de todos modos.

—No me arrepiento de haberte acosado.

—Yo tampoco. A lo mejor te has dado cuenta de que nunca te he pedido que pararas. Nada de palabras de seguridad, ¿recuerdas?

—Lo recuerdo, cariño —dijo mirándome fijamente.

Me estremecí. ¿Por qué ese apelativo cariñoso me excitaba tanto? ¿O era más bien la forma en que pronunciaba la palabra, imprimiéndole ese ánimo de posesión?

—Bueno —dije—. Si ya has acabado de intentar espantarme, me gustaría saber por qué has dejado de escribirme hace un par de horas.

Se le evaporó la calidez de la mirada.

—No hemos podido entrar en casa de Brad. Cuando llegamos, ya estaba allí la poli.

Maldije en voz alta y estuve a punto de soltar el café.

—¿Qué? ¿Y eso?

—No es por nada que hayamos hecho tú y yo —se apresuró a aclararme—. Habían ido por una orden de detención relacionada con la agresión a Macy.

Me apreté el puente de la nariz.

—Qué mal momento para presentarse, coño.

—Ya lo sé. Tu primo me estuvo apuntando con la pistola hasta que averiguamos qué ocurría.

—¿Cuál de ellos? —pregunté gruñendo.

Josh se apartó de mí y trazó un círculo en el aire entre ambos.

—Ahora mismo desprendes muy mal rollo, y no sé si debería preocuparme o ponerme cachondo. —Se miró el regazo, oculto bajo la isla de la cocina—. No he dicho nada. Mi cuerpo ya ha decidido por mí.

—No es momento de hacer coñas, sino de empezar a planear nuestro segundo asesinato.

—Creía que habías dicho que era un homicidio involuntario.

—Déjate de rodeos y dime quién ha sido.

—No —protestó—. No hasta que la Aly Escalofriante me devuelva a mi novia. Además ha sido un malentendido, nada más. Se ha disculpado después y me ha invitado a su timba de póquer semanal. Creo que ahora somos amigos.

—No te hagas amigo de mis primos mafiosos —dije—. No vas a sacar nada positivo de ello. Un momento. ¿Te han traído hasta aquí? ¿Ahora saben dónde vives?

Asintió, y tuve que dejar la taza de café en la encimera para no hacerla añicos entre las manos. A la mierda mis intentos por mantenerlo a salvo de ellos. Supongo que, de todas formas, era una batalla perdida. Seguro que Greg o Lucius habían apuntado la matrícula de Josh, y era cuestión de tiempo que la usaran para encontrarlo.

—¿Qué ha pasado después de que te marcharas de la casa de Nico? —me preguntó Josh.

Nos pasamos los siguientes diez minutos poniéndonos al día de todo lo que nos habíamos perdido desde que nos habíamos separado. Por lo que parecía, mi tío lo tenía todo bastante bajo control, y ya me imaginaba el favor que le iba a deber cuando todo hubiese terminado. Me preocupaba especialmente lo que le pediría a Josh que hiciese por él, y planeé estar allí cuando se lo comunicase para poder negociar los términos y amenazar a Nico con no volver a verme, el último miembro de su familia no directa, si lo presionaba demasiado.

—Ven aquí —me dijo Josh cuando terminamos de hablar.

Rodeé la isla de la cocina. Él se giró en el taburete y me colocó entre sus piernas al tiempo que me rodeaba la cintura con los brazos.

—Gracias por ser tan comprensiva con el asunto de mi padre.

Negué con la cabeza.

—No me las des. Antes de conocer los detalles, me ha entrado un ataque de pánico.

Me levantó la barbilla y me acarició el labio inferior con el pulgar, siguiendo el movimiento con la vista.

—No te culpo. Que hayas podido asimilarlo es lo que importa.

—No me ha costado cuando me he parado a pensarlo un poco. —Le rodeé el cuello con los brazos—. He conocido a bastante gente mala, Josh, y puedo decir con seguridad que no te les pareces en nada.

—¿No? —dijo sin dejar de observarme los labios.

—No. Y si te tengo que atar y llevar al límite hasta que estés de acuerdo conmigo, lo haré. He estado estudiando.

Sonrió y levantó por fin la vista para encontrarse con mis ojos.

—Uy, eso ya lo sé. Te he estado vigilando.

Nos sonreímos unos segundos, y me entraron tantas ganas de inclinarme y besarlo que hasta me dolía.

—¿Cómo estás? —le pregunté—. De verdad.

Se echó hacia delante y apoyó la frente en la mía. Sus ojos eran dos pozos de negrura cuando las pupilas se le dilataron e invadieron el marrón del iris.

—Agotado. ¿Y tú?

—Igual.

—¿Quieres que nos demos una ducha juntos y que luego durmamos unas doce o trece horas?

—Sí, quiero —respondí estrechándole el cuello con los brazos.

—Dios, cuánto me gusta oírte decir eso —murmuró. Acto seguido me cogió en volandas y se dirigió hacia su habitación.

Cuando iba a abrir la puerta, me acordé del obstáculo que había al otro lado y que podría hacernos tropezar.

—¡Ten cuidado! —exclamé ya tarde. Fred se metió maullando entre las piernas de Josh y lo hizo tambalearse.

Menos mal que Josh era un tío atlético, porque consiguió avanzar unos cuantos pasos a trompicones para que cayéramos sobre la cama y no sobre el suelo de hormigón. Sin embargo, Josh también era un auténtico gigante, y, aunque alargó una mano en el último momento para tratar de evitarlo, casi todo su peso cayó encima de mí y estuve a punto de asfixiarme.

—Ay, joder, mi rodilla —exclamó Josh apartándose de mí.

—Mis costillaaas —gimoteé yo.

Josh se volvió hacia mí y esbozó una sonrisa cuando se encontraron nuestras miradas.

—Ahora entiendo por qué la gente dice que tener hijos dificulta un poco la vida sexual.

—¿Es eso lo que ha pasado? ¿O Fred ha sido nuestro compinche? Al final estamos en la cama.

—Qué bien que se porta —dijo Josh acercándose de nuevo a mí—. Esta noche le daremos un premio extra.

Y entonces vi venir sobre mí aquel cuerpazo, y mi fantasía sin máscaras cobró vida de repente.

20

Josh

Le aparté el pelo a Aly de la cara. Lo sabía. Esa mujer maravillosa, amable y atractiva se había enterado de mi pasado y, en lugar de salir corriendo, se había empeñado en enseñarme cosas sobre mí mismo que habían cambiado mi punto de vista.

¿Cómo cojones tenía tanta suerte con ella?

Me había pasado toda la vida convencido de que no podría estar con alguien como Aly. De que yo era peligroso. De que en mi cabeza vivía una bomba que hacía tictac y, en cuanto alcanzase un punto invisible, explotaría y, ¡pum!, me transformaría en alguien como mi padre. Mi madre y Rob habían intentado convencerme de que no era cierto. Tyler también, a su manera. Igual que mi terapeuta. Pero hasta que no me lo dijo Aly no empecé a pensar que era cierto.

Y no, no fue porque conocer a la persona adecuada en el momento adecuado me hubiera curado milagrosamente. Llevaba un tiempo coqueteando con aquella idea. Aly no fue más que el empujón definitivo. Se había permitido mostrarse vulnerable ante mí y, en lugar de aprovecharme de ella y hacerle daño, lo único que había querido hacer yo era venerarla.

Era hora de aceptar, de una vez por todas, que no me parecía a mi padre, por lo menos en lo que era más importante.

Un lejano maullido atrajo mi atención. Claro. Fred.

—Quédate aquí —le dije a Aly.

Me rascó la espalda con las uñas.

—¿O qué?

Le lancé una mirada siniestra.

—O decidiré que ha llegado el momento de tu castigo.

Ella me sonrió.

—¿Castigo por?

Era obvio que Aly no tenía ni idea de a qué me refería ni cuánto me había asustado y preocupado lo que había hecho, y por eso me estaba mirando de aquella forma tan coqueta. Le cogí la barbilla, no lo bastante fuerte como para hacerle daño, pero sí para que supiera que iba en serio.

—Por haber salido del dormitorio cuando te dije que te quedaras allí.

Su sonrisa vaciló.

—Pero es que oí un puñetazo y me preocupaba que te lo hubieran dado a ti.

Negué con la cabeza.

—Y, si me lo hubieran dado a mí, al verte me habría distraído tanto que probablemente me habrían pegado otra vez. Me lo habías prometido, Aly. Y rompiste la promesa.

—Me daba miedo que estuvieras herido, he hice lo que me pareció correcto —repuso con aquella terquedad suya—. Y fui con cuidado. Salí con la pistola cargada. Si te hubiera visto en el suelo, habría disparado a Brad. No siento lo que hice.

—Ya lo sentirás cuando haya terminado contigo —dije inclinándome para morderle el labio inferior.

Tenía los ojos muy abiertos cuando me aparté, con una expresión que mezclaba la sorpresa, la preocupación y cierta expectativa. Le acaricié con el pulgar el punto en el que se le marcaba el pezón en el fino jersey, lo suficiente como para que se arqueara de placer antes de darle un pellizco y arrancarle un jadeo de los labios.

—Josh —dijo cuando me levanté para irme a por Fred—. Lo de castigarme no lo dirás en serio.

Me detuve junto a la puerta y di media vuelta para mirarla.

—Sí. Pero ahora mismo no. No tenemos tiempo. No sé cuánto margen piensa darnos Tyler, y necesito entrar dentro de ti. Ve a abrir el grifo de la ducha mientras yo voy a por nuestro hijo incontrolable.

Mi novia fuerte y fiera asintió y obedeció al oír el tono de orden en mi voz. El interruptor se había vuelto a activar en mi interior y ya no me daba miedo que mis deseos se volvieran peligrosos; no era necesario que me contuviera. Estaba impaciente y casi irascible por no haber hundido la polla hasta los huevos en el coño pricto y acogedor de Aly.

Se levantó cuando salí del dormitorio, y la oí correr a mi cuarto de baño *en suite*, tan preparada como yo para lo que iba a pasar. Cada vez resultaba más evidente que Aly tenía un interruptor parecido al mío. Su trabajo le exigía mantener siempre el control. Era la única responsable de su casa, su gato, su jardín, los cuidados de Fred y su propio bienestar. Era fácil saber por qué se mostraba tan sumisa conmigo en el dormitorio: necesitaba que otra persona cogiera las riendas. Ansiaba sentirse a salvo y protegida tanto como quería sexo duro y morboso. En ese sentido, éramos la pareja perfecta.

El ruido del grifo de la ducha al abrirse me siguió mientras iba en busca de Fred. Con el primer vistazo que eché por el comedor, no lo vi por ninguna parte, pero, por la acústica de mi piso, el eco de su siguiente aullido me hizo pensar que estaba debajo del sofá. Me agaché y tanteé con el brazo, pero no se encontraba allí. Otro maullido me llevó hasta el cuarto de Tyler. Mi amigo había dejado la puerta abierta. Con la suerte que me caracterizaba, seguro que Fred había decidido mearse en la ropa sucia de Tyler, convenientemente colocada formando una montaña junto al cesto vacío.

Mi compañero de piso iba a volver loca a su futura pareja algún día con cosas como esa. Se me ocurrió que podría contarle a esa persona mi exitoso experimento con los calcetines para que probara a arreglar con esa técnica el resto de las malas costumbres de Tyler.

Por suerte, Fred no estaba dentro de su habitación, así que cerré la puerta y me puse a registrar el resto del piso. Tenía que estar en alguna parte. No había ninguna otra habitación donde pudiera esconderse.

—Venga, hombre —dije mirando detrás de las cortinas—. Acabas de ayudarme a que termináramos en la cama. Ahora no me cortes el rollo. —Mi pene se estampaba contra la cremallera, con una erección casi dolorosa. Necesitaba a Aly como respirar.

Otro maullido me hizo levantar la vista hacia los armarios de la cocina. Fred estaba encima de uno, satisfecho consigo mismo, y me miraba desde las alturas.

—¿Cómo demonios has subido ahí? —le pregunté mientras iba a por un taburete para cogerlo.

Para cuando lo devolví a mi habitación y cerré la puerta, del cuarto de baño salía vapor. Le dije a Fred que se comportara y fui a buscar a su madre. La ropa de Aly estaba junto a la alfombrilla de baño, así que lo único que me separaba de mi novia desnuda y empapada era una delgada cortina de baño.

Me quité la camiseta y me desabroché el cinturón con afán. Al cabo de unos segundos mi ropa formaba una pila al lado de la de Aly, y en dos zancadas llegué a la ducha. Descorrí la cortina de pronto y me deleité con los ojos abiertos como platos de Aly. Me embebí de su jadeo antes de que el miedo y la sorpresa momentáneos enseguida se transformaran en lujuria.

Ella tenía razón. No me gustaba el miedo, sino el instante en el que se convertía en deseo. Era una mujer tan inteligente como atractiva, y verla delante de mí, inmóvil bajo el chorro de agua, me paralizó. Estaba guapísima, con la larga melena oscura pegada a la piel mojada. Su cuerpo era una obra de arte formada por músculos y curvas. Sus pezones morenos eran dos cumbres tensas, ya fuera por la excitación o por el aire fresco que entraba en la bañera, y quería tomarme mi tiempo para venerarlos, para lamerlos hasta que estuviera tan abrumada por el deseo que me lo suplicara. Pero no teníamos tiempo para hacer nada de eso, y, por la expresión ansiosa con la que me miraba, los preliminares eran lo último que se le pasaba por la cabeza.

Entré en la ducha y me situé justo debajo del chorro de agua obligándola a retroceder. Aly me repasó con la mirada como si no supiera qué contemplar primero, y me di cuenta —con cierto retraso— de que era la primera vez que me veía desnudo. Aunque me temblaban las manos por la necesidad de abrazarla, dejé que me inspeccionara con calma; eché atrás la cabeza bajo el chorro para que el calor me envolviese, y flexioné un poco los músculos para que ella gozara contemplándolos. Al ver el deseo que irradiaban sus ojos, comprendí por qué Tyler siempre posaba para todo el mundo. Enseguida me podría volver adicto al ansia pura y dura del rostro tan expresivo de Aly.

—Qué guapo eres —dijo mirándome a los ojos y meneando la cabeza—. Sé que te lo he dicho tantas veces por internet que me da hasta vergüenza, pero va en serio.

Me quedé quieto bajo el agua.

—¿No me miras y ves a mi padre?

—Qué va —me aseguró, y solté un suspiro de alivio cuando bajó la vista a mi polla—. Solo veo a mi novio. Y ahora mismo lo necesito.

Joder. Iba a tener más de ese novio de lo que seguramente estaba preparada para recibir. No se me había escapado el breve instante de vacilación cuando vio el monstruo que se erguía entre los dos. Aly se había metido mi polla en la boca y la había sentido entre sus tetas perfectas, así que sabía lo enorme que era, pero, llegado ya el momento de metérsela, parecía que se daba cuenta por primera vez de lo mucho que iba a tener que dilatar para acogerme. Suerte que se había preparado bastante con su vibrador gigantesco.

Aun así no sería suficiente, y, sí, yo sabía lo mal que estaba por ponerme más cachondo todavía ante la idea de que le costara que le entrase toda.

—Date la vuelta —le ordené—. Apoya las manos en la pared.

Se volvió sin rechistar, puso las palmas sobre los azulejos, arqueó la espalda y me ofreció el culo como un regalo. Casi gemí al ver sus nalgas prietas y redondeadas. Algún día poseería cada centímetro de esa mujer, pero no tenía la paciencia que necesitaría el sexo anal. Joder, si ni siquiera tenía paciencia para prepararla ahora como se merecía.

Me coloqué justo detrás de ella, con la polla rodeada por las nalgas, y puse una mano al lado de la suya. Le acaricié el lóbulo de la oreja con los labios.

—Ahora mismo te necesito demasiado como para ir con cuidado.

Le brotó de los labios un leve gimoteo.

—No quiero que vayas con cuidado.

Separó las piernas, bien dispuesta, y un estremecimiento de anticipación le recorrió el cuerpo al recostarse contra el mío. El gemido que soltó bastó para arrimarme al límite del autocontrol. Le arqueé la espalda hacia delante, como si fuera la cuerda de un arco, y aparté mi mano del frío azulejo para introducirla entre sus muslos. Estaba mojada, pero la humedad que le empapaba el sexo no tenía nada que ver con la ducha. Aly me deseaba tanto como yo a ella, y ahí estaba la prueba.

Le acaricié con los dedos la vulva hasta llegar al clítoris y tracé un círculo a su alrededor mientras me inclinaba hacia delante para situar la polla debajo de ella. Si no lo hacía bien, terminaría demasiado irritada como para que se la metiese de nuevo cuando tuviéramos más tiempo, y un poquito de paciencia en ese momento daría sus frutos más tarde. En cuanto fuera seguro que regresáramos a su casa, nos encerraríamos dentro hasta que me hartase de ella, que lo más probable es que fuese nunca. Gracias a Dios que existían la tecnología moderna y los servicios de entrega a domicilio de los supermercados. Si jugaba bien mis cartas, a lo mejor conseguía tenerla desnuda durante las dos semanas siguientes.

—Por favor —susurró meciéndose contra mis dedos.

Eché las caderas hacia delante lo justo para ponerme en la entrada de la vagina, lo justo para que notase lo ancho que era mi glande. Aly cogió aire y se tensó ante la amenaza de una invasión brutal.

—Relájate, cariño —le dije mientras le apartaba el pelo del cuello—. Vas a poder con toda ella.

Volví a frotarle el clítoris con los dedos. Se estremeció y se echó hacia atrás por un acto reflejo. Yo me eché hacia delante en el mismo momento, lo suficiente como para meterle la punta. Estaba empapada, pero seguía estando apretada, tanto que fue como si una tenaza suave y cálida me rodease la cabeza de la polla. Joder, qué puta maravilla.

Moví la mano del clítoris a la cadera de Aly y la inmovilicé con fuerza suficiente como para probablemente dejarle marca, pero ese agarre era lo único que me mantenía cuerdo, lo único que impedía que se me fuese la cabeza del todo y la embistiera como si fuera una bestia estúpida.

Subí la otra mano hasta su cuello y rodeé esa zona delicada y vulnerable de la forma que sabía que tanto le flipaba. Me incliné hacia delante y susurré:

—No te vuelvas a tensar.

Aly aspiro aire con fuerza y negó con la cabeza.

—No lo haré.

—Así me gusta —repuse. Sin avisar, le separé más las piernas con un puntapié y me hundí otro centímetro cuando resbaló.

Gemí. Ella siseó. Sin embargo, en lugar de tensarse, apoyó las manos en la pared y respiró hondo.

—La tienes enorme —dijo.

Se me tensaron los testículos.

—¿Demasiado grande?

Negó con la cabeza y flexionó los músculos del cuello bajo mis dedos.

—No. Dame más.

Se la saqué lo suficiente para empaparme con su humedad antes de adelantar las caderas y empujar para ganar otro fantástico par de centímetros. Buf, qué prieta estaba. Tanto que sabía que Aly iba a tener que esforzarse para no contraerse cuando su cuerpo intentase contrarrestar la invasión.

—Más —jadeó.

Le apreté el cuello.

—Qué impaciente.

—Por ti siempre —dijo.

—Tengo que ir lento para no hacerte daño.

Se retorció bajo mi mano y habló con voz ahogada.

—Me da igual si me haces daño. Te necesito, Josh. Ahora. Por favor.

—Joder, Aly —murmuré mientras me hundía un centímetro más y otro, intentando ir con cuidado, intentando mantener a raya mi desesperación mientras empezaba a embestir más rápido—. Necesito este coño.

Aly extendió los brazos y agachó la cabeza al empujar contra mí.

—Es tuyo. Tómalo. Adueñate de él. No te contengas.

—No sabes lo que me estás pidiendo —le advertí.

Ella soltó un gruñido de rabia.

—Sí que lo sé. Fóllame, Josh. Fóllate a tu novia.

El poco control que me quedaba se esfumó. Me recoloqué y la saqué hasta solo dejar dentro la punta, y acto seguido me hundí con una acometida implacable que, al tocar algo en lo más profundo de ella, la hizo gritar y contraerse.

Me quedé paralizado, con la respiración acelerada. Había intentado avisarla de que sería demasiado, pero ¿me había escuchado? No, y encima pronunció la palabra «novia», consciente de que sería mi perdición, consciente de que…

—Otra vez —me exigió, en parte dolorida y en parte ansiosa, apretándome la polla con los músculos internos.

Me salieron volando de la cabeza todas las precauciones. Era una mujer adulta que sabía lo que quería, y, si pedía que su novio la taladrara en la ducha, pues iba a dárselo, con toda la potencia que su coño hambriento necesitaba.

Le solté el cuello y la cadera, y levanté las manos para pellizcarle los pezones y provocarla mientras iniciaba un ritmo constante y despiadado. Aly se movía a su vez y usaba la pared para empujarse hacia atrás y recibir cada brutal acometida.

Fue duro. Fue salvaje. Estaba tan dentro de ella que empecé a perder la noción de dónde terminaba yo y dónde comenzaba ella. Como si nuestros cuerpos fueran uno solo, como si Aly hubiese nacido para acogerme y yo hubiera nacido para darle todos los centímetros posibles, dilatándola hasta que ninguna otra polla más que la mía pudiera satisfacerla a partir de ese momento.

Me había pedido que la poseyera, así que me incliné hacia delante y le mordí el hombro tan fuerte que siseó, tan fuerte que noté cómo se ponía rígida antes de estremecerse y mover las caderas con más intensidad incluso que antes. La inmovilicé con los dientes, me adueñé de su coño con la polla y le atormenté los pezones con los dedos. Esa mujer era mía, joder, y, si debía marcar cada milímetro de su piel, lo haría.

En mi vida me había sentido tan indomable; quería pegarme con cualquier tío que la mirase, ponerle un collar en el cuello y pasearla con una correa para demostrar que me pertenecía.

Aly no tenía que anunciar que yo era suyo. Ya me había poseído el cuerpo y el alma. Cada embiste de sus caderas, cada gemido ansioso que retumbaba en la ducha solo servía para estrechar el dominio que ejercía en mí.

Se retorció, gimió, separó las piernas y trazó círculos con las caderas. La forma en la que me apretaba iba a conseguir que me corriese a borbotones hasta quedarme seco.

—Dime que tomas la píldora —masculló.

—Sí —gimió—. No la saques. Quiero notar cómo descargas dentro de mí.

Me eché atrás lo suficiente para ver lo que le estaba haciendo, para ver cómo mi polla dura desaparecía en su apretado interior, y me deleité con el brillo que irradiaba mi piel, prueba de lo cachonda que estaba ella también.

—Deberías ver lo bien que te entra —le dije, y ella gimió y siguió embistiendo. Le pellizqué los pezones y seguí acometiéndola—. Me muero por sentir que te corres. Es maravilloso cómo me aprietas, cariño.

Aly gritó, empujó hacia atrás y tensó la espalda al tiempo que deslizaba los dedos por los azulejos acercándose al clímax.

—Más —gimió—. Por favor, Josh.

Le bajé una mano por el vientre, sabiendo lo que necesitaba, y con cuidado le cogí el clítoris con los dedos mientras adelantaba las caderas para seguir follándomela. Se corrió gritando, llorando, suplicando, y me apretó tanto la polla que apenas pude moverme.

En cuanto empezó a volver del orgasmo, se la saqué y la giré. La cogí por las piernas y la levanté para poder mirarla a los ojos al terminar con ella.

—Mírame —dije, y la penetré para clavársela hasta el fondo.

Me rodeó el cuello con los brazos y se me aferró cuando me erguí cuan alto era y la empujé contra la pared.

Ella abrió muchísimo los ojos.

—En este ángulo. ¿Cómo es posible que en este ángulo te la note más grande aún?

Esbocé una sonrisa que sabía que era engreída.

—Me estaba reprimiendo por ti.

Aly tuvo el tiempo suficiente para fruncir el ceño, confundida, antes de que yo volviera a las embestidas. Había esperado ese momento, había esperado hasta que se corriera y se quedara relajada, distendida y totalmente excitada antes de regalarle el último centímetro. Abrió la boca con un jadeo de sorpresa cuando se la saqué, pero no le di tiempo a acostumbrarse y se la hundí de nuevo, observando cómo la sorpresa y un inicio de pánico perdían la batalla contra su deseo.

Gimoteó y movió las caderas para probar, y debió de gustarle el resultado, ya que el gemido que profirió fue más profundo, más ronco que los que había emitido hasta el momento.

—Vuelve a hacerlo —le pedí.

Repitió el gesto, y los dos gemimos.

—Voy a correrme otra vez —dijo echando la cabeza hacia atrás.

Le apreté los muslos.

—Mírame a los ojos, ¿eh? Ahora quiero verlo.

Soltó una maldición, me clavó las uñas en los hombros y apareció un surco entre sus cejas al fruncir el ceño, concentrada.

—No sé si voy a poder. Nunca he mirado a nadie a los ojos al correrme.

—Claro que vas a poder, cariño —le aseguré. Moví las caderas para tocar un punto en sus profundidades que la llevó a arañarme la espalda y retorcerse. Más le valía estallar pronto porque empezaban a tensárseme las pelotas y ya notaba cómo se me acumulaba la presión en la parte baja de la espalda—. Dame otro orgasmo, Aly. Pórtate bien y córrete en la polla de tu novio.

La última frase le hizo arquear la espalda y sacudir las caderas con un ritmo frenético que no tuve más remedio que igualar. Al cabo de unos segundos vi a pocos centímetros de distancia cómo se le desenfocaban los ojos y volvía a apretarme la polla.

—Josh —gimió.

Oír mi nombre, pronunciado con tanta reverencia, bastó para llevarme al precipicio. Nos miramos a los ojos cuando mi pene aumentó aún más de dureza y tamaño, hasta que sentí que Aly estallaba y me corrí dentro de ella como me había pedido.

—Joder, Aly —gemí—. Joder, eres una puta pasada.

Embestí una última vez y me quedé quieto, con el corazón desbocado y las piernas temblorosas al tiempo que ella se aflojaba en mis brazos. Tardé unos instantes en darme cuenta de que había enterrado la cabeza en su hombro y la había vuelto a morder como un animal salvaje, pero, por cómo me acariciaba la espada con las manos y me besaba la mejilla, no debía de haberle importado demasiado.

—Tengo que ir a por la píldora del día después —musitó.

Me eché atrás de golpe.

—¿No me habías dicho que tomabas la píldora? —Aunque no me importaba que tuviéramos un «accidente», incluso tan al principio de lo nuestro. Jamás me arrepentiría de traer al mundo una versión en miniatura de esa mujer, y no me preguntes por qué sabía que nuestro primer hijo sería una niña. Lo sabía y punto.

—Sí —respondió—. Pero estando contigo no me puedo fiar de mis ovarios.

Le apoyé la cabeza en el cuello. Cómo no, me hacía reír diez segundos después de haberme regalado el mejor orgasmo de mi vida.

—Pues será muy buena idea que vayamos a por ella —dije—. Seguro que contigo tampoco nos podemos fiar de mi esperma.

Aly empezó a soltar una risilla tonta, embriagada por el sexo, antes de que se la sacara, y entonces su risa se convirtió en un siseo.

Hice una mueca. Era probable que al final se me hubiera ido un poco la mano.

—¿Estás bien?

—Sí. Dolorida, pero en plan bien.

—¿Seguro? —insistí.

—Que sí. —Se puso de puntillas y me rodeó el cuello con una mano para que me inclinara—. Gracias. Lo necesitaba.

De repente, sus labios se estamparon contra los míos, y me besó como si estuviera preparada para la segunda ronda. Me arrimó a ella, pegando el cuerpo desnudo contra el mío. Joder, ya me estaba empalmando otra vez. Notar sus tetas mojadas sobre el pecho era demasiado bueno como para resistirse; no me molesté en contenerme y bajé un brazo para apretarle el culo y acercarla más a mí.

La puerta del piso se cerró de golpe y Tyler nos saludó a voz en grito.

Aly se retorció y se apartó lo suficiente como para susurrar:

—Estaré callada si tú también puedes.

Negué con la cabeza.

—No me voy a arriesgar. Tus ruidos solo son para mí.

Aly separó los labios.

—Eso no debería ponerme tanto.

—¿El qué? ¿Mi egoísmo posesivo?

Asintió con la cabeza.

—¿A ti no te importaría que otra mujer me oyese gruñir y gemir por ti? —pregunté arqueando una ceja.

—Supongo que sí —respondí arrugando la nariz.

Apoyé mi frente en la suya.

—Ya decía yo. Venga, vamos a limpiarnos. Después de eso, estoy tan hambriento como cansado.

Aly se echó hacia atrás y me miró de arriba abajo.

—Vaya. Creía que ibas a tener más aguante.

Fingí un gruñido.

—La culpa es tuya. Me has dejado seco, chica.

Ella me tapó la boca con la mano, abriendo los ojos como platos.

—Dilo un poco más alto, venga.

Le mordí la palma, y ella soltó un grito apartándose.

—He dicho que no quiero que la gente te oiga, no que tuviera reparos en decirle a todo aquel con quien me cruce a partir de ahora lo bien que te entra mi pollón.

Aly apartó la vista, con las mejillas coloradas, y trató de pasar en dirección al chorro de agua.

—No debería ponerme tanto —oí que mascullaba una y otra vez, como si intentara convencerse de que aquella situación no le gustaba.

Me aparté a un lado y la dejé pasar mientras soñaba con lo bien que me lo pasaría consiguiendo que reconociese cosas como aquella.

Se puso justo debajo del chorro de agua. Incapaz de contenerme, me situé detrás de ella y le rodeé la cintura con los brazos, agachando la cabeza lo suficiente para dejarle un apacible camino de besos por el cuello.

—Prométeme que estás bien —le dije.

—Mejor que bien. Espero que fueras en serio con lo de ser novios, porque este ha sido el mejor polvo de mi vida. Como intentes romper conmigo ahora, vas a ser tú el que tenga a alguien acosándolo.

Me reí.

—No me amenaces con cosas tan chulas. Me encantaría doblar una esquina y encontrarte esperándome a oscuras.

Se estremeció en mis brazos.

—Joder. Lo mismo digo.

—¿Con una máscara? —dije irguiéndome.

Aly gimoteó y asintió, y le puse una mano sobre los labios para acallarla.

—¿En una casa o en el bosque?

Asintió de nuevo, y lo interpreté como un sí a las dos cosas.

Me incliné hacia delante y le di un mordisquito en el cuello. Me encantó ver cómo respondía retorciéndose.

—Qué bien nos lo vamos a pasar juntos.

En contestación, Aly contoneó el culo sobre mi polla semirrecta. Saber que mi compañero de piso nos oiría fue la única razón que me impidió empezar la segunda ronda.

21

Aly

Lo que ocurre cuando te follan a saco es que terminas tanto dolorida como cachonda. Era domingo a mediodía, había pasado casi un día desde que Josh me la metiera bien metida en la ducha, y nos dirigíamos a mi casa en su coche. Mi primo Alec me había asegurado que la habían dejado como los chorros del oro. Su panda había ido más allá incluso y me había instalado la cama nueva, cuya llegada Josh y yo habíamos olvidado por culpa de lo de Brad.

Esa cama era en lo único en lo que podía pensar. Cada vez que me movía en el asiento del copiloto, me nacía entre las piernas una ligera punzada de dolor que me recordaba exactamente cómo había terminado así. No podía dejar de visualizar mis manos apoyadas en la pared de la ducha. Si cerraba los ojos, podía sentir a Josh embistiéndome, tocando algo en lo más hondo de mí que había llevado mi placer a nuevas cotas.

Por no hablar del segundo orgasmo: empotrada contra los azulejos mientras él, clavándome esos ojos oscuros y ardientes, me embestía, me llenaba y me dilataba tanto que pensé que era imposible que mi cuerpo pudiera olvidar la sensación de esa polla tan grande dentro. ¿Quién podría superar aquello? Era la mezcla perfecta entre amante competente y dominante. Y cuando se corrió y pude tanto sentirlo como verlo... Ahí fue cuando experimenté una nueva cercanía en nuestra relación que no me había esperado.

Josh puso el intermitente y enfiló la calle que entraba en mi barrio. Había puesto la calefacción por Fred y por mí, y dentro del coche hacía tanto calor que se había arremangado hasta los codos. En las últimas noches había descubierto el horno que era Josh, y me encantaba. No había nada como meterme entre las frías sábanas y arrimarme a mi estufa personal. A pesar del calor, a Josh le flipaban los arrumacos —por supuestísimo— y las dos últimas veces que habíamos dormido juntos me había rodeado con los brazos y con las piernas para apretarme contra su cuerpo.

Los brazos de Josh eran el lugar más seguro del mundo. Por lo general, a mí no me gustaba quedarme en la cama hasta tarde. Por mi trabajo tenía tan poco tiempo libre que no soportaba no aprovecharlo. Casi siempre me levantaba en cuanto me sonaba la alarma, y empezaba a activarme al momento.

Despertarme junto a Josh me había curado de esa costumbre. Nos pasábamos más o menos una hora entre las sábanas con Fred hecho un ovillo entre nosotros, hablando en susurros mientras escuchábamos a Tyler moverse por el piso, prepararse un café y encender la televisión. Le bajaba el volumen, pero aun así nos llegaba la charla financiera del canal de economía que, según Josh, era el favorito de su compañero de piso. Me sorprendía que hubiera una acústica tan rara y ardía en deseos de salir de allí para poder tener a Josh todo para mí.

Le volví a preguntar si había dicho en serio lo de castigarme, y el «Sí» conciso con el que me respondió me preocupó tanto como me excitó. ¿Qué habría planeado? ¿Sería otro *edging* malvado o unos azotes suaves? Repasando las posibilidades, me removía en el asiento, lo que me producía una punzada de dolor que a su vez me recordaba cómo había terminado así, y se reanudaba el tortuoso ciclo.

Josh tamborileó con los dedos sobre el volante, distraído, y estuve a punto de gimotear al ver cómo flexionaba el antebrazo tatuado. Levanté la vista hasta sus bíceps, que tensaban la manga de la camiseta.

—¿Por qué dura tanto este semáforo? —rezongó casi para sí mismo. Fred respondió con un maullido y Josh miró por el retrovisor—. Sí, colega. Falta muy poco. —Me dedicó una sonrisa antes de concentrarse de nuevo en el semáforo—. Le he dicho que hiciera pis antes de marcharnos, pero ¿me ha hecho caso? No.

Emití un ruido ambiguo, demasiado absorta en su perfil como para hablar. Dios, nunca me iba a cansar de observarlo. Él debía saber lo guapísimo que era. Comprendía que se ocultara por miedo a que alguien le dijera que se parecía a su padre, pero me apostaba cualquier cosa a que el noventa y nueve por ciento de las miradas que le lanzaba la gente no tenían nada que ver con su padre, sino con que estaba tan bueno que ni caramelos harían falta para meterse en una furgoneta con él. Si había una posibilidad de echar un polvo con aquel monumento, cualquiera se arriesgaría a ser víctima de un asesino en serie.

O quizá era yo la que intentaba racionalizar lo fácil y rápidamente que me estaba enamorando de Josh. Me daba un vuelco el estómago cada vez que me miraba. No podía dejar de contemplarle la boca cuando me hablaba, como si procurase memorizar cómo formaba las palabras con los labios. Su cuerpo parecía ocupar más espacio del que le tocaba y me atraía hacia él como si tuviese un campo gravitatorio y yo fuera la luna a la que había metido en su órbita.

Llevábamos unos quince minutos en el coche y yo no le había quitado el ojo de encima ni una sola vez; me resultaba físicamente imposible hacerlo. No había nada tan fascinante como el hombre que estaba a mi lado. Acabábamos de sufrir lo que debería haber sido una experiencia muy traumática, pero yo solo podía pensar en Josh follándome en la ducha. Gracias a Dios que habíamos ido a por la píldora del día después. Entre mis ovarios poco fiables y la cantidad de semen que él me había limpiado de las piernas cuando terminamos, me pareció necesario duplicar los anticonceptivos si no queríamos traer a un pequeño Josh al mundo.

«No. Para», me dije. «No tienes permiso para imaginártelo lanzándole una pelota de béisbol a una versión en miniatura de sí mismo».

Aquella posibilidad tendría que haberme puesto histérica. Hacía poco que éramos oficialmente novios. Era demasiado pronto para pensar en cómo serían nuestros hijos, y ni siquiera sabía si yo quería tenerlos. Pero no le dije de coña a Josh que si me dejaba sería yo la que terminaría acosándolo a él. Mi obsesión estaba creciendo hasta niveles preocupantes. De pronto comprendía por qué me vigilaba en el curro; si yo hubiera tenido su destreza informática, las probabilidades de que hiciese lo mismo serían del cien por cien.

Fred maulló de nuevo cuando el semáforo se puso en verde.

Josh miró por el retrovisor antes de pisar el acelerador.

—Si aguantas hasta que lleguemos a casa, papá te comprará un juguete nuevo.

Joder. Josh tenía que dejar de decir cosas como aquella. Me entraban ganas no solo de tener hijos, sino de tenerlos pronto.

Me incliné hacia él y le acaricié el bíceps con un dedo.

—Y ¿qué le vas a dar a mamá?

El volante crujió cuando lo apretó con los dedos. Me lanzó una mirada incisiva, después pasó la vista de manera significativa al asiento trasero y bajó la voz.

—Papá se lo dirá a mamá luego, cuando no haya cerca ningún oído delicado.

Sonreí y me aproximé más.

—Estoy bastante segura de que es nuestra responsabilidad como padres traumatizar a nuestros hijos. Así se forja el carácter.

Josh gruñó y se removió en el asiento.

—Sigue hablando así y vamos a tener que triplicar los anticonceptivos.

Me fijé en que se le marcaba la erección en los pantalones.

Aquello no debía de ser cómodo. Seguro que podía «arreglarse» un poco la situación desabrochándole los vaqueros.

Extendí un brazo hacia su paquete, pero me sujetó la muñeca.

—Aly —me advirtió con voz grave—. Llegaremos a tu casa en menos de un minuto.

—No puedo esperar tanto —le dije zafándome de su mano.

Me apartó de nuevo.

—Pues vas a tener que hacerlo. Hay alguien delante de tu casa.

Erguí la cabeza. Pues sí, delante de mi casa estaba aparcado un todoterreno lujoso que no me sonaba de nada. Me habían prohibido que me pusiera en contacto con mi tío, así que esperaba que fuera uno de mis primos, que había ido a ponerme al día de lo ocurrido en las últimas veinticuatro horas, y no un agente de la secreta.

Josh estacionó junto al enorme vehículo, pero no apagó el motor.

—No hay nadie dentro —dije al ver vacío el asiento vacío del conductor—. Debe de ser uno de mis primos. Más les vale a esos capullos que no hayan hecho copias de mis llaves para toda la familia. No quiero tener que cambiar la cerradura.

Josh contempló el coche con el ceño fruncido.

—Lo que deberíamos preguntarnos es otra cosa. ¿Te estaba esperando aquí hasta que tarde o temprano volvieras a casa, o sabía que veníamos para acá?

Me encogí de hombros.

—A saber. Cuando salgamos, tocamos el capó, a ver si sigue caliente, y así tendremos la respuesta. ¿Preparado?

Josh negó con la cabeza y se señaló el regazo.

—Voy a necesitar un minutito. Me da que mi erección no les hará tanta gracia a tus parientes mafiosos como a ti.

—Igual te sorprendes —dije sonriendo.

Josh se rio y se me acercó para pasarme un mechón de pelo rebelde detrás de la oreja.

Cerré los ojos y me apoyé en su mano.

—Hay una cosa que me tiene en ascuas. A lo mejor me la puedas aclarar mientras esperamos.

—Lo puedo intentar.

Abrí los ojos.

—¿Cómo ha ocurrido todo esto?

—¿A qué te refieres?

—A lo nuestro —dije señalándolos a los dos—. ¿Tyler te dijo que me había dejado y decidiste dar el primer paso?

Sonrió y alejó la mano.

—Tyler me enseñó el mensaje que le mandaste.

Me quedé boquiabierta.

—Dime que no.

Josh asintió con la cabeza.

—Y ¿no reconoció tus tatuajes?

—No. A lo mejor te has dado cuenta, pero mi compañero de piso es un pelín egocéntrico.

Me recosté en el asiento y recordé lo agradecido que se había mostrado Tyler al saber que Josh tenía a otra persona en la que concentrar parte de su atención, y me puse a pensar. ¿Y si Tyler había sabido desde siempre que Josh tenía una cuenta de enmascarado y, cuando le envié el mensaje, decidió hacer de celestina?

—¿Qué pasa? —me preguntó Josh—. Pones la misma cara de nervios que Fred cuando me robó un trozo de beicon.

—Seguro que no es nada —respondí. Probablemente Tyler fuera demasiado engreído como para planear algo tan diabólico—. ¿Qué pasó cuando te enseñó el mensaje?

Le tocaba a Josh ponerse nervioso.

—Pues… Puede que me pasara varias horas buscándote en mis comentarios y leyendo todo lo que me habías escrito hasta ese momento. —Apartó la vista y se frotó la nuca—. Y luego decidí descubrir si era todo de boquilla o si de verdad te ponían tanto las máscaras como a mí.

—Quién te habría dicho que, al cabo de unas semanas, habrías encontrado novia por eso.

Josh me miró a los ojos fijamente.

—La primera noche que te observé en el hospital supe que quería que lo nuestro fuera mucho más que el polvete morboso que había planeado.

Su confesión me derritió por completo.

—Y yo voy y por poco te pego un tiro. Te cagarías cuando me viste registrar la casa a fondo después de que te colaras.

Me guiñó un ojo.

—Sí. Pero dicen que se sabe mucho de una mujer por cómo empuña una pistola, y eso me…

Retumbó por todo el coche un sonoro maullido.

Josh y yo intercambiamos una mirada de pánico.

—Luego terminas la frase —propuse desabrochándome el cinturón—. Nuestro querido meoncete no va a aguantar mucho más.

Bajé del coche y cogí el transportín de Fred, con cuidado de no zarandearlo demasiado al correr hacia la puerta de mi casa. En el cuarto de servicio había un segundo arenero y, en cuanto abrí la cremallera del transportín, Fred salió disparado hacia allí.

Lo seguí al interior, recelosa. La casa olía a lejía y a limpiador de pino. El suelo brillaba como si acabaran de pulirlo.

¿Cuánto había limpiado la panda de mis primos? Brad se pasó casi todo el tiempo en el suelo de la cocina y luego lo arrastramos unos instantes hasta el comedor, pero ya iba dentro de la bolsa de *snowboard*. Por cómo relucía la casa, daba la sensación de que habían limpiado todas y cada una de las superficies. ¿Por exceso de precaución? En ese caso, no me iba a quejar. Me habrían ahorrado tener que limpiar una temporadita.

Josh entró detrás de mí con nuestras bolsas y el arenero. Me volví para ayudarlo preguntándome dónde estaría el desconocido del todoterreno.

Josh se inclinó hacia mí y habló sin levantar la voz.

—El capó seguía caliente. Luego voy a tener que registrar nuestras cosas y mi coche en busca de algún localizador.

Qué hijos de puta. ¿Qué pasaba últimamente con tantos acosadores? ¿Era por mí? ¿Desprendía alguna feromona rara que gritaba a los cuatro vientos: «Venid a por mí»? ¿O acaso Mercurio estaba en posición retrógrada otra vez?

Dejamos las cosas junto a la puerta delantera y fuimos a buscar al último intruso que había entrado en mi casa. En efecto, mi primo Junior estaba sentado a la mesa de la cocina, bebiendo a sorbos café de una taza para llevar. Era un clon de su padre, bajito y delgado, con rasgos faciales muy marcados que eran más llamativos que atractivos.

Pasó los ojos de mí a Josh y enarcó una ceja.

—Veo que te has afeitado y quitado las gafas.

A mi lado, Josh soltó una maldición.

Me coloqué entre los dos para dejarlo a él a mi espalda.

—¿Qué estás haciendo aquí?

Me gustaba que Josh invadiera mi espacio y retorciera mis límites, pero resultaba que él era la única excepción a la regla. Que cualquier otra persona —familia incluida— irrumpiera en mi casa me despertaba rabia y tendencias homicidas.

Junior se levantó y abrió los brazos.

—¿Así es como saludas a tu primo mayor?

Lo miré a los ojos y no me moví para aceptar el abrazo que me ofrecía.

—Depende. ¿Ayer apuntaste o no a mi novio con una pistola?

Bajó los brazos y tuvo la decencia de aparentar vergüenza.

—Fue un malentendido.

—Pues tu cara va a tener un malentendido con mi puño —le espeté echándome hacia delante.

O por lo menos lo intenté. Conseguí dar un paso antes de sentir un tirón en la chaqueta que me impulsó hacia atrás y me estampó contra el pecho de Josh, que me rodeó con los brazos. Y supe por cómo tensaba los músculos que era un gesto más de contención que de afecto.

—Suéltame —protesté.

—Podría, pero ¿qué clase de ejemplo le darás a nuestro hijo si le pegas una paliza a un miembro de la familia delante de él?

Miré detrás de Junior y vi a Fred saliendo del cuarto de servicio hacia nosotros.

—Ejemplo de que no hay que aguantar las tonterías de nadie, ni siquiera de un pariente.

Junior frunció el ceño y miró a su alrededor.

—¿Vuestro hijo? No sabía que... —Vio de reojo a Fred y se volvió para contemplarlo. Luego nos miró con expresión confundida y señaló a Fred con el pulgar—. ¿Te refieres al gato?

—Sí —repuso Josh. No pronunció «claro», pero quedó implícito.

Junior hizo una mueca.

—A los dueños de gatos se os va la puta olla.

Los brazos de Josh se tensaron.

Suspiré.

—¿Qué quieres, Junior?

—Necesitamos a tu novio.

—¿Para qué?

—Para lo mismo que antes —respondió mi primo—. Para hackear el ordenador de Brad.

Josh emitió un gruñido pensativo.

—¿No es un poco arriesgado volver a su casa cuando hace nada que ha estado allí la policía?

—Sí, y por eso no vamos a ir. Tenemos otro equipo para encargarse de los temas furtivos. Esta noche entrarán, y podrías hackearlo a distancia. —Miró a Josh enarcando una ceja—. ¿Verdad?

—No es tan sencillo —contestó Josh—. ¿El ordenador de Brad tiene contraseña? ¿Cuenta con una red de seguridad? ¿Qué clase de software utiliza?

Junior se encogió de hombros.

—¿Cómo mierdas lo voy a saber?

Josh empezó a relajar los brazos.

—Son preguntas retóricas, pero, en función de las respuestas, podrían ralentizar el tema y precisar diferentes herramientas para hackearlo. Será más rápido si yo estoy ahí.

—No me gusta nada esa opción —dije poniéndome rígida.

Mi primo miró a Josh con cara de preocupación.

—A mí tampoco.

Josh se rio sin ganas.

—No es así como me gustaría pasar la noche, créeme. —Me estrechó de nuevo con fuerza y me arrimó a su cuerpo para poder darme un beso en la coronilla.

Cerré los ojos y me recosté en él. Ojalá estuviéramos a solas, ojalá aquella tontería ya hubiese terminado y Josh y yo pudiéramos seguir con nuestra vida. Y a lo mejor debería sentirme culpable o estaba siendo egoísta —un tío había palmado, y a mí lo único que me preocupaba era lo inconveniente que me resultaba su muerte—, pero no lograba preocuparme de verdad por que aquello terminase explotándonos en las narices. ¿Qué mejor manera de asegurarnos de que no ocurría que permitir que un hacker de primera división borrase nuestro rastro?

Solté un profundo suspiro y abrí los ojos.

—Josh tiene razón. Tiene que ir, y yo voy a ir con él.

Junior negó con la cabeza.

—No. Ni de coña. No es un trabajo apropiado para una mujer.

Me retorcí en los brazos de Josh.

Por encima de mí, oí a mi novio coger una bocanada de aire y expulsarlo con un «uuuh» que habría sonado más adecuado en un patio de colegio.

—Este es el momento en el que te quitas los pendientes, ¿no? Yo te los guardo mientras le pegas la paliza —me propuso extendiendo una mano.

Ladeé la cabeza para mirarlo a los ojos.

—¿No has dicho que no había que recurrir a la violencia delante de nuestro pequeño?

Josh estaba impertérrito.

—He cambiado de opinión. A veces hay que dar ejemplo.

Me volví hacia mi primo en el preciso instante en el que Josh me liberó.

Hay que reconocer que Junior se dio cuenta de que la había cagado. Extendió las manos en gesto apaciguador y retrocedió.

—Eh, no quería decir eso. Es que mi puto viejo me va a despellejar si te dejo acompañarnos.

—Voy con vosotros —insistí dando un paso hacia él.

—Aly, no puedes. Va en serio. Los hombres del equipo son muy brutos. No deberías codearte con ellos.

Sonó detrás de mí otro «uuh», seguido de un crujido. Al darme la vuelta vi que Josh nos observaba con absoluta atención. Había sacado una bolsa de palomitas de las provisiones que había preparado y se las comía con la misma fruición que si estuviera viendo el capítulo de *Amas de casa de Beverly Hills* en el que se reúnen las protagonistas.

Meneé la cabeza y enseguida me desinflé —lo que probablemente era su objetivo—, antes de volverme hacia mi primo.

—Trabajo a diario con gente bruta, Junior. Sabré defenderme. Busca una manera de conseguirlo porque, si Josh va contigo, yo también.

Junior tenía pinta de estar muy cabreado y, durante un segundo, se pareció muchísimo a su padre en el momento en que le conté lo del cadáver de Brad.

—Vale. Pero te quedas en la furgoneta.

Asentí. Era una opción aceptable y, por la cara que ponía mi primo, lo había presionado hasta el límite adonde podía llegar.

—¿Qué más ha pasado?

Junior me miró con desconfianza.

—¿A qué te refieres?

—A toda la situación de Brad. ¿Habéis encontrado su coche?

—Sí —replicó Junior.

Seguían resonando crujidos por toda la cocina. Parecía que Josh estaba encantado con el espectáculo, mientras que yo estaba empezando a enfadarme otra vez.

—¿Y? —insistí.

Junior se encogió de hombros.

—Y ¿qué?

—¿Os habéis librado de él?

Mi primo puso los ojos en blanco.

—No. Lo hemos dejado donde estaba, ¿sabes?

Me apreté el puente de la nariz e ignoré el precario intento de Josh por disimular una carcajada.

—Junior, por favor, ponnos al día de lo que estáis haciendo para encubrir la muerte de Brad.

El muy capullo sonrió y todo.

—Bueno, ya que me lo pides con tanta educación… —Volvió a tomar asiento y bebió un trago de café antes de señalar las sillas que había delante de él—. Sentaos conmigo.

Intenté no apretar los dientes al acercarme. A mi lado, Josh parecía estar disfrutando de lo lindo. Pasaba los ojos de mí a Junior como si fuera el árbitro de un partido de tenis. Comencé a pensar que a Josh no solo le gustaba pincharme, sino que también gozaba cuando otros me tocaban los cojones. ¿Por qué? ¿Porque era beligerante por naturaleza o porque le encantaba que yo me pusiera hecha una furia?

Además, ¿dónde estaba el límite? No se me escapó que Greg lo había cruzado cuando me habló de malos modos en la cocina de Nico y Josh pasó en un santiamén de ser un golden retriever cariñoso y sociable a un sabueso del infierno.

Verlo así de enfadado no había hecho más que confirmar lo diferente que era de su padre. En lugar de los ojos fríos y muertos de aquel, los de Josh echaban chispas, y la amenaza de castigo fue tan abrasadora que hasta mi primo más joven y borde había reparado en el peligro y se había apresurado a disculparse.

Junior posó la taza de café y me miró a los ojos.

—El coche de Brad estaba a unas manzanas de aquí —me informó—. Pudimos entrar cuando todavía estaba oscuro sin que saltara la alarma. Luego lo llevamos a uno de nuestros desguaces, donde lo harán pedazos y lo venderán por piezas.

Parpadeé, impresionada. A la policía le iba a costar un huevo localizarlo.

Josh se sentó a mi lado.

—¿No os preocupa que hubiera cámaras de seguridad en alguna casa vecina?

Junior se encogió de hombros.

—No mucho. Brad aparcó en una zona entre farolas para que nadie lo viera, y nuestros chicos también se aprovecharon de eso. Teniendo en cuenta lo mucho que se esforzó para no dejar rastro al venir hasta aquí, fijo que se tapó la cara nada más bajarse del coche, y, si alguna cámara lo hubiera grabado caminando por la acera, sería casi imposible identificarlo. De todas formas, si la policía no sabe que Brad estaba en la zona, no se va a poner a pedir grabaciones de cámaras de seguridad.

Asentí.

—Y por eso necesitamos acceder al ordenador de Brad.

—Y por eso tu novio necesita acceder al ordenador de Brad —aclaró Junior levantando un dedo—. Tú no vas a salir de la furgoneta.

—Ya lo sé, gilipollas —le espeté fulminándolo con la mirada.

Junior resopló.

—Qué gratuito.

Josh se metió más palomitas en la boca y sonrió al masticarlas.

—Me lo estoy pasando pipa —dijo.

Yo puse los ojos en blanco y luego los clavé en mi primo.

—¿Y el cadáver de Brad qué? —pregunté.

Junior se cerró en banda.

—No. Esa es una información que no nos dan.

—¿Qué quieres decir? —pregunté frunciendo el ceño.

Mi primo se encogió de hombros.

—Que mi padre conoce a dos tíos que se encargan de esas cosas, a los que le confiaría la vida.

—¿Te refieres a los gorilas que se llevaron el cuerpo de Brad mientras estábamos en el lavadero de coches? —le pregunté acordándome de los hombres que habían sacado la bolsa con el cadáver del maletero de Josh y desaparecieron sin apenas saludarnos. Eran de mediana edad, delgados, y vestían con ropa anodina. No había nada en ellos que destacara, hasta el punto de que no podría reconocerlos en una rueda de sospechosos, lo que probablemente fuera su objetivo. Entrar, salir, pasar al olvido.

—Esos mismos. Solo ellos saben lo que le ha pasado a Brad, pero te aseguro por experiencia que no hace falta que te preocupes. Nadie ha encontrado nunca ningún cuerpo después de que esos dos lo hicieran desaparecer.

Me removí en la silla y le lancé una mirada a Josh. Ya no se estaba divirtiendo, y esa información tampoco le había hecho ninguna gracia.

—¿No es mejor que sepamos lo que ha ocurrido? —pregunté.

—No. Así, si llega a pasar lo peor, no podréis decirle a la pasma dónde está el cuerpo. Sin cuerpo no hay prueba de asesinato. Es complicado condenar a alguien solo con pruebas circunstanciales si esa persona está representada por abogados de la mafia. Han conseguido que algunos de los nuestros se libraran de cargos mucho peores.

—Sigue sin gustarme —insistí.

Junior soltó una carcajada.

—Te acostumbrarás.

Lo dudaba mucho.

Mi primo removió el café, distraído, y clavó la vista en algún punto detrás de mí. Se quedó con la mirada perdida y preocupada, como si ya no estuviera viendo mi casa, sino rememorando algún recuerdo enterrado.

—Y te aseguro que a veces es mejor no saber las cosas, hazme caso.

Hice una mueca. Solo Dios sabía lo que habría visto Junior con un padre como el suyo. Nico seguramente no llegaba al nivel del padre de Josh, pero no debía de andar demasiado lejos. Las excentricidades y el encanto de mi tío a mí no me engañaban, porque jamás olvidaría la cara de espanto que ponían mis padres y mis abuelos siempre que alguien lo mencionaba. La familia no temía a la familia así como así, y menos alguien como mi madre, a quien no le daba miedo casi nada.

—Ah —exclamó Junior—. Casi lo olvido. Mi padre quiere invitaros a cenar.

… Me tensé en la silla.

—Eh… No, gracias.

Junior negó con la cabeza.

—No tienes otra alternativa, pequeña.

—Claro que la tengo —le aseguré—. Y no soy pequeña.

Su expresión pasó a ser de lástima.

—Le debéis un favor, ¿te acuerdas? Y se lo vais a pagar cenando una vez al mes con la familia.

Me volví hacia Josh con los ojos abiertos como platos.

—¿Como si estuviéramos en un capítulo de *Las chicas Gilmore*?

—Sí. Se ha puesto en plan Emily contigo.

Junior pasaba la vista de uno a otro, confundido.

—¿De qué cojones estáis hablando?

No me molesté en explicárselo y no quise iniciar otra discusión. Si Lorelai podía aguantar unas horas con su madre por el bien de Rory, yo podría aguantar una cena con Nico y sus vástagos. Mi tío era malo, pero comparado con Emily Gilmore era una joyita.

—Iré —accedí.

Josh carraspeó y me lanzó una mirada incisiva.

—No, no. No te voy a obligar a sufrir esa desgracia conmigo.

Me apretó la rodilla debajo de la mesa y se volvió hacia Junior.

—Iremos.

Intenté contener mi sonrisilla de satisfacción, y seguro que fracasé estrepitosamente.

Junior aplaudió.

—Genial. Si ya está decidido, tenemos que irnos.

—Pero si es la una —dije mirando el reloj.

—Ya, pero el sol se pone dentro de pocas horas, y el plan es fingir que la casa de Brad es el último trabajo del día. Tenemos que estar allí sobre las 17.30, y, como vais a venir los dos, habrá que cambiar unas cuantas cosas.

Era una mujer adulta. No pensaba poner pucheros por verme obligada a ir a ayudar a limpiar el desastre que habíamos creado, en lugar de disfrutar de un polvo morboso con mi novio.

Miré a Josh a los ojos. Le brillaban divertidos cuando me acarició la mejilla con el dorso de los dedos.

—Recuerda que cuando acabemos con esto vamos a tener dos semanas para nosotros.

Junior simuló una arcada y se levantó de la silla.

—Qué asco dais —exclamó mientras avanzaba con paso enérgico hacia a la puerta delantera.

Ignoré a mi primo y me recosté en Josh. Él me cogió y me sentó sobre su regazo para rodearme con sus brazos enormes. Enterré la cara en su cuello y aspiré hondo. Olía a detergente de la ropa y a palomitas de queso cheddar. Durante unos segundos me permití quedarme inmóvil encima de él y vivir en aquel instante breve y perfecto de mi novio abrazándome.

Aparté la ansiedad que me generaba lo de aquella noche y la preocupación por lo que podría avecinarse en los siguientes días y meses. Pasara lo que pasase, Josh y yo lo afrontaríamos, y quizá fuera por estar entre sus brazos, pero, a pesar de la gravedad de lo que habíamos hecho y del riesgo real de terminar en la cárcel si alguien nos descubría, me daba la impresión de que juntos podríamos superar cualquier cosa.

22

Josh

Junior abrió la puerta trasera de la furgoneta de la empresa eléctrica y nos hizo señas para que entráramos. No podía estar seguro, pero se parecía mucho a aquella otra a la que ya me había subido y donde me habían estado apuntando con una pistola, por lo que sentí cierto reparo a entrar de nuevo.

Nos encontrábamos en un callejón próximo a un complejo industrial de las afueras de la ciudad, y los edificios de los alrededores tapaban el sol poniente. Era ese momento raro del crepúsculo en el que, aunque las farolas ya se habían encendido, no estaba lo bastante oscuro como para que sirvieran de gran cosa, así que nos quedamos sumidos en una turbia penumbra.

Entorné los ojos hacia las fauces abiertas de la furgoneta y divisé a duras penas a los seis hombres a los que íbamos a unirnos. No eran los mismos de la otra vez. Parecían recién salidos de una película militar. A pesar de las diferencias de edad, raza y estatura, había algo común en todos ellos; se veía que formaban un grupo cohesionado y que habrían entrenado y trabajado juntos tanto tiempo que apenas necesitaban comunicarse ya, pues sabían sin lugar a dudas lo que tocaría a continuación.

Hice de tripas corazón y subí a la furgoneta ignorando que

esos tipos me ponían los pelos de punta. Había sitio en uno de los bancos, cerca de la puerta, así que me senté e hice un gesto con lo cabeza en dirección a ellos.

—Gracias por dejarnos venir.

Lo único que obtuve fue un gruñido y varias miradas ausentes.

—No, tenéis razón —añadí—. Es mejor que nos envuelva el misterio.

De reojo vi un movimiento. Era Aly, que subía a la furgo.

Cuando se sentó a mi lado, me acerqué para poder susurrarle:

—Te apuesto veinte pavos a que antes de que termine la noche he conseguido hacer reír a uno de estos tíos.

—Me apunto —me dijo sonriendo.

Junior se sentó pesadamente en el banco de enfrente. Nos observó a Aly a mí de tal modo que me dio la impresión de que no había pasado por alto que yo la hubiese situado más cerca de la puerta, protegiéndola de los demás con el cuerpo. Con un sutil asentimiento me informó de que aprobaba mi gesto antes de volverse al que tenía al lado y decirle algo que no capté, ya que en ese preciso momento se puso en marcha el motor del vehículo.

Cogí la mano enguantada de Aly entre las mías y se la soplé.

—¿Estás caliente?

Se le arrugaron las comisuras de los ojos cuando su sonrisa pasó de divertida a algo más. A algo lleno de cariño y calidez.

—Estoy bien.

—Pues yo estoy congelado —dije para tener la excusa de pasarle un brazo alrededor y arrimármela.

—Mentiroso —dijo dándome un codazo en las costillas.

La besé en la frente e ignoré a todos para concentrarme en la distracción que suponía ella. No recordaba la última vez que había estado tan nervioso. ¿Quizá la primera vez que entré en su casa?

Junior dijo que su padre había ordenado que alguien vigilara la casa de Brad después del fracaso de nuestro primer intento y, según esa persona, los agentes todavía no habían vuelto por allí. Seguían esperando a que les aprobaran la orden de registro. Los abogados de la familia Bluhm se oponían, pero Nico creía que perderían la batalla antes que después, y por eso estábamos de camino. Al día siguiente tal vez fuese demasiado tarde.

Aly se puso a observar a los hombres que ocupaban la furgoneta. Todos iban vestidos con el uniforme de la empresa eléctrica. Hasta llevábamos colgando del cuello unas credenciales de aspecto oficial, incluidos Junior y Aly, que fueron los últimos en subir, junto al conductor y el «técnico». Las credenciales eran nuestra única identificación, y Junior dijo que darían el pego si alguien se ponía a comprobarlas. Al ver que lo habían planeado todo al dedillo, me sentí un poco mejor, pero ni el plan más detallado habría podido deshacerme el nudo de inquietud que se me había formado en el estómago.

Estaba a punto de entrar en la casa del hombre al que había matado, y a una parte de mí le preocupaba que fuese una trampa. Nos habían dicho que la mafia se había encargado del cadáver de Brad, de su coche y de cualquier muestra de ADN que hubiera quedado en la casa de Aly, pero lo único que teníamos era su palabra. No me parecía descabellado pensar que una persona como Nico pudiera tener un motivo oculto o, como mínimo, un plan B por si algo se torcía, y no pasé por alto que yo podría ser el chivo expiatorio perfecto.

Por desgracia, no había gran cosa que pudiera hacer respecto de esas sospechas. Si no borraba todo posible rastro de Aly del ordenador de Brad, la dejaría en una situación vulnerable, y prefería estar yo en peligro que ella.

Cuando la furgoneta aceleró, la estreché con fuerza para que no perdiera el equilibrio ni se resbalara hacia la puerta, y ella me dio un apretón en el muslo para agradecérmelo en silencio. Confirmé así mi estado de nerviosismo, porque era la primera vez que con una caricia suya no me empalmaba al instante.

Aly se inclinó hacia delante para hablar con su primo, mirándolo fijamente.

—¿Qué pasa si la poli vuelve a estar allí?

Junior negó con la cabeza.

—No estará. Tenemos a gente vigilando la casa.

—¿Y si aparecen mientras estamos allí? —insistió.

—Os sacaremos a todos de la casa antes de que lleguen —nos informó—. Como te digo, tenemos a gente vigilando.

—¿Y si consiguen pasar a hurtadillas entre vuestra gente?

Junior puso los ojos en blanco.

—La casa de Brad se encuentra en una urbanización cerrada. Solo hay una carretera para entrar y salir, y hemos apostado tres coches en ella. Si los polis se acercan desde cualquier dirección, lo sabremos con tiempo suficiente para huir.

Aly entornó los ojos.

—¿Que una furgoneta como esta arranque de golpe justo delante de la casa de Brad no les resultará sospechoso a los vecinos?

A Junior empezó a temblarle un músculo en la mandíbula, y respondió lentamente, como si intentara no perder los estribos.

—No vamos a arrancar de golpe en ningún lado. Nos marcharemos con una velocidad nada sospechosa.

Aly dirigió la vista hacia la cabina.

—¿Estás seguro? Mira que vuestro último conductor entró en pánico...

Junior negó con la cabeza.

—Vinny no está hoy al volante. ¿Quieres dejar ya el interrogatorio? Está todo controlado.

Aly se recostó a mi lado.

—Perdona, pero es que estoy nerviosa. Y la mejor manera de calmar mi ansiedad es enterarme de todos los detalles posibles.

Junior soltó un suspiro. Se le iba pasando el cabreo.

—Lo entiendo. Pero no hay gran cosa que podamos hacer tú y yo, más que quedarnos aquí sentados. Calladitos estamos más guapos.

Aly lo miró con el ceño fruncido.

—No estoy nerviosa por nosotros.

Le di un golpe en la rodilla con la mía.

—Qué maja eres, pero seguro que a nuestros nuevos amigos no les va a pasar nada, a pesar de su aspecto delicado. —Con un vistazo confirmé que mi comentario no había tenido el más mínimo efecto en los semblantes de acero de aquellos tipos. Iban a ser más difíciles de divertir de lo que creía.

—Tampoco me refiero a ellos —repuso Aly con una mueca. Se inclinó hacia delante de nuevo y miró hacia los tipos—. No os ofendáis.

Uno de ellos asintió con la cabeza, pero nada más. Madre mía, cuánto autocontrol. En la furgoneta se instaló el silencio, y la necesidad de romper la tensión con otra coña era casi demasiado intensa como para resistirse.

Menos mal que Aly me lo ahorró entrelazando los dedos con los míos y mirándome a los ojos.

—¿Vas a estar bien?

Al ver sus enormes ojos marrones, se me calentaron y se me nublaron las entrañas. Con el ceño fruncido y mordiéndose el labio inferior, parecía muy preocupada. De no haber sido por nuestro público, me habría inclinado y le habría borrado la inquietud con un beso.

Me limité a levantar la mano que tenía libre y a pasarle el pelo detrás del hombro.

—Estaré bien. Y, si algo se tuerce, no me esperes. —Me incliné hacia delante y junté mi frente con la suya para poder bajar la voz y que nadie más me oyese—. Por si no te has dado cuenta, se me da muy bien entrar y salir a hurtadillas de los sitios. Podré huir de allí por mis propios medios si es necesario.

Se le arrugaron las comisuras de los ojos.

—Pues esperemos que no ocurra nada, porque no sé si podría abandonarte.

—Eh, tortolitos —exclamó Junior—. Poneos los micros.

A regañadientes, me aparté de Aly y acepté el artilugio hecho de plástico fino que me pasaba el tío que tenía a mi lado.

—Un micro de cuello —me dijo poniéndose él el suyo.

Miré el que tenía en la mano y me pregunté si se darían cuenta más tarde de que, «sin querer», me había olvidado de quitármelo y había terminado volviendo a casa conmigo. Parecía militar, tan delgado que probablemente apenas lo notaría puesto. Tenía un cable finísimo, casi transparente, que sobresalía de un pequeño auricular. Nunca había visto nada parecido, y me acuciaban las ganas de abrirlo y descubrir cómo funcionaba.

Aly me lo quitó de las manos.

—A ver, que te ayudo a ponértelo.

Conforme, me volví hacia ella en silencio y me concentré en su presencia mientras intentaba decirle a mi desbocado corazón que todo iba a salir bien. Los hombres de la furgoneta eran profesionales y su estrategia era sólida. Tan solo debíamos entrar, limpiar el ordenador de Brad y largarnos. Ellos se encargarían del resto y, si todo salía según el plan, la operación entera duraría menos de media hora.

—Échate para delante —me pidió Aly.

Agaché la cabeza y se me aceleró la respiración cuando me rodeó el cuello con el cable. Tan de cerca podía oler su champú, que me transportó directo a la ducha que habíamos compartido. Después del polvo espectacular, me había puesto a lavarle el pelo, enjabonándoselo y masajeándole el cuero cabelludo mientras estrechaba su cuerpo cada vez más lánguido.

—Levanta —me pidió, y yo obedecí. Con dedos ágiles, me tensó el cable alrededor del cuello—. ¿Qué tal?

—Un poco apretado —dije con voz rasposa.

Aly sonrió y lo aflojó.

—¿Qué tal ahora?

—Perfecto —afirmé. «Igual que tú», quise añadir, pero me contuve al recordar a nuestro público. Esa mujer conseguía que siempre me olvidase de dónde estaba, y nunca me había sentido más agradecido por ello que en esos instantes.

Me dio un golpecito en la barbilla.

—Vuelve la cabeza.

Le hice caso y me encontré con la cara de Junior.

—¿Recuerdas lo que tienes que hacer? —me preguntó.

—Sí. Dejar que el Equipo A vaya delante y no tocar nada más que el ordenador.

Aly me puso el auricular en el oído, y yo me lo recoloqué hasta dejármelo bien encajado.

—Ya casi hemos llegado —anunció el hombre que estaba en el extremo del banco donde se sentaba Junior. Tenía un portátil abierto encima de las rodillas. Era el técnico que se quedaría allí para monitorizar nuestro avance y ayudarnos con cualquier cosa que pudiéramos necesitar, incluido provocar un apagón lo bastante largo como para entrar en casa de Brad inadvertidos y desactivar el sistema de seguridad desde dentro.

Junior se removió en su asiento.

—¿Seguro que vas a poder con esto?

—Será coser y cantar —contesté con una sonrisa.

No fue coser y cantar. Tan solo llevábamos diez minutos de operación y ya habíamos encontrado varios problemas. El primero fue que la casa de Brad contaba con un enorme generador, que se encendió en cuanto el tipo de Junior cortó la luz. Cómo no, el sistema de seguridad estaba conectado al generador, y me tocó esperar apretando los dientes a que el «hacker», más torpe de lo que me esperaba, lo desactivara a distancia, teniendo también que aguantar que, cuando quise decirle que había una forma más rápida de hacerlo, me repitiera que cerrase el pico y lo dejase concentrarse.

El segundo problema ocurrió al rodear la propiedad. Un puño levantado en la vanguardia de nuestra fila de seis hombres nos hizo detenernos. Esperé, echando vaho a la gélida noche, mientras el líder se escabullía hacia el extremo de la casa. Se agachó y cogió algo que desde lejos no vi porque los vecinos más próximos no tenían generadores, así que entre las casas había una oscuridad más negra que el pecado.

El tío hizo un gesto como si hubiera lanzado algo y, al cabo de un segundo, unos focos iluminaban el patio trasero de Brad como si fuera un estadio de fútbol. Nos arrimamos a la fachada de la pared para permanecer en las sombras.

Alguien soltó una maldición que sonó estruendosa a través del auricular.

—¿Qué pasa? —preguntó Junior.

—Os hemos pedido que nadie diga ni pío —le espetó alguien, y las ganas de murmurar «Uuh» fueron tan potentes que tuve que morderme el labio para seguir callado.

—Los focos están enlazados con el generador —anunció el líder de nuestra avanzadilla—. Tendremos que desactivarlos a distancia. —Se volvió y señaló al tío que estaba delante de mí—. Acércate con el inhibidor.

El hombre, de factura achaparrada, se adelantó sacándose del cinturón de herramientas a lo Batman un dispositivo que parecía un radar de control de velocidad. Verlo apuntar con cuidado hacia la esquina de la casa antes de pulsar un botón que enseguida apagó todas las luces fue una de las cosas más chulas que había presenciado nunca, y me pregunté si, con las habilidades de carterista que había desarrollado durante mi breve etapa de rebeldía adolescente, podría afanárselo.

Por lo visto, me convertía en un cleptómano cuando se trataba de tecnología avanzada, pero ¿quién podía culparme? ¿Un inhibidor mágico que apagaba las luces en cuestión de un segundo? No había un solo friki de los chismes en el planeta que, estando en mi lugar, no hubiera experimentado de pronto ganas de robar.

—Vamos —indicó el líder.

Con una mano apoyada en la pared, comenzamos a avanzar, y me pregunté cómo podía ver el tipo hacia dónde iba si los focos se habían cargado nuestra visión nocturna. La respuesta de que «no podía ver» me llegó al cabo de un segundo, cuando tropezó con algo enterrado en la nieve y cayó de bruces sobre los matojos.

Los ruidos que sonaron por el auricular mientras el tipo intentaba ponerse de pie alcanzaron tal volumen que estuve a punto de quitármelo.

—¿Qué pasa? —quiso saber Junior, ignorando la anterior petición de silencio—. Parecen ruidos de lucha. ¿Había alguien dentro esperándoos?

—Nuestro intrépido líder acaba de caerse encima de un rododendro —no pude evitar responder—, pero ya se está levantando. Parece avergonzado. —El hombre se volvió hacia mí. Hasta en aquella oscuridad absoluta supe que me estaba fulminando con la mirada—. Vaya, ahora parece cabreado.

Brotó del auricular una risilla.

¡Victoria!

—Aly, me debes veinte pavos.

—No cuenta —protestó ella—. Ha sido Junior.

—Que nadie abra la boca —ordenó alguien.

Me tapé el micrófono y di un golpecito al tío que estaba a mi lado.

—Te doy diez dólares si te ríes de la próxima coña que haga. Necesito ganarle una apuesta a mi novia.

—¡Eh! —exclamó Aly—. Te he oído. Nada de trampas.

—Por última vez, que nadie abra la puta boca, joder —gritó el líder señalándome.

Le hice un saludo militar e imité el gesto de cerrarme los labios con una cremallera.

Conseguimos entrar en la casa sin mayores dificultades, pero, en cuanto cerramos la puerta detrás de nosotros y dimos un paso en el interior, el tercer problema nos dio una hostia en toda la cara. Los hombres que estaban delante de mí se detuvieron en seco y se miraron, y me sentí un poco mejor al no ser el único que percibía el hedor nauseabundo de un cuerpo en descomposición.

El líder señaló a dos tíos que iban detrás de él.

—Id a ver qué es ese olor. —Se volvió hacia los otros dos—. Vosotros id a buscar el móvil.

Me quedé a solas con él. Estupendo. Me había tocado de canguro el más cascarrabias.

—Vamos a por el ordenador, a ver si no solo tienes un piquito de oro —anunció mientras se volvía hacia las escaleras situadas a nuestra derecha.

Las subí tras él intentando no quedarme boquiabierto ante el despliegue de riqueza. Mi sueldo no era ni mucho menos bajo, pero yo jamás ganaría el dinero que tenía la familia de Brad. La escalera estaba revestida de paneles oscuros, por encima de los cuales colgaban pinturas con marcos dorados que sin duda valdrían más que mi coche. En el techo, los cristales de una lámpara de araña captaban la luz plateada de la luna que se colaba por los altos ventanales, y destellaban en medio de la oscuridad.

El plan era atravesar la mayor parte posible de la casa a oscuras. Los vecinos podrían ver por las ventanas las linternas tradicionales, pero estábamos equipados con unas de última generación de luz ultravioleta rojiza por si resultaba absolutamente necesario usarlas. Llevaba la mía atada al cinturón, y me moría por probarla. Y, sí, era otro dispositivo de espionaje que seguro que habría «desaparecido» cuando terminase la misión. A Aly la había puesto tan cachonda hablar de nuestros futuros encuentros enmascarados que tuve la sensación de que podría hacer muy buen uso de esas herramientas con ella.

—Todos estáis dentro, ¿no? —preguntó el hombre que se había quedado con Aly y Junior.

El que estaba delante de mí respondió afirmativamente.

—Pues, si estáis preparados, voy a dar la luz —añadió.

Llegamos a lo alto de las escaleras y nos agachamos por si cobraba vida alguna luz cerca de nosotros.

—Preparados —exclamó el líder.

Los otros equipos de dos hombres lo corearon, y todos los electrodomésticos de la casa pitaron en cuanto regresó la electricidad. Nos iluminó un débil resplandor cuando se encendió una luz en el piso de abajo, pero por suerte no habían dejado encendida ninguna cerca de nosotros.

El líder se volvió para lanzarme una mirada. Era un hombre blanco de mediana estatura con el pelo casi cano. Como Brad, tenía una de esas caras que costaría reconocer en una multitud, y, por su habilidad para pasar desapercibido, seguro que, en su día, había sido un soldado excepcional. Quizá por eso estaba tan resentido: sus días en el ejército habían terminado y la vida civil no encajaba con él.

Los micros de cuello iban conectados a unas pequeñas baterías que llevábamos en el cinturón, y el líder apagó el interruptor del suyo.

—Hay que pasar desapercibidos.

Yo también desconecté el mío.

—No hay problema —asentí.

Se quedó mirando con ojos recelosos cómo me había doblado como un pretzel, sin duda desconfiando de mis capacidades.

—Entreno piernas dos veces a la semana —le dije—. No me pasará nada.

Resopló y volvió a accionar el micrófono. Con un gesto de «sígueme», se giró y echó a caminar por el pasillo con las rodillas flexionadas y la espalda encorvada para pasar por debajo del alféizar de las ventanas.

Suspiré, consciente de que mi altura jugaba en mi contra, y lo seguí. Cada vez que me acercaba a una ventana me ponía a gatas y pasaba a toda prisa como un aspirante a aparecer en la serie *Teen Wolf.*

Registramos todas las habitaciones que encontramos, que no fueron pocas. Durante la reunión previa, Junior nos había explicado que era una casa de ocho dormitorios con dos despachos, biblioteca, estudio y numerosos cuartos de baño. Había incluso una sala para catas de vino en la bodega, pero, cuando Aly preguntó si podríamos afanar un par de botellas de las buenas —porque Brad no las echaría de menos precisamente—, recibió una mirada reprobatoria de su primo mayor y un áspero no.

Hacia la mitad del pasillo dimos con el que parecía el despacho de Brad. El tío que estaba conmigo cerró las cortinas y la puerta mientras yo me dirigía hacia el ordenador. Justo cuando lo encendí, apareció el cuarto problema.

—Mmm, aquí abajo hay un tema —exclamó alguien. Por primera vez, la fachada fría como el hielo que compartían todos pareció resquebrajarse un poco.

—¿Qué pasa? —preguntó el líder.

—En el suelo del sótano hay dos montañas enormes de arena para gatos, y la peste viene de ahí.

—Hostia puta —exclamó Junior—. ¿Brad tiene un tigre o algo?

—No —repuse yo—. La arena sirve para ocultar el olor a cuerpos en descomposición y absorber los líquidos que desprenden.

Solo cuando pronuncié aquellas palabras me di cuenta de que probablemente revelaba demasiado sobre mi persona.

El líder se volvió hacia mí con el ceño fruncido.

Me encogí de hombros y aparenté calma.

—Veo un montón de documentales sobre asesinatos.

Me observó durante un rato antes de ordenar:

—Todo el mundo fuera.

—Si acabo de encender el ordenador.

—Fuera —dijo señalando la puerta con la cabeza—. Cuando los polis encuentren esos cuerpos, pasarán de pedir una sencilla orden de registro a llevar a cabo una investigación en toda regla. Van a limpiar todas las superficies. No nos podemos arriesgar a dejar ningún rastro.

—Solo necesito cinco minutos —le aseguré.

—Que nos vamos. Y, si eres listo, vendrás con nosotros.

Dicho lo cual salió por la puerta.

Mierda.

—¿Josh? —me llamó Aly—. ¿Vas a salir con ellos?

Miré la puerta y luego la pantalla del ordenador, lista para que yo introdujera una contraseña. Me había tapado el pelo con una gorra de béisbol decorada con el logo de la empresa eléctrica. Los guantes que llevaba eran de piel, así que no dejaría ninguna huella dactilar ni fibras que encontrar. Las botas eran de una marca muy popular, por lo que miles de personas calzarían unas iguales en la ciudad, y sería casi imposible rastrearlas.

Había las mismas probabilidades de que me pillaran que de que me matara un ratón de campo: bajas, pero no nulas del todo.

Respiré hondo.

—Me quedo. Cuando pueda, me reuniré con vosotros en el punto de encuentro.

—Yo me quedo contigo —terció Aly.

Sonaron tantos noes al oír su afirmación que apenas oí el mío por encima de ellos.

La voz de Aly se oyó alta y clara cuando se callaron.

—No intentéis impedírmelo.

Su primo no pensaba pasar por el aro.

—Mi padre me va a matar como te deje bajar de esta puta furgoneta. ¡Eh! ¿Dónde te crees que…? ¡Vuelve aquí!

Por el auricular oí ruidos de forcejeos, seguidos de un sonoro gruñido y luego el silencio.

Casi me daba miedo preguntar, pero me obligué a hacerlo.

—¿Qué ha pasado?

—Tu novia me ha dado una patada en los huevos y ha salido corriendo —respondió Junior entre resuellos.

—Vale, así que cuando se porta bien es tu prima y cuando se porta mal es mi novia, ¿no? Ya veo, ya.

—¿Quieres dejar de tocar los cojones? —me espetó Junior—. Me da que va hacia vosotros.

—La interceptaremos —propuso el líder.

—Ni de coña —exclamé con una seriedad repentina y absoluta—. Como alguno de vosotros le ponga un solo dedo encima a Aly, convertiré vuestra vida en un puto infierno. No os penséis que no soy capaz de vaciaros las cuentas bancarias y meteros toda clase de mierda ilegal en el ordenador y en el móvil.

¿Estaba contento con Aly en esos instantes? Claro que no, joder. Pero eso no quería decir que no me importase que otra persona la retuviera.

—¿Queda claro? —insistí, imprimiendo en la voz un tono de advertencia tan grave que apenas me la reconocí.

—Como el agua —dijo el líder.

—¿Junior?

—Que sí, que vale —gruñó.

Solté un suspiro de alivio.

—¿Alguien ha podido localizar el móvil de Brad?

La respuesta fue inmediata: no.

Mierda. No iba a poder marcharme de allí sin intentar encontrarlo. Menos mal que el software de hackeo que me había llevado estaba automatizado, de modo que podría ejecutar las aplicaciones y registrar la casa mientras los programas hacían su trabajo.

—Aly, cariño —la llamé—. ¿Puedes esperarme en las sombras de detrás? No quiero que entres en la casa porque no vas tapada del todo y dejarías rastros.

Su vocecilla me reconfortó cuando sonó por el auricular.

—Vale, te espero aquí, pero date prisa. Hace un frío de narices.

—Me daré prisa.

—Nosotros nos vamos —terció Junior—. Seguiremos vigilando con los coches y os esperaremos en el punto de encuentro. No vamos a poder oíros cuando nos alejemos de la casa, así que os quedáis solos. Usad los móviles de prepago solo como último recurso.

—Entendido, gracias —dije—. Lo haré lo más rápido que pueda, Aly.

—Ya lo sé —replicó. La clara confianza que irradiaba se me clavó directa en el corazón.

—Voy a guardar silencio un rato para poder terminar con esto.

—¿Cómo voy a sobrevivir al silencio? —preguntó con tono meloso.

Por el auricular sonó una risa en plan resoplido que me informó de que los demás todavía nos oían.

Me puse rígido.

—Dime que ha sido Junior, anda.

—No he sido yo —contestó él—. Creo que ahora le debes veinte pavos a tu novia.

Aly soltó un gritito de victoria.

Gruñí y empecé con lo mío.

Lo primero que hice fue sacar un *pen drive* del cinturón y meterlo en el puerto correspondiente. Descargué mi programa de inteligencia artificial preferido para descifrar contraseñas y tardé menos de diez segundos en entrar en el sistema de Brad. A continuación abrí un archivo que borraría el historial de internet de Brad; introduje como palabras clave todas las variaciones del nombre de Aly que se me ocurrieron, así como la dirección de su casa, y le di a «iniciar». Daba igual que Brad hubiera usado Firefox o un navegador en modo incógnito que prometiera ser irrastreable. Mi programa los encontraría todos y buscaría los datos que le había pedido.

Acto seguido abrí otro programa que había creado un amigo hacker. Lo llamaba el Albañil, y, no, nunca había conseguido que me explicara a qué se debía ese nombre.

El programa buscó archivos ocultos y discos duros. En cuanto se inició, me aparté de la silla y salí de la habitación. Me esmeré en agacharme todo lo posible para que no me viese nadie cruzando el pasillo mientras iba en busca del móvil de Brad. Era consciente de que resultaría una labor más fácil siendo dos personas, pero, si no lograba dar con él y contenía algún rastro digital de Aly, que los polis encontraran alguna huella física de ella en el interior de la casa sería un auténtico desastre.

El final del pasillo estaba tan oscuro que decidí arriesgarme a encender la linterna; recordé las instrucciones de apuntar hacia abajo en todo momento. El rayo rojizo funcionaba tal como habían dicho. Apenas iluminaba, así que dudaba de que alguien fuera a fijarse en el resplandor por las ventanas.

Asomé la cabeza por las puertas por las que iba pasando, pero los dormitorios que encontré parecían preparados para invitados. Al final mismo del pasillo, en la zona más oscura de las sombras —cómo no—, hallé el cuarto de Brad. De buenas a primeras no había nada reseñable, solo las débiles señales de que estaba más vivido que el resto, pero seguí mi instinto y, en cuanto entré y vi un par de zapatos olvidados junto a la cama, supe que estaba en el lugar correcto.

Junior nos había contado que Brad vivía solo y que casi nunca tenía compañía. No me cupo ninguna duda de que se debía a los cadáveres del sótano. Me estremecí. Estaba en una casa acompañado de dos cadáveres, y solo Dios sabía cuántas personas habrían muerto entre esas cuatro paredes.

Me bajó por la espalda una sensación espeluznante. Sentí como si alguien hubiera tendido una mano hacia mí para tocarme, y hubiera cambiado de opinión en el último segundo.

Me di la vuelta. No había nadie.

Sí, aquella casa estaba encantada, desde luego. ¿Qué me había dicho mi madre que debía hacer si algún día me encontraba con algún fantasma?

—No quiero hacerte daño —susurré.

—¿Con quién hablas? —oí preguntar a Aly.

El sobresalto fue tal que tuve que llevarme una mano al pecho para reaprender a respirar.

—Eh… Con nadie, perdona. Estoy buscando el móvil de Brad.

—¿Quieres que vaya a ayudarte? —se ofreció.

—No. Quédate fuera, por favor.

—Vale.

—Aly —mascullé.

—¡He dicho que vale! Pero date prisa. Me empiezan a hormiguear los dedos de los pies.

—Podría ser peor —murmuré mientras retomaba la búsqueda por la habitación—. Podrías ser el hijo de un asesino en serie que está en casa de otro asesino en serie con sus dos últimas víctimas unos pisos más abajo mientras intentas no perder la cabeza ni permitir que los recuerdos de tu infancia te hagan salir gritando de allí.

Aly guardó silencio durante tanto rato que pensé que el auricular me fallaba.

—¿Aly?

Me llegó su voz tan baja que a duras penas la oí.

—Creo que ha aparcado alguien en el camino de acceso.

Apagué la linterna. El miedo y la adrenalina me corrían por las venas.

—¿Puedes comprobarlo?

—Sí —murmuró—. Estoy intentando llegar a la fachada principal de la casa, pero la nieve hace mucho ruido y no quiero que oigan el crujido de mis pasos.

—Espera. Creo que desde esta habitación se verá parte del camino de acceso.

Me arrimé a la ventana y me asomé lo justo para ver el exterior. Debajo había un coche. «¡Me cago en la puta!».

—Quédate donde estás —le pedí a Aly—. Hay alguien ahí.

—¡Sal de la casa! —me siseó.

—No hace falta que me lo digas dos veces —dije mientras regresaba al despacho—. Solo tengo que borrarte del ordenador de Brad.

—No, Josh. Tienes que marcharte. ¿Y si te pillan?

—No me pillarán —le aseguré—. ¿Te ha avisado Junior por mensaje al móvil de prepago de que su gente haya visto a la poli?

—No, pero podría ser un coche de la secreta o un amigo o familiar de Brad. Josh, que salgas.

—En cuanto haya terminado. Saldré por la ventana si hace falta.

No me apetecía nada salir por la ventana, pero, tan pronto como volví al escritorio de Brad y vi la cantidad de veces que había eliminado a Aly de su historial de búsqueda, me di cuenta de que quizá al final me haría falta huir así.

Con la esperanza de ganar algo de tiempo, cerré con llave la puerta del despacho antes de empezar a limpiar el navegador que Brad había usado para investigarla. Tenía dos navegadores en modo incógnito, y un rápido vistazo me confirmó que en ellos había suficiente material para condenarlo a ojos de las autoridades, así que dejé todo eso intacto y limpié lo otro. Además había instalado un disco duro encriptado, que desencripté de inmediato, y también lo analicé con mis programas. No encontraron rastro de Aly, así que no me molesté en husmear en lo que contenía; se me acababa el tiempo y supuse que lo que hubiese allí no haría más que espantarme. Ya tenía suficientes traumas para toda una vida, muchas gracias.

—¿Josh? —susurró Aly—. ¿Qué pasa?

—Chisss —dije aguzando el oído—. Creo que oigo acercarse a alguien.

Su única respuesta fue un gritito de pánico. Ya éramos dos los acojonados. En el pasillo resonaron pasos mientras llevaba a cabo una última prueba diagnóstica para encontrar a Aly donde quizá la hubiera pasado por alto.

«Vamos, vamos», supliqué al oír aproximarse los pasos. La barra del programa pareció ralentizarse una barbaridad cuando traqueteó el pomo de la puerta. Quienquiera que estuviera al otro lado había ido directo al despacho nada más entrar en la casa. ¿Estaba allí para buscar lo mismo que nosotros, el ordenador de Brad? En ese caso, ¿por qué? Y ¿qué haría con el portátil si llegaba a tenerlo en su poder?

—Está cerrada —rugió una voz masculina—. La voy a abrir de una patada.

Mierda, mierda, mierda.

—No —respondió una voz femenina—. Será demasiado sospechoso cuando aprueben la orden de registro. Creo que en la mesita de noche guarda una llave.

El hombre emitió un gruñido de rabia.

—Como haya huido del país, esta vez sí que lo desheredo, Vivian. Te lo juro.

La tenaza que me estrujaba el corazón se aflojó. ¿Eran los padres de Brad los que estaban al otro lado de la puerta? Recordaba vagamente que el nombre de su madre empezaba por «V», y lo de desheredarlo solo lo mencionaría una persona que pudiera hacerlo, alguien como su padre.

—Y, ya que estoy —añadió el hombre—, también voy a despedir al ama de llaves. Aquí apesta como si nadie hubiera sacado la basura en dos semanas.

¿Era extraño que yo interpretase como una buena señal que los padres de Brad no reconocieran el hedor de cadáveres en descomposición?

El ruido que hicieron al retroceder me produjo tal alivio que casi me desplomé, pero me contuve y, fiándome de mi instinto, enchufé otro *pen drive* al ordenador de Brad y comencé a hacer una copia de todo: programas, discos duros, historiales, etcétera. Si sus padres planeaban ocultar las pruebas de sus delitos destruyendo su ordenador, yo encontraría la manera de hacer llegar los archivos a la policía sin que me pillaran.

Lo malo era que el proceso iba a tardar varios minutos. Cogí una silla y la anclé debajo del pomo de la puerta, como había visto hacer a Aly hacía ya tantas noches. Por si acaso, cogí un candelabro de base ancha que encontré y lo coloqué contra la puerta a modo de cuña. Al final las antigüedades del despacho de caballero inglés de Brad servían para algo.

Un vistazo a la pantalla del ordenador me confirmó que debía ganar algo más de tiempo. Cuando oí que los pasos se acercaban de nuevo a la puerta, me deslicé hasta allí y agarré el pomo, rezando por que mi fuerza fuese suficiente.

Me llenó los oídos el chasquido de metal contra metal cuando la llave se introdujo en la cerradura. La presión que noté en el pomo me confirmó que alguien intentaba girarlo, pero apreté los dientes y lo mantuve inmóvil. La presión se incrementó y el sudor empezó a perlarme la frente mientras intentaba que toda la fuerza de mi cuerpo acudiera a mis dedos.

—Maldita sea, esta llave no es —dijo el hombre que debía de ser el padre de Brad.

—¿A qué te refieres? —preguntó Vivian.

—Pues que no abre.

—A ver, déjame a mí. A lo mejor la estás girando con demasiada brusquedad.

—Muy bien —bramó el hombre—. Inténtalo tú mientras voy a buscar otra.

Se alejó, y me mantuve firme mientras la mujer intentaba

abrir la puerta con cuidado y, al ver que no lo conseguía, con más potencia incluso que su compinche.

—Josh, oigo hablar a gente —me dijo Aly—. Ten cuidado, por favor. Necesito que tengas cuidado y que no te pase nada.

Asimilé sus palabras mientras la mujer lo intentaba por última vez. Me comenzaron a sudar los dedos dentro de los guantes por estar apretando tantísimo, y no sabía cuánto tiempo podría aguantar sin que me resbalaran del pomo.

Al fin, la presión se detuvo, y la mujer soltó un ronco suspiro desde el otro lado de la puerta antes de quitar la llave y seguir al hombre que se suponía que sería su marido. Me quedé allí paralizado unos segundos, con el pulso atronándome en los oídos. Joder, había funcionado.

Me despabilé y volví junto al ordenador, donde la barra de progreso de mi programa por fin había alcanzado el cien por cien. Quité los *pen drives* y borré todo rastro de que había hackeado el portátil. Para cuando los pasos se acercaron de nuevo a la habitación, ya había apagado el ordenador y estaba abriendo la ventana del despacho.

Un traqueteo me anunció que se me había agotado el tiempo.

La luna se había alzado por encima de los árboles y me proporcionaba suficiente luz como para divisar la caída de tres metros que había hasta la pérgola del patio. Menos daba una piedra. Con una oración muda dedicada a cualquier entidad que me estuviera escuchando, me descolgué por la ventana y descendí tanto como pude aferrándome al alféizar con la punta de los dedos. Respiré hondo, miré hacia abajo una última vez e intenté apuntar hacia la viga transversal más cercana al soltarme.

La caída fue de unos pocos palmos gracias a mi numerito colgandero, y aterricé sobre la viga a la que había apuntado. Sentí un momentáneo estallido de triunfo antes de que las botas me resbalaran por culpa de la nieve. Fue un puto milagro que no soltase un aullido de pánico ni un rugido de dolor al desplomarme como una ficha de tamaño humano de un Conecta 4. Primero me estampé las espinillas contra la viga; luego el cuerpo se me fue para delante y lo siguiente fueron las costillas. Por último, el porrazo me hizo rebotar hacia atrás y golpearme el hombro derecho con la viga opuesta antes de caer como un saco de patatas entre ambas y aterrizar en el suelo del patio.

Me quedé sentado, aturdido durante unos segundos, intentando decidir qué parte me dolía más. Menos mal que no me había golpeado la cabeza ni me había desmayado. Aly era fuerte, pero no tanto como para arrastrar a un tío inconsciente que pesaba cien kilos durante un kilómetro por el bosque cubierto de nieve.

Un tirón en el brazo me hizo levantar la vista a su rostro demudado por el pánico.

—Nos tenemos que ir —susurró.

Entre sus esfuerzos y mis precarios intentos de levantarme, conseguí erguirme casi del todo. Aly enseguida me cogió un brazo y se lo pasó por encima del hombro e intentó arrastrarme hacia el bosque que lindaba con el patio trasero de Brad, pero forcejeé.

—Llama a Junior —resoplé—. Que le diga al técnico que vuelva a conectar la alarma.

—No tenemos tiempo —insistió.

Le sujeté la barbilla con la mano libre y la miré con gesto suplicante.

—Por favor, confía en mí.

Me miró con expresión testaruda, pero se sacó el móvil del bolsillo y llamó.

—Hola. No, no estamos bien. Ha venido alguien. Necesitamos que activéis la alarma. —Junior intentó obtener más información, pero Aly negó con la cabeza—. No lo sé. Hacedlo y punto, coño.

Al cabo de un segundo, colgó el teléfono.

—Ya está.

Cogí una silla del porche y la estampé contra los ventanales que daban al patio.

—¿Qué haces? —me siseó Aly.

Volví a golpear con la silla, lo bastante fuerte como para romper los cristales, lo bastante fuerte como para que comenzase a sonar la alarma.

Arrojé la silla y me volví hacia Aly.

—A correr.

No tuve que añadir nada más. Aly volvió a echarse mi brazo al hombro y salió tan disparada que me costó no perder el equilibrio mientras tiraba de mí hacia la arboleda.

—¡Eh! —gritó una voz masculina detrás de nosotros—. ¡Volved aquí!

Llegamos al bosque, donde tuvimos que reducir el ritmo porque las sombras eran más densas bajo las ramas cubiertas de nieve.

Aly miró hacia atrás.

—¿Me vas a contar a qué ha venido eso?

—Creo que los padres de Brad han entrado en la casa —le dije—. Se han dirigido directos hacia el ordenador. Me apuesto lo que quieras a que iban a encubrirlo de alguna manera.

—¿Y bien? —quiso saber.

—Pues que en esta jurisdicción, cuando suena la alarma de una casa, la policía se puede limitar a decir que cree que se ha cometido un delito para entrar legalmente en esa casa sin necesidad de obtener una orden de registro.

Aly abrió muchísimo los ojos al atar cabos.

—Les acabas de dar la excusa que andaban buscando para entrar en la casa.

—Sí. En cuanto entren y huelan los cadáveres, a los Bluhm se les acabará lo bueno.

Aly se volvió y tiró de mí para besarme con fuerza en los labios. La sonrisa que le iluminaba la cara al apartarse era tan radiante como si el sol hubiera rasgado la oscuridad.

—Eres un puto genio.

Me agaché y le di un beso como es debido, con lengua y la cantidad necesaria de sobeteos.

Se quedó sin aliento cuando me separé de ella, y le cogí la mano, entrelazando los dedos.

—Solo seré un genio si no nos pillan.

El deseo le abandonó el semblante en cuestión de medio segundo.

—Hostia. Claro. Es probable que los polis ya estén de camino, y nos pueden seguir por las huellas que hemos dejado en la nieve.

Juntos, salimos disparados hacia la noche como los delincuentes en los que nos habíamos convertido.

23

Aly

Por fin tenía la respuesta a la pregunta: «¿Es muy divertido correr por el bosque de noche y en invierno?».

Tan divertido como tener a Hannibal Lecter de ginecólogo.

Llevaba los pies empapados por culpa de la nieve, y las ramas bajas me estaban haciendo tantos arañazos que iba a parecer que me había peleado con una trituradora de papeles. Aunque estábamos bajo cero, el esfuerzo me hacía sudar, así que tenía mucho calor y mucho frío al mismo tiempo, y, además del rosario de malestares físicos y el miedo y la adrenalina que me corrían por las venas, estaba tan incómoda y agotada que en cualquier momento iba a romper a llorar. Quería darme una ducha de agua caliente, tomar una sopa de pollo casera y taparme con todas las mantas de mi casa, hecha un ovillo en el sofá.

Josh iba peor aún que yo. No podía dejar de mirarlo a la luz de la luna, preocupada por que se desplomase de pronto. Había rodeado la esquina de la casa justo a tiempo de verlo jugar al ping-pong con la pérgola; a pesar de que juraba no haberse golpeado la cabeza, yo no las tenía todas conmigo. Después de haber atendido casos similares, sabía que a veces, en una caída como aquella, todo sucedía tan rápido que uno no estaba seguro de dónde se había hecho daño hasta que aparecían los moratones.

Menos mal que había logrado salir de la casa antes de que lo pillaran. Yo había intentado hacerme la valiente mientras Josh seguía dentro, pero interiormente estaba histérica. Me revolvía las tripas imaginarlo atrapado en la mansión de Brad cuando dos de las víctimas de este dormían para siempre unos pisos más abajo.

No conocía del todo el horror que había sido vivir con su padre, pero, entre las revelaciones de Tyler y los comentarios crípticos de Josh, podía suponer sin miedo a equivocarme que tener a un asesino en serie de padre había sido una auténtica pesadilla. Saber que cerca de él había cadáveres podría haber revivido los traumas de Josh, y las miradas subrepticias que le iba lanzando pretendían captar el estado de su salud mental tanto como su bienestar físico.

No me cabía en la cabeza que, después de todo lo que acababa de vivir, aún se le ocurriera la idea de activar la alarma, y comencé a mirarlo con un nuevo nivel de admiración. Mi novio no solo era gracioso y amable, y estaba tremendo, sino que también era superlisto. Nunca me había sentido tan atraída por nadie, y, de no haber sido por el miedo real a que la policía nos persiguiera por el bosque, le habría hecho parar, me habría puesto de rodillas delante de él y le habría demostrado cuánto lo apreciaba.

Me miró con el rostro oscurecido por la gorra, que le ocultaba la expresión.

—El punto de encuentro debería estar al otro lado de la próxima cuesta —me anunció en voz baja.

—¿Crees que todavía estarán esperándonos?

La voz de Junior brotó entrecortada por los auriculares y nos hizo dar un respingo.

—Estamos… aquí… ¿Vosotros… cerca?

Josh y yo nos miramos y aceleramos en la subida de la cuesta. La furgoneta debía de estar dentro del alcance de la radio.

—¿Nos oís? —pregunté con apenas un susurro.

—Del… no… ¿Vosotros… a mí?

Solté un suspiro de frustración y seguimos ascendiendo. La capa de nieve era gruesa. Aunque la superficie se había congelado, debajo era mullida, y Josh y yo no dejábamos de hundirnos y de estar a punto de tropezar. Me protestaban las piernas a cada paso que daba. Empezaba a perder la sensibilidad de los dedos de los pies, que era el primer indicio de congelación. Necesitábamos llegar a la furgoneta y largarnos de allí ya.

—¿Qué tal ahora? —preguntó Josh.

—Mejor —respondió Junior—. ¿Me oís bien?

De no haber sido por el miedo a que nos oyese alguien más, me habría echado a gritar para celebrarlo.

—Alto y claro.

—Hay policías por todas partes —nos informó Junior—. ¿Habéis hecho saltar la puta alarma?

—Luego te lo explicamos —repuse—. ¿Dónde estás?

—Aparcado cerca del punto de encuentro. Hemos tenido que pirarnos de allí por lo que habéis hecho, so idiotas, así que estoy en uno de los coches de vigilancia. Cuando lleguéis a la carretera, girad a la derecha y buscad un todoterreno negro estacionado en un camino de tierra sin iluminar.

Sentí escalofríos. El plan estaba basado en el sigilo y el secretismo, pero, tal y como habían resultado las cosas, cualquier vecino que hubiese visto la furgoneta en casa de Brad antes de que aparecieran sus padres pensaría que era sospechosa y se lo contaría a la policía. Por lo menos, la furgoneta no estaba cuando llegaron los padres. Junior había heredado el talento de su padre para camelarse a todo quisqui, pero dudaba de que funcionara con unos esnobs elitistas.

No, no era una situación nada ideal, pero en mi opinión seguía siendo mejor tener a la pasma desparramada por la zona que darles a los padres de Brad la oportunidad de encubrir más delitos y crímenes de su hijo.

—¿Dónde estáis vosotros? —quiso saber Junior.

Reprimí una maldición cuando se me volvieron a hundir los pies en la nieve.

—Estamos yendo por la...

Josh me cogió del brazo y tiró de mí hacia el suelo.

—Un coche patrulla.

Sentí una nueva oleada de adrenalina cuando, por encima de nosotros, un foco reflector iluminó el bosque como si estuviéramos en el Cuatro de Julio. Josh y yo nos tumbamos contra la falda de la loma, y yo recé una breve oración de agradecimiento por haber estado muy cerca de la cima y, aun así, habernos podido ocultar. Unos metros más adelante nos habrían pillado sin remedio.

El haz de luz barrió el bosque una vez antes de disponerse a iluminarlo de nuevo con más lentitud. Me apreté contra la nieve; se me clavaban las rocas y las ramas caídas, y tenía la ropa empapada. Ni siquiera respiraba por miedo a no oír algún ruido de advertencia de que alguien se bajaba del coche y se dirigía hacia nosotros.

Josh me cogió una mano y me volví lo justo para mirarlo a los ojos. El cálido marrón al que ya estaba acostumbrada había desaparecido. Eran prácticamente negros, con un brillo acerado que denotaba determinación. No me había sujetado la mano para consolarme, sino para poder tirar de mí de pronto ante la menor provocación.

Yo estaba por la misma labor que él. No nos iban a pillar. Si eso significaba cruzar el bosque como alma que lleva el diablo, que así fuera. De repente me fluía suficiente adrenalina por las venas como para creerme capaz de correr una maratón.

El foco volvió a iluminar los árboles, todavía más lento esa vez, pintando la noche de un blanco cegador. Me llegó a los oídos un crujido y se me desbocó el pulso. Josh me apretó la mano; noté que casi le temblaban los dedos por la necesidad de salir disparados.

—Espera —susurré al reconocer el ruido. Eran las ruedas de un coche que avanzaba por una calzada cubierta de sal. Debíamos de estar más cerca de la carretera de lo que pensaba si lo oíamos desde allí.

Josh soltó un suspiro entrecortado cuando el foco siguió adelante, sumiendo de nuevo en la oscuridad nuestra zona del bosque.

—Joder —masculló Junior—. ¡Retrocede! ¡Retrocede!

Debía de haber visto el foco y haberse dado cuenta de que los policías se dirigían hacia ellos.

Josh y yo nos quedamos donde estábamos, paralizados, escuchando impotentes los ruidos que surgían de nuestros auriculares.

—¡Gira! —chilló Junior.

No llegamos a oír la respuesta que obtuvo.

—Me la suda la pintura de los cojones —rezongó mi primo—. Te vas a meter entre los putos árboles si hace falta.

Oímos un rasponazo tan estruendoso que hasta me encogí. Adiós, pintura.

—¡Apaga el motor! —bramó Junior.

Levanté la cabeza lo suficiente como para ver el foco hundiéndose en el bosque a unos cientos de metros de nosotros. Allí los árboles eran más densos, más coníferas que de hoja ancha. Con suerte, la arboleda sería lo bastante frondosa como para ocultar un coche. Entorné los ojos y busqué en el sotobosque alguna señal de que el haz de luz incidiera en una plancha de metal. Nada.

Volví la vista hacia Josh y me encontré con su mirada.

—¿Los ves? —me susurró.

Negué con la cabeza, pero no mudó su expresión. Sabía lo mismo que yo: que nosotros no viéramos el coche desde nuestro ángulo no significaba que los policías no nos vieran a nosotros desde el suyo.

Clavó la vista detrás de mí y supe por cómo se le desenfocó que ya no estaba viendo el bosque que nos rodeaba. Estaba urdiendo otro plan de huida por si Junior y su conductor terminaban detenidos.

Agucé el oído mientras Josh reflexionaba, pero lo único que me llegaba era la respiración entrecortada de mi primo. El foco barrió la zona donde estaba él como había hecho con la nuestra, y no dejé de escrutar en busca de algún indicio de vehículo o de una interrupción en la luz que pudiera indicar que algún agente se había bajado del coche policial para registrar el bosque a pie.

—Desde aquí no os veo —le dije a Junior—. Y tampoco veo a nadie entre los árboles.

—Sigue mirando —dijo con un tono grave en la voz que no le había oído nunca.

Hasta ese momento, Junior había sido atrevido, arrogante y controlador, pero en ese instante sonaba asustado, lo que me recordó que no era mucho mayor que yo. Por primera vez desde que viera a mi tío y a mis primos sentí una breve punzada de algo pareció a la responsabilidad familiar, que irradiaba de algún punto de mi interior. No quería que pillaran a Junior. Y no porque Josh y yo tuviéramos que encontrar otra forma de huir de allí, sino porque no me gustaba la idea de que mi primo terminase esposado en una celda.

Estuve a punto de soltar una maldición. Era un momento estupendo para tener esa respuesta emocional, claro que sí. Un momento perfecto. Si los agentes iban directos hacia el coche aparcado, me iba a tocar hacer algo al respecto, y no me apetecía una mierda. Ya me había arriesgado bastante por una noche. Y por toda una vida, coño.

Por suerte, no fue necesario. El foco siguió avanzando, inspeccionando más y más lejos, hasta que el bosque casi lo engulló por completo.

—Joder —exclamó Junior—. Por los pelos.

—¿Os han dejado atrás? —preguntó Josh mientras se incorporaba.

—Sí —contestó Junior—. Vais a tener que cruzar el bosque hacia nosotros. Podría haber más polis en la carretera.

Me puse en pie y empecé a sacudirme la ropa.

—Poned la calefacción. Josh y yo tenemos que entrar en calor para evitar la congelación.

Josh se levantó más lentamente, moviéndose a trompicones, y

me pregunté cuánto daño se habría hecho de verdad. Cuando consiguió enderezarse del todo, lo veía más que nada como una sombra enorme cerniéndose sobre mí por culpa de que los focos me habían malogrado la visión nocturna. Me cogió las manos y tiró de mí para mirarme a los ojos.

—¿Estás bien?

—Tengo los dedos de los pies insensibles —dije.

—Mierda. No debería haberte hecho esperar fuera.

—No, si tenías razón —le aseguré—. Que entrase habría sido demasiado arriesgado. Venga, vamos. Tenemos que darnos prisa.

Juntos cruzamos los matojos entre tambaleos. Tan cerca de la carretera, la vegetación era más densa que en el resto del bosque, y me tropezaba todo el tiempo por culpa del entumecimiento que me subía por las piernas. Después de estar a punto de caerme de bruces por segunda vez, Josh me cogió en brazos en plan novia.

Profirió un gruñido de dolor, y yo forcejeé para tratar de liberarme.

—Peso demasiado —protesté—. Y tú estás herido.

Negó con la cabeza y apretó los dientes, testarudo, con la vista clavada en el suelo mientras iba poniendo un pie delante del otro.

—Estoy bien. Y ya falta poco. Ahora mismo estás más segura en mis brazos que de pie.

Entrelacé los dedos detrás de su cuello y le di un beso en la mejilla.

—En tus brazos siempre me siento más segura.

—Qué moñas —terció Junior cargándose el momento.

Cualquier sentimiento de afecto familiar que hubiera sentido hacia él se esfumó.

A pesar de que Josh me aseguraba que estaba bien, llegar hasta el todoterreno fue muy duro. Se movía con cuidado, ya fuese por las heridas o por el miedo a tropezar y que nos desplomásemos en la nieve. Tuvimos que detenernos varias veces en plena travesía por el bosque, en una ocasión porque Junior creyó ver algo y en otras dos porque a nosotros nos pareció oír algo. Aquellos instantes pasaron con una lentitud insoportable, mientras Josh y yo aguantábamos la respiración y aguzábamos el oído.

Sentí tanto alivio cuando por fin alcanzamos el todoterreno que estuve a punto de ponerme a llorar, y supe por el suspiro entrecortado que soltó Josh que estaba igual de agradecido que yo por haberlo conseguido.

El conductor, un hombre de cierta edad llamado Jimmy que había ayudado a localizar el coche de Brad en mi barrio, tenía en el maletero unas cuantas mantas que usaba para tapar los asientos cuando llevaba a sus perros. Nos lo explicó con voz grave y rasposa al abrirnos la puerta de atrás y nos pidió disculpas por el olor a perro, pero yo estaba tan contenta que me la pelaba que apestasen y le di las gracias profusamente por dejarnos usarlas.

Josh y yo nos quitamos los zapatos y los calcetines, y nos envolvimos los pies con las mantas mientras Jimmy dejaba atrás los árboles y regresaba a la carretera. Había calefactores debajo de los asientos delanteros, y le dije a Josh que al principio no se acercara demasiado porque necesitábamos que la temperatura corporal subiera poco a poco. Acto seguido nos quitamos las chaquetas empapadas y nos secamos lo mejor que pudimos mientras mi primo nos ponía al día de todo lo que había pasado después de que su equipo renunciara a la misión.

A Junior no se le pasó el cabreo por lo de la alarma ni siquiera después de que Josh le contara por qué la había hecho saltar. Mi primo prefería que la familia de Brad se deshiciera de las pruebas a llamar la atención hacia la empresa eléctrica o su padre.

Josh me lanzó una mirada de disgusto mientras Junior nos echaba la bronca por nuestro comportamiento. Ladeé la cabeza y le dije en voz muy baja:

—Ya te dije que no eran buena gente.

Cuando llegamos a la autopista, comenzó a disminuir la preocupación que tenía por el estado de nuestros pies. Josh no había perdido la sensibilidad de los dedos, solo había llegado a sentir un ligero cosquilleo, así que estaba fuera de peligro. Los míos los había visto demasiado pálidos, pero, por el incómodo hormigueo que empezaba a apoderarse de ellos, supe que había tenido suerte, a pesar del tiempo que habían estado fríos y mojados.

A Junior le sonó el móvil cuando nos aproximábamos a la salida del polígono industrial. Levantó un dedo para hacernos callar y se llevó el teléfono al oído.

—¿Qué? —Se le formó un surco entre las cejas al oír lo que le estaba diciendo la persona que estaba al otro lado de la línea—. Y ¿van a cooperar? —Transcurrieron varios segundos antes de que asintiera con la cabeza y tomara la palabra de nuevo—. Entendido.

Apartó el móvil y se volvió para mirarnos a Josh y a mí.

—Los polis han encontrado los cadáveres.

Solté un suspiro de alivio.

—Ay, menos mal.

—La madre de Brad se ha desmayado cuando se lo han contado —prosiguió Junior—. El padre ha permitido a los agentes que registraran la casa sin oponer resistencia. Por lo visto, no sabían lo sádico y repugnante que era el mierdas de su hijo.

Josh asintió con la cabeza.

—Me lo he imaginado cuando no han reconocido el hedor a putrefacción. Pensaban que el ama de llaves se había olvidado de sacar la basura.

—Y ¿tú sí que lo has reconocido? —preguntó Junior mirándolo fijamente.

Josh abrió la boca, pero yo lo interrumpí.

—No es asunto tuyo. Y ¿qué quieres decir con que sus padres no lo sabían? Habían ido a la casa a buscar el ordenador de Brad.

A regañadientes, Junior apartó la vista de mi novio y la desplazó hacia mí.

—Aseguran que intentaban encontrar a su hijo. Pensaban que Brad se marcharía en cuanto se aprobara la orden de registro.

Me recosté en el respaldo del asiento

—Eso es positivo para nosotros, ¿no?

—Sí. Es una pena que no hayamos encontrado el móvil, pero uno de nuestros hombres dio con su cartera y la cogió. Haremos que alguien de su altura y constitución utilice su tarjeta de crédito en el norte, cerca de la frontera, para que parezca que ha huido a Canadá. Así tendremos ocupadas a la policía y a su familia durante una temporada.

Josh y yo intercambiamos una mirada de alivio. Nos parecía el mejor de los escenarios posibles. Los crímenes de Brad iban a salir a la luz. Su familia no parecía capaz de impedir que lo investigaran. Y los agentes pensarían que Brad se había fugado del país, con lo cual no iban a tener ninguna razón para buscar su cuerpo.

Hostia puta. ¿De verdad nos íbamos a ir de rositas con lo que habíamos hecho? Eso parecía, pero no quería darme falsas esperanzas pensándolo demasiado.

Me limité a arrimarme a Josh mientras mi primo se volvía y retomaba la conversación telefónica. Josh me rodeó los hombros con el brazo y recolocó la manta para que nos tapara a los dos. Se inclinó hacia mí y hundió la nariz en mi pelo. Cerré los ojos y, había empezado a relajarme, cuando me habló, lo bastante bajito como para que solo yo lo oyese.

—Ya van dos veces que rompes una promesa, Aly. Espero que puedas asumir las consecuencias.

Abrí los ojos como platos. Mierda. Le había dicho que me quedaría en la furgo y no había cumplido mi palabra. Otra vez. Pero, en mi defensa se podía aducir que en las dos situaciones había circunstancias atenuantes. Seguro que él se daba cuenta, ¿no?

Quise mencionárselo, quise defenderme, pero no era el momento. Josh era un tío sensato… casi siempre. A lo mejor podía convencerlo para que entrase en razón cuando estuviéramos a solas. Cualquier persona en mi lugar habría hecho lo mismo. Y lo más importante: él habría hecho lo mismo. Sin embargo, ya podía oír su contraargumento: «Sí, pero entonces yo no te habría prometido que me quedaría en la furgo».

Yo podría perfectamente haber aprendido la lección después de haber defraudado su confianza la primera vez, pero nooo, tenía que repetir la jugada. La verdad era que ni siquiera podía culpar a Josh por cabrearse. La confianza era la base de cualquier relación sana, y yo había hecho agujeros en la nuestra en el minuto uno. A lo mejor encontraba una forma de compensarlo disculpándome. Y diciéndole que no volvería a hacerlo.

Pero una gran parte de mí estaba tan emocionada por la posibilidad de que me castigara que no dije nada. A diferencia de mí, él hasta la fecha no había hecho nada para defraudar mi confianza, y tuve el presentimiento de que todo lo que planease sería tan tortuoso como placentero.

Los siguientes veinte minutos pasaron volando mientras pensaba en maneras pecaminosas en las que mi novio podría corregir mi mala conducta. Visualicé látigos y cadenas, esposas y pinzas para pezones. Antes de Josh, mi vida sexual había sido la personificación de lo descafeinado, pero entre las redes sociales, los libros picantes que leía y el porno fetichista que veía, resultaba fácil imaginar los deliciosos castigos que se me avecinaban, y ocupar la mente con ellos era muchísimo mejor que pensar en la noche que acabábamos de vivir.

No debí de ser la única que se sumió en sus pensamientos, ya que el trayecto de vuelta al almacén transcurrió en un silencio casi absoluto. En cuanto nos detuvimos delante del edificio en el que habíamos empezado la noche, Josh me dijo que no bajase del todoterreno antes de que él se fuera a precalentar su coche para que yo no volviera a enfriarme. En la superficie era un gesto bonito que te cagas, pero advertí un brillo lobuno en sus ojos al mirarme que me confirmó que la caza había empezado.

—Oye —dijo Junior.

Me volví para dejar de observar la silueta oscura de Josh adentrándose en la noche y miré a mi primo. A juzgar por su expresión, llevaba un buen rato intentando llamar mi atención.

—Dime.

—¿Recuerdas lo que tienes que hacer si los polis algún día se presentan en tu casa y empiezan a hacerte preguntas?

—Decirles que no sé nada —repuse.

—Y ¿si siguen insistiendo?

—Pedir hablar con un abogado.

—Genial. Le pediré al nuestro que te llame mañana para que sepas quién te va a representar.

—Gracias por todo —le dije. A fin de cuentas, de no haber sido por la ayuda de mi familia, era probable que a Josh y a mí nos hubiesen pillado. Pensándolo así, cenar una vez al mes con ellos me parecía un precio muy pequeño que pagar.

Junior se encogió de hombros.

—Eres de la familia. Es lo que solemos hacer.

¿De verdad que para él resultaba tan sencillo?

—Aun así, gracias.

—De nada —contestó. Empezaba a estar incómodo. Miró por la ventanilla hacia el coche de Josh, que estaba al ralentí—. ¿Cómo es que conoce la peste que desprende un cadáver?

Yo no era nadie para contar la historia de Josh, pero era la segunda vez que Junior formulaba esa pregunta, y tuve la sensación de que, si no le decía nada, iba a ponerse a husmear en el pasado de mi novio. Estaba decidida a hacer lo imposible para evitarlo, tanto por mi bien como por el de Josh.

Mentir no era lo mío, pero lo intenté de todos modos.

—Cuando era pequeño, encontró en el bosque un ciervo muerto que lo traumatizó. Dice que nunca olvidará el olor.

Junior hizo una mueca.

—Ya me lo imagino.

—¿Cómo lo han sabido reconocer tus hombres? —pregunté, con la esperanza de darle la vuelta a la tortilla.

Me miró fijamente a los ojos. En ese momento se pareció más que nunca a su padre.

—¿Tú qué crees?

Me tocó a mí hacer una mueca. No me extrañaba que se me hubiera erizado el vello nada más ver a aquellos hombres. Al principio, quedarme en la furgoneta me había parecido lo más fácil del mundo, porque significaba poner distancia entre la tropa de exmilitares de mirada muerta y yo.

Pero también me alegró irme con Josh después de que abortaran la misión, pues decidí que prefería arriesgarme a sufrir la cólera de mi novio que quedarme atrapada en un vehículo con esa panda.

Vi que Josh se bajaba ya de su coche y venía hacia el todoterreno y me pregunté por qué había tomado esa decisión. Si yo no hubiera salido de la furgo, Junior se habría quedado conmigo, y no dudaba de que habría disparado a cualquiera que hubiese intentado hacerme algo. ¿Me había rebelado porque inconscientemente una parte de mí quería aumentar mi castigo? ¿O era solo que no soportaba la idea de abandonar a mi novio a su suerte?

Meneé la cabeza para despejarla. A lo mejor mi subconsciente había desempeñado un pequeño papel, pero ante todo había sido una reacción instintiva. Josh iba a quedarse en la casa, así que yo también. Fin de la discusión. Nunca me habría perdonado haberlo dejado allí solo y que hubiese ocurrido algo. Y, en el fondo, una parte de mí se preguntaba si dejarlo allí no habría sido el plan de mi familia desde el principio. A fin de cuentas, Josh era el culpable de la muerte de Brad. De no haber sido por los cadáveres del sótano, ¿habría encontrado el equipo otra excusa para marcharse antes de tiempo, dejarlo más solo que la una y esperar a que lo pillara la poli?

Aquella posibilidad me causó escalofríos. Si no hubiese bajado de la furgoneta cuando lo hice, ¿habría ordenado mi primo que nos llevasen al punto de encuentro? ¿O habría intentado dominarme y dejar solo a Josh?

A lo mejor estaba paranoica o era mezquina por pensar aquello de mis parientes, pero el instinto me decía que allí había algo, y hasta el momento el instinto nunca me había fallado. Aunque me hubiera ablandado un poco con mis familiares mafiosos, jamás confiaría en ellos, sobre todo en lo que respectaba al bienestar de mi novio, por lo que nuestras futuras cenas familiares iban a ser tan divertidas como echar a correr por el bosque de noche y en pleno invierno.

Josh abrió mi puerta y me sacó de mis oscuras ensoñaciones. Clavó los ojos en los míos. Al débil resplandor de los faros, se le veía medio rostro iluminado y medio en sombra, y me recordó a la máscara que se ponía.

—¿Preparada?

Asentí y tendí los brazos. Solo con mirar a Josh supe que no me importaban ni las consecuencias ni las razones que justificaran mi comportamiento: nunca cambiaría la decisión de quedarme con él. Nuestros destinos estaban entrelazados, para bien o para mal.

Se acercó y me levantó del asiento trasero, con mantas y todo. Yo le rodeé el cuello con los brazos y me sujeté con fuerza.

—Gracias, Junior —exclamó en dirección a la cabina.

—Nos debes una —le respondió mi primo.

Josh asintió.

—Ya sabéis dónde encontrarme.

Dicho lo cual se volvió y se encaminó hacia el coche. Me recolocó en sus brazos al llegar para poder abrir mi puerta y dejarme en el asiento. Incluso lo había movido hacia delante para que me quedaran los pies más cerca del calefactor. Se agachó y me ciñó la manta alrededor del cuerpo.

—¿Estás bien? ¿Estás cómoda?

—Estaría mucho mejor si me dijeras lo que me espera —repuse.

A la luz de la luna, el destello de sus dientes resultó salvaje. No me pareció buena señal que no me contestase y que se limitara a cerrar la puerta y rodear el coche, pero al verlo cojear me pregunté si estaba en condiciones de infligir castigo alguno.

La enfermera que vivía en mi interior cogió las riendas de la situación cuando Josh se dejó caer en el asiento del conductor.

—A pesar de lo que hayas planeado para mí, cuando volvamos a casa quiero echarte un vistazo a las costillas. No creas que no me he fijado en que has estado resoplando.

Me guiñó un ojo, pícaro.

—Tú lo que quieres es una excusa para verme sin camiseta.

—Eso siempre —contesté—. Pero ahora en serio: ¿te has golpeado en las costillas?

Puso primera y salió del aparcamiento.

—Es que me dejas sin aliento, Aly.

Estuve a punto de gruñir. No era un no.

—Josh, si me has llevado en brazos con una costilla rota, soy yo la que te va a castigar a ti.

Le cruzó la cara una sonrisa traviesa, y supe por el brillo malvado de sus ojos lo que iba a decir a continuación.

—Qué…

Le tapé la boca con una mano.

Me lamió la palma con la lengua y, sin previo aviso, me pegó un mordisco. Fuerte.

Solté un grito y aparté la mano.

—… morbo —terminó de decir.

24

Josh

Citando *Parks and Recreation*, una de mis series preferidas: «Me dolía todo y me estaba muriendo».

Vale, a lo mejor no de forma literal, pero se le acercaba bastante. Me latían las espinillas y sentía un dolor profundo y palpitante que me irradiaba del hombro derecho hacia el codo. A pesar de haber evitado las preguntas de Aly, sí que me había dado un golpe en las costillas, estaba claro.

Probablemente no tenía ningún derecho a darle una lección a mi novia sobre confianza y sinceridad, pero ¿pensaba decírselo? Ni de coña. Verla dar botes cada vez que yo me movía demasiado rápido, como si esperara que me lanzase sobre ella en cualquier momento, era demasiado satisfactorio.

Al extender el brazo hacia el pomo de la puerta de su casa un pelín más rápido de lo necesario, se estremeció tanto que casi se estampó contra una maceta. Ay, qué maravilla. Me gustaban tanto sus reacciones que empecé a pensar si no sería mejor retrasar el castigo que había planeado y concentrarme en una guerra mental.

—¿Todo bien, cariño? —le pregunté conteniendo las ganas de sonreír—. Te veo un poco nerviosa.

Me lanzó una mirada de reprobación que no habría tenido que resultarme tan adorable.

—Es la impaciencia por entrar.

Ya. Por muy bien que me lo estuviese pasando atormentándola, no podíamos continuar en la calle. Seguíamos con la ropa mojada y necesitábamos quitárnosla y comprobar si teníamos alguna herida que precisara atención.

Metí la llave en la cerradura y al abrir me hice a un lado para que entrase ella primero. Pasó delante de mí ladeada, con los ojos entornados y el cuerpo en tensión, como si se preparase para recibir un ataque. Las ganas de abalanzarme eran intensas, pero me reprimí. Esa noche habíamos vivido un auténtico infierno, y lo último que necesitaba Aly era otra oleada de adrenalina al activarse su respuesta de lucha o huida.

Según cerraba la puerta de la calle, me golpeó los oídos un maullido agudísimo. Fred salió corriendo del dormitorio de Aly con la cola bien levantada y la boca abierta para anunciar lo cabreado que estaba por que lo hubiéramos dejado solo. Quizá había llegado la hora de pensar en darle un hermanito o hermanita, alguien que le hiciera compañía mientras Aly y yo trabajábamos o disfrutábamos de momentos a solas.

Antes de conocer a Aly, jamás me había permitido imaginar cómo sería tener mi propia familia —me aterraba demasiado legar mis genes como para valorarlo siquiera—, pero me daba la impresión de que ya estaba formando una con ella. Como me fiaba de mí mismo y sabía que no haría daño a ningún animal, no me podía quitar de la cabeza la idea de adoptar un minino peludo. Parecía el siguiente paso lógico, y ya era capaz de imaginármelo: los cuatro acurrucados en el sofá, Aly bebiendo vino y yo masajeándole los pies mientras hablábamos de qué tal nos había ido el día, con los gatos aovillados entre los dos.

Aly se adelantó a coger en brazos a Fred.

—No hemos estado fuera tanto tiempo.

Fred le estampó la cabeza contra la barbilla tan fuerte que oí el golpe seco del impacto.

Los dejé que disfrutaran del reencuentro mientras me quitaba la chaqueta y me desabrochaba las botas. Cuando terminé, Fred ronroneaba a tal volumen que habría despertado a un muerto y tenía los ojos cerrados del placer que le daba masajearle el pelo a Aly desde el hombro.

Le rasqué entre las orejas y sonreí cuando me recompensó con un gritito de bienvenida.

—Es probable que esté tan empalagoso por la turbulencia de los últimos días.

Aly lo achuchó más.

—Pobrecito mío.

—Voy a abrir el grifo de la ducha —dije antes de agachar la cabeza y darle un beso en la sien—. Tenemos que lavarnos y entrar en calor.

Aly se volvió hacia mí con las pupilas dilatadas y las mejillas sonrojadas, y supe que se acordaba de la última vez que habíamos estado juntos en una ducha.

Casi me sale un gemido. Lo que más deseaba era volver a estar dentro de ella. Me había pasado la mitad de la noche aterrorizado por si nos pillaban y me tocaba ver cómo esposaban a mi novia. Necesitaba asegurarme de que estaba a salvo, de que estaba bien, y nada me lo confirmaría tanto como verla rodearme con los brazos gimiendo mi nombre.

—No tardes —le pedí antes de alejarme de ella.

Dejé el móvil en el lavabo del cuarto de baño y abrí el grifo de la ducha. Subí el volumen del teléfono al máximo porque después de lo de Brad me había entrado la paranoia y quería oír si sonaba alguna de las alarmas que acababa de conectar con las puertas. No me flipaba la idea de que la familia de Aly tuviera la llave de su casa. Me parecía que a sus parientes se les daban tan mal los límites como a mí, y no me fiaba de sus intenciones. A lo mejor podía convencer a Aly para cambiar la cerradura si no había tomado ya ella la decisión de hacerlo. A juzgar por el recelo con el que miraba a Junior durante el trayecto de vuelta al almacén, confiaba menos en él incluso que yo.

Dejé la puerta entornada y me quité la ropa mojada para amontonarla en el suelo de azulejos. Un vistazo al espejo me detuvo en seco. En el costado empezaba a extendérseme un morado intenso. Sabía lo suficiente de primeros auxilios como para darme cuenta de que no era una buena señal, así que respiré hondo para conocer la gravedad del asunto. Sentí pinchazos, pero el dolor no era tan intenso como el día en que mi padre me dio una patada en el costado con las botas de punta de acero, así que no me pareció que me hubiera roto ninguna.

Levanté la vista y estuve a punto de estremecerme. Últimamente había estado tan obsesionado con Aly que no me había cortado el pelo; entre lo largo que lo tenía ya y las ojeras por culpa del cansancio, el parecido con el monstruo que me había engendrado era asombroso.

Incapaz de seguir observándome, aparté la vista y me metí en la ducha.

Joder, menuda nochecita. No tenía ni idea de cómo había conseguido mantener a raya los nervios en casa de Brad. De no haber sido por la necesidad de borrar a Aly del disco duro de Brad, dudaba de que hubiese logrado llegar hasta el ordenador.

El hedor repugnante a descomposición me había retrotraído a uno de mis recuerdos de infancia más espeluznantes, y me había pasado todo el rato en casa de Brad respirando por la boca para evitarlo. Aún detectaba un matiz de putrefacción que se me había pegado a la piel y, por la necesidad de limpiarme, cogí una pastilla de jabón y comencé a frotarme.

Todavía estaba en ello cuando Aly se metió en la ducha a mi lado. Por mucho que quisiera estrecharla en mis brazos, no podía parar de frotar.

—¿Josh? —dijo Aly poniéndome la mano en la muñeca.

—Lo huelo en mí —balbucí.

Por cómo arrugó la nariz, supo a qué me refería sin tener que preguntármelo. Me quitó el jabón y dio un paso adelante para ponerme la nariz en el pecho.

—Hueles a limpio.

—¿Estás segura? —pregunté con una vocecilla que detesté.

Se puso de puntillas y me olisqueó el cuello. A continuación me levantó los dos brazos y repitió el gesto.

—A hierba luisa y a limón, nada más.

Ladeé la cabeza para mirar la pastilla amarilla que sujetaba con la mano.

—¿A eso huele?

Asintió y la dejó en la jabonera para cogerme las manos y volverse hacia mí.

—Supongo que has reconocido la peste de los cadáveres por algo que tiene que ver con tu padre, ¿no?

Le apreté los dedos; su piel me sirvió para anclarme al presente.

—Sí.

—¿Quieres hablar de ello?

Erguí la cabeza y miré más allá de ella. Las palabras empezaron a brotar antes de que pudiera frenarlas.

—Fue el verano en el que cumplí once años. Mi padre me llevó a la ciudad con él por alguna razón. Su coche apestaba, tanto que ni siquiera sirvió ir todo el trayecto con las ventanillas bajadas. Cuando al final aparcó, me entraron arcadas. Le pregunté qué era y me respondió que la noche anterior había atropellado a un mapache, y que alguna parte debía de haberse quedado pegada al chasis y se estaba pudriendo por la ola de calor. Por aquel entonces, yo hacía lo imposible por caerle en gracia, así que fui hasta el maletero para coger algo con lo que limpiar el coche. Antes de que pudiera abrirlo, mi padre me empujó tan fuerte que me caí en la acera. —Levanté el brazo derecho y lo flexioné para enseñarle el codo a Aly—. Esta cicatriz es de ese día.

Aly se inclinó hacia delante y la besó con una expresión de absoluta empatía.

—Siento mucho que te pasara eso.

Asentí y dejé caer el brazo.

—En esa época estaba acostumbrado a su ira, pero ese día lo vi asustado. Me ayudó a levantarme cuando la gente se detuvo al ver lo ocurrido; les dijo que había sido un accidente, y me pidió disculpas como nunca había hecho. En lugar de ir al supermercado, me pidió que regresara al coche para llevarme de vuelta a casa y que me pudiese limpiar las heridas. Luego me dejó delante de casa y pasó dos días desaparecido. No sé adónde fue, pero cuando volvió el coche estaba tan limpio que parecía nuevo, y ya no apestaba.

Aly se me acercó y me rodeó la cintura con los brazos, con cuidado de evitar las costillas y apoyando los pechos sobre mi estómago.

¿Había estado desnuda todo ese rato?

Bueno, era evidente que sí. Estábamos en la ducha. Por Dios, cómo odiaba que los recuerdos de mi padre siguieran apoderándose de mí y cegándome a lo que me rodeaba.

—¿Crees que llevaba en el maletero a una víctima? —me preguntó.

La estreché y apoyé la barbilla en su coronilla.

—Sí. Ese verano mi padre estuvo muy activo. Ojalá supiera el día exacto en que pasó lo que te acabo de contar.

—¿Por qué?

—Porque todavía hay varias mujeres desaparecidas, supuestamente asesinadas por él, que no se han encontrado. Si la fecha encajase con alguna de esas desapariciones, a lo mejor la familia de la pobre mujer podría cerrar el capítulo o la policía tendría otro dato que pudiese ayudarlos a dar con ella. Un día hasta probé la hipnosis para recordar más detalles, pero no funcionó. Me siento como el puto culo por ser incapaz de acordarme.

Aly se apartó con el ceño fruncido.

—Sabes que no fue culpa tuya, ¿verdad? Y sabes que no deberías sentirte culpable. Eras un niño, y es probable que tu mente haya eliminado todo lo que ha podido para protegerte.

Asentí y la abracé de nuevo.

—Ya lo sé. Pero saberlo no lo hace más fácil.

—Te entiendo. Es lo mismo que me pasa a mí con el accidente de coche. No es el recuerdo, sino la culpabilidad. Aunque sepa que no fue culpa mía, no puedo evitar sentirme responsable.

—Vaya carga llevamos entre los dos, ¿eh?

Aly ahogó una carcajada.

—Perdona. No es que sea divertido.

La cogí por los hombros y me incliné lo suficiente para mirarla a los ojos.

—¿Qué pasa?

—Es que acabo de tener una visión de la noche en que llevamos entre los dos una carga real.

Sonreí.

—Ya veo. No es divertido en plan: «Me parto». Es divertido en plan: «Estamos como una cabra».

El humor desapareció de sus ojos casi tan rápido como había aparecido.

—Esta noche he tenido mucho miedo por ti.

Sus palabras se me clavaron en el corazón.

—A mí me pasaba igual.

Negó con la cabeza; por la cara le resbalaban gotitas de agua.

—No, lo digo en serio, Josh. No podía dejarte allí. No solo porque no soportase la idea de que estuvieras atrapado en esa casa con las pobres víctimas de Brad, sino porque tampoco me fiaba de que Junior fuese a mantener la promesa de recogerte después.

Ah, conque ella había temido igual que yo lo de que fuese el perfecto chivo expiatorio o, cuando menos, un tío de lo más prescindible. No era mala señal, qué va.

Empezaba a pensar que mis sospechas no eran más que paranoia, pero saber que mi novia también había llegado a la misma conclusión que yo lo convertía en una amenaza mucho mayor. Iba a tener que andarme con sumo cuidado con su familia. Y, claro está, haría lo que fuese necesario para seguir cayéndole bien a Nico.

Le aparté el pelo a Aly de la cara y entrelacé los dedos por detrás del cuello para poder atraerla hacia mí. Se me acercó encantada, abriendo los labios como si inconscientemente se estuviera preparando para un beso.

Agaché la cabeza y junté mi frente con la suya. Me recorrió la espalda un escalofrío al acordarme del miedo que había sentido cuando dijo que no pensaba marcharse con su primo.

—Deberías haberte ido con ellos aunque así me hubieses puesto en peligro.

Un brillo de tozudez le iluminó los ojos e intentó apartarse, pero incrementé la fuerza para inmovilizarla donde estaba. Suspiró entrecortadamente, pero me fijé en que, aunque estaba cabreada, se le habían puesto duros los pezones.

—Las cosas no son así —protestó—. No tienes que sacrificarte por mí. No estamos en la Edad Media ni soy una damisela en apuros.

—La razón de quedarte en la furgoneta era que no hubiese ningún indicio tuyo en la casa, Aly.

—Ya lo sé.

—¿Y si te hubiera visto un vecino? ¿Y si se te cae un pelo y los polis lo encuentran?

Veloz como el rayo, se echó hacia delante y se volvió, zafándose de mí.

—Llevaba el pelo recogido en una trenza —repuso mientras se alejaba todo lo que le permitía la ducha—. Y lo más cerca que estuve de la casa fue cuando te ayudé a levantarte en el patio. Las probabilidades de que encuentren algún indicio mío son mucho menores que las de que encuentren alguno tuyo.

Negué con la cabeza y reduje la distancia que nos separaba.

—Me tapé el pelo y me puse guantes.

—Podrías haber dejado fibras de tejido.

Le levanté la barbilla para poder mirarla más fácilmente a los ojos.

—Hoy en día los análisis de la fibra de un material son tan fiables como los de sangre. Y toda la ropa que llevábamos era de poliéster genérico por algo. Las fibras que hubiéramos dejado podrían haber sido de cualquier cosa.

Aly resopló.

—Vale. Siento haber incumplido mi promesa, pero lo que no siento es haberme quedado contigo.

La hice girar y le rodeé los hombros con los brazos para poder inclinarme y pronunciarle las siguientes palabras directamente al oído.

—No intentaba sacrificarme por ti, y lo último que me viene a la mente al pensar en ti es una damisela en apuros. Solo quiero que no te ocurra nada. Y lo siento si me paso de la raya, pero es que me importas, Aly. Seguro que Tyler ya te ha contado que tiendo a excederme con la gente que me importa.

—Puede que me lo mencionara.

Al darme cuenta de que se le ponía la piel de gallina, la atraje de nuevo hacia el chorro de agua.

—Supongo que estamos en un callejón sin salida, pues. Los dos haremos lo que sea para proteger al otro, aunque al otro le fastidie.

Me agarró los antebrazos y me dio un beso en el que tenía más cerca.

—Prefiero que te preocupes demasiado que demasiado poco.

La estreché con fuerza.

—Lo mismo digo.

Nos quedamos así unos segundos, con el agua cayéndonos encima, calentándonos la piel, después del frío de la noche, hasta que sentí que por fin me había llegado el calor a los huesos y había borrado las últimas trazas de frío.

Aly no se había lavado todavía, así que me liberé los brazos y cogí el jabón de la jabonera. Como me serviría cualquier excusa para tocarla y para hacer que se sintiera bien, me tomé mi tiempo para frotarle la espalda, con la intención tanto de relajarle los músculos tensos como de limpiarla. La espuma le resbalaba por la piel y me fijé en cómo descendía hasta su culo perfecto.

Se me puso dura al instante cuando la imagen de mi novia desnuda por fin disipó la poca oscuridad que quedaba. Lo habíamos conseguido. Estábamos bien. Estábamos a salvo. No sabía cuánto iba a durar, así que planeé aprovechar la mayor parte del tiempo del que dispusiéramos, ya fuesen semanas o años o el resto de nuestra vida.

La acaricié para subir la espuma por su cuerpo con la mano que tenía libre, siguiendo una larga línea de músculo.

Aly soltó un débil gemido y echó la cabeza hacia delante.

—Ay, qué maravilla.

—Me alegro de que te guste —dije con voz más ronca de lo que pretendía.

Aly se dio la vuelta y separó los labios mientras recorría mi cuerpo con la vista, deteniéndose bruscamente en el costado.

—Vale, ya no puedo seguir ignorando tus costillas.

Los cinco minutos siguientes consistieron en un análisis de nuestras heridas. Después de unos cuantos toqueteos dolorosos, Aly convino en que no parecía que me hubiera roto ninguna costilla, que solo estaba magullado. El hombro y las espinillas estaban igual, y Aly, en modo enfermera, me dijo que iba a tener que ponerme hielo en esas partes en cuanto saliéramos de la ducha, así que me entraron más ganas si cabe de retrasar ese momento al máximo. La idea de aplicarme algo helado en la piel después del frío que habíamos pasado era detestable, pero, por la cara terca con la que me miró, estaba claro que perdería la batalla si intentaba protestar.

Por suerte, ninguno de los arañazos de las ramas de los árboles en la cara y el cuello eran lo bastante profundos ni largos como para necesitar puntos. Pero sí eran muy feos, así que me alegré de tener otra excusa para encerrarme las dos semanas siguientes en casa de Aly hasta que se curaran.

Ella dio un paso atrás tras inspeccionar mis últimos rasguños y se mordió el labio inferior de esa manera que me volvía loquísimo.

—¿Crees que nos hemos librado demasiado fácilmente?

—¿Demasiado fácilmente? No —dije señalándome las costillas—. Pero una parte de mí sigue esperando que pase algo malo.

Ella frunció el ceño y empezó a enjabonarse por su cuenta. Hice lo imposible por mantenerle la mirada, pero, joder, tenía las tetas a pocos centímetros de mí, llenas de espuma, y ya me las imaginaba bajo mis manos, calientes y resbaladizas, y sensibles a todas mis caricias.

—Quizá sea porque no lo hemos gestionado nosotros mismos —añadió, ajena a la deriva de pensamientos—. Por lo menos, en mi caso. Estoy acostumbrada a tener el control siempre. El hecho de que deba confiar en que un tío y unos primos a los que hace tiempo que no veo me digan que han cumplido su parte, no termino de asimilarlo. Quiero saber dónde está el cadáver, a quién le van a vender las piezas del coche de Brad y cómo planean exactamente engañar a los policías para que piensen que ha huido a Canadá.

—A lo mejor puedes dorarle la píldora a Nico con una botella de vino en una cena familiar y preguntárselo.

—No es mala idea. De verdad que quiero saber cómo es posible que Junior ya tuviera todos esos detalles sobre la investigación.

—Por algún agente corrupto —comenté. Era la respuesta más lógica.

Se quedó pensativa.

—Es lo que había deducido yo también.

Incapaz de contenerme, le acaricié el hombro.

—Por mucho que odie la idea de que haya policías corruptos, tener a alguien en el cuerpo podría beneficiarnos. Si siguen filtrándole la investigación a Junior, sabremos si encuentran algo que señale hacia tu familia o hacia nosotros. Depende de lo corruptos que sean, quizá hasta oculten pruebas.

Aly hizo una mueca.

—No me gusta beneficiarme de algo así. Se parece demasiado a lo que estaba haciendo Brad.

Le apreté el hombro.

—¿Preferirías ir a la cárcel?

—No —contestó—. Es solo que no me gusta. Y, sí, sé que seguramente sueno hipócrita.

Sonreí.

—Superhipócrita.

Me apartó la mano de un manotazo.

Le cogí la muñeca y la atraje a mí.

—Pero una hipócrita muy guapo.

Su respuesta sonó amortiguada porque tenía la cara enterrada en mi pecho.

—Voy a quedarme con que me has llamado «guapo».

Alargó un brazo y me pellizcó el culo con suficiente fuerza como para que me echase hacia delante, movimiento que hizo que mi pene se quedase clavado entre la piel húmeda de los dos. Esperé a que se apartase y soltara alguna de las suyas, pero se limitó a refrotarse. El deseo que sentía por ella regresó de golpe, y todos los pensamientos quedaron eclipsados por el recuerdo de lo fantástico que había sido hundirme en su interior prieto y húmedo.

—Aly —dije dando un paso atrás—. Ahora mismo te deseo una barbaridad, pero, como no coma algo pronto, me voy a desmayar.

Le cayó el alma a los pies, pero meneó la cabeza.

—No, tienes razón. Lo mismo digo.

Le puse una mano en la mejilla.

—Además. No soy demasiado orgulloso como para reconocer que ahora mismo estoy tan dolorido que no creo que pueda venerarte como mereces.

Ella asintió con expresión comprensiva.

—Puedo esperar a que te sientas mejor. Sé que merecerá la pena. —Alzó una mano para enseñarme la punta de los dedos—. Y estoy empezando a arrugarme, así que me parece bien salir de la ducha.

Me volví para que no me viera sonreír. ¿Debería sentirme mal por mentirle a mi novia? Quizá sí. Pero tenía el presentimiento de que, cuando la despertase al cabo de unas horas, estaría más que dispuesta a perdonarme por la trola.

25

Aly

Me despertó un ruido en plena noche. Había tenido un sueño agradable sobre... algo. Ya se me escapaba entre los dedos cuando abrí los ojos, pero me pareció que tenía que ver con una playa de arenas cálidas y una cerveza fría. Qué no daría por ir al Caribe de vacaciones a mediados de invierno. Tenía algo de dinero ahorrado. Quizá en algún punto de las dos semanas siguientes Josh y yo podríamos hacer una escapada a...

El techo estaba pintado de rojo. ¿Por qué estaba el techo pintado de rojo?

Hostia, ¿había fuego en la casa?

Intenté incorporarme, pero algo me tiró de los brazos y volví a caer en el colchón. Erguí la cabeza, aterrada, y me quedé paralizada. Tenía las muñecas ceñidas por unas esposas de seda negra, atadas al cabecero de mi cama mediante una compleja serie de nudos que parecían imposibles de soltar.

El miedo me vació los pulmones y me dejó sin aliento. Josh no estaba en la cama a mi lado. Me había quedado dormida acurrucada junto a él, con Fred encima de los dos. Ambos habían desaparecido, y yo debía de estar aún algo grogui, porque tan solo podía pensar en que Brad no había muerto de verdad y que había entrado otra vez en mi casa para terminar lo que había empezado.

—Ah, estupendo —exclamó una voz grave y modulada—. Estás despierta.

Levanté los ojos bruscamente.

Sentado a los pies de la cama, sin camiseta e iluminado por la luz roja oscura que solía usar en sus vídeos, estaba el Hombre sin Cara. Su máscara era más amenazante de lo que recordaba, con pómulos más marcados y ojos negros más profundos. Su cuerpo gigantesco empequeñecía mi butaca, que parecía de tamaño infantil. ¿Por qué nunca me había dado cuenta de lo siniestros que eran sus tatuajes? Unas formas oscuras y retorcidas le subían por los brazos como pesadillas góticas salidas del mismísimo infierno.

Con una mano blandía el cuchillo de aspecto más fiero que había visto en mi vida, curvado y muy afilado, para despellejar presas. Lo sujetaba de manera tan descuidada, colgándole en parte de los dedos al trazar con él un círculo en el aire, que resultaba más peligroso incluso. Solo una persona experta en armas podía empuñarlas con tan poca atención, como si conociese tan bien esa herramienta que hubiera terminado convirtiéndose en una extensión de su brazo.

«Es Josh», intenté decirme, pero esa información no consiguió calmarme el pulso acelerado.

Mi novio amable y divertido había desaparecido y había ocupado su lugar un hombre que irradiaba amenaza. Con la máscara puesta era como si se hubiera transformado en otra persona. O quizá no. Quizá seguía siendo el mismo Josh al que le había cogido tantísimo cariño, y ponerse esa máscara le permitía sacar el lado más oscuro de su personalidad, que mantenía bajo llave durante el día. Una vertiente suya que ansiaba tanto mi miedo como mi deseo.

Levantó el cuchillo y me señaló, con la cabeza ladeada de modo inquietante, casi extraterrestre, porque era un gesto muy impropio de Josh. Lo observé de arriba abajo de nuevo para asegurarme de que era, en efecto, mi novio y no un desconocido enmascarado que hubiese entrado a la fuerza en mi casa. Las costillas magulladas confirmaban su identidad, pero mi corazón siguió desbocado.

—Ábrete de piernas —me ordenó.

Tenía la ropa de cama amontonada alrededor de la cintura y seguía llevando el top de satén negro y los pantaloncitos cortos a juego que me había puesto al acostarme. Menos mal. Ya era bastante malo no haberme despertado mientras Josh me ataba; si hubiera seguido durmiendo también mientras me desnudaba, me habría tocado pedir hora en una clínica del sueño para saber qué coño me pasaba.

El tono del Hombre sin Cara no admitía discusión, así que me incorporé sobre los codos y lentamente separé las piernas, flexionadas. Él se inclinó hacia delante lo justo para apartar las sábanas con una lentitud torturante; yo tenía la piel tan hipersensible que noté cada centímetro de algodón que se deslizaba sobre mí como si fueran manos.

¿Qué tenía pensado hacerme?

Se incorporó con un movimiento fluido. La luz roja debía de estar colocada en el suelo, en algún punto cercano a los pies de la cama, porque su cuerpo bifurcó el haz, y su colosal silueta quedó recortaba en la pared del fondo como una especie de Batseñal morbosa.

«Enciéndelo y aparecerá él».

Al pensarlo me entraron ganas de sonreír, pero tuve la sensación de que me metería en problemas, y ya estaba suficientemente con el agua al cuello. No era el momento de provocar al tío que me había atado. Ya volvería a hacerme la lista una vez pasado el castigo; hasta entonces estaba demasiado cagada como para sumar más ofensas a mi larga lista de pecados.

Josh meneó el cuchillo de nuevo y yo me quedé mirando el arma. Hasta ese momento solo habíamos hablado un poco de las fantasías que compartíamos, pero no habíamos abordado hasta dónde estábamos dispuestos a llegar para satisfacerlas, y pensar que quizá tuviéramos diferentes límites al respecto me puso nerviosa de pronto.

«Sin palabras de seguridad», me recordé. Si iba demasiado lejos, podría decirle que parase y ya. Después de todo lo que habíamos vivido, confiaba lo bastante en él como para saber que mantendría su palabra.

Deslizó una rodilla sobre la cama entre mis piernas separadas. Me posó en la cadera la mano con la que no sujetaba el cuchillo, y se echó hacia delante para colocarse encima de mí. Joder, qué grande era. Tenía los hombros tan anchos que me impedían ver el techo. Al mantenerse inmóvil, se le tensaron los músculos del pecho y el torso. Curiosamente, estando tan a menudo con él me había olvidado de lo distintos que éramos en cuanto a tamaño, pero verlo desde abajo me recordó lo enorme que era él.

Un destello metálico me llevó a fijar la vista en al arma que empuñaba. Yo estaba atada a la cama y se cernía sobre mí un hombre enmascarado con un cuchillo en la mano. Era una imagen con la que llevaba meses fantaseando, pero la realidad era muy distinta. Sí, estaba cachonda. No llevaba bragas debajo de los pantaloncitos de seda, y enseguida noté que el deseo me empapaba la tela. Pero también estaba más asustada de lo que me había imaginado. Solo podía recurrir a mi instinto de fiarme de Josh y de su insistencia en que no quería hacerme daño, que lo que ansiaba era presenciar el momento en que mi miedo se volvía lujuria. Si me equivocaba, aquello podía salir muy pero que muy mal.

Y ese pensamiento me humedeció aún más.

El filo del miedo transportó mi deseo al reino de la oscuridad y aguzó mis otros sentidos; tenía tanta sensibilidad en la piel que ya era toda ella una zona erógena. El Hombre sin Cara empezó a acariciarme el interior del muslo con la punta del cuchillo, y me estremecí al tiempo que contenía un gemido.

Él se quedó observando cómo avanzaba el cuchillo por mi cuerpo y luego me sostuvo la mirada con ojos fríos.

—Qué guapa estás asustada.

Joder, menuda ida de olla.

Pero me encantaba.

Solo la amenaza del cuchillo me mantenía inmóvil debajo de él. De no haber sido por el arma, me habría empezado a retorcer. Sentía que la entrepierna me palpitaba y necesitaba algo que aplacase el deseo, un poco de fricción en el clítoris o, mejor todavía, su polla monstruosa llenándome del todo. Nunca iba a olvidar la quemazón inicial que sentí al dilatarme alrededor de su miembro para acoger algo tan grande y duro dentro de mí. Aún estaba algo dolorida de nuestro primer encuentro, y sabía que esa segunda vez sería mejor por eso: más dolorosa al principio, pero con un placer mayor cuando me la metiera hasta el fondo y yo me relajara, abandonada al placer.

Josh cogió aire encima de mí, sin duda consciente del deseo que estaba escrito en mi rostro. Siempre había creído que no era positivo mostrar lo que sentía con tanta claridad, pero su forma de reaccionar a mis emociones me hacía no querer cambiar nunca.

Josh deslizó el cuchillo un par de centímetros más; estaba lo bastante afilado como para irritar un poco la piel, pero él no apretaba lo suficiente como para cortarla. Contuve la respiración mientras lo iba acercando cada vez más a la entrepierna. Yo miraba sus músculos marcados, después sus tatuajes enrevesados y luego de nuevo los pozos negros sin fondo de sus cuencas oculares. Era el momento más ardiente y aterrador de toda mi vida, y estar inmóvil me suponía una auténtica tortura, lo que probablemente fuese la intención de Josh. Debería haberme imaginado que mi castigo sería tan mental como físico.

—No te muevas —dijo.

Me quedé paralizada y contuve la respiración cuando Josh alzó la hoja del cuchillo y me la metió por dentro de los pantaloncitos. Noté un tirón en la parte superior del muslo al tensarse la tela y, acto seguido, resonó por toda la habitación el susurro de la seda desgarrándose, que me recordó de manera inquietante al siseo del bisturí al cortar la piel, y multiplicó el miedo que sentía.

Había cortado la parte derecha de los pantaloncitos. Luego

pasó el cuchillo al muslo izquierdo y cortó también el otro lado. Ya solo me cubría un cuadradito de tela, que Josh retiró con la punta del cuchillo para desnudarme por completo. Una corriente de aire fresco me acarició la piel ardiente y mojada de la vulva, y me estremecí.

Con un golpe de muñeca, giró el cuchillo y cerró la mano sobre el mango. Apoyó el puño a mi lado y cambió el peso para usar la mano libre, que fue directa a meterse entre mis muslos y, ahuecada, cubrirme la vulva. La necesidad de frotarme contra ella fue tan acuciante que solté un gimoteo al contenerme. Muy cerca de donde yo la deseaba, la mano de Josh desprendía calor.

—Estás empapada —masculló con voz tan torturada por mi excitación como yo misma.

Intenté levantar los brazos porque quería tocarlo, pero estaba tan desesperada que olvidé las malditas ataduras y aterricé de espaldas sobre la cama. En cuanto me estampé contra el colchón, Josh me metió dos dedos. Me dejó tan descolocada la repentina intrusión que arqueé la espalda, y se me escapó un jadeo. No me dio tiempo a acostumbrarme, me había introducido los dedos hasta el fondo, follándome con ellos mientras me frotaba el clítoris con la parte baja de la palma.

Me retorcí, en parte intentando alejarme y en parte intentando acercarme. Era demasiado, y demasiado pronto, pero, por muy repentina que hubiera sido la intrusión, ya notaba cómo se tensaba algo en mi interior. No. Ni de coña podía estar ya a punto de correrme.

Josh sumó un tercer dedo, y la habitación se llenó de sonidos húmedos y resbaladizos, casi lo bastante altos como para ahogar mis continuos resoplidos. Sus movimientos eran duros e implacables, me zarandeaba tan fuerte que me rebotaban las tetas, y me resbalaban los talones sobre las sábanas al buscar alguna manera de apoyarme. Me estaba embistiendo como si estuviera enfadado conmigo, como si no se tratara de conseguir que me corriese, sino de sacarme de mis casillas lo más rápido posible, y me puse nerviosa pensando en lo que ocurriría a continuación.

El *edging* de hacía unos días había sido duro, pero en plan juguetón. No me podía ni imaginar la tortura que me esperaba si lo de hoy era para darme una lección.

Debería haber tenido miedo, y quizá lo tenía, pero que me dominaran así y yo no tuviera ningún control me resultaba más emocionante que otra cosa. Esa excitación bastó para poner fin a mi momentánea resistencia, dejar de mover los pies y no seguir apartando las caderas, sino empezar a menearlas para embestir su mano.

Por lo visto, era lo que Josh había estado esperando. En cuanto empecé a hacerlo, me sacó los dedos y me dejó apretando la nada. No pude contener el siseo de frustración que me brotó de los labios. Lo necesitaba a él. De repente su ausencia era demasiado insoportable. Cómo se atrevía a hacerme aquello de nuevo, a dejarme tan desesperada.

Me moría de ganas de que me hiciera algo peor.

Los dedos que habían estado dentro de mí brillaban bajo la luz rojiza. Josh se sentó sobre los talones y se levantó la máscara lo justo para pasar la mano por debajo. Por los ruidos de succión supe que se estaba chupando los dedos mojados de mi deseo. Mis paredes interiores sufrieron un espasmo al pensarlo; lo que más anhelaba era verlo, pero me lo negaba y llevaba mi frustración a nuevas cotas. Esos dedos serían mucho más útiles fuera de su boca y dentro de mí. Por muy repentino que hubiese sido, ansiaba que volviera a metérmelos sin piedad.

—Quiero ver cómo los chupas —pedí con la voz ronca por el deseo.

Al principio pensé que no lo haría, pero entonces se levantó un poco más la máscara, lo justo para mostrarme los labios. Sacó la lengua y trazó un círculo lascivo al lamer la última gota de mí de sus dedos. Casi me corrí al verlo.

De un tirón, se colocó la máscara en su sitio. Tuve el tiempo justo de fijarme en el bulto que se le marcaba en los vaqueros oscuros antes de que me rodease los tobillos con las manos y tirase de mí hasta dejarme totalmente extendida sobre la cama, con los brazos estirados por encima de la cabeza. Las cuerdas se tensaron y comprobé hasta dónde daban de sí las ataduras. Sin soltar nada más que una mano, Josh fue a coger algo que estaba al pie de cama, lejos de mi vista.

Parecía un pequeño dilatador anal. La silicona azul oscura se estrechaba en la punta, era más gruesa en el centro, luego volvía a estrecharse y terminaba en una base ancha. Josh se movió entre mis piernas y me levantó una rodilla hasta ponérmela en el pecho. Me pasó la punta roma del dilatador por el vientre y siguió bajando hasta deslizármela por la vulva.

—Estás tan mojada que ni siquiera necesito lubricante —murmuró. Las palabras sonaron deliciosamente ásperas gracias al modulador de voz. Tenía los ojos negros clavados entre mis piernas, y me metió lentamente el juguetito.

—Siempre estaré mojada para ti —jadeé, abriendo un poco la otra pierna para darle mejor acceso. El dilatador era más estrecho de lo que yo quería, pero mis paredes internas, ansiosas de fricción, se cerraron a su alrededor de todos modos.

Josh emitió un ruido de aprobación masculina y movió el dilatador dentro de mí para mojarlo con mis fluidos. Luego lo sacó y fue llevando la punta hacia mi ano. Me preocupaba que fuera brusco como cuando me había metido los dedos, pero se tomó su tiempo para introducirme el dilatador; cuando solté un siseo ante la incomodidad inicial, me dejó unos instantes para acostumbrarme. Pensé que estaba bien hasta que llegó al centro más ancho, y toda yo me tensé, con el cuerpo reacio a aceptarlo.

El Hombre sin Cara alargó la otra mano y me puso la yema del pulgar en el clítoris. Eché la cabeza hacia atrás cuando me lo masajeó trazando un círculo, deteniéndose para acariciarlo con suavidad antes de volver a rodearlo con los dedos.

Joder, era una delicia.

Repitió el movimiento y me metió un poco más el dilatador al notar que el placer me relajaba los músculos. En cuanto me hubo introducido la parte más ancha, el resto entró sin problemas y, antes de que me diera cuenta, el juguete estaba todo dentro de mí. Josh levantó el pulgar, y me sentí tan llena como vacía al mismo tiempo. Seguía contrayéndome, con ansias de plenitud, y notaba el dilatador con cada espasmo de los músculos internos.

Josh cogió otra cosa de los pies de la cama y la levantó para enseñármela. Era un cuadradito de plástico, parecido a una especie de mand...

Un sonoro clic fue la única advertencia que tuve antes de que el dilatador anal comenzara a vibrar.

Solté un gritito, meneé de nuevo los pies contra las sábanas, desprevenida por la sensación repentina. Hostia puta, no sabía siquiera que existieran los vibradores anales.

Josh me sujetó los muslos para inmovilizarlos y obligarme a quedarme tumbada y sentir. Y vaya si sentía cosas. Nunca había sido tan consciente de esa parte de mi cuerpo. Tampoco de lo cerca que estaban unas partes de otras dentro de mí. Me daba la impresión de que la vibración del culo también se daba en la vagina. En el pasado los juegos anales me habían resultado medianamente placenteros, pero lo de hoy estaba disfrutándolo de verdad. Y más que disfrutándolo. Si seguía así y me estimulaba aunque fuera solo un poco en algún otro sitio, me correría con tanta intensidad que incluso lo salpicaría.

Con otro clic, la vibración se interrumpió y me dejó jadeante. Josh pasó las manos de los muslos a las caderas, y, antes de que me diera cuenta de qué estaba pasando, la habitación dio vueltas y aparecí tumbada boca abajo, con el culo levantado y las cuerdas tan tensas que no pude hacer más que girar las manos y aferrarme a ellas en busca de apoyo. Mi pulso, que ya llevaba tiempo a un galope constante, se disparó.

¿Qué estaba haciendo detrás de mí? ¿Qué me iba a pasar?

Me puso una mano entre los omóplatos y me empujó más hacia la cama. Yo volví la cabeza para no ahogarme, intentando mirar tras de mí, pero no vi nada más que un muslo enfundado en unos tejanos cuando el Hombre sin Cara se sentó encima de mí.

«Fóllame, por favor», quise suplicarle, pero me daba la impresión de que en esos momentos no estaba por la labor y que se negaría solo para fastidiarme.

Me llegó un clic a los oídos. Intenté prepararme, pero no había manera posible de anticipar la sensación de algo vibrándome en el culo. «Joder». Entre el ruido del juguetito y mi respiración entrecortada, apenas oí la cremallera de la bragueta al bajarse. Josh quería decirme algo con eso, lo sabía, pero estaba tan distraída por lo que ocurría dentro de mi cuerpo que no me di cuenta de lo que iba a pasar hasta que la mano que me apretaba contra la cama me liberó, me echó hacia atrás las caderas y sentí que me penetraba directamente la verga del Hombre sin Cara.

Solté un grito. Cerré los ojos y vi estrellas girando tras los párpados mientras intentaba adaptarme a la mezcla de placer e incomodidad, apretándome alrededor del pene de Josh. Sí, seguía dolorida, pero cualquiera a quien hayan follado tan duro entenderá el delicioso escozor que se siente al volver a sentirse llena antes de estar preparada siquiera. Quizá no le ocurría a todo el mundo, pero para mí era un dolor de los buenos, al que había que sumar además al efecto del dilatador; en la vida me había sentido tan llena, y eso que estaba notando que el Hombre sin Cara solo me la había metido hasta la mitad.

—Necesito poder confiar en ti —gruñó.

En ese preciso instante me azotó tan fuerte que se me tensó todo el cuerpo y me zumbaron los oídos con el ruido del manotazo. Gruñendo, me la sacó del todo, para lo que tuvo que empujarme las caderas hacia delante por la intensidad con la que estaba yo apretando.

Me quedé paralizada.

Me acababa de dar un azote en el culo.

Nunca me habían dado un azote en el culo. Y tampoco es que Josh se hubiera contenido precisamente. Me había pegado tan fuerte que todavía me escocía. No creí que fuera a dejarme marca, pero sin duda se me habría enrojecido tanto como las mejillas, que me ardían con una mezcla inesperada de vergüenza y timidez. Y no porque mi novio estuviera cumpliendo su amenaza de castigarme, sino por lo mucho que me estaba gustando.

Se quedó completamente inmóvil detrás de mí, como si esperase a mi reacción. Sí, se estaba comportando como un capullo dominante, pero yo sabía que en el fondo estaría intentando que no se apoderara de él el pánico, preocupado por haberse dejado llevar y haber ido demasiado lejos.

El vibrador se apagó y la mano que me sujetaba la cadera se aflojó.

—Di algo.

Respondí acercándole más el culo.

—Creo que todavía no he aprendido la lección.

El modulador de voz convirtió su sonora exhalación en algo parecido a un bramido.

Arqueé la espalda.

—Otra vez.

Me apretó más las caderas y resonó por toda la habitación un gruñido ronco antes de que me la metiera de golpe, esa vez más adentro; entre su polla y el dilatador, me sentía tan llena que se me contraían los dedos de los pies. Noté el movimiento previo a que me golpease la nalga con la mano, un poco más arriba que la primera vez, pero lo bastante fuerte como para que me ardiera la piel. Aunque me había preparado para recibirlo, me tensé, y él encendió el vibrador a la vez que me la sacaba.

Abrí mucho los ojos al sentir que una profunda oleada de deseo me recorría entera. La sensación de su polla saliendo de mí mientras todos los músculos de mi cuerpo se tensaban, sumada a la vibración al reanudarse, no se parecía a nada que hubiera experimentado antes. El placer era incomparable. Si seguía así mucho más tiempo, era probable que hiciera jirones las sábanas con las uñas.

Me sentí salvaje, necesitada.

Desesperada.

—Sujeta las cuerdas —me indicó al apagar el vibrador.

Me aferré a ellas con todas mis fuerzas cuando me la metió

otra vez y me pegó en la otra nalga. Acto seguido la sacó casi del todo y encendió el vibrador al salirse. Volví a ver resplandores al cerrar los ojos. Apoyé la cara en las sábanas y me puse a chillar.

Josh dio inicio a un ritmo constante: entraba, azote, salía, vibración. Casi me perdí, casi me convertí en otra persona. Ya no era Aly, sino una versión salvaje de ella que echaba atrás las caderas, gemía y suplicaba y pedía perdón, sumisa y totalmente desinhibida por primera vez en toda mi vida.

—Joder —gruñó el Hombre sin Cara—. Noto la vibración en la polla.

Después de eso dejó de apagar el vibrador y movió las caderas hacia delante para metérmela hasta los huevos con cada una de sus brutales embestidas.

Cuanto más proseguía, menos control teníamos los dos sobre nosotros mismos. Solté las cuerdas y me aferré a las sábanas. Mi hombre enmascarado me cogió del pelo y me levantó la cabeza. En lugar de azotarme con cada acometida, las nalgadas se volvieron intermitentes, y no saber cuándo iba a llegar la siguiente hacía que fueran más agradables y más dolorosas.

Y mucho más placenteras.

Me sentí desatada y desnuda al máximo. Me había despojado de todas las capas de humanidad hasta revelar al animal que vivía en mi interior. Quería que me dieran duro, todas las partes de mi ser estaban a punto de estallar y el mundo desapareció, dejando tras de sí solo a mí misma y al hombre que tenía detrás. La siguiente vez que hiciéramos aquello, le pediría que me amordazara. Quería gritar cuando me corriese y detestaba no poder hacerlo porque los vecinos estaban tan cerca que me oirían y era probable que llamaran a la policía al pensar que me estaban asesinando. Con una mordaza que amortiguara mis aullidos, por lo menos podría abandonarme a ese deseo.

Su polla empezó a hincharse dentro de mí, y estuve a punto de echarme a llorar de alivio. Había mantenido a raya el orgasmo tanto como había podido, a la espera de llegar al clímax con él.

—Córrete para mí, Aly —dijo tirándome del pelo tan fuerte

que me dolió—. Quiero notar cómo me aprietas con ese coño tan perfecto que tienes.

Me soltó la cadera y, al cabo de un segundo, noté algo metálico y frío en el cuello. Josh había recuperado el cuchillo.

La punzada de terror que me inundó fue suficiente para llevarme al éxtasis. Ma contraje con desesperación, como si quisiera metérmelo más adentro. A apenas unos milímetros, el vibrador se activó y me dejó sin aire en los pulmones y con lágrimas derramándose de mis ojos. Jamás había sentido nada parecido y haría cualquier cosa por volver a experimentarlo. Era oficial: Josh se había encargado de que ya nunca pudiera disfrutar con nadie más que no fuera él.

El Hombre sin Cara gimió detrás de mí. Sus caderas comenzaron a perder ritmo a medida que se le hinchaba y se le alargaba el pene, tocando un punto tan profundo dentro de mí que me quedé sin aliento. Fue entonces cuando me corrí, llorando y alabándolo, pero también maldiciendo su mera existencia.

Jamás lo perdonaría por haberme hecho aquello.

Pero me moría de ganas de que repitiera la sesión.

—¡Hostia, Aly! —chilló.

Le cayó el cuchillo de las manos y me sujetó de nuevo las caderas cuando las embestidas se volvieron más furiosas y desesperadas. Notar cómo se corría dentro de mí consiguió prolongar mi orgasmo. Empezaba a ver negro en los extremos y un zumbido ronco me llenó los oídos. ¿Estaba a punto de desmayarme?

Cuando salí del aturdimiento, tenía las manos libres de las ataduras y estaba desplomada sobre el edredón. Josh me acariciaba y me recompensaba por lo bien que había encajado mi castigo. Me tocaba con suavidad donde antes me había pegado, y en sus palabras había mucha aprobación al decirme lo guapa que había estado y que ninguna de sus fantasías podría llegar a compararse con lo que acabábamos de hacer.

Extendí el brazo y le quité la máscara, y el Hombre sin Cara volvió a ser Josh, con el pelo revuelto y los ojos oscuros llenos de asombro al mirarme fijamente.

—Lo que te he apoyado en el cuello era el dorso del cuchillo —me dijo—. En ningún momento has corrido peligro.

—Ya lo sé —le dije, porque no me cupo ninguna duda.

—Aly, ha sido espectacular.

Entrelacé los dedos con los suyos.

—Por desgracia, vamos a tener que resolver nuestros problemas hablando como adultos racionales, porque, si pretendías conseguir que nunca volviese a incumplir mi palabra, te ha salido el tiro por la culata.

La risa le sacudía los hombros.

—¿Estás segura? Porque hacia la mitad me ha parecido que lo sentías que no veas.

—Lo que sentía era no sentirlo —dije sonriendo.

Me dio un suave azote.

—Qué mala.

—Creo que me estoy enamorando de ti —le solté.

Quizá eran las hormonas o lo bien que había hecho realidad mis fantasías. O que era capaz de hacerme reír hasta en las situaciones más estresantes. O que se movía por mi vida como si siempre hubiera sido su lugar. O que trataba a mi gato, no, a nuestro gato como si fuera nuestro hijo. O por ser tan bobo sin saberlo. Y guapo. E inteligente. O por cómo me miraba, como si yo fuese todo su mundo. Y, sí, hasta por la obsesión con la que vigilaba todos mis movimientos. Hasta por el modo en el que me observaba, me acosaba y me perseguía.

Sonrió.

—Si lo único que hacía falta para que lo dijeras eran unos cuantos azotes suaves, te habría tumbado de espaldas la primera vez que te vi.

¿Acababa de decir que los azotes habían sido suaves? Dios, me había librado, pues.

Tomé nota mental de no volver a tocarle los cojones. Por lo menos mientras no me sintiera capaz de soportar más dolor que ese durante el sexo.

Alargué un brazo y le recorrí los labios con el pulgar.

—La noche del aparcamiento estaba demasiado nerviosa como para dejar que te acercaras a mi culo.

Sus ojos se ensombrecieron.

—No me refiero a ese momento.

Ah. Se refería a la primera vez que nos vimos en su piso, tantos meses atrás. ¿Fue entonces cuando empezó su obsesión conmigo?

Mientras lo observaba, separó los labios, se metió mi pulgar en la boca y lo recorrió con la lengua antes de morderme la punta. Esbozó una sonrisa pícara cuando lo aparté. En un santiamén me tumbó y se puso encima de mí para que notase que se había vuelto a empalmar.

Se inclinó a besarme. Después de no haber podido tocarlo durante tanto rato, poder rodearlo con los brazos y con las piernas fue la más agradable de las recompensas.

Se le arrugaron los ojos en las comisuras al interrumpir el beso y apartarse lo suficiente como para mirarme a los ojos.

—Creo que yo también me estoy enamorando de ti.

Sentí por todo mi ser una oleada de calor que era una mezcla de placer y felicidad pura. Aunque estaba dolorida, lo necesitaba dentro otra vez. Y ya.

Apreté los brazos alrededor del cuello y lo atraje hacia mí para avasallarlo a besos embriagadores hasta que me dio lo que quería. Esa vez me la metió con cuidado y me folló con embestidas profundas y suaves, tan espectaculares como las anteriores.

Pasó bastante tiempo antes de que saliéramos de mi habitación, recién duchados y hambrientos, después de nuestra sesión maratoniana de quema de calorías.

Nos detuvimos en seco nada más abrir la puerta. Fred estaba al otro lado, inquieto. Miraba con los ojos muy abiertos y vidriosos hacia la cama revuelta, como si supiera lo que acabábamos de hacer ahí.

Josh se inclinó y me dijo al oído.

—Creo que es oficial: hemos traumatizado a nuestro hijo.

Levanté una mano para que chocáramos los cinco.

—Objetivo parental desbloqueado.

26

Josh

—¿Qué tal estoy? —le pregunté a Aly.

Se detuvo antes de llamar al timbre para mirarme de arriba abajo.

—Buenísimo. ¿Quieres que nos larguemos y que pasemos un rato divertido desnudos?

Le tapé la boca con una mano.

—¡Calla! ¿Y si hay cámaras por aquí?

—Pues así los cotillas de mi familia sabrán que no deben escuchar conversaciones que no les conciernen —respondió con la voz solo amortiguada a medias por mi mano.

Habían transcurrido tres semanas desde la noche en la que habíamos entrado en casa de Brad. Al día siguiente había registrado mi coche en busca de algún localizador, y Aly seguía cabreada porque habíamos encontrado uno. Ese día fuimos directos a una cerrajería para cambiar las cerraduras de su casa.

Le aparté la mano de la boca y me alisé la americana, incómodo por ir vestido con un estilo tan formal.

—Tengo que seguir cayéndole bien a tu tío, ¿recuerdas?

Aly exhaló un suspiro.

—Sí. Perdona. Intentaré no decir más burradas por tu bien.

—Así me gusta —contesté con retintín.

Aly abrió la boca, y el rubor que se le extendió por las mejillas no tuvo nada que ver con la vergüenza, sino con la excitación.

Intenté que no me afectara. Estábamos follando tantísimo que habíamos empezado a hacer pausas obligadas para no terminar irritados. Me preocupaba que ella se volviera insensible a mí, pero el hecho de que pudiera ponerla cachonda nada más que pulsándole una tecla con tres palabras dichas con retintín me consoló del efecto que estaba teniendo en mí su vestido rojo. Ni siquiera era tan ceñido ni escotado, pero nunca la había visto enseñar tanta piel en público, y reaccioné como un chaval en su primer baile de instituto.

—Estás preciosa —le dije.

Me sonrió.

—Ya me lo has dicho. Deberíamos hacerlo de vez en cuando. Arreglarnos y salir a cenar por ahí, digo.

Me froté la nuca, sintiendo muchísimo calor a pesar del frío que hacía.

Aly se fijó en mi incomodidad y se apresuró a añadir:

—Buscaremos un sitio con luz tenue y una mesa en el fondo donde no nos vea nadie más que el camarero. Y, si la gente empieza a mirarte o no te gusta la situación, pues nos vamos.

—No sé —repuse titubeante.

Aly puso los ojos en blanco.

—Mira, no quería decirte nada para no inflar más tu ego, que ya es desmesurado, pero sabes que la gente que no te quita ojo de encima no lo hace porque te haya reconocido, ¿no?

Fruncí el ceño.

—¿Por qué si no?

—Porque eres un pibón.

Parpadeé. ¿Lo decía en serio? ¿Era así? Sabía que era más atractivo que la media, pero ¿tanto como para que la gente se parase a observarme?

Me reconcentré en mi novia en busca de algún indicio de que

estaba de coña o exagerando, pero Aly estaba superseria. Hostia. Si lo decía en serio, me lo iba a pasar pipa con esa información.

Aly se fijó en mi sonrisa de oreja a oreja y soltó un suspiro.

—Sabía que no te tendría que haber dicho nada. Ahora vas a ser insufrible, ¿a que sí?

Giré la cabeza a la izquierda y a la derecha.

—¿Cuál crees que es mi perfil bueno? Voy a tener que saberlo cuando llegue el momento de enviar mi *book* a las agencias de modelos.

Me dio un manotazo en el brazo y llamó al timbre.

La puerta se abrió tan rápido que seguro que Nico estaba al otro lado. ¿Había escuchado nuestra conversación?

«Qué incómodooo».

Nico abrió los brazos y salió al porche a recibirnos.

—Ven aquí, pequeña.

Aly me lanzó una mirada de terror cuando su tío la abrazó. Ese exceso de familiaridad la incomodaba tanto como a mí salir por ahí, y sabía que lo soportaba solo por mí. Más tarde iba a tener que buscar una forma de agradecérselo. Quizá había llegado el momento de rendirme y dejarle usar el dilatador anal conmigo para variar.

—Para ya, anda —exclamó una voz femenina aguda. Miré hacia la puerta y vi aparecer a una mujer bajita de piel pálida y pelo castaño claro—. No hace falta que te pases y asustes a la pobre. —Tenía un acento irlandés muy fuerte. Debía de ser la famosa Moira.

Nico soltó a Aly y se volvió hacia su mujer.

—¿Me vas a culpar de que esté contento por que mi sobrina vuelva al redil?

—Mmm —murmuró Aly—. No es del todo así.

Moira nos hizo señas para que entrásemos.

—Bueno, bueno, entrad. Afuera hace más frío que en el coño de una monja.

Aly y yo intercambiamos una mirada y los seguimos. Por lo que Aly me había contado de su tía, sabía que la familia de Moira estaba relacionada con el IRA, y Nico y ella se conocieron de adolescentes, en la época en que la mafia italiana intentaba seducir al Ejército Republicano Irlandés Provisional. Sus padres hicieron algún chanchullo juntos, y su historia se había parecido a la de Romeo y Julieta, pero con un final más feliz.

Aly había coincidido con su tía muy pocas veces, pero habían bastado para que le cayese la mar de bien aun a su pesar. Moira tenía un sentido del humor muy ingenioso y no le aguantaba ni media a nadie, incluido su esposo. Yo acababa de conocerla y ya veía lo que quería decir Aly.

Moira se hizo a un lado para dejarme entrar. No hizo ningún amago de ocultar el repaso de arriba abajo que me pegó, y pensé que, después de todo, a lo mejor Aly tenía algo de razón con lo de mi físico.

Luego Moira miró a su sobrina y le guiñó un ojo.

—Te doy la enhorabuena, hija.

Aly me cogió del brazo y esbozó una sonrisa a lo *Mona Lisa*, llena de secretos.

—Si tú supieras.

Moira enarcó una ceja y volvió a mirarme, con un brillo de interés en los ojos verdes.

Nico escogió ese momento para carraspear, y le estuve tan agradecido que podría haberlo abrazado. Fuera cual fuese la razón por la que yo llamaba tanto la atención, no me abandonaba la sensación de estar a punto de tener un episodio de urticaria.

Nico cerró la puerta y nos indicó con el brazo que lo precediéramos hacia el interior de la casa.

—Nos espera una botella de vino, y Moira ha preparado un picoteo estupendo.

Ella resopló riendo.

—No os emocionéis demasiado. No son más que unos cuantos quesos elegantes y galletas saladas sobre una tabla.

Su marido puso los ojos en blanco.

—Estoy intentando piropearte.

—Pues sé un poco más directo —le espetó—. La próxima vez prueba a decirme el buen culo que tengo.

Nico parecía escandalizado.

—Delante de los niños no.

Aly tiró de mí para dejarlos atrás a los dos, pero no me alejé lo bastante rápido como para no oír la respuesta de Moira.

—Llamar niño a ese tío es como llamar trozo de mármol al *David* de Miguel Ángel. Deja de intentar infantilizarlo solo porque te provoca cosas extrañas en la tripa.

—¡Moira! Por el amor de Dios. No me provoca nada.

Aly apretó el paso y resopló, haciendo lo imposible por ocultar la carcajada y fracasando estrepitosamente.

—Cosas extrañas en la tripa. Esa mujer es una leyenda.

A mí no me pareció tan divertido.

—Y yo que quería seguir cayéndole bien a tu tío…

Aly me dio un apretón en el brazo.

—No va a pasar nada. Le he amenazado con llamar a la policía si le da por volverse en tu contra.

Paré en seco y ella conmigo.

—¿Cuándo le soltaste eso?

—Hace una semana. ¿Te acuerdas del día que fuiste a tu piso a coger más cosas?

Asentí.

—Vine aquí y le canté las cuarenta por lo del localizador, por haber hecho copias de mis llaves y por habernos dejado en la inopia con todo.

—¿Qué tal fue? —le pregunté.

Se encogió de hombros.

—Dijo que esta noche nos pondría al día, pero ya veremos si cumple su palabra.

—Cumplirá —exclamó alguien. Al volvernos, vimos que Junior se acercaba por el extremo del pasillo. Señaló detrás de él—. Estamos aquí, por si queréis venir con nosotros.

Iba a cenar con todo el clan: Nico, Moira, sus hijos y todas sus parejas. Estupendo. Espléndido. Me moría de ganas de sentarme a la mesa.

¿Por qué me sudaban tanto las manos de repente?

Aly me apretó el brazo.

—Enseguida vamos.

Junior asintió y desapareció de nuevo en la estancia.

Aly me arrastró hacia un aseo cercano en el que apenas había espacio para que cupiéramos los dos. Estábamos tan arrimados que vi sin problemas el inicio de su escote. Curiosamente me ayudó a calmar el pulso acelerado. La noche anterior había apoyado la cabeza allí después de que me provocase un orgasmo tan potente que vi a Dios en persona, y me pasé varios minutos con la oreja sobre su piel, escuchando el latido firme de su corazón. En esos instantes casi podía volver a oír el tu-tum, tu-tum.

Me cogió las manos y me miró con ojos muy abiertos y suplicantes.

—No tienes por qué pasar por esto.

Me habría inclinado y la habría besado de no ser por el riesgo de estropearle el lápiz de labios granate.

—Gracias, pero si tú tienes que venir, yo también. Solo debo encontrar la forma de sobrellevarlo.

—¿Seguro? —me preguntó.

—Seguro —dije.

Esa noche estaba guapísima. Llevaba suelta la larga melena, que le caía en ondas, y el maquillaje y aquel vestido acentuaban su belleza natural. Dios, qué pedazo de vestido. Me moría de ganas de quitárselo más tarde. Había visto de reojo el sujetador y las bragas que se había puesto debajo, de seda y encaje negros, y me vino a la mente una imagen de mí haciéndolos añicos, pero era probable que aquella fantasía no se hiciese nunca realidad. Resultaba que la ropa interior elegante era carísima, y Aly se cabreó un poco cuando desgarré con el cuchillo un conjunto parecido.

A lo mejor me perdonaba si más tarde le compraba lo que le rompiera.

Me miró negando con la cabeza.

—Estás pensando en sexo, ¿verdad?

Sonreí.

—En sexo muy pero que muy cochino.

—Menuda sorpresa.

Tras lo cual me dio un empujoncito para que saliéramos del baño, y nos reunimos con el resto de su familia en un comedor formal. Estaba empezando a darme cuenta de que en aquella casa todo era formal. El techo era muy alto, con vigas pintadas de blanco que se entrecruzaban formando un patrón rectangular. Buena parte de la pared del fondo la ocupaba una chimenea, donde habían encendido un fuego de vivas llamas que proporcionaba calor a toda la sala. En el centro, debajo de una lámpara de araña de cristal, había un trío de sofás blancos alrededor de una mesa circular repleta de bebidas y aperitivos.

Había esperado que fuésemos muchos, pero junto a los tíos de Aly solo había tres de sus primos. Greg no estaba. Yo era la única pareja que asistía a la velada, y no supe bien cómo sentirme al respecto. ¿Se suponía que esas cenas estaban dedicadas a la familia y yo era un intruso? ¿O quizá habían excluido a las parejas de los primos porque esa noche hablaríamos de trabajo?

—¿Tinto o blanco? —preguntó Nico señalando un par de decantadores de vino.

—Blanco —contestó Aly.

Miré hacia los sofás impolutos antes de secundar su petición. Nico nos tendió una copa a cada uno.

Aly bebió un sorbo de la suya y miró al patriarca de la familia.

—¿Por dónde está yendo la investigación?

Alec, el que seguía a Junior en edad, enarcó una ceja.

—¿No vas a empezar con un: «Hola, cómo estáis»?

Aly no le hizo ni caso ni despegó la vista de Nico.

—Me dijiste que esta noche nos pondrías al día.

Su tío le lanzó una mirada de reproche.

—No hablamos de negocios hasta después de cenar.

—Menuda gilipollez —masculló Ay.

—Lo es —intervino Moira—, pero también es una tradición. Primero comemos y bebemos. La gente es más agradable cuando está achispada y tiene la barriga llena.

—Sí —repuso Alec—. El hambre da mala hostia.

Aly frunció el ceño.

—Y ¿qué vamos a hacer hasta entonces? ¿Intercambiar cumplidos frívolos y fingir que no estamos esperando a que comience esa conversación?

Moira chocó su copa con la de su sobrina.

—Veo que las pillas al vuelo.

Aly me miró con frustración.

Yo decidí beber un buen trago de vino para no tener que decir nada. ¿Cobarde? Pues sí, pero sabía que no era quién para meterme en los dramas familiares de los demás, y quería seguir cayéndole en gracia a Nico tanto como pudiese. Solo esperaba que nadie se pasara de la raya con Aly, porque mi neutralidad suiza tenía un límite.

También comprendía la irritación de mi novia. Brad no dejaba de salir en las noticias. El hijo de un matrimonio megarrico había resultado ser un violador en serie, y un posible asesino en serie —hasta el momento solo habían encontrado los dos cadáveres del sótano, y hacían falta tres para el título «en serie»—. Como era sospechoso de haber matado a más personas, la policía se había propuesto buscar más víctimas excavando en el patio trasero de su casa y registrando el bosque por el que habíamos huido nosotros.

Nico había cumplido su palabra. Un hombre que se parecía una barbaridad a Brad apareció en las grabaciones de un cajero ATM cerca de la frontera con Canadá. Los controles fronterizos estaban avisados, y habían difundido el pasaporte de Brad. No habían vuelto a verlo, pero todas las noches el informativo local recordaba a la audiencia que había un asesino suelto por ahí, y la ciudad entera estaba nerviosa. La gente se preguntaba si de verdad había huido o si su familia lo escondía en algún lugar cercano.

Sus padres estaban confinados en casa para escapar a la atención mediática, y sus abogados se habían esmerado en esquivar cuestiones y dar largas con la intención de ralentizar la investigación policial. Resultaba que la cooperación inicial de los Bluhm se había debido básicamente a la sorpresa. Su único interés era ya hacer todo lo posible para salvar las apariencias ante la opinión pública y distanciarse de lo que había hecho su hijo.

Había tanto escrutinio del caso que yo no había vuelto a hackear el sistema de la policía, a pesar de nuestra desesperación por saber lo que estaba ocurriendo. De ahí que Nico fuera nuestra única fuente de información.

Su tío señaló a Aly con la copa.

—¿Qué tal el trabajo?

Aly lo miró a los ojos.

—¿Tu topo no te ha mantenido al corriente de mi día a día?

Nico sonrió.

—Greg tiene sus propias responsabilidades.

—Y ¿en qué consisten, si se puede saber? —se interesó Aly.

—Tienen todo que ver con la conserjería, claro —respondió su tío sin inmutarse.

Aly miró alrededor.

—¿Dónde está esta noche?

—Ocupado —dijeron al unísono todos sus primos.

Vaya, qué poco sospechoso.

—¿Con qué? —insistió Aly.

A Nico se le torció la sonrisa.

—¿Alguien te ha dicho alguna vez que no se te da demasiado bien la charla banal?

—Háblame de la investigación e intentaré mejorar —contraatacó Aly.

Oculté la sonrisa detrás de otro sorbo de vino. Aly lo había atraído hasta su trampa.

El resto de la conversación precena no mejoró demasiado. Aly y Nico se pasaron buena parte del tiempo lanzándose pullas. Moira intentó varias veces llevarlos a un terreno más seguro con bromas muy oportunas, pero tío y sobrina la ignoraron; estaban demasiado absortos en su batalla de voluntades. Junior quiso lanzarme un salvavidas mencionando el último partido de fútbol americano, pero a mí nunca me habían gustado los deportes, así que esa conversación decayó enseguida.

Por incómoda que fuese la situación, estaba orgulloso de Aly. A la parte de mí deseosa de complacer a la gente le habría encantado que reinara la concordia, pero ella siguió en sus trece. No estábamos allí porque de verdad le apeteciese pasar tiempo con su familia. Nos habían obligado a asistir. Y, por divertida que fuese Moira y por agradables que estuvieran siendo sus primos, eran todos unos delincuentes. Se habían librado de nuestro cadáver con tanta facilidad que resultaban evidentes los años de experiencia que llevaban a sus espaldas.

Me entró curiosidad por saber de cuántos otros cuerpos se habrían deshecho. ¿Cuántas familias estarían por ahí, rotas, buscando a un ser querido que jamás volvería a casa? La mafia no solo hacía «desaparecer» a compinches mafiosos y a gánsteres que les tocaban los huevos. Ponían en el punto de mira a propietarios de tiendas que no querían pagar la protección forzosa. Iban detrás de funcionarios del Estado y de activistas que intentaban hacerles frente. O se libraban de gente inocente que había sido testigo de sus crímenes y delitos.

Y Nico era el que se aseguraba de que nadie los encontrara.

La riqueza que nos rodeaba se había erigido sobre los huesos de víctimas. Mi padre era un monstruo, pero por lo menos no se había beneficiado económicamente de sus crímenes. Los cometió porque estaba enfermo, porque había crecido en un hogar lleno de violencia y maltratos, y porque había sufrido varias lesiones en el lóbulo frontal que habían alterado sus funciones cerebrales. No quiero excusar sus acciones, pero había una razón que explicaba por qué era como era.

No imaginaba cuál podría ser la excusa de Nico. La madre de Aly le contó que habían crecido en un ambiente estricto pero estable. Sus padres no les pegaban. Nico se había rodeado de malas compañías, sin más. Pero yo me preguntaba si había algo más. Llevaba tanto tiempo yendo a terapia e investigando los trastornos antisociales de la personalidad que ya era automático en mí cuestionar a la gente encantadora como Nico. ¿Irradiaba un magnetismo natural o tenía rasgos de sociópata?

—¿Cariño? —me preguntó Aly—. ¿Todo bien?

Parpadeé y regresé al presente. Todos se habían levantado para ir hacia la mesa de la cena, y nos habíamos quedado a solas.

—Sí, perdona. He desconectado unos segundos.

Aly arrugó la nariz y bajó la voz.

—Lo siento. Sé que debe de haber sido incómodo.

Me acerqué lo suficiente como para acariciarle el brazo.

—No te disculpes. Has estado genial. Estoy orgulloso de ti por no haber cedido ni un milímetro y por no haber fingido que esto es algo que no es.

Aly me dedicó una sonrisa radiante.

—Gracias.

La necesidad de decirle que la quería era casi demasiado intensa como para resistirme, pero no era ni el momento ni el lugar. A punto había estado de soltárselo el día anterior durante el desayuno y el día anterior a ese cuando la pillé desafinando en la ducha con temas de Mariah Carey, pero, por mucho que una gran parte de mí pensara que ella sentía lo mismo por mí, otra parte más pequeña tenía dudas y me impedía pronunciar esas dos palabras. No era que no me creyese digno de amar y ser amado; era que no me podía creer la suerte de que ella me quisiera.

La cena fue un poco mejor que los aperitivos. Estábamos demasiado ocupados atiborrándonos como para hablar de gran cosa, y Aly y Nico ocupaban asientos tan alejados que habrían tenido que alzar la voz para seguir pinchándose. La poca charla que mantuvimos se concentró en temas menos espinosos, como lo buena que estaba la comida, el tiempo de mierda que estaba haciendo y los planes de Moira de derribar el cuarto de baño principal y construir un spa en su lugar.

Al cabo de un rato me recosté en la silla, incapaz de comer ni un solo bocado más, sintiéndome calentito, adormilado y saciado. Normal que esperasen hasta después de cenar para mantener las conversaciones serias. A mí me habría costado enfadarme cuando lo único en lo que pensaba era en lo agradable que sería una rápida cabezada poscena.

Aly dejó la servilleta junto al plato y se volvió hacia el lugar que ocupaba Nico en la cabecera de la mesa.

—¿Ahora?

Nico suspiró.

—Sí, de acuerdo.

Moira posó una mano sobre la de su marido.

—¿Café?

La expresión de Nico se suavizó al mirarla, y empecé a cuestionarme lo de los rasgos de sociópata al notar el evidente cariño que expresaban sus ojos.

—Sí, por favor. —Se volvió hacia nosotros—. ¿Alguien quiere uno?

Al recordar lo que Junior me había dicho sobre la vanidad de barista de Nico, asentí.

—Nunca diré que no a un *machiatto* tuyo.

Nico sonrió.

—A Moira se le da incluso mejor que a mí prepararlos. —Miró a su mujer—. Y, además, tiene un culo de escándalo.

Sus hijos soltaron un gruñido colectivo y empezaron a formular excusas para levantarse de la mesa, llevándose los platos consigo a la cocina.

Moira, sin embargo, estaba encantada.

—Aprendes rápido —dijo mientras se inclinaba para darle un beso en la mejilla a su marido.

Al cabo de quince minutos, Aly y yo estábamos tomando café con Nico y Junior en el despacho de Nico. Era el único lugar de toda la casa donde me parecía posible relajarme. Las paredes estaban revestidas de paneles de madera oscura. Una lámpara de araña negra arrojaba una luz tenue. Cubría la mayor parte del suelo, de baldosas grises, una alfombra persa desgastada. La mesa de Nico presidía el centro de la estancia, pero las dos sillas de piel que había delante parecían tan cómodas como el sofá negro pegado a la pared del fondo, y decidí que estaría feliz sentándome en la opción que eligiese Aly. La piel significaba que, si por accidente derramaba un poco de café de la taza, podría limpiarlo fácilmente.

Aly optó por el sofá, y yo me acomodé a su lado, mientras que Nico y Junior giraron las sillas para estar frente a nosotros.

En cuanto se sentó, Nico bebió un sorbo de su *espresso* antes de mirar a Aly.

—No han encontrado ningún rastro vuestro ni de nuestra gente en la casa.

Sentí un alivio tan grande que tuve que apoyarme la taza en la rodilla para no derramar el café.

Aly me apretó el hombro, y, por la fuerza con que lo hizo, supe que estaba tan afectada como yo.

—¿Y la furgoneta?

Junior sonrió.

—La empresa eléctrica confirmó una visita rutinaria de mantenimiento. Y los registros que han enviado a la policía lo respaldan.

—¿Y las huellas de pisadas que todos debimos de dejar? —insistió Aly.

—¿Qué huellas? —dijo Junior—. Los chicos iban borrándolas a medida que se desplazaban.

Me obligué a relajar los dedos alrededor de la taza.

—¿Así que solo quedaron las nuestras?

Nico asintió.

—¿Te acuerdas de que te hicimos llevar zapatos de una talla más pequeña?

—Sí —dije—. Supuse que era para que no encajara con mi talla real. —Yo había hecho algo parecido la primera noche que me colé en casa de Aly.

—La talla que llevabas también era la de Brad.

Si me hubieran pinchado, no me habría salido sangre.

La mente comenzó a darme vueltas sin parar pensando en todas las otras instrucciones que recibí esa noche: quisieron que hackease el ordenador de Brad pero que pareciese que hubiera entrado él y me pidieron desencriptar cualquier cosa con la que la policía pudiera tener problemas, como el disco duro secreto.

Aly me soltó el hombro y se inclinó hacia delante en el sofá.

—¿Me estás diciendo que la policía cree que fue Brad quien entró en el estudio esa noche?

Nico asintió.

—Él y un compinche. Por eso en el boletín policial dicen que buscan a dos hombres. Por suerte para nosotros, tienes los pies grandes para ser una mujer.

Aly hizo una mueca.

—¿Te tengo que dar las gracias por ese supuesto cumplido?

Nico agitó una mano en el aire.

—No lo decía en ese sentido, mujer.

Yo fruncí el ceño.

—¿Y el móvil de Brad? ¿Lo ha encontrado la policía?

—Ah, eso. —Nico se detuvo para apurar el resto del café—. Sí, lo han encontrado. Brad buscó a Aly al poco de recibir el alta en el hospital, pero no era la única persona que tenía en el punto de mira. La mayor parte de los resultados giraban en torno a otra enfermera llamada Erica Willet.

Aly soltó un suspiro entrecortado.

—¿Era tu compañera que encajaba en su perfil? —dije apretándole la rodilla.

—Sí —dijo mirándome con cara de preocupación.

Le acaricié con el pulgar la pierna porque quería tranquilizarla. De no haber tenido público, me la habría sentado en el regazo. La necesidad de abrazarla cuando estaba disgustada no hacía más que crecer cada día que pasaba, una nueva prueba de lo enamorado hasta las trancas que estaba.

Aly se volvió hacia su tío.

—¿Me va a interrogar la policía?

—Es poco probable. Sin ningún otro rastro tuyo, no tienen por qué. Si acaso, quizá quieran hablar contigo por el encontronazo que tuviste con él para saber en qué estado salió esa noche del hospital, pero no creo que pase hasta dentro de unas semanas, si es que llega a ocurrir. Están demasiado ocupados siguiendo otras pistas y buscando denuncias de mujeres desaparecidas. A lo largo de los últimos cuatro años, en la ciudad han desaparecido unas veinte putas.

—Trabajadoras sexuales —lo corrigió Aly.

Yo me recosté en el sofá, desconcertado.

—¿Y a la policía no le habían preocupado hasta ahora?

Nico me miró con una ceja arqueada.

—Deberías saber mejor que nadie que a la pasma le importan más bien poco las putas. —Levantó una mano—. Perdón. Las trabajadoras sexuales.

Me quedé totalmente inmóvil. Mierda. Nico sabía lo de mi padre.

Aly me cogió la mano.

—Solo te lo voy a decir una vez. Esta es la última referencia que haces a ese tema —dijo.

Nico la miró sin parpadear.

—Ah, ¿lo sabías?

Junior los miró a los dos.

—¿El qué? —preguntó.

¿Nico no se lo había contado? Gracias a Dios.

—Nada —replicó Aly taladrando a su tío con la mirada—. ¿Verdad?

Nico se la sostuvo unos instantes. Me dio la impresión de que estaban librando otra batalla de voluntades, esa vez en silencio.

—Soy el único pariente que te queda, aparte de tus hijos —le recordó Aly.

Su tío frunció el ceño, pero al final asintió.

—Está bien.

Aly soltó un suspiro.

—¿Qué más está pasando que debamos saber?

Por lo visto, muchas cosas. Habían reunido a un equipo de veinte agentes para llevar a cabo la investigación, tanto miembros de la policía local como del FBI. Su principal prioridad era encontrar a Brad, pero la segunda era hallar a sus víctimas. La policía estaba sondeando las calles de la ciudad, interesándose por fin en todos los casos de personas desaparecidas que ya deberían haberlos preocupado de entrada. Habían accedido al expediente de la infancia de Brad y un psicólogo criminal lo estaba usando para ayudar a construir un perfil más completo de sus delitos, crímenes y el posible recrudecimiento que había experimentado su actividad delictiva.

Estaban interrogando a sus anteriores víctimas. Estaban citando a jueces y a abogados relacionados con las sentencias previas. Un analista del FBI estaba examinando los registros del móvil de Brad en busca de lugares donde pudiera haber enterrado a sus víctimas y comprobaba si los datos del GPS encajaban con las zonas donde habían desaparecido las mujeres.

Era un caso muy gordo y, por eso precisamente, el nombre de Aly no era más que una palabra en un vasto océano de información y pasaría desapercibido sin problemas.

Cuanto más hablaba Nico, más empecé a pensar que a lo mejor nos íbamos de rositas. Brad no había llevado el móvil a casa de Aly y había desactivado el GPS del coche. La casa de ella y mi coche habían sido objeto de una limpieza profunda. Aunque un vecino lo hubiera grabado con una cámara de seguridad acercándose a la casa de Aly, no había ni una sola prueba física de que se nos hubiese acercado.

Junior juró que nadie encontraría el cuerpo de Brad. El coche lo habían desguazado hasta dejar solo el chasis, y las piezas estaban dispersas entre otros vehículos de distintas zonas de la ciudad. La policía pensaba que Brad seguía vivo. Cuando Nico dijo que pretendía que lo siguieran creyendo, con varios avistamientos programados por Canadá a lo largo de los meses siguientes, relajé los hombros por primera vez desde la noche en la que Brad entró en casa de Aly. Y ya iba siendo hora, joder, porque había empezado a desarrollar una tortícolis bastante seria y mi físico de buenorro que atraía todas las miradas se iría a la mierda si no dejaba de fruncir el ceño.

¿Tenía la impresión de que estábamos completamente a salvo?

No. Pero sí de que podía dejar de mirar hacia atrás cada cinco segundos, y eso era algo por lo que siempre le iba a estar agradecido a Nico.

Estuvimos hablando durante casi una hora. Aly avasallaba a su tío y a su primo con una pregunta tras otra hasta que Nico se pellizcó el puente de la nariz y le pidió que parase, ya que, según él, le estaba provocando migraña. Prometió llamarnos si ocurría algo, y solo entonces Aly se levantó del sofá y dijo que estaba preparada para marcharse. Nico nos invitó a quedarnos a tomar el postre, pero mi novia se negó.

Antes de salir de la casa se detuvo a usar el aseo, y yo recogí los abrigos y la esperé delante de la puerta con su tío.

Era la segunda vez que me quedaba a solas con él y, con la esperanza de disipar una parte de la incomodidad del encuentro, le tendí la mano.

—Gracias de nuevo por todo.

Ignoró mi intención de estrechársela y llegó incluso a meterse las manos en los bolsillos mientras me miraba fijamente.

—Lo he hecho por mi sobrina, no por ti.

—Lo entiendo, pero te estoy agradecido de todos modos.

—No me fío de ti —dijo torciendo el gesto.

—Vale —dije, porque ¿qué otra cosa podía responder?

Dio un paso hacia mí. Aunque pesaba la mitad que yo, me pareció que no se detendría y que esperaba que yo retrocediese. Sus ojos se habían vuelto gélidos, y brilló en ellos un destello de crueldad que me confirmó que era la primera vez que veía al Nico mafioso.

—Como algún día le hagas daño a mi sobrina...

Me eché a reír.

En mi defensa diré que llevaba demasiado rato aguantándome las ganas de partirme la caja. Dios, qué predecible era el tío. Habría estado dispuesto a lamerle el culo siempre y cuando hubiera guardado las formas, pero me daba toda la impresión de que esa actitud no duraría, así que me apunté a la estrategia de Aly y lancé un plan B.

—Mira —dije—, seguro que estas cosas te funcionan con la mayoría de la gente, pero ya sabes quién es mi padre. Nada de lo que digas podrá compararse con lo que viví con él. —Me saqué el móvil del bolsillo y lo blandí—. Además he grabado toda la conversación que hemos tenido en el despacho y ya he enviado una copia a uno de mis servidores privados, así que estamos empatados. Tú sabes cosas de mí y yo sé cosas de ti. No me vuelvas a amenazar y no intentes reclamarme ningún favor por haberme ayudado, o de lo contrario voy a desmantelar tu puta organización desde dentro.

Levanté el móvil y toqué la pantalla con un dedo para que comprendiese mi mensaje. Todas las luces de la casa parpadearon. A nuestro lado, la alarma de la puerta delantera empezó a pitar. Nico fue a toda prisa a introducir el código antes de que saltase.

—¡Cariño! —gritó Moira desde algún punto de la casa—. ¿Qué ha pasado?

—¡Debe de haber sido una subida de tensión! —respondí por él.

Entonces volví de nuevo mi atención a Nico e hice algo que llevaba años sin hacer. Regresé al lugar frío y oscuro de mi cabeza donde solía ocultarme cuando mi padre estaba en sus peores momentos. Allí no había dolor, no había emoción alguna. Allí todos y todo me la sudaban, hasta yo mismo, y sabía que se notaba en la cara que ponía porque fue el mismo sitio al que recurrí hacía tantos años para asustar a la asquerosa de la ex de Tyler.

—Me la traes totalmente al pairo —le aseguré a Nico—. Y tu familia parece agradable, pero tampoco me importan lo más mínimo. Podríais desaparecer todos mañana y no me quitaríais ni un poco de sueño. Y, no, no te estoy amenazando, solo te cuento lo que hay. ¿Has entendido lo que te digo?

—Que eres un psicópata, igual que tu padre —me espetó Nico.

—No, no he llegado a tanto. Soy capaz de preocuparme por la gente. Y Aly me importa muchísimo. Haré lo que sea para protegerla, iré todo lo lejos que deba ir. Con mis conocimientos, soy mucho mejor aliado que enemigo, créeme. Por lo tanto, voy a estrecharte la mano otra vez y así le damos otro intento a esa conversación. —Tendí la mano—. Muchas gracias por todo.

Nico echaba chispas por los ojos, y el rubor que le asomaba a las mejillas denotaba la rabia intensa que sentía. A partir de ese momento iba a tener que andarme con mucho cuidado con él y con sus hijos, pero, si mi padre me había enseñado algo, era que los abusones como Nico solo respondían a amenazas y a violencia, y jamás permitiría que alguien como él me mangonease de nuevo.

Esperé varios segundos, sin abandonar el estado de desconexión mental, sosteniéndole la mirada a Nico mientras dejaba que decidiera si quería ser mi enemigo o mi amigo. Una parte de mí esperaba que tomase la decisión equivocada. Llevaba años sin tener una buena oportunidad de poner a prueba mis habilidades informáticas, y pensar en filtrar poco a poco los delitos de la mafia al FBI me hizo sonreír.

Creo que fue esa sonrisa la que convenció a Nico. Se estremeció y, con una mueca, me estrechó al fin la mano.

—De nada.

—Te agradezco de corazón todo lo que haces para proteger a tu sobrina —le dije, y era verdad.

—Estás bastante mal de la cabeza, chaval —dijo frunciendo el ceño—. ¿Me equivoco?

El sonido de alguien cogiendo aire anunció la llegada de Aly.

—¿Qué le acabas de decir a mi novio?

Parpadeé y volví a ser yo mismo. Mi sonrisa se volvió más sincera cuando solté la mano de Nico y me giré hacia su sobrina.

—Solo me estaba pinchando un poco —le aseguré—. Le he soltado una broma malísima. ¿Verdad?

—Verdad —dijo Nico mirando a su sobrina.

Le di una palmada en el hombro.

—Dale las gracias a Moira de nuevo por la cena. Estaba deliciosa.

Aly se nos acercó con el ceño fruncido, sin duda notó que algo se había torcido.

—¿Estás preparado? —me preguntó.

—Sí —respondí antes de volverme hacia su tío—. Qué ganas de que sea el mes que viene y repitamos el encuentro.

A Nico no pareció gustarle demasiado la idea, pero consiguió despedirse de Aly y acompañarnos hasta la puerta sin delatarse.

—¿Qué coño le has dicho? —me preguntó ella cuando nos dirigíamos hacia el coche.

—Que tiene un culo estupendo.

Aly casi se atragantó.

—¿Qué pasa? —dije—. Es cierto.

Desbloqueé las puertas y nos subimos. Cuando arranqué el motor, Aly se volvió hacia mí con los ojos entornados.

—Lo has amenazado, ¿a que sí?

—Sí, pero en mi defensa diré que ha empezado él.

—¿No intentabas caerle en gracia? —me preguntó.

—Resulta que no sabe lo que es eso.

Me pellizcó el brazo.

—¿Se te ha ido la olla o qué? ¿Sabes lo que podría hacerte?

Me volví para mirarla a los ojos.

—Hay una pregunta mejor. ¿Sabes lo que podría hacerle yo a él?

Mi respuesta la desconcertó. Vi cómo le salía humo de la cabeza mientras repasaba todo lo que sabía sobre mis habilidades informáticas.

—Pero el riesgo...

Extendí un brazo y le aparté el pelo de la cara. Cualquier excusa era buena para tocarla.

—Entiendo el riesgo, pero no creo que sea necesario llegar a ese punto. Nico es muy listo. Sabe que una tregua entre nosotros es preferible a prenderle fuego a todo su mundo solo para demostrar que tiene la polla más grande, metafóricamente hablando.

Hizo una mueca.

—Puaj. No hables de la polla de mis parientes.

—Ya me has entendido. La amenaza era solo una amenaza. Tenía que darse cuenta de que a mí no me puede intimidar como a los demás. Y también de que no me va a poder echar de su vida solo porque no sea lo bastante italiano para su gusto.

Aly me miró a la boca y luego de nuevo a los ojos.

—¿Has tenido que esperar a que yo no estuviera presente para hacerlo? Me habría encantado verte en plan macho alfa con mi tío.

Enarqué una ceja.

—Conque macho alfa, ¿eh? ¿Eso sale en tus libros porno?

Aly puso los ojos en blanco.

—Son novelas románticas picantes. Y me han enseñado tantas cosas sobre mí como tu perfil enmascarado de TikTok.

—Ah, ¿sí? —le pregunté—. ¿Por ejemplo?

—Por ejemplo, que cuando vayamos al Airbnb que hemos reservado en las montañas, quiero que me persigas y luego me folles en el bosque como un animal.

En ese momento fui yo el que se atragantó. Sí. Iba a poder darle ese gusto, sí.

—Hablando de mi perfil de TikTok. ¿Esta noche vas a querer sujetar la cámara otra vez? Por lo visto, a la gente le gusta el nuevo contenido desde que me echas un cable.

Aly gruñó y se volvió para abrocharse el cinturón.

—Siempre y cuando no vuelvas a darme las gracias públicamente. Desde el miércoles, tengo unos mil seguidores nuevos.

—Ya sabes que la gente paga por crecer tanto en las redes sociales, Aly —dije, incapaz de evitar imprimirle a mi voz un matiz de provocación.

Ella se volvió hacia mí con rostro serio.

—Sí, pero ¿también paga para que esos nuevos seguidores le manden amenazas? Porque por lo visto es lo único que me envían.

—Solo quieren asegurarse de que me tratas bien. Siguen sin fiarse de ti desde aquella vez en la que me pusiste triste.

Aly puso los ojos en blanco.

—Ojalá supieran la verdad de lo que sucedió.

—Seguro que piensan que fue una pasada —dije sonriendo.

Ella suspiró.

—Tienes razón. ¿A quién pretendo engañar? Estoy viviendo sus fantasías. Siempre voy a ser el enemigo.

Le puse una mano en la nuca y la atraje hacia mí. El coche apenas se había calentado aún, y a los dos el aliento nos formaba volutas de vaho.

—Oye —le dije.

—Dime —contestó mirándome a los ojos a apenas un par de centímetros de mí.

—Te quiero —confesé sin poder contenerme más.

—Ya lo sé —replicó.

—¿Lo sabes?

Asintió con la cabeza, y su pelo me hizo cosquillas en la frente.

—Sí. Llevas toda la última semana diciéndomelo en sueños.

—Ah.

—Oye.

—Dime.

—Yo también te quiero a ti. Y pase lo que pase, lo superaremos juntos. No hay nada que me ate aquí. Si es preciso, imitaremos al Brad de mentira y huiremos del país.

—Esperemos que no sea necesario —repuse—. Pero, en ese caso, tampoco tendré problema. Puedo trabajar desde cualquier lado o ser un hacker a sueldo. Tenemos muchas opciones.

—Vale, pero ¿podemos escoger un sitio cálido? —dijo sonriendo—. Estoy harta del frío.

—Iremos donde tú quieras, cariño —respondí, y me incliné para darle un beso en los labios.

Epílogo

Aly

Atravesé los arbustos con la elegancia propia de un búfalo de agua. Las ramas crujían bajo mis pies. Los pájaros graznaban en lo alto, anunciando mi presencia. Los ignoré y seguí corriendo.

No se trataba de ser sigilosa; se trataba de ser rápida. Me estaban persiguiendo y, si albergaba alguna esperanza de escapar a mi destino, tendría que poner toda la distancia posible entre el tío que iba tras de mí y yo.

El sol de mediados de verano se alzaba en el cielo azul aciano y bañaba el bosque con su calor. El sudor me perlaba la frente cuando salté por encima de un tronco caído y seguí corriendo. Los árboles estaban cargadísimos de hojas, las ramas inferiores me tiraban del pelo y de la ropa como si pretendieran ralentizarme, y el aire era tan húmedo que lo notaba cubriéndome la piel como si fuera una manta pesada.

Salí disparada en otro esprint; la obstinación alimentaba mi resistencia. Josh no iba a atraparme. ¿Por qué coño había hecho una apuesta con él? Debía de estar fuera de mí en ese momento, o sufriendo una disminución de mi capacidad mental por culpa del sexo.

¿Existía esa posibilidad?

Hacía seis meses no lo habría creído posible, pero, desde entonces, mi vida sexual había sido tan cojonuda en algunos casos que me olvidaba durante unos segundos de cómo hacer cosas de lo más básicas, desde caminar sin ayuda hasta resolver ecuaciones matemáticas sencillas.

La apuesta estaba clara: si Josh me atrapaba en los veinte minutos siguientes, yo perdía.

De verdad que no me apetecía perder. Perder significaría aparecer por primera vez en uno de sus vídeos eróticos y que Josh tendría licencia creativa absoluta para decidir mi papel. Conociéndolo, lo aprovecharía como otra oportunidad de pincharme y acabaría muerta de vergüenza o siendo la mujer más odiada de internet por segunda vez en un mismo año.

Por encima de mi cadáver, vamos.

Algo que podría ser literal si no empezaba a prestar atención al camino por el que corría.

Me detuve justo delante de un precipicio. Al asomarme vi un largo y empinado descenso hacia un barranco lleno de rocas. Casi se me salió el corazón por la boca al darme cuenta de lo a puntito que había estado de tener un día malo de narices.

Miré hacia atrás. Mierda. Seguro que me había salido del camino principal y había acabado en un sendero de caza. Retroceder me haría perder unos valiosos minutos de los que no podía prescindir, así que seguí adelante por lo que parecía otro sendero de caza paralelo al barranco y que ascendía colina arriba. Tuve que reducir el ritmo porque era muy estrecho y daba al precipicio. Un paso en falso y me caería al vacío, pero sabía que, si yo debía andarme con cuidado, Josh también.

Aunque no quisiera perder, una parte de mí ansiaba que se me acercase para que la persecución comenzara a ser real. Me había dado cinco minutos de ventaja. Para ser justos, había dicho. A fin de cuentas, él había crecido en una zona rural, y algunos de sus mejores recuerdos eran de cuando estrechó lazos con su padrastro haciendo acampadas. Rob era un hombre de campo de los pies a la cabeza, y Josh había aprendido muchísimo de él acerca de seguir el rastro de animales y sobrevivir si algún día se perdía en medio de la naturaleza.

Yo no sabía nada de supervivencia al aire libre, pero contaba con dos ventajas: la velocidad y la resistencia. Fui velocista en el equipo de atletismo del instituto, y llegué a participar en el campeonato estatal en el último año de secundaria. Josh no lo sabía, pero me había pasado los últimos tres meses saltándome el gimnasio dos veces por semana para salir a correr. Alternaba entre esprints y carrera de resistencia, y me ponía al límite porque no tenía ningunas ganas de ponérselo tan fácil.

Sí, deseaba que me persiguiera y me follase en el bosque, pero lo que más deseaba era disfrutar de la experiencia completa. Quería la persecución. Quería que Josh se ganara el derecho de apoderarse de mí. Por el destello voraz que le brillaba en los ojos cada vez que hablábamos de los planes de ese día, él tenía tantas ganas como yo, y me moría por que sacara su lado más oscuro.

No habíamos puesto demasiadas normas, pero las que habíamos acordado eran inviolables; si uno de los dos las rompía, perdía. En primer lugar, nada de hacer trampas. Llevábamos localizadores GPS por si nos perdíamos, y prometimos no usarlos a no ser que hubiese pasado una hora sin que Josh me encontrase. El juego sucio también estaba prohibido. No podíamos arrojar arena a los ojos del otro ni poner trampas —aunque yo no tenía la más mínima idea de cómo preparar una.

La última norma era que solo la penetración contaba como derrota. Si Josh me atrapaba, la victoria seguía a mi alcance si conseguía que no me la metiera hasta que se agotara el tiempo.

En teoría cruzaba la raya del consentimiento ambiguo, pero yo estaba más que encantada, así que ¿podría llamarse consentimiento ambiguo consentido? Además, Josh insistía en que si le decía que parase en cualquier momento, lo haría, como siempre.

Una parte de mí esperaba que tuviéramos que enfrentarnos cuerpo a cuerpo para saber quién vencía. Me flipaba la idea de que me derrotase físicamente, y nos lo habíamos pasado tan bien negándole el orgasmo al otro y haciéndole *edging* que intentar quitármelo de encima solo conseguiría ponerme más cachonda.

Aunque ya lo estaba, las cosas como son.

Lo estuve desde que puse un pie en el bosque y me volví para lanzarle un beso al aire y decirle que no me lo pusiera fácil solo porque mi presencia le provocase cosas raras en la tripa.

Josh soltó una carcajada y me dijo que me largase. Ver cómo le ensombrecía los ojos el deseo me impulsó a salir disparada entre los árboles.

Al principio había querido que fuese de noche para entrar de lleno en un escenario de peli de miedo, pero nos parecía que sería demasiado peligroso. El riesgo de tropezar con algo y torcernos un tobillo o caer inconscientes no merecía la pena.

Un ruido me sacó de mis lujuriosos pensamientos, y me pasé un segundo espeluznante pensando que Josh me había encontrado, pero no era más que una ardilla, que subió a toda prisa por el tronco de un árbol. Me concentré de nuevo plenamente en el estrecho camino, y solté un suspiro de alivio cuando empezó a alejarse del precipicio y se ensanchó lo suficiente como para poder echar a correr más rápido.

El sendero seguía ascendiendo, cada vez más arriba, hacia las estribaciones de las montañas. Subí un pequeño promontorio y bajé por el otro lado; al llegar al fondo vi una cierva y su cría.

Por el centro de la hondonada fluía un arroyo, y decidí saltarlo en lugar de tomarme el tiempo de buscar un lugar más sencillo por el que cruzarlo. Tropecé con una raíz al aterrizar en el otro lado y estuve a punto de caerme de bruces sobre el barro.

Me detuve unos segundos para recobrar el aliento y asegurarme de que no me había roto nada. Cuando me cercioré de que había salido ilesa de la caída, eché a correr otra vez y miré la hora. Casi solté un grito al ver que ya llevaba un cuarto de hora en el bosque. El cronómetro empezaba a contar los minutos desde que Josh iniciaba la persecución, así que técnicamente ya íbamos por la mitad del tiempo establecido. Él llevaba diez minutos persiguiéndome y, aunque no lo había visto ni oído, no pude quitarme de encima el presentimiento de que me estaba ganando terreno.

Era un gigante, y habíamos entrenado juntos en el gimnasio de su edificio, así que sabía que era muy rápido para lo grande que era. A menudo se me hacía la boca agua al verlo empujando el trineo de pesas, cargado con ciento cincuenta kilos, de una punta del gimnasio a la otra, y me imaginaba lo veloz que sería sin ese peso ralentizándolo.

Agucé el oído y comencé a prestar más atención a dónde ponía los pies para así evitar todos los palos posibles. Siempre que pensaba en un bosque, lo visualizaba lleno de pájaros cantando, pero tan adentro el silencio era muy espeluznante, por lo que el ruido que hacía yo al atravesarlo resultaba más obvio aún. Las hojas caídas del año anterior cubrían el camino y crujían bajo mis pies. Las ramas susurraban cuando las empujaba para pasar entre ellas.

Lo positivo era que, si yo estaba haciendo ruido, alguien que pesaba casi cuarenta y cinco kilos más que yo seguramente hacía mucho más, pero ya había aprendido la lección de no subestimar a mi novio, así que mis sentidos estaban bien alerta, a la espera de alguna señal de que andaba cerca de mí.

No oía nada más que los ruidos que hacía yo y alguna que otra carrera de una ardilla o el vuelo de un arrendajo cabreado. El silencio me puso paranoica. Me imaginaba manos que se alargaban hacia mí desde los arbustos, pasos fantasmales que me perseguían. Me bajó un escalofrío por la columna, y tuve la sensación de que alguien acababa de respirar sobre mi nuca. Volví la cabeza, pero no había nadie a la vista.

Suerte que no lo habíamos hecho de noche, porque ya era lo bastante aterrador durante el día. El corazón me martilleaba en el pecho. La adrenalina me recorría las venas y me urgía a seguir corriendo y subiendo por unas rocas, donde tuve que aferrarme a los árboles para poder avanzar.

¿Por qué coño había elegido esa ruta? Con un suelo tan accidentado ya no podía correr. Aunque mi resistencia era estupenda en llano, me empezaban a arder las piernas del esfuerzo. Mis pasos se hicieron más inestables y me puse nerviosa, como un conejo que tuviera un zorro a la zaga.

Con la esperanza de relajar las piernas doloridas, giré de pronto a la izquierda cerca de la cima de otra colina y abandoné el sendero para correr entre los árboles que poblaban la ancha cumbre. Tan arriba, el bosque estaba formado más por coníferas que por árboles de hoja ancha, y el sotobosque era tan poco tupido que iba a poder ver cientos de metros ante mí. Los troncos de los pinos se alzaban a mi alrededor como cerillas hasta ascender al alto dosel arbóreo que se cernía sobre mí. Iba a poder ver a Josh mucho antes de que me alcanzase.

Era un lugar perfecto.

Reduje el ritmo para caminar deprisa, agradecida por las blandas acículas que cubrían el suelo del bosque y que silenciaban mis pasos. La etapa de la velocidad había terminado. Me había adentrado en la etapa del sigilo. Con un poco de suerte, podría oír a Josh acercándose y o bien ocultarme o bien bajar corriendo por la pendiente, dejando que la gravedad me ayudase y ahorrando energías para cuando volviese a estar en terreno llano y pudiese esprintar de nuevo.

Aunque fuese una presa, era una presa lista, y pensaba hacer que a mi depredador le costara atraparme.

Un sonoro chasquido retumbó por el bosque.

Di media vuelta y estuve a punto de chillar.

Josh estaba a menos de cien metros de mí con un palo roto en las manos. Me había pillado tan desprevenida que me quedé paralizada. ¿De dónde cojones había salido?

Se dirigió hacia mí saliendo de entre las sombras, con aspecto gigantesco y siniestro con la ropa oscura que vestía. ¿Había ensanchado desde que estábamos juntos? Los bíceps le tensaban las mangas cortas de la camiseta. Tenía los brazos cuajados de músculos muy marcados. Como yo, llevaba pantalones largos para protegerse las piernas de posibles arañazos, y la tela se le ceñía a los muslos, gruesos como troncos.

Sí, sin duda había ensanchado. Esa camiseta se la había comprado yo hacía dos meses y, por cómo se le pegaba al pecho, o había ganado peso o la tela se había encogido en la lavadora.

Y al cabronazo ni siquiera le faltaba el aliento. Había conseguido darme caza con tanto sigilo que había decidido hacer ruido rompiendo un palo para darme una oportunidad de huir. Mientras lo observaba, lo lanzó al suelo y se le dibujó en el atractivo rostro una sonrisa de triunfo.

Me dio la impresión de que se cachondeaba de mí.

«La madre que lo parió».

Salí disparada como un resorte, tan irritada como asustada. Me había esmerado en que aquella persecución fuera chula para los dos, y el muy capullo me había encontrado en cuanto había dejado de correr.

Su carcajada me persiguió por todo el bosque.

Era demasiado tarde para ocultarse, demasiado tarde para urdir una estrategia. Corrí por instinto, balanceando los brazos a los lados mientras apuraba las últimas reservas que me quedaban. Los árboles se emborronaron a mi alrededor. Mis pies volaban por el suelo del bosque. Divisé unos densos matojos y puse rumbo hacia ellos.

—No, ¡ni se te ocurra! —gritó Josh, corriendo enérgicamente tras de mí.

A pesar de lo mucho que me estaba esforzando, oí que me ganaba terreno. Me tentaba la idea de volver la cabeza para ver lo cerca que lo tenía de mí, pero me preocupaba que reducir el ritmo incluso medio segundo provocase mi derrota. Cada paso podría ser el último. Tensé los hombros, preparándome para el momento en que me placara desde atrás.

«Corre, hostia puta», me dije, olvidando el dolor en un último intento por alcanzar la libertad.

Un gruñido masculino me golpeó en los oídos cuando me aproximaba a los matojos.

Joder, ¿iba a conseguirlo?

Clavé la vista en un sendero apenas visible que atravesaba el frondoso matorral, tan estrecho que probablemente lo habían hecho los conejos. Era la única manera de cruzarlo que vi y no tenía tiempo de buscar otra ruta.

«De perdidos al río».

Me abalancé hacia allí y me agaché para evitar las zarzas más altas, con los brazos levantados para protegerme la cara. Los rosales silvestres se me enganchaban a los pantalones. Me ardieron los brazos cuando las espinas me desgarraron la piel. Sonó detrás de mí un crujido, seguido por un grito de frustración. Era un sendero demasiado estrecho para Josh.

Una sensación de triunfo y de emoción me embargó al seguir avanzando.

Una parte de mí quería que la persecución durase eternamente, mientras que otra se moría por que comenzase la pelea. Tenía las bragas empapadas. Notaba los pechos hinchados en el sujetador de deporte, ansiosos por notar las caricias de Josh. A pesar de mis renovados esfuerzos por ganar, mi cuerpo estaba preparado para perder y volverse flexible y dócil.

Salí al otro lado de la zona de matorral, de nuevo bajo el sol, colina abajo. El camino entre matojos no había sido muy largo, pero sí ancho, así que Josh perdería unos segundos preciosos rodeándolo, segundos que yo pensaba usar en beneficio propio.

Avancé, en parte corriendo y en parte deslizándome cuesta abajo en dirección a la hondonada del riachuelo. En algún punto detrás de mí era probable que Josh hubiera rodeado los matorrales y me viese huir. Tenía la ventaja de verme, de saber lo rápido que debía correr para alcanzarme. Yo me veía obligada a moverme solo por instinto, echando mano de toda mi energía para esprintar a ciegas y esperar que fuera suficiente.

No podía atraparme. Todavía no. Me daba la sensación de que había pasado una hora desde que miré el reloj por última vez, pero sabía que era por el caos de la persecución. No podía arriesgarme a consultarlo de nuevo. Lo único que podía hacer era rezar por que las piernas me aguantaran lo suficiente como para llevarme hasta la meta.

El pelo me azotaba la piel, ya que las zarzas me lo habían soltado. Notaba que en los tobillos empezaba a arderme el inicio de las ampollas. Mi respiración era cada vez más entrecortada. Iba a lograrlo. Si conseguía aguantar un poco más, podría ganar.

A mi izquierda surgió de los árboles una sombra oscura, y esa vez sí que chillé cuando Josh se abalanzó sobre mí y me hizo un placaje en la cintura como un puto defensa de fútbol americano. Le dije que no me pusiera las cosas fáciles y cómo me arrepentía ya, coño. Cuando nos desplomamos, me salió por la boca en una exhalación todo el aire de los pulmones. Josh consiguió girarse en el aire y llevarse la peor parte de la caída al aterrizar, pero el porrazo me dolió una puta barbaridad igualmente. Las rocas se me clavaron en la piel. La cabeza me rebotó en el suelo.

—Hostia —gimió Josh—. Aly, ¿estás bi...?

Le propiné un codazo en la barriga.

—Eeeey —resolló, aflojando los brazos a mi alrededor.

Forcejeé para zafarme de él y me puse en pie al tiempo que intentaba enterrar el arrepentimiento que amenazaba con inundarme. Esperaba no haberle hecho demasiado daño. El objetivo era pasárnoslo bien peleándonos, no herirnos de gravedad el uno al otro.

Una tenaza de hierro me rodeó el tobillo. Tuve el tiempo justo de darme cuenta de que Josh me había agarrado antes de que un tirón potente me impulsara hacia atrás la pierna y me lanzara de bruces hacia delante.

«Hijo de puta».

Me estampé contra el suelo y la mayor parte de mi peso me cayó sobre las manos y las rodillas.

«Aaay».

No permití que el miedo me ralentizara. Rodé para ponerme boca arriba mientras Josh me arrastraba hacia él. Estaba tan cabreado como cachondo, y verlo así me desbocó el pulso más incluso.

Tenía que escaparme, pero la tentación de rendirme era muy fuerte.

«Lo siento, cariño», pensé al levantar la pierna que tenía libre.

Los preciosos ojos marrones de Josh se abrieron como platos cuando se dio cuenta de que me disponía a pegarle una patada en el pecho. Lancé la pierna, pero él me soltó y rodó por el suelo a tiempo para esquivar el golpe. Yo me giré hacia el otro lado y me levanté a toda prisa. Josh debía de estar un paso por delante de mí, ya que me cogió el brazo y me dio media vuelta.

Estaba a punto de zafarme cuando me cogió la cabeza por detrás y me impulsó hacia él para estampar los labios contra los míos. Fue casi mi perdición. Mi cuerpo lo reconoció como su principal proveedor de orgasmos y el hipotálamo me activó el flujo de hormonas sexuales, que me abarrotaron las venas. A pesar del deseo de alejarme, abrí los labios por instinto y le di la bienvenida a mi interior.

Josh movió la lengua en círculos sobre la mía y me acorraló contra un árbol.

Gemí en su boca y le enganché la camiseta para acercarlo más a mí.

Su erección se me clavaba en la barriga, dura y grande y...

¡Mierda! ¿Qué estaba haciendo?

Le di un pisotón en el pie.

Josh soltó una maldición y se echó hacia atrás.

Yo di media vuelta y eché a correr colina abajo.

Y así fue como se reanudó la persecución.

El bosque era más espeso, de árboles de hoja ancha cuyas ramas inferiores me azotaban al pasar. Suerte que todavía me quedaba una semana de vacaciones. Iba a necesitar todos esos días para curar las heridas. Ya notaba cómo se me empezaban a formar moratones en la piel por nuestro breve forcejeo, y seguro que tenía más arañazos que la noche que salimos corriendo de la casa de Brad.

«No. No pienses en él», me reprendí. «Su recuerdo no es bienvenido aquí. Esto es solo para Josh y para mí».

Los ruidos que hacía Josh al pisarme los talones me llegaron a los oídos, y... ¿se estaba riendo?

Sonreí al bajar a trompicones los últimos metros de colina.

Mi novio tenía razón: aquello era una pasada. Aunque me irritaba levemente que me hubiese encontrado tan rápido, no hizo sino darme ganas de mejorar para la próxima vez. A lo mejor buscaba un curso de supervivencia y aprendía a deslizarme por el bosque como un fantasma.

El rumor del agua me confirmó que el arroyo estaba cerca. Lo vi al cabo de unos segundos, más ancho que por donde lo había cruzado antes. No pasaba nada. Corría tan deprisa que fijo que podía saltarlo de ribera a ribera.

El problema era que Josh se movía más deprisa incluso. El chasquido de un palo me informó de que estaba a solo unos centímetros de mí antes de que me agarrara la camiseta por detrás. Me volví e intenté liberarme, pero el impulso que él llevaba lo empujó hacia delante. Me rodeó con los brazacos por la cintura, nos tambaleamos y nos caímos.

Directos al riachuelo de las narices.

¡Qué fría estaba el agua, coño!

Aunque no me llegaba ni por la rodilla, tuve la impresión de haberme zambullido en un lago ártico. El arroyo debía de nacer en lo alto de las montañas, donde las cumbres más elevadas todavía estaban pintadas de blanco.

Me incorporé tosiendo, con la boca llena de agua. Como cogiera giardiasis, nunca perdonaría a Josh por haber elegido ese momento de mierda para lanzarse sobre mí.

Me sujetó el tobillo y me arrastró hacia él. Fui golpeándome el culo con una decena de rocas por el camino. Intenté pegarle patadas, pero me cogió el otro pie en el aire y, al apretar para inmovilizarme, vi cómo se le tensaban los bíceps. Su demostración de fuerza era superimpresionante.

Iba a tener que huir o habría perdido.

Dejé de forcejear con Josh y decidí lanzarme hacia delante. Como no se lo esperaba, me estampé contra su pecho y lo derribé de espaldas sobre el agua. Me soltó las manos y empecé a correr, pero de pronto me agarró por el pantalón y me hizo caer de nuevo haciéndome un desgarrón en la pernera.

Hubo más chapoteos mientras él trataba de agarrarme y se encontraba con mi piel mojada y resbaladiza, y yo intentaba alejarme a la desesperada. Debíamos de tener un aspecto ridículo, como dos salmones perdidos e ineptos que daban coletazos en su empeño por desentrañar el misterio de qué dirección era río arriba. Menos mal que esa parte del bosque estaba lo bastante alejada de la civilización como para que fuéramos los únicos seres humanos en kilómetros a la redonda, y no habría más que animales confundidos presenciando nuestra imbecilidad.

Me habría reído de no haber sido por la amenaza real de ser una estrella invitada en el siguiente vídeo de Josh. En internet la gente era muy mala. Y también daba un poco de miedo. En una de las secciones de comentarios del perfil de Josh era candente el debate de dónde viviríamos, y los participantes opinaban basándose en los retazos de ciudad que se adivinaban en los vídeos donde se veía al fondo una ventana. De ahí que dejáramos de grabar cerca de ellas, pero eso no quería decir que los detectives cibernéticos no siguieran intentando localizarnos.

Si podía evitar añadir más leña al fuego, lo haría, y por eso debía escapar. De inmediato.

Conseguí zafarme de Josh el tiempo suficiente para darme la vuelta y huir a cuatro patas. Apenas había llegado a la ribera lodosa del arroyo cuando me placó otra vez. En esa ocasión, Josh tiró de todo su peso y me aplanó en el suelo como si fuera una tortita. Me retorcí debajo de él intentando quitármelo de encima, pero, entre el barro resbaladizo y el hecho de que pesara más de cien kilos, era un caso perdido.

Josh consiguió sujetarme las muñecas en tiempo récord y ponérmelas por encima de la cabeza, inmovilizándolas con una mano enorme como una manopla de horno.

Mierda. Iba a perder.

Se me pasaron por la cabeza una docena de movimientos de *jiu-jitsu*, pero todos le habrían hecho daño de verdad y, por más que quisiera ganar, jamás me permitiría lesionar a Josh. Y él tampoco a mí, constaté. Josh estaba incluso más versado que yo en artes marciales, pero tampoco había usado ninguna llave conmigo, y por eso nos habíamos puesto a pegarnos manotazos como un par de aficionados.

Aun así no estaba preparada para rendirme, así que meneé las caderas a los lados para intentar derribarlo.

Josh hundió los dedos en el agujero de mis pantalones y me los desgarró hacia arriba hasta llegar a la cintura. Me apartó las bragas sin miramientos, y a duras penas tuve tiempo de asimilar lo que estaba pasando antes de que se hundiera en mí con una brutal embestida.

Solté un grito, tanto de sorpresa como de alivio.

Josh se quedó paralizado, con todos los músculos del cuerpo en tensión.

—¿Has terminado de pelear o quieres que te dé otra oportunidad? —Remató la pregunta echando hacia delante las caderas para demostrarme lo que me perdería si tomaba la decisión incorrecta.

El ruido estridente de una alarma nos envolvió. Nuestros relojes pitaban al unísono. Se me había acabado el tiempo. Josh me había ganado a falta de unos pocos segundos, y yo ya no podría optar a la victoria.

En lugar de responder a su pregunta en voz alta, apagué la alarma y arqueé la espalda levantando las caderas para que pudiera meterme un par de centímetros más. Me contraje para atraerlo más adentro. Quería que me follase a lo bestia. Me había perseguido como si fuera su presa, y quería que me taladrase hasta eliminar mi último ápice de resistencia.

Josh gimió. Aflojó la mano con la que me sujetaba las muñecas, pero no me soltó del todo.

—Lo has hecho estupendamente, cariño.

Con un movimiento de caderas, me la metió más, y más fuerte y, aunque ya llevábamos meses follando, me dio la sensación de que me iba a partir por la mitad.

—Me ha encantado perseguirte —murmuró—. Me ha encantado verte sonriendo todo el tiempo.

¿En serio? ¿Sonreía incluso al pelearme con él? Joder, iba a tener que entrenar para mejorar mi cara de póquer.

Otra embestida y Josh me la metió hasta los huevos. Me daba la sensación de que estaba a punto de golpearme los dientes por detrás. Me flipaba. Me flipaba que me llenase tanto como para apenas poder respirar, apenas poder pensar en algo más allá de la primera punzada de incomodidad y el modo en el que mi cuerpo se esforzaba por acogerlo entero.

—Estás empapada, Aly —dijo con la voz ronca por el deseo—. ¿Te ha gustado que te persiguiera?

—Sí —gemí.

—Te ha gustado correr como si fueras una presa.

No era una pregunta, pero se la contesté de todos modos.

—Sí.

—Separa un poco las piernas, anda. Enséñame lo mucho que te gusta que te atrape.

—Oblígame —le pedí.

Se quedó paralizado un segundo, pero supe por cómo le tembló el pene dentro de mí que le había agradado la idea. Apretó más la mano con la que me inmovilizaba las mías y me clavó la otra en la cadera. Tiró de mí hacia arriba para recolocarnos, y acto seguido utilizó las rodillas para abrirme más las piernas, primero una y luego la otra.

Y al poco retomó el ritmo, hundiéndose más adentro y con menos delicadeza. Con ese ángulo notaba todos los centímetros que me penetraban. Noté que mi interior se estremecía, y fue un temblor que me recorrió toda la espalda. Josh me inmovilizaba de tal forma que no tenía opción de resistirme. Lo único que podía hacer era levantar la pelvis y empujar contra él a medida que sus movimientos incrementaban el ritmo.

Sus caderas me empujaban el culo. Estábamos arrodillados a la orilla del riachuelo, el agua nos mojaba las piernas, y el barro cedía bajo las rodillas. El olor del bosque me inundaba la nariz, un aroma a pino mezclado con tierra y hojas caídas. Me ardía la espalda donde me daba el sol.

Sí. Era lo que quería: que me sometiera como un animal al aire libre, sin inhibiciones ni pensamientos en la cabeza más allá de lo bien que me follaba mi novio.

—Más fuerte —le dije.

Josh me sujetó el pelo y me echó la cabeza hacia atrás con los dedos enganchados en mi pelo; sus embestidas se volvían castigadoras. Abrí la boca y observé con los ojos abiertos como platos el bosque que nos rodeaba. La luz del sol creaba formas moteadas sobre el suelo de la hondonada. Las rocas cercanas estaban cubiertas de musgo. El ruido de nuestra respiración entrecortada llenaba el aire.

En ese acto había algo muy primitivo y perfecto.

Creía que quería experimentar algo así por lo que había leído en las novelas de romance paranormal en las que aparecían hombres lobo, pero me pregunté si mis deseos no serían más profundos y más instintivos. Así era como follaban nuestros antepasados, dura y desesperadamente, en instantes robados entre ser cazadores y ser cazados, entregándose al cien por cien porque no sabían si iban a presenciar el amanecer de un nuevo día.

Era extraño pero lógico que lo ansiase, y me sentí la mujer más afortunada del mundo por tener un novio que estaba dispuesto a satisfacer todas mis fantasías.

—Te quiero —dije empujando las caderas hacia atrás.

Josh gimió y me agarró más fuerte del pelo.

—Yo también te quiero, pero no lo vuelvas a decir o me correré.

—Te quiero —dije sonriendo.

Me embistió tan fuerte que me resbalé hacia delante sobre el barro.

—Va en serio, Aly.

—Te quie… —Otra acometida despiadada me hizo jadear. Empezaron a brotarme palabras de elogio y devoción mientras me acercaba cada vez al clímax—. Te quiero muchísimo. Me encanta ser tu presa. Me encanta lo fácil que te resulta vencerme. Me encanta que tengas la polla casi demasiado grande. Me encanta que se haga más enorme todavía cuando estás a punto de correrte.

Las embestidas de Josh se volvieron frenéticas. Yo gemía, enajenada por la necesidad mientras mis paredes internas se contraían alrededor de su polla. Los temblores me zarandeaban el cuerpo entero. Clavé las manos en el barro intentando encontrar apoyo, desesperada por anclarme al presente ante el placer que estaba creciendo en mi interior. Por lo general, necesitaba algo más, un poco de estimulación del clítoris o de los pezones para llevarme al éxtasis, pero Josh me estaba dando tan duro que estaba a punto de provocarme mi orgasmo preferido: un orgasmo cervical de esos que te derriten el cerebro y hacen que arquees la espalda, que te fallen las rodillas, que te tiemblen las tetas y se te empape la entrepierna.

En ese preciso instante me levantó la cabeza y me pegó un mordisco en el cuello.

No me lo esperaba, y el breve estallido de dolor se unió a la emoción de notar sus dientes clavados en mi piel y me trasladó a nuevas cotas de placer, haciendo que brotaran de mis labios gemidos de ansia y frenesí. Se me quedó la mente en blanco. Al mover las caderas hacia atrás se me llenaron los oídos con un zumbido. Me estaba corriendo. Me estaba corriendo con tanta intensidad que no podía hacer otra cosa que retorcerme y cerrarme en torno a Josh, hasta el punto de que apenas se podía mover.

Y entonces él también se corrió. Su polla se agrandó y se tensó, y un líquido cálido me inundó cuando descargó en mi interior. La sensación prolongó mi orgasmo o quizá desencadenó un segundo. Lo único que sabía era que jamás había sentido uno tan largo y que no quería que terminase nunca.

Nos recuperamos lentamente, juntos, respirando como si acabáramos de correr una maratón. Josh se apoyó en mi espalda, con la frente sobre mi columna. El ruido de su respiración me llenaba los oídos. Noté los latidos de su corazón en mi caja torácica.

Jamás me había sentido tan conectada con nadie, jamás había querido a alguien como lo quería a él.

—Cásate conmigo —le solté.

Josh se puso rígido.

—¿Qué?

El pánico me cayó encima a plomo, disipó la satisfacción pos-coital y me devolvió de golpe y porrazo a la realidad. Mierda. Mierda, mierda, mierda.

Josh me la sacó, y el calorcillo de nuestro clímax me resbaló por los muslos. Por eso la gente no debería hablar justo después de un orgasmo. Se iban de la lengua o soltaban chorradas que sus parejas no estaban preparadas para oír.

—Lo siento —me disculpé mientras me incorporaba e inten-taba recolocarme de alguna manera los pantalones rotos. Me res-balaban los dedos por el barro, y temblaba tantísimo que apenas podía agarrar la tela mojada.

Josh estaba callado detrás de mí.

¡Joder! ¿Qué había hecho?

Me volví hacia él esperando lo peor y me lo encontré arrodi-llado en el suelo del bosque. Con una mano levantada, sostenía algo que brillaba bajo la luz del sol.

Me tapé la boca con una mano y di un paso hacia él, sin poder creérmelo. Era un anillo. Josh tenía un anillo. Un anillo espec-tacular con un rubí en el centro que parecía una gota enorme de sangre enmarcada por diamantes diminutos. Era perfecto.

—Alyssa Cappellucci —dijo—. ¿Quieres casarte contigo para que pueda pasarme el resto de mi vida persiguiéndote?

Sonreí, y la alegría sustituyó al pánico.

—Y yo que pensaba que la gente se casaba porque quería dejar de perseguir a alguien.

Josh negó con la cabeza y se puso serio casi por primera vez en nuestra relación.

—Yo no.

—Yo tampoco —repuse. Lo alcancé con dos zancadas y me agaché para rodearle el cuello con los brazos—. Sí, quiero casar-me contigo.

Al cabo de diez minutos nos habíamos limpiado y abandonábamos el bosque. Me había alejado tanto del camino que tuvimos que usar el GPS para encontrar el alojamiento de Airbnb.

Por muy frenética que hubiera sido mi carrera entre los árboles, echaría de menos buena parte de la belleza que me rodeaba. Cuando regresamos por el camino principal, aproveché para contemplarla. Esa zona formaba parte de un parque natural donde no se habían cortado árboles desde hacía por lo menos cincuenta años. Los ejemplares eran gigantescos y las ramas se extendían tan alto que impedían ver el cielo azul con el dosel que formaban. Varios arroyos como aquel en el que habíamos retozado salpicaban el bosque; algunos eran apenas un reguero de agua; otros tan hondos que había puentes para cruzarlos.

Recé en silencio una oración de agradecimiento a quien me estuviese escuchando para dar las gracias por haber podido experimentar aquello, por estar libre y no entre barrotes. La policía no me había interrogado, aunque sí que le habían hecho unas cuantas preguntas a Erica. Como Nico nos prometió, se estuvo viendo a «Brad» hasta hacía unas semanas, cuando desapareció cerca de un aeropuerto privado a las afueras de Quebec. La teoría principal era que los Bluhm habían preparado un *jet* privado y habían enviado a su hijo a un país que no lo extraditaría a Estados Unidos.

Los medios de comunicación los ponían a parir y hacía tiempo que la opinión pública de la ciudad se había vuelto en su contra, por lo que eran poco más que prisioneros en su propia casa. Me habría sabido mal de no ser porque a) su casa era una mansión con un terreno de veinte mil metros cuadrados y b) aunque fuesen inocentes, habían encubierto muchísimos delitos y crímenes previos de Brad. Lo interpreté como su merecido por los pecados cometidos en el pasado.

Me parecía que jamás dejaría de preocuparme por que algún día tuviéramos que responder por lo que habíamos hecho, pero ya no dejaba que me obsesionara esa posibilidad. Estaba libre. Estaba enamorada. Y estaba decidida a disfrutar de esas dos cosas tanto como pudiese.

Respiré hondo y me volví para mirar al cielo. Por muy sofocante que hubiera sido el calor durante la carrera, en esos instantes le estaba agradecida porque nos ayudaba a secarnos la ropa empapada.

—La próxima vez que lo hagamos, deberíamos traer mochilas —comenté.

Josh ladeó la cabeza y me miró.

—¿Para llevar juguetes sexuales?

—Para llevar otra muda y un kit de primeros auxilios.

Enarcó una ceja.

Puse los ojos en blanco.

—Y, vale, sí, para meter juguetes sexuales.

Josh sonrió, satisfecho consigo mismo, y entrelazó los dedos con los míos. No pasé por alto que me miraba la mano. O, más específicamente, el anillo.

—Deberíamos consumar el compromiso cuando volvamos.

—Primero tengo que darme una ducha —contesté—. Llevo arena del río en partes innombrables.

—Yo igual. —Se rio—. Y creo que deberías echarle un ojo a este corte. Parece bastante profundo. —Levantó el otro brazo y apretó el puño como si estuviera posando. Tenía un arañazo minúsculo en la parte interna del bíceps—. ¿Lo ves? Justo ahí. —Flexionó para que se le marcaran los músculos—. ¿Lo ves? —Hizo bola de nuevo.

Me tocó a mí echarme a reír.

—Sí. Creo que incluso podría llegar a ser mortal. Más vale que nos demos prisa.

Me dio un azote en el culo.

Yo le magreé la entrepierna.

Para cuando regresamos al Airbnb, nos estábamos sobando como unos adolescentes en su primera cita. Entre besos, Josh consiguió meter la llave en la puerta.

La abrí y me llevé las manos al bajo de la camiseta, más que lista para quitarme la ropa mojada.

Nos quedamos paralizados al ver la escena que nos dio la bienvenida.

La cabaña era pequeña, una choza diáfana con un comedor en un lado y una minicocina en el otro. El cuarto de baño estaba al fondo, tras una puerta, y la cama de matrimonio, en la que Josh apenas cabía, estaba arriba, en el altillo.

Alguien había cubierto todas las superficies con papel higiénico.

¿Qué cojones era eso? ¿Se trataba de una especie de broma? «Ay, Dios».

Josh y yo nos miramos a los ojos, asustados.

—¡Los gatos! —exclamó él, y entró a toda prisa.

Me inundó el pánico y se me desbocó el pulso. Si les había ocurrido algo, iba a ayudar a Josh a matar a alguien.

Josh se detuvo tan en seco delante de mí que me estampé contra su espalda. Meneé la cabeza para despejar los puntitos negros que veía y miré alrededor para ver qué lo había llevado a frenar. Allí, sentada sobre un nido de papel higiénico, estaba Maud, nuestra problemática hija de doce semanas. Nos saludó ronroneando, cogió el rollo de papel con la boca y salió disparada hacia el cuarto de baño dejando un largo rastro blanco tras de sí.

Me coloqué al lado de Josh y observé a nuestra gata.

—«Adoptaremos a una gatita», me dijo. «Será supermona», me dijo. «Fred necesita a alguien con quien jugar para no estar solo».

Como si lo hubiera invocado, Fred saltó desde detrás de la puerta del cuarto de baño, con las garras preparadas, y placó a Maud. Rodaron por el suelo antes de que Fred echara a correr con ella a la zaga, sin dejar de desparramar papel higiénico a su paso.

—La culpa es tuya —reprendí a Josh.

La cabaña era tan pequeña que no había ningún sitio donde Fred pudiera ir, salvo arriba, y ante nuestra atenta mirada empezó a trepar por la cortina más cercana. Tuve el tiempo justo de ver que quizá sí que le había estado dando demasiada comida antes de que un chasquido resonara por la estancia y se desplomara la barra de la cortina, cubriendo a los gatos con la tela. Bajo ella se irguieron dos bultitos, que corrieron en direcciones opuestas para intentar liberarse.

—Vaya —exclamé—. A la mierda mi media de cinco estrellas como huésped.

Josh me pasó un brazo por los hombros y me atrajo hacia sí.

—Si estuvieras enfadada de verdad, harías algo. No mientas. Estás encantada.

—Yo no diría tanto —rezongué.

—Bueno, pues yo sí. Solo espero que nuestro futuro clan de hijos sea igual de movido.

Casi me atraganté.

—¿Cuántos hijos forman un clan?

—No sé —repuso frotándose la nuca—. ¿Unos ocho?

Mi vagina no sabía hablar, pero habría jurado que soltó un gemido ronco de terror.

—¿Qué tal dos?

—Siete —dijo Josh.

—No estamos negociando.

Me quitó el brazo de los hombros y se volvió para mirarme a los ojos.

—Vale, pues seis. Pero no estoy dispuesto a ceder ni un poco más.

—Dos —insistí reprimiendo una sonrisa.

Se cruzó de brazos.

—Cinco. Es mi última oferta.

—Tú sigue así y al final serán cero.

Se inclinó hacia delante y levantó las cejas.

—Imagíname con un niño pequeño en un brazo y un bebé en el otro.

«Ay. No, ovarios. Dejad la pintura de guerra».

Se inclinó aún más.

—Sin camiseta.

Joder. Estaba claro que iba a tener a los bebés gigantescos de ese tío.

Josh debió de ver en mi expresión que había ganado la batalla, porque eliminó la distancia que nos separaba y me cogió en brazos. Me besó hasta dejarme sin aliento mientras Fred intentaba trepar por la otra cortina y arrancaba un extremo de la barra del pladur de la pared.

Fue un caos puro y duro.

Y el mejor día de mi vida, sin duda.

Me moría de ganas de vivir un millón más como ese.

AGRADECIMIENTOS

Este es el libro que jamás iba a ser un libro. Era tan solo una idea que se me ocurrió una noche mientras cotilleaba por las redes sociales. Sin pensarlo demasiado, edité el vídeo de un hombre enmascarado y dije: «Atención todo el mundo. Aquí hay una novela romántica». Cerca de cien mil personas vieron mi comentario y me exigieron que hiciera realidad esa idea, y aquí estamos.

Hay muchísimas personas a las que debería dar las gracias, empezando por las primeras que vieron mi vídeo. Y sobre todo a mis suscriptores de Patreon, que leyeron capítulos de *A oscuras* conforme los escribía y me animaron hasta llegar al «Fin».

A mi madre, por su apoyo interminable a mi escritura. Más le vale que jamás vea esto porque tiene prohibido leer esta novela —por razones obvias—, pero mamá, si por algún giro del destino LO ESTÁS LEYENDO, no te pienso pagar la puñetera terapia.

A mi marido, por animarme a perseguir mis sueños, sean los que sean, y por ser el mejor compañero y amigo que podría desear. Muchos de mis personajes masculinos están inspirados en él de alguna manera; en *A oscuras*, Josh ha heredado su incisivo sentido del humor. Y, sí, es tan divertido (y, a veces, exasperante) en la vida real como en la ficción.

A Jill Marr, mi agente, por subirse a bordo de la novela ya desde nuestra primera videollamada por Zoom. Me abrió los ojos a las posibilidades del libro y, en cuanto estuve preparada, encendió toda la maquinaria necesaria. Jill, eres una estrella, y estoy muy agradecida por tu apoyo y por que hayas abogado por mis historias y mi carrera.

Por último, a la gente de Zando y Slowburn, en especial a Hayley Wagreich y a Sierra Stovall. Gracias por darle una oportunidad a una publicación independiente y por haber visto el gran potencial que tenía. Gracias por recibirme con los brazos abiertos, por haberme ayudado y haberos emocionado tanto con este libro. Y gracias por publicar muchas más novelas románticas en vuestra editorial. Es un honor formar parte de vuestro equipo.